U0910979

JODI PICOULT

19分钟的眼泪

NINETEEN MINUTES

［美］朱迪·皮考特 著
颜湘如 译

北京联合出版公司
Beijing United Publishing Co.,Ltd.

第一部

不改变方向一直走，就会回到起点。

——中国俗谚

希望你看到这个的时候，我已经死了。

已经发生的事，你无法挽回。已经大声说出的话，你无法收回。你会想着我，懊悔自己未能说服我放弃。你会绞尽脑汁想当初到底该说什么或者该做什么。我想我应该告诉你：不要自责，这不是你的错，但这等于说谎。我们俩都知道，我会走到这一步不是我一个人的问题。

你会在我的葬礼上哭泣。你说事情不必走到这步。你会依众人期望的那样表现。但你会想我吗?

更重要的是，我会想你吗?

我们之中真有人想知道答案吗?

二〇〇七年三月六日

十九分钟，你可以割前院的草、染头发、看三分之一场冰上曲棍球赛。十九分钟，你可以烤司康饼或是让牙医填一颗牙，你可以叠好一家五口的衣服。

十九分钟的时间，足以让田纳西巨神队的季后赛门票销售一空。不算广告时间，足以看完一集情景喜剧。可以从佛蒙特州界开车来到新罕布什尔州的斯特灵镇。

十九分钟，你可以订购外送比萨。你可以跟孩子说个故事，或是换机油。你可以走一公里路。你可以缝一件衣服的布边。

十九分钟，你可以让世界停止运转，也可以干脆逃离世界。

十九分钟，你可以复仇。

艾莉克斯·柯米尔要迟到了，她总是这样。就算超速穿过奥佛，她从位于斯特灵的家开车到新罕布什尔州格拉夫顿郡高等法院，也需要三十二分钟。她穿着丝袜冲下楼，手里拿着高跟鞋和星期五带回来的一沓卷宗。她将浓密的红棕色头发缠成一个髻，用发夹固定在颈背齐肩处，在出门前变身为与自己身份相符的人。

艾莉克斯已经在高等法院当了三十四天法官。在此之前她就相信，凭自己过去五年担任地方法院法官的表现，获得任命应该不难。但年仅四十岁的她，仍是全州最年轻的法官。她还得努力建立公正司法官的形象，因为公设辩护人早她一步进入法庭，检察官已认定她会偏袒被告。

多年前申请法官职务时，艾莉克斯是真心希望能在这个法制系统中做到：尚未证明有罪的人都是清白的。只是她怎么也没料到当了法官之后，恐怕便无权做此主张。

刚泡好的咖啡香味将艾莉克斯引进厨房，只见她女儿坐在餐桌旁，抱着一个热气腾腾的咖啡杯，埋首于课本。乔丝看起来非常疲倦，蓝色眼睛布满血丝，褐色头发胡乱结了个马尾。“你该不会一整晚没睡吧？”艾莉克斯说。

乔丝头也没抬，就照说一遍：“我没有熬夜。”

艾莉克斯给自己倒了杯咖啡，滑坐到女儿对面的椅子上。“真的吗？”

“你只是要我回答，”乔丝说，“又没说要听真话。”

艾莉克斯皱眉道：“你不该喝咖啡。”

“你也不该抽烟。”

艾莉克斯顿时感到脸颊发烫。“我没有……”

“妈，”乔丝叹了口气，“即使你打开浴室窗户，我还是闻得到浴巾上的烟味。”她挑起眼睛，看艾莉克斯还敢不敢挑她其他毛病。

要说艾莉克斯，她没有其他坏习惯。她没时间培养任何坏习惯。她希望乔丝也没有任何坏习惯，就像第一次见到乔丝的人留下的印象：一个漂亮、受欢迎、成绩优异，比多数人都更明白脱离正轨会有什么下场的学生；一个注定拥有美好事物的女孩；一个完全符合艾莉克斯期望的女儿。

乔丝曾经对于母亲是法官这件事相当自豪。艾莉克斯还记得乔丝向银行柜员、向杂货店里的乞丐、向飞机上的空姐吹嘘她的职业的模样。她会向艾莉克斯询问案情与判决。直到三年前乔丝升高中后，一切全变了样，她们之间的沟通开始慢慢受阻。艾莉克斯未必觉得乔丝比一般青少年隐藏了更多秘密，但情况不同：普通家长对孩子朋友的评判只是随便说说而已，而艾莉克斯的方式更像是判决。

“今天有什么安排？”艾莉克斯问道。

“小考。你呢？”

“传讯。”艾莉克斯回答。她瞅着餐桌对面，试图倒着看乔丝的教科书。“是化学？”

“催化剂，”乔丝揉揉太阳穴说，“可以使反应加速，本身却不会起变化的物质。比方说，你有一氧化碳气体和氢气，然后丢进氧化锌和氧化铬……怎么了？”

“只是忽然想到为什么以前的有机化学拿C了。吃过早餐了吗？”

“咖啡。”乔丝说。

“咖啡不算。”

“你赶时间的时候就算。”乔丝挑明了说。

艾莉克斯暗自权衡着，是再晚五分钟，还是再多添一笔不合格家长的记录？十七岁不是应该能自理早餐了吗？艾莉克斯开始从冰箱里抓东西：蛋、牛奶、培根。“我办过一个案子，强迫一个自以为是名厨艾默若的女人紧急住进州立精神病院。她是被丈夫送来的，因为她把一磅培根放进搅拌器，还拿刀追着他绕着厨房跑，一面大叫：‘砰！’”

乔丝抬起头来，问道：“真的？”

“相信我，我不可能捏造这种事情。”艾莉克斯在平底锅里打了个蛋，“当我问她为什么把一磅培根放进搅拌器时，她看着我说我和她的烹饪方法一定不一样。”

乔丝站起来，走到流理台边斜靠着看母亲煎蛋。艾莉克斯并不擅长做家务——她不会做焖牛肉，却能记住斯特灵所有提供免费外送服务的比萨店与中国餐馆的电话，并以此为傲。“放心吧。”艾莉克斯冷冷地说，“只是煎个蛋应该还不致于引发火灾。”

但乔丝从她手中接过平底锅，放了几条培根进去，看起来好像水手一个靠着一个并排睡。“你干嘛穿成这样？”她问道。

艾莉克斯低头瞄一眼身上的裙子、衬衫和高跟鞋，皱起眉头说：“怎么了？太像撒切尔夫人？”

“不是，我是说……为什么这么麻烦？反正有法官袍，谁也不知道你里面穿什么。比方说你可以穿睡裤，或是那件你从大学穿到现在、手肘处有破洞的运动衫。”

“不管别人看不看得到，我还是得打扮得像个法官。”

乔丝忽然沉下脸来，只顾着煎东西，仿佛艾莉克斯给错了答案。艾莉克斯盯着女儿看——咬成半月形的指甲、长在耳后的雀斑、头上锯齿状的分线——这已不是那个蹒跚学步的幼儿。小时候一到傍晚，她总会趴在保姆家窗口，因为她知道艾莉克斯来接她的时间快到了。“我从来没穿过睡衣工作，”艾莉克斯坦白说，“不过有时候倒是会关上办公室的门，躺在地板上睡个午觉。”

乔丝的脸上慢慢露出惊讶的笑容。她觉得母亲这句供词就像一只无意中歇在她手上的蝴蝶：这件事太令人吃惊，只要一点出来，就可能失去踪影。但她要赶几公里路，要传唤被告，有化学方程式要解释，当乔丝把培根放在一沓纸巾上吸油时，那一刻已然飞逝。

“我还是不明白为什么我得吃早餐，而你不用。”乔丝嘟哝道。

“因为你要到一定年纪才有权利毁灭自己的人生。”艾莉克斯指着乔丝正在搅动的炒蛋说，“答应我把那些吃完？”

乔丝迎着她的目光说：“我答应。”

“那么我要走了。”

艾莉克斯抓起她的旅行用咖啡杯。当她倒车出车库时，脑子已经专注地想着当天下午要写的判决书，书记官会塞给她的传讯人数，从星期五下午到今天早上，魅影般飘落在她桌上的申请书。她已经陷在一个离家远远的世界，而她的女儿也在同一时刻将平底锅的炒蛋倒入垃圾桶，一口也没吃。

有时候，乔丝觉得自己的生活有如一个没有门窗的房间。当然，房间很豪华——斯特灵高中可能有一半学生为了进这个房间，愿意付出任何代价——但却也没有任何逃生出口。她要是不当乔丝，没有人会喜欢她。

她仰头对着莲蓬头，把水开得很热，皮肤起了红肿条痕，呼吸困难，窗子雾蒙蒙。她数到十，才从水柱底下钻出，全身赤条条地滴着水站在镜子前。她的脸又红又肿，头发分成粗粗的几束黏在肩膀上。她侧转过身，端详自己平坦的小腹，然后略略缩腹。她知道麦特注视着她时看到什么，她知道寇特妮、梅蒂、布瑞迪、海莉、杜鲁都看到些什么，她只希望自己也能看到。问题是，当乔丝照着镜子，她留意到的是皮囊之下的东西，而不是装饰在上面的。

她明白自己应该有什么样的打扮和举止。她留着长而直的深色头发，穿着名牌服饰，听最流行的乐团。她喜欢坐在学校餐厅里借用寇特妮的化妆品时，受其他女孩注目的感觉。她喜欢上课第一天，老师已经知道她的名字的时候。她喜欢被麦特搂着走过走廊时，有其他男孩瞪着她看的样子。

但有一部分的她却感到好奇，如果让他们都知道她的秘密会如何呢？让他们都知道：有几个早上实在起不来，也很难装出不属于自己的微笑。她其实是装模作样，她是个听到笑话该笑就笑、该八卦就八卦、该勾引男孩就勾引的骗子，她是个几乎已经忘记做真正的自己是什么感觉的骗子……而当她开始认真细想时，又不想记起这些事，因为那种感觉更痛。

她没有谈心的对象。只要你对于身为享有特权、受欢迎的一分子的权力稍有怀疑，那么你就不属于那个圈子。至于麦特，他和其他人一样，喜欢的是乔丝的外表。在童话故事里，当面具卸下，英俊的王子无论如何还是会爱着女孩，光是这点就能让她变成公主。但在高中可不同。她之所以成为公主是因为和麦特凑成对，而根据某种奇怪的循环逻辑，麦特之所以和她凑成对，也正因为她是斯特灵高中的公主之一。

她也不能和母亲说心里话。你不会因为步出了法院，就不再是法官，母亲常常这么说。这就是为什么艾莉克斯·柯米尔在公开场合顶多只喝一杯酒，为什么她从不大吼或哭泣的原因。尝试是个愚蠢的字眼，因为仅仅想是不够的：简单一句话，你就是得循规蹈矩。乔丝之所以达成母亲最引以为傲的多项成就——成绩、外貌、被“对的”团体所接受等等——并不是因为她自己渴望达成，而是因为她害怕自己不完美。

乔丝用浴巾裹住身子走进卧室，从衣橱拉出一条牛仔裤，然后穿上两层长袖T恤展现自己的胸部。她瞄了时钟一眼，如果不想迟到，动作就得快点。

但是走出房门前，她犹豫了。她一屁股坐到床上，开始翻找她钉在床头柜底下木框上的密封式保鲜袋，里头偷藏了失眠药，她只偷一颗，以免被发现。乔丝花了将近六个月，才神不知鬼不觉地搜集到十五颗药，但她心想如果再喝下五分之一加仑的伏特加应该也能奏效。其实她并无确切计划，打算在下个星期二或是融雪时或是任何具体时间自杀，反而比较像是替代性的计划：当真相大白，再也没有人想跟她在一起的时候，乔丝理所当然也不想再见到自己。

她又把药丸钉回床头柜底下，然后下楼。当她走进厨房将东西装进背包，发现化学课本还翻开着——上头摆了一朵长茎红玫瑰。

麦特就靠在角落的冰箱旁，他肯定是从开着的车库门溜进来的。他和平时一样，让四季充满她的脑海：他的头发是秋天色调，眼睛是冬日天空的湛蓝，笑容灿烂得仿佛夏阳。他头上反戴着棒球帽，身上穿着斯特灵高中冰上曲棍球代表队的T恤，底下还加了件卫衣。乔丝曾把这件卫衣偷来整整一个月，藏在内衣抽屉里，必要时便拿出来闻闻他的气味。

“你还在生气吗？”他问道。

乔丝顿了一下说：“生气的人不是我。”

麦特身子一撑，离开冰箱走上前来，两手环抱在乔丝腰间。“你知道我是情不自禁。”

看到他右颊露出酒窝，乔丝可以感觉到自己已经软化。“我不是不想见你，我真的要念书。”

麦特把她的头发往后一拨，吻了她。正因为如此，昨晚她才叫他别过来——每当和他在一起，她总觉得自己就要蒸发了。有时候被他一碰，乔丝就会想象自己随着一阵蒸气消失不见。

他嘴里有枫糖浆的味道，有道歉的味道。“其实，这都是你的错。”他说，“如果不是太爱你，我不会做出这么疯狂的事。”

此刻，乔丝已不记得自己藏在房里的药丸，也不记得自己在浴室里哭，除了被爱的感觉之外，她什么都不记得了。我很幸福，她告诉自己。这个字眼像条银丝带在她心中飘扬，幸福，幸福，幸福。

帕特里克·杜沙姆是斯特灵警所唯一的侦查员。他坐在更衣室靠内侧的板凳上，听见几个早班巡警正在开一个腰围稍粗的菜鸟玩笑。

“喂，费雪。”艾迪·欧登克说道，“是你老婆要生孩子，还是你要生？”

其他人放声大笑，帕特里克却同情起这小伙子。“艾迪，现在时间还早。”他说，“你就不能等我们喝一杯咖啡再开始吗？”

“好的，队长。”艾迪笑着说，“可是费雪好像把所有甜甜圈都吃光了，而且……这是什么玩意儿？”

帕特里克顺着艾迪的目光往下看，看到自己的脚。事实上，他是不在更衣室里和巡警一块儿更衣的，但是今天早上他没有开车而是跑步到所里，因为周末吃了太多美食需要消耗一点热量。周六和周日他是在缅因州和目前掳获他的心的女孩一起度过的，就是他的教女，五岁半大的泰拉·福斯特。她的母亲妮娜与帕特里克相识多年，也很可能是他永远无法忘怀的唯一真爱，只不过没有他，妮娜似乎也过得很好。这个周末，帕特里克故意输了一万次“糖果岛”游戏，让泰拉一次又一次骑在背上，玩他的头发，而且还——这是他最大的错误——让她在他的脚趾头涂上亮粉红色的指甲油，又忘记擦掉。

他瞄了自己的脚之后，立刻把脚趾缩起来。“女士们觉得这样很酷。”他粗声粗气地说，而更衣室里的七人则强忍住不去取笑严格说来是自己上司的人。帕特里克用力穿上袜子、套上乐福便鞋走出去，领带还拿在手里。一，他暗数着，二、三。仿佛接到暗号似的，笑声立刻从更衣室传出，随着他穿过走廊。

进办公室后，帕特里克关上门，从门后的小镜子里端详自己。刚洗过的黑发还湿湿的，脸也因为跑步而泛红。他把领带结晃上脖子，调整一下活结，然后坐到办公桌前。

周末期间共收到七十二封电子邮件，通常只要超过五十封，就表示这整个星期都别想在晚上八点以前回到家。他开始一一过滤，在魔鬼工作清单上加注——这份清单内容从未减少过，无论他多么努力工作。

今天，帕特里克得送毒品到州立实验室，这没什么大不了，只不过一天里的四个小时就这样消失了。他有一桩强暴案即将结案，有人在某大学的社交网站上指认了歹徒，也已经做了笔录，准备送往检察长办公室。他有一部手机，是一个游民从某辆车上偷来的。他有实验室送回来的珠宝店盗窃案血液鉴定结果，在高等法院有一个证据排除的听证会要跑，还有，桌上已经躺着今天接获的第一个案子——皮夹失窃案，里头的信用卡已遭盗刷，给帕特里克留下追踪的线索。

身为小镇的侦查员，帕特里克必须随时卯足全力。他认识一些市警局的警察，在案子归为疑案前，有二十四小时的时间进行侦查。但帕特里克不一样，他的工作是桌上出现什么都得照单全收，不能专挑有趣的。不管是跳票或盗窃案都很难让人兴致勃勃，尤其破了盗窃案或许能从歹徒身上获得两百美元罚款，但帕特里克花一个星期查案，纳税人却得掏出五倍的钱。偏偏每当他开始觉得自己侦查的案子不是特别重要时，总有机会与受害者面对面：因皮夹被偷而歇斯底里的母亲、被抢走了退休金的小珠宝店店主夫妻、被盗用身份而惊慌失措的教授。帕特里克知道，“希望”正是衡量他和前来求援者之间距离的单位。如果帕特里克不介入，如果他不百分之百投入，那么那个受害者将永远是个受害者，这也是为什么自从帕特里克进入斯特灵警所后，总会想方设法侦破每个案子。

然而……

当帕特里克独自躺在床上，让心灵将他人生的裂缝缝合时，他想起的却不是已证实的成功，而是可能遭遇的失败。当他沿着遭蓄意破坏的谷仓走一圈，或是发现遭窃的车子已被掠夺一空、丢弃在林间，或是将面纸递给因约会被强暴而啜泣的女孩时，帕特里克总忍不住会觉得自己迟了一步。他是侦查员，但他无法侦查到所有的事。事情交到他手里时都已经破碎，每次都是这样。

这是三月第一个暖天，人们开始相信雪应该会早一点融化，六月也马上就要来临。乔丝坐在麦特停在学生停车场的萨博的引擎盖上，想着现在距离夏天比距离开学更近了，想着再不到三个月，自己就正式升上高四了。

在她旁边的麦特靠在挡风玻璃上，斜仰着头面向太阳。“我们逃学吧。”他说，“天气这么好，整天关在学校太可惜了。”

“你要是逃学，就不能出场比赛了。”

冰上曲棍球的州锦标赛今天下午开赛，麦特打右边锋。去年斯特灵赢了，每个人都希望他们再赢一次。“你要来看球赛。”麦特说，他不是询问而是命令。

“你会得分吗？”

麦特诡异一笑，一把将她拉过来压在他身上。“我不是每次都会吗？”他说，但他说的已经不是曲棍球，她顿时觉得被围巾围住的脖子开始涨红。

忽然间，乔丝感觉好像一阵冰雹打在背上。两人坐起身来，这才看到足球队的布瑞迪·普莱斯和返校节皇后海莉·卫佛手牵手走过。海莉又丢出一把硬币，这是斯特灵高中祝运动员好运的做法。“罗斯顿，今天让他们好看。”布雷迪嚷道。

他们的数学老师也正好经过停车场，提着一只破旧的黑皮公文包和装着咖啡的热水瓶。“麦凯博老师，”麦特大喊，“我上星期五考得怎样？”

“幸好你还有其他特长，罗斯顿。”老师说着也将手伸进口袋。他对乔丝眨眨眼，抛出硬币，一分钱的硬币从空中掉落在她肩上，像婚礼上的五彩碎纸，也像坠落的星星。

想也知道，艾莉克斯把皮包里的东西又塞回去时心里这么想。她换了手提袋，把高院后侧员工入口的钥匙留在家里，虽然按了好几百遍蜂鸣器，附近好像没有人能替她开门。

“该死。”她低咒一句，徒步绕过泥泞水坑，以免毁了鳄鱼皮高跟鞋——把车停在后面的好处之一就是不必走这段路。她可以直接穿过书记室到自己的办公室，如果一切顺当，说不定不用延时上庭。

法院大门入口排了二十来人，但法院警卫认得艾莉克斯，因为她会在这儿窝上六个月，不必像地方法院的法官一样巡回各郡法院。警卫招招手，让她先进去，但是她皮包里装了钥匙、不锈钢热水瓶，还有不知道什么乱七八糟的东西，触动了金属探测器。

警报器是个聚光灯，大厅里每个人都转头看是谁被逮到。艾莉克斯低着头，匆忙走过光滑的地砖，却差点滑倒。正当她身子往前倾斜，有个矮胖男人伸手扶了她一把。“宝贝，”那人斜睨着她说，“鞋子很漂亮啊。”

艾莉克斯没有搭腔，挣脱他的手之后径自往书记室走去。没有哪个高院法官得应付这种事。华格纳法官是个好人，但一张脸却活像万圣节过后等着腐烂的南瓜。葛哈特法官——是个女同事——穿的衬衫都比艾莉克斯还老。艾莉克斯首次坐上法官席时，曾觉得当个很年轻、稍具姿色的女人是件好事，可以打破成规，但遇到今天早上这种情形，她就不那么肯定了。

她把皮包丢在办公室，手忙脚乱地套上袍子，花五分钟喝咖啡，顺便把待审案件再看一遍。每个案子都有独立档案，但累犯的案件会用橡皮筋绑在一起，有时候法官会在卷宗内用便利贴为彼此加注备忘录。艾莉克斯打开其中一份，看见一个以线条画成的男人，脸前面还有好几条杠——这是葛哈特法官的暗号，表示这是被告最后的机会，下次就得坐牢。

她按下蜂鸣器通知庭务员她已准备就绪，然后等着听她入庭的暗示："全体起立，主审法官艾莉克斯·柯米尔入席。"对艾莉克斯而言，走进法庭永远像是第一次在百老汇首演场登台。你知道底下会有人，你知道他们的目光都会集中在你身上，但还是会有那么一刻让你无法呼吸，无法相信他们来此是为了看你。

艾莉克斯轻快地走到法官席就座。当天早上预定要传讯的有七十人，法庭上挤满了人。第一名被告被点名后，拖着脚步走过围栏，眼神闪避。

"欧莱利先生，"艾莉克斯与此人目光交会，认出他便是大厅上那个人。他也发现刚才调情的对象是谁，因而显得很不安。"你就是刚才扶我的那位先生吧？"

他咽了一下口水。"是的，法官。"

"欧莱利先生，如果你当时知道我是法官，你会说'宝贝，鞋子很漂亮'吗？"

被告低下头，权衡着言辞轻佻与诚实孰轻孰重。"应该会吧，法官。"他停了片刻又说，"鞋子真的很漂亮。"

整个法庭鸦雀无声，大家都等着看她的反应。艾莉克斯笑开了，说道："欧莱利先生，你说得对极了。"

莱西·霍顿站在床沿扶栏边，弯身把脸凑到哭泣的产妇面前。"你可以做到，”她口气坚定地说，“你可以的，你会做到的。”

阵痛十六个小时，莱西、产妇和孩子的父亲都已精疲力竭，而随着分娩时间的接近，后者也逐渐明白自己是多余的，现在妻子需要助产士胜过需要他。“你到詹妮后面去，”莱西对他说，“把她往后抱。詹妮，我要你看着我，再用力推一次……”

产妇咬紧牙根使尽全力，努力制造另一个人时完全失去自我意识。莱西伸手去触摸胎头，托引着通过皮肤封缄处，然后很快绕开他头上的脐带，整个过程中她的目光始终未离开产妇。“再过二十秒钟，你的婴儿将会是地球上最年轻的人。”莱西说道，“你想见他吗？”

产妇更加用力一推作为响应。一个意志的高峰、一声坚决的呐喊、一次利索的宣泄……莱西迅速地将这个发紫的身躯放进母亲怀抱，好让孩子在人生第一次哭泣时，也有人安慰他。

产妇又哭了起来——少了疼痛交织的泪水，旋律已全然不同，不是吗？初为父母的两人俯身看着自己的孩子，形成一个紧密的圈子。莱西退到后面看着他们。即使生产过后，助产士仍有许多工作要做，但现在她想和这个小东西的眼神接触。父母也许觉得他下巴像玛吉姑妈，鼻子像爷爷，莱西看到的却是充满智慧与祥和的眼神——这八磅代表着毫无杂质的可能性。新生儿让她想到小佛祖，他们脸变得神圣。但时间却不长。同一群幼儿一周后回来做例行检查时，便已经变成身型迷你的普通人。那种圣洁，不知为何消失了，跑到这世界的哪个角落呢？莱西总感到疑惑。

当母亲到镇上另一头接生新罕布什尔州斯特灵镇最年轻的居民时，彼得·霍顿才刚刚起床。父亲出门上班前敲了他的门，这是彼得的闹钟。楼下有一只碗和一盒麦片等着他——即使凌晨两点被找了出去，母亲也不会忘记。她也会留张纸条祝他上学愉快，好像再简单不过似的。

彼得掀开被子，穿着睡裤来到书桌前坐下，开始上网。

留言板上的字很模糊。他随手拿起眼镜——就放在电脑旁边。戴上眼镜后，他把眼镜盒丢在键盘上——这时，他忽然看见他永远不想再看见的东西。

彼得连忙敲了Ctrl+Alt+Del，但他仍能看见那个画面，即便屏幕已经空白，即便他闭上了眼睛，即便他哭了起来。

在斯特灵这种小镇，大家互相都认识，向来都是如此。从某方面来说，这让人很放心——仿佛一个超大家族，偶尔受疼爱偶尔也会失宠。有时候，乔丝则感到困扰，就像现在。她在学校餐厅排队，排在她前面的娜妲莉是个一流的T，早在小学二年级就邀请乔丝到家里玩，还说服她学男生在前院草地上小便。你在想什么呀？母亲来接她时看见她们光着屁股蹲在水仙花丛旁，这么问她。即使如今已过十年，每回见到理着小平头、手里随时拿着单反相机的娜妲莉，乔丝仍不免好奇她是否也会想起那件往事。

在乔丝另一边的是斯特灵高中的女首领寇特妮·伊纳修。她那头金黄秀发散落在肩上，犹如丝质披肩，加上邮购的低腰牛仔裤，身旁总会围着一群东施效颦的同伴。寇特妮的托盘上只有一瓶水和一根香蕉，乔丝则拿了一大盘薯条。现在才第二堂课，正如母亲预言，她饿坏了。

“喂，”寇特妮故意大声说，让娜妲莉也能听到，“能不能叫那个同性恋让我们先走？”

娜妲莉双颊绯红发烫，立刻将上身贴紧色拉吧台的护罩，好让寇特妮和乔丝侧身而过。她们付了钱，穿过餐厅。

每当来到餐厅，乔丝总觉得自己像个自然学家，在非学术的自然栖地观察着各种不同物种。书呆子埋首于教科书中，对着没人想知道的数学笑话哈哈大笑。他们后面那群艺术狂，会在学校后面的绳索训练场地抽丁香烟，还会在笔记本空白处画漫画。坐在调味料台附近的是一群讨厌的丑八怪，她们喝着黑咖啡，等着搭巴士到三个镇外的专科学校上下午的课。还有一群嗑药的，才上午九点便已恍神。另外也有格格不入的，像娜妲莉和安吉拉·弗勒就注定成为边缘友人，因为其他人都不想和她们来往。

除此之外还有乔丝的死党。他们占了两张桌子，不是因为人多，而是因为体型较大：爱玛、梅蒂、海莉、约翰、布瑞迪、托瑞、杜鲁。乔丝还记得刚开始和这伙人混在一起时，常常把每个人的名字搞混。实在太容易混淆了。

他们也都长得有点像——男生都穿着自家冰上曲棍球队的栗子色运动衫，帽子反戴，一簇鲜亮的头发从帽子贴在前额的小洞蹿出，像冒火一样。女生则个个和寇特妮一模一样，都经过精心设计。乔丝在不知不觉中渗入他们的核心，因为她也很像寇特妮。她杂乱的头发吹得又直又亮，尽管地上还有积雪，仍踩着三英寸高的高跟鞋。如果外表相似，她就更加容易忽略自己其实并不清楚的内心的事实。

“嗨。”梅蒂向坐到自己旁边的寇特妮招呼道。

“嗨。”

“你听说费欧娜·凯蓝的事了吗？”

寇特妮双眼随即一亮，八卦就和化学催化剂一样有效。“你是说两边胸部不一样大那个？”

“不是，那是二年级的费欧娜。我说的是一年级的。”

“因为鼻子过敏，所以老是抱着一盒面纸那个？”乔丝滑进座位说道。

“可能不是过敏。”海莉说，“猜猜谁被送去戒毒中心了。”

“不可能。”

“不仅如此。”爱玛又补充说，“毒贩竟然是课外圣经学习小组的负责人。”

“我的天哪！”寇特妮大呼。

“就是啊。”

“喂。”麦特溜进乔丝旁边的座椅，“你们怎么这么慢？”

她转头看他。在桌子这一头，男生一面将吸管包装纸揉成小纸团，一面谈论春末的滑雪。“你们觉得萨纳比的半管状雪道还会开放吗？”约翰问的同时，将小纸团往另一桌正在睡觉的学生高高扔去。

那个男孩是乔丝去年选修手语课的同学，也是高三生。他的手脚又瘦又白，活像只竹节虫，打呼时还张大嘴巴。

“没丢中，丢人。”杜鲁说，“如果萨纳比关了，基灵顿也还可以。那里一直到……八月吧，都还有雪。”他的纸团落在男孩的头发上。

戴瑞克。男孩名叫戴瑞克。

麦特瞥了乔丝的薯条一眼。“你该不是想把这些全吃光吧？”

“我好饿。”

他捏捏她的腰，既是测量也是批评。乔丝低头看着薯条。十秒钟前还金黄酥脆、香味扑鼻，此时她却只看到沾在纸盘上的那片油渍。

麦特抓起一把，其余的递给杜鲁，杜鲁把一个纸团丢进了睡觉的男孩的嘴里。戴瑞克被呛了之后惊醒了。

“漂亮！”杜鲁和约翰击掌欢呼。

戴瑞克往餐巾纸里吐口水，还猛擦嘴巴，随后环顾四周瞧瞧还有谁在看他。乔丝忽然想起手语课学来的一句手语——其实期末考时她都已经忘得差不多了。手握拳头放在胸口处画圈，表示“对不起”。

麦特斜过身来亲她的脖子。“我们走吧。”他拉乔丝起身，然后转身向同伴们说，“待会儿见。”

斯特灵高中的体育馆在二楼，楼下本来是游泳池，但学校在规划阶段时的公债券提案未通过，因此改建三间教室，里头不时回响着球鞋重踩地板和篮球蹦跳的声音。麦可·毕屈和最好的朋友贾斯汀·费德曼——两人都是一年级生——坐在篮球场边线，看着体育老师做第一百次运球技巧示范。练习根本没用，这个班级的孩子要么像诺亚·詹姆斯那样技术纯熟，要么像麦可和贾斯汀这样，精通精灵语，但是把全垒打定义为下课以后全力跑回家，免得被人连同内衣一起吊在挂钩上。他们盘腿而坐，听着史毕思教练从球场这头冲到另一头时白球鞋发出的像老鼠的吱吱叫声。

“十块钱跟你赌，挑队员我一定是最后一名。”贾斯汀喃喃地说。

“真希望不用上课。”麦可同情地说，“说不定会有消防演习。”

贾斯汀开心地笑了。“地震。”

“暴雨。”

“蝗虫！”

“恐怖攻击！”

眼前出现了两只球鞋。史毕思教练交叉双臂，低头瞪着他们。“你们两个能不能告诉我，篮球哪一点这么有趣？”

麦可瞄瞄贾斯汀，然后仰头对教练说：“一点也没有。”

淋浴后，莱西·霍顿泡了一杯绿茶，轻松地在屋里走来走去。当孩子还小，她被工作与生活压得喘不过气时，刘易斯会问她他该怎么做才能改善。想想刘易斯的工作，对她真是一大讽刺。他是斯特灵学院的教授，专长是幸福经济学。没错，确实有这门学问，没错，他是个专家。他主持过研讨会，写过文章，也上过CNN接受专访，探讨如何衡量乐趣与幸运对金钱方面的影响——然而他却猜不透莱西喜欢些什么。她想去餐馆吃一顿美食吗？想去做脚趾甲美容？想睡个午觉？但是当她告诉他自己的渴望，他又无法了解。她最想一个人待在家里，不急着做任何事。

她打开彼得的房门，把杯子放在梳妆台上好替他整理床铺。何必多此一举？当她盯着彼得要他整理时，他会这么说。再过几个小时，我又会把它弄乱了。

通常，除非彼得在房里，否则她不会进来。或许因为如此，所以一进房间她就觉得怪怪的，好像少了什么。起初她猜想是因为彼得不在，房间感觉有点空，后来她才发现是电脑，原本嗡鸣声不断、随时亮着绿色屏幕的电脑被关掉了。

她拉起床单，将边缘塞入床垫底下，被子摊开铺好，枕头拍得蓬松。走到彼得房门口时，她停下来微微一笑：这房间真完美。

柔伊·帕特森好奇地想：和戴牙套的男孩接吻是什么感觉？倒不是因为最近有任何一丁点机会可能发生这种情形，而是她认为应该先考虑清楚，以免到时候措手不及。其实，她好奇的是和男孩接吻的感觉，就这么简单，即使是和她一样还没矫正牙齿也无所谓。老实说，还有什么时候比上讨厌的数学课更适合胡思乱想呢？

柔伊抬头望着时钟，跟随秒针一秒一秒数到九点五十分，然后立刻从座位跳起，交给老师一张假条。“喔，矫正牙齿。”他大声念出，“小心点，别让他把你的嘴巴给封住了。”

柔伊将背包扛到肩上，走出教室。她和妈妈约好十点在校门口见，停车很麻烦，所以妈妈直接开车来接她。现在还是上课中，教室走廊上空空的还有回音，像在鲸鱼腹中跋涉。柔伊绕进办公室，在秘书的外出记录表上签名，然后便匆匆忙忙跑出去，还差点把一个学生撞得四脚朝天。

天气很暖和，不必拉上夹克拉链，她想到夏天和足球营，以及上颚扩张器终于取下时的情形。如果吻一个没有戴牙套的男孩吻得太用力，会不会割伤他的牙龈呢？柔伊有个直觉：如果让男生流血，以后恐怕很难再复合。但男孩如果也像那个刚从芝加哥转学过来、英语课坐在她前面那个金发男生一样有牙套呢？（她倒不是喜欢他或什么的，只不过当他转身把作业还给她时，似乎拖延了那么一点点时间……）到时候会不会像卡住的齿轮，只好送急诊？那有多丢脸！

柔伊用舌头在嘴里的金属栏柱上舔一圈。也许她暂时得当修女。

她叹了口气，然后紧盯着马路，在车流中寻找妈妈绿色的探索者。就在这个时候，有东西爆炸了。

帕特里克开着没有标志的警车停在红灯前，等着转上公路。旁边的副驾驶座上有个纸袋，里头装着一瓶可卡因。他们在学校逮捕的药头已经承认那是可卡因，帕特里克却仍得花半天时间把它送到州立实验室，好让某个穿白袍的人告诉他他已经知道的事。他转弄着无线派遣台的音量钮时，刚好听到高中发生爆炸、消防队出动的消息。大概是锅炉，学校已经太老旧，内部设施随时可能出问题。他回想着斯特灵高中锅炉的位置，心想遇到这种情形，不知是否所有人都能幸运脱险。

有人开枪……

变绿灯了，但帕特里克没有动。在斯特灵开枪实在罕见，他不禁集中注意力听着无线台的声音，等候解释。

在高中……斯特灵高中……

派遣员的声音变得急促、紧张。帕特里克立刻将车子掉头，开启警示灯后便往学校驶去。这时开始传送出其他嘈嘈杂杂的声音：有警员说明自己目前所在位置、有值勤的主管试图调派人力，并向汉诺威与黎巴南请求互助。他们的声音彼此纠结、互相干扰，什么都说了却也什么都没说。

信号1000，派遣员说。信号1000。

在帕特里克的侦查员生涯中，只听过两次这种指令。一次在缅因州，一个精疲力竭的父亲挟持一名警察做人质。一次在斯特灵，那次银行抢劫原来是虚惊一场。信号1000表示每个人都必须立刻关闭无线电，让派遣员使用。这表示现在处理的已非例行勤务。

这表示生死攸关。

成群学生踩着伤者冲出学校，一片混乱。一名男孩在楼上窗口高举字牌，上头手写着“救救我们”。有两个女孩抱在一块哭泣。血融在雪地上变成粉红色。家长人数从一点一滴变成涓涓细流变成汹涌大河，尖声呼叫自己不见踪影的孩子，一片混乱。在你面前有一架电视台摄影机，救护车不够，警察不够，你知道世界即将崩解却没有应对的计划，一片混乱。

帕特里克把车头停上人行道，一手抓起后座的防弹背心。此时，肾上腺素已蹿遍全身，使得他眼角余光快速游移，感觉更敏锐。他发现所长欧路克拿着扩音器站在混乱的人群中。“现在情况还不清楚，”所长说，“特勤小组已经赶来。”

帕特里克才不管什么特勤小组。等到特警队抵达，可能已经又开了一百多枪。可能有孩子被杀。他掏出手枪：“我要进去。”

“不许进去。这样不合规定。”

“现在还管他妈的什么规定。”帕特里克发作道，“事后你可以炒我鱿鱼。”

当他奔上校门口台阶时，隐约留意到还有另外两名巡警违抗所长命令，在骚动中随他进入。帕特里克指示他们各往不同的走廊去找，他自己则推开双门，穿过为了出去而互相推挤的学生人潮。消防警报器铃声大作，帕特里克得很努力才能听到枪声。有个男孩尖叫着冲过去，他一把拉住他的外套。“是谁？”他吼道，“是谁在开枪？”

那孩子摇摇头，没有说话，猛一转身便挣脱。帕特里克看着他发狂似的奔过走廊，打开门，冲入一方阳光中。

学生不断绕过他涌向狭窄的大门，他仿佛河流当中的一块石头。浓烟翻腾，烧灼着他的双眼。帕特里克又听见断续枪响，迫使他克制自己不要盲目冲过去。“总共有几个人？”他对着跑过去的女孩喊道。

“我……我不知道……”

她身旁的男孩掉头望着帕特里克，犹豫着不知该提供信息还是赶紧离开。“是个学生……他见人就开枪……”

这就够了。帕特里克推开人潮，像条逆流而上的鲑鱼。学生的作业散落一地，弹壳在他鞋跟底下滚动。多处天花板被射落，残破的尸体扭曲躺在地板上，覆着一层薄薄的灰尘。帕特里克不顾这一切，也将大多数的训练守则抛到脑后——冲过一道道门，没想到歹徒可能隐身其后，应该搜索的房间也置之不理——而是持枪勇往向前，他的每英寸肌肤都能感受到脉搏跳动。稍后，他才想起自己未能在第一时间留意到的其他景象：暖气管的盖子被撬开，好让学生躲进一楼地板下方的空间；学生惊慌逃跑时遗落的鞋子；生物教室外地板上有学生将自己身形画在白色牛皮纸上的作业，仿佛令人怵目惊心的犯罪现场预演。

他穿梭在仿佛不断回旋交织的走廊上。“在哪里？”每遇见一名逃命的学生，他就抓来问，这是他唯一的导航工具。他看到喷溅的血迹，看到学生皱缩在地上，但他没有让自己多看一眼。他砰砰爬上中央楼梯，一到达阶梯顶端，便听到一扇门“轰”地开了。帕特里克连忙举起枪，冲上前去，却见一名年轻女教师高举双手跪在地上。在她苍白的脸蛋后面还有另外十二张受到惊吓、面无表情的脸。帕特里克闻到尿骚味。

他放下枪，以手势示意她到楼梯边去。“快走。”他喝令道，但没有多做停留，所以不知道他们是否照做了。

在一处转角，帕特里克踩到血滑倒时又听到一记枪响，声音大得让他产生耳鸣。体育馆的双扇门没有关，他快速溜进去后，扫视了几具散置的尸体、翻倒的篮球推车架和滚到内侧墙面停住的球——但没有射击者。每个星期五晚上他总会加班出任务，来监视高中球赛，所以他知道这里已经是斯特灵高中的尽头。也就是说开枪的人若非躲在这附近，就是趁帕特里克不注意时折了回去……现在甚至可能已将他困在体育馆内。

帕特里克急忙再次绕到出口，看看自己是否果真被困，不料又是一声枪响。他跑到一扇体育馆通往外面的门，刚才快速扫视四周时并未察觉。门的另一边是更衣室，墙面与地板都铺了白砖。他往下一瞥，看见脚边有呈扇状喷洒的血迹，便举枪慢慢往墙角移动。

更衣室一端有两具躯体躺着不动，较靠近帕特里克的另一端，有个瘦小的男孩蹲在一排置物柜旁边。原本戴着的金边眼镜，此时歪斜地挂在他瘦削的脸上。他全身抖得很厉害。

“你还好吧？”帕特里克小声地问。他不想太大声而让射击者知道他的位置。

男孩只是瞪着他看。

“他在哪里？”这回帕特里克用嘴型问。

男孩从大腿底下抽出一把手枪，举到自己头上。

帕特里克再次感觉一股热气急涌而出、遍及全身。“不许动。”他大喊，并举枪瞄准男孩。“把枪放下，不然我要开枪了。”顷刻间他的背部和额头都冒出汗来，而且他可以感觉到自己瞄准时，握住枪托的双手不停交换，决心在必要时刻将这孩子一枪击毙。

帕特里克正轻轻拂过扳机之际，男孩把手张得开开的，像只海星。手枪掉落下来，在地砖上蹦跳了几下。

他见状立刻扑向前去。另外一名警察——帕特里克甚至没有注意到他跟在自己后面——将男孩的武器取走。帕特里克将孩子推倒按在地上，给他戴上手铐，一边的膝盖还重重压在他的背脊上。“你一个人吗？还有谁和你一起？”

“只有我一个。”男孩咬牙切齿地说。

帕特里克感到头晕目眩，脉搏也像军队里的鼓声咚咚急响，但他几乎听不到另一名警察以无线电传达这个消息：“斯特灵，我们已经逮捕一人。据目前所知没有其他人。”

事情结束了——至少这个样子大致可以说是结束了——就和开始一样毫无征兆。帕特里克不知道学校里有没有地雷或炸弹。他不知道死伤多少人。他不知道达特茅斯希区考特医学中心和艾丽斯培克戴医院能收容多少伤者。他不知道该如何处理如此大规模的犯罪现场。锁定的罪犯已经被带出去，但付出的代价何等巨大？帕特里克全身开始打战，他知道今天对如此多数的学生、家长与镇民而言，他再一次迟了一步。

他往前走几步后，双膝往下一跪，主要是因为他的脚已经不听使唤，但他佯装是故意跪下检视更衣室另一端的两具遗体。另一名警员已将射击者推出去，楼下有一辆巡逻车在等着，帕特里克却几乎浑然不觉。他没有转身目送那孩子离开，反倒盯着眼前的尸体。

是个男孩，穿着冰上曲棍球队运动衫。他腹侧下方有一摊血，额头上有子弹贯穿的伤口。帕特里克伸手捡起掉在几英尺外的棒球帽，上头绣着“斯特灵冰上曲棍球队”的字样。他用双手托着帽沿旋转，转了个不完美的圈。

躺在他旁边的女孩脸朝下，血从她太阳穴底下渗出。她赤着脚，脚趾上涂着鲜亮的粉红指甲油——就像泰拉涂在帕特里克脚上的那种。他的心不由揪了一下。这个女孩就和他的教女和他教女的哥哥和全国其他百万名孩子一样，今天早上起床后就来上学，根本没想到会有什么危险。她相信所有的大人、老师和校长都会保护她的安全。这也是为什么自从九一一之后，学校里的老师们随时要戴着识别证，白天也要锁门——大家总以为敌人应该是外人，而不是坐在你旁边的同学。

他正想得出神，女孩忽然动了一下。“救……我……”

帕特里克跪在她身旁。“我在这里。”他说着，轻轻碰触她以检视她的状况。“都没问题。”他把女孩转到一定角度，才发现血是从一处割伤的头皮流出，不是他先前以为的枪伤。他用手快速检查她的四肢，嘴里不断念念有词，有时词句毫无意义，但至少让她知道她已经不孤单。“你叫什么名字？”

“乔丝……”女孩开始用力移动身子，想坐起来。帕特里克刻意用上半身挡在女孩和男孩中间——她已经受到惊吓，不能再崩溃。她摸摸自己的额头，见到手上都是血，不禁惊恐地问：“发生……发生什么事了？”

他本应待在原地，等候医生来接她。他本应用无线电求助。但“本应如何”似乎已不再适用，因此帕特里克将乔丝抱起，带她离开差点害她丧命的更衣室，冲下楼梯，撞开学校前门走出去，仿佛这么做他们两人都能获救。

十七年前

如果算上七个孕妇和她们怀的孩子，莱西面前坐了十四个人。她们当中有些人准备了笔记本和笔，刚才的一个半小时里，仔细写下叶酸的建议用量、畸胎原的名称，以及孕妇的建议饮食。在讨论正常生产的过程时，有两人面色发青，并因早晨的不适感而冲进厕所——其实这种不适感会持续一整天，就像我们说夏季，其实指的是一年四季。

她很累。她自己也才请过产假，刚回到工作岗位一星期，就算没有为自己的婴儿熬夜，也得醒着替他人接生，这似乎很不公平。她胸部胀痛，不舒服的感觉提醒她得去挤奶，好让保姆明天有奶可以喂彼得。

然而，她太喜欢这份工作，舍不得完全放下。本来她的成绩可以上医学院，她还想当妇产科医生，但后来发现自己坐在病人床边时，对她们的疼痛完全无法不感同身受。医生在自己与病患中间筑墙，护士则是将墙推倒。于是她改修护理助产士的专业课程，这促使她更深入探究孕妇的情绪健康，而不只专注于症状。或许医院有些医生觉得她是个怪人，但莱西确实相信当你问产妇“你觉得如何？”时，正面感觉几乎比负面感觉更重要。

她伸手越过胎儿发育的塑料模型，拿起一本畅销的《怀孕大全》高举在半空中。“你们有多少人看过这本书？”

七只手举了起来。

“好。不要买这本书。不要读这本书。如果家里已经有了，就丢掉。这本书会让你相信你会失血过多，会中风，会猝死，还有其他一百种正常怀孕期不会发生的情形。相信我，正常涵盖的范围比这几个作者说的还要宽广得多。”

她往后侧一瞄，有个女人手扶着腰。痉挛吗？莱西心想。宫外孕？

那名女子穿着黑色套装，头发往后扎成一束低低的、整整齐齐的马尾。莱西看见她又掐了一下腰，这回取下了固定在裙子上的小呼叫器。“我……嗯，对不起。我得走了。”

“不能再等几分钟吗？”莱西问，“我们正要去参观隔离式产房。”

那女子递出这次上课他们请她填的表格。“我还有更要紧的事要处理。”她说完便匆匆离去。

“好吧，”莱西说，“也许刚好可以休息一下，上上厕所。”其余六人鱼贯走出教室时，她很快地看了手中的表格一眼。艾莉克斯珊卓·柯米尔。她看到姓名栏，心想：我得特别留意此人。

上一次艾莉克斯为鲁米斯·伯朗伽提辩护，是因为他闯入三户民宅偷走一些电子设备，后来还企图在新罕布什尔州恩菲尔的大街上销赃。鲁米斯的想法够大胆，但他却没想到在恩菲尔这种小镇上，最新式的音响设备会引来关注。

昨晚，鲁米斯又在自己的犯罪记录上追加了一笔，他和两个朋友教训了一个毒贩，因为他给的大麻分量不够，结果他们一时冲动，将那家伙五花大绑丢进车子的行李厢。鲁米斯用球棒狠狠敲他的头，导致他头骨碎裂、全身痉挛。当他开始被血呛得几乎窒息，鲁米斯才将他翻身让他能够呼吸。

“真不敢相信他们竟然告我伤害。”鲁米斯透过看守所的栏杆对艾莉克斯说，“我救了他一命。”

“这个，”艾莉克斯说，“那本来对我们是有益的——如果不是你先动手伤害他的话。”

“你得想办法让我被判一年以下。我可不想被送进康科德监狱……”

“你可能会被以谋杀未遂起诉，你知道吗？”

鲁米斯不禁皱眉。“我这是帮警察的忙，让大街上少一个这种下三滥。”

艾莉克斯知道把鲁米斯·伯朗伽提送进监狱也是一样的。但重要的是把工作做好，不管她个人对当事人有何想法。她必须用一张脸面对鲁米斯，同时知道自己还有一张隐藏的脸。她不能让感觉影响能力，必须让鲁米斯无罪开释。

“我会看着办。”她说。

莱西明白所有的婴幼儿都不同，这些迷你小生物有自己的怪癖、习性与好恶。但不管怎么说，她都希望这回第二次尝试当母亲所制造出的孩子，能和前一个一样：乔伊，一个会让路人转头注目，并将推着婴儿车的她拦下，告诉她这孩子有多美的黄金男孩。彼得长得也一样好看，但他确实比较难带。他会哭闹不休，非得把他连同汽车安全座椅放到震动的烘干机上头，才能安抚他。他会吃奶吃到一半，头忽然不断向后仰，不肯再吃。

此刻凌晨两点，莱西正努力哄着彼得再次入睡。乔伊入睡就像大步一跨便坠落悬崖，彼得却不一样，他每一步都是挣扎。见儿子又是打嗝又是哭号，莱西轻拍他的背，并在肩胛骨中间画着小圈搓摩。老实说，她也很想哭。过去两个小时里，她看着购物台刀子的广告，数着沙发大扶手上的条纹直到视线模糊。她疲倦得全身酸痛。“怎么啦，小宝贝。”她叹气道，“我怎么做你才会快乐呢？”

根据她丈夫的理论，幸福快乐是相对的。每当莱西告诉别人说丈夫的工作是为喜悦估价时，多数人都会大笑，但这就是经济学家做的事——寻找生活中无形物质的价值。刘易斯在斯特灵学院的同事发表过关于教育能提供的相对支持、全民健保与工作满足感等报告。刘易斯的学科虽非正统，却同样重要。这使得他经常上国家公共广播电台和晚间秀，也经常出席企业研讨会——不知为何，当你开始谈论开怀大笑或是金发美女的蠢笑话值多少钱，数字运算似乎也变得性感。例如，性生活正常就相当于（在幸福感方面）加薪五万元。然而，如果每个人都加薪五万元，这项收获恐怕就不那么令人兴奋。而且，曾经令你快乐的事现在不一定能令你快乐。五年前，莱西愿意付出任何代价，只求丈夫买一束玫瑰回家。而如今，倘若他给她小睡十分钟的机会，她会高兴得扑倒在地。

且不论统计数据，刘易斯仍会是个名留青史的经济学家，因为他发明了幸福的数学公式：R/E，即“现实除以期望”。要想幸福有两个方式：改善现实，或是降低期望。有一次在小区的晚宴派对上，莱西问他如果没有期望怎么办。你不能零除。那是否意味着倘若在人生波涛中随波逐流，就永远不会快乐？当天稍晚在车上，刘易斯还指责她故意让他难看。

莱西不喜欢去思考刘易斯和他们的家庭是否真的幸福。你以为设计这个公式的人应该会了解幸福，但事实上并非如此。有时候她会想起那句古老俗谚——鞋匠的儿子没鞋穿——然后不免好奇：那么知道幸福价值的人的孩子呢？最近，刘易斯为了赶着发表一篇论文经常加班到很晚，莱西也精疲力尽，连站在医院电梯里都能睡着。但她努力说服自己这只是过渡期，只是个婴儿体能训练营，总有一天一定会转化成满足、满意、凝聚感，以及刘易斯在电脑程序上所构思的一切。说到底，她毕竟有个爱她的丈夫、两个健康的儿子和一份让人有成就感的工作。一直以来，幸福快乐的定义不正是得到你想要的吗？

她发现奇迹中的奇迹出现了，彼得已趴在她肩上睡着，蜜桃般的双颊紧贴着她的肌肤。她蹑手蹑脚地上楼，将他轻轻放入摇篮，然后往睡在另一边床上的乔伊瞄一眼。他身上笼罩着淡黄月光，像圣徒似的。不知道彼得长到乔伊这个年纪，会是什么模样？她心想：我可能连续两次那么幸运吗？

艾莉克斯·柯米尔比莱西想象得年轻。虽然她才二十四岁，但她显得自信满满，让人以为她已经三十来岁。“结果呢？”莱西主动说道，“上次那个紧急事件处理得如何？”

艾莉克斯不解地瞪着她，一转念才想到：一星期前她错过隔离室产房的参观行程。“是为了认罪协商。”

“这么说你是律师？”原本看着笔记的莱西很快往上一瞄，问道。

“是公设辩护人。”艾莉克斯的下颚微微抬起，仿佛已预料到莱西会指责她与坏人维持友好关系。

“这工作的压力一定很大。”莱西说，“你的同事知道你怀孕吗？”

艾莉克斯摇摇头。“这不重要。”她断然说道，“我不会请产假。”

“你可能会改变心意……”

“我不打算留下这孩子。”艾莉克斯宣示道。

莱西又坐回椅子上。“好吧。”她无权评断一个母亲堕胎的决定。“那么我们可以谈谈几种不同的选择。”莱西说。艾莉克斯怀孕十一周，孩子还可以打掉。

“我要堕胎。”艾莉克斯仿佛看穿了莱西的心。“可是我爽约了。”她眼珠子往上一转，“两次。”

莱西知道一个人可能很坚定地支持堕胎，却不愿意或无法为自己作这样的决定——这也正是选择的难处所在。“那么，”她说，“如果你还没有与任何机构联络，我可以给你关于收养的信息。”她从抽屉抽出一沓宣传单——附属于各种宗教的收养机构，以及专门接办私人收养事宜的律师。艾莉克斯接过传单，拿在手里像拿一副摊开的扑克牌。“不过现在我们只能把注意力集中在你和你的健康上。”

“我很好。”艾莉克斯口气平稳地回答，“我没有妊娠反应，不觉得疲倦。”她看看手表。“可是我约会快迟到了。”

莱西看得出来她是个好胜的人，习惯掌控生活中各个层面。“怀孕期间放慢脚步没关系，你的身体会需要的。”

“我知道怎么照顾自己。”

“偶尔也让别人照顾你一下，好吗？”

艾莉克斯的脸蒙上怒意。“我不需要上治疗课程。真的。我谢谢你的关心，可是……”

“你的伴侣也支持你堕胎的决定吗？”莱西问。

艾莉克斯别过头去好一会儿。莱西一时想不出该说什么，艾莉克斯却自己转了回来。“我没有伴侣。”她冷冷地说。

上一回当艾莉克斯的身体掌握主导权，做了理智叫她不能做的事之后，便有了这个孩子。事情开始得很单纯：她的诉讼辩护教授罗根·鲁克叫她进办公室，告诉她说她掌控法庭的表现很好。罗根说陪审团成员没有人能不被她吸引——就连他也一样。当时在艾莉克斯眼中，罗根是名律师戴若与贝利、上帝的综合体。声望与权力能让一个男人魅力大增，罗根因此成为她一生梦寐以求的对象。

当他说他教书十年，从未见过像艾莉克斯反应这么快的学生，她相信了。当他说他的婚姻已经名存实亡，她相信了。那天晚上当他从学校开车送她回家，把她的脸捧在手心，告诉她说他每天早上起床都是为了她，她也相信了。

法律这门学问研究的是细节与事实，不是感情。艾莉克斯所犯的重大错误就是爱上罗根时，她忘了这一点。她发现自己开始拖延计划，等着他来电，有时等得到，有时等不到。法学院一年级的学生会用她以前那种目光注视他，他也会与她们打情骂俏，但她会假装没看到。当她得知自己怀孕，更深信他们注定要共度一生。

罗根叫她去堕胎。她排定了堕胎时间，只是忘了将日期与时间写在行事历上。她又排了一次，却太晚发现约定的时间与期末考撞期。之后，她去找罗根。这是个预兆。她说。

也许吧，他对她说，但不一定如你所想。理智一点。罗根这么说。单亲母亲永远无法成为出色的诉讼律师。她必须在事业与孩子之间作选择。

他意思其实是她必须在留住孩子和留住他之间做选择。

那个女人从背后看很眼熟，就像有时候在不同场合见到某些人会有似曾相识的感觉：例如在银行排队时看见你常去的杂货店的店员，看电影时看见替你送信的邮差坐在走道另一边。艾莉克斯又盯了一下，才明白是那个幼儿令她心慌。她大步穿过法院走廊，朝镇书记走去，莱西·霍顿正在那里缴违规停车的罚单。

“需要找律师吗？”艾莉克斯问。

莱西抬起头来，一只手肘扶着婴儿背袋。她花了片刻才想起这张脸——自从艾莉克斯一个月前第一次产检后，她便没有再见过她。“是你呀，你好！”她微笑着说。

“你怎么会到我的地盘来？”

“喔，我在替我的前任交保释金。”莱西等到艾莉克斯瞪大双眼，才笑着解释，“开玩笑的，我违规停车被开了张罚单。”

艾莉克斯发现自己直盯着莱西儿子的脸看。他戴了一顶蓝色帽子，帽带系在下颚底下，双颊挤露在羊毛帽的边缘外。他在流鼻涕，发现艾莉克斯看着自己，给了她一个空洞的微笑。

“要不要一起喝杯咖啡？”莱西说。

她把十块钱放在罚单上，从柜台窗口送进去，用手肘将婴儿袋托高一些之后，步出法院朝对街的甜甜圈店走去。莱西停下来给了坐在法院外面的游民一张十元纸钞，艾莉克斯眼珠子一转——昨天下班时，她的确亲眼看见这家伙走向最近的酒吧。

在咖啡店里，艾莉克斯看着莱西毫不费力地将婴儿身上的衣服一层层剥下，接着将他抱出婴儿袋放到自己腿上。她一面说话，一面将毛毯垫在肩上，开始给彼得喂奶。“这个难不难？”艾莉克斯脱口而出。

“你说喂奶？”

“不只喂奶，”艾莉克斯说，“所有一切。”

“谁也不是天生就会做的。”莱西将婴儿举到肩上。他穿鞋的脚踢着她的胸部，仿佛已经试着要保持距离。

艾莉克斯随即想到罗根·鲁克，当他得知她打算到公设辩护人办公室工作，曾取笑她。你撑不了一个礼拜的，他告诉她，你心太软了。

她偶尔会想，自己之所以成为出色的公设辩护人是因为有本领，还是为了证明罗根是错的才会下定决心。总之，艾莉克斯在工作中训练出一种假面功夫，能在法律体制上让犯罪者有平等发声的机会，而不会被当事人惹恼。

她已经对罗根犯了相同的错误。

“你有没有去找任何收养机构？”莱西问道。

艾莉克斯根本没有带走那些宣传单。就她所知，宣传单应该还躺在检查室的柜台上。

“我打过几通电话。”艾莉克斯谎称。她记在工作清单上了，只不过每次总是刚好碰到其他事情。

“我能不能问你一个私人问题？”莱西说，艾莉克斯缓缓点了个头——她并不喜欢私人问题。“你为什么决定打掉孩子？”

她真的做过这样的决定吗？或者是别人替她决定的？

“现在时机不对。”艾莉克斯说。

莱西笑了起来。“真的有生孩子的好时机吗？这我不敢说。无论如何你的生活肯定会被搅得天翻地覆。”

艾莉克斯瞅着她。“我不喜欢天翻地覆的生活。”

莱西为了整理婴儿的衬衣忙乱了一阵。“从某方面来看，你和我做的事其实大同小异。”

“再犯率很可能差不多。”艾莉克斯说。

“不……我是说我们看到的都是人最赤裸裸的一面。这也是我喜欢助产工作的原因。你会看到一个人面对痛苦万分的情况时有多么坚强。”她瞥了艾莉克斯一眼，“剥光一切之后，所有人竟都如此相像，很令人惊讶吧！”

艾莉克斯回想着自己职业生涯中遇过的罪犯，他们在她心中模糊成一片。但这是因为如莱西所说，我们都很相似吗？或是因为艾莉克斯已经老练到不去看得太仔细？

她看着莱西把婴儿摆在腿上。他双手拍打桌面，发出细细的咯咯笑声。这时莱西忽然站起来，把婴儿往艾莉克斯面前一凑，她若不接手孩子就可能掉落在地。“替我抱着彼得，我得上个洗手间。”

艾莉克斯吓坏了。等一下，她心想，我这是在做什么？婴儿的双脚不断踢动，像个奔下悬崖的卡通人物。

艾莉克斯笨手笨脚地将他安置在自己腿上。她没想到他这么重，皮肤摸起来像湿湿的天鹅绒。“彼得，”她正式地自我介绍，“我是艾莉克斯。”

婴儿伸手去抓她的咖啡杯，她弯身将杯子推远些。彼得五官一皱，便哭起来。

一声声高分贝的哭喊有如灾难降临，让人心烦意乱。“别哭了。”艾莉克斯哀求道，四周的人也开始往这边看。她站起来，学着莱西轻拍彼得的背，希望他力气用尽、喉咙痛，或只是可怜她全无经验也好。艾莉克斯——向来擅于唇枪舌剑，即使面临可怕的法律情况，也总能镇定自若地站稳脚跟的她——此时竟完全不知所措。

她坐下来，双手撑在彼得腋下将他举起。这时候他已经涨红得像个西红柿，皮肤又肿又暗沉，以至于柔细的发丝闪亮得犹如白金。“你听着，”她说，“你现在想要的可能不是我，但你只有我。”

婴儿最后打了个嗝儿，终于安静下来。他盯着艾莉克斯的双眼，似乎想认出她是谁。

艾莉克斯松了口气，略微坐高一些，改让他躺进自己的臂弯中。她目光往下瞥见婴儿的头顶，隐约看见半透明的囟门底下有脉搏跳动。

当她不再用力抓住婴儿，他也放松了。就这么简单吗？

艾莉克斯用手指抚摩婴儿头上那个柔软点。她知道此处的生物特性：颅骨可以移动重叠，使得生产较为容易，等幼儿开始学步时便会闭合。这是所有人与生俱来的弱点，长大成人后则扎扎实实转化为冷静理智。

“对不起，”莱西飞快回到桌前，说道，“谢谢你帮忙。”

艾莉克斯猛然将婴儿往外递，像被烫着似的。

产妇是在家接生了三十小时后转送过来的。她深信自然医学，几乎没有做任何产前护理，没有做羊膜穿刺，没有做超音波，但出生的时间一到，新生儿还是有办法得到他们想要和需要的东西。莱西把手放在女子颤抖的腹部，像个灵疗师。六磅，她暗想，屁股在上面这里，头在下面这里。有个医生从门缝探头进来。“情况如何？”

“告诉加护育婴室胎儿三十五周大，”她说，“不过似乎一切正常。”医生退出后，她坐到产妇的两腿之间。“我知道你已经试了很久，好像怎么也生不出来。”她说，“但只要我们一起努力一个小时，孩子就会出生了。”

莱西指示产妇的丈夫到妻子背后去，当她开始用力时，抓住她让她的上身保持直立。这时她忽然感觉到海蓝色手术衣腰间的呼叫器在震动。会是谁呀？她已经在值班，秘书知道她正在接生。

“等我一下好吗？”她说着便让房里的接生护士暂代，自己则走到护士办公桌旁借用电话。“怎么回事？”秘书接起电话时，莱西问道。

“你有一名患者坚持要见你。”

“我现在有点忙。”莱西语气尖刻地说。

“她说她会等，不管多久都没关系。”

“是谁呀？”

“艾莉克斯·柯米尔。”秘书回答。

通常莱西会叫秘书请患者去找其他助产士。但艾莉克斯·柯米尔还有点捉摸不定，她还无法明确了解——总之情形不太对。“好吧。”莱西说，“告诉她还要几个小时。”

她挂上电话赶回产房，然后伸手到产妇两腿间检查子宫颈张开的程度。“看来你是要我走开。”她打趣地说，“已经开十厘米了。再来想用力的时候……就使尽全力吧。”

十分钟后，莱西接生了一个三磅重的女婴。父母亲正为女婴感到惊喜不已，莱西却转身默默向护士使眼色。出了很大的问题。

“她好小。”父亲说，“是不是……她还好吗？”

莱西犹豫不语，因为她也不知道答案。肌瘤吗？她暗忖。她只知道这个妇人体内绝不只有一个三磅的胎儿。而且从此刻开始，产妇随时可能开始出血。

但是当莱西用手抓住产妇肚子，往下压她的子宫时，她僵住了。“有没有人跟你们说是双胞胎？”

父亲脸色变得灰白。“有两个？”

莱西咧嘴一笑。双胞胎，这个她能处理。双胞胎——这可是喜上加喜，不是什么可怕的医疗灾难。“可是现在只生出一个。”

男子蹲到妻子身旁，亲亲她的额头，十分高兴。“你听到了吗，泰莉？双胞胎。”

他的妻子视线始终停留在刚出生的小女儿身上。“很好呀。”她平静地说，“可是我不想再挤第二个出来了。”

莱西笑着说：“我想我应该能让你改变心意。”

四十分钟后，莱西留下这快乐的一家人——父母亲和一对双胞胎女儿——通过走廊来到员工洗手间，用水泼泼脸，同时换上干净的手术衣。她走楼梯到楼上的助产士办公室，朝坐在外头的那群女人横扫一眼，她们将手安放在肚子上，肚子的形状大大小小仿佛月亮盈缺的不同阶段。其中有一人起身，双眼通红、脚步不稳，就好像是被莱西的到来给吸直起来似的。“艾莉克斯，”直到此刻她才想起还有一个病患在等她，“请跟我来。”

她带领艾莉克斯来到一间空的检查室，与她面对面坐下。这时候莱西发现艾莉克斯的毛衣穿反了。那是一件淡蓝色圆领毛衣——要不是因为领口边的标签，几乎看不出来。凡是赶时间或惊慌失措的人，都可能发生这种事……但是艾莉克斯·柯米尔不太可能。

“我出血了。”艾莉克斯说话的声音平稳，“不多，可是……有一点。”

莱西也学艾莉克斯，以平静的口气回答：“我们还是做个检查，好吗？”

莱西带艾莉克斯到走廊另一头照胎儿超音波。她说服一名技师让她们插队，艾莉克斯一躺到台面上，她便启动机器。她拿着探头在艾莉克斯的腹部游移。十六周的胎儿已经像个婴儿——小小的，只有骨头，但完美得令人惊讶。“你看到了吗？”莱西指着一闪一闪的游标，一个小小的黑白鼓点，说道，“那是婴儿的心脏。”

艾莉克斯把脸转开，但莱西还是看见一滴泪滑落她的脸颊。“胎儿没事。”她说，“有一点血迹或污渍是很正常的，不是因为你做了什么。你是无法阻止它的。”

“我以为流产了。”

“一旦能看到我们刚才看到的正常婴儿，流产的几率就不到百分之一。换个方式说吧——你足月生下正常婴儿的几率是百分之九十九。”

艾莉克斯点点头，用袖子擦擦眼角。“那很好。”

莱西迟疑了一下。“其实我没有立场这么说。不过艾莉克斯，你虽然说不想要这个孩子，但听到她没事你好像松了好大一口气。”

“我没有……我不能……”

莱西瞄瞄超音波的屏幕，艾莉克斯的孩子正静止在某个时间点。“你好好想想。”她说。

我已经有一个家。当天艾莉克斯告诉罗根·鲁克说她打算留下小孩时，罗根这么说。不需要第二个。

那天晚上，艾莉克斯进行了堪称驱魔的仪式。她在她的韦伯炭烤炉内装满木炭，点了火，然后将她曾交给罗根·鲁克的每份作业放在火上烤。她没有他们二人的合照，没有甜蜜的字条——回想之下她才发现他有多小心，他有多轻易便能从她的人生中抹去。

她决定了，这孩子将是她一个人的。她坐着，望着火焰，想着胎儿可能在自己体内占据的空间。她想象自己的器官移位、肌肤延展。她想象自己的心脏缩成和海滩石头一样，好腾出空间。她没有去思考自己决定生下孩子是为了证明她和罗根的关系不是她凭空幻想，或是为了报复他带给她烦恼。任何经验老到的诉讼律师都知道，切勿向证人提出你自己不知道答案的问题。

五周后，莱西已不只是艾莉克斯的助产士，同时也是她倾吐的对象、她最好的朋友、她的咨询顾问。莱西通常并不和患者交际应酬，但为了艾莉克斯她破例了。她告诉自己，这是因为已经决定留下孩子的艾莉克斯确实需要一个支撑力，而除了她，艾莉克斯和谁在一起都不自在。

莱西心想，这是她答应今晚和艾莉克斯的同事们一块出去的唯一原因。尽管是没有小孩缠身的“女士之夜”，却因与这群人出游而魅力大减。莱西早该料到，宁可连续做两次根管治疗也不要和一群律师用餐。她们显然都喜欢听自己说话。她仿佛河中央的石头，让谈话声在身旁流动，而她则不断拿起盛可乐的水壶斟满自己的酒杯。

这是间意大利餐厅，厨师的红酱做得很难吃又放很多蒜头。她很好奇，不知道意大利有没有美式餐厅。

艾莉克斯正在热烈讨论一个已交付陪审团审理的案件。莱西听到桌面上的精彩应答之间出现不少术语：FLSA（劳动基准法）、辛格对札特拉案、动机。坐在莱西右手边、气色红润的女子摇摇头。“这传递了一个信息。”她说，“如果你裁定赔偿非法工作的伤害，就等于允许一家公司不守法。”

艾莉克斯笑道：“西妲，我要趁机提醒你，你是在座唯一一位检察官，你是绝对赢不了的。”

“我们都有成见。我们需要一位客观的旁观者。”西妲微笑看着莱西，“你对这个话题有什么看法？”

也许她应该认真听她们的对话——莱西神游之际，话题显然变得有趣了。“我当然不是这方面的专家，但不久前我刚看完一本关于51禁区与政府隐瞒事实的书。书中很详细地描述牛体器官遭残害的细节——我觉得很可疑的是内华达有一头牛的肾脏不见了，但切开处却没有任何外伤也没有流血。我以前养过一只猫，我想可能是被外星人拐走了。她整整失踪四个礼拜——一分不差——回来的时候，背上的毛被烫出几个三角形图案，有点像麦田怪圈那样。”莱西顿了一下又说，“只不过没有小麦。”

在座所有人都静静地瞪着她。一个有张樱桃小口、留着时髦金色短发的女人诧异地对莱西说：“我们说的是非法的外国人。”

莱西顿时感到整个脖子发烫。“喔，”她说，“是呀。”

“如果你问我的话，”艾莉克斯将众人的注意力转移到自己身上。“劳工部长应该是莱西，不是赵小兰。她肯定比较有经验……”

大伙全都大笑起来，莱西则呆望着她们。她知道艾莉克斯能适应任何场合，无论是这里，或是和莱西家人用餐，或是在法院，或甚至与女皇喝下午茶。她是只变色龙。

莱西忽然想到她其实并不知道变色龙变色之前是什么颜色。

每次产前检查过程中，总有一刻莱西会全神贯注地引出她内心的信仰治疗师：她将双手放在孕妇的肚子上，仅凭腹部的起伏预测胎儿的方位。这总会让她想起万圣节时她带乔伊去的鬼屋——你要把手伸到布幕后面，去摸一碗冷意大利面做的肠子，或是果冻做的人脑。其实这并非精密的科学方法，但基本上胎儿有两个坚硬的部分：头和臀部。如果摇动胎儿的头，脊椎主干会扭曲。如果摇动胎儿臀部，它会左右摇晃。摇动头，只有头会动，摇动臀部，则全身都会动。

她双手慢慢地触摸过艾莉克斯隆起的腹部，然后扶她坐起。“好消息是宝宝很健康。”莱西说，“坏消息是现在的它头上脚下。臀位。”

艾莉克斯当下愣住。“我需要剖腹？”

“我们还有八个礼拜的时间。有很多方法可以尝试让婴儿转身。”

“比方说……？”

“艾灸。”她坐到艾莉克斯对面，“我会给你针灸师的名字。她会用一根小艾条放在你的小趾旁边，然后换另一脚。不会痛，但有点烫。等你学会自己做了以后，如果从现在开始，胎儿很有可能会在一两个礼拜后转身。”

“用艾条戳我自己就能让胎儿翻筋斗？”

“不一定。所以我要你在家里拿烫衣板斜靠着沙发，然后头下脚上躺在斜面上，每天三次，每次十五分钟。”

“天哪，莱西。你该不会还要我戴水晶吧？”

“相信我，这些远比让医生动手……或是剖腹之后的康复舒服得多。”

艾莉克斯交叉双手抱着肚子。“我对迷信的东西不太有信心。”

莱西耸耸肩。“幸好臀位的人不是你。”

照理说是不能让当事人搭便车到法院，但艾莉克斯对娜蒂雅·萨拉诺夫破了一次例。娜蒂雅的丈夫向她施暴，还为了第三者抛弃她。虽然他赚不少钱，而娜蒂雅在潜艇堡每小时的工资才5.25美元，他却不肯支付两个儿子的赡养费。她已经向州政府提出控诉，但司法程序太冗长，于是她便到沃尔玛顺手牵羊，替五岁的儿子偷了一条裤子和一件白衬衫，因为他下礼拜就要开学，而旧衣服都穿不下了。

娜蒂雅认罪。因为她缴不出罚金，因此被判拘役三十天缓刑一年，也就是——艾莉克斯正在向她解释——这一年内她不必坐牢。“你如果去坐牢，”她们站在法院女厕外面时，艾莉克斯说道，“你的儿子会很痛苦。我知道你感到绝望，但是总会有其他选择，例如教会或是救世军。”

娜蒂雅擦去眼泪。“我不能去教会或救世军。我没有车。”

对。所以今天艾莉克斯才得载她来法院。

娜蒂雅钻进洗手间时，艾莉克斯强迫自己硬下心来。她的工作是为娜蒂雅协商出好的结果，她已经办到了，更何况这个女人已是第二次犯盗窃罪。上一次是在药房里，她偷了一些儿童用的止痛剂。

她想到自己的孩子，想到自己为了它要头下脚上躺在烫衣板上，每天晚上还要像刑求一样用小匕首戳小趾，只希望能改变胎位。颠倒地来到这个世界会有什么坏处呢？

十分钟过去了，娜蒂雅还没出来，艾莉克斯敲了敲门。“娜蒂雅？”她看见当事人在洗手台前啜泣，“怎么了，娜蒂雅？”

她的当事人感到羞耻，把头埋得更低。“我来月经了，没钱买棉条。”

艾莉克斯掏出皮包，摸了一个二十五分钱硬币投进墙上的贩卖机。但是当厚纸管滚出机器时，她登时领悟到尽管这个案子已解决，事情却尚未结束。“你到外面等我。”她用命令的口气说，“我去开车。”

她载娜蒂雅到沃尔玛去——她的犯罪现场——往购物车丢了三大包

棉条。“你还需要什么？”

“内裤。”娜蒂雅小声地说，“我只剩下这件。”

艾莉克斯推着车在通道间来回穿梭，替娜蒂雅买了T恤、袜子、裤子和睡衣，替她儿子买了裤子、外套、帽子和手套，还买了金鱼饼干、苏打饼干、浓汤罐头、面食和巧克力奶油夹心饼。绝望之余，她做了当时该做的事，尽管这正是公设辩护人办公室告诫律师不要做的事。不过她非常理智而清醒，她知道自己从未为当事人做过这种事，将来也绝不会再做。她在娜蒂雅偷东西的商店里花了八百美元，因为要纠正错误比较简单，要想象自己的孩子即将来到一个有时候连她都无法忍受的世界却很难。

当艾莉克斯将信用卡递给收银员，心里响起罗根·鲁克的声音时，情感的宣泄到此结束。淌血的心，他会这么说她。

是啊，他理应知道。

第一个撕碎她的心的人就是他。

好，艾莉克斯平静地想。这就是死的感觉。

收缩再一次令她全身疼痛，像子弹扫射过金属。

两星期前进行第三十七周产检时，艾莉克斯与莱西谈论过止痛药。你对此有何看法？莱西问道，艾莉克斯还开了个玩笑。我觉得应该从加拿大进口止痛药。她告诉过莱西她不打算使用止痛药，说她想要自然生产，说不可能那么痛。

真的很痛。

她回想着莱西强迫她上的那些生产课程——在课堂上由莱西充当她的伴侣，因为其他每个人都有丈夫或男友协助。他们看了女性生产的影片，产妇一个个脸纠结变形、咬紧牙根，一个个发出原始而刺耳的吼声。艾莉克斯对此一笑置之。他们播的是最坏的情况，她告诉自己，不同人有不同的耐痛度。

第二次的收缩像条眼镜蛇顺着脊椎盘曲而下，蛇身卷起她的腹部，大口一咬利牙深陷。艾莉克斯痛得重重跪倒在厨房地板。

她从课堂上得知，阵痛可能持续十二个小时或更久。

到那个时候，如果她还没死，她会自杀。

莱西还在接受助产士训练时，有好几个月都会拿着一支标有厘米刻度的短尺，走来走去地测量。如今执业多年，她已经可以目测咖啡杯直径九厘米，而护理站电话旁边的橘子则是八厘米。她从艾莉克斯的两腿间抽出指头，“啪”一声脱掉乳胶手套。“开了两厘米。”她说，艾莉克斯忽然哭了起来。

“才两厘米？我做不到。”艾莉克斯喘息着说，一面扭动脊椎驱除疼痛感。她曾试图用平常戴的能干面具掩饰自己的不舒服，不料却发现匆忙之间，想必将它遗落在某处了。

“我知道你很失望。”莱西说，“不过重要的是——你的情况很好。我们知道如果开两厘米时的情况很好，开八厘米时也会很好。让阵痛一次一次慢慢来。”

生产对任何人都很困难，莱西明白，但对于有期望、会列清单、会做计划的女人更难，因为它永远不会是你想象的样子。若想生产顺利，就得让身体——而不是心——全权掌控。你要原形毕露，即使你已遗忘的部分也不例外。像艾莉克斯这种习惯于掌握一切的人，恐怕更会觉得生不如死。要想成功就得以失去理智为代价，就得冒险变成她不想变成的人。

莱西搀扶艾莉克斯下床，带她到按摩浴室。她将灯光调暗，转开乐器演奏的音乐，然后解开艾莉克斯的袍子。艾莉克斯已经不再害羞。莱西猜想，此时此刻只要能让收缩停止，就算在一群男囚犯面前脱衣服她也愿意。

“进去吧。”莱西让艾莉克斯靠在自己身上再浸入按摩浴池。碰到温水时她反射性地缩一下。有时候光是踏入浴池就能让人的心跳减慢。

“莱西，”艾莉克斯喘着气说，“你要答应我……”

“答应什么？”

“别告诉她，别告诉孩子。”

莱西伸手握住艾莉克斯的手。“告诉她什么？”

艾莉克斯闭上眼睛，把脸贴在浴缸边缘。“我开始不想要她。”

莱西还没来得及回答，便看见艾莉克斯变得紧张。“用力呼吸度过这次。”她说。把疼痛吹走，吹到你两手之间，想象它是红色的。用你的手和膝盖支撑起来。把自己往内倾倒，像沙漏里的沙一样。去海边吧，艾莉克斯。躺在沙滩上，看看太阳有多温暖。

欺骗自己，直到谎言成真。

当你痛彻心扉时，就向内求援。莱西已经看过千百次。脑内啡——体内自然生成的吗啡——起作用，将你带到很远的地方，疼痛找不到你的地方。有一回，有个被施暴的产妇疏离得太过度，莱西一度担心自己找不到她，来不及在分娩前将她唤回。最后她用西班牙语为产妇唱了一首摇篮曲。

艾莉克斯恢复镇定已有三个小时，这要感谢麻醉师为她施行硬膜外麻醉。她睡了一会儿，又跟莱西玩扑克牌。但现在胎儿已经下降，她也开始用力。“为什么又痛了？”她问话的声音愈来愈高。

“硬膜外麻醉就是这样。如果增加剂量，你就不能用力了。”

“我不能生小孩。”艾莉克斯脱口而出，“我还没准备好。”

“看来，”莱西说，“我们得谈谈。”

“我在想什么？罗根说得没错，我不知道自己在搞什么。我不是母亲，我是律师。我没有男朋友，我没有狗……我甚至没有养活过任何室内植物。我更不会换尿布。”

“小小卡通人物又出现了。”莱西说着，拉起艾莉克斯的手往下伸入她两腿之间，摸摸胎头着冠处。

艾莉克斯猛然将手缩回。“那是……”

“对。”

“她要来了？”

“不管你准备好了没。”

又是一阵收缩。“艾莉克斯，我看到眉毛了……”莱西让婴儿慢慢地娩出产道，同时保持胎头弯曲。“我知道这有多痛……看到下巴了……好美……”莱西擦拭婴儿的脸，为她抽吸口腔。她迅速将脐带绕过胎儿的脖子，然后抬头看着友人。“艾莉克斯，”她说，“我们一起来。”

莱西牵着艾莉克斯颤抖的双手捧住幼儿的头。“保持这个姿势，现在要让肩膀出来……”

当婴儿滑入艾莉克斯手中，莱西随即放手。艾莉克斯放松地啜泣着，同时将那扭动的小身躯搂在胸前。莱西一如往常地深受新生儿吸引，他们是那么地唾手可得——那么地活在当下。她抚摩婴儿的后腰，看见她蒙眬的蓝色眼珠一开始就盯着母亲看。“艾莉克斯，”莱西说，“她是你的了。”

谁都不愿意承认，但祸不单行是真的。也许因为一切都是连锁的，很久以前某人做了第一件坏事，导致另一人做了另一件坏事，依此类推。你知道，就像那个游戏一样，你附在某人耳边说一句话，那人又小声地告诉另一个人，到最后出现的句子却是错的。

但话又说回来，坏事之所以发生也许是因为只有这样，我们才能记住好事应该是什么样子。

数小时后

有一回在酒吧，帕特里克最好的朋友妮娜曾问他见过的什么情景最惨。他老实回答了——他还在缅因州时，有一个人把自己绑在铁轨上自杀，说他被火车切成两半绝不夸张。血与尸块散落一地，资深警察到达现场后，都开始在灌木丛里呕吐。帕特里克走到一旁力图恢复镇定，却发现死者断落的头就在眼前，嘴巴还张得大大的，发出无声的呐喊。

那已经不是帕特里克所见过最惨的情景。

一个个紧急救护队抵达斯特灵高中，开始彻底搜查建筑内的伤者并给予救护时，还有学生川流不息地涌出校门。数十名学生在大举逃难中造成轻微割伤与瘀青，许多人则是喘不过气或歇斯底里，更多人受到惊吓。不过帕特里克的第一要务是处理枪击案被害人，他们七横八竖地躺在地板上，从餐厅一路散布到体育馆，一条血迹记录了枪手的行动路线。

火灾警报器还在响，自动洒水系统在走廊上制造出一条河流。在水雾底下，两名救护员弯身检视一名被射中右肩的女孩。“我们把她搬上滑板推车。”医护人员说。

帕特里克这才发现自己认识她，不由得打了个寒噤。女孩在镇上的录像带店工作。上个周末他去租《紧急追捕令》时，她还告诉他欠缴三块四的逾期费用。他每个星期五去租DVD都会见到她，却从未问她叫什么名字。他为什么不问呢？

女孩低声呜咽之际，医护人员用手中的马克笔在她额头写上数字“9”。“不是所有伤者身上都有身份证件。”他对帕特里克说，“所以我们才替他们编号。”女学生被移到背板上后，帕特里克伸手到她另一边拿一块黄色塑料避震毯——每个警察的巡逻车后面都有此配备。他将避震毯撕成小块，瞄一眼女孩额头上的数字，也在其中一块写上“9”。“把这个放在她躺的地方。”他指示道，“这样稍后便能知道她是谁，在哪里被发现。”

一名救护人员从角落探出头来。“希区柯克说所有床位都满了。现在前面草地上还有学生在排队等着，可是救护车无处可去。”

“艾丽斯培克戴呢？”

“那里也满了。”

“那就打电话到康科德说我们有车子要进来。”帕特里克下令道。他从眼角余光瞥见他认识的一名救护人员——再过三个月就打算退休的老前辈——从一具尸体旁走开后，蹲下身啜泣起来。帕特里克随手抓住擦身而过的警员的袖子。“贾维斯，你帮我个忙……”

“可是队长，你刚刚才派我到体育馆去。”

帕特里克将最早抵达现场的警察与州警重案小组成员分派开来，以便在学校各处都有专属的一线因应组员。此时他将剩下的避震毯碎片和黑色马克笔交给贾维斯。“别管体育馆了。我要你把整个学校巡视一遍，和紧急救护人员核对。凡是标有数字的人，被送走之前都要在原地留下一块标示数字的避震毯。”

“女生厕所里有一个失血过多昏倒的。”有人喊道。

“我来处理。”一名救护人员说着便拾起一袋用品匆忙赶去。

千万不能忘记什么，帕特里克提醒自己，你只有一次机会。他的头好像是玻璃制的，太重、太薄，无法承受这许多信息的重量。他无法同时分身各处。他说话与思考的速度不够快，无法将手下派到必要的地方。他根本不知道该如何处理如此巨大的噩梦，但他得假装自己知道，因为其他人都指望着他。

餐厅的双扇门在他身后关闭。负责此间的小组已经完成评估并送走伤员，如今只剩下尸体。煤渣砖墙被子弹射穿或擦过之处露出缺口。一台自动贩卖机玻璃碎裂，瓶罐被射穿，雪碧、可乐和罐装水直往油毡地板上滴。将证物拍照存证是办案技巧之一：被丢弃的书包、皮包、教科书。他快速拍下每件物品的特写，然后再退后连同一张小小黄色帐篷状的证物标示牌一起拍下，这标示牌可记录证物与现场其他物品的相对关系。另一名警员负责检视血迹奔溅形态，还有另外两人则注意到右上方天花板的某一点。“队长，”其中一人说，“好像有监视器。”

“录像机在哪里？”

警员耸耸肩。“校长办公室吧？”

“去找出来。”帕特里克说。

他沿着餐厅的主要通道走来。乍看之下仿佛一出科幻片：每个人正在吃东西、聊天、与朋友谈笑，但才一转眼，所有人类都被外星人掳走，只留下加工制品。咬了一口的吐司三明治，樱桃红唇蜜盒上还残留一个掠过的指纹，黑白点封面的笔记本内写满关于阿兹特克文化的重点，空白处还加注时事：我爱札克！！！凯佛老师是纳粹党！！！倘若人类学家看到这番景象，会对斯特灵高中学生尸体做何评论呢？

帕特里克的膝盖撞到一张桌子，一串已松脱的葡萄像受到惊吓似的撒落。有一颗蹦到一名男学生肩上，他就倒在讲义夹上面，血染红了横纹纸，手上仍紧握着眼镜。彼得·霍顿冲进来疯狂扫射时，他刚好在擦眼镜吗？或是因为他不想看见，所以取下眼镜？

帕特里克跨过两个女生的尸体，她们躺卧在地上的姿势几乎一模一样，迷你裙撩得高高的，眼睛也睁得大大的。走进厨房区，看到一篮篮变成灰白的青豆和红萝卜，以及被水浸糊了的鸡肉派。盐包与胡椒包爆炸后散布在地板上，像五彩碎纸一样。酸奶——有草莓、综合浆果、莱姆与甜桃口味——闪亮的金属帽仍奇迹似的在收银台旁整整齐齐排成四列，有如一支勇敢的小兵队伍。一个破损的塑料托盘上，还摆着一碟果冻和一张纸巾等候食用。

忽然间，帕特里克听到声响。难道他想错了？难道他们全都遗漏了另一名枪手？难道他的手下在学校四处寻找生还者的同时……自己也身陷险境？

他拔出手枪，悄悄往厨房深处走去，经过一些架子，架上摆放着西红柿酱、四季豆与加工过的起司酱等巨大罐头，接着经过大卷大卷的保鲜膜和锡箔纸，最后来到保存肉类与生鲜产品的冷冻库。帕特里克一脚将门踢开，双脚立刻感到一阵寒意。“不许动。”他大喊，接着就在一刹那间，在他想起其他一切之前，他几乎笑了。

有个负责准备餐点的中年拉丁妇人，很慢很慢地从一堆已经包好的综合色拉袋后面走出来，头上的发网爬到额头上像一面蜘蛛网。她高举双手，全身颤抖。“不要射我。”她哭着说。

帕特里克放下武器，脱下夹克披到妇人肩上。“一切都结束了。”他安抚道，虽然心知这不是事实。对他，对彼得·霍顿，对所有斯特灵的人……事情才正要开始。

“卡洛威太太，我们先把事情弄清楚。”艾莉克斯说，“你被指控因为俯身救一条鱼而开车不慎，造成严重的人身伤害，对吗？”

被告是一名五十四岁的妇人，顶着一头烫得很失败的卷发，身上的短上衣搭配宽松长裤，更令人不敢恭维。她点点头说：“是的，法官。”

艾莉克斯手肘摊开靠在台面上。“我得听听是怎么回事。”

妇人望向律师。“卡洛威太太在宠物店买了一条银带鱼，正要回家。”律师说。

“法官，那是一条五十五元的热带鱼。”被告插嘴道。

“塑料袋从乘客座滚落迸开。卡洛威太太弯下身去抓鱼，就在此时……发生了不幸的意外。”

“你所谓不幸的意外，”艾莉克斯看着诉状加以说明，“是指撞到一名路人。”

“是的，庭上。”

艾莉克斯转向被告。“鱼怎么样了？”

卡洛威太太露出微笑。“好极了。”她说，“我给它取名叫轰隆。”

艾莉克斯瞥见有名庭务员走进法庭与书记耳语，只见书记望着艾莉克斯点了点头。他在纸上写了几个字后，庭务员走向法官席。

纸上写着：斯特灵高中发生枪击。

艾莉克斯全身僵硬。乔丝。“休庭。”她低声说完便跑了出去。

约翰·埃柏哈咬紧牙根，集中全力只想再往前挪一英寸。他脸上流满了血，看不见东西，身体左侧完全动不了。他也听不见——枪的爆破声造成的耳鸣仍未消失。不过他还是努力地从彼得·霍顿朝他开枪的二楼走廊，爬进一间艺术用品室。

他想起练球时教练让他们从得分线溜向另一边的得分线，越来越快，直到球员们大口大口地喘气还在冰上吐口水。他想起，每当你觉得已经尽全力了，总会再发现那么一点点力量。他用手肘撑住地板，又拖行一英尺。

进到放置黏土、涂料、串珠与铁丝线的金属柜后，约翰试图将身子撑直，但脑中一阵刺痛让他晕了过去。几分钟——又或者是几小时？——后，他恢复意识。他不知道现在探出柜子外查看安不安全。他平躺着，脸上拂过凉凉的感觉。是风。从窗子的裂缝吹进来。

窗子。

约翰想起寇特妮·伊纳修：想起他们俩面对面坐在餐厅时，她身后的玻璃墙如何爆炸；想起她胸口如何在瞬间绽放出一朵花，鲜红犹如罂粟。他回想起当时上百人的尖叫声，如何在同一时间编织成一条声音绳索。他记得许多老师像地鼠一样从教室探出头来，也记得他们听到枪声时脸上的表情。

约翰单手压着架子站起身来，一面奋力对抗预示他即将再次昏倒的不祥嗡鸣。他站直以后，身子倚靠着金属框架，全身抖个不停。视线实在太模糊，拿起一罐涂料打算砸窗时，眼前出现了两扇窗。

玻璃碎了。往窗台外弯下身，可以看见消防车和救护车。记者与家长拼命想越过黄色封锁线。一群又一群哭泣的学生。残破的尸身，一块一块排开仿佛雪地里的铁轨枕木。紧急救护人员还在继续将尸体往外搬。

救命，约翰・埃柏哈想要大喊，却发不出声音。他发不出任何声音——“看”不行，“停”不行，甚至他自己的名字也不行。

“喂，”有人喊道，“上面有个孩子！”

现在已经开始抽噎的约翰试图挥手，但手臂却不听使唤。

底下的人开始指指点点。“别动。”一名消防队员大叫，约翰试着想点头。但这个身子已经不属于他，在意识到发生什么事之前，他已经被那一个小小动作抛出两层楼高的窗外，跌落水泥地上。

戴安娜・莱文原是波士顿一名助理检察长，两年前才转任到这个稍微较有人性、较为宽容的部门。她走进斯特灵高中体育馆，停在一具男学生尸体旁边，那个学生是被射中颈部直接倒在三分线死亡的。犯罪现场的鉴识人员忙着拍照，捡拾弹壳放进密封的塑料证物袋，鞋子踩在树脂地板发出吱吱嘎嘎的声响。负责指挥的是帕特里克・杜沙姆。

戴安娜环顾四周堆积如山的证物——衣服、枪、奔溅血迹、发射过的子弹、遗落的书包、掉落的球鞋——这才发现眼前有庞大工作要做的不只她一人。“目前我们知道些什么？”

“我们认为只有一名枪手，已经被捕。”帕特里克说，“还不确定有没有其他人涉案。学校已经安全了。”

“死了多少人？”

“确定的有十人。”

戴安娜点点头。“伤者呢？”

“还不知道。新罕布什尔北区的救护车全都出动了。”

“我能做些什么？”

帕特里克转身对她说：“做好公关工作，把记者弄走。”

她往外走去，但帕特里克又攫住她的手臂。“你要我和他谈谈吗？”

“你是说枪手？”

帕特里克点点头。

“这可能是我们在他找到律师之前与他接触的唯一机会。如果你走得开，就去吧。”戴安娜急忙走出体育馆下楼去，并特意绕行不去打扰警察与医护人员的工作。她一出现，媒体记者立刻围上来，他们的问题像蜂针一样刺人。多少人被杀？死了哪些人？谁开的枪？

为什么？

戴安娜深吸一口气，并将垂在脸上的深色发绺往后拨顺。在摄影机前担任发言人——这是她最不喜欢的工作。随着时间过去，将会有愈来愈多转播车抵达，不过目前只有新罕布什尔的地方媒体——CBS、ABC和FOX的附属电视台，那倒不如趁现在享受一下家乡的好处。“我是戴安娜·莱文，是检察长办公室的人。目前我们无法发布任何消息，因为调查还在进行，但我们一定会尽快提供详细信息。现在我只能告诉各位，今天早上在斯特灵高中发生校园枪击事件。有多少人犯案以及犯案者的身份都还不清楚。已经有一人还押。尚未正式起诉。”

有一名记者挤到前面来。“死了多少学生？”

“目前还不知道。”

“有多少人被射中？”

“目前还不知道。”戴安娜又重复一遍，“有最新消息，我们会通知各位。”

“什么时候开始诉讼程序？”另一名记者喊着问道。

“许多家长都想知道自己的孩子是否平安，您能不能对他们说几句话？”

戴安娜紧闭着嘴巴，准备接受炮火夹击。“非常谢谢各位。”她说。根本答非所问。

因为太拥挤，莱西不得不把车停在离学校六条街之外的地方。她开始快步疾走，手里拿着几条毯子，广播请民众带毛毯给现场受到惊吓的人。我已经失去一个儿子，她心想，不能再失去第二个。

她最后和彼得交谈时起了争执。事情发生在前一天晚上他睡觉前，医院需要她去接生。我不是叫你倒垃圾吗？她说。昨天。我跟你说话的时候你根本不听，彼得？

彼得的目光从电脑屏幕移开，往上瞄了她一眼。什么？

万一那是他们最后一次对话怎么办？

尽管读过护校加上丰富的医院工作经验，莱西却仍难以面对她转过街角后所见到的景象。她将画面分割成许多部分：散落的玻璃碎片、消防车、烟雾。血、啜泣声、警报声。她把毯子丢在一辆救护车旁边，一头融入混乱的人海，和其他家长一起漂浮，希望能在失踪的孩子被浪潮淹没之前抓住他。

有学生奔跑过泥泞的中庭，身上没有穿外套。莱西眼看着一个幸运的母亲找到女儿，她发疯似的扫视人群，寻找彼得，突然意识到她甚至不知道儿子今天穿什么衣服上学。

断断续续的声音朝她涌来：

……没看见他……

……麦凯博老师中枪……

……还没找到她…

……我还以为永远不能……

……的时候手机掉了……

……彼得·霍顿他……

莱西倏地转身，眼睛盯着说话的女孩……刚刚和母亲重聚的那个。“对不起，”莱西说，“我儿子……我正在找他。我听到你提起他的名字——彼得·霍顿，是吗？”

女孩双眼瞪大起来，侧身靠向母亲。“开枪的人就是他。”

莱西周遭的一切顿时都变慢了——救护车的鸣笛节奏、学生奔跑的步伐，还有从女孩圆圆的嘴型吐出来的声音。也许是她听错了。

她很快地又看了女孩一眼，却马上就后悔了。女孩在哭。她母亲越过她的肩膀惊恐地注视着莱西，随后小心地旋过身来遮住女儿，就好像莱西是只美杜莎，一旦与她四目交接就会变成石头。

一定出了什么错，拜托一定要出错才行，她暗想，然而当她环视这场大屠杀现场，却感觉到彼得的名字不断胀大，最后梗在她的喉头。

她神情木然地走向最靠近她的警员。“我在找我儿子。”莱西说。

“这位女士，找小孩的不只你一个人。我们已经尽力……”

莱西深深吸了口气，心知从此刻起，一切都将不同以往。“他的名字，”她说，“是彼得·霍顿。”

艾莉克斯的鞋跟卡进人行道的缝隙，一边膝盖重重跪下。挣扎着起身之际，她抓住一个正从旁边跑过去的母亲的手臂。“受伤者的名单……在哪里？”

“贴在冰上曲棍球场。”

艾莉克斯急忙穿越街道，这段路已经被封锁，禁止车辆进入，此时成了医疗人员将学生送上救护车的分级处理区。穿着鞋子跑不快——这是专门在法院穿的室内鞋，不适合户外奔跑——于是她弯身脱掉鞋子，只穿丝袜跑过潮湿路面。

这座冰上曲棍球场由斯特灵高中代表队与学院球员共享，离学校约五分钟路程。艾莉克斯花两分钟就到了。她发现自己被一大群家长推着前进，大家都急着要看贴在门板上那几张手写的名单，名单上列出了被送往地区医院的孩子。没有说明他们的伤势……或是情形更严重。艾莉克斯读着前三个名字：怀特克·欧伯梅尔。凯特琳·哈维。马修·罗斯顿。

是麦特？

“不，”旁边一个女人说。她身材娇小，有一双像鸟一样飘忽不定的深色眼睛和一头红色卷发。“不。”她又说一次，但这回开始掉泪。

艾莉克斯瞪着她，说不出安慰的话，因为她担心悲伤可能会传染。忽然有人从左边用力把她挤开，结果她眼前变成被送往达特茅斯希区考克医学中心的伤者名单。

爱玛·埃勒西斯。

明遥。

布瑞迪·普莱斯。

乔丝·柯米尔。

要不是两边都有焦急的家长挤过来，艾莉克斯可能会昏倒。“对不起，”她喃喃自语，将位置让给另一个心急如焚的母亲。她挣扎着穿过愈来愈多的人潮。“对不起。”艾莉克斯又说一次，但这已不是客套，而是请求宽恕。

“队长，”帕特里克走进所里时，值班警察叫了他一声，同时目光飘向坐在另一头紧抱双臂、意志坚定地等候的妇女。“就是她。”

帕特里克转过身去。彼得·霍顿的母亲十分瘦小，和儿子丝毫不像。她头上有一堆扭转盘起后用笔固定住的深色卷发。她穿着手术衣和一双木鞋式休闲鞋。他闪过一个念头：她是医生吗？是的话多么讽刺：誓约第一条，不可伤人。

她看起来不像是个穷凶极恶之徒，不过帕特里克知道，对于儿子的行为，她可能也和其他人一样意外。“霍顿太太吗？”

“我要见我儿子。”

“很抱歉，不行。”帕特里克回答，“他已经被收押。”

“他有律师。”

“你儿子已经十七岁，在法律上已经成年。也就是说彼得必须自己行使求助律师的权利。”

“但他可能不知道……”她的声音有点断断续续，“他可能不知道那是他要做的事。”

帕特里克明白从另一个角度看，这个女人也是她儿子行动的受害者。他讯问过太多未成年者的家长，所以知道最不该做的一件事就是不留后路。“霍顿太太，我们正在努力了解今天的情形。老实说，我希望稍后能和你谈一谈，以帮助我了解彼得的想法。”他略一停顿，又加一句，“真的很抱歉。”

他用钥匙打开所内的密室，缓缓爬上楼梯来到登记室，旁边便是拘留室。彼得·霍顿坐在地上，背靠着栏杆轻轻摇晃。

“彼得，”帕特里克说，“你还好吗？”

男孩慢慢转过头来，凝视着帕特里克。

“你记得我吗？”

彼得点点头。

“要不要来杯咖啡或喝点什么？”

彼得迟疑了一下，又点点头。

帕特里克要求警卫替彼得开门，然后带他到厨房。他已经安排开启摄录像机，因此如果顺利的话，可以让彼得口头答应让他录音，然后诱使他开口。进厨房后，他请彼得坐到伤痕累累的桌旁，自己则倒了两杯咖啡。他没有问彼得，便径自加了糖和牛奶摆到他面前。

帕特里克也随即坐下。先前还没有好好看过这个男孩——肾上腺素会影响视力——现在才盯着他细看。彼得·霍顿很纤细、苍白，戴着金边眼镜，脸上有雀斑。他有颗门牙歪斜，喉结似乎有拳头般大。他的指节很粗而且干裂。他正默默地流泪，若不是他身上的T恤溅满其他学生的血，这一幕倒是颇令人同情。

“你觉得怎么样，彼得？”帕特里克问道，“饿不饿？”

男孩摇摇头。

“还要不要什么东西？”

彼得把头贴在桌面。“我要我妈妈。”他轻声说。

帕特里克注视着男孩头发的分界线。他早上梳头时是不是就在想，今天我要杀死十个学生？“我想谈谈今天发生的事。你愿意跟我谈吗？”

彼得没有回答。

“如果你解释给我听，”帕特里克继续劝说，“也许我就可以向其他人解释。”

彼得抬起头，这回真的哭起来。帕特里克知道再下去也不会有结果，他叹口气，手推桌子站起来。“好吧，”他说，“我们走。”

帕特里克领着彼得回到拘留室，看着他蜷缩起身子侧躺在地上，面向水泥墙。他跪在男孩身后，再做最后一次努力。“你帮助我，我才能帮助你。”他说，但彼得只是摇头，继续哭泣。

直到帕特里克走出拘留室，转动钥匙上锁时，才又听到彼得出声。“是他们先开始的。”他低声说。

冈瑟·弗兰肯斯坦医师担任州医事检查官已有六年，而七十年代初，他保有世界健美先生的头衔也同样长达六年，只是后来放下哑铃选择了解剖刀——或者如他所说，从健身变为解体。他的肌肉健美，穿上夹克也掩藏不住，这也使得别人不敢轻易拿他的姓氏开玩笑。帕特里克喜欢冈瑟——一个人能举起自己体重三倍重的东西，还能目测一块肝大约多重，够厉害了吧？

帕特里克和冈瑟偶尔会一块喝几杯啤酒，喝得差不多了，这位前健美先生便会提起当年比赛前有女人主动要替他抹油的故事，或是阿诺·施瓦辛格从政前的轶闻趣事。然而今天帕特里克和冈瑟没有开玩笑，没有提起往事。静静穿过走廊，为死者做记录时，两人都淹没在当下。

帕特里克讯问彼得·霍顿失败后，与冈瑟在学校碰面。当他告诉检察官说彼得不肯开口，她只是耸耸肩。“我们有数百名目击者说他杀人。”戴安娜说，“逮捕他吧。”

冈瑟在第六名死者的尸体旁蹲下。她在女厕遭到射杀，尸体脸朝下摊在洗手台前面。帕特里克转向答应陪同认尸的校长阿瑟·麦卡里斯特。“凯特琳·哈维。”校长的声音里带着焦虑。“特殊教育生……好女孩。”

冈瑟与帕特里克互看一眼。校长不只指认尸体，每次还都会说一两句短短的赞美。帕特里克推测他是无法自制——他和帕特里克和冈瑟不同，在他正常的职业生涯中并不常面对悲剧。

帕特里克试图追踪彼得的脚步，从前面走廊到餐厅（一号与二号死者：寇特妮·伊纳修和梅蒂·萧），到餐厅外的楼梯井（三号死者：怀特克·欧伯梅尔），到男厕（四号死者：托佛·麦菲），再经过另一道走廊（五号死者：格雷丝·莫陶），进入女厕（六号死者：凯特琳·哈维）。此时，他领队往楼上走，左转进入第一间教室，循着一行模糊的血迹来到黑板附近，那里躺着唯一的成人死者……而他身旁有一名年轻人用手紧紧按住男子腹部的伤口。“班恩？”麦卡里斯特说，“你怎么还在这里？”

帕特里克转头看着男孩。“你不是紧急救护队员？”

“我……不是……”

“你说你是！”

“我说我受过医护训练！”

“班恩是鹰级童军。”校长说。

“我不能离开麦凯博老师。我……用压迫法，你们看奏效了，对吧？血不流了。”

冈瑟轻轻将男孩按在老师腹部沾满血的手移开。“那是因为他已经死了，孩子。”

班恩的脸皱成一团。“可是我……我……”

“你已经尽力了。”冈瑟安慰他。

帕特里克转身对校长说：“麻烦你带班恩出去……也许请一位医生看看他。”他越过男孩头顶以嘴型向校长暗示。

离开教室后，班恩抓住校长的袖子，留下一个血红手印。“天哪。”帕特里克用手抹一把脸，叹道。

冈瑟起身。“来吧，赶快把工作做完。”

他们走到体育馆内，冈瑟又证明了两名学生死亡——一个黑人一个白人——然后进入更衣室，也是帕特里克制服彼得·霍顿的地方。冈瑟检视了帕特里克稍早见到的男孩尸体，他穿着冰上曲棍球运动衫，帽子则被子弹轰落。同一时间，帕特里克走进紧邻的淋浴间，往窗外瞥了一眼。记者群还在，不过大多数伤员已经送走。现在待命的救护车只剩一辆，而不是七辆。

外头早已下起雨来。等到第二天早上，学校外面道路上的血迹就会变淡，这一天就好像从未出现过。

“这个有点不一样。”冈瑟说。

帕特里克关上窗子以免雨淋进来。“为什么？他比其他人死得更彻底吗？”

“对，他是唯一被射两枪的死者。一枪中肚子，一枪中头。”冈瑟看着他说，“你在枪手身上发现几把枪？”

“一把在他手上，一把掉在这里的地上，背包里有两把。”

“永远都要以防万一。”

“可不是嘛。”帕特里克说，“你能看出哪颗子弹先射吗？”

“没办法。不过根据我的经验判断，应该是肚子先中弹……因为致命的是脑部那颗子弹。”冈瑟走到尸体旁蹲下，“也许他最恨这个人。”

更衣室的门蓦地开了，出现的是一个被突如其来的大雨淋成落汤鸡的外勤警察。“队长，”他说，“我们刚刚在彼得·霍顿的车上找到另一个土制钢管炸弹。”

乔丝更小的时候，艾莉克斯经常反复做一个坠机的噩梦。她能感觉到重力加速度，感觉到一股压力让她紧贴着椅背。她看到皮包、外套和随身行李从头上的行李厢摔落走道。我得拿手机，艾莉克斯心想，一心想着要给乔丝打电话，以便在她可以一辈子带在身边的录音机上留言，以电子方式存证：艾莉克斯爱她，直到最后一刻还想着她。但即使艾莉克斯从皮包里抓出手机开启了电源，还是来不及。手机还在搜索信号之际她已坠地。

每次梦醒后，尽管会自我安慰：她几乎从不曾丢下乔丝独自旅行，更不曾搭飞机出差，但仍免不了全身发抖、冒汗。这时她会掀开被子，到浴室冲冲脸，但心里仍不断地想：我太迟了。

此时坐在安静漆黑的病房里，面对因为医生给了镇定剂而熟睡的女儿，艾莉克斯又有同样的感觉。

艾莉克斯询问得到的结果是：乔丝在枪击中晕倒了。她额头上有一处割伤，用蝴蝶型胶带贴着，而且有轻微脑震荡。医生希望她住院观察一晚，以策安全。

“安全”如今已有了全新的定义。

艾莉克斯也从连续不断的新闻报道中得知死者姓名。马修·罗斯顿是其中之一。

麦特。

万一男友被杀时乔丝也在场，怎么办?

艾莉克斯在医院这段时间，乔丝始终昏迷不醒。她盖在医院褪色被单底下的小小身躯纹丝不动，病服颈部的结已经松开。她的右手偶尔会抽搐。这时艾莉克斯便伸手握住她的手。醒来吧，她心想，让我知道你没事。

如果当天早上艾莉克斯没有赶着去上班呢？她会和乔丝坐在厨房餐桌旁，说一些母女应该谈论而她却老是没空谈论的事吗？如果她匆匆下楼时多看乔丝一眼，告诉她再回床上休息一下，又会如何？

如果她临时起意带乔丝到旁塔坎那、圣地亚哥、斐济等地去旅行，又如何？这些全是艾莉克斯在办公室电脑上浏览幻想着要去，却从未付诸实行的地方。

如果她有先见之明，阻止女儿当天不要上学，又如何？

当然，其他还有数以千计的家长也犯了和她同样的错误。但这并不足以让艾莉克斯宽慰：因为他们的小孩都不是乔丝。他们失去的肯定没有她多。

等这一切结束，艾莉克斯暗自承诺，我们就去看雨林，或是金字塔，或是雪白的沙滩。我们要去摘葡萄吃，要和海龟一起游泳，要在鹅卵石街道上走好几公里路。我们要大笑要谈天要告白。一定要。

在此同时，她脑子里有个小小声音在为这个天堂排时程。要过一会，它说，因为首先这个案子将由你审理。

没错，类似案件将会快速进入审理程序。艾莉克斯是格拉夫顿郡高等法院法官，而且接下来八个月都是。虽然乔丝也在现场，但严格说来她并非枪击受害者。如果乔丝受伤，艾莉克斯便会被自动撤换。但就情形看来，艾莉克斯担任法官在法律上并无冲突，只要她能将她身为高中生的母亲的私人感情与身为司法人员的专业区隔开来，便无问题。这是她上任以来的第一宗大案，也将为她将来的法官生涯定调。

其实她并没有真的想到这点。

忽然，乔丝有动静了。艾莉克斯眼看着意识源源不绝地灌入她的体内，最后达到高峰。“我在哪里？”

艾莉克斯用手指将女儿的头发梳顺。“在医院。”

“为什么？”

她的手顿时定住。“你记得今天发生的事吗？”

“上学以前麦特来找我。”乔丝说完，自己撑坐起来，“是不是发生车祸了？”

艾莉克斯迟疑着，不确定该说些什么。不让乔丝知道真相是不是好一点？无论她目击了什么，也许这正是她的心保护她的方法。

“你没事。”艾莉克斯小心地说，“你没有受伤。”

乔丝松了口气，转头看着她。“那麦特呢？”

刘易斯正在找律师。莱西坐在彼得床上前后摇晃等着他回家，那一丁点信息仿佛炽热的石头烫着她的胸口。不会有事的，刘易斯有把握地说，但她不明白这么不可信的话他怎么说得出口。一定是弄错了，刘易斯说。但他没有去学校，他没有看到那些学生的脸，那些孩子将永远无法再像个真正的孩子。

莱西内心有一半也很想相信刘易斯——相信已经破碎的东西多少有办法修复。但另一半的她却记得他在清晨四点钟唤醒彼得，让他出去坐在猎鸭埋伏处。刘易斯教过儿子狩猎，但万万没想到彼得会找上不同的猎物。莱西视狩猎是一种运动和一种进化宣言，她甚至会做美味的炖鹿肉和照烧鹅肉，也能享受因为刘易斯这项嗜好而上桌的每样菜肴。但此时此刻，她心想，都是他的错，因为不可能是她的错。

你每个星期替儿子换床单，为他准备早餐，还开车送他去做牙齿矫正，怎么可能完全不了解他？她以为彼得每次简短回答问题，只是因为年纪的关系。每个母亲都会这么想。莱西仔细回想有没有任何征兆，有没有她可能误解的对话或是忽略的事情，但她能想到的却是千百个平淡无奇的时刻。

这千百个平淡无奇的时刻，有些母亲可能永远再无法与自己的儿女共享。

泪水涌出她的眼眶，她反手擦去。不要想这些，她暗暗自责，现在你要担心的是你自己。

彼得是否也曾想到这个呢？

莱西咽了一下口水，走进儿子房间。里面很暗，床整整齐齐，还是莱西早上整理过后的样子，但现在她看到墙上那张“死亡愿望”乐团的海报，不明白何以一个小男孩会贴这种海报。她打开衣橱，看见空瓶和绝缘胶带和破布等等她前一回都没看到的东西。

莱西忽然停下来。她可以为自己解决此事。她可以为他们两人解决这件事。她飞奔到楼下厨房，从卷筒上扯下三个三十三加仑的大型黑色垃圾袋后，又急忙跑回彼得房间。她从衣橱开始，把一包包鞋带、糖、硝酸钾肥料和——天哪，这些是钢管吗？——塞进第一个袋子。她没有想到要如何处理这些东西，总之要把它们全弄出房子。

门铃响的时候，莱西以为是刘易斯，松了口气——其实如果她清醒一点，就该想到刘易斯会直接进门。她丢下手上的东西下楼，却见一名警员拿着薄薄的蓝色档案夹。“霍顿太太吗？”警员问。

他们还想要什么？他们已经抓走她儿子了。

“我们申请了搜查令。”他将文书交给她，便带着另外五名警察强行进入。“杰克森和沃霍，你们去搜那孩子的房间。罗德里格，地下室。特维斯和纪科莱斯，从一楼开始，还有记得检查录音机和所有电脑设备……”这时他才发现莱西仍惊愕地站在原地，“霍顿太太，我们得请你离开房子。”

警察陪她走向自家前门的通道。莱西茫然地跟在后面。他们进到彼得房间看见那个垃圾袋，会怎么想？他们会怪罪彼得吗？或是怪莱西纵容他？

他们已经发现了吗？

前门打开时，一阵冷风打在莱西脸上。“要多久？”

警员耸耸肩。“直到我们搜索完毕。”他说完便留下她待在冷风中。

乔丹·麦卡菲当律师已将近二十年，一直自认为见多识广，直到此刻才知道错了。他和妻子塞琳娜站在电视机前，看着CNN报道斯特灵高中的枪击案。“好像在自家后院发生了科伦拜校园事件。”塞琳娜说。

“只不过，”乔丹低声说，“这次有个罪犯还没死。”他看了妻子怀里的婴儿一眼，蓝色眼珠、咖啡肤色，混合了他的欧裔血统和塞琳娜修长的四肢与黝黑肤色。他伸手拿起遥控器将声音转小，以免儿子无意中收到任何消息。

乔丹知道斯特灵高中。就在他常去的理发店那条街上，离他在银行楼上租来的办公室也只有两条街。学校里有些学生被查到在置物柜里藏大麻，或是因为未成年在镇上大学里喝酒被逮，他都曾经担任过他们的律师。塞琳娜不只是他的妻子，也是他的调查员，她偶尔会进入学校找学生谈论某件案子。

他们刚搬来不久。他儿子托马斯——这是他第一次失败的婚姻中唯一好的收获——毕业于萨冷佛斯的高中，目前就读耶鲁二年级，乔丹每年付四万美元的学费，最后却听说他已缩小未来的事业规划，只打算成为表演艺术工作者、艺术历史学家或者专业小丑。乔丹终于向塞琳娜求婚，在她怀孕后，他们便搬到斯特灵来——因为这个学区极负盛名。

现在这又怎么解释？

当电话响起，乔丹——既不想看相关报道眼睛却又离不开——没有去接的意思，塞琳娜便将孩子丢给他，一手拿起话筒。“嗨，你好吗？”她说。

乔丹眼睛往上瞥，眉毛上扬。

托马斯，塞琳娜用嘴型说。“好，你等一下，他就在旁边。”

他从塞琳娜手中接过电话。“到底怎么回事？”托马斯问道，“现在到处是斯特灵的新闻。”

“我也什么都不知道。”乔丹说，“这里一片混乱。”

“我认识那里的几个学生。和他们比赛过田径。实在是……实在很不真实。”

乔丹还能听到远处救护车的鸣笛声。“是真的。”他说。电话中咔嗒一声……有电话进来。“你等一下，我要接一个电话。”

“是麦卡菲先生吗？”

“是的……”

“我……听说你是律师。是斯特灵学院的史都华·麦布莱向我介绍的……”

电视上开始出现已知死者的名单，还附上纪念册相片。“对不起，我现在还有另外一个电话要处理。”乔丹说，“能不能留下你的姓名电话，我稍后打给你？”

“我想问你能不能当我儿子的辩护律师，”来电者说，“他就是……高中那个……”他的声音结结巴巴，到最后激动地破音了。“他们说是我儿子做的。”

乔丹想到上次他担任一名青少年的律师。就和这次一样，克里斯·哈特也是被人抓个正着。

“你能不能……接他这个案子？”

乔丹忘了托马斯还在线，忘了克里斯·哈特，也忘了那件案子几乎将他整个人掏空，而是望着塞琳娜和她怀中的婴儿。山姆扭来扭去，不断想抓她的耳环。这个男孩——今天早上走进斯特灵高中大开杀戒的男孩——也是别人的儿子。虽然这座小镇将因此动荡多年，媒体报道也已经饱和，他还是有权利获得公平审判。

“好，”乔丹说，“我接。”

防爆小组拆解了彼得·霍顿车内的钢管炸弹。在学校找到散落各处的一百一十六发子弹弹壳。意外现场重建人员开始评量证物与尸体位置，以便制作现场的比例图。刑事鉴识人员也拍下了要放进编号相簿中的数百张快照的第一批相片。在这一切都结束之后，帕特里克将大伙召集到学校礼堂。“我们现在拥有数量非常庞大的信息。”他站在昏暗的台上对聚集在眼前的众人说，“外界一定会给我们很大压力，我们要做得迅速、正确。我要你们二十四小时后回到这里，看看有何进展。”

人员开始散去。下一次集会，帕特里克将会拿到完整的相簿、所有无须送到实验室的证物，以及实验室送件表。二十四小时后，他将被深埋在如雪崩般的物件堆中，分不清上下左右。

当其他人返回学校各个角落继续工作——可能持续一整夜甚至到隔天一整天——帕特里克走出建筑回到车上。雨已经停了。他打算回所里重新检视从霍顿家搜到的证物，也想和霍顿夫妻谈谈，如果他们还愿意的话。但他发现自己却是往医学中心开去，于是他停进停车场，从急诊处入口走进去，亮出警徽。“是这样的，”他对护士说，“我知道今天有很多学生住院，不过最早送来的人当中有个叫乔丝的女孩。我想找她。”

护士快速敲打着电脑键盘。“姓什么？”

“问题就在这里。”帕特里克坦白道，“我不知道。”

屏幕上跑出一大串数据，护士用手指敲着玻璃。“柯米尔。她住四楼，四二二号房。”

帕特里克谢过她之后，搭了电梯上楼。柯米尔。听起来很耳熟，但一时想不起来。很普遍吧，他想——也许在报上或是电视节目上看过。他悄悄经过护理站，顺着号码走过走廊。乔丝的房门半掩着。女孩坐在床上，被阴影所笼罩，正和站在身旁的人说话。

帕特里克轻敲一下门后，步入房中。乔丝呆呆地瞪着他，她身旁的女人也转过身来。

柯米尔，帕特里克明白了。和柯米尔法官同姓。她升任高等法院法官之前，他曾被传唤到她庭上做证。他是到最后不得已了才去向她申请搜索令——她毕竟有公设辩护人的背景，在帕特里克看来，即使她现在小心翼翼地展现公正，还是曾经站在另一边。

“法官，”他说，“我不知道乔丝是你女儿。”他走到床边。“你还好吗？”

乔丝直瞪着他。“我认识你吗？”

“是我救你出来的……”他没有继续说下去，因为法官按着他的手臂，将他拉到一旁避开乔丝。

“她什么事都不记得了。”法官小声地说。“不知道为什么她以为发生车祸……我……”她的声音愈来愈细，“我无法告诉她真相。”

帕特里克了解——当你爱一个人，你就不想当那个使他们世界崩解的人。“要我来告诉她吗？”

法官略显迟疑，随后感激地点点头。帕特里克再度面对乔丝。“你没事吧？”

“我的头好痛。医生说我有脑震荡，得住院观察。”她抬头望着他。“我想我得谢谢你救了我。”忽然间，她脸上闪过一丝希望，“你知道麦特怎么样了吗？和我一起在车上那个男生。”

帕特里克往病床边缘坐下。“乔丝。”他轻轻地说，“你没有出车祸。你们学校出了意外——有个学生跑进来就开始朝人开枪。”

乔丝摇着头，试图要把这些字句甩掉。

“麦特也是被害人之一。”

她眼中充满泪水。“他还好吗？”

帕特里克垂下眼睛看着他们之间那条素面格纹软毯。“我很遗憾。”

“不，”乔丝说，“不。你在骗我。”她朝帕特里克挥拳，捶打他的脸和胸部。法官急忙上前试图抓住女儿，但乔丝像发疯似的尖叫、哭喊、抓扯，惊动了走廊上的护理人员。其中两人展开白色翅膀飞至，将帕特里克和柯米尔法官赶出病房，并立刻为乔丝注射镇定剂。

在走廊上，帕特里克背靠着墙闭上双眼。我的老天。对每一位目击证人他都得做同样的事吗？他正想为此向法官道歉，不料她已经像她女儿一样冲着他来。“你到底在搞什么东西？竟然跟她说麦特的事！”

“是你叫我说的。”帕特里克怒气冲冲地说。

“我让你告诉她学校的事。”法官修正道，“不是告诉她说她男朋友死了！”

“你清楚得很，乔丝早晚会……”

“那就晚点。”法官打断他的话，“能多晚就多晚。”

刚才那两名护士出现在房门口。“她已经睡了。”其中一人轻声说，“我们会再回来看她的情况。”

他们两人都等着护士走远。“你听着，”帕特里克口气强硬地说，“今天我看到有学生被射中头部，有学生永远无法再走路，有学生因为在错误的时间出现在错误的地方而丧命。你的女儿……她受到惊吓……但她算是幸运的了。”

他的话向她迎面击来，结结实实的一巴掌。只短短一瞬间，当帕特里克再看着法官，她似乎怒气已消。她灰色眼中满是那些——谢天谢地——终究没有发生的情节，嘴角也因松了口气而不再紧绷。几乎就在同一时间，她的五官变得柔和，没有表情。“对不起，我通常不会这样。实在是因为……今天太糟了。”

帕特里克试了，但丝毫找不到曾一度令她崩溃的激动情绪的蛛丝马迹。天衣无缝。她就是这样。

“我知道你只是公事公办。”法官说。

“我是想和乔丝谈谈……不过这不是我来的原因。我来这里是因为她是第一个……其实我只想确定她没事。”他对柯米尔法官露出最浅最浅的笑容，能够令人心碎的那种。“好好照顾她。”帕特里克说完便转身穿过走廊。他能感受到落在自己背上的炽热目光，像是被手触碰的感觉。

十二年前

上幼儿园的第一天，彼得·霍顿凌晨四点三十二分便醒了。他轻手轻脚地走进父母房间，问他们搭校车的时间到了没有。从他有记忆以来，就看着哥哥乔伊上校车，那是一个充满生气的神秘怪物：看太阳从它那黄色的狮子鼻蹦下的样子，还有以铰链转动的门仿佛巨龙的嘴，还有停下时那巨大的叹息声。彼得有一辆火柴盒小汽车，和乔伊每天搭两次的校车一模一样——如今他也要搭上同样的巴士了。

母亲叫他再回去睡到天亮，但他睡不着。他换上母亲为他第一天上学特别买的新衣，躺在床上等着。他是第一个下楼吃早餐的人，母亲做了巧克力碎片煎饼——他的最爱。她在儿子脸上亲了一下，还拍了一张他坐在桌边吃早餐的照片，后来穿上外套、背上像乌龟壳一样的空背包时又拍一张。“真不敢相信我的小儿子要上学了。”母亲说。

今年上小学一年级的乔伊叫他别像个笨蛋。“就是上学而已，”他说，“有什么了不起。”

母亲替彼得扣上外套的扣子。“你曾经觉得很了不起。”她说。然后她说要给彼得一个惊喜。她走进厨房，回来时多了一个超人午餐盒。超人的手往前伸直，仿佛就要破盒而出。他整个身体有一点点突出于背景之外，就像盲人点字书里的字。彼得想到即使自己看不见，也能知道这是他的午餐盒，便感到高兴。他拿过盒子，与母亲拥抱。他听见盒子里有东西滚动的声音，有蜡纸窸窸窣窣的声音，他想象着自己午餐的内部，有如神秘的内脏。

他们在车道出口等候着，正当彼得一遍又一遍幻想之际，黄色校车终于出现在斜坡顶端。“再一张！”母亲喊着，又拍了一张巴士轰然停在彼得背后的相片。“乔伊，”她嘱咐道，“好好照顾弟弟。”接着她亲亲彼得的额头说：“我的小儿子长大了。”她紧抿着嘴，她想哭的时候就会这样。

但彼得忽然觉得心整个变得冰冷。如果幼儿园不像他想得那么棒怎么办？如果老师长得像电视上那个老让他做噩梦的巫婆怎么办？如果他忘了E的开口是哪一边而被同学取笑怎么办？

他迟疑地跨上校车阶梯。司机穿着一件军用夹克，前面缺了两颗牙。“后面有位子。”他说，于是彼得往后走寻找乔伊。

哥哥坐在一个彼得不认识的男生旁边。他经过时，乔伊瞥了他一眼，没有说话。

“彼得！”

他转头看见乔丝正用手拍着身旁的空座位。她将深色头发编成辫子，还穿裙子，她一向最讨厌穿裙子的。“我替你留的。”乔丝说。

他坐到她旁边，已经感到安心些。他现在就在校车上面。而且坐在全世界跟他最要好的朋友旁边。“午餐盒好漂亮。”乔丝说。

他举起午餐盒，并示范给她看怎么摇晃，超人就像真的在动，这时忽然有只手从走道伸过来。一个手臂粗壮、反戴着棒球帽的男孩从彼得手上抢过午餐盒。“怪胎，”他说，“你想看超人飞吗？”

彼得尚未意识到这个年纪较大的男孩想做什么，他已经打开窗户，将彼得的午餐盒丢出去。彼得站起来，掉头伸长了脖子，从车后紧急逃生门的窗口看出去。午餐盒迸开掉在柏油路上，苹果滚过路面的黄色虚线，消失在后面来车的车轮底下。

“坐下！”校车司机大吼。

彼得颓然坐回位子上。他觉得脸好冷，耳朵却发烫。他能听到那个男孩和他同伴的笑声，响得仿佛从他自己的脑中传出。这时他感觉到乔丝悄悄握住他的手。“我有花生酱。”她小声地说，“可以分给你吃。”

艾莉克斯坐在监狱的会议室，面对着她最新的当事人莱纳斯·弗伦。今天清晨四点钟，他穿着一身黑，套上面罩，持枪抢劫厄文加油站一家便利商店。莱纳斯逃逸后，警方接获报案赶到，在地上发现一只手机。侦查员坐在办公桌前时，手机响了。“老兄，”来电者说，“这是我的手机，在你手上吗？”侦查员说是，并问他在哪里遗失。“厄文加油站。我大概是一个半小时以前去的。”探员提议在十号和二十五A公路交叉口碰面，他会带手机过去。

不用说，莱纳斯·弗伦出现了，并因抢劫罪名被捕。

艾莉克斯看着坐在伤痕累累的桌子对面的当事人。此刻她女儿可能在喝果汁吃饼干，或是听故事，或是上进阶蜡笔绘画课……反正是上幼儿园第一天该做的事，而她却和一个笨得连自己本业都做不好的罪犯关在郡监狱的会议室里。“这上面说，”艾莉克斯仔细读着警方的笔录。“侦查员柯里斯宏宣读你的权利时，你们起了争执。”

莱纳斯抬起头来。他还是个孩子——才十九岁——脸上两道眉毛连成一字眉，还长满青春痘。“他以为我笨得像头猪。”

“他对你这么说？”

“他问我识不识字。”

每个警察都会这样问，他们得让嫌疑人被捕时了解自己的权利。“而你的回答好像是‘拜托，老家伙，我看起来像白痴吗？’”

莱纳斯耸耸肩。“不然我要怎么说？”

艾莉克斯捏捏鼻梁。她在公设辩护人办公室的日子，多的是像现在这种令人精疲力竭的时刻：花费大把精力与时间为某人说话，而一个星期、一个月或一年后，此人又会再次坐在她面前。然而，除此之外她还能做什么？这是她选择的世界。

呼叫器响了。她看过号码后，将它按掉。“莱纳斯，我想这次我们得认罪。”

她将莱纳斯交给监狱管理员之后，便钻进一位秘书的办公室借电话。“谢天谢地，”对方接起电话后艾莉克斯说，“幸好你打电话来，不然我就要从监狱二楼跳窗了。”

“你忘了，窗子有栏杆。”惠特·赫巴特笑着说，“我一直都觉得他们装设栅栏不是为了关犯人，而是担心公设辩护人发现当事人太糟，防止他们逃跑用的。”

惠特是艾莉克斯进新罕布什尔州公设辩护人办公室时的上司，但九个月前已经退休。惠特是个传奇，艾莉克斯当他是父亲，但和她亲生父亲不同的是，惠特从不指责她。她真希望惠特现在人在这里，而不是在某个海边高尔夫球场。他会带她去吃午饭，跟她说许多故事，让她明白每个公设辩护人都会碰到像莱纳斯这样的当事人……和这样的案子。然后也不知怎地，除了他留下的账单之外，她还会多出一股新动力挺身再战。

“你怎么起得这么早？”艾莉克斯说，“开早球吗？”

“不是，是该死的园丁那台吹落叶机把我吵醒的。我有没有错过什么？”

“没有，真的。只不过办公室少了你变得不一样了。好像少了一种……能量。”

“能量？你该不会也成了什么新世纪水晶球算命师吧，艾莉克斯？”

艾莉克斯露出苦笑。“没有……”

“那就好。我打电话正是为了这个：要给你介绍个工作。”

“我已经有一个工作了。事实上，我的工作量相当于两个工作。”

“这一带有三个地方法院在《司法新闻报》上登了招聘启事。你真的应该去申请，艾莉克斯。”

“当法官？”她不由得笑起来。“惠特，你最近都吸了些什么？”

“你会做得很好的，艾莉克斯。你是个有决断力的人，又很镇定，不会让情绪影响工作。你知道被告的立场，所以能了解两边当事人。而且你一直是很杰出的诉讼律师。”他顿了一下，“何况，由民主党女性州长挑选法官，这种事在新罕布什尔可不常有。”

“谢谢你投给我的信任票。”艾莉克斯说，“但我真的太不适合那个工作。”

她也知道的，因为她父亲便曾经是高院法官。艾莉克斯还记得自己坐在父亲的转椅上转来转去、数着回形针，还用拇指指甲划过他那洁净无瑕的记事本的绿毡封面，留下带有影线的格纹。她会拿起电话，对着拨号音说话。她会假装。然后父亲就会走进来，痛斥她骚扰某支笔、某件档案或是——这当然不可能——他本身。

她腰带上的呼叫器又开始震动。“好了，我得去法院了。下礼拜一起吃个午饭吧。”

“法官的时间是固定的。”惠特又补充一句，“乔丝几点下课回家？”

“惠特……”

“你考虑考虑。”他说完便挂上电话。

“彼得，”母亲叹气道，“怎么可能又弄丢了？”她避开正在倒咖啡的孩子的父亲，从黑漆漆的食品储藏室搜出一个牛皮纸午餐袋。

彼得最痛恨那种袋子。装香蕉怎么也装不稳当，三明治也每次都会压扁。可是除此之外，还能怎么办？

“他弄丢什么了？”父亲问。

“午餐盒。这个月已经弄丢三个。”母亲开始将东西装进牛皮纸袋——水果和盒装果汁放在下面，三明治颤巍巍地浮在上面。她瞅了彼得一眼，他不是在吃早餐，而是拿刀子割着餐巾纸。这时他已经割出H和T两个字母。“你要是再拖拖拉拉，就赶不上校车了。”

“你得开始学着负责任了。”父亲说。

父亲说话时，彼得把那些字想象成烟。室内朦胧片刻，但转眼间便烟消云散。

“拜托，刘易斯，他才五岁。”

“我就不记得乔伊上学第一个月内弄丢过午餐盒。”

彼得有时候会看着父亲和乔伊在后院踢足球。他们的腿像疯狂乱撞的活塞和齿轮——前后、前后——仿佛把球夹在中间跳舞似的。每当彼得试图加入，总会自乱阵脚。上一次，他还不小心替对方得分。

他斜转过头对父母说：“我不是乔伊。”虽然无人搭腔，他却能听见回答：我们知道。

“柯米尔律师？”艾莉克斯抬头一看，以前一位当事人就站在她桌前，脸上堆满笑容。

过了片刻她才想起这个人。叫泰迪·麦道格或麦道诺之类的。她记得他被指控的罪名：一般伤害家庭暴力。他和妻子都喝醉了，互相追打。艾莉克斯让他无罪释放。

“我有东西送你。”泰迪说。

“希望不是花钱买的。”她回答，而且是真心的——这个男人来自北部地区，一贫如洗，家里的地面就是泥土，冰箱塞满他自己打回来的猎物。艾莉克斯并不喜欢打猎，但她知道对某些当事人而言——例如泰迪——这不是休闲活动而是维生方式。正因如此，有罪判决对他将是莫大的灾难：可能会让他失去那些枪。

“不是买的，真的。”泰迪咧着嘴笑，“东西在我车上。你出来拿。”

“你不能拿进来吗？”

“不行，不行。没办法。”

好极了，艾莉克斯暗想。他放在货车上又不能拿进来的，会是什么东西？艾莉克斯跟着泰迪来到停车场，只见在他的敞篷小货车后面载着一只巨大的死熊。

“你可以放到冷冻库。”他说。

“泰迪，这太大了。够你吃整个冬天了。”

“没错。可是我想到你。”

“非常谢谢你，我真的很感激。不过我不……不吃肉，我也不想浪费。”她按着他的手臂说，“我真的希望你留下自己吃。”

泰迪眯眼望着太阳。“好吧。”他对艾莉克斯点点头，然后爬上驾驶座。车子一蹦一蹦地驶出停车场，熊“砰”的一声撞在货台壁板上。

“艾莉克斯！”

她转身发现秘书站在门口。

“你女儿的学校刚刚打电话来。”秘书说，“乔丝被叫到校长室去了。”

乔丝？在学校闯祸？“为什么？”艾莉克斯问道。

“她在游戏场上把一个男生痛打一顿。”

艾莉克斯起步往车子走去。“告诉他们我马上过去。”

开车回家路上，艾莉克斯从后视镜偷瞄女儿好几眼。乔丝早上上学时穿了白色开襟羊毛衫和卡其裤，现在羊毛衫上印着一条条土痕。原本的马尾已经松垮下来，头发上还夹着细枝。毛衣手肘处破了一个洞，嘴唇也还在流血。而且——令人惊讶的是——她似乎比被她追打的小男生还厉害。

“来吧。”艾莉克斯带乔丝到楼上的浴室，替她脱下衬衫，清洗伤口，涂上药膏后再贴上创口贴。她坐在像饼干怪兽的毛皮做成的脚踏垫上，面对着乔丝。“你不想告诉我是怎么回事吗？”

乔丝的下唇微微颤抖，接着便哭了。“是彼得。”她说，“杜鲁老是找他麻烦，害彼得受伤，今天我不想事情再这样下去。”

“游戏场上没有老师吗？”

“有辅导员。”

“那你们就应该告诉他们说彼得被欺负了。你打杜鲁不就表示你也和他一样坏？”

“我们有去找辅导员啊。”乔丝抱怨道，“他们叫杜鲁和其他人别找彼得麻烦，可是他们根本不听。”

“所以，”艾莉克斯说，“你就做了你当时认为最应该做的事？”

“对。为了彼得。”

“你想想如果你每次都这样会怎么样。比方说你觉得别人的外套比你的好，你就把它拿走了。”

“那是小偷。”乔丝说。

“对了。所以我们才需要规矩。你不能破坏规矩，就算别人都这么做你也不能。因为如果你这么做——如果我们都这么做——整个世界就会变得很可怕。有人的外套会被偷，也有人会在游戏场上被打。有时候我们不能做最应该做的事，只要做最对的事就好了。”

“不是一样吗？”

“最应该做的事是你认为应该做的，最对的事却是必须做的，也就是你不只想到你自己和你自己的感觉，还想到其他东西——像是还牵连到谁、以前发生过什么事，以及规定怎么说。”她瞄瞄乔丝，“为什么彼得不还击？”

“他觉得会惹麻烦。”

“我就说嘛。”

乔丝的睫毛上挂满了泪珠。“你在生我的气吗？”

艾莉克斯犹豫了一下。“我生气是因为辅导员没有注意到彼得被同学捉弄。我也不喜欢你打男生的鼻子。不过你想保护朋友让我觉得很骄傲。”她亲亲乔丝的额头，“去换上没有破洞的衣服吧，女超人。”

当乔丝冲进卧室，艾莉克斯仍继续坐在浴室地板上。她蓦然想起伸张正义最重要的莫过于实时投入，例如就不能像游戏场上那些辅导员。你可以坚定而不专横，你可以让每个人都知道规定，你可以在下结论前将所有证据纳入考虑。

做一个好法官，艾莉克斯领悟到，其实也和做一个好母亲差不多。

她起身下楼，拿起电话。惠特在第三声铃响时接起来。“好吧，”她说，“告诉我该做些什么。”

莱西屁股底下坐的椅子太小，膝盖弯不进桌子下面，墙上的色彩也太鲜艳。坐在她对面的老师实在太年轻，莱西不免怀疑她要是回家喝酒会不会犯法。“霍顿太太，”老师说，“我也想给你更好的解释，但事实上有些小孩就是很容易被捉弄。其他孩子看见他一个弱点，就会去欺负。”

“彼得有什么弱点？”她问道。

老师露出微笑。“我倒不觉得是弱点。他很敏感，很贴心。但这表示他几乎不可能和其他男孩跑跑跳跳地玩警察抓小偷，而是宁可和乔丝躲在角落里画画。班上其他小朋友也都察觉了。”

莱西回想起自己上小学时用孵卵器养小鸡的事，当时她比彼得大不了多少。六个蛋都孵出小鸡，但其中一只长了一只畸形脚。它每次都最晚到饲料槽和水槽，也比其他小鸡更瘦小、更没自信。有一天，就在全班惊恐的注视下，残废的小鸡被其他小鸡给啄死了。

“我们并没有放纵其他男生的行为。”老师向莱西保证，“我们一看到就会立刻把孩子叫到校长室。”她张开嘴似乎本想说些什么，却又忽然收回。

“怎么了？”

老师垂下眼睛看着桌子。“只是很不幸，这样的反应可能造成反效果。那些男孩认为是彼得害他们被罚，结果又继续暴力循环。”

莱西觉得脸颊愈来愈烫。“你个人会怎么做以避免同样的事再发生？”

她以为老师会说如果同学再戏弄彼得，就会罚坐或其他惩罚。但年轻女老师却说：“我让彼得知道该如何自卫。如果排队吃午餐时有人插队，或者有人捉弄他，他要反击而不是默默承受。”

莱西愣愣地看着她。“我……我真不敢相信你会这么说。所以说他要是被推挤，他就应该推挤回去，他的食物要是被打落在地上，他也要以牙还牙，是吗？”

“当然不是这样……”

“你现在是在告诉我，彼得要想在学校有安全感，就得像那些欺负他的学生一样吗？”

“不是的，我是在告诉你小学的真实面貌。”老师反驳道，“老实说，霍顿太太，我可以说你想听的话，我可以说彼得是个很棒的孩子，他确实也是。我可以说学校会教导学生宽容，会惩戒那些让彼得过得这么不快乐的孩子，这样就能有效制止。可是令人难过的事实是，如果彼得想要结束这一切，就得自行解决。”

莱西低头看着自己的双手，摆在小小的课桌上显得出奇巨大。“谢谢你，谢谢你的诚实。”她小心地起身，在一个你已无法融入的世界里，最好小心行动。

她走出幼儿园教室，彼得就坐在走廊格架底下的小木凳等着。她身为彼得的母亲，有责任替他铺好眼前的路以免他走得踉踉跄跄。但如果她无法每次都替他出头呢？老师不断想告诉她的就是这个吗？

她蹲在彼得面前拉起他的双手。“你知道我爱你，对吗？”莱西说。

彼得点点头。

“你知道我一切都是为你好。”

“知道。”彼得说。

“我知道午餐盒的事。我知道杜鲁做的事。我听说了乔丝打他的事。我知道他对你说了什么话。”莱西感觉眼中逐渐涌出泪水，“下次再发生这种事，你就得自己挺身而出。你一定要，彼得，不然我……我只好处罚你了。”

人生是不公平的。不管莱西工作多么努力，晋升总轮不到她。她看过非常小心照顾自己的母亲生出死胎，而有毒瘾的人却生下健康宝宝。她看过十四岁的女孩还来不及真正体验人生便死于卵巢癌。命运的不公你无法对抗，只能默默承受，暗自祈祷有一天情况会转变。然而为自己的孩子承受这些，却似乎更加辛苦。令莱西深感痛苦的是她必须扯下那道纯真的布幕，好让彼得看清无论她有多爱他——无论她有多希望他的世界完美无缺——都还是不够。

她咽下口水，凝视着彼得，思考着该怎么做才能激励他自卫，该如何处罚才能让他改变行为——即使如此逼他令她心碎。“如果再发生这种事……就一个月不许和乔丝玩。”

她发出最后通牒时闭上了眼睛。她并不喜欢当这样的父母，可是她平日的忠告——要体贴、要有礼貌，要别人怎么待你，你就得这样待人——似乎对彼得并无益处。假如威胁能迫使彼得发出怒吼，让杜鲁和其他的坏孩子夹着尾巴逃跑，莱西就愿意去做。

她把彼得脸上的头发往后拨，眼看着疑惑的阴影笼罩住他的五官——为何不呢？他的母亲确实从未给过他这样的指令。“他欺负人，一个小号的坏蛋。他长大会变成大坏蛋，而你……你长大会变成一个了不起的人。”莱西对儿子露出大大的微笑，“彼得，总有一天每个人都会知道你的名字。”

游戏场上有两个秋千，有时候得排队轮流。万一要排队，彼得便会暗暗祈祷能轮到正常的那个，因为另一个坐板被一个五年级生晃过顶端横杠，链子变短了，座位离地面很高，很难坐得上去。他担心要坐上去的时候会跌下来，或者更尴尬的是连踮起脚尖都够不到坐板。

每当和乔丝一起排队时，她总会挑那个秋千荡。她说她喜欢那个，但彼得知道她只是假装不知道他有多讨厌罢了。

今天下课时，他们没有荡秋千，而是不停地转圈直到铁链打结成喉咙状，才抬起脚来开始急速旋转。彼得偶尔会往后望向天空，想象自己在飞。

停下来的时候，他和乔丝的秋千摇摇晃晃彼此互撞，他们的脚也全缠在一块。她大笑起来，并用脚踝轻轻勾住他的脚踝，让两人产生联系，一条人链。

他转身面向她。“我希望大家会喜欢我。”他忽然迸出一句。

乔丝歪斜着头。“大家都喜欢你啊。”

彼得把脚放开，解开人链。“我是说大家，”他说，“不是你。”

法官职务的申请书花了艾莉克斯整整两天时间，填好之后，不可思议的事发生了：她这才发现自己确实想当法官。尽管她对惠特说了那些话，尽管刚开始有所疑虑，她还是以正确的理由作了正确的决定。

当司法官遴选委员会通知她面谈时，很清楚地表示并非随随便便的人都能受到邀请。艾莉克斯能获得面谈机会，就表示她很有机会得到这项职务。

委员会的任务是交给州长一份短短的候选人名单。司法委员会的面谈在东康科德的州长旧官邸“桥馆”进行，时间特意错开，候选人从一道门进另一道门出，如此一来应该便无人知道其他竞争者的身份。

委员会的十二名成员包括律师、警察与各个受害人代言组织的执行长。他们注视艾莉克斯如炬的目光，她感觉自己的脸似乎随时可能燃烧起来。当天她半夜就被乔丝吵醒，因为女儿做了大蟒蛇的噩梦后便不肯再睡，但这并无帮助。艾莉克斯不知道还有哪些竞争者，但她敢打赌其中绝没有凌晨三点还要拿着直尺伸进电暖气排放口，证明阴暗洞内没有蛇的单亲妈妈。

“我喜欢这个节奏。”她小心地回答问题。有些答案她一定要说，她知道。但诀窍在于多少要将那些陈腔滥调和预期的回答与她的一部分性格结合。“我喜欢快速做出决定的压力。证据法则是我的强项。我在法庭上见过一些法官事先不做功课，我知道我不会和他们一样。”她略感迟疑地环顾这些男女委员，不知是否该呈现大多数申请司法职务——而且已经顶着检察官光环——的人所会呈现的角色，或者该做她自己，让公设辩护人背景的这点裙边露出来。

唉，要命。

“我想成为法官的真正原因，应该是因为我喜欢法庭机会均等的感觉。当你进入法庭，在很短暂的时间里，你的案子对庭上每个人而言就是全世界最重要的事。这个体系为你运转。不管你是谁，是哪里人，你所受待遇的依据都将是法条，而非任何社会经济变量。”

一名委员低头看着她的摘记。“柯米尔女士，你认为怎么样才算是好法官？”

艾莉克斯感觉到一颗汗珠顺着脊背流下。“要有耐心但态度坚定。要掌控局面但不能傲慢。要熟知证据法则与法庭规则。”她稍一停顿。“这可能不是各位常听到的说法，但我认为一个好法官十之八九是个七巧板专家。”

受害人代言团体的一名上了年纪的女性瞪大眼睛。“对不起，请再说一遍。”

“七巧板。我是个妈妈，女儿今年五岁。她常玩的一个游戏是用一些大小不同的三角形和平行四边形拼图片拼出鸟或船的几何轮廓。对空间概念好的人来说很简单，因为你必须跳脱原来的思考模式。而担任法官就是这样。你掌握了所有竞争因素——双方当事人、受害人、法律的执行、社会，甚至于判例——然后你得想办法在既有的框架内，利用这些因素解决问题。”

紧接着陷入一片令人不安的沉默，艾莉克斯转过头从一扇窗瞥见下一位面试者正走进入口玄关。她瞪大了双眼，肯定是自己眼花了，但你忘不了那一头你曾抚弄过的银白卷发，你忘不了你曾用自己的嘴唇亲吻过的颧骨与下颚的形状起伏。罗根·鲁克——她的诉讼辩护教授、她的旧情人、她女儿的父亲——走进屋内关上了门。

他应该也是法官候选人之一。

艾莉克斯深深吸了口气，此时赢得这份工作的决心又比片刻前更加坚定。“柯米尔女士？”上了年纪的妇女再度开口，艾莉克斯才发现自己没有听见她第一次的提问。

“抱歉，你的问题是……？”

“我问的是你玩七巧板的技巧有多好？”

艾莉克斯直视着她。“夫人，”她忍不住露出灿烂的微笑，说道，“我是新罕布什尔州的州冠军。”

起初数字只是看起来比较胖，但后来开始有点扭曲，彼得不得不皱起脸来或站近一点才能看清楚是3还是8。老师叫他去找护士。身上有茶包味和脚臭味的护士让他看墙上的一张图表。

他的新眼镜轻得像羽毛，还有特殊镜片，即使他跌倒，眼镜飞过游戏场的沙坑也不会刮伤。镜框是细金边的，他觉得太细了，撑住弯弯的镜片时让他的眼睛看起来像猫头鹰：太大、太亮、太蓝。

彼得戴眼镜后惊讶不已。忽然间，远方模糊的一片凝聚成一座农场，有储藏塔，有农田，还有有斑点的牛。红色标志牌上写着“停”。母亲眼角有许多细纹，就像他指节上的皱褶。所有的超人英雄都有配件——蝙蝠侠有腰带，超人有披风——而这就是他的配件，让他有X光般的视力。他兴奋得连晚上睡觉都戴着新眼镜。

但第二天到学校以后，他发现视力变好，听力也增强了：四眼田鸡、瞎蝙蝠。他的眼镜不再是卓越的象征，而只是一道疤痕，一件让他与众不同的东西。这还不是最糟的。

世界聚焦之后，彼得才明白别人斜眼瞄他时是怎么看他的。他就是一个笑柄。

恢复正常视力的彼得低垂双眼，不想再看。

“我们是具有颠覆性格的家长。”艾莉克斯小声对莱西说。今天是学校开放日，她们俩坐在一张小桌子前膝盖弯得高高的，像蚱蜢一样。艾莉克斯拿起数学课用的彩色木条——上面标有2、3、4、5等个位数字——拼出一句咒骂的话。

“本来一切都很有趣，偏偏就有人要变成法官。”莱西出言谴责时，顺便用手把那句脏话给拨乱。

“怕我害你被踢出幼儿园吗？”艾莉克斯笑道，“至于法官那件事，大概和我中彩票一样希望渺茫。”

“等着瞧吧。”莱西说。

幼儿园老师往她们中间弯下身来，递给她们每人一小张纸。“今天我要请所有家长写下一个最能形容自己孩子的字眼。稍后，我们就用这些来做爱的拼贴。”

艾莉克斯觑了莱西一眼。“爱的拼贴？”

“别再对幼儿园有成见了。”

“我没有。老实说，我觉得我们需要具备的一切法律常识，都是在幼儿园学会的。比方说：不能打人，不是自己的东西不能拿，不能杀人，不能强暴人。”

“是啊，我还记得那堂课，就在点心时间过后。”莱西说。

“你知道我的意思。那是一种社会契约。”

“万一你真的成了法官，却必须维护你并不相信的法律，那怎么办？”

“第一，这个假设不太可能成真。第二，我还是会做。我会觉得很难过，但还是会做。”艾莉克斯说，“相信我，没人想要法官行使他自以为的正义。”

莱西把纸张边缘撕成流苏状。“如果你变成工作，那么什么时候才能做你自己？”

艾莉克斯咧嘴一笑，把彩色木条又推排成另一个四个字母的字。“幼儿园的学校开放日吧，我想。”

这时乔丝忽然出现，原本红润的脸蛋更加红扑扑。“妈妈，”她用力拉着艾莉克斯的手，彼得则爬上莱西的腿，“我们都弄好了。”

他们在积木区为她们制造惊喜。莱西和艾莉克斯站起来，跟着他们经过书架、高迭的小毯子和科学实验桌，桌上有一些已经开始腐烂的南瓜实验品，那斑斑点点的外皮和凹陷的瓜肉让艾莉克斯想起她认识的一个检察官的脸。“这是我们的家。”乔丝打开一块充当前门的积木介绍道，“我们结婚了。”

莱西用手肘撞撞艾莉克斯。“我一直很希望能和亲家处得来。”

彼得站在一个木制炉具前，用一个塑料锅假装在炒菜。乔丝穿上过大的实验袍。“我该去上班了，我会回家吃晚饭。”

“好。”彼得说，“晚上要吃肉丸。”

“你做什么工作？”艾莉克斯问乔丝。

“我是法官。我整天都在把人关进监狱，然后回家吃‘披萨’。”她绕着积木屋走一圈之后，又从前门进入。

“坐下。”彼得说，“你又这么晚回来。”

莱西闭上眼睛。“是我的错觉，还是真的像在照一面不太讨人喜欢的镜子？”

她们看着乔丝和彼得把盘子放到一旁，然后移到积木屋的另一区，是在方格中一个更小的方格。他们躺在里面。“这是床。”乔丝解释。

这时候老师来到艾莉克斯与莱西背后。“他们总是玩这样的游戏。”她说，“很可爱吧？”

艾莉克斯看着彼得蜷曲身子侧躺着。乔丝面向着他的背贴靠上去，手臂环抱住他的腰。她很好奇女儿是怎么想象出这种情侣的姿势，她甚至没见过母亲出去约会。

她看见莱西靠着积木格架，在小纸条写上“柔软”。彼得确实如此——他不只柔嫩，甚至几乎到生涩的地步。所以需要像乔丝这样的人，像壳一样包覆他、保护他。

艾莉克斯拿起铅笔，将纸抚平。形容词不断掠过脑海——有太多字眼可以形容她女儿：活力充沛、忠诚、聪明伶俐、令人惊叹——但最后她却写下完全不一样的字眼。

“我的。”她写道。

这一次，当午餐盒掉在路面上，刚好摔中铰链处，整个从中间打开，跟在校车后面的车辆就从他的鲔鱼三明治和那包多力多滋上头碾过。校车司机一如往常并未发现。现在那些五年级男生技巧更好了，开窗关窗之快让你连喊住手的时间都没有。看着男孩互相击掌，彼得眼中不觉充满泪水。他听到脑中响起母亲的声音——现在正是他为自己挺身而出的时候！——但母亲不明白这样做只会让事情更糟。

“彼得。”他重新坐到乔丝身旁时，乔丝叹了一声。

他低头看着自己的连指手套。“我星期五可能不能去你家了。”

“为什么？”

“因为妈妈说如果我再把午餐盒弄丢，她就要处罚我。”

“太不公平了。”乔丝说。

彼得耸耸肩。“本来就没有什么公平的。”

当新罕布什尔州州长从短短的三人名单中挑出艾莉克斯担任地方法院法官时，没有人比艾莉克斯更为惊讶。琴恩·夏辛——一个民主党的年轻女州长——会想指定一个民主党的年轻女法官本就合理，但艾莉克斯前去面谈时，仍觉得有点轻飘飘的。

州长比艾莉克斯想象中更年轻，也更漂亮。我坐上法官席时，大多数人也一定会这么想，她思忖着。她坐下后，将双手压在大腿下免得抖个不停。

“如果我要任命你，”州长说，“有没有什么我该知道的事？”

“你是说不可告人的丑闻之类的？”

夏辛点点头。其实追根究底，就是要知道州长任命的人可不可能在任何一方面损及州长本身的名誉。夏辛想在正式决定之前，仔细慎重地考察她，关于这点艾莉克斯对她只有钦佩。“行政会议的听证会上，不会有人出面反对你的任命案吧？”

“不一定。你会解雇州监狱的人吗？”

夏辛笑着说：“看来对你不满的当事人都进那儿去了。”

“他们是对监狱不满意。”

州长于是起身与艾莉克斯握手。“我想我们会处得很好。”她说。

缅因和新罕布什尔是全国仅存的仍保留着行政会议的两州，其作用在于直接监督州长的权力。这就表示从艾莉克斯被推荐到任命听证会的这个月期间，她必须竭尽全力在五位共和党男议员折磨她之前，先安抚他们。

她每星期都打电话，问他们是否有任何问题有待回答。此外，她还得安排证人出席任命听证会替她说话。在公设辩护人办公室工作多年，这点应该不难，不过行政会议成员想听的不是律师发言，而是艾莉克斯工作与生活中的人，她的小学老师，不反感她为罪犯辩护的州警。难就难在艾莉克斯得说尽好话才能让这些人做好准备出席做证，但她又得清楚表明即使她真的被任命为法官，也不能对他们有所回报。

最后终于轮到艾莉克斯赴刑场了。她坐在州政府的行政会议厅中，应付五花八门的问题，诸如：你最近看了哪本书？或是虐待与遗弃案件中，谁该负举证责任？其中大多是实际的或理论性的法律问题，最后他们丢出一个难题。

柯米尔女士，谁有权力审判他人呢？

“这个嘛，”她说，“要看是以道德面或法律面而论。在道德上，谁都无权审判他人。但在法律上，这不是权利——而是责任。”

再就这个问题延伸，请问你对枪械的立场为何？

艾莉克斯犹豫了。她不喜欢枪。她从不让乔丝看任何涉及暴力的电视节目。她知道当枪支落入不安的孩子、愤怒的丈夫或被虐待的妻子手中，会有什么后果——她为这样的当事人辩护过太多次了，无法忽视那种催化作用。

然而……

她身在保守的新罕布什尔州，而眼前这群共和党人最担心的莫过于她变成一个我行我素的左派分子。在将来可能由她管辖的这些小区里，打猎不仅地位崇高而且必要。

艾莉克斯啜了一口开水。“就法律层面而言，”她说，“我支持枪械。”

“太不可思议了。”艾莉克斯站在莱西的厨房里说道，“卖法官袍的网站，模特儿全是有胸部的大块头前锋。一般民众对女法官的印象还停留在电视剧《黄金女郎》。”她探头到走道朝二楼喊。“乔丝！我数到十我们就回去了！”

“有什么选择吗？”

“有，黑色……或是黑色。”艾莉克斯交叉着手臂，“你可以挑棉与聚酯纤维混纺或纯聚酯纤维。你可以挑喇叭袖或束袖。全都很难看。我真正想要的是有腰身的。”

“王薇薇大概不设计法官袍吧。”莱西说。

“还没有。”她又把头探出走道，“乔丝！马上下来！”

莱西放下刚刚用来擦拭平底锅的布，随艾莉克斯走进玄关。“彼得！乔丝的妈妈得回家了！”由于孩子们仍无反应，莱西便往楼上走。

“他们可能躲起来了。”

艾莉克斯跟着走进彼得房间，莱西打开衣橱的门又检查床底下，接着看了浴室、乔伊的房间和主卧室。直到她们又下楼以后，才听到地下室有声音。“好重。”乔丝说。

接着是彼得。“喏，像这样。”

艾莉克斯顺着旋转木梯往下走。莱西的地下室是个百年的蔬菜储藏室，除了泥土地板还有像圣诞吊饰般的蜘蛛网。她朝着地下室某个角落的声音来处走去，乔丝就在那里，在一堆箱子和一个摆满自制果酱罐头的架子后面，手里拿着一把来复枪。

“我的天哪。”艾莉克斯低喊一声。乔丝转过身来，枪管正对着她。

莱西一把抓过枪来搁到一旁。“你哪来的枪？”她问道。直到此刻，彼得和乔丝似乎才意识到情况不对。

“彼得，”乔丝说，“他有钥匙。”

“钥匙？”艾莉克斯大喊，“什么钥匙？”

“枪柜。”莱西喃喃说道，“一定是刘易斯上周末去打猎，拿枪的时候被他看到。”

“我女儿来你们家玩都多久了，你竟然把枪乱放？”

“我没有乱放。”莱西说，“枪都锁在枪柜里。”

“可是连你五岁的儿子都打得开！”

“刘易斯把子弹放在……”

“哪里？”艾莉克斯问，“要不要我问彼得？”

莱西转向彼得。“你最清楚。你到底为什么要这么做？”

“妈，我只是想让乔丝看看。她说她想看。”

乔丝一脸惊恐地抬起头。“我没有。”

艾莉克斯转身。“结果你儿子现在要怪乔丝……”

“不然就是你女儿说谎。”莱西反驳道。

两个好友互瞪着对方，被孩子们的断层隔在两边。艾莉克斯涨红了脸。万一，她不断地想着。万一她们晚了五分钟怎么办？万一乔丝受伤或死了怎么办？在这个念头边缘又爆发另一个念头——就是她数周前在行政会议上所给的答案。谁有权利审判他人？

谁都没有，她这么说。

但是她现在却这么做。

我支持枪械，她告诉他们。

这是否让她变得虚伪？或者她只想当个好母亲？

艾莉克斯看到莱西跪在儿子身旁，就这一幕便足以触动她内心的转变：乔丝对彼得坚定不移的忠诚，瞬间似乎变成只是拖垮她的重担。也许乔丝应该开始交其他朋友了。交一些不会让她被叫到校长室，也不会把来复枪放到她手上的朋友。

艾莉克斯将乔丝牢牢地抱在身旁。“我想我们该走了。”

“是啊。”莱西冷冷地应和道，“我也觉得这样最好。”

来到冷冻食物区时乔丝开始闹脾气。“我不喜欢青豆。”她抱怨着。

“你可以不吃。”艾莉克斯打开冷冻柜的门去拿绿巨人冷冻蔬菜，冷气迎面吹来。

“我要吃奥利奥。”

“你已经有动物饼干了，不能再买奥利奥。”自从在莱西家出丑之后，乔丝已经闹了一个礼拜。艾莉克斯知道她无法阻止乔丝白天在学校里和彼得一起玩，但那不代表她就得让乔丝请他到家里玩以增进感情。

艾莉克斯抱了一桶天然水放到购物车内，接着放了一瓶酒。再一想，又拿了一瓶。“晚上你想吃鸡肉还是汉堡？”

“我要吃豆腐火鸡。”

艾莉克斯不禁笑起来。“你从哪儿听来的？”

“莱西做给我们吃的午餐。看起来很像热狗，可是对身体比较好。”

艾莉克斯听到肉品柜台叫她的号码便走上前去。“请给我半磅无骨鸡胸肉。”

“为什么每次都买你要的，都不买我要的？”乔丝怪罪道。

“相信我，你没有你想象得那么可怜。”

“我要一个苹果。”乔丝说。

艾莉克斯叹了口气。“我们逛完杂货店之前，你能不能不要再说你要什么了？”

艾莉克斯尚未回过神来，坐在购物车座位上的乔丝已经一脚踢出，重重踢在艾莉克斯的腹部。“我讨厌你！”乔丝尖叫着，“你是全世界最坏的妈妈！”

艾莉克斯发现其他购物的人——在挑甜瓜的老妇人，还有两手抓满新鲜花椰菜的店员——都往这儿看，感到很不自在。为什么只要在你的行为必然会受到评量的场合，孩子们就会崩溃？“乔丝，”她咬牙强装微笑地说，“别吵了。”

“为什么你不能像彼得他妈妈！我真想去跟他们住。”

艾莉克斯狠狠抓住她的肩膀，痛得乔丝掉下泪来。“你听我说。”她隐忍着怒气低声说，但随即听到远处一声低语和“法官”两个字。

当地报纸登了一篇关于她最近被任命为地方法官的报道，还附了一张照片。刚才在烘焙区和麦片区与人擦肩而过时，艾莉克斯可以感受到被认出的火花：那是她。但是现在当他们注视着她与乔丝时，她也同样感受到他们目光中的观察与衡量，他们等着她——怎么说呢——表现出法官的样子。

她松开双手。“我知道你累了。”艾莉克斯说得很大声，足以让整间店的人都听到。“我知道你想回家。可是在外面的时候你得听话。”

乔丝含着泪瞪大眼睛听着这个“理智之声”，不可置信地看着眼前这个外星人，一般这种情况妈妈会马上对着她大吼并且叫她闭嘴。

艾莉克斯顿时领悟到，一个法官不只有在法官席上才是法官。当她上餐厅、在派对上跳舞或想在农产品区信道上把孩子掐死的时候，她也还是法官。艾莉克斯披上了一件斗篷，却没发现其中有机关：她将永远脱不掉了。

如果你一辈子都在留意每个人对你的想法，会不会忘记自己是谁？如果你向世人展现的脸原来是一张面具，而且底下空无一物……怎么办？

艾莉克斯推着车走向结账的队伍。此时，她那怒气喧腾的孩子已经又变成悔恨的小女孩。她听见乔丝的喘气声减少了。“好啦，”她安抚女儿也同时安抚自己。“这样不是好些了吗？”

艾莉克斯第一天当法官是在基恩。除了她的书记之外，没有人确实知道这是她的第一天——律师们只听说有她这个新法官，但不确定究竟何时上任——但她还是很害怕。她换了三套衣服——尽管藏在袍子底下谁也看不到。前往法院之前，她还吐了两次。

她知道怎么进办公室，毕竟她已经在这里处理过上百个案件，只不过是在法官席另一边。书记官是个瘦削的男子，名叫以实玛利，他记得曾和艾莉克斯开过会，而且并不特别喜欢她——因为他自我介绍后（“叫我以实玛利”）她便哈哈大笑。然而今天他完全臣服。“欢迎你，法官。”他说，“这是你的待审案件一览表。我会带你到办公室去，一切准备好之后会派法警通知你。还有什么我能效劳的吗？”

“不用了。”艾莉克斯说，“我已经准备好了。”

他将她留在像冰库一样的办公室。她调整温度后，从公文包取出袍子穿上。隔壁就是洗手间，艾莉克斯走进去仔细端详自己。她看起来很公正，有威严。

也许有点像唱诗班的女孩。

她坐在办公桌前立刻想起父亲。爸，你看看我，她心想，只不过他现在已经到一个听不到她声音的地方去了。她还记得父亲审过的数十宗案件，当时他回家吃晚饭时总会跟她说起。她不记得的反倒是他不当法官而只当父亲的时刻。

她翻阅着当天早上传讯作业所需的档案，然后看看手表，离开庭还有四十五分钟，都怪她自己穷紧张才会这么早来。她站起来伸展一下四肢。办公室大到她能在这里翻筋斗了。

但她没有，因为法官不做这种事。

她有些犹豫地打开通往走廊的门，以实玛利立刻出现。“需要我做什么吗，法官？”

“咖啡。”艾莉克斯说，“谢谢你。”

以实玛利对此请求的反应异常迅速，艾莉克斯心想若是请他出去为乔丝买生日礼物，可能中午以前就会包装好放在她桌上。她跟着他进入律师与其他法官共享的休息室，朝咖啡壶走去。一名年轻律师见状立刻退开。“法官，你先请。”原本在排队的她让出位置来。

艾莉克斯拿了个纸杯。下回得记得带一个马克杯放在办公室。但话说回来，由于她的工作必须巡回拉科尼亚、康科德、基恩、纳秀瓦、洛契斯特、密尔福、杰夫里、彼得波罗、格拉夫顿与库斯等郡，端视星期几而定，所以她得找到一大堆马克杯才行。她按下咖啡壶按钮却只听到嘘嘘声——空了。她想也没想就拿起滤纸要重新煮一壶。

“法官，让我来。”那位律师说，显然是替艾莉克斯感到不好意思，并随即取过她手上的滤纸，开始煮新的咖啡。

艾莉克斯直盯着这个律师，心想以后恐怕再也不会有人叫她艾莉克斯，又或许她应该干脆改名叫法官。她又想，如果她走过走廊时鞋子上黏着卫生纸，或者牙缝里有菠菜残渣，恐怕谁也不敢告诉她。她明明受到非常仔细的检视，却也知道谁都不敢当着她的面告诉她哪里出错，这种感觉真奇怪。

律师替她倒了刚煮出来的第一杯咖啡。“法官，我不知道你想喝什么样的咖啡。”她说着一面递出糖包和奶油球。

“这样就好。”艾莉克斯说，但当她伸手端咖啡时，喇叭袖扫到保丽龙杯边缘，咖啡洒了出来。

稳着点，艾莉克斯，她暗想。

“天哪，”律师说，“真对不起！”

这是我弄翻的，你为什么要对不起？艾莉克斯十分不解。但女律师已经拿出餐巾纸开始清理，艾莉克斯便脱下袍子清洗。有那么一瞬间她心想就别停吧——全都脱光，脱到只剩内衣裤，然后像童话故事里的国王一样大摇大摆走过法院。我的法官袍很漂亮吧？她这么问，然后会听到所有人都回答：是啊，法官。

她把袖子放进洗手台冲洗后拧干。随后她开始走回办公室，袍子仍挂在手上。但一想到还要独自在那儿坐上半小时实在太令人沮丧，艾莉克斯于是逛起了基恩法院的廊道。她转进一些从未去过的角落，最后来到通往装货区的地下室大门。

到了外面，她看见有个穿着一般管理员穿的绿色连身服的女人在抽烟。空气充满冬天的气味，白霜在柏油路面上闪闪发光像玻璃似的。艾莉克斯双手抱住身子——这里很可能比办公室还冷——朝这个陌生人点头招呼。“嗨。”她说。

“哎。”女人吐出一丝烟。“以前没看过你，你叫什么名字？”

“艾莉克斯。”

“我叫丽兹，是全院管理部门的。”她露齿一笑，“你呢，你在法院哪个部门工作？”

艾莉克斯伸手到口袋里找一盒薄荷糖，倒不是她想吃或需要吃，而是想在对话戛然而止前多争取一点时间。“嗯，”她说，“我是法官。”

丽兹马上垮下脸来，不自在地后退一步。

“其实我很不想告诉你，因为你肯跟我说说话，感觉真的很好。这里没有人会这么做……老实说有点孤单。”艾莉克斯顿了一下，又问，“你能不能忘记我是法官这件事？”

丽兹将香烟丢到地上踩熄。“看情形。”

艾莉克斯点点头。她把装薄荷糖的小塑料盒往掌心倒，发出咔嗒咔嗒的声音有如奏乐。“要不要来颗薄荷糖？”

片刻后，丽兹伸出一只手。“好啊，艾莉克斯。”她带着微笑说。

彼得开始像游魂似的在自己家里晃来晃去。他被禁足，这多少和乔丝不再到家里来有关，尽管他们一个星期还是会有三四天放学后相约见面。乔伊不肯跟他玩——他老是在踢足球，不然就是玩一种电脑游戏，要在弯曲得像回形针一样的跑道上飙车——也就是说，事实上彼得无事可做。

某天晚上吃过饭后，他听见地下室传来声响。自从母亲发现他和乔丝在底下玩枪之后，他再也没下去过，但此时他却像飞蛾扑火一般无法自制地走向父亲的工作台。父亲坐在台子前的板凳上，手里正拿着给彼得惹了天大麻烦的那把枪。

“你不是该上床睡觉了吗？”父亲问。

“我不想睡。”他看着父亲的手摸过来复枪像鹅颈的部分。

“很美吧？这把是雷明顿721型，用的是30-06子弹。”父亲说完转向彼得。“想不想帮我清枪？”

彼得本能地斜眼瞄向楼梯，母亲正在楼上洗晚餐的碗盘。

“要我说，彼得，如果你对枪这么有兴趣，就得学会尊重枪。保险点免得后悔，对不对？这点就连妈妈也不能反驳。”他把枪托在大腿上。“枪是非常非常危险的东西，但它之所以那么危险，是因为大多数人都不太了解它的性能。你一旦了解以后，它就只是一件工具，就像铁锤或螺丝起子，除非你把它举起来正确地使用，否则它什么事也不会做。你懂吗？”

彼得不懂，但他不打算告诉父亲。他打算学会使用真正的来复枪！班上那些白痴小孩，那些大笨蛋，都没资格这么说。

“第一件要做的事就是打开枪机，像这样，以确认里面没有子弹。

往弹匣里面瞧瞧，就在这下面。有没有看到？”彼得摇摇头。“现在再检查一遍。多检查几遍总没错。再来，机匣下方有个小按钮——就在扳机护弓前面——按下去就能把枪机整个卸下来。”

彼得看着父亲轻而易举将连接来复枪枪托与枪管的银色大棘轮取下。他拿起桌上一瓶溶剂——彼得看见瓶上写着Hoppes #9——倒了一点在抹布上。“彼得，世上没有比打猎更有趣的事了。”父亲说，“其他人都静静地在睡觉时，你置身在树林里……看见鹿抬起头与你四目交接……”他把布拿得远远的——那气味让彼得头晕——开始擦起枪机。“来，”父亲说，“你试试吧。”

彼得惊讶得张大了嘴——发生了乔丝那件事后，爸爸竟然叫他拿枪？或许是因为有父亲在这里监督，也或许这是个陷阱，他要是想再拿枪就会被处罚。他心下犹豫，但还是伸手去拿——枪竟如此沉重，他这回还是跟上回一样感到惊讶。电脑游戏中的“猎鹿人”拿着来复枪甩来甩去，仿佛羽毛一样轻。

这不是陷阱。父亲真的想要他帮忙。彼得看他又拿起一个马口铁罐——擦枪油——在干净的布上滴了几滴。“我们把枪机擦干净，再在撞针上滴一滴……你想不想知道枪的原理呢，彼得？你过来。”他指出撞针的位置，是在圆形枪机里面一个很小很小的圆圈。“枪管里有一个大弹簧，你看不到。当你扣扳机时，弹簧被释放，碰击到撞针把它往外推那么一点点……”他用拇指和食指比出一英寸不到的距离作为说明。“撞针就会撞到铜弹正中心……然后将一个叫底火的小银钮撞凹。这一撞击便会引燃装药，也就是铜弹壳里面的火药。你看过子弹吧？它从尾到头愈来愈尖，那尖尖的部分才是真正子弹所在，当火药点燃后，会在子弹后方产生冲力把它往前推。”

父亲从彼得手上拿过枪机，用油擦拭后放到一旁。“现在看看枪管里头。”他把枪往上举，好像在瞄准天花板的灯泡。“你看见什么了？”

彼得从后方往枪管里瞄。“好像妈妈中午煮的面。”

“可能吧。螺丝通心粉，是这样叫的吗？枪管里的螺旋形状就像螺丝一样。子弹被推出后，这些膛线会让子弹旋转。有点像你把橄榄球丢出去时让它稍微旋转那样。”

彼得和父亲和乔伊在后院玩球时，曾尝试这个动作，但他的手太小，不然就是橄榄球太大，每当他想传球时，球多半会“砰”地掉在跟前。

“如果子弹旋转着出来，飞行时就不会摇晃不定。”这时父亲改拿一根末端有个铁丝圈的长杆。他拿一条布塞进圈内，浸了溶剂。“不过火药会在枪管内留下脏东西，”他说，“所以得把它清干净。”

彼得看着父亲将杆子伸入枪管，上下抽动，像搅奶油一样。接着换上一条干净的布，再通一次枪管，然后再一次，直到布抽出后不再有黑色条痕为止。“我在你这个年纪的时候，我父亲也向我示范这些。”他把布片丢进垃圾桶，“哪天我们再一起去打猎。”

一想到这个，彼得便兴奋难抑。他，不会丢橄榄球、不会踢足球，连游泳也游不好的他，竟要和父亲一起去打猎？他想到要把乔伊留在家里就很高兴。不知道还要等多久？不知道和父亲同做一件只属于他们俩的事情会是什么感觉？

“好了，”父亲说，“现在再往枪管里看一次。”

彼得把枪反抓过来，从枪口往里看，枪管就贴在眼睛旁边。“天哪，彼得！”父亲取过枪说，“不是这样！你拿反了！”他把枪倒转过来，让枪管朝着另一边。“虽然枪机放得很远，没有问题，但也绝对不能从来复枪的枪口往里看。你不能用枪瞄准你不想杀害的东西。”

彼得眯起眼睛，以正确的方式往枪管内看。里头银光闪闪、耀眼夺目。完美无缺。

父亲用油擦了枪管外部。“现在扣扳机。”

彼得愣愣地看着他。连他都知道不能这么做。

“没有问题。”父亲重复说，“这是组合枪支必要的动作。”

彼得迟疑地弯起手指扣住那个半月形的金属，往后一拉。一个锁环应声松脱，父亲握在手上的枪机也随即滑入定位。

他看着父亲把枪放回枪柜。“对枪感到不安的人是因为不懂枪。”父亲说，“你如果懂枪，使用起来就会很安全。”

彼得看着父亲锁上枪柜。他明白父亲的意思：来复枪已经不再那么神秘了——当初正是这股神秘感促使他从父亲的内衣裤抽屉偷取枪柜钥匙，拿枪给乔丝看。如今他看过枪支分解后重新完成组装，知道了枪械的真正面貌：那是一堆规格固定的金属，是零件的整合。

如果背后没有人，枪其实根本没什么。

你相不相信，命运取决于出事时你会怪谁。你会认为是自己的错吗？会觉得如果你多尝试一下、多努力一下，事情就不会发生吗？或者你直接归咎于环境？

我知道有些人听到别人的死讯，会说那是上帝的旨意。我知道有些人会说他们运气不好。还有一种说法，我个人最喜欢：他们只是在不对的时间出现在不对的地方。

再说了，这句话也能用在我身上，不是吗？

第二天

彼得六岁那年的圣诞节，有人送他一条鱼。那是一条日本斗鱼，身后拖着细碎薄纱般的尾巴像个电影明星。彼得为它取名叫“狼獾”，经常盯着它那月光鳞片和有如亮片的眼睛，一盯就是大半天。但几天后，他开始想象只能在一个缸中游来游去会是什么感觉。此外令他好奇的是，鱼每次经过塑料植物的卷须时总会流连徘徊，这是因为它发现植物的形状大小有了新奇的变异，还是因为它能借此找到另一个安全的停靠处?

彼得开始会半夜醒来看看鱼睡不睡觉，但无论什么时间，狼獾都是游来游去。他忖度着鱼眼中的情景：一个放大的眼球，像旭日升起穿过厚厚的玻璃缸。他在教堂会聆听朗牧师传教，他说上帝能看见一切，不知道狼獾眼里的他是否便是如此。

坐在格拉夫顿郡监狱牢房里面，彼得试图回想他的鱼后来怎么了。死了吧，他想。很可能是被他给看死了。

他抬头注视牢房角落的监视器，它正无动于衷地瞪着他。他们——不管他们是谁——想确保他不会在被公开受审前自杀。为此，他的牢房里没有行军床或枕头，连床垫也没有，只有一张硬板凳，和那个无聊的监视器。

但话说回来，这也许是件好事。目前就他所知，在这小小的单人牢房区里只有他一个人。当郡保安官把车停在监狱门口时，他一度吓坏了。他什么电视节目都看，他知道在这种地方会发生什么事。入狱前整个处理过程中，彼得始终没有开口——不是因为他够坚强，而是他担心自己一开口就会哭得忘记如何停止。

金属相撞发出剑击的声音，接着是脚步声。彼得待在原地，双手抱住膝盖，肩膀拱起。他不想显得太急切，不想显得可怜。其实，隐形是他擅长的事。过去十二年来他做得很完美。

有个狱警走到他牢房前停下。“有人要见你。”他说着打开了门。

彼得慢慢起身，抬头看看监视器后，随着狱警走过坑坑洼洼又灰暗的走廊。

若想逃出这座监狱有多难呢？可不可能像所有电玩游戏那样，使出一些高超的功夫招式，击倒这名警卫，又击倒一个，再击倒一个，最后夺门而出，大口呼吸外头的空气呢？那空气的味道他都已经快忘了。

如果他得在这里待一辈子，怎么办？

就在此时他想起他那条鱼的下场。在某一刻，彼得的脑海被动物权与人性所占满，于是将狼獾丢进冲水马桶给冲了。他以为水管会通往某个大海，就像去年夏天他们一家到海滩度假看到的那个，那么狼獾也许就能循路游回日本与其他斗鱼亲友团聚。后来彼得向哥哥透露此事，乔伊才告诉他下水道的情形，还说彼得不但没有将宠物放生反而害死了它。

狱警走到一个房间前停下，房门上有块牌子写着“私人会议室”。他想不出除了父母之外还有谁会来见他，而他现在却还不想与父母见面，因为他们会问他一些他无法回答的问题——例如，怎么可能你今天才哄儿子上床，隔天早上却已认不得他？也许还是回牢房去面对监视器比较简单，它只会瞪着你看，不会批判你。

“进去吧。”狱警说，同时把门打开。

彼得颤抖着吸了口气。他想到他的鱼，原本期望着清凉蔚蓝的大海结果却游进粪坑，不知它作何感想？

乔丹走进格拉夫顿郡监狱，来到登记室前停下。他见彼得·霍顿前得先签名登记，向强化玻璃分隔板里头的狱警取得访客证。乔丹在登记表格草草写下名字，然后从塑料墙底部一个小狭缝推进去，但却无人接收。里头的两名狱警正围着一架黑白小电视，内容当然也和全世界所有电视机一样是关于枪击案的报道。

“打扰一下。”乔丹说，但无人回头。

“当枪击事件发生时，”记者说，“艾德·麦凯博从九年级数学课教室的门缝往外看，用自己的身体挡在行凶者与学生之间。”

接下来画面转到一个哭泣的妇人，在她的脸下方有白色方体字标示着“死者的妹妹，琼恩·麦凯博”。“他很关心他的学生。”她流着泪说，“他在斯特灵教书七年来，一直很关心他们，直到生命最后一刻也一样。”

乔丹把重心换到另一只脚。“喂！”

“等一下，老兄。”其中一位狱警不在意地朝他挥挥手说道。

记者再次出现在颗粒粗大的画面上，他的头发往上扬，有如微风中的船帆，背后则是学校一道单色砖墙。“在学校教师的印象中，艾德·麦凯博是个认真负责的老师，为了帮助学生总是乐意多付出一些。此外他也热爱户外活动，经常在教师休息室谈论他徒步穿越阿拉斯加的梦想。这个梦想，”记者语气沉重地说，“将永远无法实现了。”

乔丹拿起表格板用力推过强化玻璃的狭缝，让它掉落在地板上。两名狱警这才同时回头。

“我要见我的当事人。”他说。

刘易斯·霍顿在斯特灵学院任教十九年来从未缺过一堂课，直到今天才破例。莱西来电后他离开得太匆忙，甚至没想到在讲堂门上贴个公告。他想象学生们正等着他出现，等着记下从他嘴里说出的字字句句，仿佛他说的话依然无懈可击。

他的哪句话、哪句口头禅、哪些评价而让彼得走到这一步？

哪句话、哪句口头禅、哪些评价有可能阻止他？

他和莱西坐在后院，等候警察离开他们家。其实他们曾经离开过——或至少有一人离开过——很可能是为了申请扩大搜索范围。搜索期间，刘易斯和莱西不得进入自己家中。有一会，他们站在车道上，偶尔看着警员搬出袋子和箱子，里头装满刘易斯意料中的东西，如彼得房内的电脑和书，还有出乎他意料的东西，如一支网球拍、一大盒防水火柴。

"我们该怎么办？"莱西喃喃地说。

他摇摇头，心里茫然。他曾为了投稿一篇关于幸福价值的文章，访问过极度消沉的老人家。我们还剩下什么？他们说，而当时刘易斯还无法了解那种彻底的绝望。当时，他无法想象情况会糟到让你找不到方法重新振作。

"我们什么也不能做。"刘易斯回答，他是说真的。他看见一名警员走出来，手上拿着一堆彼得的旧漫画书。

他刚回到家发现莱西在车道上踱步时，她立刻飞扑到他怀里。"为什么？"她哭着说，"为什么？"

一个问句里包含了千百个问题，但刘易斯一个也无法回答。他紧紧抓住妻子，仿佛她是这场洪水中的浮木，后来他发现对街有个邻居正从窗帘缝间偷窥。

于是他们移到后院，坐在阳台秋千上，四周围着光秃的灌木丛与融雪。刘易斯坐着一动也不动，手指与嘴唇都麻木了，因为冷，因为震惊。

"你觉得，"莱西低声说，"这是我们的错吗？"

他凝视着妻子，对她的勇敢感到讶异：她说出了他连想都不敢想的话。不过除此之外，他们之间又还能说什么？枪击事件发生了，他们的儿子涉案。这是不争的事实，你只能改变看待这些事实的角度。

刘易斯低下头说："我不知道。"那些统计数据又该从哪一点开始看起？事情的发生是因为莱西一直将彼得看成长不大的孩子吗？或是因为彼得跌倒时刘易斯会假装大笑，希望打消他哭的念头？他们是否应该多留意他读了什么、看了什么、听了什么……又或者即使如此密切监视，结果依然相同？或者也许是因为莱西和刘易斯两人的组合？如果一对夫妻以孩子来评量成绩，那他们俩真是一败涂地。

两次。

莱西盯着鞋子间复杂的砌砖图案。刘易斯还记得铺设这个阳台的情形。是他亲自整平沙土，砌上砖块。彼得本想帮忙，但刘易斯不肯。砖块太重了。你会受伤的，他说。

如果刘易斯没有过度保护——如果彼得感受到真正的痛，是不是就比较不那么可能去伤人？

“希特勒的母亲叫什么名字？”莱西问。

刘易斯愕然瞪着她。“什么？”

“她是个可怕的人吗？”

他伸手搂住莱西。“不要这样折磨自己。”他轻轻地说。

莱西把脸埋进丈夫的肩窝。“可是其他所有人都会这样想。”

有那么一会，刘易斯宁可相信每个人都弄错了——今天开枪的人不可能是彼得。就某方面而言，这是真的——虽然有数百名目击者，但他们看到的男孩并不是刘易斯前一晚上床前才和他说过话的那个人。当时他们在谈彼得的车。

月底你得把车子送检，知道吧。刘易斯说。

知道，彼得回答。我已经预约了。

那也是他在说谎吗？

“律师……”

“他说他会打电话来。”刘易斯回答。

“你有没有告诉他彼得对贝类过敏？如果他们让他吃……”

“我说了。”刘易斯说，其实他没有。他想象彼得独自坐在监狱牢房内，而那座监狱是他每年夏天前往哈弗希尔赛会场途中都会经过的。他想起彼得参加外宿露营的第二晚便打电话求父母去接他回家。他想到自己的儿子，即使他做了这么可怕的事，让刘易斯一闭上眼就想到最可怕的情景，他还是他的儿子。忽然他觉得胸骨紧缩，吸不到足够的空气。

“刘易斯？”莱西见他喘不过气，离开他怀抱问道，“你还好吧？”

他点点头，带着微笑，但事实却让他感到窒息。

“霍顿先生。”

他们俩一齐抬头，发现眼前站了一名警察。

“先生，请你过来一下好吗？”

莱西起身站在他旁边，但他用一只手制止了她。他不知道警察要带他去哪里，也不知道他会看到什么。如果莱西可以不用看，就别让她看。

他跟着警员走进自己家，这个家已暂时被控制，一群戴着白手套的警员正仔细搜索着他的厨房、他的衣橱。来到地下室门口时，他开始冒汗。他知道现在要去哪里，这是他一接到莱西的电话后便刻意避免去想的事。

另一名警员站在地下室里，挡住刘易斯的视线。这里比楼上低了五六度，但刘易斯还是在冒汗。他用袖子揩拭额头。“这些来复枪，”警员问，“是你的吗？”

刘易斯咽下口水。“是的。我打猎。”

“霍顿先生，请你告诉我们你的枪是不是都在。”警员往旁边一站，亮出枪柜的玻璃门。

刘易斯感觉膝盖都快挺不直了。他五把猎枪中的三把静静躺在枪柜里，像舞会上的壁花。另外两把不见了。

此刻之前，他始终不肯相信彼得会做出这么可怕的事。此刻之前，那始终只是一件悲惨的意外。

如今，刘易斯开始自责了。

他面对警员，直视他的眼睛，没有泄露任何情绪。这个表情，刘易斯忽然明白，他是跟自己的儿子学来的。“不，不全。”他说。

辩护法则第一条不成文的规定就是：即使一无所知也要表现得无所不知。你面对的是个未知的当事人，他可能有也可能没有机会开释，然而关键在于你必须同时显得无动于衷又心有所感。你得马上定出两人的关系限制：我是老板，你只要告诉我我想听的就行了。

乔丹已经经历过无数次同样的情况——就在这座监狱里的某间私人会议室，等候下一张饭票到来——他确实相信自己是看过大风大浪的人，因此当他发现彼得·霍顿完全出乎他的意料之外时有些不知所措。就枪击的规模与其造成的损害，以及乔丹在电视上看到那许多脸上的恐惧——说实话，实在看不出眼前这个瘦巴巴、长满雀斑、戴着眼镜的孩子能做出这样的事。

这是他的第一个想法。他的第二个想法是：这对我有利。

“彼得，”他说，“我叫乔丹·麦卡菲，我是律师。你的父母亲请我来当你的辩护人。”

他等候对方响应。“坐吧。”他说，但男孩仍然站着。“不坐也行。”乔丹加了一句。他戴上专业面具抬头看着彼得。“你明天会被传唤出庭。你不可能交保。明天早上在你出庭前，我们会有时间讨论一下你的罪状。”他略作停顿，让彼得消化这些信息。“从现在起，你不会一个人面对这些。你有我。”

是乔丹眼花了吗？说这番话时，他好像看到彼得眼中闪烁着什么。但即使有，也是一闪即逝。彼得面无表情地盯着地上。

“好了，”乔丹起身说道，“有什么问题吗？”

正如他所料，没有反应。该死，从彼得在这段短暂对话的反应看来，乔丹觉得还不如去找一个在枪击案中稍微幸运一点的被害人谈谈。

也许他就是这样的人呢，他心想，脑海里的这个声音实在太像他老婆了。

“那就先这样了。明天见。”他敲敲门，请狱警将彼得带回牢房，这时候男孩忽然开口了。

“我杀了几个？”

乔丹手按着门把，有些犹豫。他没有转向当事人，只是又说了一次：“明天见。”

厄文·皮巴帝医师住在河对岸佛蒙特州的诺威治，也在斯特灵学院兼职教授心理学。六年前，他曾与另外六人合作完成一份关于校园暴力的报告——这项学术工作他几乎已经遗忘。但他却接到柏灵顿的NBC附属电视台来电——偶尔他会一边吃麦片一边收看这个晨间新闻节目，但纯粹只为了幸灾乐祸地看实习播报员出错。我们想找一个能从心理学角度来分析枪击案的人，节目制作人说，厄文则回答，我就是你们要找的人。

“警告讯号，”他响应主播的问题。“这些年轻人抽离群体，独来独往。他们满脑子不是伤害自己就是伤害别人。他们在学校里无法正常表现，或只是受校规约束。他们缺乏人际交往，因此没有人让他们觉得自己很重要。”

厄文知道媒体找上他不是因为他的专业，只是为了寻求慰藉。斯特灵其他人——全世界其他人——都想知道像彼得·霍顿这种孩子是可以辨识的，就好像在一夕之间变成杀人犯的潜力是一种明显的胎记一样。

“这么说校园枪击犯都有共通的特点了？”主播刺探道。

厄文·皮巴帝直视着摄影机。他知道事实真相：如果你说这些孩子穿黑色衣服、听怪异音乐或内心愤怒，影射的其实是大多数青少年时期的男生。他知道如果一个有深度情绪障碍的人有意伤人，多半都会成功。但他也知道康涅狄格谷地——或甚至整个东北地区——的每双眼睛都正看着他，而他也得考虑到在斯特灵的教职。一个小小特权——一个专家的标签——应该无伤大雅。“可以这么说。”他说。

霍顿家晚上的家务一向由刘易斯负责。他会先从厨房开始，把碗放进洗碗槽。他会锁上前门、关灯，然后上楼，此时莱西多半已经躺在床上——如果没有出去为人接生的话——他还会绕进儿子的房间，叫他关上电脑睡觉。

今晚，他却站在彼得的房门口，看着警察搜索后留下的一团糟。他想要把书架上剩余的书摆整齐，把原本放在书桌抽屉后来被倒在地毯上的东西收拾干净。但一转念，他轻轻将门带上。

莱西不在房里，也不在刷牙。他一时不知如何是好，便竖起耳朵倾听。就在正下方的房间传来叽叽喳喳的声音，好像有人在说悄悄话。

他往回走，慢慢向声音来处靠近。都已经快半夜了，莱西还可能跟谁说话?

在黑暗的书房里，电视屏幕发出诡异的绿光。因为太不常使用，刘易斯都已经忘记这个房间有一台电视。他看到CNN的标志和屏幕下方熟悉的最新消息滚动条。他忽然想到：在“9·11”之前还没有实时新闻播报，后来民众太害怕了，因此需要知道自己居住的世界最实时的时事信息。

莱西跪在地毯上，仰着脸看主播。“目前有关开枪男子如何藏匿武器，或是究竟使用哪些武器，都还不太清楚……”

“莱西，”他咽了一下口水，说道，“莱西，该睡觉了。”

莱西没有动，也没有任何迹象显示她听到他说话。刘易斯走过她面前去关电视，一手顺势搂住妻子肩膀。“初步报告的焦点集中在两把手枪……”主播刚说到这里，影像便消失在画面上。

莱西转头看他。她的眼睛让他想起从飞机上看到的天空：一望无际的灰蒙，可能是任何地方，却同时也可能什么地方都不是。“他们一直说他是男子，”她说，“但他还只是个孩子呀。”

“莱西！”刘易斯又喊一声，接着她站起来投入他的怀里，仿佛要邀他跳舞似的。

在医院里如果仔细倾听，就能听到真相。你装睡时，护士会隔着你静止不动的身子低声交谈，警员会在走廊上交换秘密，医生进入你的病房时也会把另一个病人的情况挂在嘴上。

乔丝在心中列出伤者名单。依据她最后看见他们的时间，他们与她擦肩而过的时间，他们在她所在不远处被射杀的地点来看，她与所有受伤者似乎都有点联系。其中有杜鲁・纪哈德，他抓住麦特和乔丝告诉他们彼得・霍顿正在学校里到处开枪。有爱玛，她坐在餐厅里，与乔丝相隔三张椅子。有托瑞・麦肯锡，一个常在家办派对出了名的橄榄球员。有约翰・埃柏哈，当天早上他正在吃乔丝的薯条。有明遥，东京来的交换学生，去年在田径场后面的绳索训练场地喝醉酒，还往校长没关的车窗内小便。有娜妲莉・兹兰柯，在餐厅取餐时她就排在乔丝前面。有史毕思教练与女老师雷托利，乔丝以前的老师。有布瑞迪・普莱斯和海莉・卫佛，高四的金童玉女。

还有其他人乔丝只听说过名字——麦可・毕屈、史提夫・巴布里亚、娜妲莉・弗勒、奥斯汀・普洛乔、雅莉莎・卡尔、贾瑞・韦纳、理查德・希克斯、嘉妲・奈特、柔伊・帕特森，而从今以后，这些陌生人将永远与她连在一起。

但要找出死者姓名却比较困难。提起他们的时候，声音更轻更细，好像担心其他这些只是占据病床位的不幸伤员会被他们的情况感染似的。乔丝听到一些传言：说麦凯博老师被打死了，还有在学校里卖大麻的托佛・麦菲。为了获得些许信息，乔丝试图观看一天二十四小时都在报道斯特灵高中枪击事件的电视节目，但母亲总会进房间把电视关掉。她从每次突袭偷看电视的短暂片刻，只搜集到十人死亡的消息。

麦特是其中之一。

乔丝一思及此，身体就会有异样。她会停止呼吸，她所知道的所有字眼都凝聚在喉底，像一块巨石堵住洞穴出口。

幸亏有镇定剂，让这一切都看似不真实——她就像走在梦境中的松软地板上——然而一旦想起麦特，景象就会变得真实而赤裸裸。

她再也不能亲吻麦特。

她再也听不到他的笑声。

她再也感觉不到他搂着她的腰的感觉，读不到他从置物柜通气孔塞进来的纸条，也感受不到他解开她衬衫钮扣时，心怦怦跳的感觉。

她只记得一半而已，她知道——就好像枪击事件不只将她的人生分割为前后两半，也剥夺了她一部分技能：例如保持一个小时不哭、看到红色不觉得反胃的能力以及用记忆组织真相的能力。发生了这样的事，要回想其他细节的感觉几乎令人厌恶。

于是乔丝像酒醉驾驶般，从与麦特相处的温柔时刻急转到阴森恐怖的回忆。她不断想起九年级读《罗密欧与朱丽叶》的剧本时，有一句让她吓破胆的对白："与你的蛆虫侍婢们在一起。"罗密欧在朱丽叶家族墓穴里，对着朱丽叶状似死亡的躯体这么说。尘归尘，土归土。但在化为尘土之前还有一大堆过程，谁都没有提到过，半夜里护士不在的时候，乔丝发现自己竟想到血肉从头盖骨剥离需要多少时间、眼珠子会变成什么样、麦特是否已经不再像麦特等等问题。然后她便在尖叫中醒来，身旁有十来名医师护士压着她。

如果你把心给了某人而他死了，他会不会把你的心一起带走？你的下半辈子是不是身体内都会有一个永远无法填补的洞？

她的房门开了，母亲走进来。"怎么样？"她装笑时嘴咧得很开，像赤道一样把她的头分割成两半，"准备好了吗？"

现在是早上七点，但院方已准许乔丝出院。她朝母亲点点头。乔丝现在有点恨她。她表现得那么关心、那么忧虑，却已经太迟了，好像非等到这次枪击她才醒悟到自己与乔丝的关系如此疏远。她不断告诉乔丝说她就在身边，想说话时可以找她，这真是荒谬。即使乔丝想找人倾吐心事——事实上她并不想——也绝对不会找母亲。她不会了解——谁都不会了解，除了同样躺在这间医院不同病房里的那些学生之外。普通的街头枪击已经够糟了，这是一个人所能遇到最糟的情况，而且不管乔丝愿不愿意她都必须回到案发地去。

乔丝换了一套衣服，她被送到医院时穿的那套已经离奇失踪。谁也没有多说什么，但乔丝猜想那上头想必沾了麦特的血。为此，把衣服丢掉是对的，因为不管用多少漂白剂，不管洗多少次，乔丝知道她还是看得见血迹。

她的头仍因晕倒时撞到地板而隐隐作痛。她撞破了额头，差点就得缝针，不过医生要她住院一晚观察。（观察什么？乔丝不解。中风？血块？自杀？）乔丝站起身时，母亲立刻来到她身边，一手牢牢抱住她作为支撑。这让乔丝想起夏季期间她和麦特走在街上，有时候会把手插在对方牛仔裤的后侧口袋。

“乔丝，”母亲说，她这才发现自己又哭了起来。现在经常会这样，乔丝已经无力分辨何时停止、何时开始。母亲递给她一张面纸。“你知道吗？回家以后就会感觉好一点了，我保证。”

拜托。乔丝不可能再有更糟的感觉了。

但她仍勉强咧咧嘴，不细看的话就像个微笑，她知道这是母亲现在需要的。她走了十五步才来到病房门口。

“宝贝，你要保重。”乔丝经过护理站时，一名护士对她说。

另一个则露出微笑——这是喂乔丝吃碎冰的护士，乔丝最喜欢她。“你可别再回来了，听到没？”

乔丝慢慢往电梯移动，每回她抬头一瞥，总觉得电梯愈离愈远。经过一间病房时，她在门外夹板上看见一个熟悉的名字：海莉·卫佛。

海莉是高四生，连着两年当选返校节皇后。她和男友布瑞迪·普莱斯是斯特灵高中的安吉丽娜·朱莉和布拉德·皮特，而乔丝也曾坚信当海莉和布瑞迪毕业后，这个角色很有可能由她和麦特继承。一厢情愿地迷恋着布瑞迪迷蒙的笑容与健美的身材的人也不得不承认他与全校最美的女孩海莉交往，是浪漫而理所当然的事。留着一头有如瀑布的淡金色长发，还有着一双清澈蓝眼的海莉，总会让乔丝想起魔法仙女——那个降临凡间让人美梦成真、祥和如天仙般的人物。

关于他们俩有各式各样的传闻：有人说布瑞迪因为几所大学没有海莉要修的艺术课程，而放弃他们提供的橄榄球奖学金，有人说海莉在身体最私密的部位刺了布瑞迪名字的缩写字母，有人说他们第一天约会，男方在他那辆喜美的乘客座位上撒满玫瑰花瓣。乔丝和海莉同属一个活动圈子，因此知道这些传言多半是胡说八道。海莉自己承认：第一，那刺青是暂时性的；第二，那天没有玫瑰花瓣，而是一束从邻居花园偷来的丁香花。

“乔丝？”海莉从房内轻声叫着，“是你吗？”

乔丝感觉到母亲拉住她的手臂，想要制止她。但这时原本将病床整个挡住的海莉双亲移开了身子。

海莉右半边的脸包裹着纱布，右半侧的头发也剃光了。她的鼻梁断裂，露在外面的那只眼睛充满血丝。乔丝的母亲暗自倒吸了一口气。

她走进去，并强迫自己面带微笑。

“乔丝，”海莉说，“他杀了他们。寇特妮和梅蒂。然后他用枪指着我，可是布瑞迪挡在我前面。”一滴泪水从她没有包裹的脸颊淌下，“你知道有很多人总是说他们会为你这么做，对吗？”

乔丝开始颤抖。她好想问海莉无数问题，但牙齿打战得太厉害以至于一个字也说不出来。海莉忽然抓住她的手，乔丝吓了一跳。她想脱身。她想假装自己从未见过变成这副模样的海莉·卫佛。

“我问你一个问题，”海莉说，“你会老实回答我吧？”

乔丝点点头。

“我的脸，”她低声说，“已经毁了对不对？”

乔丝正视着海莉。“没有，”她说，“你的脸没事。”

她们俩都知道她在说谎。

乔丝向海莉和她的父母告别后，抓着母亲，以更快的速度赶往电梯，只是每踩一步都电闪雷鸣般沉重。她顿时想起科学课上研究的大脑——有个人的头骨被铁杆刺穿后，竟开口说起他从未学过的葡萄牙语。现在的乔丝或许便是如此。也许从现在起，她的母语就要变成一连串的谎言。

第二天早上帕特里克回到斯特灵高中时，刑事侦查员已经将学校走廊变成一面巨大的蜘蛛网。发现被害者的地点都贴上了细绳——其中有一个点放射出无数条线，那是因为彼得·霍顿在此停留较久，连发数枪后才继续前进。细绳在某些点互相交会：形成一个惊恐的网络、混沌的图表。

他在这片骚动的正中心站了一会儿，看着鉴识人员将绳子拉过走廊、拉过一排排置物柜，然后拉入门内。他想象着当你听到枪声开始逃命是什么感觉，被人潮推挤是什么感觉，知道自己跑不过高速子弹又是什么感觉。当你意识到自己落入陷阱，成了蜘蛛的猎物，却已太迟。

帕特里克绕着网绳走，尽量避免妨碍鉴识人员工作。他还要用他们的成果来证实目击者的说法。总共一千零二十六人。

三家地方新闻电视台的早餐晨报都把焦点集中在当天早上彼得·霍顿将被提审的消息。艾莉克斯站在卧室电视机前，手里捧着一杯咖啡，双眼直盯着口气热切的记者身后的背景：她昔日工作的地点，地方法院。

她将乔丝安顿在她的卧室，让她服用镇定剂后睡个深沉无梦的觉。说句老实话，艾莉克斯也需要独处一下。谁能料到一个已经善于公开伪装自己的人，如今只是想在女儿面前保持清醒沉着，竟感到如此精疲力竭?

她很想坐下来把自己灌醉。她很想用手捂住脸，为自己的好运而哭：因为女儿和自己只隔着两扇门。待会儿，她们可以一起吃早餐。今天早上，镇上有多少父母亲醒来却惊觉这已是永不可能实现的梦?

艾莉克斯关上电视。她不希望在听到媒体的说法后，影响她将来审理此案时的公正客观。

她知道会有人批评，有人觉得她女儿是斯特灵高中的学生，所以她不该受理此案。如果乔丝中枪，艾莉克斯也会欣然同意。如果乔丝仍与彼得・霍顿还是朋友，即使只是如此，艾莉克斯也会主动申请取消资格。但就目前的情况看来，艾莉克斯审案受影响的程度顶多也就是像住在这一带的其他法官，或是认识这间学校学生的人，或是某个青少年的家长。这种事对北部地区的法官而言稀松平常，你的法庭上难免会出现你认识的人。当艾莉克斯担任地方法院巡回法官时，就曾面对过有私交的被告：她家的邮差被发现车上有大麻，她的机械修理工人和妻子发生家庭纠纷。只要纷争不涉及艾莉克斯本人，由她审理案件便完全合法，事实上这也是她的义务。遇到那样的情况，你只须让自己脱离于双方之外，当个法官，而且只当法官。这次的枪击，依艾莉克斯看来，也是同样情形，只是级别高一些。其实她倒认为，像本案这样受到媒体高度关注的案子，就需要一个有辩护背景的人——如艾莉克斯——面对枪击犯才能真正不存有偏见。艾莉克斯愈想愈坚信只有自己介入才能公正地处理，而那些暗示她不适任的说法也愈显得荒诞可笑。

她又啜饮一口咖啡，然后蹑手蹑脚走到乔丝房间。不料却见到房门大开，女儿不在里面。

"乔丝？"艾莉克斯惊慌地喊，"乔丝，你没事吧？"

"我在楼下。"乔丝说，艾莉克斯感觉到体内的结再度松开。她下楼后，看见乔丝坐在厨房餐桌旁。

她穿着裙子、裤袜和一件黑色毛衣，因为刚冲完澡头发还湿湿的，但她刻意拨下一撮刘海遮住额头上的绷带。她抬头看着艾莉克斯。"我看起来还可以吗？"

"可以什么？"艾莉克斯目瞪口呆。她该不会还想去上学吧？医生告诉艾莉克斯说乔丝可能永远想不起枪击的事，但有可能连曾经发生过这件事都一并从心中抹去吗？

"提审。"乔丝说。

"宝贝女儿，你今天绝不能靠近法院。"

“我一定要去。”

“不行。”艾莉克斯断然否决。

乔丝眼看就要情绪失控。“为什么不行？”

艾莉克斯张嘴正待回答，却说不出话来。这无关逻辑，而是直觉——她不希望女儿再次经历这件事。“因为我说不行。”她终于回答。

“这不算答案。”乔丝无法接受。

“如果今天媒体记者看到你出现在法院，我知道他们会怎么做。”艾莉克斯说，“我知道今天的审讯不会有任何令人意外的发展。我还知道我现在不希望你离开我的视线。”

“那就让我一块去。”

艾莉克斯摇摇头。“不行，乔丝。”她轻轻地说，“这是我的案子。”她眼看着乔丝脸色转为苍白，也才发现在此之前，乔丝并未想到这点。这场审判将会在她们之间筑起更厚的一道墙，这是既定的事实。身为法官，有些信息她不能向女儿透露，有些秘密她也不能保守。当乔丝正努力想度过这场悲剧之际，艾莉克斯却要深陷其中。为什么她花那么多心思想着如何审理此案，却几乎没有顾虑到女儿所受到的影响？母亲此时是不是一个公正的法官，乔丝根本不在乎。她只想要——只需要——一个母亲，而尽母职——与法律不同——对艾莉克斯来说始终不是件简单的事。

突然间她想起了莱西·霍顿，一个此时此刻正处于完全不同层级的炼狱的母亲。如果是她应该会直接拉起乔丝的手，坐在她身边，同时还能显得感同身受、毫不做作。但艾莉克斯从来不是完美的家庭主妇型，她得回溯到多年前才能发现某个有联系的时刻，某件她和乔丝曾一起做过、如今也还能将她们系在一起的事。“你还是上楼去换衣服，我们一起来做煎饼。你以前最喜欢了。”

“是啊，我五岁的时候……”

“要不然做巧克力碎片饼干。”

乔丝不可置信地瞪着艾莉克斯。“你是嗑药了吗？”

艾莉克斯自己听来都觉得可笑，但她实在想不出该怎么做乔丝才会明白她可以也愿意照顾她，她的工作只是其次。她起身打开橱柜，最后找到一盒拼字游戏。“要不然这个怎么样？”艾莉克斯将盒子递了出去，“我敢打赌你一定输。”

乔丝从她旁边挤过去。“你赢了。”她木然地说完便走开了。

接受电视台采访的学生，回想九年级与彼得·霍顿同上英语课的情形。“当时我们必须用第一人称写一个故事，选什么人都可以。”男孩说：“彼得选择了约翰·辛克利。从他描述的事情来看，你会以为他身处在地狱，但结果竟然是天堂。我们老师吓坏了。她请校长看了这篇作文。”男孩迟疑地用拇指刮着牛仔裤的缝线。“彼得跟他们说这是艺术自由，是不可信赖的叙述者——这也是我们当时在学的。”他瞄了摄影机一眼，“他好像拿了A。”

等红灯时，帕特里克睡着了。他梦见自己在学校走廊上奔跑，听见枪声，但每次一转弯就发现自己飘浮在半空，脚下的地板消失了。

一声喇叭将他惊醒。

那辆车开到他旁边打算超车，他挥挥手表示道歉后继续开往州立刑事鉴识实验室，目前优先进行的是弹道测试。这些鉴识人员也和帕特里克一样，已经不眠不休连续工作二十四小时。

他最喜欢也最信任的鉴识人员是一位女性，名叫塞玛·亚柏纳希，虽然她已经是四个孩子的奶奶了，却比任何科技狂知道更多最先进的科技。帕特里克走进实验室时，她抬头看他，同时扬起了眉毛。“睡够了？”语气中带着责备。

帕特里克摇摇头。“我发誓。”

“你气色这么好，不像快累垮的人。”

他咧嘴一笑。“塞玛，你真的不能再这么迷恋我了。”

她推推鼻梁上的眼镜。“亲爱的，我不会爱上让我痛苦一辈子的人。要不要看结果？”

帕特里克随她走到一张桌边，桌上摆了四支枪：两支手枪、两支锯短的猎枪。并且贴了标签：A枪、B枪——两把手枪，C枪、D枪——猎枪。他认出了手枪，就是在更衣室里发现的，一把握在彼得·霍顿手中，另一把掉在距离不远的铺砖地板上。“我首先检测有无潜伏指纹。”塞玛说着将结果拿给帕特里克。“A枪有一枚指纹与嫌犯相符。C枪与D枪没有指纹。B枪有一枚不完整的指纹无法辨识。”

塞玛朝实验室后方点了点头，那里放了好几个用来试射枪支的水槽。每把枪应该都已经往水里试射过了，帕特里克知道。子弹发射后，会在枪管内旋转而使表面产生刻痕，因此从子弹便可看出究竟是由哪支枪发射。这有助于帕特里克将彼得·霍顿的疯狂行为拼凑连贯起来：他在哪里停下来开枪，使用的又是哪把枪。

“枪击时主要用的是A枪，C与D枪则留在案发现场找到的背包里。这倒也好，否则很可能会造成更大的伤亡。死者身上取出的子弹都是由A枪击发，也就是第一把手枪。”

帕特里克不由得好奇彼得·霍顿从哪取得这些枪械。但他马上就想到，在斯特灵要找到一个打猎或是会到林间旧垃圾场练习打靶的人并不难。

“我从火药残留看出B枪也击发过。不过还没有发现子弹足以证明这点。”

“他们还在搜查……”

“听我说完。”塞玛说，“B枪还有另一个有趣的事，开了那枪之后就卡弹了。我们检查后发现有一颗子弹重复上膛。”

帕特里克双臂交抱。“武器上没有指纹吗？”他试图弄明白。

“扳机上有一枚不完整的指纹……可能是嫌犯掉枪的时候被破坏，

但我无法肯定。”

帕特里克点点头又指着A枪。“我在更衣室里拔枪指着他时，掉落的是这一把。所以这可能是他最后发射的一枪。”

塞玛用镊子夹起一颗子弹。“你说得可能没错。这是从马修·罗斯顿头部取出的。”她说，“刻痕与A枪击发的一颗子弹相符。”

更衣室里的男孩，当时被发现与乔丝·柯米尔在一起的男孩。

唯一被射了两枪的死者。

“那么这孩子腹部的那颗子弹呢？”帕特里克问道。

塞玛摇摇头。“没有留下痕迹。可能是由A枪也可能是由B枪击发，看到弹头之前没法知道。”

帕特里克瞪着这些武器。“他一直都用A枪。我实在想不出为什么会换另一把。”

塞玛抬头看了他一眼，他这才发现她眼睛底下的黑眼圈，都是为了这紧急事故熬夜付出的代价。“我更想不出他为什么一开始就要开枪。”

梅乐蒂·魏耶拉深知面对全国性的悲剧该抱持何种态度，因而表情凝重地注视着摄影机。“斯特灵枪击案的细节仍在持续累积当中。”她说，“现在我们将镜头交给主播安·柯里。安？”

新闻主播点点头。“经过彻夜调查，警方发现凶嫌带了四把枪进入斯特灵高中，但实际上只使用了两把。此外，枪击嫌犯彼得·霍顿也是朋克乐团“死亡愿望”的狂热歌迷，他经常从网站下载歌词。现在看来，不免令人质疑孩子们应该听些什么。”

她背后的绿色屏幕写满了歌词：

黑雪在下，石尸在走，杂种在笑，我的审判日一到，把他们全干掉。

杂种们看不到，我内心的噬血兽，死神搭上便车，我的审判日一到，把他们全干掉。

“死亡愿望的歌《审判日》有令人震惊的预言，而昨天上午这个预言就在新罕布什尔州的斯特灵真实上演。”柯里说道，“死亡愿望的主唱瑞文·纳帕姆于昨天深夜举行了记者会。”

画面转到一个留着黑色朋克头、画着金色眼影，下唇还穿了五个唇环的男子，站在一堆麦克风前面。“我们国家的孩子正在死亡，因为我们为了石油把他们送到海外去杀人。可是当一个悲伤的、心神错乱的孩子看不到人生的美，以错误的方式发泄愤怒，在校园里胡乱开枪杀人的时候，大家却开始指责一个重金属乐团。问题不在于摇滚歌词，而在于这个社会本身的结构。”

画面再次被安·柯里的脸填满。“稍后我们将持续为您报道斯特灵悲剧的后续发展。在国内新闻方面，上星期三参议院否决了管制枪械的提案，但参议员罗曼·尼尔森表示将继续奋斗不会就此罢手。今天他在南达科他州接受我们的访问。议员？”

彼得觉得自己一整夜都没睡，但狱警走到他牢房时他也没听见。金属门打开时发出刺耳的声响，把他吓醒了。

“拿去。”那人往彼得丢了一样东西，“穿上。”

他知道自己今天要出庭，乔丹·麦卡菲跟他说了。他猜想这应该是西装之类的。上法庭的人不都会穿上西装吗？即使是直接从监狱去的人也一样，如此才能博得同情。他记得在电视上看过。

结果不是西装，而是一件防弹背心。

在法院底下的拘留室内，乔丹发现他的当事人仰躺在地上，一只手臂遮住眼睛。彼得穿着一件防弹背心，当天上午挤在法庭上的每个人都想杀他这个事实不言而喻。“早安。”乔丹说，彼得随即坐起来。

“还是算了。”他喃喃地说。

乔丹没有搭腔，只是稍微往栏杆靠过去。“计划是这样的。你被告犯下十项一级谋杀罪与十九项一级谋杀未遂。我会主动放弃宣读诉状的权利——我们改天再一一作讨论。现在我们只要走进去，提出无罪答辩。我希望你一句话也别说。如果你有问题，就小声问我。接下来的一个小时内，你要确确实实当个哑巴。明白吗？”

彼得瞪视着他。“完全明白。”他抑郁地说。但乔丹却看着当事人的双手。

那双手在发抖。

从彼得·霍顿卧室起出的物品清单：

1. 戴尔笔记本电脑。

2. 电脑游戏光盘：《毁灭战士3》《侠盗飞车：罪恶都市》。

3. 三张枪械制造商的海报。

4. 各种长度的钢管。

5. 书：塞林格的《麦田里的守望者》、克劳兹维茨的《战争论》、法兰克·米勒与尼尔·盖曼的绘本小说。

6. DVD：《科伦拜校园事件》。

7. 斯特灵中学纪念册，许多人的脸被画上黑圈。有一张脸画圈之后又打叉，照片下方还写着“不杀”。女孩姓名是乔丝·柯米尔。

这女孩说话声音很小，高挂在她头顶吊杆上的麦克风几乎收不到她细若游丝的声音。“艾嘉老师的教室就在麦凯博老师的教室隔壁，有时候我们会听到他们移动椅子或喊答案的声音。”她说，“可是这次我们听到尖叫声。艾嘉老师把桌子搬到门边堵起来，还叫我们全部到教室最里面，靠窗的地方，坐在地上。枪声听起来像在爆玉米，后来……”她停顿下来，擦擦眼睛。“后来就没有再听到尖叫了。”

戴安娜·莱文没想到枪手看起来这么年轻。彼得·霍顿戴着手铐脚镣还被用链子拴住，身上穿着他的橘色连身囚衣和防弹背心，但苹果般的脸颊仍未脱稚气，她敢打赌他还不用刮胡子。还有那副眼镜也让她心烦。辩方一定会死咬这一点，声称他近视这么重不可能精准射击。

地方法院法官允许四家媒体——ABC、CBS、NBC与CNN——进入法庭拍摄，当被告被带进来时，四架摄影机立刻像男声四重唱一般哼唱起来。由于法庭内异常安静，几乎连自己内心质疑的声音都能听见，因此彼得立刻转向声音来处。戴安娜忽然发觉他的眼睛和摄影机的镜头倒是颇为相似：镜片后面只有深沉、盲目与空洞。

彼得来到被告席时，乔丹·麦卡菲立刻靠到他身边。戴安娜并不喜欢这个律师，但不得不承认他是个厉害的角色。庭务员起身高喊：“全体起立，主审法官查尔斯·艾伯特入席。”

艾伯特法官快步走进法庭，法官袍窸窣作响。“请坐下。”他说着转向被告，“彼得·霍顿。”

乔丹·麦卡菲站起来。“庭上，我们放弃宣读诉状的权利。我们要对所有罪名提出无罪答辩，并请求于十天后举行审前的相当理由听证。”

戴安娜并不意外——乔丹为什么要让全世界人听到他的当事人被以十项一级谋杀罪名起诉呢？法官转向她。“莱文检察官，法令规定遭一级谋杀罪名——而且是多起罪名——起诉的被告不得交保，这点你应该没有异议吧？”

戴安娜忍住笑意。艾伯特法官明智地说漏了罪状。“是的，法官大人。”

法官点点头。“那么，霍顿先生还押监狱。”

整个过程不到五分钟，观众自然不高兴。他们想要血腥，想要报复。戴安娜看到彼得·霍顿被两名郡警抓着步伐踉跄，最后转头望向律师时似乎想问什么却欲言又止。接着他身后的门便关上了，戴安娜也收拾公文包走出法庭，准备面对摄影机。

她站在推来挤去的麦克风前面。“彼得·霍顿刚刚被提审，除了十项一级谋杀罪与十九项一级谋杀未遂罪之外，他还涉嫌在最近这起惨案中非法持有爆炸物与枪械。基于职业伦理规范，我们目前无法对证据发表评论，但请大家相信我们正积极起诉此案，调查员也夜以继日地努力搜集、保存并适当处理证物，务必会针对这次的悲剧做出交代。”她张开嘴正想继续说，却发现就在走廊对面有另一个说话的声音，她这临时记者会上的记者们也纷纷倒戈，转而听取乔丹·麦卡菲的说法。

他双手插在裤子口袋里，神情认真带着忏悔，眼睛则直视戴安娜。“我对大家所遭受的损失深感悲痛，我也会尽最大力量代表我的当事人。彼得·霍顿是个十七岁的少年，他非常害怕。我要请各位尊重他的家人，也请记住这件事必须由法院裁决。”乔丹略一停顿，展现他一向擅长的表演功夫，然后目光迎向众人。“我要请各位记住一点，眼见不一定是事实。”

戴安娜嘴角一撇，笑了笑。记者们——以及全世界听到乔丹这番谨慎言词的人——都会听到他最后这句诡辩，并且相信他藏有什么惊人真相能证明他的当事人不是穷凶极恶之徒。然而戴安娜可不会上当。她懂得翻译这种法律术语，因为她自己也说得很流利。当一个律师使用类似的神秘修辞，就表示他没有其他说辞能为当事人辩护。

中午时分，新罕布什尔州州长在位于康科德的州议会大厦前的台阶上举行记者会。在他外套翻领上戴了一个栗色与白色的缎带环，那是代表斯特灵高中的颜色。这种环饰现在在加油站收银台和沃尔玛的柜台都能看到，每个售价一美元，收益将捐作斯特灵罹难者基金。州长派一名下属开车到二十七公里外买了一个，因为他打算参加2008年民主党的初选，他也知道现在正是最佳宣传期，能最有效地展现他的同情心。不错，他很同情斯特灵镇民，尤其是痛失孩子的可怜双亲，但他也有精明的一面，知道自己若能带领州民度过全美最惨重的枪击事件之一，将来便会被视为有能力的领导人。“今天，全国人民都和新罕布什尔州一同哀悼。”他说，“今天，我们所有人都能感受斯特灵的痛。他们全都是我们的孩子。”

他抬起头来。“昨天我去过斯特灵，也和日以继夜辛苦工作的调查人员谈过，了解了事情的经过。我花了一些时间去慰问几个死难者的家属，并到医院探视勇敢的生还者。在这场悲剧中，我们失去了一部分过去和一部分未来。”州长神情肃穆地看着摄影机，“现在我们最需要的就是专注于未来。”

不到一个上午的时间，乔丝便发现当她不希望母亲来烦她，当她厌倦母亲像老鹰一样盯着她，只要说她想睡一下就行了。妈妈会立刻离开，而且完全没有意识到在乔丝下达赦免令那一刻她的脸马上放松，但也只有在此刻乔丝才能认出她来。

在楼上自己的卧室里，乔丝拉起百叶窗，双手抱膝坐在黑暗中。现在是大白天，但你怎么也感觉不到。人们想出各式各样的方法让事物的表象不同于真实情况。房间可以靠人工方式变成黑夜。肉毒杆菌让人的脸变得不一样。定格画面让你自以为能将时间冻结，或至少能根据自己的喜好重新排序。而法院的传唤则像是为伤口贴上创口贴，但它需要的其实是止血带。

乔丝在黑暗中摸索，取出藏在床底下的塑料袋，那包安眠药。天底下有许多愚蠢的人，以为只要假装得够卖力就能成真，跟这些人相比她也好不到哪儿去。她曾以为死亡应该是解答，那是因为她太不成熟，不明白死亡才是最大的问题。

昨天以前，她还不知道鲜血溅到白墙上会形成什么样的图案。她还不了解生命会最先离开人的肺，最后才是眼睛。她把自杀想象成最后的声明，用一句“去你妈的”表达抗议，抗议其他人不明白要做他们心目中的乔丝有多难。她多少有点以为自杀之后就能看到每个人的反应，因而获得最后反击的胜利。直到昨天她才真正了解，死了就是死了。死了以后，就不可能再回来看看自己错失了什么。就不可能道歉。就不会有第二次机会。

死亡不是你能掌控的事。事实上，它永远占上风。

她将塑料袋撕开往手心里倒，然后塞了五颗药丸到嘴里。她走进浴室，打开自来水，把头凑到水龙头底下，最后五颗药丸便在她灌水灌得鼓鼓的双颊里浮游着。

吞下去，她告诉自己。

但乔丝却扑倒在马桶前，吐出了药丸。这时其他药丸仍紧握在她手中，她一口气全倒在马桶里，还没来得及多想便把它冲掉了。

母亲上楼来了，因为她听到啜泣声。声音是从构成楼下天花板的瓷砖胶、拱腹与灰泥间渗透下来的。这种声音和砖石与灰泥一样，将会成为这个家的一部分，只是她们两人都尚未察觉到。母亲冲进卧房浴室，跌坐在女儿身旁。“宝贝，我该怎么做呢？”她喃喃说道，双手一面上下抚摩着乔丝的肩膀与背部，仿佛答案是明显可见的刺青而不是心上的疤痕。

伊薇·哈维坐在沙发上，手里拿着女儿中学的毕业照，那是在她死前两年六个月零四天照的。那时凯特琳的头发已经长出来，但仍可看见那随和却不对称的笑容，看见唐氏症最明显的月亮脸。

如果她没有选择让凯特琳上正规中学，如果把她送到专为残障孩子设立的学校，事情又会如何？那些孩子不至于愤怒到变成杀手吧？

伊薇从《欧普拉秀》制作人手中接过她交还的一沓照片。在今天之前，她不知道悲剧还分等级，也不知道即使《欧普拉秀》来电请你说出你的伤心故事，他们还得先听过，确定故事够悲伤才会让你上电视。伊薇本来并不打算在电视上流露内心的痛苦，她丈夫更是坚决反对，因此后来制作人打电话来了，他也拒绝到场。但后来她下定了决心。她一直在看新闻。现在她有话要说。

“凯特琳的笑容很美。”制作人轻轻地说。

“是很美。”伊薇回答，连忙又摇着头说，“曾经很美。”

“她认识彼得·霍顿吗？”

“不认识。他们不同年级，上课也不在一起，凯特琳的课都在学习中心。”她的拇指用力按着银色相框的边缘，直按到发疼。“这些人全都在说彼得·霍顿没有朋友，说彼得·霍顿被嘲笑……那都不是真的。”她说，“我的女儿才没有朋友。我的女儿才是每天都被嘲笑。我的女儿才是感觉受到排斥的人，因为她的确是。彼得·霍顿并不像大家所想，是个不适应环境的人。彼得·霍顿根本就是恶魔。”

伊薇低头看着覆盖在凯特琳照片上的玻璃。“警方的心理疏导人员跟我说凯特琳是第一个死的。”她说，“她希望我知道凯特琳并未意识到发生了什么事，说她没有遭受太大痛苦。”

“这应该是个令人略感欣慰的消息。”制作人说。

“本来是的。但后来我们大家谈论过后，才发现他对每个失去孩子的家长都说同样的话。”伊薇抬起头来，眼中充满泪水，“他们不可能全都是第一个死的。”

枪击案发生后那几天，受难者的家属收到大量捐赠：金钱、什锦砂锅、保姆服务、慰问。有一天早晨下了最后一场小小的春雪，凯特琳·哈维的父亲醒来时却发现车道的雪已经被某位好心人铲干净了。寇特妮·伊纳修的家人成了教会的受益人，会友们都踊跃登记在一星期当中的不同日子提供食物或清洁服务，轮流的时间表已经排到六月底。约翰·埃柏哈的母亲则收到斯特灵福特公司送的一辆配备无障碍设施的小箱型车，以便让她儿子能早日适应下半身瘫痪的日子。斯特灵高中每个受伤者都接到总统来信，以简洁的白宫信笺赞扬他们的勇敢。

刚开始像讨人厌的海啸一样涌来的媒体记者，如今已变成斯特灵日常街景的一部分。多日来黑色高跟靴子的鞋跟不断陷入新英格兰三月的软泥里，他们便到当地的服饰专卖店买了木鞋式休闲鞋和雨靴。他们也不再问斯特灵旅馆的柜台人员为什么手机收不到信号，而是齐聚在移动电话基地台的停车场，因为这里是全镇最高点，至少可以收到一点讯号。他们会在警所和法院和当地咖啡馆之间穿梭徘徊，等着猎取任何一丁点的独家新闻。

在斯特灵，每天都有一场葬礼。

马修·罗斯顿的告别式在一间教会举行，由于地方太小容不下所有哀悼者的悲伤。同学、亲戚与友人拥挤地坐在座位上、沿着墙边站，还有人挤到门外去。有一群代表斯特灵高中的学生穿着绿色T恤，前面印着数字“19”——和麦特曲棍球衫上的号码一样。

乔丝和母亲坐在后面，但乔丝仍觉得每个人都在看她。她不确定是因为他们都知道她是麦特的女友，或是因为他们能看穿她。

“哀伤的人有福了。”牧师说，“因为他们将获得安慰。”

乔丝不停发抖。她哀伤吗？哀伤的感觉是否就像身体中央有一个洞，每当你想塞住它时却愈变愈大？或者她已丧失哀伤的能力？因为哀伤代表回忆，但她做不到。

母亲往她身边贴过来。“你想走我们可以离开。”

完全不知道自己是谁已经够难过了，但事后来到这里，她似乎也不认识其他任何人。一辈子与她不相干的人忽然间都知道她的名字。每个人看她的时候，眼角总会变得柔和。而最令她陌生的莫过于她的母亲——就好像一个工作狂历经濒死经验后，变成热爱大自然的人。乔丝原以为要来参加麦特的葬礼，肯定要和母亲大大争执一番，但出乎她意外的是母亲竟主动提起。那个讨厌的精神科医生——乔丝现在得去找他，而且很可能后半辈子都得去找他——不断地说到闭合。闭合的意思似乎是她应该明白：失去正常是可以平复的，就像输掉一场足球赛或丢了最心爱的T恤一样。闭合也代表她母亲已经变体成为一架疯狂的、过度补偿的情绪机器，于是不停地问她需不需要什么（没有泡开的香草茶，你能喝下几杯？），并尝试做一个普通母亲，或至少是她自己想象的普通母亲。如果你真希望我好过一点，乔丝真想告诉她，就回去上班。那么她们便能和平时一样假装各司其职，更何况最初正是母亲教会乔丝假装的。

教会前面摆了一副棺木。乔丝知道棺盖没有打开。关于这点有不少谣传。她很难想象麦特就躺在那个漆亮的黑箱子里。很难想象他已经没有呼吸，他的血已经流干，血管里填满了化学药剂。

“朋友们，今日我们相聚在此怀念马修·卡尔登·罗斯顿，上帝具有疗愈力的爱保护着我们，”牧师说道，“我们可以尽情地抒发悲伤、释放愤怒、面对空虚，因为有上帝守护。”

去年上远古历史时，他们读到埃及人处理死者的方式。向来只在乔丝强迫下才会念书的麦特，却对此深深着迷：从鼻子吸出脑的方法、与法老一起下葬的陪葬物、埋在法老身边的宠物等等。乔丝把头枕在麦特的大腿上，大声念着课本内容，念到一半忽然停住，因为麦特把手放在她的额头上。“等我死了，”他说，“我要带你一起走。”

牧师望着群集的众人。“心爱的人死去可能动摇我们最深层的根基。尤其这个人是这么年轻、这么充满潜力与才华，哀伤与失落的感觉会更令人难以承受。有时候遇到这种情况，我们会转向朋友家人寻求支持，希望哭泣时能有个倚靠的肩膀，希望能有个人陪我们一起走过那条痛苦焦虑的路。我们无法让麦特死而复生，但我们可以安心的是，他死后已经找到在世时得不到的平静。”

麦特不上教会。他的父母会去做礼拜，也试图说服他去，但乔丝知道他很不喜欢。他觉得那是浪费星期天的时间，而且上帝若真的值得交往，他应该会开着敞篷吉普车到处晃，或是临时起意到结冰的湖上打曲棍球，而不会坐在单调的建筑物里启应读经。

牧师退到一旁，麦特的父亲随之起身。乔丝当然认识他，他老是说一些冷笑话，一些根本不好笑的双关语。他就读佛蒙特大学时打过冰上曲棍球，但后来摔断了膝盖，因此他对麦特期望极高。不料一夕之间他竟变得驼背阴郁，整个人像是只剩一具躯壳。他站起来，说起第一次带麦特去溜冰，描述他如何用球杆拉着麦特滑行，但很快发现麦特没抓住。坐在第一排的麦特的母亲开始哭了起来。响亮、嘈杂的啜泣声，像油漆似的喷溅在教会墙上。

乔丝无意识地站了起来。“乔丝！”母亲小声地叫她，声音有点凶——就在那一瞬间，她所习惯的母亲终于闪现，那个从不当众出丑的母亲。乔丝抖得太厉害，因此当她穿着向母亲借来的黑色连身裙踩进走道，当她像被电极吸引的磁铁一般移向麦特的棺木时，双脚仿佛都没有着地。

她可以感觉到麦特的父亲在看着她，可以听到众人的耳语声。她来到灵柩前，棺木亮晶晶的，她甚至能看到自己的脸反映其上，一个骗子。

“乔丝，”罗斯顿先生从讲台上走下来拥抱她，并问道，“你还好吗？”

乔丝的喉咙紧缩得像个花苞。这个男人，这个死了儿子的男人怎么能这样问她呢？她觉得自己正在慢慢分解，不知道没有死的人能不能变成鬼——如果死亡只是技术性的细节的话。

“你想说些什么吗？”罗斯顿先生问她，“说说关于麦特的事。”

她还没回过神来，麦特的父亲已经拉她上讲台。她隐约看见麦特的母亲已经离开原来的座位，正往讲台前方慢慢走来——她要做什么？赶她下台？阻止她犯第二次错？

乔丝盯着那一整片模糊的人脸，像是熟识又像完全陌生。她爱他，他们都这么想。他死的时候她在他身边。她的气息有如一只飞蛾卡在肺腔内。

但她该说什么？真相吗？

乔丝感觉到自己的嘴唇扭曲、脸颊皱缩。她开始放声痛哭，哭得连教会的木地板也都弯曲起来吱嘎作响，哭得连躺在密封棺木内的麦特也听得见，乔丝很肯定。“对不起，”她哽咽地大喊——对他，对罗斯顿先生，对每一个愿意倾听的人——“天哪，真的对不起。”

她没有注意到母亲已经爬上讲台台阶，一只手臂环抱住乔丝，带着她到祭坛后方一个供风琴师使用的小室。母亲递上一张面纸，同时搓摩她的背部时，她并未反抗。她也不在意母亲将她的头发塞到耳后，就像她小时候那样，这个动作她几乎已经遗忘。“他们一定都觉得我像个笨蛋。”乔丝说。

“不会的，他们以为你想念麦特。”母亲不太有把握地说，“我知道你觉得这是你的错。”

乔丝的心跳得好快，连身裙薄薄的雪纺纱也跟着跳动。

“宝贝，”母亲说，“你不可能救得了他。”

乔丝伸手又拿了一张面纸，假装母亲能够了解。

高度安全管理的意思是彼得没有室友，没有休闲时间，三餐也全送到牢房来。他的读物受到狱警的限制。而且狱方人员仍然认为他有自杀倾向，因此牢房里只有一个便器和一张长凳，没有床单、床垫，没有任何可能让他用来离开人世的东西。

他的牢房后侧墙上共有四百一十五块煤渣砖，他数过了，两次。之后，他便将所有时间都用来盯着监视他的摄影机。彼得心想，坐在监视器另一头的不知是谁。他想象有一群狱警围在一架破旧的电视机旁，一看到彼得上厕所就互相推来打去、哈哈大笑。换句话说，又有另一群人在想办法嘲笑他。

监视器上有一点红光，是电源显示器，还有一个像彩虹一样闪闪发光的镜头。镜头周围有个橡皮保护盖，看起来像眼皮。彼得忽然想到，即使他本来不打算自杀，再这样过个几星期他也会想。

监狱里面不会全黑，只是阴暗。但也无所谓，因为反正除了睡觉也无事可做。彼得躺在长凳上，心想听力若长久不使用会不会丧失，还有语言能力是否也一样？他记得在社会学的一堂课上曾经学到，早期美国西部的原住民被关入监狱时，有时会暴毙。一般认为原因是向来习惯空间自由的人，无法承受监禁的束缚，但彼得有不同看法。当你成了自己唯一的同伴，当你不想与人来往时，要离开这里只有一个方法。

有位狱警刚刚做完快速的安全巡逻——穿着厚重靴子跑过各个牢房——彼得忽然听到：

我知道你做了什么。

该死，彼得心想，我已经开始发疯了。

每个人都知道。

彼得晃起身子，脚踩在水泥地上，双眼凝视摄影机，但它没有泄漏任何秘密。

那声音有如风吹过雪地——寒意刺骨，一声呢喃。“你的右边。”声音说，于是彼得缓缓起身，走到牢房角落。

“谁……是谁？”他说。

“你他妈的也该停了。我还以为你要哼哼唧唧一辈子呢。”

彼得试图看穿栏杆，但办不到。“你听到我在哭？”

“你他妈的是婴儿呀？”那声音说，“面对现实吧。”

“你是谁？”

“你可以叫我肉食动物，大家都这么叫我。”

彼得干咽了一口。“你做了什么？”

“他们说的事我没做。”肉食动物回答，“还有多久？”

“什么还有多久？”

“离审判还有多久？”

彼得不知道。这正是他忘了问乔丹·麦卡菲的问题，或许因为他害怕听到答案。

“我是下礼拜。”彼得还没回答，肉食动物便说。

牢房的金属门贴在他的太阳穴，感觉像冰块。“你进来多久了？”彼得问。

“十个月。”肉食动物回答。

彼得想象自己在这间牢房里连续坐上十个月。他想到他要花多少时间数那些可笑的煤渣砖，那些警卫会在小电视机上看他小便多少次。

“你杀了学生，对吧？杀小孩的人进这个监狱会怎么样，你知道吗？”

彼得没有应声。他的年纪和斯特灵高中的每个人都差不多，他又不是跑进托儿所杀人。而且他又不是无缘无故杀人。

他不想再谈这个。“你为什么没有交保？”

肉食动物冷笑道：“因为他们说我强暴一个女服务生，还把她刺死。”

这座监狱里的人是不是都自认为清白？这段时间以来，彼得躺在长凳上一直在说服自己，他和格拉夫顿郡监狱里的其他人都不一样——结果这根本是谎话。

乔丹也觉得他在说谎吗？

“你还在吗？”肉食动物问道。

彼得又躺回长凳上，没有再说一句话。他把脸转向墙壁，任隔壁的男人一再逗他开口，他都充耳不闻。

帕特里克的第一个念头——又是一样——不在法官席上的柯米尔法官看起来实在年轻得多。她穿着牛仔裤、绑着马尾来开门，一面用擦碗布擦着手。乔丝就站在她身后，脸上只有空洞呆滞的神情，至今他已经在其他接受访谈的受害者脸上反复看过数十次相同的表情。乔丝是最重要的一块拼图，只有她目击彼得杀死马修·罗斯顿。但与其他受害者不同的是，乔丝有个深谙法律体制的母亲。

“柯米尔法官，”他说，“乔丝。谢谢你们让我过来。”

法官注视着他。“你只是在浪费时间。乔丝什么都不记得了。”

“恕我冒犯，法官，我职责所在，必须听到乔丝亲口这么说。”

他硬下心来准备展开争辩，不料她却往后一退让他进屋。帕特里克浏览着屋内的摆设——古董桌面爬满了蜘蛛草，墙上挂着颇有品位的风景画。原来法官的家是这个样子。他自己的住处像个加油维修站，一个堆满脏衣服、旧报纸和早已过期的食物的避风港，只有在工作空当他才会回去个几小时。

他转身问乔丝：“头怎么样了？”

“还会痛。”她的声音很轻，帕特里克得很专注才听得见。

接着他又转向法官。“有没有房间可以让我们谈谈？”

她领他们走进厨房——当帕特里克想象现在的自己应该是什么样子的时候，有时候就会想到这样的厨房。里头有樱桃木橱柜，大量阳光从凸窗洒进来，流理台上还有一钵香蕉。他与乔丝面对面坐下，以为法官会拉张椅子坐在女儿旁边，但没想到她还站着。“需要我的话，”她说，“我就在楼上。”

乔丝抬起头来，不高兴地说，“你不能留下来吗？”

帕特里克仿佛看到法官眼里闪过一道光——是想望？是后悔？——但他还没弄清楚，光便消失了。“你知道我不能。”她轻声说。

帕特里克自己没有小孩，但他百分之百肯定如果自己的孩子曾如此濒临死亡，他恐怕很难让他离开自己的视线。他不知道这对母女间究竟发生什么事，但他还不至于笨到介入其中。

“我相信杜沙姆警官一定不会让你感到丝毫痛苦。”法官说。

这句话半带期望半带警告。帕特里克对她点点头。一个好警察会尽力做到保护与服务的职责，但被抢、被威胁或被伤害的若是你认识的人，利害关系便不同。你会多打几通电话，会变更职务的优先级。几年前帕特里克便有过类似经验，而且牵涉到的还是好友妮娜和她的儿子。他虽不认识乔丝·柯米尔本人，她母亲却是执法界人士——甚至还是层峰阶级——凭这点，她的女儿就该受到特别谨慎的对待。

他看着艾莉克斯步上楼梯，然后从外套口袋拿出笔记本和铅笔。“好了，”他说，“你觉得怎么样？”

“你不必假装关心。”

“我没有假装。”帕特里克说。

“我实在不知道你来干什么。不管是谁跟你说了什么，那些人都不会活过来了。”

“这是真的。”帕特里克赞同，“可是我们必须知道事情的来龙去脉，才能审判彼得·霍顿。只可惜我不在现场。”

“可惜？”

他低垂双眼看着桌子。“有时候我会想，当个受伤的人比当个无法阻止事情发生的人容易些。”

“我在那里，”乔丝颤抖着说，“但我无法阻止。”

“喂，”帕特里克说，“这不是你的错。”

这时她抬头看他，眼神像是在说：她很希望能相信这句话，但她知道他错了。而帕特里克又有什么资格不这么说呢？每次当他脑海浮现自己疯狂冲往斯特灵高中的景象，他总会想象如果枪手一到学校时他就在那里，如果在任何人受伤前他便夺下那孩子的武器，事情会如何演变？

“枪击的事我全不记得了。”乔丝说。

“你记得你人在体育馆吗？”

乔丝摇摇头。

“那么和麦特一起逃走呢？”

“不记得。我甚至连当天怎么起床、怎么去学校都忘了。在我脑子里就好像一个空白点，跳过去了。”

帕特里克和负责为受害者做辅导的心理医师谈过，因此知道这种情形非常正常。丧失记忆是心自我保护的方法，以免重新经历可能让你精神崩溃的情景。就某方面而言，他倒希望自己能像乔丝如此幸运，能让自己看见的全部消失。

“那么彼得·霍顿呢？你认识他吗？”

“大家都认识他。”

“什么意思？”

乔丝耸耸肩。“他很引人注意。”

“因为他和其他人都不一样？”

乔丝想了一会。“因为他不努力融入。”

“你和马修·罗斯顿在交往吗？”

一听此话，乔丝眼中立刻涌出泪水。“他喜欢别人叫他麦特。”

帕特里克拿了一张纸巾递给乔丝。“乔丝，我很遗憾他发生这样的事。”

她埋着头。“我也是。”

他等她擦完眼泪鼻涕后又问：“你知道彼得为什么要杀麦特吗？”

“以前大家都会取笑他。”乔丝说，“不只有麦特。”

那你呢？帕特里克暗忖。他看过从彼得房中搜到的纪念册——被圈起来的学生当中有些死了，有些没死。其中原因很多，有可能彼得的时间不够，也有可能在一个上千人的学校里要猎杀三十人比他想象得更困难。不过彼得在纪念册中做了记号的对象，只有乔丝的照片被画了叉，他似乎改变了心意。只有她的脸底下用大字写了“不杀”。

“你和他私下认识吗？有没有和他同班或有何关联？”

她仰起脸。“我和他一起工作过。”

“在哪里？”

“镇上的影印店。”

“你们两个处得好吗？”

“有时候还好，”乔丝说，“不一定。”

“为什么？”

“有一次他在那里放火，我告他的密，害他丢了工作。”

帕特里克在笔记本做了记录。这么说彼得更有理由怀恨在心了，为什么反而决定原谅她呢？

“在这之前，”帕特里克问道，“你觉得你们是朋友吗？”

乔丝把刚刚用来擦眼泪的纸巾折成三角形，接着折得更小，再折得更小。“不，”她说，“我们不是。”

莱西旁边的女人穿着法兰绒花格衬衫，身上散发着烟臭味，牙齿也大多掉光了。她看了莱西的裙子和短衫一眼。“第一次来？”她问道。

莱西点点头。她们在一间长长的房间里等候，并肩坐在一排椅子上。脚的前方有条红色分界线，另一边又有一排椅子。囚犯与访客像照镜子似的面对面坐着，谈话很简略。莱西旁边的女人对她微微一笑。“以后就习惯了。”她说。

彼得双亲可以每周轮流来见他一次，每次一小时。莱西带了满满一篮的自制玛芬松饼和蛋糕、杂志、书……所有她想得到能帮助彼得的东西。但为她办理接见登记的狱警却将东西没收了。不能有烘焙的食物。不能有读物，这得先经过监狱工作人员检查才行。

一个两只手臂布满刺青的光头男子朝莱西走来。她打了个寒噤——他额头上刺的是卐字吗？“妈。”他小声地喊，莱西看到那个女人眼中已经没有刺青、光头和橘色囚衣，而只剩一个在自家后院泥坑里抓蝌蚪的小男孩。每个人都是孩子，莱西心想。

她将目光从这对母子身上移开，看见彼得被带进接见室。那一刹那，她的心紧揪起来——他看起来太瘦了，镜片后面的眼睛又如此无神——但她随即将所有感觉压下，送给他一个灿烂的笑容。她假装不在意儿子的囚衣，她假装刚才把车停进监狱停车场时，没有感到一阵莫名恐慌。询问儿子有没有吃饱时，她假装周遭环绕着毒贩和强暴犯是再正常不过的事。

“彼得。”她将他揽入怀中。他也回抱母亲，但却是隔了好一会儿。莱西的脸紧贴在儿子的脖子上，就像他婴儿时期那样，她以为自己会将他吞噬掉，但他的气味不像她儿子。片刻间她让自己沉溺在幻想中，这一切全都弄错了——彼得没有入狱！这是别人家不幸的孩子！——但很快她便发现不同之处。他在这里用的洗发水和体香剂和他在家用的不一样。这个彼得闻起来比较刺鼻，比较粗糙。

这时忽然有人拍她肩膀。“这位太太，”狱警说，“你该放手了。”

要是这么简单就好了，莱西暗想。

他们分别坐在红线两侧。

“你还好吗？”她问道。

“我还在。”

他说话的样子让莱西不寒而栗，好像他根本没想到自己还会在这里。她觉得他不是在说保释，而另一个选择，她无法设想彼得自杀。她感觉到喉咙愈收愈紧，而且正在做那件她向自己保证不会做的事：她开始哭起来。“彼得，”她小声地说，“为什么？”

“警察来过家里了吗？”彼得问。

莱西点点头——好像已经是很久以前的事。

“他们进我的房间了？”

“他们有搜查令……”

“他们拿走了我的东西？”彼得惊叫道，这是他首度流露情绪，“你让他们拿走我的东西？”

“你那些东西要做什么用？”她低声说，“那些炸弹，还有枪……？”

“你不会明白的。”

“那就解释让我明白啊，彼得。”她心碎地说，“你要让我明白啊。”

“十七年来都没办法让你明白了，妈。现在能有什么不同？”他的脸扭曲变形，“我不知道你为什么来。”

“来看你……”

“那就看着我。”彼得大喊。“你他妈的干嘛不看着我？”

他用手抱住头，窄窄的肩膀拱起来，同时发出一声啜泣。

结果就是这样，莱西明白：或者你注视着眼前的陌生人，毅然决然地认定他已不再是你儿子；或者你下定决心尽可能地在此人身上寻找儿子残留的蛛丝马迹。

然而身为母亲，你真的有选择吗？

大家会说怪物不是天生的，是后天养成的。大家可以批评莱西不擅于当母亲，可以指出她在哪些时刻因为太宽松或太严厉、太疏离或太令人窒息以致让彼得失望。斯特灵镇民会一而再再而三地分析她对儿子做了什么——但何不想想她愿意为儿子做什么呢？如果孩子成绩优异或是篮球场上的制胜英雄，要以他们为傲自然容易——他们已是世人的宠儿。但是当你能够去爱一个别人都讨厌的孩子，才是真实性格的展现。她为彼得做过什么或未曾做过什么，会不会其实是错误的评量标准？从现在这个可怕的时刻起看看她表现如何，不也是衡量母亲称不称职的显著指标吗？

她跨过红线去拥抱彼得。她不在乎有没有违规。警卫可以上前将她拉开，但在此之前，莱西不打算放开儿子。

从学校餐厅的监视录像带上，可以看到彼得拿手枪进入时，学生们正端着托盘或是做功课或是聊天。接着子弹射出，伴随刺耳的尖叫声。消防警报器开始鸣响。当所有人开始奔跑，他又开枪了，这回有两个女孩倒地。其他学生为了逃命从她们身上踩过。

直到餐厅里只剩下彼得与受害人时，他走过一排排桌子，检视自己的杰作。他经过一个遭射杀后趴在染了一摊血的书上的男孩，却停下来拿起遗留在桌上的音乐播放器，把耳机塞进耳内，然后关掉音乐放回原处。他翻了翻一本打开的笔记本。接着他坐到一个尚未动用的托盘前面，把枪放在盘上，打开一包米香脆片，倒入保丽龙碗中。他拿起牛奶壶倒了点牛奶，把脆片全吃完后才又起身，收回手枪，走出餐厅。

帕特里克这辈子从未见过如此令人毛骨悚然、如此从容沉稳的行为。

他低头看着刚刚煮好的那碗拉面，赫然发现已经没有食欲。他把面放到旁边一沓旧报纸上头，将录像带回转，强迫自己再看一次。

电话铃响时，他拿起话筒，还因为看了电视屏幕上的彼得而心不在焉。“嗯。”

“哇哦，我也很高兴听见你的声音。”妮娜·福斯特说。

一听到她的声音，他立刻软化，积习难改。“对不起，我刚好在忙。”

“我可以想象。新闻报个不停。你还挺得住吧？”

“你也知道的。”他说，而他真正的意思是他晚上都不睡觉，他一闭上眼睛就会看到死者的脸，他嘴里充满了他肯定忘了问的问题。

“帕特里克，别怪自己。”她说，因为她是他交情最久的朋友，也因为她比任何人——也包括他自己——还了解他。

他低下头来。“事情发生在我管辖的镇上。我能不怪自己吗？”

“如果你有视频电话，我想看看你穿着哪一套自我惩罚的衣服，衬衣还是披风和靴子。”妮娜说。

“不好笑。”

“是不好笑。”她附和道，“但这个审判应该没什么问题吧。你有多少？一千个目击者？”

“差不多。”

妮娜不再言语。这个女人——很遗憾地——始终是他最忠实的友人，因此帕特里克无须向她解释光是将彼得·霍顿判刑是不够的。帕特里克若想忘却这一切，就得了解彼得这么做的动机。

那么他才能防止同样的事再次发生。

负责调查全球校园枪击事件的FBI特别干员公布了一份调查报告，报告中写道：

在校园枪击犯当中，我们看到了类似的家庭因素。通常枪击者与双亲的关系很不安定，也可能是双亲默许了病态行为。家庭成员之间缺乏亲密感。枪击者在看电视或使用电脑方面未曾受到约束，有时候还能接触到武器。

在学校环境中，我们发现枪击者有脱离学习过程的倾向。学校本身则倾向于容忍不尊重他人的行为、展现不公平的纪律与死板的文化，让某些学生享受着教职员给予的特权。

枪击者较常接触暴力电影、电视节目与电动游戏，较常接触毒品与酒精，较常有校外的同龄人支持他们的行为。

此外，在展现暴力行为之前会有迹象泄露——出事的前兆。这些暗示可能以诗、作文、图画、网络留言，或是亲自出面或不出面的威胁形式呈现。

尽管有以上所描述的这些共通点，我们还是要提出警告，不要以此报告作为预测未来校园枪击犯的对照清单。倘若落入媒体手中，可能会使许多无暴力倾向的学生被贴上潜在杀手的标签。事实上，有许许多多青少年永远不会展现暴力行为，却具有以上列举的某些特征。

刘易斯·霍顿是个有例行习惯的人。他每天早上五点三十五分醒来，到地下室做一点单调的工作。他淋浴，然后吃玉米片、浏览报纸的头条新闻。他总是穿同一件外套，不管天气多冷多热，车子也总停在教员停车场的同一个位置。

他曾试图以数学方式计算出例行工作对幸福感的影响，却得到一个有趣而意外的结果：熟悉感所带来的喜悦程度会随个人对改变的抗拒而增强或减弱。换句话说——就像莱西常说的，说普通人说的话，刘易斯——有人喜欢熟悉固定的形态，就像他本身，但也有人会觉得太沉闷。在后者的情况下，愉快的商数变成负数，做习惯性的动作也就减少了幸福感。

莱西就是这样吧，他猜想。她老在屋里晃来晃去好像从没来过似的，而且只要一想到得回去工作，她就无法忍受。我现在怎么可能有心思去管别人的小孩？她这么说。

她一直强调他们必须做点什么，但刘易斯却不知道应该做些什么。既然无法安慰妻子与儿子，刘易斯决定如今只有安慰自己。彼得被传唤后他已经在家坐了五天，这天早上他醒来后，整理了公文包，吃了玉米片，看了报纸，便出发去工作。

他前往办公室时，心里想着幸福的方程式。他这项重大新发现——幸福等于现实除以期望——有一条根据普遍真理所定的原则：人对未来总会有某种期望。也就是说，期望一定是实数，因为分母不能为零。但最近他开始对此产生怀疑。数学只能算到这里。每当夜深人静，刘易斯清醒地盯着天花板，并且知道躺在身边装睡的妻子其实也和他做着同样的事时，他才终于相信一个人的确可能对自己的人生毫无期望。那么当你失去大儿子，你不会悲伤。当小儿子因为大屠杀坐牢，你不会惊慌失措。你是可以零除的，感觉就像你的心一直都在峡谷中。

踏进校园的那一刹那，刘易斯马上觉得好多了。在这里，他不是枪击犯的父亲，从来都不是。他是刘易斯·霍顿，经济学教授。在这里，他依旧是本行里的佼佼者，他无须看着研究内容，怀疑它是从何处开始松散。

当天早上刘易斯才刚从公文包抽出一沓纸来，经济学系的系主任便从敞开的门探头进来。休·麦奎利身材高大，学生们在背后都叫他“毛魁梧”，他是十分乐意接手这个位子。“霍顿？你在这里做什么？”

“据我所知，学校还在付我薪水。”刘易斯想开个玩笑。他不会开玩笑，从来都不会。他不懂得掌握时机，笑点总是在无意中说出来的。

休走进办公室。“天哪，刘易斯，我真不知道该说什么。”他迟疑地说。

刘易斯不怪他。他自己也不太知道该说什么。慰问卡片上有的人丧亲，有的失去心爱宠物，有的被炒鱿鱼，可是对一个儿子刚杀死十个人的人，好像谁也想不出恰当的安慰字眼。

“我本来想打电话到你家。莉莎还想带点什锦砂锅什么的过去呢。莱西还好吧？”

刘易斯把鼻梁上的眼镜推高了些。“喔，”他说，“你也知道，我们尽量以平常心看待。”

他说此话时，将自己的人生想象成一个图表。“平常”是一条不断延伸的直线，想尽办法要靠近轴心却始终达不到。

休坐在刘易斯办公桌对面的椅子上，有时候若有学生需要向他请教个体经济学，便坐在这张椅子上。“刘易斯，休息一下吧。”他说。

“谢了，休。我很感谢。”刘易斯瞄了瞄另一端黑板上自己正在解的方程式。“不过现在我真的需要来学校，这样可以让我不必去想在那边的情形。”刘易斯拿起粉笔，开始在黑板上写出一长串可爱的数字，内心也因而获得平静。

他知道“让你快乐的事”与“不会让你不快乐的事”之间是有差异的。但重要的是你得说服自己两者并无不同。

休用手按住刘易斯的手臂，中止了他写到一半的方程。“也许是我表达有误。我们需要你休息一下。”

刘易斯凝视着他。“喔，嗯，我明白了。”他说，但其实不然。如果刘易斯愿意将工作与家庭分隔开来，斯特灵学院为何不肯这么做呢？

除非是……

一开始就是他的错吗？假如身为父亲的你不能肯定自己做的决定，你在专业上的自信难道就能弥补你所要冒的风险？又或者你的补救永远薄弱得像一面无法支撑重量的纸墙？

“只是暂时罢了。”休说道，“这样是最好的。”

对谁而言？刘易斯心想，但直到听见休走出去并随手将门关上，他始终保持沉默。

系主任走后，刘易斯再度拿起粉笔。他直盯着方程式直到全部模糊成一片，然后开始潦草狂书，像个作曲家来不及写下脑中的交响曲。为什么先前没有想到？每个人都知道以现实除以期望便得到幸福指数。但如果反过来——用期望除以现实——却不会得到幸福的相反值。你得到的是，刘易斯发现，希望。

纯逻辑的想法：假设现实维持不变，期望必须大于现实才能产生乐观。相反地，悲观者的期望便小于现实，一个回报递减的分数。就人类的状况，这个数字是趋近于零而不等于零——你绝不会彻底放弃希望。受到任何刺激，希望都可能回涌。

刘易斯后退几步，审视着自己的杰作。幸福快乐的人几乎不需要抱着改变的希望。但反言之，乐观的人之所以乐观却是因为他想要相信比现实更好的事。

他开始怀疑是否有例外的情形：幸福的人可不可能怀抱希望？不幸福的人可不可能不再期望任何转机？

这也使得刘易斯想到儿子。

他站在黑板前面哭了起来，他的双手与袖子沾满白色粉笔的细细粉末，整个人好像变成了幽灵。

·

“极客小分队”是帕特里克对在那些硬盘中寻找下载色情电影与《无政府主义食谱》痕迹的技术人员的昵称，他们的办公室里全是电脑。不只有从彼得·霍顿房内查扣的那台，还有几台来自斯特灵高中，其中包括秘书室的一台和图书馆的另外一批。

“他很厉害。”欧瑞斯特说，这个人看起来很年轻，帕特里克怎么也不相信他已经高中毕业，“我指的不只是网页程序设计。这家伙懂得可不少。”

他从彼得的电脑拉出几个档案，是一些帕特里克看不懂的图档，后来欧瑞斯特按了几个键，屏幕上忽然出现一只立体的龙朝着他们喷火。

“哇。”帕特里克说。

“是啊。依我看，他确实写了一些电脑游戏，而且还放到几个网友可以交流互动的网站上供玩家体验。”

“那些网站上有留言板吗？”

“老兄，给我一点点赞美吧。”欧瑞斯特说着，便点下他已标记的一处。“彼得的使用者名称是‘死亡愿望’，那是一个……”

“乐团，”帕特里克替他把话说完，“我知道。”

“他们不只是一个乐团，”欧瑞斯特带着崇敬的口气说，手指仍飞快地敲打键盘。“他们是全人类良知的现代发声筒。”

“你小时候都听些什么？”

“山顶洞人聚在一起击石块。”帕特里克冷冷地说。

屏幕上出现一连串“死亡愿望”的留言。其中大多数是关于如何改良某图像，或是评论其他张贴在网站上的游戏。还有两句死亡愿望乐团的歌词。“这是我个人的最爱。”欧瑞斯特说，然后往下拉。

From：死亡愿望

To：Hades1991

这个小镇要爆炸了。这个周末有个手工艺展，有一群老女人要炫耀她们做的烂货。那应该叫“狗屁”展。我要躲在教会外面的树丛里。等她们过街的时候做打靶练习——每中一个十分！耶！

帕特里克往椅背上一靠。“这也不能证明什么。”

“对，”欧瑞斯特说，“手工艺展的确有点逊。不过你看看这个。”他坐在椅子上旋转向桌上的另一台终端机，“他侵入了学校的电脑安全系统。”

“做什么？篡改成绩？”

“不是。他写的程序在上午九点五十八分突破学校系统的防火墙。”

“就是汽车炸弹爆炸的时间。”帕特里克喃喃说道。

欧瑞斯特把屏幕转过去让帕特里克看。“这是学校里每台电脑画面上出现的。”

帕特里克盯着紫色背景上，像跑马灯一样卷动的火红大字：“小心点……我来了。”

彼得·霍顿被狱警带进会议室时，乔丹已经坐在桌子前面。“谢谢。”他对狱警说，眼睛却看着彼得，他一进来就立刻环视四周，最后目光落在唯一的一扇窗上。乔丹在委任他的囚犯身上一再看到同样情形——一个普通人竟能如此迅速地变成笼中野兽。不过这也是个鸡生蛋、蛋生鸡的问题：是因为他们入狱才变成野兽……或者因为他们是野兽才会入狱？

“坐吧。”他说，但彼得依然站着。

乔丹不以为意，开始滔滔不绝。“彼得，有些话我要说在前面。”他说，“我对你说的每句话都是机密，你对我说的每句话也都是机密，我不能告诉任何人。但是我可以告诉你不要和媒体或警方或其他任何人交谈。如果有人试图和你联系，你就立刻通知我——打付费电话给我。身为你的律师，我可以替你发言。从现在起，我是你最好的朋友、你的母亲、你的父亲、你的神父。这样说清楚了吗？”

彼得瞪着他。“非常清楚。”

“很好。那么，”乔丹从公文包取出便笺簿和一支铅笔，“我想你应该有一些问题，就从你的问题开始吧。”

“我讨厌这里。”彼得突然发作道，“我不懂我为什么要待在这里。”

乔丹的当事人入狱时多半是安静而害怕，但很快便会转为恼怒与愤慨。但此刻彼得的口气与其他一般青少年无异——托马斯在他这个年纪就是这样，仿佛整个世界都围绕着他旋转，而乔丹刚好是这世界的一分子。然而，律师乔丹击败了家长乔丹，并开始怀疑彼得·霍顿是否真的不知道自己为何入狱。通常他认为以精神错乱做辩护的方式很少能成功，其实是太被高估了，但或许彼得能蒙混过关——这可是获得无罪释放的关键。“你这么说是什么意思？”他逼问道。

“是他们来惹我的，结果却是我被惩罚。”

乔丹往后一靠，交抱手臂。彼得对自己的作为毫无悔意，这点很清楚。事实上，他还认为自己是受害者。

担任辩护律师有一点很不可思议，那就是乔丹并不在乎。干这一行没有容纳私人感情的空间。他曾经和人渣合作过——这些杀人犯、强暴犯全自认为是殉道者。他的工作不是相信他们或做出批判，而是只要尽一切可能让他们自由。虽然刚才对彼得说了那番话，但他其实不是当事人的教士或心理医师或朋友。他只不过是个媒体公关罢了。

“其实，”乔丹语气平和地说，“你得谅解监狱的立场。对他们来说你只是个杀人犯。”

“那他们全都是伪君子。”彼得说，“如果他们看到蟑螂，就会把它踩死，对不对？”

“你觉得这就是你在学校里做的事？”

彼得忽然转移目光。“你知道他们不许我看杂志吗？”他说，“我也不能像其他人一样出去放风。”

“我不是来听你申诉的。”

“那你来干什么？”

“帮助你出去。”乔丹说，“你如果想出去，就得跟我谈。”

彼得双臂抱在胸前，斜眼从乔丹的有领衬衫瞄到他的领带再瞄到他擦得晶亮的黑皮鞋。“为什么？你根本不在乎我的死活。”

乔丹站起来将笔记本塞回公文包。“你知道吗？你说得对，我的确不在乎你的死活。我只是在尽我的职责，因为我和你不一样，州政府不会养我一辈子。”他起步往门边走去，但彼得出声叫住他。

“那些讨厌鬼死了，为什么大家都那么难过？”

乔丹缓缓转身，同时暗自牢记友善的态度对彼得不太有效，权威的口气也一样。他的反应纯粹是出于愤怒。

“你看大家都为他们哭泣……他们是一群王八蛋。每个人都说我毁了他们的人生，可是当我的人生被毁的时候好像没有人关心。”

乔丹坐到桌沿上。“你什么意思？”

“你要我从什么时候开始说？”彼得苦涩地回答，“在托儿所，老师分点心的时候，有个人会扯我的头发害我摔倒，其他人就捧腹大笑。二年级的时候，他们把我的头压进马桶，然后不停冲水，因为他们知道自己可以这么做。有一次放学回家他们把我打得缝了好几针。”

乔丹拿起便笺簿写下“缝了针”。

“他们是谁？”

“一大群小孩。”彼得说。

就是你想杀的那些人？乔丹暗忖，但没有问。“你觉得他们为什么针对你？”

“因为他们是猪头吧？我不知道。他们就像个帮派，非得让别人难过得要命他们才会觉得爽。”

“你有没有试着阻止他们？”

彼得嗤之以鼻。“你大概还没注意到吧，斯特灵可不是个大城市。这里每个人都互相认识。幼儿园和你在沙坑里玩的小孩，到高中还会碰在一起。”

“你难道不能躲开他们？”

“我得上学。”彼得说，“你每天在那里待八小时就知道学校能有多小了。”

“那么他们在校外也会吗？”

“只要他们能逮到我。”彼得说，“当我落单的时候。”

“那有没有骚扰——像是打电话、写信或威胁？”乔丹问。

“上网。”彼得说，“他们会发消息给我，说我是个废物之类的。他们还会把我写的电子信乱发给全校每个人……看我的笑话……”他别过脸去，不再出声。

“为什么？”

“那是……”他摇摇头，“我不想谈这件事。”

乔丹在便笺簿上记下。“你有没有向任何人提起过这些事？比方说父母或老师？”

“没人在乎。”彼得说，“他们只会叫我别放在心上。他们说他们会留意，不让同样的事再发生，可是他们从来没有做到。”他走到窗边，手心紧贴在玻璃上。“我一年级的班上有一个学生生病，脊椎会往外突出……”

“脊柱裂？”

“对。她有轮椅，而且也坐不直，她来上课以前，老师就叫我们要把她当成和我们一样。问题是她和我们并不一样，我们都知道，她也知道。所以我们就得当着她的面说谎吗？”彼得摇着头说，“每个人都说和别人不一样没关系，但又说美国是个大熔炉，那到底是什么意思？如果它是熔炉，就表示它想让每个人都一样，不是吗？”

乔丹忽然想起儿子托马斯升中学的情形。他们从班布里治搬到萨冷佛斯，那个学校很小很小，各个朋党早已发展出厚厚的细胞壁排斥外人。有好一阵子，托马斯有如一条变色龙——放学回家就躲在房里，后来开始踢足球、演戏、参加数学竞试。他蜕了好几层青少年的皮才找到一群能让他展现自我的朋友，而托马斯接下来的高中生活便过得十分平静。但万一他没能找到那群朋友呢？万一他仍不断地蜕皮直到把自己的核心都挖空了呢？

彼得仿佛看穿乔丹的心思，登时注视着他。“你有小孩吗？”

乔丹不和当事人谈论他的私生活。他们之间的关系只存在法院的范围内，仅此而已。在他执业生涯中曾有少数几次破坏这条不成文规定，结果都几乎毁了他的生活与事业。不过他也直视着彼得，说道：“有两个，一个六个月大，一个儿子读耶鲁。”

“那你就能了解了。”彼得说，“每个人都希望自己的孩子长大以后读哈佛，或是进爱国者队打四分卫。谁也不会看着自己的小孩，心想：但愿我的孩子长大变成怪胎。希望他能每天去上学，不要引起别人注意。可是你知道吗？孩子就是这样一天天长大的。”

乔丹顿时无言以对。独特与怪异，或者一个孩子在成长过程中会像托马斯那样适应良好或是像彼得这样不稳定，其间只隔着一条很细很细的线。是否每个青少年都有可能落在这条细线的任何一边？你能否知道那个关键的变化时刻？

他忽然想起今天早上替山姆换尿布的画面。婴儿抓住自己的脚趾，像发现宝物似的，立刻一把塞入嘴里。你看看，塞琳娜越过他的肩膀打趣道，有其父必有其子。乔丹替山姆换好尿布后忽然想到，在这么小的孩子眼里，生命该是多么不可思议的谜！想想看，一个看起来比自己大那么多的世界。想想看，当你一早醒来，忽然在自己身上发现一样你原本不知道它存在的东西。

当你不能融入时，就会变成超人。你可以感觉到每个人的目光都黏在你身上，像魔术贴一样。你可以听到一公里外有人小声地在谈论你。你可以看起来像是站在原地，其实却已消失不见。你可以放声尖叫，但没有人会听见。

你会变成跌入酸液桶中的突变种，变成《蝙蝠侠》中无法移除脸上面具的小丑，变成失去四肢，心却完好无缺的生化人。

你曾经是个正常人，但已经事隔太久，你根本不记得那是什么样子了。

六年前

六年级上学第一天，吃早餐时母亲送他一份礼物，彼得就知道自己完蛋了。“我知道你有多想要这个。”母亲说，并等着他打开包装纸。

里头包的是一个以超人图案为封面的三孔活页夹。他曾经很想要。三年前，这种讲义夹还很酷的时候。

他勉强挤出一抹微笑。“谢谢妈。”他说。母亲报以灿烂笑容之际，他心里却想着拿这个可笑到家的笔记本，可能为自己招来的所有不幸。

这次又是乔丝救了他。她跟校工说她的脚踏车把手松了，需要胶带固定应急，等回家后再修理。事实上，她并未骑单车上学，而是和彼得一起走路。彼得住在镇外，离学校较远，但总会顺路来接她。他们俩放学后虽从未相约见面——而且已有多年，还不是因为他母亲与她母亲之间爆发争执，至于详情他们几乎都不记得了——乔丝与彼得仍有来往。谢天谢地，因为其他便没有真正与他有互动的人了。他们会坐在一起吃午餐，会交换看对方的英语草稿，做实验时也总是同一组。暑假是最难过的。他们可以寄电子邮件，偶尔约在镇上的池塘边见面，但差不多也就是这样。接着九月来临，他们又能步调整齐地回到学校，仿佛一步也没落掉。彼得心想，这就是所谓最好的朋友。

今天，托这个超人讲义夹之福，学年一开始就让他们面临危机。在乔丝协助下，他用胶带和从科学实验室偷来的旧报纸做了一个像封套的东西。乔丝以为这样他回家便能拿掉封套，以免母亲看了伤心。

六年级学生都在第四堂课吃午餐，虽然才上午十一点，大伙却已经像饿了几个月。乔丝要买午餐——她说她母亲的厨艺只限于写支票给餐厅的服务生——彼得则和她一起排在长长的队伍中，顺便买罐牛奶。他母亲应该已经给他准备了去皮的吐司三明治、一袋红萝卜条和一个不知道有没有烂的有机水果。

彼得将活页夹放到托盘上，虽有报纸包住，他还是觉得尴尬。他把吸管插进牛奶纸罐。“其实你拿什么讲义夹有什么差别？”乔丝说，“你管他们怎么想。”

他们正要走进午餐室时，杜鲁·纪哈德迎头撞上彼得。“看着路，白痴。”杜鲁骂道，但太迟了——彼得的托盘已经掉落。

牛奶洒满摊开的讲义夹，浸湿的报纸变成黏糊糊的一团，露出底下的超人图案。

杜鲁开始大笑。“霍顿，你也穿着卡通图案内裤吗？”

“闭嘴，杜鲁。”

“不然你想怎样？用你的X光视力把我融化吗？”

正在巡视午餐室的美术女老师麦唐诺——乔丝发誓曾经看到她在艺术用品室的橱子里吸食强力胶——温吞吞地上前一步。到了七年级，有些孩子就像杜鲁和麦特·罗斯顿一样，个头比老师还高，声音低沉而且得刮胡子。但也有些像彼得，每天晚上都祈祷青春期快来，却仍不见明显征兆。“彼得，你去找位子坐下吧……”麦唐诺老师叹了口气说，“杜鲁会帮你拿一罐牛奶。”

说不定会下毒，彼得暗想，一面拿着一沓纸巾擦拭讲义夹。现在就算干了，也会有臭味。也许可以告诉妈妈说他吃午餐时打翻了牛奶，何况这也是事实，只不过有人帮了点小忙。说不定她还会因此再去帮他买一个新的、正常的、和其他人都一样的笔记本。

彼得不由得暗自窃喜：杜鲁还真是帮了他一个忙。

“杜鲁，”老师说，“现在马上去。”

杜鲁正要往餐厅内侧高高迭成金字塔状的牛奶罐走去，乔丝偷偷伸出一只脚去绊他，害他跌了个狗吃屎。午餐室里的其他学生都笑起来。这个社会就是这样：只要能找到替代的人，你就无须垫底。“小心点。”乔丝说，声音小得只有彼得能听到。

在艾莉克斯心目中，当地方法院法官有两大优点，第一就是能够处理民众的问题，让他们觉得有人关心自己，第二则是智力的挑战。当你做决定时要同时考虑太多因素：受害人、警方、法律的执行、社会。而且所有因素的考虑都要符合先前的判例。

而这份工作的最大缺点是你无法真正满足上法庭的民众的需求：被告需要的，是能真正给予治疗而非处罚的判刑。受害人需要的，是一个道歉。

今天站在她面前的女孩比乔丝大不了多少。她穿了NASCAR赛车夹克和黑色百褶裙，留着一头金发，脸上有青春痘。艾莉克斯以前就见过她这种小孩，新罕布什尔购物商场晚上关门后，她们就在停车场鬼混，坐在男友的I-Roc车内做三百六十度旋转。她好奇的是这女孩若有个法官母亲，会变成什么样。她也好奇这女孩是否曾一度躲在餐桌底下玩绒毛动物，或是在该上床的时候躲在被窝里用手电筒看书。艾莉克斯每想到只要一个决定，一个人的生命轨迹就可能彻底转向，总难免感到惊讶。

女孩被指控收受赃物——男友送她的一条价值五百美元的金项链。艾莉克斯从法官席上俯视着她。席位之所以高高在上有一个原因——与符号逻辑毫无关系，纯粹是为了恫吓。“你是出于本意、出于自愿、出于理性而放弃自己的权利吗？认罪就是承认你被指控的罪行，你明白吗？”

女孩吃惊地说：“我不知道那是偷来的。我以为是哈普送我的礼物。”

“从诉状的字面看来，你是被指控明知且有意收受项链，你知道那是偷的。如果你不知道那是赃物，你有权接受审判。你有权准备进行辩护。你有权要求我为你指派辩护律师，因为你犯的是A级轻罪，最高可处一年徒刑并科两千美元罚金。你有权要求检方举证排除合理的怀疑。你有权看到、听到并质疑所有对你不利的人证。你有权要求我传唤或调阅任何对你有利的人证或物证。如果我犯了法律错误，或是你对判决不满，你有权向最高法院或是高等法院提起上诉由陪审团重新审理。你若认罪，就等于放弃这些权利。”

女孩咽了一下口水。“其实，”她又说一遍，“我的确把它当了。”

“那不是指控的重点。”艾莉克斯解释道，“指控的重点是你明知项链是偷来的，却还是收下了。”

“可是我要认罪啊。”女孩说。

“你告诉我说诉状上指控的事你没做，既然没做就不能认罪。”

法院后方有个女人站起来。她看起来就像被告上了年纪后难看的翻版。“我叫她别认罪。”女孩的母亲说，“她今天来本来是打算这么做的，可是检察官又说她认罪的话会比较有利。”

检察官听了像玩偶匣里的小丑一样从座位上弹跳起来。“法官大人，我绝对没有这么说。我只是很单纯地向她分析今天如果认罪的协商内容，并告诉她如果不认罪而进入审判程序，协商便无效，而法官大人也会做出你要做的裁决。”

艾莉克斯试图想象这个女孩面对如此庞大而无力应付的司法体制，又听不懂是什么意思，到底是什么感觉。她眼里的检察官可能就像电视游戏节目的主持人。要直接把钱拿走吗？还是要选择一号门——那里头的东西可能是敞篷车，也可能是一只鸡？

女孩选择了钱。

艾莉克斯示意检察官上前说话。“你调查到任何证据足以证明她知道项链是偷来的吗？”

“是的，法官大人。”他递出警方笔录。艾莉克斯迅速浏览一遍——

从她对警方的陈述与警方的记录看来，她不可能不知道那是赃物。

艾莉克斯转向女孩。“根据警方的笔录再加上提出的证据，我认为你有理由认罪。这里已有足够证据证实你明知项链是偷来的，却还是收下了。”

“我不……我不懂。”女孩说。

“意思就是如果你仍然想认罪，我会接受你的认罪答辩。可是，”艾莉克斯补充道，“你得先告诉我你有罪。”

艾莉克斯眼看女孩的嘴巴紧闭，并开始颤抖。“好吧，”她低声说，“我做了。”

今天是个秋高气爽的明媚日子，上学时你拖着脚步走在人行道，实在不敢相信得在那里浪费八小时。乔丝上数学课时，直盯着外面的蓝天——“蔚蓝”是这周学的单词，光是念这个字就让乔丝觉得满嘴都是冰晶。她听到上体育课的七年级生在休息场上玩抢旗游戏，也听到校工经过窗前时割草机发出的嗡嗡声。有张纸条从她肩膀飞过，掉在她大腿上。乔丝打开一看，是彼得写的。

“为什么我们老是得替x解答？它为什么不能自己想办法，饶我们一命！！！！”

她转头对他微微一笑。其实她不讨厌数学。她很喜欢那种“只要够努力，最后一定会有合理答案”的感觉。

她无法融入学校里受欢迎的那群人，因为她是个成绩全都拿A的优等生。彼得不同——他会拿B和C，还拿过一次D。他也无法融入，但不是因为他头脑好，而是因为他是彼得。

如果有不受欢迎的排行榜，乔丝知道她的排名还是比某些人来得高。偶尔她心里会想，她和彼得在一起是因为喜欢有他作伴，还是因为他会让她对自己有信心一点。

同学们做复习卷时，拉斯穆森老师在上网。学校里流传着一个笑话——看谁能逮到她上网买裤子，或是逛肥皂剧影迷网站。有个学生信誓旦旦地说，有一次去找她问问题时，发现她在上色情网站。

乔丝照常早早就做完题目，然后抬头看着埋首电脑前的拉斯穆森老师……不料竟看到泪水滑下她的双颊，样子很奇怪，就好像她也不知道自己在哭。

她起身走出教室，甚至没有吩咐学生说老师不在时不可吵闹。

她一离开，彼得便拍拍乔丝的肩膀。“她怎么了？”

乔丝还没来得及回答，拉斯穆森老师便回来了。她的脸色苍白得有如大理石，嘴唇像被缝合似的。“各位同学，”她说，“发生了一件可怕的事。”

中学学生全被聚集到视听中心后，校长公布了他获知的消息：有两架飞机撞击世贸中心。还有一架刚刚撞入五角大厦。世贸中心的南栋已经倒塌。

图书管理员已经架起一架电视，好让他们收看最新报道。虽然是上课上到一半被拉出来——通常是为了庆祝某事——图书馆内却安安静静，彼得几乎可以听到自己的心跳。他环顾四壁，望向窗外的天空。这所学校不是安全地带。不管别人怎么说，哪里都不安全。

这就是战争的感觉吗？

彼得注视着屏幕。纽约市的民众在哭泣尖叫，但由于空气中的尘烟，几乎什么也看不到。到处都有火警，还有呼啸而过的消防车和车辆警报器的哀鸣声不断。彼得记得曾和父母亲到纽约度过一次假，但和这个纽约全然不同。他们去了帝国大厦顶楼，本来打算到世贸大楼的“世界之窗”享用一顿豪华晚餐，却因为乔伊吃了太多爆米花闹肚子，最后只好回饭店。

拉斯穆森老师已经先回去了。她的弟弟是个证券交易员，就在世贸中心上班。

曾经。

乔丝坐在彼得旁边。虽然座位中间隔着几英寸的距离，他仍能感觉到她在发抖。“彼得，”她惊恐地低声道，“有人跳楼。”

即使戴着眼镜，他也无法像她看得那么清楚，但眯起眼睛后他发现乔丝说得没错。看了之后，他的胸口开始发疼，好像肋骨忽然小了一号。什么样的人会这么做呢？

他自问自答：找不到其他出路的人。

“你想他们会到这里杀我们吗？”乔丝小声问。

彼得瞄她一眼，真希望能说点什么安慰她，但事实上他自己也很不舒服，他甚至不知道英语里头有没有任何字眼能消除这种震惊，这种“世界并不如你所想”的体悟。

他又转头去看屏幕以躲避乔丝的问题。北栋有更多人从窗户跳出，接着一声轰天巨响，仿佛地面张开大口。当建筑倒塌时，彼得吐出了始终屏住的气——轻松了，因为现在再也看不到什么了。

各所学校的总机全部占线，因此家长分成了两派：一种不想吓着自己的孩子，比如突然出现在学校把他们赶到防空洞里。而另一派则是希望陪着孩子度过这场悲剧。

莱西·霍顿和艾莉克斯·柯米尔都属于后者，两人也同时抵达学校。她们把车并列停在巴士环道上，下车后才认出彼此——自从那天艾莉克斯带女儿走出莱西家摆放枪支的地下室后，她们便未曾再见面。

“彼得有没有……”艾莉克斯先开口。

“不知道。乔丝呢？”

“我就是来接她的。”

她们一块走进办公室后，跟着校方人员经过走廊来到视听中心。

“我真不敢相信他们竟让孩子看新闻。”莱西一边小跑步跟上艾莉克斯，一边说道。

“他们已经够大，应该能了解发生了什么事。”艾莉克斯说。

莱西摇着头说：“我这把年纪都还没法了解呢。”

视听中心里学生四散分布——或是椅子上，或是桌上，或是胡乱躺在地上。过了一会艾莉克斯才领悟到这群人究竟哪里不对劲：没有人发出一点声音。就连站着的老师们也都用手捂着嘴，似乎担心泄露任何情绪，因为一旦水闸开启，闸门外的一切都会被冲走。

视听室前方只有一架电视，每只眼睛都盯着它看。艾莉克斯发现乔丝了，因为她偷偷绑了艾莉克斯的发带——有豹纹的那条。“乔丝！”她高喊，只见女儿猛然转身，接着几乎是爬过其他学生奔向艾莉克斯。

乔丝像飓风一样冲撞上来，激动与愤怒的情绪高涨，但艾莉克斯知道暴风眼就在里头某处。而且与任何大自然威力相同的是，在一切回归正常之前，你还得振作起来迎接另一次冲击。“妈妈，”她哭着说，“事情结束了吗？”

艾莉克斯不知该说什么。身为家长的她理应知道所有的答案，但她不知道。她理应能够保护女儿安全，但她也无法保证。她必须武装自己，告诉乔丝没事了，但她自己却也不能肯定。即便是从法院开车到这里的路上，她也发现车轮底下的路面何其脆弱，天空的分界线何其容易突破。她经过水井，想到饮用水的污染，她心想最近的核能发电厂不知距离多远。

不过多年来她一直扮演着别人心目中的法官角色——一个沉着冷静的人，一个无须歇斯底里便能得出结论的人。她也能为女儿摆出同样的姿态。

“我们没事，”艾莉克斯平静地说，“一切都结束了。”她不知道当自己说这话时，又有第四架飞机坠毁于宾州一处农田。她没有察觉自己紧紧抓住乔丝的动作与她所说的话互相矛盾。

艾莉克斯越过乔丝的肩膀向莱西·霍顿点头示意，她正要带着儿子离开。她发现彼得长高了，几乎像个男人一样高，略感讶异。

上次看到他已经是几年前的事了？

你可能一眨眼就失去某人的踪迹，艾莉克斯发现。她暗自发誓绝不让这样的事发生在自己与女儿身上，因为追根究底，当法官完全没有当母亲来得重要。当书记官告诉艾莉克斯关于世贸中心的新闻，她第一个想到的不是她的选民……而是只想到乔丝。

几个星期下来，艾莉克斯遵守了承诺。她重新安排日程，好让乔丝一回家便能见到她。她会将答辩摘要留在办公室，不会带回家利用周末审阅。每天晚上吃晚餐时她们会谈心——不只是闲聊，而是真正的对话：为什么《梅冈城故事》很可能是有史以来写得最好的书。你怎么知道自己恋爱了？甚至会聊乔丝的父亲。但后来某一周有个特别棘手的案子让她不得不加班，而乔丝也渐渐能够整夜安睡，不会半夜尖叫着醒来。回归正常的一部分工作就是抹去不正常的界线，于是在几个月内，艾莉克斯对九一一的感受已逐渐淡去，就像潮水将她写在沙滩上的信息冲走一样。

彼得十分厌恶足球，但他却是中学足球队的一员。学校定下谁都能踢球的政策，所以即使平时无法加入代表队或二军——开什么玩笑？很简单，就是球队——的人都能参加。正因如此——加上母亲相信融入的第一步就是加入团队——使得他有一整季下午都得练球，而他发现自己除了传球练习之外就是追着球跑，少有回传的机会。另外在每两周一次的比赛中，他便负责为格拉夫郡所有足球场的板凳暖座。

不过还有一件事比踢足球更让彼得痛恨，那就是换球衣。下课后，他会故意在自己的置物柜前找事做，或是找问题问老师，等到大部分球员都到外头伸展热身了他才进更衣室。那么彼得便能躲在角落里脱衣服，不必听谁取笑他那下半部有些凹陷的胸腔，或是忍受某人猛拉他四角内裤的松紧带，让裤子塞进屁股缝里。他们都叫他彼得娘炮，而不叫他彼得·霍顿，而且尽管更衣室内只有他一人，他仍能听到击掌声与笑声像一层油渍似的不停向他涌来。

练完球后，他通常也都能找到事做，然后最后一个进入更衣室，例如捡球，问教练一个关于下一场球赛的问题，或重系钉鞋的鞋带。倘若够幸运，等他到淋浴间时，其他所有人都已经回家了。但今天就在练习结束时，忽然下起大雷雨。教练便将球场上所有球员都赶进更衣室。

彼得慢慢走到角落那排置物柜。有几个人已经把浴巾围在腰间，往淋浴间走去。杜鲁便是其中之一，还有他的好友麦特·罗斯顿。他们边走边说笑，一面捶打对方的臂膀看谁力气大。

彼得转过身背向其他置物柜区，脱下松垮的制服后，很快地用浴巾包裹身子。他心怦怦地跳。他已经可以想象其他人注视着他时会看到什么，因为他也从镜子里看到了：皮肤白得像鱼肚，脊椎和锁骨一节节地突出，手臂连一束肌肉都没有。

彼得最后做的一件事是把眼镜拿下，放在打开的置物柜的架子上。此时所有事物都变得朦朦胧胧。

他低着头钻进淋浴间，直到最后一刻才扯下浴巾。麦特和杜鲁已经开始抹肥皂。彼得让水柱打在额头上，想象自己正在一条白浪翻腾的河水上冒险，被卷入旋涡后，瀑布的水不断冲击。

当他抹去眼前的水转过身时，依稀看到麦特与杜鲁的躯体轮廓，以及他们双腿间那黑黑的一丛——是阴毛。

彼得连一根都还没长出来。

麦特忽然将身子扭到一旁。“妈的，别再盯着我下面看了。”

“死娘炮。”杜鲁说。

彼得立刻掉转头。万一他们说的是真的怎么办？万一就是因为这样，他的视线才会刚好落在那里怎么办？更糟的是，万一他现在勃起怎么办？最近愈来愈常有这种情形。

那就表示他是同性恋，对不对？

“我不是在看你，”彼得脱口而出，“我根本什么也看不见。”

杜鲁的笑声回响在淋浴间的瓷砖壁上。“小麦特，你的老二可能太小了。”

这时麦特突然勒住彼得的脖子。“我没有戴眼镜。”彼得几乎窒息地说，“所以看不见。”

麦特放手，将彼得推撞到墙上，然后大步走出淋浴间。他伸手从挂钩上拉下彼得的浴巾，往水柱丢去。湿透的浴巾掉落，盖住中央排水口。

彼得捡起浴巾围在腰间。棉布湿答答的，他也在哭，但他心想别人应该看不出来，因为他全身都在滴水。每个人都瞪着他看。

他和乔丝在一起的时候，什么感觉都没有——不想亲她或牵她的手之类的。对男生好像也没有感觉，可是你若不是正常人肯定就是同性恋，不可能两者都不是。

他连忙跑到角落置物柜，发现麦特就站在他的柜子前面。彼得眯起眼睛，想看清麦特手里拿着什么，接着他听到了：麦特拿起他的眼镜，并将置物柜门用力一甩，扭曲变形的镜框掉在地板上。“现在你就不能盯着我看了。”他说完便走了开来。

彼得跪在地上，试图捡起破碎的镜片。因为他看不到，手被割伤了。他盘腿坐着，湿黏的浴巾就贴在大腿上。他举起手掌慢慢向眼前靠近，直到一切清晰为止。

在梦中，艾莉克斯全身赤裸走在中央路上。她走进银行存一张支票。“法官，”柜员微笑着说，“今天天气真好，对吧？”

五分钟后，她走进咖啡馆点了一杯加脱脂牛奶的拿铁。侍者是个女孩，留了一头不可思议的紫发，鼻梁上端齐眉处还穿了直环。乔丝小的时候，她们每次来这里，艾莉克斯都得叮咛她别瞪着人家看。“要不要搭配一点饼干点心呢，法官？”女侍者问。

接着她走进书局、药房和加油站，每到一处都感觉到有人盯着她。她知道自己裸体。他们知道她裸体。但谁都没说什么，直到她来到邮局。斯特灵的邮局职员是个老人，很可能从快马邮递改制起便在这里工作。他给了艾莉克斯一卷邮票，然后偷偷用手盖住她的手。“女士，这可能不是我该说的话……”

艾莉克斯抬起头，等待着。

职员的抬头纹抚平了。“不过你身上穿的连身裙可真好看哪，法官。”他说。

她的病患在尖叫。莱西可以听到那女孩在走廊的另一端哭泣，她全力飞奔，转过转角进入病房。

凯莉·甘宝尼二十一岁，父母双亡，智商只有七十九。她被三名高中生轮奸，这三人此时正在康科德一处少年观护所等候审判。凯莉寄住在天主教家庭，因此不可能堕胎。但此时一位急诊室医师却判定有必要为怀孕三十六周的凯莉进行催生。凯莉躺在病床上，紧抱一只泰迪熊，一旁的护士怎么也安抚不了她。“爸爸，”她哭喊着已经去世多年的亲人。“带我回家，爸爸，好痛！”

医生走进房间，莱西冷不防地便开口骂人。

“你太过分了。”她说，“这是我的病患。”

“可是她被送进急诊室，就是我的了。”医生反驳道。

莱西看着凯莉，然后走到走廊上，当着她的面吵架对她没有好处。“她抱怨弄湿内裤已经有两天了。检查结果是早期破水。”医生说，“她没有发热，而且胎儿监视器已有反应，催生是非常合理的。而且她也签了同意书。”

“也许合理，却不明智。她心智迟缓，并不知道自己发生了什么事，她很害怕。而且她绝对没有能力签同意书。”莱西转身就走，一面说，“我要去找精神科。”

“你去找个鬼！”医生抓住她的手臂。

“放手！”

他们又互相叫嚷了五分钟后，精神科照会医师来了。站在莱西面前的这个男孩看起来和乔伊差不多年纪。“你开玩笑吧？”急诊室医师说，她第一次同意他的话。

他们俩跟随精神科医师进入凯莉的病房。这时候，凯莉已经抱着肚子缩成一团，抽噎着。“她需要硬膜外麻醉。”莱西喃喃地说。

“才开两厘米麻醉并不安全。”医师认为。

“我不管，她需要。”

“凯莉？”精神科医师蹲在她面前说道，“你知道什么叫剖腹产吗？”

“嗯。”凯莉呻吟道。

精神科医师站起来。“她有能力签同意书，除非法院否决。”

莱西张大了嘴巴。“就这样？”

“我另外还有六个病患需要照顾。”精神科医师厉声道，“很抱歉令你失望了。”

莱西朝着他背后吼道：“失望的人不是我！”她颓坐在凯莉身边，紧握着她的手。“没关系，我会照顾你。”她向任何能够移开人心之山的神祈祷，接着仰起头看着医师。“第一条，不可伤人。”她轻轻地说。

医生捏捏鼻梁。“我会替她麻醉。”他叹气道，直到此时莱西才发现自己一直屏住气息。

乔丝最不想去的地方就是和母亲一块去餐厅，然后就得花上三个小时看着领班、厨师和其他宾客对她逢迎谄媚。今天是为了庆祝乔丝的生日，所以她实在不明白为什么不能叫中国餐馆外送，在家看录像带就好。但母亲坚持如果待在家里就不像庆祝，所以她来了，像个侍女一样跟在母亲后面。

她心里默数着："很高兴见到你，法官"有四次，"是的，法官"有三次，"这是我的荣幸，法官"有两次，"我们为法官阁下准备了本餐厅最好的座位"有一次。有时候乔丝会在《时人》杂志看到有些名人总是能获得皮包公司和鞋店的赠品，以及百老汇表演与洋基球场的免费门票——仔细想想，她母亲便是斯特灵镇的名人。

"我真不敢相信，"母亲说，"我已经有个十二岁的女儿。"

"你是不是在暗示我应该说你以前一定是个神童之类的话？"

母亲笑着说："这样说也不错。"

"再过三年半我就能开车了。"乔丝明白道出。

母亲的叉子敲在碟子上咔嗒一声。"真是多谢啰。"

侍者来到桌旁。"法官，"他说着，在乔丝母亲面前摆了一盘鱼子酱，"大厨想请你吃这道前菜，顺便向你致意。"

"好恶心喔。鱼卵吗？"

"乔丝！"母亲僵硬地对侍者微笑道，"请代我向大厨道谢。"

当她一点一点挑着盘里的食物吃时，可以感觉到母亲在瞪着她看。"怎么了？"她理直气壮地问。

"没什么，只是你好像一个被宠坏的小鬼罢了。"

"为什么？就因为我不喜欢鱼胚胎摆在我眼前？你自己也不吃的。我至少还诚实一点。"

"我是客气。"母亲说，"你就不怕服务生告诉厨师说柯米尔法官的女儿是个什么样的人？"

"我才不在乎。"

"可我在乎。你的所作所为会影响到我，而我得爱惜自己的名誉。"

"什么名誉？拍马屁吗？"

"无论法院内外都无可挑剔的名誉。"

乔丝把头偏向一边。"如果我做了坏事呢？"

“坏事？有多坏？”

“比方说抽大麻。”乔丝说。

母亲的表情瞬间凝住。“你是不是想告诉我什么，乔丝？”

“天哪，妈，我没有。这只是假设。”

“你要知道你现在上了中学，就会开始遇到一些学生会做危险——或根本只是愚蠢——的事，我希望你……”

“……够坚强，别做傻事。”乔丝用平板的声调附和着，替她把话说完。“遵命，知道了。可是万一呢，妈？万一你回家发现我在客厅里吸毒，你会不会把我交出去？”

“什么叫把你交出去？”

“报警啊。把我藏的……”乔丝咧嘴一笑，“大麻交出去。”

“不会。”母亲说，“我不会告发你。”

乔丝小时候总以为自己长大会像母亲，纤细的骨架、深色头发、浅色眼睛。这些容貌元素的组合她都有，可是当年纪渐长，她却开始愈来愈像另一个人，一个她从未谋面的人。她的父亲。

她好奇父亲是否——也和她一样——能在瞬间记忆事物，然后只要闭上眼睛便能在纸上画出来。她好奇父亲唱歌是否会跑调，是否喜欢看恐怖电影。好奇他是否有一对与母亲的柳叶眉截然不同的直眉毛。

她就是好奇，如此而已。

“如果你因为我是你女儿就不告发我，”乔丝说，“那么你就不是真的公正，不是吗？”

“我会像个母亲，而不是法官。”母亲伸出手覆在乔丝的手背上，这感觉很奇怪，因为母亲不是这种喜欢亲昵的人，“乔丝，你要知道，你可以来找我的。如果你需要找人说话，我随时都可以倾听。不管你跟我说什么，你都不会惹上官司，就算是关于你自己，或关于你的朋友。”

老实说，乔丝的朋友并不多。有一个彼得，是她老早就认识的——

虽然他们已经不到彼此家里去，上学时还是常常在一起，而乔丝认为他是全世界最不可能犯法的人。她知道其他女孩排斥自己的原因之一，就是因为她老跟彼得混在一起，但她告诉自己无所谓。她也不太想成天和那些只关心肥皂剧《一生只活一次》的剧情或是把当保姆赚的钱省下来买衣服的人为伍。她们有时看起来很假，假得让乔丝觉得拿根铅笔一戳，她们就会像气球一样爆掉。

她和彼得是不受欢迎，那又如何？她老是跟彼得说没关系，她自己最好也要开始这么想。

乔丝将手抽离，并假装为她的芦笋浓汤深深着迷。芦笋有一点让她和彼得觉得很好笑。他们曾做过一次实验，看看吃多少才会开始放臭屁，结果不到两口，真的不骗你。

“别再用你那法官的口气了。”乔丝说。

“我的什么？”

“你的法官口气。你接电话就是这种口气。或是在公共场合，像现在。”

母亲皱起眉头。“胡说八道。我从来都是……”

侍者像是穿了溜冰鞋似的滑过来。“很抱歉打断你们说话……一切都还合口味吗，法官？”

母亲一拍不差地抬头望着侍者。“好极了。”她说，并微笑目送他离开。接着又转向乔丝说：“我从来都是一样的口气。”

乔丝看看她，又看看侍者的背影。“也许吧。”她说。

足球队上还有另一个学生也宁可不踢球，他名叫戴瑞克·马可维兹。在某场对抗北哈弗希尔的比赛期间，他们一同坐在板凳上，他先开口向彼得自我介绍。“谁逼你踢球的？”戴瑞克问，彼得说是母亲。“我也是。”戴瑞克坦承道，“她是营养师，特别注重健身。”

晚餐时，彼得会告诉父母说练球的情形很顺利。他会根据其他球员的表现捏造故事——那些运动绝技他自己绝对做不来。他这么说就是为了看母亲瞄着乔伊，说“看来我们家的运动员不只一个啰”之类的话。当他们到比赛现场为他加油，而彼得却始终坐在板凳上，他会说教练只派他喜欢的队员上场，这倒也不全是假话。

戴瑞克和彼得一样，堪称全世界最差劲的足球员。他的皮肤很白，底下的血管分布有如地图，毛发的颜色也很淡，淡得几乎难以分辨眉毛。现在每当球队在比赛，他们就并肩坐在板凳上。彼得挺喜欢他的，因为他会偷带巧克力棒到球场，趁教练不注意时偷吃，他还很会说笑话。有时候彼得甚至为了听戴瑞克的笑话，而期待练球，但是不久彼得又开始担心，自己喜欢戴瑞克只是因为他是戴瑞克，或是因为自己是同性恋？于是他会坐离他远一点，或是提醒自己整场练习下来，无论如何都不能直视戴瑞克，以免他会错意。

某个星期五下午，他们又坐在板凳上看其他人与里文戴尔队比赛。斯特灵队应该是闭着眼睛也能将对方打得落花流水——尽管如此仍不足以让教练派彼得或戴瑞克在真正的联赛中出赛。到终场最后一分钟，比数已经爬升到不甚光彩的差距——斯特灵二十四分，里文戴尔两分——此时戴瑞克正在跟彼得说话。

“踢得好。”教练和每个球员握手赞许道，“干得好，干得好。”

“你来不来？”戴瑞克起身问道。

“我待会过去。”彼得说完，弯身将鞋带重新系好，眼前却忽然出现一双女鞋。这双鞋他认得，他常常在玄关被这双鞋绊倒。

“嗨，宝贝。”母亲微笑俯视着他。

彼得简直快窒息了。有哪个中学生需要妈妈到球场来接人？又不是托儿所的小孩要人牵着过马路。

“你等我一下，彼得。”母亲说。

他眼睛往上一瞄，刚好看到队员们一如往常尚未走进更衣室，而是待在外头看这场最新好戏。正当他以为事情不可能更糟之际，母亲竟朝着教练走去。“埃布尔斯基教练，”她说，“我能和你谈谈吗？”

杀了我吧，彼得暗想。

“我是彼得的母亲。不知道你为什么不让我儿子上场比赛？”

“霍顿太太，这是团队比赛，我只是想让彼得有多点时间追上其他人的速度……”

“赛季都已经过了一半，我儿子和这支足球队上任何人一样都有权利比赛。”

“妈，”彼得打断她，同时希望新罕布什尔州发生地震，让母亲脚下的地面裂出深谷将她吞没，“别说了。”

“没关系，彼得，我来处理。”

教练捏捏鼻梁。“霍顿太太，星期一的比赛我会让彼得上场，不过恐怕不太好看。”

“不必要好看，只要有趣就好。”她浑然不觉地转身对彼得微笑道，“对吧？”

彼得几乎已听不到她的声音。羞耻犹如一记枪声在他耳中回响，并断断续续夹杂着队友们叽喳的低语。母亲在他跟前蹲下。他从来没有真正明白对一个人又爱又恨是什么感觉，但现在他有点明白了。“等他看到你上场的表现，你就会成为主力了。”她拍拍他的膝盖。“我在停车场等你。”

他挤过其他球员时，他们都在笑。“妈妈的宝贝儿子。”他们说，“每场仗都要她替你打吗，同性恋？”

进了更衣室，他坐下来脱掉钉鞋。有只袜子的拇指处破了，他直盯着那个破洞好像真的很感兴趣似的，其实是因为他很努力想忍住泪水。

忽然有人坐到他身边，他差点吓得跳起来。“彼得，”戴瑞克说，“你还好吧？”

彼得想说还好，但这句谎言怎么也说不出口。

“这支球队和豪猪有什么不同？”戴瑞克问。

彼得摇摇头。

“豪猪的刺长在外面。”戴瑞克苦笑一下，“星期一见啰。”

寇特妮·伊纳修是那种穿着露肚小可爱，还会在学生主办的表演会上编舞演出的女孩。寇特妮是第一个拥有手机的七年级学生。手机是粉红色的，有时甚至会在上课时间响起，但老师们从不责备她。

在社会学课上被分配到和寇特妮一组，编写美国革命的历史年表时，乔丝暗暗叫苦，作业重担肯定都会落在她肩上。但寇特妮邀她到家里做功课，乔丝的母亲说她如果不去，恐怕就得独自完成，因此她现在才会坐在寇特妮床上，边吃巧克力脆片饼干边写摘要卡。

“怎么了？”寇特妮站在她跟前，双手叉腰问。

“什么怎么了？”

“你干吗那种表情？”

乔丝耸耸肩。“你的房间，跟我的完全不一样。”

寇特妮东瞄西瞥，好像第一次看自己的房间。“怎么不一样？”

寇特妮有一条古怪的紫色粗毛地毯，还有用薄纱丝巾盖着点缀气氛的珠饰台灯。整个梳妆台面上摆满化妆品。门后贴着一张约翰尼·德普的海报，另有一个架子上摆放着最新型式的音响设备。她有自己的DVD播放器。

相较之下，乔丝的房间便显得阳刚。她有一个书架、一张书桌、一个梳妆台和一张床。和寇特妮的丝绸被相比，她的被褥简直就像老奶奶的棉被。要说乔丝有什么独特风格，那就是“早期美国老土”。

“反正就是不一样。”乔丝说。

“我妈是室内设计师。她觉得这是每个少女梦想的房间。”

“你会吗？”

寇特妮耸了耸肩。“我觉得有点像妓院，但我不想扫她的兴。我去拿讲义夹，然后就可以开始了……”

她下楼以后，乔丝发现自己直盯着镜子。她被化妆品吸引到梳妆台前，甚至拿起那些她完全陌生的瓶瓶罐罐开始把玩。她母亲也很少化妆，也许会涂口红，但也仅此而已。乔丝拿起一条睫毛膏，旋开盖子，手指拨弄着黑色睫毛刷。她又打开一瓶香水闻了闻。

在镜子里，她看见和她长得一模一样的女孩拿了一支口红——标签上写着“绝对火辣！”——开始涂抹。它为她的脸颊增添了红润，让她活了过来。

变成另一个人真的那么容易吗？

“你在干嘛？”

乔丝听到寇特妮的声音惊跳起来。她照着镜子时，寇特妮已经上前夺去她手中的口红。

“对……对不起。”乔丝结巴道。

但出乎她意外的是，寇特妮·伊纳修竟咧嘴笑了。“其实，”她说，“很适合你。”

乔伊的成绩比弟弟好，运动比他强，比他风趣，见识比他丰富，比他懂得变通，也是派对上最吸引众人目光的人。唯有一件事——据彼得所知，而他也一直在留意——乔伊办不到：他看到血就会受不了。

乔伊七岁时，他最好的朋友骑单车摔倒，额头上开了一道伤口，昏倒的却是乔伊。每当电视上播出医学节目，他就得离开。因此尽管刘易斯答应儿子，一旦他们满十二岁够大了，就让他们学开枪，他却从未和父亲去打猎过。

彼得等了一整个秋天，似乎就为了这个周末。他一直在仔细钻研父亲要让他使用的来复枪——那是一把温切斯特94型30-30杠杆式步枪，父亲还没有买雷明顿721型30-06拴式猎枪前都是用这把猎鹿。此时，清晨四点半，彼得简直不敢相信枪就在手上，并已小心地锁上保险。他跟在父亲身后，悄悄通过树林，吐出的气息在空中凝成白雾。

昨晚下了雪，最适合猎鹿。他们昨天已经出来找过新的刮痕——公鹿会在完好的树干上磨角，并一再地返回重复摩擦以标示地盘。现在只须找到同一点，看看有无新痕迹便能知道公鹿来过没有。

没有人的世界很不一样。彼得试图追随父亲的足迹，一脚一脚地踩在父亲留下的脚印上。他假想自己身在军中，正在执行游击任务，敌人就在前方不远处。从此刻起，他随时可能意外地陷入交火状态。

“彼得，”父亲转头压低声音说，“枪口朝上！”

他们已接近发现擦痕的那群树。今天，磨角的刮痕是新的，白色的树肉和浅绿色剥落的树皮都才裸露不久。彼得往脚下一看，共有三组足迹——其中一组比另外两组来得大。

“它已经来过这里。”父亲小声地说，“很可能在追踪母鹿。”发情的鹿不像平常那般机警，由于太专注于追母鹿，常会忘记躲避猎人。

彼得与父亲轻手轻脚地通过树林，跟着足迹来到沼泽边。忽然，父亲伸出手来——停止的暗号。彼得往上瞥去，可以看见两只母鹿，一只较年长，另一只是出生不久的幼鹿。父亲转身，用嘴型示意：别动。

当公鹿从树后出现，彼得屏住了呼吸。它巨大、雄伟，粗壮的脖子上顶着重重的六叉鹿角。父亲以极细微的动作朝着枪点了点头。开枪吧。

彼得笨拙地端起枪来，此时感觉仿佛重了十几公斤。他把枪举到肩上，瞄准了鹿。他心跳得好急，枪也不断颤抖。

即使现在，他仿佛还能听到父亲低声却清晰地指导着：“射前腿下方，身子下半部。如果打中心脏，它会马上死亡；如果没打中心脏，就会打中肺部，那么它大概会跑个一百码然后倒地。”

接着鹿转过头来看着他，目光就停留在彼得脸上。

彼得紧扣下扳机，一枪射偏了。

故意的。

三只鹿动作一致地急忙低头，不确定危险从何而来。彼得正在想不知父亲有没有发现他临阵退缩，或纯粹认为他是个蹩脚的射击手，父亲的来复枪便发出第二响。两头母鹿急忙逃走，公鹿像巨石般重重倒下。

彼得站在鹿旁边，看着血从心脏流出。“我不是故意抢你的猎物。”父亲说，“但如果你重新上膛，鹿就会听见声音逃走了。”

“不。”彼得说。他无法将视线从鹿的身上转移。“没关系。”话才说完便往灌木丛里吐了起来。

彼得听见父亲在背后不知做些什么，但他不想转头，反而狠狠盯着一小片已经开始融化的积雪。他感觉到父亲向他走来，并闻到他手上的血腥味，还有失望。

父亲伸手拍拍他的肩膀。“下一次吧。”他叹道。

桃乐丝·纪亭是今年一月转来的中学生。她是属于不受瞩目的那一群——不够漂亮、不够聪明，也不会制造麻烦。上法文课时，她坐在彼得前面，每次背动词变化时，马尾就上下快速地跳动。

有一天，老师正在复习动词“avoir”的变化式，彼得努力撑着不打瞌睡之际，突然发现桃乐丝坐在一片墨迹当中。他觉得很有趣，尤其她又穿白裤，但一回神才惊觉那根本不是墨水。

“桃乐丝月经来了！”他惊吓过度大声喊着。他们家全是男生——母亲当然是例外——所以月经是关于女生的大奥秘之一，就像她们怎能刷睫毛膏又不会戳穿眼球？或是穿胸罩时又看不到背后的钩子怎么钩得到？

班上每个人立刻转过头来，桃乐丝的脸则胀得跟她的裤子一样红。老师带她到走廊上，建议她去找护士。彼得前面的座位上有一小摊红红的血。老师叫来了校工，但此时全班已经失控了——耳语有如灌木丛起火似的爆发开来，大家都在说她流了多少血，说全校都知道有几个女生来了月经，现在桃乐丝也成了其中之一。

“纪亭在流血。”彼得对坐在旁边的同学说，他眼睛立刻为之一亮。

“纪亭在流血。”那男孩复述着，这句话便像口号似的传遍整间教室。纪亭在流血，纪亭在流血。教室另一头的乔丝注意到了彼得——最近乔丝开始化妆了。她也跟着其他人一起传颂着。

归属感就像氦气一样。彼得感觉到自己体内膨胀起来。他是起头的人，画条线将桃乐丝隔开后，他也成了圈内人。

当天吃午餐时，他和乔丝一块坐，却见杜鲁·纪哈德和麦特·罗斯顿端着托盘走过来。“听说你都看到了。”杜鲁说，两人随即坐下来想听听细节。于是他开始加油添醋——一茶匙的血变成一杯，白裤子上的血迹从小小一块变成罗夏克心理测验中那一大片墨渍。他们呼朋引伴——有些是彼得的足球队友，只不过一整年还没跟他说过话。“告诉他们，很好笑。”麦特说，并对彼得露出微笑，仿佛他也是他们的一员。

桃乐丝没有来上学。彼得知道就算她停课一个月或更久也没用——六年级生的记忆就像钢铁捕兽笼，在剩余的中学与高中生涯中，大家永远会记得桃乐丝就是那个上法文课时来了月经，把座位染得全是血的女孩。

她回校上课那天早上，一下校车，杜鲁和麦特便立刻夹攻上来。“对一个女人来说嘛，”他们拉长了语调说，“你根本就没有胸部。”她从他们中间挤出来，直到上法文课之前，彼得都没有看见她。

有人——他真不知道是谁——想出一个点子。法文老师每次都会迟到，因为她得从学校另一头赶过来。因此上课铃响前，每个人都要走到桃乐丝的桌子旁边，递给她一个棉条，那是寇特妮·伊纳修从母亲那儿偷来分给大伙的。

由杜鲁开始。他把棉条放到她桌上时，说道：“你好像掉了这个。”接着又来了六个棉条，钟声仍未响，老师也还没来。彼得走上前去，手里握着那管棉条正准备丢下去，却发现桃乐丝在哭。

哭声不响，也几乎看不出来。但当彼得伸出拿着棉条的手，顿时体会到当他自己陷于水深火热之中，其他人看到的便是这幅景象。

彼得于是将棉条捏扁。“够了。”他轻声地说，然后转身面对排在后面等着羞辱桃乐丝的三个学生。“真的够了。”

“你什么毛病啊，娘炮？”

“已经不好玩了。”

也许从来都不曾好玩过。只不过这次不是他，就已经够好的了。

后面的男孩把彼得推开，棉条轻轻一丢，丢到桃乐丝的头之后弹落，滚到彼得的座位底下。接着轮到乔丝。

她看看桃乐丝，又看看彼得。“不要。”他低声说。

乔丝紧闭双唇，让棉条从张开的指缝间滚落到桃乐丝桌上。“唉呀。”她说，然后走到放声大笑的麦特·罗斯顿身旁站定。

彼得埋伏等候着。虽然已有几个星期没和乔丝一起走回家，但他知道她放学后都做些什么——通常就是和寇特妮一伙人散步到镇上喝冰红茶，然后逛街。有时候他会站在远处看着她，就像注视一只从毛毛虫蜕变而成的蝴蝶，不明白人怎能有如此巨大的改变。

他等到她和其他女孩分手，然后跟随她走上回家的路。当他追上来抓住她的手臂，她惊声尖叫。

“天哪！”她说，“彼得，你干脆把我吓死算了！”

他已经在心里演练过该怎么问她，因为他向来不擅言辞，所以必须比别人更多加练习。但现在乔丝近在眼前，想到先前发生的一切，每个问题都像一个巴掌似的。结果他只能颓坐在人行道旁，十指叉在头发中抱头问道，“为什么？”

她坐到他身边，双手交抱着膝盖。“我这么做不是为了伤害你。”

“你跟他们在一起很假。”

“只是和你在一起的时候不一样罢了。”乔丝说。

“就像我说的：很假。”

“真实面有很多种。”

彼得不屑地说：“如果这是那些笨蛋教你的，根本狗屁不通。”

“他们没有教我什么。”乔丝反驳道，“我和他们在一起是因为我喜欢他们。他们很好玩、很有趣，当我和他们在一起……”乔丝忽然住嘴。

“怎么样？”彼得接问道。

乔丝直视着他的双眼。“当我和他们在一起，”她说，“大家会喜欢我。”

彼得猜想改变的确可能如此巨大：转瞬间，你可能从想杀某人变成想自杀。

“我不会让他们再取笑你。”乔丝承诺道，“那是个光明的希望，对吧？”

彼得没有回答。那与他无关。

“只是……只是我暂时不能再和你出去。”乔丝解释道。

他抬起头来。“不能？”

乔丝站起来，往后退开。“再见了，彼得。”她说完，便走出他的生命。

你可以感觉到众人的注视，就像夏天从路面升起的热气，就像火钳刺着你的后腰。你无须听到窃窃私语声，便能知道他们在说你。

以前我总会站在浴室的镜子前，看看他们究竟在看什么。我想知道他们为什么转头，我身上究竟有什么如此与众不同。起初，我看不出来。我是说，我就是我呀。

后来有一天，当我照着镜子，我明白了。我凝视自己的眼睛，开始讨厌自己，或许和他们一样讨厌。

也就在那天我开始相信，他们也许是对的。

十天后

乔丝等到母亲卧室里不再传出电视声音——是杰·雷诺的节目，不是戴维·雷特曼——才侧转身去看功能复杂的LED电子钟。到了凌晨两点，她认为安全了，便拉开被子下床。

她知道如何偷溜下楼。以前为了与麦特在后院约会，她偷溜过几次。有一晚，他发短信给她——1/2 2 C U now（现在得见你）。她穿着睡衣出去，有一度当他碰触到她时，她真觉得自己就要从他手指间滑落。

只有一处地板会发出吱嘎声，乔丝当然知道要跨过去。下楼后，她在一大摞DVD中翻找自己想要的那片——她不想让母亲逮到她在看的那片。接着她打开电视，把声音开到最小，因此必须坐在屏幕正前方，凑在内置喇叭旁边才听得到。

第一个出现的人是寇特妮。她举起手，阻挡拍摄的人。不过她在笑。她的长发披散在脸上仿佛丝质面纱。镜头外，是布瑞迪·普莱斯的声音：小寇，来段《狂野浪女》吧。镜头模糊了片刻，接下来便是生日蛋糕的特写。“祝乔丝十六岁生日快乐”。镜头带过每个人的脸，包括海莉·卫佛，都在对着她唱歌。

乔丝按下暂停键。画面上有寇特妮、海莉、梅蒂、约翰、杜鲁。她用手指摸摸每个人的额头，每摸一次都有小小触电的感觉。

她的生日派对，就是在史托兹池塘旁烤肉。他们准备了热狗、汉堡和玉米，却忘了番茄酱，只好派个人开车回镇上某家迷你超市买。寇特妮送的卡片署名是BFF（永远的挚友），不过乔丝知道一个月前她在梅蒂的生日卡上也是这么写的。

当影像再度模糊，接着自己的脸出现时，乔丝哭了。她知道接下来是什么。这里她记得。镜头摇摄回来，麦特出现了，他坐在沙地上双臂搂着她，而她就坐在他的大腿上。他已经脱下衬衫，乔丝记得当时他紧贴着她的肌肤很温热。

片刻前仍如此活生生的一个人，怎么能忽然间全都停止？不只是心和肺，还有缓缓微笑时左边嘴角比右边先上扬的样子，还有声音的高低，还有做数学作业时猛扯头发的习惯。

没有你我活不下去，麦特以前常说，如今乔丝知道他不用担心了。

乔丝忍不住哭泣，于是拿拳头塞住嘴巴以免发出声音。她看着屏幕上的麦特，就像观察一头从未见过的动物，以便牢牢记住，将来才能将你的发现公之于世。麦特的一只手垂放在她裸露的腹部，指尖抚弄着她比基尼上半身的边缘。她看到自己涨红了脸，将他推开。“别在这里。”她的声音说。很奇怪的声音，在乔丝听来并不像自己的声音。从录音带里听自己的声音，从来不觉得像。

“那么我们到别处去。”麦特说。

乔丝撩起睡衣上半身的边缘，直到能摸到底下的身躯。她张开手放在自己的腹部，学麦特翘起拇指慢慢往乳房的曲线移动。她试着假装是他。

那次生日他送给她一个盒式坠子的金项链，自从大约六个月前那天起，她便不曾摘下过。在DVD画面上，乔丝便戴着那条项链。她还记得自己照着镜子，麦特替她戴上项链，而在背后留下他的拇指印。看起来有种特别亲密的感觉，因此有好几天她都尽可能避免将指纹擦去。

乔丝到后院和麦特碰面的那一夜，在月光下，他还因为她身上那件布满神探南希肖像的睡衣嘲笑她。我发短信给你的时候，你在干嘛？他问。

睡觉。干吗三更半夜还非要见我？

想确定你有没有梦见我，他说。

在DVD里，有人在叫麦特。他转过身，咧开嘴笑。他的牙齿真像狼牙，乔丝心想。又尖，又白得不可思议。他在乔丝的嘴上啄了一下。“我马上回来。”他说。

马上回来。

就在麦特起身时，她又按下暂停。然后伸手往脖子上一扯，原本系在细金链上的盒式坠子应势断落。她拉开一个沙发垫的拉链，把项链极力地往里塞。

她关上电视，假装麦特将会像这样永远静止，而且仅离她数英寸之遥，那么她仍可伸出手抓住他——虽然她明知自己都还没走出房间，DVD便会重新设定。

莱西知道没有牛奶了。那天早上，她和刘易斯无精打采地坐在餐桌旁时，她提起了：

听说今天又要下雨。

没有牛奶了。

彼得的律师有没有消息？

莱西知道还得等一个星期才能去探视彼得——监狱的规定——不禁感到痛苦难熬。知道刘易斯连一次都还没去过，更叫她痛心。明知儿子就关在不到二十公里外的牢房里，叫她如何以平常心度日呢？

在某个时刻，生活中的事件都会变成海啸。莱西知道，因为她曾经被忧伤冲走过一次。这种情况发生时，你会在几天后发现自己像浮萍一样漂到陌生的土地上。你只有一个选择，就是趁着还有余力赶紧移到更高处。

所以尽管所有直觉都要她钻进被窝里睡觉，莱西仍来到一处加油站买牛奶。这可不像表面上看来那么容易：为了买牛奶，她得先倒车出车库，摆脱那些拍打她车窗、挡住她去路的记者。她得甩开尾随她上公路的车。最后她终于来到新罕布什尔州波摩镇一个——她很少光顾的——加油站，付钱买牛奶。

“两块五毛九。”收银员说。

莱西打开皮夹，抽出三张一块钱钞票。接着她便看到收款机上贴了一张手写的小告示。斯特灵高中罹难者纪念基金，告示上写着，旁边摆着一个装捐款的咖啡罐。

她开始全身发抖。

“是啊。”收银员心有同感，“真是悲惨，对吧？”

莱西的心怦怦直跳，她敢肯定收银员也听到了。

“你一定对家长很好奇吧？我是说，他们怎么可能不知道？”

莱西点点头，深怕一出声便会暴露自己的身份。要同意他的话简直太简单了：这世上还有更可怕的孩子吗？还有更糟的母亲吗？

你可以轻易地说每个可怕的小孩背后都有个可怕的家长，但已经尽力的那些人呢？已经——像莱西这样——无条件地疼爱、强烈地保护、极力地细心养育，却仍养出一个杀人犯的那些人呢？

我不知道，莱西想说，那不是我的错。

但她仍保持沉默，因为老实说，她也不太肯定自己是否相信。

莱西把皮夹里的钱全丢进咖啡罐，所有的钞票与铜板。她茫茫然走出加油站，牛奶还留在柜台上。

她内心已空了。她已经全给了儿子。而最令人伤心的是：无论我们希望孩子多么出众，无论我们假装他们多么完美，他们终究要令人失望。最后，孩子会比我们所想的更像我们：彻头彻尾地毁了。

学院的心理学教授厄文·皮巴帝提议在斯特灵镇中心的白墙教会，为全镇举行一场疗伤大会。日报上有一小行公告，咖啡馆和银行也贴了紫色宣传单，但已足以将消息传开。晚上七点聚会时间一到，车子已经停到半公里外。教会各扇门都有人潮溢出街道。一同前来报道的媒体，则是遭到一大群斯特灵警员驱赶。

塞琳娜将婴儿紧抱在胸前，眼看着另一波镇民汹涌而过。“你知道会变成这样吗？”她小声问乔丹。

他摇摇头，目光在人群中扫视。他认出其中有些人提审那天也在场，但也有不少新面孔，应该与高中无太大关系：老人、学院学生、抱着小婴儿的夫妻。他们前来是因为涟漪效应之故，是因为一人的创伤会使另一人失去纯真。

厄文·皮巴帝坐在前方，旁边是警所所长和斯特灵高中校长。“大家好，”他起身说道，“我们今晚召开这场集会是因为大家都还在晕眩。我们周遭的景物几乎是一夕骤变。我们或许没有答案，但若能开始谈谈事情的经过，也许会有帮助。又或者更重要的是，我们能彼此倾听。”

第二排一名男子站起来，手上拿着夹克。“我五年前搬到这里，因为我和妻子想远离纽约市的疯狂。我们刚刚组成家庭，想找一个……嗯，比较亲切和善一点的地方。我的意思是，当你开车驶过斯特灵的街道，会有熟人向你按喇叭，到银行去，柜员会记得你的名字。在美国已经没有这样的地方了，而如今……”他没有再说下去。

“如今斯特灵也不是了。”厄文接续着说，“我知道当你脑中的影像与事实不符，当你身旁的朋友变成怪物，你会有多难过。”

“怪物？”乔丹低声对塞琳娜说。

“不然他该怎么说？说彼得是个定时炸弹？那所有人可都觉得安全了。”

教授朝人群望去。“我想各位今晚来到这里，就表示斯特灵并没有变。也许诚如我们所知，它不会再回归正常……但我们得想出一种新的正常。”

一名妇女举起手来。“那高中呢？我们的孩子还要回去吗？”

厄文一眼瞥向所长，校长。“那里还在进行调查工作。”所长说。

“我们希望在另一个地点完成这个学年的课。”校长补充道，“我们正在和黎巴南的督学处商谈，看看能否借用某间空的学校。”

另一个女人的声音说：“但他们迟早都得回去。我女儿才十岁，她一想到将来还要走进那个学校就吓坏了。她半夜里都会尖叫着醒来，觉得有人拿枪在那里等她。”

“她还能做噩梦你该庆幸了。”有个男人回应。他就站在乔丹旁边，双手抱在胸前，眼中布满血丝。“每晚她哭喊的时候，你就走进房间，抱着她，告诉她你会保护她。跟她说谎，就像我以前那样。”

教会里一阵窃窃私语，仿佛毛线团解开了。那是马克·伊纳修。死者之一的父亲。

就这样，斯特灵出现了一道断层——一道如此深邃而荒凉的深谷，恐怕多年也无法填补。镇上已经有了两边的差异，一边失去了孩子，一边则还有孩子可担心。

“你们有些人认识我女儿寇特妮。”马克身子一挺，离开了原本靠着的墙面。“她可能当过你们小孩的保姆，暑假里你们可能也在餐馆吃过她准备的汉堡。也许你们看见她就会认得她，因为她很美、很美。”他转向台前，“博士，你能不能告诉我该怎么样才能想出一种新的正常？你怎么敢说有一天我们会好过一点，说我可以挨过去，说我会忘记我女儿躺在坟墓里，而那个神经病还活得好好的。”话才说完，他忽然转向乔丹。“你怎么受得了你自己？”他指责道，“你为那个杂种辩护，晚上怎么睡得着觉？”

屋里每双眼睛都转而盯着乔丹。他可以感觉到身旁的塞琳娜将山姆的脸紧贴在自己胸前，护卫着他。乔丹张开口想说话，却一个字也说不出来。

通道上响起的皮靴声让他分了神。帕特里克·杜沙姆直接朝马克·伊纳修走来。“马克，我无法想象你的伤痛。”帕特里克定定凝视着这个遭逢丧女之痛的男人。“我也知道你绝对有权利来这里表达愤怒。可是根据我们国家的司法运作，尚未被证明有罪之前，每个人都是清白的。麦卡菲先生只是尽他的职责罢了。”他拍拍马克的肩膀，放低声音说：“我们一块去喝杯咖啡吧。”

帕特里克带着马克·伊纳修往出口走时，乔丹才想起自己刚才想说的话。“我也住在这里。”他开口说。

马克转过头。“不会太久了。”

一般人大多以为艾莉克斯是艾莉克斯珊卓的昵称，其实不然。她父亲本想要个儿子，既然无法如愿便直接把为儿子取的名字给了她。

艾莉克斯五岁时母亲因乳癌过世，是父亲将她养育成人。他不是那种会教她骑单车或打水漂的爸爸——而是教她“水龙头”“章鱼”“豪猪”等事物的拉丁文，还会向她解释人权法案。她会利用学业成就吸引父亲的注意，例如在拼字大赛与地理竞赛中获胜，一次又一次拿全A，被她所申请的所有大学录取。

她希望父亲是榜样：每当他走过街道，总有店员敬畏地向他点头招呼“你好，柯米尔法官”。她希望服务人员一听到排队的人是柯米尔法官，便立刻改变声调。

虽然父亲从未将她抱在大腿上，从未亲她跟她说晚安，从未对她说他爱她——那都只是他性格的一部分。艾莉克斯从父亲身上学到，每件事都能分解出事实。安慰、尽父母本分、爱——这一切都能加以浓缩与解释，不一定要去体验。而法律呢，法律是她父亲信仰体系的支柱。你在法院环境中产生的任何感觉都有合理的解释。你对当事人的感觉并非你内心真正的感觉，或者你可以佯装如此，那么谁也无法接近并伤害你。

艾莉克斯读法学院二年级时，父亲中风。她坐在医院的病床边，告诉他说她爱他。

“艾莉克斯，”他叹气道，“我们不必来这套。”

他的葬礼上艾莉克斯没有哭，因为她知道这是他所希望的。

她父亲是否也像现在的她，期望他们当初能有不一样的关系基础呢？是他最后放弃了希望，让父女的关系停留在老师和学生那样吗？在你失去与孩子的生活产生任何交集的机会之前，你能和孩子平行并进多久呢?

她看过无数探讨悲伤各个阶段的网站，她研究了其他学校枪击案后的余波效应。她可以做研究，但当她试图与乔丝建立联系，女儿总是用一种很陌生的眼神看她。有时候，乔丝会忽然掉泪。无论何种结果，艾莉克斯都无法应付。她感到无力，接着她想到现在不是她觉得怎么样，重要的是乔丝，但这让她更加感到失败。

最大的讽刺并未放过艾莉克斯：父亲恐怕做梦也想不到艾莉克斯有多像他。她在法庭上很自在，这是她在家里感觉不到的。面对一个三度因酒醉驾车被起诉的被告，她总知道该说什么，但与自己的孩子却连五分钟谈话都难以维持。

斯特灵高中枪击案过后十天，艾莉克斯走进乔丝的房间。当时是下午，房内窗帘紧闭，乔丝全身裹着被子像个蚕茧。虽然第一个直觉就想拉开百叶窗，让阳光透进来，艾莉克斯却躺到床上去。她张开手臂抱住女儿裹成的那一团。“你小时候，”艾莉克斯说，“我偶尔会来和你一起睡。”

里头有了动静，被子从乔丝的脸上滑落。她的眼眶泛红，脸颊肿胀。“为什么？”

艾莉克斯耸耸肩。“我一直都不喜欢雷雨。”

“那为什么我醒来从来没有看到你？”

“我还是会回自己的床上睡。我应该是很坚强的……我不想让你觉得我会害怕。”

“女超人。”乔丝小声地说。

“可是我怕失去你。”艾莉克斯说，“我怕已经失去你了。”

乔丝瞪着她看了一会儿。“我也怕自己会发疯。”

艾莉克斯坐起来，把乔丝的头发塞到耳后。“我们出去走走。”她提议。

乔丝全身僵硬。“我不想出去。”

“宝贝，这对你有好处。就像复健一样，只不过是脑部复健。做这些动作，恢复日常生活形态，最后你就会记得怎么做才是自然的。”

“你不懂……”

“乔丝，如果你不尝试，”她说，“那就表示他赢了。”

乔丝的头猛然抬起。艾莉克斯无须说出他是谁。“你有没有猜到？”艾莉克斯听见自己这么问。

“猜到什么？”

“猜到他可能这么做。”

“妈，我不想……”

“我不断想到他小时候的模样。”艾莉克斯说。

乔丝摇着头，低声说：“那已经是很久以前，人都会变。”

“我知道。可有时候我脑中还会出现他把猎枪交给你的画面……”

“我们那时都还小，”乔丝打断母亲的话，眼中充满泪水，“我们什么都不懂。”蓦然间她匆匆掀开被子：“你不是说要出去吗？”

艾莉克斯看着她。律师会追根究底，但母亲不会。

几分钟后，乔丝便坐在车内的乘客座上。她系上安全带，然后解开，然后又重新系上。艾莉克斯就这样看着她猛拉安全带以确定是否确实锁上。

她一面开车一面陈述着眼前的景象——中央路的安全岛上，第一批水仙花已经勇敢地撑破积雪露出头来。斯特灵学院的划船队正在康涅狄格河上练习，船头冲破残余浮冰飞速向前。车内的温度计显示气温已高于十度。艾莉克斯刻意绕路，不经过学校。乔丝只抬过一次头看窗外景象，就是经过警所前面的时候。

艾莉克斯在快餐餐厅前找个位子停车。街上全是午餐时间出来逛街购物的人，还有匆忙的行人或是拿着包裹要去邮寄，或是在打电话，或是快速地瞄着橱窗。对不知情的人而言，斯特灵仍旧一如往常。“好啦，”艾莉克斯转向乔丝问道，“现在觉得如何？”

乔丝低头看着摆在大腿上的手。“还好。”

“没有你想得那么糟，对吧？”

“还没有。”

“我乐观的女儿，”艾莉克斯微笑着说，“我们点个培根西红柿三明治和一份色拉分着吃，好吗？”

“你都还没看到菜单呢。”乔丝说完，两人一块下车。

忽然间，中央路前方有一辆道奇老爷车闯红灯，加速时因回火发出爆裂声。“白痴。”艾莉克斯喃喃骂道，“我应该记下他的车牌……”她顿时停住，因为乔丝不见了。“乔丝！”

接着艾莉克斯看到女儿了，她已趴倒在人行道上紧贴地面，脸色发白，身体不停颤抖。

艾莉克斯来到她身旁跪下。“是一辆车，只是一辆车。”她扶乔丝跪坐起来，周遭的人都在观望，却又假装没有在看。

艾莉克斯挡在乔丝前面隔绝路人的目光。她又失败了。她向来以出色的判断力闻名，但在此瞬间她却仿佛毫无判断力。她想起在网络上看到的话——有时候面对悲伤，可能会前进一步后退三步。她不明白网络上为什么没有补充说，当你深爱的人受伤时，你也可能痛彻心扉。“没事了。”艾莉克斯用手臂牢牢搂住乔丝的肩膀，“我们回家。”

帕特里克的案子就是他的生活、饮食与睡眠。在所里，他表现得很冷静，掌控着大局——他毕竟是所有调查员的带头者——但回到家，他却质疑自己的每个动作。冰箱上贴着死者的相片。浴室的镜面上，他用可擦除的马克笔写下彼得审判日的时间表。半夜里，他会醒着写下一连串问题：当天彼得上学前在家里做了什么？他的电脑上还有些什么？他在哪里学会射击？他如何取得枪支？他的愤怒从何而来？

然而白天里，他却耗时费力地处理着大量有待处理的信息，搜集着更大量有待搜集的信息。此时，琼恩·麦凯博就坐在他对面。她已经哭着用光了所里最后一盒面纸，现在手里揉着一团纸巾。“对不起，”她对帕特里克说，“我以为多说一点我就会好过一些。”

“我想应该不是这样。”他轻声说道，“真的很感谢你愿意跟我谈谈你哥哥的事。”

艾德·麦凯博是枪击案中唯一死亡的老师。他的教室在楼梯顶端、通往体育馆的路上。不幸的是他跑出来试图阻止这整件事。根据学校的记录，彼得十年级（即高二）的数学老师便是麦凯博，他拿了B。谁也不记得那年他与麦凯博处得不好，其他学生甚至不记得与彼得同班。

“我知道的真的就这么多了。”琼恩说，“也许菲利普记得些什么。”

“他是你先生？”

琼恩抬头看着他。“不，他是艾德的伴侣。”

帕特里克往后靠向椅背。“伴侣，你是说……”

“艾德是同性恋。”琼恩说。

这或许有关联，但也可能无关。帕特里克不太清楚，但据他目前所知麦凯博——半小时前还只是个不幸的被害人——可能是彼得大开杀戒的起因。

“学校里没有人知道。”琼恩说，“我想他是担心大家的反应。他跟镇上的人说菲利普是他昔日大学室友。”

娜妲莉·兹兰柯是另一个被害人——如今还活着。她被射中腹侧，必须切除部分肝脏。帕特里克隐约记得曾在斯特灵高中的同性恋互助联盟俱乐部名单中，看见她是主席。她是最早被射的人之一，麦凯博则是最后几个之一。

也许彼得·霍顿讨厌同性恋。

帕特里克将自己的名片递给琼恩。“我想和菲利普谈谈。”他说。

莱西·霍顿在塞琳娜面前放了一壶茶和一盘芹菜。“我没有牛奶了。本来已经出去买，但是……”她愈说愈小声，塞琳娜只得努力填空。

“真的很谢谢你愿意跟我谈。”塞琳娜说，“你所能告诉我的一切，我们都会用来帮助彼得。”

莱西点点头。“什么都行。”她说，“你想知道什么都行。”

“那么我们先从简单的开始。他在哪里出生？”

“就在达特茅斯希区考克。”莱西说。

“是正常分娩吗？”

“完全正常，没有问题。”她微露笑意，“我怀孕的时候，每天都会走三公里路。刘易斯常说我最后可能会在别人家门口的车道上生产。”

“你喂他喝母乳吗？他胃口好不好？”

“对不起，我不明白……”

“因为我们得看看可不可能是脑部异常。”塞琳娜说得很实际，“器质性病变。”

“喔。”莱西微弱地应道。“是的，我喂他喝母乳，他一直都很健康。比其他同年龄的孩子稍微矮小一点，但我和刘易斯也都不高。”

“他小时候的社交发展如何？”

“他朋友不多。”莱西说，“和乔伊不同。”

“乔伊？”

“彼得的哥哥。彼得小他一岁，文静得多。他因为身材被人取笑，也因为他不像乔伊是个运动健将……”

“彼得和乔伊的关系如何？”

莱西低下头看着指节粗大的一双手。“乔伊一年前死了。死于一场车祸，对方醉酒驾驶。”

塞琳娜停下笔来。“真遗憾。”

“是啊，”莱西说，“我也很遗憾。”

塞琳娜微微往后一靠。这太离谱了，她知道，但万一不幸也会传染，她可不想靠得太近。她想到山姆，想到今早她把熟睡中的他留在摇篮里。昨天夜里，他踢掉一只袜子，他脚趾头圆滚滚的像初熟的豌豆，她唯一能做的就是不去尝他那焦糖般的肌肤。许许多多爱的语言都这么说：你用目光将某人吞噬；你一见到他就陶醉了；你吞下了他整个人。爱是营养品，分解后注入你的血液中。

她又回头看着莱西。"彼得和乔伊处得好吗？"

"喔，彼得很爱哥哥。"

"是他告诉你的？"

莱西耸肩道："他不必说。乔伊的每场橄榄球赛他都会到场，加油声也和其他人一样大声。他上高中以后，每个人都对他抱着很大期望，因为他是乔伊的弟弟。"

这可能是荣幸，也可能是沮丧的源头，塞琳娜知道。"乔伊去世，彼得有什么反应？"

"他和我们一样伤心、不知所措。他哭过很多次，老是关在房里。"

"乔伊死后，你和彼得的关系有改变吗？"

"我想我们变得更紧密了。"莱西说，"我受到太大打击。彼得……他让我们有所倚赖。"

"他有没有倚赖其他人？有没有任何亲密的关系？"

"你是说女孩？"

"或是男孩。"塞琳娜说。

"他还处于尴尬的年龄。我知道他曾经约过几个女孩，但我想应该都没有什么结果。"

"彼得的成绩怎么样？"

"他不像哥哥是个全A的资优生，"莱西说，"不过他多半拿B，还拿过一次C。我们总是跟他说尽力就好。"

“他有任何学习障碍吗？”

“没有。”

“那么放学以后呢？他喜欢做什么？”塞琳娜问。

“他会听音乐，打电动玩具，跟其他青少年一样。”

“你有没有听过他听的音乐，或是玩过那些游戏？”

莱西脸上掠过一抹笑容。“我很努力尽量不这么做。”

“你会监督他上网吗？”

“我们规定他只能用在学校课业上。我们花了很多时间讨论聊天室和网络的不安全，可是彼得他自己有判断力。我们……”她忽然收口，别过头去，“我们信任他。”

“你知道他在下载些什么吗？”

“不知道。”

“那么武器呢？你知道他的枪从哪儿来吗？”

莱西深吸一口气。“刘易斯会去打猎。他带彼得去过一次，但彼得不太喜欢。猎枪都锁在枪柜里……”

“而彼得知道钥匙在哪里。”

“是的。”莱西嗫嚅道。

“那手枪呢？”

“我们家里从来没有手枪。我也不知道是从哪来的。”

“你检查过他的房间吗？例如床底下、衣橱等等。”

莱西回看着她。“我们始终很尊重他的隐私。我认为让孩子拥有自己的空间是很重要的，而且……”她紧闭起嘴唇。

“而且什么？”

“而且有时候当你开始翻看，”莱西轻轻地说，“就会发现你不太想看到的东西。”

塞琳娜倾身向前，手肘支在膝盖上。“这是什么时候的事，莱西？”

莱西走到窗边，拉开窗帘。“你得认识乔伊才能明白。他念高四，是模范生，运动健将。结果，却在毕业前一周意外身亡。”她任由自己的手拉着窗帘布边。“总得有人收拾他的房间——把东西打包，把我们不想留的扔掉。我挣扎了好一阵子，最后还是做了。我清理抽屉的时候发现毒品。只是少许粉末，用口香糖纸包着，还有一根汤匙和一根注射针。我上网查了之后才知道那是海洛因。我把它丢进马桶冲掉，注射器则趁上班时处理掉。”她转身面对塞琳娜，满脸通红。“我真不敢相信竟然跟你说这些。我从未告诉任何人，连刘易斯也没说。我不希望他——或任何人——对乔伊有不好的想法。”

莱西重新回到沙发坐下。“我没有刻意进去过彼得的房间，因为很怕又会发现什么。”她坦白，“我不知道情况竟然更糟。”

“他在房里的时候你去打断过他吗？比方敲门或是探头进去？”

“当然。我会去跟他说晚安。”

“他通常都在做什么？”

“打游戏。”莱西说，“几乎每次都是。”

“你没有看到屏幕上的画面吗？”

“我不知道。他会关掉。”

“你出其不意地打断他时，他有什么反应？有没有显得惊慌？或生气？或心虚？”

“我怎么觉得你好像在批判他？”莱西说，“你不是应该站在我们这边吗？”

塞琳娜与她四目对望，毫不退缩。“霍顿太太，我唯一能彻底调查这个案子的方法就是向你询问事实。我现在只是在做这件事罢了。”

“他和其他所有青少年都一样。”莱西说，“我亲他跟他说晚安，会让他很痛苦。他看起来不像局促不安，也不像在隐瞒什么。这是你想知道的吗？”

塞琳娜将笔放下。当受访者开始觉得受冒犯，便该结束访谈。但莱西还在说，自愿地。

“我从没想过会有什么问题。”她承认。“我不知道彼得感到烦乱，我不知道他想自杀，这些事我一概不知。”她开始哭了起来，“对于那些家庭，我不知道该说什么。我真想告诉他们我也失去了一个家人，只不过我已经失去他很久了。”

塞琳娜环抱着这个较为娇小的妇人，说道：“这不是你的错。”她知道莱西·霍顿需要听到这句话。

这是高中校园里的一大讽刺：斯特灵高中校长将读经班安插在同性恋互助联盟旁边。他们每周二下午三点半分别在233和234教室聚会。白天里，233是艾德·麦凯博的教室。读经班有名成员叫格雷丝·莫陶，是当地一位牧师的女儿，她在通往体育馆的走道上一处饮水机前被杀。而同性恋联盟的主席娜妲莉·兹兰柯还在医院，她负责纪念册的拍摄工作，高一结束后便晃进正在233教室集会的同性恋互助联盟，想看看地球上还有没有跟她一样的人，之后便出柜了。

“我们不能透露姓名。”娜妲莉的声音太微弱，帕特里克得靠到床边才听得见。娜妲莉的母亲也从他肩膀后方探过头来。方才他来问娜妲莉几个问题时，母亲叫他赶紧走不然就要报警。他还提醒她他就是警察。

“我不想知道名字。”帕特里克说，“我只想请你帮我协助陪审团了解这件事发生的原因。”

娜妲莉点点头，接着闭上眼睛。

“彼得·霍顿，”帕特里克说，“他去参加过聚会吗？”

“一次。”娜妲莉说。

“他有没有说过或做过什么让你很难忘的事？”

“他根本什么也没说，什么也没做。他只出现过那么一次，就再也没来过。”

“这种情形常见吗？”

“有时候。”娜妲莉说，“他们不一定已经做好出柜的准备。有时候也有些坏蛋只是想打探谁是同性恋，好让我们在学校里生不如死。”

“依你看，彼得属于这几类人吗？”

她沉默许久，眼睛依然闭着。帕特里克以为她睡着了，便后退准备离去。“多谢了。”他对母亲说，这时娜妲莉却又开口了。

“彼得没来之前，早就被嘲笑是同性恋。”她说。

塞琳娜与莱西·霍顿面谈时，乔丹正忙着尿布的事，而山姆又是怎么也不肯自己乖乖睡觉。不过，只要坐十分钟车，这孩子就会像被职业拳击手打昏过去一般，因此乔丹将婴儿裹暖，然后稳稳固定在车子座位上。直到倒挡时他才发现轮框压过车道路面——四个轮胎全被割破了。

“该死。”乔丹骂道，后座的山姆又开始哭号。他把孩子拖出来，抱回屋里，塞进塞琳娜的家用婴儿背袋内，然后为车子遭破坏打电话报警。

由于派遣勤务的警察没有请他拼出姓氏，乔丹知道自己麻烦了——他早已知道。“我们会去处理。”警察说，“不过我们得先去帮忙把一只松鼠弄下树来。”接着电话就断线了。

你可以告警察，说他们是没有同情心的王八蛋吗？在某种奇迹驱使下——应该是压力的费洛蒙吧——山姆睡着了，但听到门铃又立刻惊醒大声哭闹。乔丹猛然拉开门一看，竟是塞琳娜。“你把宝宝吵醒了。”她将山姆抱出背袋时，乔丹责怪道。

“那你就不该锁门。哈啰，可爱的小宝贝。”塞琳娜哄着孩子，“妈咪不在家的时候，爸爸表现好吗？”

“我的轮胎被割破了。”

塞琳娜越过婴儿的头瞄他一眼。“你总该知道怎么结交朋友、影响人心吧。让我猜猜——你报案的时候，警察也没有太热心，对吧？”

“是不怎么样。”

“大概是立场不同吧。”塞琳娜说，“谁叫你接了这个案子。”

“你能不能稍微体谅一下另一半？”

塞琳娜耸肩道：“婚姻誓约里没有这一条。想得到同情，就得做点值得让人同情的事。”

乔丹单手将头发往后梳。“唉，母亲那边总该探听到了些什么吧？比方说彼得接受过心理治疗之类的？”

她用一只手稳住山姆，另一手脱掉夹克，然后解开衬衫扣子，坐到沙发上喂奶。“没有，不过他倒是有个哥哥。”

“真的？”

“嗯。已经死了，被酒驾的司机撞死的。是个模范好儿子。”

乔丹一屁股坐到她旁边。“这个可以用……”

塞琳娜横他一眼。“你能不能有一次不要当律师，专心当个人？乔丹，这个家庭没希望了，连机会都没有。那孩子是个火药桶。他的父母沉溺在自己的哀伤当中，这个家无人掌舵。彼得找不到人依靠。”

乔丹瞄向她，脸上露出微笑。“太好了。”他说，“我们的当事人忽然变可怜了。”

斯特灵高中校园枪击事件过后一星期，黎巴南山学校已做好准备，让高中生暂时在此上课度过这一学年。这里原是一所小学，后来由于黎巴南学生人数减少而改为行政中心。

恢复上课那天，乔丝的母亲走进她的卧室。“你可以不必去。”她说，“如果你愿意，可以多休息几个星期。”

几天前每个学生都收到学校重新开课的通知，大伙随即陷入一阵慌乱，忙着通电话。你要回去吗？你呢？还有不少谣言：谁的母亲不让他们回学校。谁转学到圣玛利。谁要接麦凯博老师的课。乔丝没有打电话找任何朋友。她不敢听他们的回答。

乔丝并不想回学校。她无法想象走过走廊的情景，尽管那不是真的在斯特灵高中。她不知道督学和校长期望大家如何表现，而大家也都会开始表演，因为真实的感觉将令人无法承受。可是另一个部分的乔丝却明白自己得回去，那是她所属的地方。只有斯特灵高中其他学生才能真正了解，每天早上醒来后那三秒钟是多么珍贵，因为时间一过你便会想起自己的人生已然不同。只有他们已经忘记该如何轻易相信脚下的土地是坚固的。

倘若和另外一千人一起载浮载沉，你真的还能说自己迷失了吗？

“乔丝？”母亲催着她回应。

“没关系。”她说谎。

母亲离开后，乔丝开始整理课本。顷刻间她才想到自己一直没考科学的测验。催化剂。她已经全忘光了。杜波榭老师应该不至于恶劣到第一天回学校就发考卷吧？这三个星期的时间并不是停止——而是彻底改变。

最后一次去上学那天早上，她没有想到什么特别的事。那个测验，也许有吧。麦特。当天晚上得做多少功课。总之都是平常的事。平常的一天。和其他上学的早晨并无不同，所以乔丝怎能确定今天不会也像那天一样崩解呢？

乔丝进到厨房时，见母亲穿了套装——工作的服装。她吃了一惊。“你今天要回去上班？”她问道。

母亲握着平底锅转过头来。“喔，”她支支吾吾地回答，“我想既然你……如果有问题，你随时可以通过书记官联络到我。乔丝，我发誓，我一定在十分钟内赶到……”

乔丝重重坐下，闭上眼睛。乔丝自己会一整天不在家，但无论如何那无所谓，她还是会想象着母亲坐在家里等她，以防万一。但这样太可笑了，不是吗？母亲从来不会这样，现在又有什么理由改变？

因为，乔丝脑子里有个声音轻轻地说，其他所有事都变了。

“我重新安排了时间，所以可以去接你放学。如果有任何问题……”

“知道了，打给书记官。”

母亲在她对面坐下来。“亲爱的，你到底希望我怎么做？”

乔丝往上一瞄。“什么也没期望。我早就不抱希望了。”她起身。“煎饼烧焦了。”她说着，转头又回楼上房间。

她把脸埋在枕头里。她不知道自己到底怎么搞的。就好像，之后，便有了两个乔丝——一个是不断希望这或许是噩梦，或许从未发生过的小女孩，另一个则是活在现实中，依旧疼痛万分，只要有人靠得太近就会遭受攻击。问题是，乔丝不知道哪个角色会在哪个时刻出现。她妈妈本来可是连烧水都不会，如今却在她返回学校前试着替她做煎饼。她小的时候，曾想象过开学第一天有母亲帮她准备好多好多蛋、培根和果汁当早餐——而不是一整排麦片盒和一张餐巾纸。现在梦想成真了，不是吗？有一个会在她哭泣时坐在床边安慰她的母亲，有一个为了护卫她而暂时放弃了让自己有成就感的工作的母亲。结果乔丝做了什么？她把她推开了。她字字句句都在暗示：没人注意的时候你从不在乎我发生了什么事，所以别以为你可以从现在开始做起。

这时，乔丝忽然听见轰隆的引擎声转进她们的车道。麦特，她没来得及制止自己这么想，于是接下来体内的每根神经全都绷得发疼。其实，她还没真正考虑过要用什么交通工具去上学——每次都是麦特顺道来接她。当然，母亲会载她去。但乔丝不明白为什么没有早一点想这些问题。因为她害怕吗？还是不想？

她从卧室窗户看见杜鲁·纪哈德从一辆破旧的沃尔沃下来。她来到前门开门时，母亲也已走出厨房，手上拿着从天花板的塑料扣上摘下来的烟雾探测器。

杜鲁刚好站在一道阳光下，举起空出的手遮在眼睛上方。另一手还吊着腕带。“我应该先打电话。”

“没关系。”乔丝说。她有点晕眩。她发现后院里，不知上哪去过冬的鸟儿回来了。

杜鲁看看乔丝又看看她母亲。“我想，也许，就是……你可能需要搭个便车。”

忽然间麦特也和他们站在一起，乔丝可以感觉到他的手指摸着她的背。

“谢谢。”她母亲说，“不过今天我会送乔丝去。”

乔丝体内的怪兽张牙舞爪。“我想跟杜鲁去。”她说着便抓起挂在梯脚栏杆柱的背包。“放学见了。”乔丝直接奔向亮得有如神殿的车，没有回头看母亲脸上的表情。

上车后，她等着杜鲁发动引擎倒出车道。“你父母亲也会这样吗？”车子飞驰过街道时，乔丝闭眼问道，“会让你根本无法呼吸吗？”

杜鲁瞥了她一眼。“会啊。”

“你有没有跟谁谈过？”

“你是说警察？”

乔丝摇摇头。“我是说像我们的人。”

杜鲁换到低速挡。“我去医院看过约翰几次。”他说，“他不记得我叫什么。他不记得像叉子、梳子、梯子这些东西的名称。我就坐在那里说一些无聊的东西——像是波士顿冰上曲棍球队最近几场比赛的输赢之类的——可是我还是一直在想他到底知不知道自己再也不能走路。”来到一个停止标志前，杜鲁转头看她。“为什么不是我呢？”

“什么？”

“为什么我们刚好幸运逃过？”

乔丝不知该说什么。她望向窗外，假装兴致盎然地看着一条狗拖着主人走。

杜鲁把车停到黎巴南山学校的停车场。建筑旁边有个游戏场，这里毕竟曾经是小学，尽管后来改作行政之用，邻近的小孩仍会来此吊单杠、荡秋千。学校大门前面站着校长和一排家长，当学生走入时便大声叫出他们的名字替他们加油。

“我有东西给你。”杜鲁伸手从后座摸出一顶棒球帽——乔丝认得。上头原来绣的图样早已断线脱落，帽沿磨损并紧紧卷起，像小提琴的头。他把帽子递给乔丝，乔丝用一根手指轻轻沿着内侧缝线移动。

“他忘在我的车里。”杜鲁解释道，“本来……事后……想还给他父母，可是又想到你也许会想要。”

乔丝点点头，喉咙里的泪水位标则不断上升。

杜鲁把头顶在方向盘上。过了一会儿，乔丝才发现他也在哭。

她伸手按着他的肩膀。“谢谢你。”乔丝好不容易开口，随后将麦特的棒球帽戴上。她打开乘客座侧的门，拿起背包，但并未往学校走去，而是穿过生锈的铁门来到游戏场。她信步走到沙坑中央，瞪着自己的鞋印，心想不知得经过多少风吹雨打，鞋印才会消失。

艾莉克斯出庭时离席了两次给乔丝打电话，其实她也知道乔丝上课时会关机。她两次的留言是一样的：

是我。只是想问问你还好吧。

艾莉克斯告诉书记官伊莲娜如果乔丝回电，无论如何，都可以打断她。

回到工作岗位让她松了口气，但她却得强迫自己集中精神在眼前的案子。有个出庭的被告自称对刑事司法体系毫无经验。“我不清楚法院的流程。”这个女人对艾莉克斯说，“我现在可以走了吗？”

检察官正在进行反诘问。“首先，请你告诉柯米尔法官你上次为什么上法院。”

女人迟疑了一下。“好像是为了超速罚单。”

“还有呢？”

“我不记得了。”她说。

“你不是被判缓刑吗？”检察官问。

“喔，那个呀。”女人答复。

“你为什么被判缓刑？”

“我不记得了。”她仰望天花板，皱起眉头思索。“是F开头，重罪（felony）！对了。”

检察官叹了口气。“不是和支票有关吗？”

艾莉克斯看看手表，心想赶紧打发这个女人，就能去问问乔丝回电了没。“是不是伪造文书（forgery）？”她打岔道，“那也是F开头。”

“诈欺（fraud）也是。”检察官指出。

女子表情木然地面对艾莉克斯。“我不记得了。”

“我现在宣布休息一小时。”艾莉克斯说道，“上午十一点重新开庭。”

她一进入通往办公室的门，立刻脱掉法官袍，今天穿起来有窒息感，这点艾莉克斯不太明白——在这里她向来觉得很舒服。法律是一组她所明白的规定——一种行为准则，做了某些动作就要承担某些后果。但她的私生活却非如此，原本应该安全的学校成了屠宰场，而女儿是从她身上割下的肉，却也变得让艾莉克斯再也无法了解。

好吧，老实说，她从未了解过。

沮丧之余，她起身走进书记官的办公室。审讯之前，她便为一些琐事找过伊莲娜，两次，暗自希望书记不要再说“是的，法官”，而能卸下心防问问艾莉克斯好不好，乔丝好不好。她希望自己能有一时半刻不用当法官，而只是一个也曾对人生感到害怕的平凡家长。

“我需要一根烟。”艾莉克斯说，“我要到楼下去。”

伊莲娜很快地瞄一眼。“好的，法官。”

我叫艾莉克斯，她暗想。艾莉克斯，艾莉克斯，艾莉克斯。

到了外头，艾莉克斯坐在装货区附近的水泥台上，点了根烟。她深深吸入，合上双眼。

“那会害死你的，你知道吧。”

“年老也会。”艾莉克斯回答，掉过头却看见帕特里克·杜沙姆。

他举头对着太阳，眯起眼睛。“我没想到法官也有坏习惯。”

“你大概以为我们也都睡在法官席下面吧。”

帕特里克咧着嘴笑。“那就太荒唐了，那底下还不够放一个床垫。”

她将烟盒递出。“要烟吗？”

“你如果想收买我，还有更有趣的方式。”

艾莉克斯感到脸上一阵火辣。他真的这样说了吗？对一个法官？“你不抽烟，为什么到外面来？”

“进行光合作用。整天闷在法院里会破坏我的风水。”

“人没有风水，地方才有。”

“你很确定吗？”

艾莉克斯顿了一下。“不很确定。”

“这就对了。”他转了过来，这时她才第一次发现他有一撮白头发，就在美人尖的地方。“你在瞪着我看。”

艾莉克斯连忙转移视线。

“没关系。”帕特里克笑着说，“那是白化症。”

“白化症？”

“是啊。就是白皮肤、白头发。是隐性的，所以只有这讨厌的一撮。我只差一个基因就会像只小白兔了。”他面对艾莉克斯，正经地问，“乔丝还好吗？”

她在考虑要不要筑起长城，告诉他说她不想谈论任何可能影响她审案的事。但帕特里克·杜沙姆做了一件艾莉克斯期待的事——他将她当成一个人而不是公众人物对待。“她回学校去了。”艾莉克斯透露。

“我知道，我看到她了。”

“你……你在那里？”

帕特里克耸肩道：“是啊，以防万一。”

“有没有什么事？”

“没有，”他说，“一切都……很正常。”

这个字眼悬在两人之间。以后再不会有正常的事，他们俩都心知肚明。你可以修补破碎的东西，但如果动手修理的人是你，你心里永远知道裂痕在哪里。

“喂，”帕特里克碰碰她的肩膀，“你没事吧？”

艾莉克斯这才发现自己在哭，不由得感到羞辱。她擦擦眼睛，站离他远一些。

“我当然没事。”她说道，无惧于帕特里克的挑战。

他张嘴似乎想说什么，却又临时打住。“那么你就继续和你那些坏习惯独处吧，我不打扰了。”他说完便往里走。

艾莉克斯直到回到办公室才发觉帕特里克用“那些”来形容坏习惯。也就是说他不只逮到她抽烟，也逮到她说谎。

学校有了新规定：开始上课后，除了大门之外所有门都要上锁——尽管学生枪手可能已经进到校内。教室里也不能再出现背包——尽管枪可以藏在外套底下、皮包里，甚至有拉链的三孔讲义夹内。每个人——包括学生与老师——都要在脖子上挂识别证。这应该是为了让每个人负责，但乔丝忍不住要想，这样一来，下次是否便能比较轻易辨认死者。

集会时校长用扩音器欢迎大家回到斯特灵高中，虽然这里不是斯特灵高中。他请众人默哀片刻。

当在一起集会的其他学生低头之际，乔丝扫视了四周，没有祈祷的不只她一人，有些学生在传纸条，有几个在听音乐，还有一个男生在抄别人的数学笔记。

她好奇的是他们是否也像她一样不敢向死者致意，因为这会让他们更感内疚。

乔丝动了一下，膝盖撞到桌子。搬回这个临时学校的桌椅是给小朋友用的，不适合高中难民，因此谁坐起来都不舒服。乔丝屈起膝盖顶着下巴，有些人甚至无法使用桌子，只能将讲义夹放在大腿上书写。

我是梦游仙境的爱丽丝，乔丝心想。看着我往下坠吧。

乔丹等着当事人来到监狱会议室，与自己面对面坐下。“彼得，跟我说说你哥哥。”他说。

他端详着彼得的脸——看见一丝失望闪现，因为他发现乔丹又挖出一件他不想曝光的事。“他怎样？”彼得回答。

“你们俩处得好吗？”

“我没害死他，如果你想问这个的话。”

“不是。”乔丹耸了耸肩，“我只是很惊讶你先前没有提到他。”

彼得怒视着他。“先前？我被传讯时应该闭嘴的时候？还是你告诉我你负责说话，我负责听的时候？”

“他是什么样的人？”

“拜托，乔伊死了，你显然知道。所以我不懂谈论他对我有什么好处？”

“他发生了什么事？”乔丹紧追不舍。

彼得用拇指指甲刮着桌子的金属边缘。“他这个全A的黄金男孩被一个喝醉酒的司机撞倒了。”

“想赢很难。”乔丹小心地说。

“什么意思？”

“你哥哥是个完美的小孩，对吧？这已经够难了，结果他又死掉，变成了圣人。”

乔丹故意唱反调想看看彼得会不会上钩，果不其然这孩子立刻变脸。“你根本赢不了。”彼得粗暴地说，“你比不上他。”

乔丹拿铅笔敲着公文包边缘。彼得的愤怒是来自忌妒或孤独呢？又或者他的屠杀是为了让别人终于注意到他，而不再是乔伊？如果彼得的行为是出于绝望，而不是企图超越哥哥的名声，他又该如何为他辩护？

“你想他吗？”乔丹问。

彼得撇嘴一笑。“我哥哥，”他说，“是棒球队队长，法文竞赛得到全州冠军，和校长是朋友。我那一级棒的哥哥，总是把我丢在校门口半公里外，免得被人看见他和我一路同车上学。”

“为什么？”

“跟我混在一起通常没什么好处，也许你还没发现。”

乔丹脑海中闪过被人刺穿的轮胎。“你被欺负的时候，乔伊不会替你出头吗？”

“你在开玩笑？乔伊是第一个欺负我的人。”

“怎么说？”

彼得走向小房间的唯一窗户。只见他脖子上胀起斑驳红晕，仿佛记忆可以深深烙在肌肤上。“他老是跟别人说我是养子。说我母亲是个吸毒的妓女，所以我才会脑筋不正常。有时候他就在我面前说，等我生气揍他，他就笑着拍我屁股，然后转头看他朋友，好像这就证明他先前所说都是真的。所以呢，我想他吗？”彼得面对乔丹重复这个问题，“他死了我很高兴。”

乔丹不是容易吃惊的人，但彼得·霍顿已经让他震惊多次。彼得纯粹只是反映出一个人被浓缩到最赤裸裸的情绪，并过滤掉所有社会约束的情形。如果痛，就哭。如果愤怒，就出击。

如果抱着希望，就准备失望。

“彼得，”乔丹喃喃地说，“你真想杀他们吗？”

乔丹话一出口便自责——这个问题可能让彼得落入陷阱、坦承预谋，是辩护律师绝不该问的问题。但彼得没有回答，却丢给他一个同样令人难以回答的问题。“不然，”他说，“你会怎么做？”

乔丹又塞了一口香草布丁到山姆嘴里，然后自己也舔舔汤匙。

“那不是给你吃的。”塞琳娜说。

“味道挺好的。不像你喂他吃的那什么烂豆子。”

“对不起，我只是当个好母亲。”塞琳娜拿了条湿毛巾擦擦山姆的嘴巴，然后顺手便要往乔丹的嘴上抹，乔丹连忙将头扭开。

“我真的完了。”他说，“我没法利用哥哥的死替彼得争取同情，因为他恨乔伊。我甚至想不出有效正当的辩护，除非试试精神异常，不过检方取得的预谋证据堆得跟山一样高，我恐怕很难证明他异常。”

塞琳娜转向他。“你应该知道问题在哪里吧？”

“哪里？”

“你认为他有罪。”

“拜托，我以前的当事人百分之九十九我都认为有罪，从来也没妨碍我替他们争取无罪释放。”

“对，可是在你内心深处，你并不希望彼得·霍顿被释放。”

乔丹皱眉道：“胡说八道。”

“一点也没错。你就害怕他这种人。”

“他是个孩子……”

“……让你有点惊慌的孩子。因为他不肯坐下来，继续让世人恶整他，但这种事不应该发生。”

乔丹抬起头看她。“射杀十个学生不会让你变成英雄的，塞琳娜。”

“对无数希望自己有勇气这么做的孩子来说他是英雄。”她口气平和地说。

“好极了。你可以去当彼得·霍顿后援会的会长了。”

“我并不是原谅他，乔丹，我只是看见了他从哪里走到这一步。你是含着六根银汤匙出生的人。老实说，你一直以来都是精英，无论是在学校、法院或任何地方，大家认识你，敬重你。别人会为你让路，你根本不知道有人从来无法这样走路。”

乔丹抱着手臂。“又来这一套，老实告诉你……”

“你从来没有走在街上，看见有人只因为你是黑人而到对面街。你从来没有因为手上抱着孩子又忘了戴结婚戒指，而遭遇嫌恶的目光。你想做点什么——采取行动，对他们呐喊，骂他们是白痴——但你不能。身处边缘是最令人无力的感觉，乔丹。当你太习惯这个世界的某个样子，便似乎无路可逃了。”

乔丹撇嘴笑了笑。“你最后那句，我在凯蒂·里柯波诺案的结辩中用过。”

“那个受虐妻子？”塞琳娜耸耸肩，“就算是，也很合用。”

乔丹登时愣住。随后起身抓住妻子用力一吻。“你真是个天才。”

“这点我不否认，不过我还是想知道为什么。”

“受虐妇女症候群。这是有效而正当的辩护。受虐妇女被困在一个压抑的世界里，最后因为太常感受到威胁而采取行动，而且确实相信她们是在自我防卫——即使她们的丈夫其实已经熟睡。这刚好适用在彼得·霍顿身上。”

“连我都能看出来这也太牵强。”塞琳娜说，“彼得不是女性，他也没有结婚。”

“那不是重点，重要的是创伤后应激障碍。当这些女人发飙射杀丈夫或割下丈夫的老二，她们并没有想到后果……而只想到让攻击停止。这正是彼得一直在说的——他只想让一切停止。而且这还更好，因为检察官通常会反驳说成年妇女已经够成熟，当她拿起刀子或枪的时候应该知道自己在做什么，这次我也不必多费唇舌，彼得是个孩子，他当然不知道自己在做什么。”

恶徒不会凭空出现，若非被人所逼，一个家庭主妇不会变成杀人犯。在那个案子里，方肯斯坦医师是个控制欲很强的丈夫，而在彼得的案子中，罪魁祸首则是整个斯特灵高中。那些坏学生用拳头和语言把他逼到无路可走。彼得是在被欺负的过程中学会如何反击。

坐在高椅上的山姆开始躁动起来，塞琳娜把他抱进怀里。“以前没有先例。”她说，“没有过受欺凌者症候群。”

乔丹拿起山姆的香草布丁，用手指将剩下的刮来吃。“现在有了。”他说，一面品尝着最后一丝甜意。

黑暗中，帕特里克坐在办公室电脑前移动光标，进入彼得·霍顿发明的电脑游戏。

一开始先选角色——三名男孩中挑一个：拼字高手、数学天才、电脑迷。一个长得瘦小，有青春痘；一个戴眼镜；一个非常肥胖。

刚开始并没有武器，而是得进入学校各厅室发挥你的机智：教师休息室有伏特加，可以做手榴弹；锅炉房有一个火箭筒；科学实验室有能灼伤人的酸液；英语教室有厚重书籍；数学教室有可以刺人的圆规和可以划伤人的金属尺；机房有线材，可以勒人；木工教室有电锯；家政教室有搅拌器和缝衣针；美术教室有一个窑。你可以把材料组合成组合式攻击武器：火箭筒和伏特加可以做着火的子弹，化学剂与圆规可以做沾有酸液的匕首，电脑线材和厚重书籍可以做陷阱。

帕特里克让光标通过走廊、步上楼梯，经过置物柜间进入工友房。当他转过几个虚拟的角落，忽然发现自己走过这条路径。那是斯特灵高中的平面图。

游戏针对的目标是运动选手、欺负弱小的坏学生与受欢迎的学生。每个人都代表一个特定分数。同时杀死两人，可得三倍分数。但你也可能受伤。你可能遭到偷袭，被摔出去撞墙，或被推撞到置物柜。

如果累积到十万点，可获得一把霰弹枪。若到达五十万点，可获得一把机关枪。超过一百万点，你就会发现自己跨坐在一颗核子弹上。

帕特里克看见一道虚拟门倏地打开。不许动，喇叭出声喊道，接着一队穿着特警队制服的警察冲上屏幕。他再次将手放在游标键上，做好准备。已经两次了，每到这里不是被杀就是自杀——也就是失败。

然而这次他举起虚拟的机关枪，眼看着警察一个个鲜血四溅倒地。

恭喜！您在“惊声尖叫捉迷藏”中获胜！屏幕上写道。是否再来一次？

斯特灵高中枪击案后第十天，乔丹来到地方法院停车场坐在他的沃尔沃车内。正如他所料，到处都是白色采访车，车上的卫星天线朝着天空犹如一朵朵向日葵。他和着迪斯尼音乐的节奏轻敲方向盘，多亏这张CD，才能轻而易举地安抚住山姆，让他乖乖待在后座。

塞琳娜已经毫无阻碍地溜进去了——媒体记者谁也不知道她与本案有关联。当她再次往车子走来，乔丹随即下车，接过她递来的纸张。“好极了。”他说。

“待会儿见。”她弯身替山姆解开座位扣带，乔丹则走向法院。第一个记者一看见他，立刻产生骨牌效应——闪光灯闪个不停像一串烟火，麦克风也不断往他面前推送。他伸长手臂挡开他们，低声说：“无可奉告。”便挤了进去。

彼得已经被带到郡保安官办公室的拘留室，等候出庭。乔丹被带进来时，他正绕着小圈踱步一面自言自语。“就是今天了。”彼得有点紧张，上气不接下气。

“你这么说真奇怪。”乔丹说，“你记得我们今天来做什么吗？”

“你是在考我吗？”

乔丹只是望着他。

“相当理由听证会。”彼得说，“你上星期是这么跟我说的。”

“没错，但我没告诉你我们要放弃听证。”

“放弃？”彼得说，“这是什么意思？”

“就是这手牌还没打就先弃牌。”乔丹回答。他将塞琳娜拿回车上的那张纸交给彼得。“签名吧。”

彼得摇摇头。“我要换律师。”

“只要是称职的律师都会这么做……”

“什么？连试都不试就放弃？你说……”

“我说我会尽最大力量为你辩护。”乔丹打断他，“已经有相当多理由证明你犯罪了，因为有数百名目击者说当天看见你在学校开枪。彼得，重点不在于你有没有做，而在于你为什么做。今天如果举行相当理由听证，就表示他们得了很多分，我们却一分也没有。而且我们还来不及让媒体大众听听我们的说法，检察官便能趁机释出证据。”他又用力把纸甩向彼得，“签名。”

彼得凝视着他，愤愤不平。然后从乔丹手中接过那张纸和一支笔。“真烂。”他草草签下名字，随口嘟哝一句。

“要是举行这场听证会更烂。”乔丹拿了纸便离开拘留室，朝保安官办公室走去好将弃权书交给书记，“待会儿里头见。”

他进到法庭时，连最高楼层都挤满了人。获准进入的媒体记者站在后排，摄影机已架设妥当。乔丹往人群中搜寻塞琳娜——她坐在检察官席后面第三排中央，正忙着安抚山姆。她眉毛往上一扬，代表“怎么样了？”的问题。

乔丹很轻地点了个头。成了。

这一审的主审法官对他而言并不重要，只是盖章之后将案卷移交下一个法庭，那里才是乔丹要卖力演出的地方。戴维·亚努奇法官：乔丹对他的印象是他做了植发，因此站到面前时必须竭尽全力将视线停留在那张鼬鼠脸上，而不能盯着像插了秧的头皮。

书记官宣布审理彼得一案，便有两名庭务员带他通过一道门。庭内原本叽叽喳喳的私语声顿时安静下来。彼得进入时没有抬头，后来穿梭移动直到来到乔丹身旁坐下，一路始终看着地面。

亚努奇法官很快看了一下放在他手边的申请书。“霍顿先生，据我了解你想放弃你的相当理由听证权。”

一听到此消息——正如乔丹所料——所有期望看到一出好戏的记者们同声发出叹息。

“我本来的义务是判断你是否有理由犯下被指控的罪，放弃听证会表示你不要求我找出可能的理由，那么你将送交大陪审团，我也会将此案移交高等法院，这些你都明白吗？”

彼得转向乔丹。“他说的是英语吗？”

“就说明白。”乔丹回答。

“明白。”彼得跟着说。

亚努奇法官瞪着他。“要说法官大人。”他纠正道。

“明白，法官大人。”彼得又转向乔丹，压低了声音说，“这还是很烂。”

“你可以退下了。”法官说，庭务员再次将彼得架离席间。

乔丹起身让座给下一庭的辩护律师，走向检察官席的戴安娜·莱文，她还在整理始终没机会用到的档案资料。“其实，”她连头也没抬就说，“这倒也不出人意外。”

“你什么时候把调查结果送来给我？”乔丹问。

“我不记得你写信向我索取。”她从他身旁挤过，快步走过通道。乔丹暗自记住得让塞琳娜把封信送到检察官办公室，正式发函，但他知道戴安娜一定会批准。在如此重大的案件中，检察官会一切照规矩来，因此倘若提起上诉，绝不会因程序问题而撤销原判。

他一走出法庭的双门，霍顿夫妻已经等在那里。“你到底在搞什么？”刘易斯问道，“我们付钱给你不是请你出庭辩护的吗？”

乔丹默默数到五。“我已经和我的当事人彼得谈过。是他答应让我放弃听证。”

“可是你一句话也没说。”莱西反驳道，“你连一个机会都没给他。”

“今天的听证对彼得没有好处，你们的家庭会被法庭外每架摄影机紧紧盯着。不过这事迟早会发生。你们真想早点面对记者吗？”他的目光从莱西·霍顿移到她丈夫，之后又移回来。“我是帮你们的忙。”乔丹说完随即离去，留下他们面对那每过一刻便更加沉重的事实。

帕特里克正要前往旁听彼得·霍顿的预审听证会途中，接到一通电话，让他紧急刹车掉头赶往普伦菲尔的史密斯枪店。帕特里克抵达时，见到店主——一个身材圆胖、矮小，胡子被烟草染黄的人——坐在店外的路边啜泣，他身旁的巡警则朝着敞开的店门努努嘴。

帕特里克坐到店主旁边。“我是杜沙姆警官。”他说，“你能不能跟我说说发生了什么事？”

店主摇摇头。“发生得太快了。她说要看手枪，史密斯威森的手枪。说是想在家里放一把防身用。她问我有没有关于这型手枪的资料，我才转身去找……她就……”他又摇了摇头不再说下去。

“她哪来的子弹？”帕特里克问。

“我没卖子弹给她。”店主说，“一定是本来就放在皮包里。”

帕特里克点点头。“你和罗德里格警员留在这里，我也许还有问题问你。”

店内右边墙上有血和脑浆喷溅的痕迹。医事检查官冈瑟·法兰肯斯坦已经弯身在检查斜躺在地上的尸体。“你怎么会这么快就到了？”帕特里克问。

冈瑟耸耸肩。“我刚好在镇上参观一个棒球卡展览会。”

帕特里克往他身边一蹲。“你在收集棒球卡？”

“我总不能收集人肝吧？”他瞄了帕特里克一眼，“我们真的不能再像这样碰面了。”

“但愿。”

“很明显。”冈瑟说，“她把枪塞到嘴里扣下扳机。”

帕特里克注意到玻璃柜台上有个皮包，搜了一下，找到一盒弹药和在沃尔玛购买的收据。接着他打开妇人的皮夹找证件，冈瑟也在同一时间将尸体翻身。

尽管枪弹残留将她的五官熏黑了，帕特里克仍在看见她姓名前认出了她。他和伊薇·哈维面谈过；她那患有唐氏症的独生女在斯特灵高中枪击案中身亡的消息，正是帕特里克告知的。

帕特里克发现，彼得·霍顿间接造成的伤亡人数仍持续增加。

“一个人收集枪并不代表他有使用的意图。”彼得皱着眉，不满地说。

莫名其妙接近三十度的高温出现在三月底实在不合常理，偏偏监狱的空调又坏了。囚犯穿着四角短裤晃来晃去，狱警们全都焦躁不已。虽然已经以人性化监禁为由请空调技术小组前来处理，但以他们的速度，修好该下雪了。他已经和彼得在烤箱般的会议室坐了两个多小时，好像连外套的每根纤维都浸湿了。

他真想放弃。真想回家告诉塞琳娜自己根本不该接下这个案子，然后开车载着家人到新罕布什尔十八公里长的海滩，穿着衣服跳入冰冷的大西洋。冻死在海里应该不会比在法庭上受戴安娜·莱文与检察官办公室的凌迟更痛苦。

乔丹好不容易发现一个有效辩护而燃起一丝丝希望——虽然这种辩护前所未见——但听证会后这几个星期来，他陆续收到检察官办公室送来的调查结果：一大叠的文件、照片与证物——也慢慢将他那丝希望消磨殆尽。有了这些资料，他很难想象陪审团还会在乎彼得为什么杀了十个人，他们只会想到他杀了人。

乔丹捏捏鼻梁。“你在收集枪支。”他又重复一遍，“你大概只是刚好把它们放在床底下，等着哪天能买个高级的玻璃枪柜吧。”

“你不相信我？”

“收集枪的人不会把枪藏起来。收集枪的人不会列射杀名单，还把照片圈起来。”

彼得的额头上、囚衣的领口与紧闭的嘴唇四周都渗出汗珠。

乔丹倾身向前。“被删除的那个女孩是谁？”

“哪个女孩？”

“在照片里头，你把她圈起来，然后又写上‘不杀’。”

彼得看向别处。“只是我以前认识的人。”

“她叫什么名字？”

“乔丝·柯米尔。”彼得有点迟疑，之后又看着乔丹，“她没事吧？”

柯米尔，乔丹暗忖着。他只认识一个柯米尔，就是这次主审彼得案子的法官。

不可能。

“怎么了？”他问道，“你伤害了她吗？”

彼得摇摇头。“这可不是一句话能回答的问题。”

是不是有什么乔丹不知道的事呢？

“她是你的女朋友？”

彼得露出微笑，但他没看到。“不是。”

乔丹在地方法院上过几次柯米尔法官的庭。他喜欢她。她很难缠，但也很公正。事实上，由她审理彼得的案子可说是最好的了——另一位高院法官华格纳年事已高，而且比较偏袒检方。乔丝·柯米尔不是枪击案的受害者，但这并非影响柯米尔法官审判此案的唯一因素。乔丹忽然想到证人的干扰，想到无数可能出差错的事。他心想不知如何才能神不知鬼不觉地打听到乔丝·柯米尔对枪击事件了解多少。

他心想她知道的信息或许对彼得有帮助。

“你到这里以后有没有跟她谈过？”乔丹问。

“我如果跟她说过话，还会问你她好不好吗？”

“那好，不要跟她谈话。”乔丹指示道，“除了我，不要跟任何人交谈。”

“跟你说话就像跟墙壁说话一样。”彼得喃喃自语。

“你要知道，比起和你一起关在这个热得要命的会议室，我还有无数更想做的事。”

彼得眯起眼睛。“那你干嘛不去做呢？反正你根本也不听我说。”

“彼得，我每个字都听得一清二楚。我听进去了，但我又想到检察官丢在我门口的那一盒盒证物，让我觉得你像个冷血杀手。我听说你在收集枪支，你是什么内战迷吗？”

彼得退缩了。“好吧。你想知道我是不是打算用那些枪？没错，我是。我都计划好了，还把整个流程都想过一遍。从第一秒到最后一秒的细节我都设想好了。我要杀死我最恨的那个人，但最后却没有成功。”

“那十个人……”

“只是刚好挡了我的路。”彼得说。

“那么你本来想杀谁？”

房间另一头的空调忽然咔啦咔啦地运转起来。彼得掉过头去。“我。”他说。

一年前

“我还是觉得这么做不好。”刘易斯打开客货两用车的后门时说道。他们养的狗“瞌睡虫”侧躺着身子，努力地呼吸着。

“你也听到兽医说了。”莱西边说边抚摸着猎犬的头。乖狗狗。彼得三岁那年，它就进了他们家，如今十二岁了，肾脏已经失去功能。用药物持续它的生命只是为他们着想，而不是为狗着想。实在很难想象没有这条狗在屋里转来绕去，会是什么情景。

“我说的不是安乐死的事。”刘易斯澄清道，“我是说非得每个人都去吗？”

孩子们像沉重的石头似的滚下车子后座，在阳光底下眯起眼睛，驼着背。他们宽阔的背让莱西想到主干细瘦而枝叶茂盛的橡树。他们俩走路的时候都习惯把左脚往内翻。她真希望他们能看到彼此有多么相像。

“我真不敢相信你把我们带到这里来。”乔伊说。

彼得用脚踢着停车场的碎石。“真烂。”

“不许乱说，”莱西警告道，“至于为什么要全家都来，我真没想到你们竟然自私到不肯跟家里的成员道别。”

“在家也可以道别啊。”乔伊嘟哝道。

莱西手叉着腰说：“死亡是生命的一部分。等我的时间到了，我也希望我爱的人能陪在我身边。”她等着刘易斯将瞌睡虫抱起来，然后关上车门。

莱西故意约最后一诊，以免医生赶时间。候诊室里只有他们一家人，狗像条毛毯瘫在刘易斯腿上。乔伊拿起三年前的《运动画刊》翻了起来，彼得则抱手瞪着天花板。

“我们来说说我们对瞌睡虫最难忘的回忆。”莱西说。

刘易斯叹了口气。“天哪……”

“这太无聊了。”乔伊加了一句。

“我最难忘的，”莱西不理他们，自顾自说道，“是瞌睡虫还小的时候，有一次竟然把头卡在餐桌上的火鸡里头。”她摸摸狗的头。“结果那年感恩节我们只好喝汤。”

乔伊“啪”一声把杂志丢在茶几上，吁叹一声。

兽医的女助理玛西雅绑着一根长及大腿的辫子。五年前，莱西帮她接生了一对双胞胎儿子。“嗨，莱西。”她说着迎上前来将她拥入怀中，“你还好吧？”

莱西知道，死亡总会让人找不到任何安慰的词汇。

玛西雅走到瞌睡虫旁边，摸摸它的耳背。“你们要在外面等吗？”

“对。”乔伊用嘴型向彼得说。

“我们全都要进去。”莱西坚定地说。

他们跟着玛西雅进入一间诊疗室，将瞌睡虫放到检查台上。它四脚乱动想找个东西抓牢，爪子碰到金属发出咔嗒声。“真乖。”玛西雅说。

刘易斯和两个儿子陆续进来，靠在墙边排成一排，仿佛等着被指认。医生拿着皮下注射器进来时，他们退缩得更远。“你能帮忙抓稳它吗？”医生问。

莱西走上前去，点点头，和玛西雅一起用手压住狗。

“瞌睡虫，你已经很勇敢地奋战了。”兽医接着转头对孩子们说，“它不会有感觉的。”

“这是什么？”刘易斯盯着针筒问。

“一种混合的化学药剂，可以放松肌肉并结束神经传导。没有了神经传导，就不会有思想、感觉和动作。有点像是不知不觉地睡着。”玛西雅将瞌睡虫稳住之际，在狗的腿上摸索寻找血管，注射了溶液后摸摸瞌睡虫的头。

狗大大吸了口气，便不再有动静。玛西雅往后退，将瞌睡虫留在莱西怀里。“我们先出去一下。”她说完便和兽医走出诊疗室。

莱西手中抱的通常是新生命，因此不习惯生命从怀中溜走的感觉。这只是另一个转变——怀孕到出生，孩童到成人，生到死——可是与家里的宠物告别感觉更难，就好像不应该对动物有如此强烈的感情，就好像把这条狗——这条总是碍手碍脚、抓破皮革、把泥巴印到家里来的狗——当成亲生儿子一样宠爱是件愚蠢的事。

然而……

是这条狗默默地容忍小彼得在后院把它当马骑，当乔伊在沙发上睡着，炉子上的晚餐烧干着火时，是这条狗将家人吠叫下楼，当莱西在冬天坐在桌前回邮件时，是这条狗趴在桌下用它白里透红的肚皮替她暖脚。

她伏在狗的躯体上哭起来，起初只是静静地掉泪，接着转为啜泣，惹得乔伊将头转开，刘易斯也畏缩了。

“想想办法。”她听到乔伊说，声音嘶哑浓浊。

这时有只手按在她肩上，她以为是刘易斯，却听到彼得开口说：“它还小的时候，就是我们从垃圾堆把它捡回家的时候，它的兄弟姐妹都争相要爬出窝来，而它站在楼梯上面，看着我们，结果绊了一跤跌到其他狗身上。”莱西听到这里抬起头看着他。“这是我最难忘的回忆。”彼得说。

莱西一向自觉幸运，能有一个和普通美国男孩不一样的儿子，他是那么多愁善感，那么能体会他人的感受与想法。她松开紧握的拳头，张开双臂好让彼得投入怀中。彼得不像乔伊，已经比她高大也比刘易斯强壮，她还能搂得住他。就连那方方正正的肩膀——在棉质衬衫底下显得如此宽阔——覆盖在她手心底下似乎更加弱不禁风。成长尚未完成，只是轮廓初具，他还等着变成男子汉。

要是他们一直像这样该有多好：用琥珀铸封，让他们永远长不大。

乔丝在学校参加的每场音乐会与戏剧，总是只有一个家长出现在观众席。她的母亲——很难能可贵地——重排了开庭日期，前来观赏乔丝在口腔卫生倡导剧中扮演牙垢，或是在圣诞节诗歌演唱中独唱五个音符。另外有些学生也是单亲——例如父母离异的——但乔丝却是全校唯一没有见过父亲的人。她小学二年级时，班上同学在做父亲节卡片，她却只能和另一个女同学坐在角落，这女孩的父亲在四十二岁时死于癌症。

在成长过程中，她也会向其他好奇的孩子一样问她母亲此事。乔丝想知道为什么父母亲已不再是夫妻，她却没想到他们从来不是夫妻。“他不适合婚姻。”母亲告诉乔丝。但乔丝不明白为什么这种人就不能送女儿生日礼物，或是暑假期间请女儿到他家住一个礼拜，甚至只是打电话来听听女儿的声音。

今年得上生物课，她已经开始对基因单元感到紧张。乔丝不知道父亲的眼睛是棕色还是蓝色，有没有卷发或雀斑或六根脚趾。母亲得知乔丝的忧虑后，不在意地说：“你班上一定有人是被收养的，你对自己背景的了解还比他们多了一半。”

乔丝倒是拼凑出了一些关于父亲的信息：

他名叫罗根·鲁克，曾在母亲就读的法学院任教。

他的头发早白，但——母亲向她保证——是很酷的而不是很吓人的那种白。

他比母亲大十岁，也就是说他五十岁。

他手指修长，会弹钢琴。

他不会吹口哨。

要问乔丝的话，这些数据都还不足以填写一份标准的自传，但也不见得真有人填过这种自传。

上生物实验课时，她坐在寇特妮旁边。通常乔丝是不会挑寇特妮当实验伙伴的——她不是太聪明——但这似乎无所谓。因为亚拉寇尔老师也是啦啦队的指导老师，而寇特妮正好是其中一员。不管她们的实验报告多差，最后也总能拿A。

实验室前方，亚拉寇尔老师旁边的桌上摆着一个剖开的猫脑。发出防腐剂的味道，加上看起来像在路上被撞死的模样都已经够糟了，更惨的是前一节课是午餐时间。（“那玩意，”寇特妮耸耸肩说，“只会促进我的食欲。”）乔丝则尽量不去看它，专心做实验计划：每个学生都有一台笔记本电脑，以便上网搜寻关动物实验研究的例子。到目前为止，乔丝已经找到一个过敏药锭制造商进行的灵长类动物研究，他们先让猴子得气喘再治愈，另外还有一个研究涉及婴儿猝死症和小狗。

她误按一个浏览键，出现了《波士顿环球报》的首页。整个页面全是关于选举的报道：现任检察官与其对手间的竞争，对手是哈佛法学院院长，名为罗根·鲁克。

乔丝顿时心花怒放。不可能还有另外一个吧？她眯起眼睛，欠身靠向屏幕，但相片很模糊而且阳光太强。“你怎么了？”寇特妮小声地问。

乔丝摇摇头，合上手提电脑，仿佛这么做也能很快地抓住这个秘密。

他从不用小便斗。就算彼得真的得上小号，他也不想站在巨人似的高四学生旁边，因为他们可能会对他这个瘦瘦小小的高一生品头论足，尤其针对他的下半身。他会进入厕间关上门，隐秘进行。

他喜欢看厕所墙上的涂鸦。有的厕间里写着笑话。有人爆料哪些女生替人吹喇叭。其中有一句话，彼得发现自己不自主地瞄了好几次：托瑞·威肯斯是同性恋。彼得不认识托瑞·威肯斯——也觉得他已经不是斯特灵高中的学生——但他却好奇这个托瑞是否也曾进入这间厕所，使用这些厕间小便。

英文课的文法小考考到一半，彼得就跑出来了。他真的认为对于人生来说，形容词是用来形容名词或动词，还是直接消失于地球表面，根本无关紧要，要是消失了最好，这也是他回教室前最诚挚的希望。他已经上完厕所，现在只是在拖时间。这次小考再不及格，就连着两次了。但彼得担心的却不是父母亲会不会生气，而是他们看他的眼神，为了他不能多像乔伊一点而失望的眼神。

他听到厕所的门开了，走廊上一阵热闹嘈杂声跟着两名学生的脚步传了进来。彼得弯下身，从厕间门下方偷看。一双球鞋。“我全身都是汗。”其中一人说。

另一人笑起来。“流得像肥猪啊。”

“我用一只手跟你打篮球都会赢。”

彼得听到水龙头的水流声，泼水声。

“哎，你把我全身都弄湿了！”

“哇，舒服多了。”第一个人说，“至少现在没流汗了。喂，你看我的头发，好像阿发发。”

“像谁？”

“你智障啊？就是《一窝小屁蛋》里，后面翘了一撮头发那个。”

“老实说你这样真是像基佬……”

“你知道吗……”又传出笑声，“我还真有点像彼得。”

彼得一听到自己的名字，心扑腾扑腾猛跳。他拉开厕间的门闩走出去。洗手台前面站了一个橄榄球员，他只认得人不知道名字，另一个就是他的亲哥哥。乔伊的头发湿答答的，后面有一撮翘得很高，彼得有时候也会这样，即使用母亲的发胶也压不平。

乔伊瞥了他一眼，命令他：“消失，怪胎。”彼得匆匆跑出洗手间，心想自己已经像个隐形人，还不够吗？

站在艾莉克斯席前的两个男人是一栋双层公寓的邻居，却互相厌恶。亚力思·安德古是石膏板装设工，两只手臂上下布满刺青，理个光头，头部还穿一堆洞，触动了法院的金属探测器。洛尼·伊克斯则是银行职员，素食主义者，收集了许多百老汇首演阵容录音的珍贵唱片。亚力思住楼下，洛尼住楼上。几个月前，洛尼搬了一捆干草回家，打算用来覆盖他的有机花园，但始终没时间动手，那捆干草也就一直摆在亚力思的阳台上。亚力思要求洛尼将干草处理掉，洛尼却没有立刻行动。于是某天晚上，亚力思便和女友割断捆绳，将干草撒满整个前院草坪。

洛尼报了警，警方也确实以刑事毁损——即损坏一捆干草的法律用语——的罪名逮捕亚力思。

“新罕布什尔州民纳的税金，为什么要花在让法官审理这种案件？”艾莉克斯问道。

代表警方的检察官耸耸肩。“是局长的命令。”他说完还翻了个白眼。

他已经证明亚力思的确将干草撒在草坪上——举证责任已完成。但此案若做有罪的宣判，亚力思将从此留下前科记录。

他也许不是个好邻居，但也不至于该受如此惩罚。

艾莉克斯转向检察官。“受害者买那捆干草花了多少钱？”

“四美元，庭上。”

接着她又面向被告。“你今天身上有没有四美元？”

亚力思点点头。

“那好，你这件案子不判决，但你必须赔偿受害者。从你的皮夹掏出四美元交给那位警员，他会把钱拿给法庭后侧的伊克斯先生。”她瞄向书记官，“休息十五分钟。”

进到办公室后，艾莉克斯脱下法袍，抓起一包烟。她从后面的楼梯走到一楼，将烟点燃，深深吸了一口。有时候她很以自己的工作为傲，有时候——就像今天——又会觉得为什么自找麻烦。

她看见管理员丽兹正在法院前面的草地上耙草。“我给你带了根香烟。”艾莉克斯说。

“有什么问题？”

“你怎么知道有问题？”

“因为你已经在这里工作几年了，你从来没请我抽过烟。”

艾莉克斯靠在树干上，看着闪亮如珠宝的树叶卡在丽兹的耙齿上。“我只是刚刚花了三小时审一个根本不该送进法庭的案子。我头痛得要命。办公室厕所里的卫生纸又用完了，我还得叫书记去管理部帮我拿一卷。”

一阵风吹来，又有二三十片落叶掉在刚耙过的草地上，丽兹抬头瞄了树梢一眼。“艾莉克斯，”她说，“我能不能问你一个问题？”

“问啊。”

“你最后一次跟人上床是什么时候？”

艾莉克斯转过头，惊讶得嘴都合不拢。“这有什么关……”

“大部分上班的人都在想：还要多久才能回家做自己真正想做的事。可是你却刚好相反。”

“我才没有。乔丝和我……”

“这个周末你们俩做了什么有趣的事？”

艾莉克斯摘下一片叶子撕了起来。过去三年来，乔丝的社交活动全是打电话、到朋友家过夜、一群人结伴去看电影或是到某人家里的地下室窝着。这个周末，乔丝和海莉·卫佛去逛街，这女孩是高三学生，已经拿到驾照。艾莉克斯则写了两份判决书，并且清光冰箱抽屉里的蔬果。

“我介绍人给你认识。”丽兹说。

斯特灵有几家商店会雇用青少年放学后到店里打工。在“快印”待了一个暑假之后，彼得明白了：这些工作多半很烂，根本找不到其他人来做。

他要负责斯特灵学院大多数上课资料的影印工作，这些资料教授会送过来。他知道怎么将文件缩小为原来的三十二分之一，也知道怎么加碳粉。顾客付钱时，他常喜欢根据他们的打扮或发型，猜测他们会从皮夹掏出多大面额的钞票。大学生喜欢用二十元钞，推婴儿车的母亲会丢出信用卡，教授用的则是皱巴巴的一元钞。

他之所以工作是为了买一台可以连接较高级的显卡的新电脑，以便设计一些电脑游戏，他和戴瑞克最近很迷这个。一串看似毫无意义的指令，却能像魔术一般变成屏幕上的武士或宝剑或城堡，让彼得惊喜万分。光是这个念头他就喜欢：一般人弃之如敝屣的东西，其实可能令人兴奋并引人注目，只要你懂得如何去看。

上个礼拜，老板说他又雇了一个高中生，彼得紧张得把自己锁在厕所里二十分钟，直到能若无其事才出来。像这么愚蠢又无聊的工作，可以说是避风港。下午时分，彼得几乎都是一人在店里，无须担心无意中遇见那些耍酷的学生。

但如果卡戈鲁先生从斯特灵高中另外请人，那个人就会知道彼得是谁。即使此人不属于高人气的那群，影印店却也不再是舒服的地方。以后彼得的言行都得三思，否则又会成为学校里的笑柄。

然而出乎彼得意外的，他的同事竟然是乔丝·柯米尔。

她跟着卡戈鲁先生走进来。“她叫乔丝。”老板介绍道，“你们两个认识吗？”

“算是。”乔丝回答时，彼得也同时开口。“认识。”

“彼得会教你。”卡戈鲁先生说完便出去打高尔夫球。

偶尔当彼得在学校走廊遇见乔丝和她那群新朋友，总是认不出她来。现在的她穿着变了——展现平坦小腹的牛仔裤，和一层层五颜六色的T恤。脸上的妆让眼睛看起来异常巨大，而且——他有时觉得——有点哀伤，但他认为她自己并不知道。

他最后一次与乔丝长谈是在五年前，他们六年级时。他本来很肯定真实的乔丝终究会走出这人气的迷雾，觉悟到她交往的人其实只是光鲜亮丽的纸板人。他很肯定只要他们一开始批评攻击他人，她就会回到彼得身边。我的天哪，她会说，然后他们会一起笑谈她这趟堕落之旅。我到底在想什么啊？

但乔丝始终没有回他身边，于是他便开始和足球队的戴瑞克混在一起，到了七年级，他已经难以相信自己曾和乔丝花两星期的时间，想出一种谁也学不会的秘密握手式。

“那么，”上班第一天的乔丝好像和他第一次见面，说道，“我们要做什么？”

到今天他们已经一起工作一个礼拜。其实也不算一起——倒是比较像在跳一支舞，中间夹杂着复印机的叹息声与浓浊嘟哝声，以及电话的尖锐铃声。就算说话，也大多是信息的交换：彩色复印机的碳粉还有吗？接收传真的费用是多少？

今天下午，彼得在替学院影印心理学课的资料。有时候当纸页哗哗地通过自动分页机，他会看见精神分裂症病患的脑部扫描——影印出来呈现灰影的前额叶处有亮粉红色圆圈。“我们用商标名代替东西的真正名称，那个名词怎么说？”

乔丝正在装订另一份文件，耸耸肩没有回答。

“就像Xerox（影印）。”彼得说，“或是Kleenex（面纸）。”

“Jell-O（果冻）。”片刻后乔丝应和道。

“Google（搜寻）。”

乔丝往上一瞄。“Band-Aid（创可贴）。”她说。

“Q-Tips（棉花棒）。”

她想了一下，脸上露出笑容。“FedEx（快递）。Wiffle Ball（威浮球）。”

彼得也笑了：“Rollerblade（直排轮）。Frisbee（飞盘）。”

“Crock-Pot（慢炖锅）。”

“那个不是……”

“你自己去查。”乔丝说，“Jacuzzi（按摩浴缸）。Post-it（便利贴）。”

“Magic Marker（奇异笔）。”

“Ping-Pong（乒乓球）！”

这时他们已经放下工作，并肩站着开怀大笑，门铃忽然响起。

麦特·罗斯顿走进店内。他戴着斯特灵冰上曲棍球队的帽子——虽然球季还有一个月才开始，而他也才高一，但大家都知道他一定会入选代表队。彼得——正当沉浸在重新找回以往的乔丝的奇迹中——眼看着她转向麦特，双颊泛红，眼中闪耀着最艳丽的火光。“你怎么来了？”

麦特靠在柜台边。“你都是这么对待顾客的？”

“你需要影印什么吗？”

麦特嘴角一撇，笑着说：“怎么可能，我是原版。”他往店里扫视一圈。“原来你就在这种地方工作。”

“不是，我只是来拿免费的鱼子酱和香槟。”乔丝开玩笑地说。

彼得从柜台后方观察他们的对话。他等着乔丝跟麦特说她现在在忙，或许不是真忙，但他们刚刚说话正说到一半。

算是吧。

“你什么时候下班？”麦特问。

“五点。”

“我们有几个人晚上要去杜鲁家。”

“你是在邀我吗？”她说，彼得忽然发现当她很用力地微笑时会出现一个酒窝，他以前从未注意到。也或许跟他在一起的时候，她从未这样笑过。

“你希望我邀你吗？”麦特反问。

彼得走向柜台。“我们得回去做事了。”他冲口而出。

麦特瞥了彼得一眼。“别盯着我看，同性恋。”

乔丝移动身子挡住彼得的视线，让他看不到麦特。“几点？”

“七点。”

“那就到时候见了。”她说。

麦特两手往柜台上一拍。“酷。”说着便走出店门。

“Saran Wrap（保鲜膜）。”彼得说，“Vaseline（凡士林）。”

乔丝转过头，一脸茫然。“什么？喔，那个。”她拿起刚才在装订的数据，一沓一沓堆高起来，对齐边线。

彼得则往他负责的那台复印机里加纸。“你喜欢他吗？”他问道。

“麦特？应该吧。”

“不是那种喜欢。”彼得说。他按下启动键，看着机器开始生出一百个一模一样的孩子。

见乔丝没有回答，他便走到分装台前站在她旁边。他拿起一沓纸装订后交给她。“感觉怎么样？”他问。

“什么感觉怎么样？”

彼得想了一会。“高高在上。”

乔丝伸手越过他又拿了一沓纸，放进订书机内。她连订了三份，彼得以为她八成不想理他，没想到她却开口了。“感觉是你如果走错一步，”她说，“就会跌倒。”

她说话时，彼得从她声音中听到仿佛摇篮曲的语调。他还清楚记得在炎热的七月天里，坐在乔丝家车道上，试图用锯屑、阳光与他的眼镜起火的情景。他还能听见放学跑回家时，她回头嚷着说彼得一定追不上她。他看见她脸上泛起一抹淡淡的红晕，顿时发觉曾与他友好的乔丝依然还在，只是被好几层蚕茧包覆住，就像那一个套着一个的俄罗斯娃娃，直到最里面那个才能刚好握在手心。

要是他也能想办法让她记起这些事就好了。也许乔丝和麦特那伙人混在一起的初衷，并非为了出风头，也许只是因为她忘了自己曾经喜欢和彼得在一起。

他用眼角余光观察乔丝。她咬着下嘴唇，专心致志地想把资料订直。彼得真希望也能像麦特那么轻松自然，但他这辈子，似乎总是笑得太大声或太迟钝了一点，也从未察觉自己才是被嘲笑的对象。他只会做原来的自己，无法改变，因此他深吸一口气自我安慰：反正不久以前，乔丝对那样的他也算满意。

“喂，”他说，“你来看这个。”他走进隔壁的办公室，这里是卡戈鲁先生放妻儿照片与电脑的地方，肯定是加密的禁区。

乔丝跟在后面，彼得坐下后，她就站在椅子背后。只见他敲了几个键，屏幕顿时开启。

“你怎么办到的？”乔丝问。

彼得耸耸肩。“我经常摆弄电脑。卡戈鲁的电脑是上星期侵入的。”

“我想我们不应该……”

“等等。”彼得小心地选择电脑中的档案，最后来到一个隐秘的下载文件夹，打开第一个色情网站。

“那是……侏儒吗？”乔丝小声地问，“和驴子？”

彼得偏着头。“我想那是一只很大的猫。”

“不管是什么，真是恶心死了。”她感到不寒而栗。“我以后还怎么从那家伙手里拿薪水支票啊？”她说完低头看着彼得，“你还能用电脑做什么？”

“什么都可以。”他夸口道。

“比方说……侵入其他地方呢？学校之类的？”

“当然可以。”彼得说，虽然他也不很确定。他才刚开始学习加密技术，以及如何侵入系统。

“那么找地址呢？”

“那简单。”彼得回答，“谁的地址？”

“随便想一个。”她说着俯身越过他的肩头开始打字。他能闻到她的发香——苹果香——感觉到她的肩膀压靠在自己肩上。彼得闭上眼睛，等待天雷勾动地火。乔丝很美，她是个女孩，可是……他毫无感觉。

是因为和她太熟了——像姐妹一样？

或是因为她不是一个他？

别再盯着我看了，同性恋。

有件事他没告诉乔丝，就是当初第一次进卡戈鲁先生的色情网站时，他注视的都是男生，不是女生。这是否代表男生才吸引他？而且他也看了动物。会不会只是好奇？甚至只是将其他男人和自己做比较？

但万一麦特——和其他所有人——说对了，怎么办？

乔丝按了几下鼠标，直到屏幕出现一篇《波士顿环球报》的文章。“喏，”她指着说，“就这个人。”

彼得眯起眼睛看着标题。“罗根·鲁克是谁？”

“管他是谁。”乔丝说，“反正看起来就像个地址保密的人。”

的确如此，不过彼得心想，任何竞选公职的人应该都不至于笨到把私人数据放到电话簿上。他花了十分钟查出罗根·鲁克曾在哈佛法学院工作，之后又花十五分钟入侵该学院的人事数据库。

“嗒——哒，”彼得欢呼道。“他住在林肯镇寇南路。”

他旋过头去，发现自己的微笑延伸到了乔丝脸上。她瞪着屏幕看了许久。“你果然厉害。”她说。

一般人常说经济学家知道一切事物的价格，却不知道任何事物的价值。刘易斯在办公室电脑上开启“世界价值观研究”这个巨大档案时，想到了这一点。这些资料是一群挪威社会科学家，从全世界数十万人身上搜集来，源源不绝的一长串细节。有简单的——例如年龄、性别、排行、体重、宗教、婚姻状况、小孩人数。也有较复杂的——如政治观点与宗教信仰。这项研究甚至考虑到时间的分配：一个人花多少时间工作，多常上教堂，一周做爱几次，又有多少性伴侣。

大多数人可能觉得单调乏味，对刘易斯而言却像搭云霄飞车。当你开始整理如此庞大的数据的模式，并不知道哪里会曲折或转弯，也不知道会下坠多深、爬升多高。他检视这些数字的次数已经频繁到让他有信心能很快为下星期的研讨会，写出一份长篇报告。不必太完美，因为只是小集会，层级较高的同侪不会出席。而且将来还可以把现在临时拼凑的东西加以润饰，再投稿到学术杂志。

他报告的重点在于为幸福的各个变量定价。大家都说金钱能买到幸福，但值多少呢？收入对幸福有直接或浅薄的影响？较幸福的人在工作上是否较为成功，或是因为他们比较幸福所以能获得较高薪水？

幸福感也不只局限于收入。美国人是否比欧洲人更重视婚姻？性爱重要吗？为什么根据研究报告，上教堂的人比不上教堂的人更感到幸福？为什么幸福指数颇高的北欧人，自杀率却也高居世界前几名？

当刘易斯开始利用世界价值观研究的多变量回归分析挑选研究中的变量时，他想到该给自己的幸福变量什么样的评价呢？要多少金钱才能弥补生命中少了莱西这个女人的缺憾？得不到斯特灵学院的永久教职又需要多少来弥补？他的健康呢？

有一点让一般人知道恐怕没什么好处：婚姻状况只能提升零点零七的幸福感（标准误差为百分之零点零二）。另外，告诉一般男人结婚对整体幸福感的影响，和年薪增加十万美元一样，结果值得研究。

以下是他截至目前为止的发现：

1. 收入较高幸福感也较高，但呈递减趋势。例如，收入五万美元者据称比收入两万五千者更幸福。但薪水由五万调升为十万所增加的幸福感却少得多。

2. 尽管物质生活变好，长期下来幸福感也会疲乏——相对的收入可能比绝对的收入更重要。

3. 女性、已婚人士、受过高等教育者，以及父母未离异者，幸福感最强烈。

4. 女性的幸福感随着时间递减，可能因为她们在就业市场上获得了较平等的地位。

5. 美国的黑人比白人不幸福得多，但他们的生活满意度却是上扬。

6. 计算结果显示：弥补失业的幸福感缺失每年需要六万美元。弥补作为黑人每年需要三万美元。弥补守寡或分居每年需要十万美元。

孩子们出生后，每当觉得自己幸运过了头定会乐极生悲时，刘易斯经常和自己玩一个游戏。他会躺在床上，强迫自己选择第一样愿意失去的东西：婚姻、工作、一个孩子。他也会好奇一个男人沦落到一无所有之前，能撑到什么地步。

他关上数据窗口，凝视着电脑上的屏幕保护程序。那是孩子们八岁与十岁时，在康涅狄格州一座儿童动物园拍的照片。乔伊把弟弟高举在肩上，两人笑得开怀，背后洒下一道道粉红的夕阳光。片刻后，一头鹿（注射了类固醇的鹿，莱西说）从底下冲撞乔伊的脚，兄弟俩都跌倒在地，哭得泪汪汪……但刘易斯却不想记住这段往事。

幸福感不只是陈述的方式，也与你选择回忆的方式有关。

他还记录了另一个研究结果：幸福感呈U型。一般人在很年轻和很年老时最幸福。而谷底约摸出现在四十多岁。

换句话说——刘易斯安心地想——最坏也就这样了。

虽然乔丝喜欢数学也总是拿A，这却是她唯一必须很努力的科目。她善于逻辑论证，写作也游刃有余，但面对数字却不那么轻松。这点——她猜想——应该是像母亲。

也可能像父亲。

数学老师麦凯博正在课桌椅通道间走动，一面拿着一颗网球丢天花板一面唱着唐·麦克林的《美国派》改编歌：

再见了，告诉我π的值
这得玩弄点数字
直到全班通过为止
这些九年级生好努力却仍叹气
哎哟，太难了，麦凯博老师！
哎哟，太难了，麦凯博老师！

乔丝将面前方格纸上的坐标擦掉。“我们根本没用到π呀。”一名学生说。

老师倏地转身，将网球往说话的男学生丢去，球在他桌上弹跳起来。“安德鲁，你终于及时醒来发现这点，我太高兴了。”

“这也算进小考分数吗？”

“不算。也许我应该上电视。”麦凯博沉思道，“有没有介绍数学偶像的节目？”

“拜托，希望没有。”坐在乔丝后面的麦特低声嘟囔道。他戳戳她的肩膀，她便将纸推向桌子左上角，她知道这个角度他才能将作业答案看得较清楚。

这个星期他们在学绘图。除了许许多多的作业需要绞尽脑汁将数据转变成直方图和图表之外，每个学生还得利用自己周遭某个重要的东西制作一张图表，上台报告。麦凯博老师会在每堂课下课前十分钟让学生做报告。昨天，麦特展示了国家冰上曲棍球联盟球员相对年龄的图表。明天才要报告的乔丝则是在朋友间做了问卷调查，看看做功课的小时数与平均成绩有无关联。

今天轮到彼得·霍顿。她看见他带着他画的图表进学校，是一张卷起的海报纸板。“哇，看看这个。”麦凯博老师说，“结果我们还是得谈到派。只不过是另一种派。”

彼得画的是饼图。图上有清楚的颜色区隔，每块区间还贴上电脑卷标注明。图表顶端的标题写着“人气”。

“准备好就可以开始了，彼得。”麦凯博老师说。

彼得看起来好像快昏倒似的，不过他总是这副模样。自从乔丝到影印店打工后，他们又开始交谈，但有个不成文规定：只限于校外。校内不一样，这里就像个金鱼缸，你说的和做的一切，其他所有人都睁大眼睛看着。

当他们还小，彼得似乎从未察觉到光是做他自己就能吸引别人注意，例如他决定在下课时说火星语。乔丝以为从另一个乐观的角度来看，彼得从未试图模仿任何人。她就没有资格这么说自己。

彼得清清喉咙。“我的图是关于在这所学校的地位。我的数字样本来自我们班上的二十四名学生。你们可以从这里看到，”——他指着图中一块扇形区——“高人气的学生还不到三分之一。”

共有七个扇形区涂上紫色——代表人气的颜色，每块都写了不同学生的名字。其中有麦特、杜鲁，和几个中午与乔丝一起用餐的女生。但乔丝注意到，喜欢在班上搞笑的人，还有刚从华盛顿转来的新学生也都名列其中。

“这边这些是怪胎。”彼得说，而乔丝看到一些班上名列前茅的学生和一个在鼓号乐队吹奏低音号的女生。“人数最多的是我所谓的正常人。另外有百分之五是遭排挤的。”

所有人都安静下来。乔丝知道，这种时候辅导老师就会被找来，给大家打一剂包容彼此差异的强心针。她看到麦凯博老师的眉头皱得像折纸似的，显然正在想办法将彼得的报告变成“放学后特别节目”。她看见杜鲁与麦特相视而笑，最重要的是她发现彼得沾沾自喜，丝毫没有意识到马上就要陷入大混乱。

麦凯博清咳一声。“彼得，我想你和我应该……”

麦特忽然举手。“老师，我有个问题。”

“麦特……”

“我是说真的。派状图上很小那块我看不清楚，橘色那块。”

“喔，”彼得说，“那是桥，也就是可以同时属于一个以上的组别，或是和不同类型的人交往的人。像乔丝就是。”

他转向她，咧开了嘴笑着，乔丝感觉到所有目光都落在她身上，仿佛一阵箭雨。她整个人趴在桌上有如一朵午夜玫瑰，头发披散下来盖住了脸。老实说她已经习惯被人注视——到哪里都和寇特妮在一起，这种事在所难免——但别人因为想和你一样而注视你，和因为你的不幸使他们晋升一级而注视你是不一样的。

至少，同学们会记得乔丝曾经是个经常和彼得斯混的圈外人。或者他们会以为彼得对她有某种怪异的迷恋，根本就是病态，至于结论她永远不会知道。一阵窃窃私语像电流一样传遍整个教室。怪胎，有人小声说，乔丝祈祷又祈祷，希望他们说的不是她。

幸亏有上帝存在，下课铃响了。

“乔丝啊，”杜鲁说，“你是托宾桥还是金门大桥？”

乔丝急着把书塞进书包，却反而散落一地，书页外翻。“是伦敦铁桥，”约翰·埃柏哈嘲弄道，“你看，垮下来了。”

此时，一定有数学课的同学已到走廊上散播此事。乔丝将会听到背后有笑声像风筝尾巴似的，黏着她一整天，或甚至更久。

她发现有人想帮她捡书，但慢了一拍才意识到是彼得。“不要。”乔丝扬起一只手，形成一个力场阻止彼得继续行动，“以后再也不要跟我说话，好吗？”

她走在走廊上，盲目地转来转去，直到看见通往木工教室的小通道。乔丝太天真了，以为一旦成为一分子，地位便彻底巩固。可是只有当某人在沙地上画一条线，让其他人都在“线外”，你才算是在“线内”，而且那条线变幻无常。你可能一转眼就发现自己站错了边，而且错还不在你。

其实彼得没有画出人气的脆弱。讽刺的是：她根本不是一座桥，她已经完全越过了桥，成为另一边的一部分。她将其他人都排除开来，以便到达她梦寐以求的目的地。那些同学又为什么要欢迎她回来呢？

“喂。”

听到麦特的声音，乔丝立刻倒抽一口气。“其实你也知道，我跟他不是朋友。”

“老实说他说得没错。”

乔丝诧异地瞪着他。她曾亲眼目睹麦特怎么欺负别人——他用橡皮筋弹不知道怎么向老师报告的英语不好的外国学生。他给一个胖女孩取外号叫“活地震”。他会把某个内向学生的数学课本藏起来，好看着他以为书弄丢了而急得发疯。当时觉得很有趣，因为事不关己。然而受他羞辱有如挨一巴掌，以前的她误以为与对的一群人为伍便能免疫，结果发现这是个笑话。只要能让他们看起来更有趣、更酷，看起来与你不同，他们依然会一刀砍来。

麦特脸上的笑容仿佛一直便认定她是个大笑话，看得她更加心痛，因为她把他当朋友看待。说句心里话，有时候她甚至希望不只是朋友：当一撮刘海掉下来覆住他双眼，当他脸上的微笑像导火线一样慢慢点燃，她便完全失去应答能力。不过，麦特对每个人都有相同影响力——就连寇特妮也不例外，他们六年级时曾交往过两星期。

“我从来不觉得那个娘娘腔说的话有什么值得听的，可是桥能把你从一个地方带到另一个地方。”麦特说，“这就是你对我做的事。”他牵起乔丝的一只手，压在他的胸前。

他心跳得好急，乔丝感受得到，就好像可能性是可以掌握在手心的东西。她抬起头看着他，当他斜靠过来吻她时，她也始终睁大眼睛，以免错失任何令人惊奇的一刻。乔丝尝到他像肉桂糖一样的热度，会烫人的那种。

最后乔丝想到自己还得呼吸，才不舍地与麦特分开来。她从未如此清晰地感受到每一寸肌肤，就连深藏在一层层T恤与运动衫底下的部分也都苏醒过来。

“我的老天。”麦特边说边往后退。

她感到惊慌。也许他忽然想起自己吻的女孩五分钟前还是社会阶级中的贱民。又或是亲吻之际她做错了什么。这种事又没有手册可以遵循。

“我想……我技术不是很好。”乔丝支吾道。

麦特挑起眉毛。“你技术要是再好一点……我可能就没命了。”

乔丝感觉到一抹微笑像烛火一样在心底亮起。“真的吗？”

他点点头。

“这是我的初吻。”她坦承道。

当麦特用拇指碰触她的下唇，乔丝全身都感受到了——从指尖到喉咙到发热的胯下。“放心，”他说，“这不会是你的最后一吻。”

乔丝晃进浴室找新剃刀时，艾莉克斯正在梳妆打扮。“那是什么？”乔丝盯着镜子里艾莉克斯的脸，仿佛见到陌生人。

“睫毛膏。”

“我当然知道那是睫毛膏，”乔丝说，“我是说怎么会出现在你脸上？”

“说不定我想化点妆。”

乔丝一屁股坐到浴缸边缘，咧嘴笑道：“我还是英国女王呢。到底是什么……哪个法学评论杂志要刊新照片吗？”话才说完，她忽然耸起双眉。“你该不会要去……约会之类的吧？”

“不是约会之类的。”艾莉克斯刷着腮红说，“而是货真价实的约会。”

“我的天哪。他是什么样的人。”

“我什么都不知道，是丽兹陷害我的。”

“那个工友丽兹？”

"她是管理员。"艾莉克斯说。

"随便啦。她一定说了一点关于那个男的的事。"乔丝迟疑了一下，"是个男的吧？"

"乔丝！"

"真的已经太久了嘛。我记得最后一次跟你约会那个男人，不吃任何绿色的东西。"

"那不是重点。"艾莉克斯说，"他还不让我吃任何绿色的东西。"

乔丝站起来拿了一支口红。"这颜色适合你。"她说着很快将口红往艾莉克斯的嘴上抹。

艾莉克斯和乔丝刚好一般高，从女儿眼中，艾莉克斯可以看到自己的迷你倒影。她暗想为什么从不曾和乔丝做过这样的事：让她坐在浴室里，玩玩眼影，替她涂涂脚趾甲油，卷卷头发。这似乎是每对母女都会有的回忆，但直到现在艾莉克斯才惊觉这些回忆得靠她来制造。

"好了，"乔丝转身看着镜中的艾莉克斯，"你觉得怎么样？"

艾莉克斯凝视着，但不是看自己。乔丝就站在她背后——这也是艾莉克斯第一次从女儿身上看到自己的影子。不是脸型，而是脸上的光采。不是眼睛的颜色，而是如烟雾般的迷蒙眼神。用再多昂贵的化妆品，她也不可能有乔丝这样的神采，这就是坠入情网对一个人的影响。

你能忌妒自己的孩子吗？

"嗯，"乔丝拍拍艾莉克斯的肩膀说，"要是我，我会再约你出来。"

门铃响了。"我连衣服都还没换。"艾莉克斯惊慌地说。

"我去应付他。"乔丝冲下楼去。艾莉克斯扭着身子穿上黑色连身裙和高跟鞋时，可以听到交谈声传上楼来。

乔·厄奎特是个加拿大银行家，和丽兹的表哥在多伦多曾是室友。丽兹保证他绝对是个好人。艾莉克斯问道，如果他那么好为什么到现在仍单身?

你会怎么回答这个问题?丽兹反问,艾莉克斯思考了好一会儿。

我没有那么好,她说。

令她惊喜的是乔没有巨魔般的魁梧身材,有一头波浪棕发,看起来不像用双面胶黏上去的,而且他有牙齿。他看到艾莉克斯时,吹了声口哨。“全体起立,”他说,“我说的全体,指的是快乐先生。”

笑容在艾莉克斯脸上冻结了。“失陪一下!”她说完便将乔丝拉进厨房,“杀了我吧。”

“没错,是很低级没错,但至少他吃绿色的东西。我问过了。”

“你出去跟他说我临时生了急病,好不好?”艾莉克斯说,“我们俩可以叫外送,租个电影什么的。”

乔丝的笑容逐渐退去。“可是妈,我已经有约了。”她探头偷看一下门口,乔还在那儿等着。“不然我可以跟麦特说……”

“不,不用了。”艾莉克斯勉强挤出微笑。“我俩总得有一个玩得尽兴。”

她走出厨房,发现乔正拿着一根蜡烛在研究底部。“真的很抱歉,临时发生了点事。”

“可不是嘛,宝贝。”乔边说边送秋波。

“不,我是说我今晚不能出去了。有案子要审理。”她说谎,“我得回法院去。”

或许因为乔是加拿大人,所以不了解周六晚上开庭是多么不可能的事。“喔,”他说,“我绝对无意阻止司法的巨轮运转。那就改天吧?”

艾莉克斯点点头,送他出门。她脱下高跟鞋,轻轻地上楼重新换上她最寒酸的运动衫。晚餐就吃巧克力,她会挑一部老套的爱情电影看,直到哭得稀里哗啦。经过浴室时,她听见里头淋浴的声音——乔丝也在为自己的约会做准备。

艾莉克斯按着门把站立片刻，心想若是走进去帮乔丝化妆、为她整理头发——就像乔丝刚才为她所做——不知她愿不愿意。不过对乔丝而言，这种举动很自然，她从小到大，总会在艾莉克斯忙着其他事情时，趁机攫取一时半刻。然而，艾莉克斯却认为时间多的是，乔丝也会永远在那儿等着。她从未想过有朝一日自己会被遗留在后。

最后，艾莉克斯还是没有敲门便退去，她很怕乔丝会说不需要母亲帮忙，因此连开口提议的勇气都没有。

彼得做完数学课的报告后，乔丝的社交活动却没有完全毁灭，原因在于她也同时荣登麦特·罗斯顿女友的宝座。其他高二生大多是临时情侣，也就是在派对中随机凑对，或是只有性爱关系，但乔丝和麦特不一样，他们是一体的。麦特会陪她走到教室，并经常在门口与她亲吻道别让每个人都能看见。只要有任何人笨到将彼得·霍顿和乔丝的名字连在一起，就得给他一个交代。

任何人，除了彼得之外。工作时，他似乎没能理解乔丝给他的暗示——他一进来，她就转身，他问问题时也故意充耳不闻。有天下午，他终于在艺术用品室堵到她。你为什么这个样子？他问。

因为对你好，你就会以为我们是朋友。

我们本来就是朋友呀，他回答。

乔丝面对着他。这不能由你决定，她说。

某天下午在打工时，乔丝出去倒垃圾，彼得已经在垃圾箱旁等她。这是他十五分钟的休息时间，平常他会到对街去买一杯苹果汁，但今天他却斜靠在垃圾箱的金属边上。“走开。”她说，然后将几袋垃圾往上甩进去。

垃圾袋一落到底，立刻蹿起一阵火花。

几乎同一时间，火舌已由垃圾箱内堆积的纸板顺势而上，在金属墙内发出轰然巨响。“彼得，快点下来。”乔丝大喊。彼得没有动。火焰在他面前舞动着，他的五官在热气中扭曲变形。“彼得，快点！”她伸手往上抓住他的手臂，把他拉到路上，就在此时垃圾箱内不知什么东西爆炸了——碳粉？油？

“我们要去报警。”乔丝爬着起身一面喊道。

几分钟后消防队员来了，朝垃圾箱内喷洒某种有毒化学物质。乔丝呼叫了人在高尔夫球场的卡戈鲁先生。“谢天谢地，你们没受伤。”他对他们两人说。

“是乔丝救了我。”彼得回答。

卡戈鲁先生与消防人员谈话时，乔丝回到影印店，彼得跟随在后。“我知道你会救我，”彼得说，“所以我才这么做。”

“做什么？”但彼得无须答复，因为乔丝已经知道本该休息的彼得为什么出现在垃圾箱旁。她知道是谁听到她拿着垃圾袋走出后门，便丢入火柴。

即使将卡戈鲁先生拉到一旁时，乔丝仍告诉自己，她只是尽员工的本分，向老板告发企图毁损他财物的人。她并未承认对彼得说的话，对其中的真实性感到害怕。她假装没有感觉到胸口那小小火苗，比彼得纵的火更小一点，她视之为生平第一次的报复。

卡戈鲁先生将彼得解雇时，乔丝没有去听他们的对话。她感觉到彼得离开时投射过来的目光——炽热、带着责怪，但她仍专注于当地一家银行委托的工作。她注视着机器吐出来的纸张，心想：以每个成品与前一个的相似度来衡量成功与否，岂不是太奇怪了！

放学后，乔丝在旗杆下等麦特。他会从背后偷溜过来，在他亲她之前，她也会假装没看见。大家都会行注目礼，乔丝喜欢这种感觉。就某方面而言，她将自己的地位视为一种秘密身份：以后就算她再拿全A，或是承认自己很喜欢阅读，也不会再被当成怪胎，只因为其他人会先注意到她的高人气。她心想，这有点像母亲在任何地方都会有的体验：当你身为法官，其他特质都不再那么重要。

有时候她会做噩梦，梦见麦特发现她是个冒牌货——她其实不漂亮、不酷、不值得爱慕。我们都在想些什么啊？她想象朋友们会这么说，或许也因为如此，即便清醒时想到他们也很难当他们是朋友。

她和麦特已经计划好这个周末要做什么——很重要的计划，她几乎无法保密。当她坐在旗杆下的石阶上等他时，有人拍了她肩膀一下。“你迟到了。”她笑着责怪，转身却发现是彼得。

虽然是他主动来找乔丝，表情却显得和她一般惊讶。自从乔丝害彼得被炒鱿鱼后这几个月来，她总会刻意避免与他接触——这可不是简单的事，因为每天的数学课同班，在走廊上也经常碰面。因此乔丝要不是埋头书本，便是非常认真地与他人交谈。

“乔丝，”他说，“我们能不能谈谈？”

学生们成群涌出校门，她可以感觉他们的目光像鞭子一样抽打着她。他们看她是因为她，还是因为跟她在一起的人？

“不行。”她断然拒绝。

“可是……我真的很需要卡戈鲁先生那份工作。我知道我做错了。我想也许……也许你能跟他说……”他停顿一下。“他喜欢你。”彼得说。

乔丝想叫他走开，想说她不想再和他共事，更不想让人看到他们交谈。但彼得在垃圾箱纵火后这几个月里，起了一点变化。乔丝原本认为他在数学课上为她写挽歌，就该付出代价，但后来一想到此事她胸口便像火烧一般。而且她也开始怀疑彼得之所以会错意也许不是他太疯狂，而是她误导了他。毕竟当店里没人的时候，他们会谈天、说笑。他这个人还好，只是让人不太想在公开场合跟他有什么瓜葛。但感觉和付诸行动是不同的，对吧？她不像杜鲁、麦特和约翰，他们在走廊上与他擦肩而过总会推他去撞墙，也会偷他的午餐纸袋用来玩猴子抢球游戏，直到纸袋破裂、午餐全撒在地上。她不像，对吧？

她不想跟卡戈鲁先生谈。她不想彼得以为她有意与他做朋友，她甚至不想承认认识他。

但她也不想和麦特一样，有时候她很反感他侮辱彼得的话。

彼得本来坐在她对面等待答案，忽然人就不见了。麦特紧盯着他滚下石阶。“离我女朋友远一点，娘炮。”麦特说，“想玩去找个小男孩吧。”

彼得脸朝下跌在路面上。当他抬起头，嘴唇在流血。他先望向乔丝，出乎她意外的是他并未显得惊惶失措或甚至愤怒，只有确实而深沉的疲惫。“麦特，”彼得跪起来，说道，“你老二很大吗？”

“你很想知道吧？”麦特说。

“没有。”彼得踉跄起身，“我只是好奇它有没有长到可以让你干你自己。”

麦特像飓风般冲向彼得，出拳揍他的脸，并将他扭倒在地。“这样你很喜欢吧？”麦特压住彼得并朝他吐口水。

彼得猛摇头，泪水不断流下，将脸上的血冲成条纹状。“走开……”

“你不就喜欢这样吗？”麦特嘲笑道。

这时旁边已聚集不少人。乔丝焦急地东张西望想找个老师，但学校已经放学，根本见不到老师。“别打了，”她大喊，接着看到彼得扭动挣脱后，麦特又追打上去。“麦特，别再打了。”

他收起正要挥出的拳头站起身来，彼得则蜷缩侧躺着，活像个小提琴头。“你说得对，何必浪费我的时间。”麦特说完便起步离去，等着乔丝跟上来并肩而行。

他们朝他的车子走去。乔丝知道他们会大摇大摆晃到镇上，买杯咖啡，然后回她家。在家里，乔丝会专心做功课，直到实在无法漠视麦特不停搓摩她的肩膀或亲吻她的脖子，然后他们便互相爱抚，直到听见母亲的车子停进车库的声音。

麦特仍有一股怒气尚未发泄，垂在身体两侧的拳头仍紧握着。乔丝伸手抓住其中一个拳头，将它舒展开来，然后两人十指交扣。“我说几句话，你不要生气好吗？”她问道。

这是无意义的空话，乔丝知道：麦特已经生气了。正是这暴怒的另一面让她觉得自己内心仿佛带了电，反而被弱的一方给吸引过去。

见他没有反应，乔丝又继续说：“我真不懂你为什么非要找彼得·霍顿的麻烦。”

“是那个娘娘腔先开始的。”麦特反驳，“你也听到他说什么了。”

“是啊，”乔丝说，“是你先把他推下台的。”

麦特忽然停下脚步。“你什么时候当起他的守护天使了？”

他的目光深深刺痛乔丝。她全身颤抖。“我没有。”她很快地说，并深吸一口气。“我只是……不喜欢你对待那些和我们不一样的学生的方式，可以吗？你不想和那些没用的人来往，也不一定要折磨他们呀，对不对？”

“不对。”麦特说，“因为如果没有他们，就不会有我们。”他眼睛微眯。“这点你应该比任何人都清楚。”

乔丝一时哑口无言。她不知道麦特暗指的是彼得那张数学小图表，或是——更糟——她小时候曾经是彼得的朋友的往事，不过她反正也不想知道。这毕竟是她最大的恐惧：被圈内人发现她其实一直身在圈外。

她不会将彼得说的话告诉卡戈鲁先生。如果他来找她，她甚至不会再理他。她也不会自欺欺人，假装自己比嘲弄彼得或殴打彼得的麦特好一点。为了巩固社会阶级地位，该做的还是要做。而要想攀上高峰最好的方法就是踩着别人上去。

“好了，”麦特说，“你要不要跟我走？”

她心想不知彼得是否还在哭。不知他的鼻子是否断了。不知是否还可能更糟。

“要。”乔丝说着，头也不回跟着麦特走了。

马萨诸塞州林肯镇位于波士顿郊区，曾经是农地，现在却混杂了许多大型住宅，房地产价格也飙高得离谱。乔丝望着窗外景致，在不同的情况下，这原本可能是她成长的环境：石墙将屋宅庭院蜿蜒围起，房屋所戴上的“古迹”标记已将近两百年，还有小冰激凌摊位飘出鲜奶香。她心想罗根·鲁克会不会带她到那间怀旧的冰激凌店，与她同吃一个圣代。也许他会直接走向柜台，也不问她最爱什么口味便点了奶油胡桃。也许一个父亲能直觉想到的就是这个。

麦特懒懒地开着车，手腕斜靠在方向盘上。他刚满十六岁便拿到驾照，很乐于到处跑——像是替母亲买牛奶，送衣服到干洗店，放学后护送乔丝回家。对他来说，重要的不是目的地而是过程，所以乔丝才会要求他载她来找父亲。

其实她也别无选择，总不能要求母亲，因为母亲根本不知道乔丝一直在找罗根·鲁克。或许她可以想办法搭巴士到波士顿，但要到郊区的住宅却是复杂得多。因此最后她决定向麦特全盘托出——说她从未见过父亲，后来因为他竞选公职才在报上看到。

罗根·鲁克家的车道不像刚才经过的某些房子那么宽敞宏伟，但也够完美的。草地修剪成半英寸高；一丛盛开的野花伸长脖子环绕在信箱下方的铁架上。门牌从一根树枝垂挂下来，号码是59。

乔丝顿时觉得颈背寒毛直竖。去年她打草地曲棍球时，球衣背号正是59。

这是个预兆。

麦特将车转进车道。那里停了两辆车——一辆雷克萨斯和一辆吉普——还有一辆让幼儿骑着玩的消防车。乔丝的视线一直停留在幼儿车上。她没想到罗根·鲁克会有其他小孩。“要我跟你进去吗？”麦特问。

乔丝摇摇头。“我可以。”

她走向前门时，却开始怀疑自己到底在想什么。你怎么可能随随便便就闯入一个公众人物的家？一定有情报干员之类的，或是会攻击人的狗。

像是受到感应似的，旁边立刻传来狗吠声。乔丝朝声音来处转过身去，只见一只头上绑着粉红蝴蝶结的迷你约克夏往她脚边直奔而来。

前门开了。“泰坦妮亚，那是邮差，你别乱……”罗根·鲁克话没说完，因为发现乔丝站在面前，“你不是邮差。”

他比她想象得高，本人则和《环球报》里的相片一模一样——白发、鹰钩鼻、身材修长。但他的眼睛颜色和她一样，她像触电似的无法转移目光。不知当初母亲是否也为此陷落。

“你是艾莉克斯的女儿。”他说。

“对，”乔丝回答，“也是你的。”

从敞开的门口，乔丝听见一个小孩被追得头发昏却高兴得尖叫的声音。还有一个女人的声音问道：“罗根，是谁啊？”

他伸手将身后的门关上，不让乔丝再窥见他的生活。平心而论，乔丝可以想象面对尚未出生便被抛弃的女儿确实有点令人不知所措，但他却显得太不自在了。“你来这里做什么？”

理由还不明显吗？“我想见你。我以为你可能也想见我。”

他深深吸一口气。“现在实在不方便。”

乔丝往后看了车道一眼，麦特的车还停在那里。“我可以等。”

“你听我说……实在因为……我正在竞选。现在这个时候，这种麻烦我惹不起……”

那两个字绊住了乔丝的思绪。她是个麻烦？

她看着罗根·鲁克掏出皮夹，从中抽出三张百元钞。“拿去。”他把钱塞进她手里，“这些够吗？”

乔丝试图呼吸，但有人拿木桩刺穿她的胸口。她发现这是用血换来的补偿金，她的亲生父亲以为她是来敲诈的。

“竞选结束后，”他说，“也许我们能一起吃个饭。”

她手里的钞票摸起来硬硬脆脆的，就像刚在市面流通那种。乔丝忽然想起小时候陪母亲到银行时，母亲总会让她数那些二十元钞票，确认行员领出来的金额，还有新钞总散发着墨水和好运的味道。

罗根·鲁克不是她父亲，他跟收费站的收费员或其他陌生人没两样。即便与某人有同样的基因，你们之间也可能毫无共通点。

乔丝转瞬间发觉，她不是已从母亲身上得到教训了吗？

“好啦。”罗根·鲁克转身往回走，他手按在门把上，略一迟疑。“我……我还不知道你的名字。”

乔丝咽下口水。“玛格丽特。”她说，那么她对他就像他对她一样，都只是个谎言。

“就这样了，玛格丽特。”他响应后迅速回到屋内。

回车上的途中，乔丝让手指像花朵般绽放开来，看着钞票飘落地面，旁边有棵植物就和这里其他一切事物一样，显得欣欣向荣。

说实话，彼得是在熟睡中想到这游戏的点子。

他以前便写过电脑游戏程序——复制早期电玩游戏、赛车，甚至有一个科幻脚本，外国人只要登入网站便能和你在线对打——但却从未有过这么大的构想。之所以兴起这个念头是因为有一次乔伊的橄榄球赛结束后，他们顺道到一家比萨店吃比萨，结果彼得不仅吃了太多太多肉丸与腊肠比萨，还死盯着一个名叫“猎鹿”的大型电玩游戏。丢进铜板之后，用假枪瞄准从树后探出头来的公鹿，要是射中母鹿就输了。

当天夜里彼得梦见和父亲去打猎，但猎的不是鹿而是真人。

他汗涔涔地醒来，手还因为太用力而抽筋，好像真的一直握着枪。

创造虚拟角色其实没有那么难。他做过一些实验，就算肤色不对，绘图不够完善，他也知道如何透过程序语言区别人种、发色与体格。设计一个把人当成猎物的游戏应该蛮酷的。

可是战争游戏已经老掉牙，就连帮派也被《侠盗飞车》做过了头。彼得明白他需要的是一个其他人也都想射死的新坏人。这正是电玩游戏的乐趣所在：看着一个死有余辜的人遭受报应。

他试着想出宇宙中其他可以发展成战场的小世界：外星人入侵、西部枪战、间谍任务。后来彼得想到自己每天必须冒死抗战的前线。

你何不选出猎物……让他们变成猎人呢？

彼得下床坐到书桌前，搜出几个月前便弃置在抽屉里的八年级（即中学三年级）纪念册。他要设计一个怪胎复仇的电脑游戏，而且是二十一世纪新版。在这个幻想世界中，权力平衡的关系逆转了，受压迫者终于有机会打败恶棍学生。

他拿起马克笔开始翻阅纪念册，在相片上画圈。

杜鲁·纪哈德。

麦特·罗斯顿。

约翰·埃柏哈。

彼得翻页后，停顿一下，然后把乔丝·柯米尔的脸也圈了起来。

“你能不能在这里停一下？”乔丝说，她真的无法继续坐在车上，假装与父亲的相会很顺利。麦特才刚一停定，她便打开车门，飞奔入路旁树林里的高草丛中。

她颓坐在铺满松针的地上，哭了起来。她原本有何期待，她自己也说不清楚——但绝对不是这样。无条件地接受她？也许吧。至少，该有点好奇。

“乔丝？”麦特从后面追上来，说道，“你还好吧？”

她想说还好，但她已厌倦透了说谎。她感觉到麦特的手轻抚她的头发，这反而让她哭得更厉害。温柔其实和所有刀子一样锋利。“他根本不在乎我。”

“那你就不应该在乎他。”麦特回答。

乔丝看了他一眼。“事情没那么简单。”

他将她拉入怀中。“乔啊。”

麦特是唯一给她起过绰号的人。她就不记得母亲曾像其他人的父母，用“小南瓜”或“金龟子”之类的可笑昵称叫她。每当麦特叫她乔，她就会想起《小妇人》，虽然她敢肯定麦特绝对没看过奥尔科特的小说，但能和书中那么坚强而自信的角色产生关联仍令她暗自心喜。

“真可笑，我根本不知道我为什么要哭。我只是……希望他喜欢我。”

“我非常喜欢你。”麦特说，“这样有帮助吗？”他靠上前去，亲吻她的泪痕。

“太有帮助了。”

她感觉到麦特的唇从她的脸颊移到脖子，再移到耳朵后方那个总会让她全身酥软的点。在这方面她是生手，但每当独处时，麦特总会一次比一次更进一步地诱导她。都是你害的，他会露出那种笑容对她说。要不是你这么火辣，我就不会舍不得放手了。光是这句话就足以让乔丝心荡神驰。她？火辣？而且——诚如麦特每次的保证——让他抚摸她全身、让他品尝她，感觉的确很舒服。与麦特一次比一次亲密的关系，让她有种跌落悬崖的感觉——屏息无法呼吸，腹中有蝴蝶飞舞。再一步，她便能飞起来。乔丝却没想到，当她跃起时也很可能坠落。

此时他的手已经在她T恤里面游移，随之滑进胸罩的蕾丝底下。他们四脚交缠、他往她贴靠上来。当麦特拉起她的T恤，冷风轻拂过她的肌肤，也让她倏地回到现实。“我们不能这样。”她低声说。

麦特的牙齿擦过她的肩膀。

“我们的车子停在路边。”

他抬起头看她，眼神迷蒙狂热。“可是我想要你。”麦特说，这句话他已说了不下十次。

但这次她往上一瞥。

我想要你。

乔丝本可阻止他，但她知道自己不想这么做。他想要她，而此时此刻，这正是她最想听到的话。

有那么一刻麦特忽然静止不动，狐疑着她没有推开自己的手是否和他所想的意思相同。她听见撕开保险套铝箔包装的声音——他随身带着那个有多久了？接着他扯下自己的牛仔裤，拉起她的裙子，动作中似乎还预期着她会改变心意。乔丝感觉到麦特将她内裤的松紧带往旁扯开，他手指的灼热感在她体内驱动着。这次和前几次都不同，他的碰触在她肌肤上留下一道宛如彗星的轨迹，而且当她告诉他不想继续时，竟有疼痛的感觉。麦特移开重心不再压住她，但是这次的感觉更灼热、更急迫。“噢。”她呻吟着，麦特却有些犹豫。

“我不想伤害你。”他说。

乔丝将头转开。“做吧。”她说。于是麦特将臀部直接压在她的臀部往前推送。那种痛——即使她已有心理准备——仍让她忍不住大叫。

麦特以为那是激情的展现。“我知道，宝贝。”他发出呻吟。她能感觉到他的心跳，但是从体内，接着他开始加快动作，猛力冲撞她，就像一条从钓钩被释放到码头上的鱼。

乔丝很想问麦特他的第一次是不是也很痛。她很好奇是不是总是会痛。也许疼痛是每个人必须为爱付出的代价。她把脸埋进麦特的肩膀，试着了解为什么即使他已进入她体内，她仍感到空虚。

“彼得。”桑德陵汉老师上完英语课后说道，“你能不能留下来一下？”

听到老师这么说，彼得重重坐回椅子上，开始想着该用什么借口向父母解释又一次的不及格。

其实他很喜欢桑德陵汉老师。她三十岁都还不到，当她喋喋不休讲述文法与莎士比亚时，你甚至可以盯着她，想象不久前她可能也和所有普通学生一样，垂头丧气地坐在位子上，怀疑墙上的时钟怎么好像停了。

彼得等到其他同学都走了以后，才走到老师的讲桌旁。“我只是想跟你谈谈你的作文。”桑德陵汉老师说，“我还没有打完所有的分数，但我刚好翻了一下你的……”

“我可以重写。”彼得立刻脱口而出。

桑德陵汉老师诧异地扬起眉毛。“可是彼得……我是想告诉你你拿了A。”她把作文递给他。彼得直瞪着边缘那个鲜红色的评分。

这次的题目是一个改变了你的生活的重大事件。虽然只发生短短一星期，彼得还是写了自己在打工处垃圾箱纵火而遭到解雇的事。文章里，他完全没有提到乔丝·柯米尔。

桑德陵汉老师将他结尾的一句话圈起来：我学到一个教训，那就是做坏事会被发现，所以行动前一定要想清楚。

老师伸出手放在彼得的手腕上。“这次意外确实让你学到了教训。”她说着对他微微一笑，“我绝对相信你。”

彼得点点头，从桌上拿起那张纸。他游进走廊上的学生人潮中，纸仍拿在手上。他想象自己如果拿着写了个又肥又大的A的考卷回家，母亲会说什么——因为这是他生平第一次实现了大家对乔伊而不是对彼得的期望。

但如此一来他就得将垃圾箱的意外事件告诉母亲，也得坦白他已经被炒鱿鱼，这几天放学后都待在图书馆而不是去影印店。

彼得将作文揉成一团，丢进路过的第一个垃圾桶。

自从乔丝一有空便几乎和麦特黏在一起之后，梅蒂·萧便天衣无缝地取代了寇特妮密友的位置。就某方面而言，她比乔丝更称职：如果走在寇特妮和梅蒂后面，你无法分辨谁是谁。梅蒂是如此密切地学习寇特妮的风格与一举一动，甚至将模仿提升成为艺术。

今晚他们在梅蒂家聚会，因为她父母到雪城去看她读大二的哥哥。他们没有喝酒——现在是曲棍球季，球员得和教练约法三章——不过杜鲁·纪哈德租了一部完整版的青少年性爱喜剧，男生看了都在讨论伊莉莎·卡斯伯特和夏依·伊利莎白谁比较火辣。“不管哪一个，我都不会赶她下床。”杜鲁说。

“你怎么知道她们就会跟你上床？”约翰·埃柏哈笑道。

“我的名声传得可长远了……”

寇特妮不屑地说：“你身上长远的部位也只有这个了。”

“小寇呀，你一定很想确定吧。”

“也可能不想……”

乔丝和梅蒂坐在地上玩碟仙，这是她们在地下室橱柜里找到的，另外还有冒险游戏和益智问答游戏。乔丝的指尖轻轻放在乩板上。“你在推吗？”

“没有，我发誓。”梅蒂说，“你呢？”

乔丝摇摇头。她很好奇有哪种鬼魂会出现在青少年的聚会。当然是死得很惨而且很年轻的人——说不定是车祸。“你叫什么名字？”乔丝大声地问。

占卜板转到字母A，然后B，然后便停了。

“艾伯。”梅蒂说，“一定是。”

“或艾比。”

“你是男的还是女的？”梅蒂问。

结果板子滑了出去。杜鲁不禁笑着说：“可能是同性恋。”

“有经验的才会这么清楚。”约翰说。

麦特打了个呵欠伸伸懒腰，衬衫往上拉起。乔丝虽然背对着他，却几乎感觉得到，他们的身体是如此地协调一致。“这一切真是太刺激有趣了，所以我们要走了。走吧，乔。”

乔丝看到乩板拼出一个字“N-O”（不要）。“我不走，”她说，“我正玩得高兴。”

“哦，”杜鲁说，“谁要听你的话！”

自从他们开始约会，麦特就比较常和乔丝在一起而少和朋友碰面。

虽然麦特曾说他宁可跟她闲晃，也不想和一群笨蛋为伍，但乔丝知道受杜鲁和约翰尊重对他来说还是很重要。但就算如此，他也不必把她当奴隶对待吧？

“我说我们要走了。”麦特又说一遍。

乔丝瞥他一眼。“我说我想走的时候就会走。”

她来到梅蒂家的玄关，一手抓起自己的夹克。听到身后的脚步声，乔丝连头也没回就说：“我正玩得高兴。所以……”

她话没说完便低呼“哎呀”一声，因为麦特狠狠抓住她的手臂将她旋转过来，然后按住她的肩膀让她贴在墙上。“你弄痛我了……”

“以后再也不许这样对我。”

“是你先……”

“你让我像个白痴一样。”麦特说，“我已经说该走了。”

瘀青在她被他牢牢按住的皮肤上渲染开来，就好像她是块画布，而他决心在上头留下他的印记。在他的手劲下她软化了：这是本能，是投降。“对……对不起。”她小声地说。

这句话像把钥匙——麦特松开了手。“乔，”他叹了口气，然后与她额头相贴。“我不喜欢和别人分享你。你不能怪我。”

乔丝摇摇头，但还是没有信心开口。

“实在是因为我太爱你了。”

她顿时愕然。“真的？”

他还没有跟她说过这些话，而她自己虽有感觉却也还没开口，因为如果他没有同样响应，她一定会羞愧得立刻人间蒸发。但现在麦特说他爱她，他先说了。

“这还不明显吗？”他说着牵起她的手放到唇边，轻轻地亲吻她的指节，乔丝因此几乎忘了事情怎么发展到这一步的。

“肯德基炸人”，彼得正在琢磨戴瑞克的点子。他们俩此时正在上体育课，因为要选篮球队员所以坐在球场边线。“不知道……好像有点……”

“太逼真？”戴瑞克说，“你什么时候也变得在乎政治正确了？喏，想象一下如果可以进到美术教室，如果有足够分数，并利用窑当武器。”

戴瑞克一直在为彼得的新电脑游戏进行实地测验，同时指出改进空间与设计的缺失。他们知道还有很多时间可以讨论，因为他们一定最后才会被选上。

史毕思教练挑选了杜鲁·纪哈德和麦特·罗斯顿担任队长——不是的话才真令人跌破眼镜，尽管他们才二年级，却已经是代表队选手。“同学们，有活力一点。”教练喊道，“要让队长觉得你们渴望上场，要让他们觉得你们是下一个迈克尔·乔丹。”

杜鲁指着后面一个男生。“诺亚。”

麦特朝着坐在他旁边的学生点了点头。“查理。”

彼得转向戴瑞克。“听说乔丹退休以后，还可以拿到四千万代言费。”

“也就是说他不用工作，一天可以赚十万九千五百八十九美元。”戴瑞克计算着。

“艾许。”杜鲁喊道。

“罗比。”麦特说。

彼得朝戴瑞克靠近些。“如果他去看电影，虽然要花十块钱，但这段时间却能赚进九千一百三十二美元。”

戴瑞克咧嘴笑道：“如果他花五分钟煮蛋，可以赚三百八十元。”

“史都。”

“弗莱迪。”

“好家伙。”

“瓦特。”

此时只剩下三人还没被挑上：戴瑞克、彼得和罗伊斯，后者有攻击行为的问题，并有他专属的辅导员。

“罗伊斯。”麦特说。

“他可以比在麦当劳打工多赚四千五百六十块八毛五。”戴瑞克又说。

杜鲁仔细打量着彼得和戴瑞克。“他看一集回放的《好友记》可以赚两千两百八十三元。”彼得说。

“如果他想存钱买一辆玛莎拉蒂，需要整整二十一小时。”戴瑞克说，“唉，真希望我也会打篮球。”

“戴瑞克。”杜鲁挑了他。

戴瑞克准备起身。“是啊，”彼得说，“可是就算迈克尔·乔丹的收入可以让他再过四百五十年，还是没有比尔·盖茨这一秒钟赚得多。”

“好吧，”麦特说，“我就挑娘娘腔。”

彼得拖着脚步缓缓走到麦特队伍后方。“彼得，这种运动你应该很行。”麦特说得很大声，每个人都听得到，“把手放在球上就对了。”

彼得斜靠着墙壁，墙上挂着地板垫就像在精神病院里头一样。一个橡胶软垫房，所有妖魔鬼怪都可能出笼。

其他所有人似乎都很清楚知道自己是谁，他有点希望自己也跟他们一样。

“好啦，”史毕思教练说，“开始比赛。”

这一季第一场冰风暴在感恩节前报到了。午夜过后开始，狂风将屋子的老骨头撼得咯咯作响，窗户也不知被什么砸得噼里啪啦响。停电了，但艾莉克斯事先已料到。她在科技消失后的一片万籁俱寂中惊醒，拿起原先放在床边的手电筒。

还有蜡烛。艾莉克斯点了两根蜡烛，看着比自己身形还巨大的影子在墙上爬行。她还记得乔丝小时候也有过这样的夜晚，她们俩会一起钻进被窝，乔丝则会暗暗祈求第二天不用上课。

为什么大人从来没有这种假？即使明天不用上课——如果艾莉克斯猜得没错，应该是不用——即使风仍狂啸得有如地球发出疼痛哀号，即使挡风玻璃的雨刷结了冰，艾莉克斯仍得出现在法院。瑜伽课和篮球赛和剧场表演会延后，但真实人生从未取消过。

卧室的门忽然打开。乔丝站在门口，穿着小可爱和男生的四角裤——艾莉克斯不知道裤子从哪儿来，只希望不是麦特·罗斯顿的。有一刻，艾莉克斯几乎无法将眼前留着卷曲长发的少女，与她心目中的女儿——那个还绑着辫子、穿着神力女超人睡衣的小女孩——联想在一起。她将被子掀开一角，以示邀请。

乔丝钻了进去，将毯子往上拉盖住下巴。“外面好恐怖。”她说，“好像天要塌了。”

“我比较担心道路。”

“你想明天会下雪吗？”

艾莉克斯在黑暗中露出微笑。乔丝或许长大了，但担心的事还是没变。“很可能。”

乔丝带着满意的笑容，“砰”地倒在枕头上。“不知道能不能和麦特上哪儿去滑雪。”

“如果路况不好，你不许出门。”

“你就可以。”

“我是没得选择。”艾莉克斯说。

乔丝转向母亲，眼中闪着烛光。“每个人都有选择。”她说着，弯起手肘撑着头，“我能不能问你一件事？”

“当然可以。”

“你为什么不嫁给罗根·鲁克？”

艾莉克斯觉得仿佛赤裸裸地被推到外面的风暴中，乔丝的问题太令她措手不及。“你怎么会想到问这个？”

“他有什么地方不够好？你不是说他又英俊又聪明，你一定是爱他的，至少在某个时间点……”

“乔丝，这已经是很久的事了——而且也不是你应该担心的，因为这和你毫无关系。”

“这当然和我大有关系。”乔丝说，“我有一半是他。”

艾莉克斯瞪着头顶上的天花板。也许天真的塌下来了，也许当你以为利用烟与镜的魔术便能制造持续的幻影时，便会有此结果。“他什么都很好，”艾莉克斯平静地说，“完全不是他的问题，是我。”

“还有他已经结婚了。”

艾莉克斯马上坐起身来。“你怎么知道？”

“报纸上都是，因为他在竞选。又不是多难的事。”

“你打电话给他了？”

乔丝直视着母亲双眼。“没有。”

其实艾莉克斯内心倒有点希望乔丝找他谈过，她想知道他是否知道她的工作现况，他是否问起了她。离开罗根，在当时看来似乎是为了孩子最应该做的事，现在看来却很自私。以前为什么从未和乔丝谈过这些？

因为她在保护罗根。或许乔丝从小到大都不认识父亲，但这不是比知道他想把你拿掉来得好吗？再说一次谎，艾莉克斯心想，小小的就好。只要不让乔丝受伤。“他不肯和老婆离婚。”艾莉克斯瞄向一旁的乔丝。“他要把我塞进他生活的空隙，但我没法让自己缩得那么小。这样说得通吗？”

“大概吧。”

艾莉克斯在被毯底下伸手握住乔丝的手。如果光线清晰明亮，这个举动会显得很生硬——她们俩都不习惯如此公开地表达情感——但此时置身于黑暗中，四周的世界有如隧道，因此感觉非常自然。“对不起。”她说。

“为什么？”

“因为在你成长过程中，没有让你选择让他陪在身边。”

乔丝耸耸肩，将手抽出。“你做得对。”

“我也不知道。”艾莉克斯叹息道，“有时候做对的事会让你孤单得很。”她忽地转向乔丝，一个灿烂的笑容在脸上展开。“我们干嘛说这些？你跟我不一样，你在恋爱方面很幸运，对吧？”

就在这时候，电力恢复了。楼下的微波炉“哔”一声重新设定，浴室灯泡的黄光溢出走廊。“我想我还是回自己房间好了。”乔丝说。

“喔，好吧。”艾莉克斯回答，但她其实想说欢迎乔丝留下来。

乔丝轻轻走过通道时，艾莉克斯重新设定闹钟。LED屏幕惊慌地闪着12:00、12:00、12:00，仿佛一个警信在提醒灰姑娘：童话故事的结局并不易得。

彼得没想到“领先者”的保镖连瞄都没瞄他的假身份证一眼，他还没来得及细想自己终于真的来到这里就被推进去。

一阵烟雾迎面而来，他花了一两分钟才适应里面的昏暗光线。人与人之间的空隙全被音乐填满，电子舞曲之类的乐声震得彼得的耳膜也砰砰跳动。前门两边各站有一名高大的女人在检查刚进来的人。彼得又看了一眼才发现其中一人脸上隐约有胡须痕迹。那是个他。另一个比他以前见过的多数女孩都还女性化，但话说回来，彼得从未近看过人妖，也许他们是完美主义者。

里头的男人三三两两地站着，只有几个像猫头鹰一样高踞在舞池上方的楼台。有些男人穿着皮套裤，有些男人在角落里亲吻男人，有些男人在传递大麻。墙上的镜子让俱乐部看起来好巨大，厅室无止无尽。

多亏有网络聊天室，很轻易便找到“领先者”的信息。由于彼得还在上驾训课，只能搭巴士到曼彻斯特，再转搭出租车到俱乐部门口。他仍不太确定自己为什么来——在他心里，这有点像人类学实验，看看自己是否比较能融入这个社会，而不是原来那个。

他倒不是想和男生鬼混，总之现在还不想。他只想知道在一群男同志当中是什么感觉，是不是完全不会介意。他想知道他们是否一看到彼得，就知道他属于他们。

有一对情侣正在某个阴暗角落打得火热，他就停在他们面前。在真实生活中看见男生接吻有点奇怪。当然了，电视节目上也会有男人接吻的画面——那种精彩片段通常都会引发议论而见报，因此彼得总会知道播出时间——有时候他会盯着电视上的人，看看自己有没有什么感觉。但那是演出来的，就跟一般电视节目的凑对没有两样……不像此时眼前的画面。他等着看自己的心跳会不会加快，看它对自己有没有影响。

可是他并不觉得特别兴奋。好奇当然免不了——例如亲热时会不会被胡子刮伤？——而且也不反感，但彼得不敢肯定地说自己也想尝试一下。

那两人忽然分开来，其中之一眯起眼睛。“这可不是表演。”他一手将彼得推开。

彼得一个踉跄，跌到一个坐在吧台边的人身上。“哇，”那人眼睛一亮，“这是谁呀？”

“对不起……”

“别。”他年约二十出头，顶着金黄色小平头，指尖染上尼古丁的颜色，“第一次来吧？”

彼得转向他。“你怎么知道？”

“因为你的表情就像快被车撞上而呆住的鹿。”他把香烟捻熄，招呼酒保过来，彼得觉得酒保仿佛是从杂志内页里走出来的人物。“里克，替我这位年轻朋友倒杯喝的。你想喝什么？”

彼得咽了一下口水。“百事可乐？”

那人笑着露出一口闪亮的牙齿。“不会吧。”

“我不会喝酒。”

“喔，”他说，“那试试这个。”

他递给彼得一对小玻璃管，又从口袋掏出一对自己用。管内没有粉末——只有气体。彼得看他打开盖子，深深吸入一口，然后用另一个鼻孔吸另一管。彼得也有样学样，吸了以后觉得天旋地转，就像那次他趁父母亲去看乔伊打橄榄球喝了半打啤酒的感觉。但不同的是，那天喝完后他只想睡觉，现在却感觉身体的每个细胞都很兴奋、很清醒。

“我叫寇特。”男子说，并伸出手来。

“彼得。”

“0还是1？”

彼得耸耸肩，这句话是什么意思他毫无头绪，但仍试图表现出了解的样子。

“天啊，”寇特目瞪口呆地说，“新血。”

酒保放了一杯百事可乐在彼得面前。“别惹他，寇特，他还小。”

“那么也许我们应该玩个游戏。”寇特说，“喜欢台球吗？”

打台球这彼得绝对应付得来。“很好呀。”

他看着寇特从皮夹抽出一张二十元钞，留在柜台上给里克。“不用找了。”他说。

台球房在俱乐部大厅旁边，里面四张台子都已经有人，进度各自不同。彼得坐到靠墙的长凳上，观察他人。有些人彼此碰触——手臂环绕在肩上，拍一下臀部——不过大多数就像一群男生聚在一起。像朋友一样。

寇特从口袋抓出一把二十五分的硬币，放在台子边缘。彼得以为这是他们的赌注，便也从夹克掏出两张皱巴巴的一元纸钞。“不是要打赌。”寇特笑说，“这是打台球要付的钱。”他们前面那组人打进最后一球后，他站起来将硬币投入球台，随即滚出五颜六色的大花球与小花球。

彼得从墙上挑了一根球杆，然后用巧克抹抹前端。台球他并不拿手，不过以前玩过几次，还没出过划烂台球桌或是把球打出球台之类的丑。“原来你喜欢打赌，”寇特说，“那会更有趣。”

“我先放五块钱。”彼得希望这么说能让自己显得成熟一点。

“我不赌钱。这样好不好？如果我赢，我送你回家，如果你赢，你送我回家。”

彼得怎么想都不觉得自己会赢，因为他既不想陪寇特回家，更不可能带寇特回家。因此他将球杆放在球台边缘。“我已经不太想玩了。”

寇特抓住彼得的手臂。那对眼睛在他脸上显得太亮，像炽热的小星星。“我的硬币已经投进去，一切都准备好了。你刚才说想玩……那就表示要有始有终。”

“你放我走。”彼得说。他的声音顺着惊慌的梯子往上爬升。

寇特微笑道：“可是我们才刚开始。”

彼得身后有一个男人开口了。“我想你应该听到这孩子说的话了。”彼得转过身去，但寇特仍抓着他不放，他竟看到麦凯博，他的数学老师。

这种时刻很奇怪，就好像在电影院遇见邮局女员工，你知道自己在哪看过她，但她身旁少了信箱、秤子和邮票贩卖机，你便不太能认出她来。麦凯博老师拿着一瓶啤酒，穿着类似丝质的衬衫。他放下酒瓶，双臂交抱。“你别找他麻烦，寇特，不然我就报警把你从这儿轰出去。”

寇特耸了耸肩。“随便。”他说着又走回烟雾弥漫的酒吧。

彼得低头看着地上，等待麦凯博老师先开口。他知道老师一定会打电话给家长，或是当着他的面把身份证撕得粉碎，或是问他怎会想到光顾曼彻斯特镇上的同志酒吧。

但彼得忽然想到他也可以问麦凯博老师同样的问题。当他抬起头来，他思索着一个老师肯定已经知道的数学法则：如果两人拥有相同秘密，那便不再是秘密。

“你可能需要人载你回家。”麦凯博老师说。

乔丝举起手与麦特巨大无比的手掌相贴。

“看看你跟我比起来多娇小。”麦特说，“我没杀死你真是奇迹。”

这时他虽仍硬挺地插在她体内，但身体动了一下，好让她感觉他的重量。然后他用手轻掐她的脖子。

“因为，”他说，“我做得到。”

他稍稍用了点力扼住气管，她还不至于窒息，但肯定已说不出话。

“不要。”乔丝勉强挤出。

麦特瞪着她，满脸困惑。“不要什么？”他说着又开始在她体内动起来，乔丝相信一定是自己听错了。

从曼彻斯特回家的一个小时车程中，彼得与麦凯博之间的对话多半有如蜻蜓点水，而且老是围绕着他们俩都不特别感兴趣的话题打转：波士顿冰上曲棍球队的排名、即将举行的冬季晚宴舞会、最近比较热门的大学。

直到从斯特灵出口离开八十九号公路，开上通往彼得家那条阴暗而偏僻的道路时，麦凯博老师才提到他们俩此时同在车上的原因。“关于今晚，”他说道，“学校里没有几个人知道。我还没出柜。”后视镜反射出一片小小的方形亮光映在他眼睛上方，使得他看起来像浣熊。

“为什么？”彼得听到自己这么问。

“不是我认为教职员不会支持……而是我觉得这与他们无关。不是吗？”

彼得一时不知如何回答。“嗯，”彼得说，“在这边转，然后左手边的第三间。”

麦凯博把车停在彼得家车道前面，没有转进去。“彼得，我之所以告诉你是因为我信任你，也是为了如果你需要找人谈谈，希望你能来找我，不必客气。”

彼得解开安全带。“我不是同性恋。”

“好的。”麦凯博回应道，但眼角似乎变得有些柔和。

“我不是同性恋。”彼得更坚定地重复一遍，然后打开车门，以最快的速度冲回家。

乔丝摇了摇指甲油，并看了瓶底的标签。我不是真的女侍红色。“你们猜这些都是谁想出来的？会不会是一群围坐在会议桌旁边的女人？”

“不是，”梅蒂说，“很可能只是老朋友一年聚在一起喝醉一次，然后写下所有的口味。”

“不是吃的东西不能叫口味。”爱玛纠正道。

寇特妮翻过身，长发从床边垂下犹如瀑布。“真是无聊死了。”她喊道，虽然这是她家也是她办的过夜聚会。“总有什么比较刺激的事可以做吧。”

“我们打电话给某人。”爱玛建议。

寇特妮考虑着说：“恶作剧吗？”

“我们可以叫比萨，然后送到某人家里。”梅蒂说。

“上次已经整过杜鲁了。”寇特妮叹气道，接着她忽然咧嘴一笑，拿过电话。“我想到更好玩的。”

她打开扩音器开始拨号——一阵音乐声响起，乔丝听来格外熟悉。“喂。”另一头传来沙哑的声音。

“麦特，”寇特妮喊了一声，同时将食指放在唇上示意大家安静，“嗨。”

“现在是凌晨三点耶，小寇。”

“我知道。只是……有件事我老早就想跟你说，可是又不知道怎么办，因为乔丝是我的朋友……”

乔丝正准备出声好让麦特知道这是陷阱，却被爱玛捂住了嘴还强压在床上。

“我喜欢你。”寇特妮说。

“我也喜欢你。”

“不是，我是说……我喜欢你。”

“天哪，寇特妮。我想我会愿意跟你做爱，只不过我爱的是乔丝，而且她现在很可能离你还不到三英尺远。”

沉默像玻璃一样，被笑声震得粉碎。“我的天！你怎么知道？”寇特妮说。

“因为乔丝什么事都会告诉我，包括她什么时候到你家过夜。现在把扩音器关掉，让我跟她说晚安。”

寇特妮把听筒递过去。“说得好。”乔丝说。

麦特的声音带着浓浓的睡意。“你不相信吗？”

“没有啊。”乔丝微笑回道。

“好啦，玩得高兴点。不过不能像跟我在一起那么高兴。”

她听到麦特打呵欠。“去睡吧。”

“真希望你在我身边。”他说。

乔丝转身背向其他女孩。“我也是。”

“我爱你，乔。”

“我也爱你。”

“而我呢，”寇特妮大声说，“快要吐了。”她伸手过去将电话按掉。

乔丝把听筒往床上一丢。“是你自己要打给他的。”

“你根本是忌妒。”爱玛说，“我就希望有人没有我活不下去。”

“你真幸运，乔丝。”梅蒂附和道。

乔丝再次旋开指甲油的盖子，有一滴从刷毛上滴落在她的大腿，像一滴血。无论她哪个朋友——也许寇特妮不算，但大多数——为了拥有她这个位置，都会愿意杀人。

但她们愿意为它死吗，她内心有个声音低低地说。

她抬头看着梅蒂和爱玛，勉强挤出一个微笑说道：“那还用说。”

十二月，彼得在图书馆找到工作，负责视听器材，也就是每天放学后要留下来一个小时，回转缩影胶卷、将DVD按字母顺序排好，并将投影机与电视机和录放机搬到教室，那么老师们明天一早到学校便可使用。他最喜欢的还是图书馆里没人烦他。那些受欢迎的学生死也不会让人发现他们放学了还在那里，彼得倒是比较常看见特殊教育学生和辅导员一起在做功课。

他找到这份工作是因为替图书管理员沃尔小姐修好了总是蓝屏的电脑。现在整个斯特灵高中，她最喜欢的学生就是彼得。她下班后就让彼得上锁，还替他配了一把工友专用电梯的钥匙，以方便他将器材从某一楼层搬到另一楼层。

那天彼得最后一项工作是把投影机从二楼的生物实验室搬回视听室。他刚踏进电梯正要转动钥匙关门时，有人大喊等一下。

过了一会，乔丝·柯米尔一跛一跛地走进电梯。

她拄着拐杖，还穿了引人注目的脚踝支架。电梯门关上时，她瞄了彼得一眼后，很快地垂下眼睛盯着油毡地板。

虽然乔丝害他被炒鱿鱼已经是几个月前的事，但彼得看见她还是隐约感觉一丝怒气。他几乎可以听见乔丝一秒一秒地默数，迫不及待希望电梯门早点打开。拜托，跟你关在这里面我也没多高兴，他心里暗想，就在这时候电梯晃了一下，然后“嘎”一声停住了。

“怎么了？”乔丝不停地按一楼的按钮。

“那没用。”彼得说。他伸手越过她——而她为了往后闪差点重心不稳，好像他有传染病似的——按下红色紧急钮。

没有动静。

“真烂。”彼得说。他盯着电梯的天花板。电影里的动作明星总会爬过风管进入电梯井，但即使站到投影机上面，他也不知道没有螺丝起子该怎么打开顶门。

乔丝又按一次按钮。“有人吗？”

“不会有人听见的。”彼得说，“老师全都走了，工友在地下室看五点到六点的《欧普拉秀》。”他瞥她一眼，“不过你怎么会在这里？”

“独立研习课。”

“那是什么？”

她举起一支拐杖。“就是你不能上体育课的时候补修的学分。你又在这里干吗？”

“我现在在这里打工。”彼得说完，两人都陷入沉默。

照理说，彼得心想，他们迟早会被发现。工友一楼一楼打扫的时候应该会发现他们，否则最晚便得等明天早上大家又到学校以后。他不禁微微一笑，因为想到可以老实跟戴瑞克说：你一定猜不到，我跟乔丝·柯米尔一起过夜。

他打开一台iBook按了个键，开始在屏幕上操作PPT。阿米巴原虫、囊胚、细胞分裂、胚胎。真不可思议，我们竟然都是这样开始的——极其微小，细不可察。

“他们多久才会发现我们？”

“不知道。”

“图书管理员不会发现你没回去吗？”

“连我爸妈都不会发现我没回去。”

“天哪……万一没空气了怎么办？”乔丝拿起拐杖敲门，“救命啊！”

“不会没有空气的。”彼得说。

“你怎么知道？”

他其实并不知道。但不然还能怎么说？

“关在小空间里我会很害怕。”乔丝说，“我没办法。”

“你有幽闭恐惧症？”他很好奇自己怎么不知道。不过他为什么应该知道？过去六年他毕竟不是她生活中很重要的部分。

“我好像快要吐了。”乔丝呻吟着说。

“该死。”彼得说，“别吐。赶快闭上眼睛，那你就会忘记自己在电梯里面。”

乔丝闭上眼睛，但才一闭上，拄着拐杖的身体却开始摇摇晃晃。

“撑着点。”彼得将拐杖拿开，让她只用一只脚站立，然后握住她的手让她坐到地板上，将伤腿伸直。

“你怎么受伤的？”他朝石膏点了点头，问道。

“在冰上滑倒。”她忍不住哭起来，还大口喘气——换气过度，彼得猜想，其实他只在书上看过这个名词，没有实际经验。这时应该用纸袋套住口鼻呼吸，对吧？彼得搜寻着电梯内有无适用之物。视听推车上有一个装文件的塑料袋，不过把这玩意儿套在头上好像有点蠢。“好吧，”他一绞尽脑汁想一边说，“我们来做点事情转移你的注意力。”

“做什么？”

“也许应该玩个游戏。”彼得提议，接着他听到同样的字眼在脑中不断反复，是“领先者”里寇特的声音。他摇摇头把声音甩掉。“玩问答游戏好吗？”

乔丝犹豫了一下。“动物、植物还是矿物？”

玩了六次“二十问答”和一个小时的地理之后，彼得开始觉得口渴又想小便，这令他十分苦恼，因为他觉得自己恐怕撑不到隔天早上，而要他当着乔丝撒尿更是绝对办不到。乔丝变得安静，但至少也不再发抖。他想她大概睡着了。

这时她忽然开口说：“真心话大冒险。”

彼得转过去看她。“真心话。”

“你恨我吗？”

他低下头去。“有时候。”

“应该的。”乔丝说。

“真心话大冒险。”

“真心话。”乔丝说。

“你恨我吗？”

“不恨。”

“那为什么，”彼得问，“你要做那些事？”

她摇摇头。“我必须做别人期待我做的事。这是整个……整件事的一部分，要不然……”她弹着拐杖上的橡皮扣环。“这很复杂，你不会懂的。”

“真心话大冒险。”彼得说。

乔丝微微一笑。“大冒险。”

“舔你自己的脚底板。”

她大笑起来。“我连用自己的脚底板走路都办不到了。”她虽这么说，却仍弯身脱下懒人鞋，伸出舌头。“真心话大冒险。”

“真心话。”

“胆小鬼。”乔丝说，“你有没有恋爱过？”

彼得看着乔丝，想到他们曾把一张写着他们地址的纸条系在气球上，并在她家后院松开气球，相信它一定会到达火星。然而，他们却收到住在两条街外的一名寡妇来信。“嗯，”他说，“应该有。”

乔丝睁大双眼。“跟谁？”

“这不包括在问题里面。真心话大冒险。”

“真心话。”乔丝说。

“你最后一次说了什么谎？”

乔丝脸上的笑容逐渐消失。“我刚才说我在冰上滑倒，其实是麦特跟我吵架，他打我。”

“他打你？”

“不是你想的那样……我说了不该说的话，所以他……反正最后我重心不稳，就扭伤脚踝了。”

“乔丝……”

她低垂着头。“这事没人知道。你不会说出去吧？”

“不会。”彼得有些犹豫，“你为什么不告诉别人？”

“这不包括在问题里面。”乔丝也学他说。

“我现在问了。”

“那我要大冒险。”

彼得将垂在身侧的手握成拳头。“亲我。”他说。

她慢慢靠向他，直到脸已经太近而模糊了焦距。她的头发像帘幕似的落在彼得肩上，接着她闭上眼睛。她有秋天的味道——像苹果酒和斜斜的阳光和骤然降临的寒意。彼得感觉到被囚禁在自己身体里面的心在狂跳乱蹦。

乔丝的唇轻轻碰到他的唇边，几乎算是亲颊而不是亲嘴。“幸好我不是一个人被困在这里。”她害羞地说，而他品尝着这句话香甜得就像她口气中的薄荷味。

彼得往下瞥了一眼自己的大腿，暗暗祈祷乔丝没有发现他下面已经硬邦邦。他脸上慢慢绽放出笑容，嘴甚至咧得发疼。不是他不喜欢女生，而是因为他喜欢的只有一个。

就在这时候，外头有人敲着金属门。“里面有人吗？”

“有！”乔丝大喊，一面挣扎着拄起拐杖，“救命啊！”

接着听到一声撞击一声捶打，然后是铁撬撬开门缝的声音。门倏地开了，乔丝急忙走出电梯。麦特·罗斯顿站在工友旁边等着。“你没回家我很担心。”他一把将乔丝拉进怀里。

可是你打她，彼得暗想，但又随即想起他答应过要保密。当麦特将她拉入怀中，并一手抱起她让她不必用拐杖走路时，彼得听见她惊喜的欢呼。

彼得将iBook和投影机推回图书馆，锁上视听室。时间已经很晚了，他得走路回家，但他几乎毫不在意。他决定回家后第一件事就是将纪念册中乔丝照片的圆圈划掉，并将她的特质从电玩游戏的坏人名单中删除。

他在心里重新设想着程序设计的运算，最后终于到家了。片刻后彼得才发现不太对劲——屋里没有亮灯，但车子都在。“喂。”他从客厅晃进餐厅再晃进厨房，一面喊着，“有没有人在啊？”

他发现父母亲在漆黑中坐在厨房餐桌旁。母亲抬起头来，神色惶然，显然刚哭过。

彼得顿时觉得胸中涌起一股暖流。他跟乔丝说父母不会发现他没回家，但这根本不是事实。他的双亲显然急疯了。“我没事。”彼得对他们说，“真的。”

父亲站起身来，眨眨眼忍住泪水，然后将彼得拉入怀里。彼得已记不得爸妈最后一次像这样抱他是什么时候的事。尽管他想表现得酷一点，尽管他已十六岁，但靠在父亲身上之后还是软化了，而且抱得更紧。先是乔丝，现在又这样？这真可说是彼得一生中最美好的一天。

“是乔伊。”父亲啜泣道，“他死了。”

现在随便问一个小孩想不想受欢迎，他会说不想，但事实上如果他在沙漠中即将渴死，让他选择一杯水或立刻受欢迎，他很可能会选择后者。你懂吗？你不能承认自己想要，因为这样不酷。要真正受欢迎，你必须表现出本性如此，而事实上却是你将自己变成如此。

我很好奇还有谁比追求受欢迎的小孩更努力。我的意思是，即使飞航管制员和美国总统都会休假，但看看一般高中学生，你会发现有人一天投入二十四小时，而且全学年无休。

所以你如何能闯入那个内在圣殿呢？这正是陷阱所在：因为这由不得你。重要的是其他所有人怎么看待你的穿着、你吃的午餐、你看的节目、你听的音乐。

然而我总是有点疑惑：如果重要的是其他所有人的想法，你会有真正属于自己的想法吗？

一个月后

虽然帕特里克·杜沙姆的调查报告从枪击案后第十天便已躺在检察官戴安娜桌上，她却瞄都没瞄一眼。首先，她有个预审听证会要应付，接着又得设法让大陪审团宣布起诉。直到现在她才开始严密筛检指纹、弹道与血迹的分析，以及所有警方报告的正本。

她花了整个早上仔细研究枪击案的逻辑运作，并循着彼得·霍顿的破坏路径，从一个个被害人追踪他的行动，一面在心里组织她的开端陈述。第一个被射的是柔伊·帕特森，在学校台阶上。雅莉莎·卡尔、安吉拉·弗勒、梅蒂·萧。寇特妮·伊纳修。海莉·卫佛和布瑞迪·普莱斯。露西亚·雷托利、格雷丝·莫陶。

杜鲁·纪哈德。

麦特·罗斯顿。

还有更多。

戴安娜摘下眼镜，揉揉眼睛。一份死者名册，一张伤者地图。而这些都只是因为伤势严重必须住院的人——还有数十名学生在接受照护后便即出院，以及数百人伤口深埋在心里看不见。

戴安娜没有小孩——唉，从事这份工作遇到的男人不是重罪犯（这已够糟的），就是辩护律师（这个更糟）。不过她倒是有个三岁外甥，曾经因为在托儿所用手指指着同学说“砰！你死了”而遭到惩罚。当姐姐打电话来，愤愤不平且滔滔不绝地引述人权法案时，戴安娜会想外甥将来长大会变成精神变态吗？不会。他只是个孩子，玩玩罢了。

霍顿夫妻也曾这么想吗?

戴安娜继续往下看着眼前的名单。她的工作是将这些点串联起来，但真正需要做的是找出那条线：彼得·霍顿内心在不知不觉从“如果”变成“何时”的引爆点。

她的目光落在另一份名单上——医院送来的。乔丝·柯米尔。根据医疗记录，这名十七岁少女因为短暂昏厥且头皮有撕裂伤，院方让她住院观察一晚。血液检验同意书下方有她母亲的签名：艾莉克斯·柯米尔。

不可能。

戴安娜往椅背上一靠。谁也不想当那个请法官回避的人，因为如此一来就等于宣示你怀疑她公平公正的能力，何况戴安娜将来还会在法庭上不断遇见她，这么做绝非明智之举。但既然女儿身为证人，柯米尔法官必然知道自己无法以平常心面对此案。不错，乔丝没有被射杀，但她却在枪击案发时受了伤。柯米尔法官会回避的，一定会。所以没什么好担心。

戴安娜重新将注意力转回到散布在桌上的调查结果，直到纸页上的字开始模糊，直到乔丝·柯米尔只不过是另一个名字。

从法院回家途中，艾莉克斯经过镇民为斯特灵高中罹难者临时设立的纪念碑。那里竖了十个白色木十字架——尽管其中一名死去的学生贾斯汀·费德曼是犹太人。十字架并不在学校附近，而是在十号公路旁延伸出去的土地上，那儿只有康涅狄格河的河漫滩。案发后的几天，十字架旁多多少少有哀悼者站立，另外还有一沓沓个人相片和玩具和花束。

艾莉克斯不自觉地将车停到路肩上，她不知道自己为什么今天停下来，而以前却没有停下过。她的鞋跟陷入柔软的草地里。她抱着手朝纪念碑走去。

十字架的排列没有特定顺序，每块横木上都刻着死者的姓名。这些学生艾莉克斯大多不认识，但寇特妮·伊纳修和梅蒂·萧的十字架刚好并列。留在碑前的花都已经枯萎，绿色包装纸也已腐烂化入地面。艾莉克斯蹲下来，抚摸着钉在寇特妮纪念碑上一张褪色的诗句。

寇特妮和梅蒂曾几次到家里来过夜。艾莉克斯还记得曾看到她们在厨房吃——而不是烤——生面团，她们彼此互动时，身体柔软得有如海浪波动。她还记得有多么忌妒她们——如此年轻，知道自己还没有犯下可能改变人生的错误。想到这里，艾莉克斯悔恨地涨红了脸：她至少还有人生可以改变。

然而，到了麦特·罗斯顿的十字架前艾莉克斯却哭了起来。白色的木架上突出一张框起的相片，外面还用塑料袋封住以免遭风吹雨淋。相片里的麦特一双明亮的眼睛，一只手勾在乔丝脖子上。

乔丝没有看镜头。她凝视着麦特，仿佛眼中只有他。

不过，在临时纪念碑前面崩溃似乎好一点，若在家里乔丝可能会听见。不管她——为了乔丝——表现得多么沉着镇定，她却骗不了自己。她也许能像缝补漏针一样重拾每天的例行工作，也许能告诉自己乔丝属于幸运的一群，但每当独自淋浴，或是被卡在清醒与睡眠之间的空隙时，艾莉克斯总会不自主地发抖，就好像当你为了避免撞车而急转偏离车道后，你得将车停到路边确定自己真真确确完好无缺。

人生就是所有的如果都没有发生，而你梦想或希望或——像这次——害怕会发生的事却还是发生了的过程。艾莉克斯曾在无数夜里想着：好运竟薄如蝉翼，不知不觉便能从这头飘到另一头。她现在跪的原本很可能是乔丝的十字架，是挂着同一张相片的乔丝的纪念碑。枪击者的手一个晃动、脚步一个不稳、子弹一个跳飞——一切都可能不同。

艾莉克斯站起来，吸一口气稳定心神。走回车上时，她看到本来竖着第十一个十字架的窄洞。竖立了十个十字架后，有人又架了一个，上面写着彼得·霍顿的名字。经过一夜又一夜，这个多出来的十字架不是被拆除就是遭破坏。报上还为此登了几篇评论：彼得·霍顿还活得好好的，有资格竖十字架吗？为他设置纪念碑是悲剧还是闹剧？最后，不管是谁刻了彼得的十字架，都决定暂时维持原状不再每天替换。

艾莉克斯回到车上想起，曾经有人——她忘了是谁——认为彼得·霍顿也是受害者，直到现在她才明白为什么。

自从“那天”——后来莱西都这么称呼那个日子——过后，她接生了三个宝宝。每次虽然婴儿平安、生产顺利，却总有一点不对劲。不是产妇，而是助产士。当莱西踏进产房便觉得自己有毒，太不适合迎接另一个人类来到世上。接生过程中她始终面带微笑，为新妈妈提供她们所需的支持与医疗照护，但一送走她们，切断了医院与家之间的最后脐带，莱西便知道自己给她们的建议是错的。她不应该说诸如孩子想吃什么就让他吃、婴儿不能抱太久之类的陈腔滥调，而是应该告诉她们真相：你所期待的这个孩子和你想象不一样。你们现在是陌生人，几年后也还是陌生人。

多年前，她经常躺在床上想象自己如果没有孩子，生活会是什么样。她想乔伊送给她一把蒲公英杂草和苜蓿，想到彼得靠在她胸前睡着时，手仍紧抓她的发辫。她重新经历生产时咬紧牙根的痛楚，也想起自己用来撑过这些时刻的真言：等这个结束，想想你会拥有什么。当了母亲之后，莱西的世界变得更加色彩缤纷，内心充实的感觉也让她相信自己的人生不可能更圆满。但当时的她没有意识到，有时候对未来的憧憬可能真实而锋利到会割伤人，而且也只有体验过如此充实的感觉才能真正体会空虚的痛。

她没有告诉过病患——甚至没有告诉过刘易斯——但这些天来，当她躺在床上想象自己没有孩子的生活，她发现含在口中的竟是苦涩的四个字：比较轻松。

今天莱西正在例行巡房，已经看过五名患者，正要看第六个。珍娜·艾辛霍夫，她翻开病历上写着。虽然这是另一名助产士的患者，医院的小组政策却是要每个孕妇看过所有助产士，因为谁也不知道你生产时会碰上谁值班。

珍娜・艾辛霍夫三十三岁，这是第一胎，有糖尿病的家庭病史。以前曾因盲肠炎住院一次，有轻微气喘，但整体而言十分健康。她也站在检查室门口，一边抓扯身上的病人袍一边与产科护士普莉希拉激烈争吵着。

“我不管。”珍娜说，“如果真要这样，我就换医院。”

“可是那不是我们医院运作的方式。”普莉希拉解释。

莱西微笑问道：“有什么需要我帮忙的吗？”

普莉希拉转过头，挡在莱西与产妇中间。“没事。”

“听起来不像没事。”莱西回应。

“我不想让一个杀人犯的母亲帮我接生。”珍娜冲口而出。

莱西感觉自己双脚像钉在地板上，呼吸变得异常急促，简直有如迎面接了一拳。但难道不是？

普莉希拉的脸瞬间翻红。“艾辛霍夫太太，我想我可以代表整个助产士团队说莱西是……”

“没关系。”莱西喃喃说道，“我了解。”

这时其他护士和助产士也都往这边瞧。莱西知道她们会为她辩护，会请珍娜・艾辛霍夫另找医院，并向她解释莱西是新罕布什尔州最优秀也最资深的助产士之一。但那些其实都不重要——重点不在于珍娜・艾辛霍夫要求找另一位助产士，而在于即使珍娜离开了，明天或后天也还会再有孕妇提出这令人不安的要求。谁会希望第一双触摸到自己新生儿的手曾经牵着一名杀人犯，曾经在杀人犯生病时为他拨开前额的发绺，曾经摇着杀人犯的摇篮哄他入睡呢？

莱西经过走廊走向安全门，奔上四层楼梯。有时候一整天过得特别不顺，她便会躲到医院楼顶，仰躺下来看着天空，以眼前的景象假想自己可能置身地球任一角落。

审判只是一个形式——彼得终究会被判有罪。那一次次可怕的监狱接见，不管她多努力说服自己——或彼得——他不会有事，事实仍明摆在他们中间，庞大但不可触及。这让莱西觉得好像无意间遇到一个许久不见的人，发现他头发和眉毛都没了：你知道他正在与化疗苦战，却得佯装不知，因为这样对双方都简单一点。

若有人给莱西一个发言台，她想说的是彼得的行为她和所有人一样震惊，一样受伤。那天她也同样失去了儿子，不仅是身体被关而已，而是整个人不见了，因为她以前熟悉的那个男孩，已经被这头她认不得、能做出她难以想象的举动的怪兽给吞噬了。

但万一珍娜·艾辛霍夫说得对呢？万一是莱西说了或做了什么……或是没说或没做什么……而导致彼得走到这一步呢？你能因为儿子的作为而恨他却又同时因为他的人而爱他吗？

门开了，莱西猛然转身。这里从没人上来过，不过话说回来，她也未曾如此沮丧地离开过。但不是普莉希拉或其他同事，站在门坎上的是乔丹·麦卡菲，手里还拿着一张纸。莱西闭上眼睛。“好极了。”

“是啊，我老婆也这么说，”他面带大大的笑容走上前来，“也或许只是我希望她这么说……你的秘书跟我说你可能在这里，所以……莱西，你还好吧？”

莱西先是点头，然后又摇头。乔丹扶着她的手臂，将她带到一张不知是谁辛辛苦苦搬上顶楼的折叠椅坐下。“不顺吗？”

“可以这么说。”莱西回答，并尽量不让乔丹看见她掉泪。这样很蠢，她知道，但她不希望彼得的律师认为她是那种需要小心呵护的人，否则他便不会将彼得的事据实以告，而她无论如何都想听实话。

“我想请你签份文件……不过我可以晚点再来……”

“不用了。”莱西说，“我……可以。”其实不仅是可以而已，身旁坐着一个相信彼得的人感觉还挺好的，尽管是她付钱请他这么做。“我能问你一个专业的问题吗？”

“当然。”

“人为什么能那么轻易地指责别人？”

乔丹一屁股坐到屋顶边缘，与她面对着面，这让莱西有点紧张，不过还是不能表现出来，因为她不想让乔丹觉得她脆弱。“人都需要一只替罪羊。”他说，“这是人性，也是我们身为辩护律师需要克服的最大障碍，因为虽说一个人在被证明有罪之前是无罪的，但只要被逮捕就会让人认定他有罪。你知道有多少警察曾释放过人吗？真是不可思议，我知道——我是说，你想他们会一再道歉，而且确保这个人的家人、朋友和同事都知道他们抓错人，或者只是随便说句‘不好意思’就走人呢？”他注视着她。“审判都还没开始，报章评论便已经将彼得定罪，这的确很难熬，但是……”

“不是彼得。”莱西平静地说，“他们怪的是我。”

乔丹点了点头，仿佛事先已料到。

“不是我们不管，是我们的教育没有阻止事情的发生。”莱西说，“你有个刚出生的小孩，对吧？”

“对，叫山姆。”

“如果他变成一个你万万想不到的人怎么办？”

“莱西……”

“比如说，万一山姆告诉你他是同性恋呢？”

乔丹耸耸肩。“那又怎么样？”

“万一他决定改信伊斯兰教呢？”

“那是他的选择。”

“万一他决定做人体炸弹？”

乔丹顿了一下。“莱西，我真的不想去想这种事。”

“对，”她面对着他说，“我也是。”

菲利普·欧席亚和艾德·麦凯博在一起已将近两年。帕特里克看着壁炉架上的照片——两个男人勾住彼此的肩膀，背景有加拿大落基山、一座玉米宫殿、巴黎铁塔。“我们喜欢出远门。”菲利普端了一杯冰茶给帕特里克时说道，“有时候对艾德来说，出门比留在这里轻松。”

“为什么？”

菲利普耸耸肩。他身材高大修长，脸激动涨红的时候会出现雀斑。“艾德没有跟大家提起过……他的生活形态。老实说，在一个小镇上要保守秘密简直太难了。”

“欧席亚先生……”

“请叫我菲利普。”

帕特里克点头。“不知道艾德是否向你提过彼得·霍顿的名字？”

“你也知道，艾德是他的老师。”

“是的，我是说……除此之外。”

菲利普带他到以纱门纱窗围起的门廊，里头有一组柳条椅。他在屋里看到的每个房间都像是刚刚让杂志拍过照：长沙发上的抱枕斜躺四十五度角，花瓶里装着玻璃珠，植物全都绿意盎然。帕特里克回想起自己的客厅，今天他还在沙发坐垫的夹缝里发现一块吐司，上头长满的东西真的只能称为盘尼西林。这可能是荒谬的刻板印象，但这个家到处都有“完美主妇”的影子，而帕特里克的家则比较像贫民窟里的毒品屋。

“艾德和彼得谈过，”菲利普说，“或至少他试着找他谈过。”

“谈什么？”

“关于一个迷失的灵魂吧，我想。青少年总是努力想融入。如果融不进受欢迎的圈子，就尝试运动的圈子，如果不行，就找戏剧的圈子……或者吸毒的。”他说，“艾德认为彼得可能在探同性恋的路。”

“所以彼得来找艾德谈论同性恋的事？”

“不，是艾德找彼得出来。我们都记得我们在他这个年纪时，发现自己和别人不一样是什么感觉。每天都担心得要命，深怕其他同性恋学生找上你，泄了你的底。”

“你想彼得会不会是担心艾德泄他的底？”

“我真的不太相信，尤其是彼得。”

“为什么？”

菲利普微笑着问：“你听说过同志雷达吗？”

帕特里克自觉脸红起来。就好像一个黑人对你开了个种族玩笑，只因为他能开这种玩笑。“大概听过。”

“同志表面上并不那么明显——我们没有不同肤色也没有残障，得从一些特殊习性或是最后略微停留久了一点的眼神来辨识。你很容易便能看出某人究竟是同志，还是只是因为你是而盯着你看。”

帕特里克反射性地将背往后靠得远些，菲利普不禁笑起来。“放心吧，你散发的气息很明显不是我们这国的人。”他抬起眼睛看着帕特里克，“彼得·霍顿也一样。”

“我不明白……”

“彼得对自己的性向或许感到困惑，艾德却看得一清二楚。”菲利普说，“那孩子不是同性恋。”

彼得怒气冲冲地冲进会议室的门。“你怎么没来看我？”

原本正低头写字的乔丹抬起头来，发现彼得变胖了也明显多了些肌肉，但并未在意。“我很忙。”

“我一个人被关在这里。”

“是啊，所以我拼了老命以确保这种情况不会持续下去。”乔丹回答，“坐下。”

彼得重重坐到椅子上，怒目以对。“如果我今天不想跟你说话呢？你显然也不是每次都想跟我说话。”

“彼得，我们能不能不要再废话，让我好好做事？”

“我不在乎你能不能好好做事。”

“你应该在乎，”乔丹说，“因为受益者是你。”整件事结束后，乔丹心想，我要不是被唾弃辱骂就是被封为圣人。“我想谈谈爆炸物。”他说，“哪里能弄到那种东西？”

“网站。”彼得回答。

乔丹瞪着他没搭腔。

“其实也差不多啊，”彼得说，“我是说网络上可以找到《无政府主义食谱》，还有上万种汽油弹的制造方法。”

“在学校里没有发现汽油弹，只找到装了雷管和定时装置的塑料炸药。”

“对，”彼得说，“然后呢？”

“如果想用家里到处看得到的东西制造炸弹，我应该用什么？”

彼得耸耸肩。“报纸、肥料——像‘绿拇指’之类的化学物质、棉花，和一些柴油，不过柴油可能要到加油站去买，所以不算家里的东西。”

乔丹听着他一一罗列材料。彼得的声音里有种令人毛骨悚然的平淡，而更令人不安的是他言词中透露的语气：这是一件令彼得骄傲的事。

“你以前做过这种事吗？”

“第一次做的时候，只是想看看我能不能成功。”彼得的声音愈来愈兴奋，“后来又做了几个，就是丢了之后就得没命地跑那种。”

“这次这个有什么不同？”

“一个是材料，你得从漂白剂中取得氯酸钾，这不太容易，但有点像做化学实验。我在厨房滤出结晶时，爸爸刚好进来。”彼得说，“我跟他说我在做化学加分作业。”

“天哪。”

“反正有了那个之后，只要再有凡士林——我们家都放在浴室洗手台下面，和汽油——露营炉具里面有，和一种封装腌渍物用的蜡。装雷管时我吓得要命。”彼得说，“因为以前从来没做过这么厉害的。可是你知道吗，当我开始想到整个计划……”

“够了，”乔丹打断他，“说到这里就行了。”

“是你先问我的。”彼得受到刺激。

“可是这个答案我不能听。我的任务是要让你无罪开释，而且我不能对陪审团说谎。我不知道的事，我就无法说谎。现在，我可以诚实地说当天的事你并未事先计划。我希望就保持这个状态，你要是有任何自保的自觉，也应该这样。”

彼得走到窗边。窗户很模糊，这么多年来都被刮花了。被什么刮的？乔丹纳闷。想出狱的犯人的手吗？因此彼得看不到此时雪都融了，看不到第一批报春花已经破土而出。或许这样也好。

“我现在要去教堂。”彼得说。

乔丹不太信宗教组织这套，但他并不反对他人选择自己的慰藉。“那很好。”

“因为这样我才能离开牢房去做礼拜。”彼得说，“不是因为我找到耶稣或什么的。”

“喔。”他不知道这与爆炸物，或甚至与任何为彼得辩护之事有何关联。老实说，乔丹没有时间和彼得进行哲学对话，讨论上帝的本质——他和塞琳娜约好两小时后一起去拜访可能成为辩方证人的人——但不知为何他却没有打断彼得。

彼得转身。“你相信地狱吗？”

“相信。里面全都是辩护律师，不信可以问任何一位检察官。”

“不，我是说真的。”彼得说，“我敢打赌我现在正往那里去。”

乔丹挤出一丝笑容。“不是稳赢的赌注，我不下。”

“莫雷诺神父是负责主持这里的礼拜仪式的神职人员吧？他说如果接受耶稣并忏悔，就能获得原谅……就好像宗教只是一种万用的免费通行证，可以让你摆脱一切。可是事情不可能这样……因为莫雷诺神父也说每条生命都有其价值……那么死去的那十个学生怎么办？”

乔丹知道不应该，但还是听到自己问了彼得一个问题。“你为什么这样形容？”

“怎样形容？”

“死去的十个学生。好像他们的死是自然过程。”

彼得皱起眉头。“因为本来就是。”

“怎么说？”

“大概就像那些爆炸物吧。引信一旦点燃，要不你就在爆炸前破坏炸弹……要不就让炸弹毁灭一切。”

乔丹站起来朝当事人走了一步。“谁点的火呢，彼得？”

彼得仰起脸。“谁会不点？”

乔丝现在觉得她的朋友是被遗弃的一群。海莉·卫佛被送到波士顿做整形手术，约翰·埃柏哈在某个复健中心念幼儿初学读本，并学习使用吸管。麦特和寇特妮和梅蒂则已经永别。如今只剩下乔丝、杜鲁、爱玛和布瑞迪：一个因人数锐减而几乎不能再称为团体的团体。

他们几人在爱玛家地下室看一部DVD。他们最近的社交活动大概就是这个，因为杜鲁和布瑞迪还缠着绷带、打着石膏，何况无论到以前常去的哪个地方，都会让他们想起已经不在的人，只不过谁也不想说出口罢了。

影片是布瑞迪带来的，乔丝连片名都记不得，总之是继《美国派》之后出品，希望再创票房奇迹的电影，片中把裸体女孩、冒失男孩和好莱坞所想象的青少年生活等元素全掺在一起，活像某种大杂烩色拉。现在画面上演着飞车追逐，主角正尖叫着飞过一座缓缓开启的活动桥。

乔丝知道他一定能安全通过。第一，这是出喜剧。第二，故事还没演完，谁敢让主角死？第三，物理老师曾利用这部影片以科学方法证明：以车速与向量曲线来看，演员确实能飞越桥面——但只在无风的情况下。

乔丝还知道坐在车里的人不是真的，甚至不是饰演该角色的演员，而是已经有上千次经验的特技演员。但是即使盯着电视屏幕上不断开展的情节，她看到的却是截然不同的画面：车子的保险杆撞到已经打开的桥面的另一端；扭曲变形的金属在空中翻转，打中水面，往下沉。

大人总说青少年开车太快、嗑药或不使用保险套是因为他们自认为所向无敌，但事实上，你随时随地都可能死。布瑞迪可能在美式足球场上中风，像那些年轻猝死的大学运动选手。爱玛可能被雷击中。杜鲁可能在一个并不寻常的日子走进一所寻常高中。

乔丝站起来。“我需要透透气。”她低声说完，便匆匆走上地下室阶梯，走出爱玛家前门。她坐在门廊上望着天空，望着两颗紧紧相邻的星。青少年的你不是所向无敌。只是愚蠢。

她听见门开了又关上，不禁倒抽一口气。“喂，”杜鲁上前坐到她身旁，“你没事吧？”

“我好得很。”乔丝贴上一抹微笑。感觉黏黏的，好像壁纸没有压平。但她已经如此善于伪装，简直有如第二天性。谁能想到她毕竟也遗传了母亲的某种性格？

杜鲁伸手摘下一根草，开始用拇指将它弄碎。“校医那个蠢货生把我找去，问我情况怎么样的时候，我也这么说。”

“原来他也找你了。”

“我们这些……接近的人他应该全找过。”

他没有把话说明白：是接近那些没能生还的人？还是在当天接近死亡？还是接近自我了结？

“你想有人跟精神科医生说过任何有意义的话吗？”乔丝问。

“我很怀疑。那天他又不在，不可能真正了解。”

“有谁真正了解吗？”

“你呀，我呀，上面那些家伙。”杜鲁说，“欢迎加入没人想加入的俱乐部。你是终身会员。”

乔丝其实无意，但杜鲁的话还有电影里试图飞越桥面的蠢家伙还有星星戳刺着她肌肤的感觉，都像是某种绝症的预防注射，让她忽然哭了起来。杜鲁伸出没有受伤的手臂环抱着她，她顺势倒入他怀里。乔丝闭上眼睛，将脸贴在他的法兰绒衬衫上，这感觉好熟悉，就好像环游世界多年后回到自己床上，发现床垫多少仍留有她曲线与重量的痕迹。然而，衬衫布料的气味变了。抱着她的男孩似乎不是同样的胖瘦、同样的体型、同样的男孩。

“我想我没办法这么做。”乔丝低声说。

杜鲁随即将她推开。他满脸通红，不敢直视乔丝。“我没有那个意思。你和麦特……”他顿时泄了气似的，“我知道你还是他的。”

乔丝仰头望天。她对他点点头，仿佛这正是她的本意。

一切都要从加油站维修中心在录音机上的留言说起。彼得预约将车子送检，却没出现，不知他是否想另约时间?

刘易斯一个人在家，听到这通留言。他根本没有意识到自己拨了电话，因此他依照重新约定的时间前往维修也毫不令人惊讶。他下车后，将钥匙交给加油站服务人员。“你可以进去等。”那人说，“里面有咖啡。”

刘易斯倒了一杯咖啡，加了三颗糖和许多牛奶，彼得总会这么做。他坐下之后没有拿起破损的《新闻周刊》，反而快速翻阅着《电脑玩家》。

一，他暗数着，二、三。

加油站人员像收到暗号似的走进等候室。“霍顿先生，”他说，“那面那辆车，要到七月才需要检查。”

“我知道。”

“可是你……你预约了。”

刘易斯点点头。“需要检查的那辆车现在不在手边。”

车被扣留在某个地方。和彼得的书本、电脑、杂志还有天知道哪些东西一起。

服务员瞪着他看，当你知道一段对话已经偏离常轨时，便会这样瞪着对方。“先生，”他说，“车子没来我们没法检查。”

“是啊，”刘易斯说，“当然不行。”他将杂志放回茶几上，抚平发皱的封面，然后单手抹抹额头。“我只是……因为我儿子预约了，”他说，“我想替他跑一趟。”

服务员点点头，慢慢后退。“好的……那么我就把车停在外面啰？”

“其实你也知道，”刘易斯轻轻地说，“他会通过这次检查的。”

彼得小时候，莱西有一次送他去参加乔伊也参加过而且很喜欢的外宿露营活动，地点位于河对岸的佛蒙特州，活动内容则包括在费尔利湖上滑水、学习驾驶风帆以及过夜的独木舟之旅。第一天晚上彼得便打电话哀求父母带他回家。虽然莱西已准备开车去接他，却在刘易斯的劝说下打消念头。如果不让他撑过去，刘易斯说，他怎么会知道自己办得到？

两星期过后，当莱西再次见到彼得，他已有了改变。变高了，也胖了些，但眼神似乎也有些不同——好像一道光烧成灰烬。彼得看着她时，仿佛多了戒心，就好像领悟到她已不再是盟友。

现在他就是用那种眼神看她，尽管她面带微笑，假装他头上没有刺眼的荧光灯，假装她伸手便能碰触他，而不是隔着监狱地板那条红线凝视他。“你知道我昨天在阁楼上找到什么吗？你以前最爱的那只恐龙，你一拉尾巴就会发出吼声那只。我以前总以为你就算结婚走过教堂走道也会带着它……”莱西忽然打住，因为她想到彼得可能永远不会举行婚礼，甚至于除了监狱通道外不会有其他走道。“反正，”她将嘴角再往上拉高，说道，“我把它放在你床上了。”

彼得注视着她。“喔。”

“我想我最喜欢你那个恐龙生日派对，那天我们把塑料骨头埋在沙坑里，你还得挖洞。”莱西说，“你记得吗？”

“我记得没有人来。”

“当然有人了……”

“五个小孩吧，是他们的妈妈强迫他们去的。”彼得说，“天哪，我那时才六岁。我们干嘛说这个啊？”

因为我不知道还能说什么，莱西心想。她环顾接见室，里头只有几个犯人，以及红线另一边几个少数仍相信他们的忠诚支持者。其实莱西发现她和彼得之间这条分界线，已经存在数年。如果保持精神抖擞，或许甚至能说服自己你们之间毫无隔阂。只有当你试图跨越，就像现在，你才会明白这道屏障多么真实。“彼得，”莱西突然说，“对不起，外宿露营那次我没有去接你。”

他看着她仿佛觉得她疯了。“喔，谢谢，不过我老早就不放在心上了。”

“我知道，但我还是觉得抱歉。”瞬时间她对许许多多事情都感到抱歉：彼得向她展示程序设计的新技术时，她没有多加留心；瞌睡虫死后，她没有再买只狗给他；去年寒假没有去加勒比海，因为莱西误以为他们多的是时间。

“道歉也改变不了什么。”

“对道歉的人而言是有改变的。”

彼得不满地咒骂道：“你他妈的在搞什么？给没有灵魂的小孩的鸡汤吗？”

莱西吓了一跳。“你不必说那么难听……”

“他妈的。”彼得唱了起来，“妈的妈的妈的妈的妈的。”

“我不要继续坐在这里听你……”

“你非坐不可。”彼得说，“你知道为什么吗？因为如果你丢下我，只会多一件让你后悔的事。”

莱西本已半起身，但彼得话中的真实性又把她压回座位上。他对她的了解似乎远多于她对他的了解。

“妈，”彼得轻轻叫她，声音逐渐越过红线，“我不是故意的。”

她抬头看着他，眼底涌满泪水。“我知道，彼得。”

“你来看我，我很高兴。”他咽了一下口水，“我是说，只有你会来。”

“你父亲……”

彼得哼了一声。“我不知道他怎么跟你说，但自从他第一次来过之后，我就没再见过他。”

刘易斯没有来看彼得？莱西确实不知情。那么当他离开家，说他要来监狱时，他上哪去了？

她想象彼得每隔一周便坐在牢房里等待一个要来看他却没来的人。莱西挤出一丝微笑——她会用自己的而不是彼得的时间来烦心——立刻转换话题。“我给你带了一件漂亮的外套……提审那天可以穿。”

“乔丹说我穿不上。提审那天我只穿这些衣服，要到审判时才需要穿正式外套。”彼得微微一笑，“希望你还没把标签撕了。”

“这不是买的。是乔伊准备面试要穿的布雷泽外套。”

母子俩眼神交会。“喔。”彼得喃喃说道，“你上阁楼就是为了这个。”

此时两人都陷入沉默，因为同时想起乔伊穿着那件布雷泽外套下楼的情景，那是莱西在波士顿一家百货公司大减价时为他买的，以便到各大学面试时可以穿，乔伊出车祸时正在安排面试时间。

“你有没有想过最好死的是我，不是乔伊？”彼得问。

莱西的心重重往下沉。“当然没有。”

“可是这样的话你还会有乔伊。”彼得说，“这一切也都不会发生。”

她想起珍娜·艾辛霍夫，那个不想让她接生的女人。成长过程有一部分就是要学会不要太诚实——学会什么时候该说谎，而不要说真话伤人。正因如此，莱西来到这里总会笑得像戴了万圣节面具，但事实上每次看见彼得被狱警带进接见室，她都想放声大哭。也正因如此，她才会提起露营和绒毛玩具——她印象中的儿子的正字标记——而不去探究他变成了什么样的人。但彼得却未学会口是心非。这也是他之所以一次又一次受伤的原因之一。

“那将会是个好结局。”彼得说。

莱西吸了一口气。“如果没有你，就不是好结局。”

彼得注视她良久。“你说谎。”他说——没有愤怒，没有责备，就好像他只是用她说谎的方式在陈述事实。

“我没有……”

“你可以说一百万次没有，但谎话依旧是谎话。”这时彼得面露微笑，那笑容如此纯真，让莱西有种受鞭打的刺痛。“你或许骗得了爸爸，骗得了警察，和其他愿意倾听的人。”他说，“但就是骗不了另一个骗子。”

戴安娜走到日程表板前想看看霍顿的提审法官是谁，乔丹・麦卡菲已经站在那里了。可以说，戴安娜恨他，因为他没有为了穿丝袜而拆了两包新的，因为他显得轻松如意，因为他对于有大半斯特灵镇民站在法院台阶上要求血债血还一事，似乎丝毫不为所动。“早啊。”他看也没看她便说。

戴安娜没有回答，倒是因为看到承审法官的名字而目瞪口呆。“我想你们可能弄错了。”她对书记官说。

书记官转过头看着日程表板。“今天上午由柯米尔法官开庭。”

“审霍顿的案子？你在开玩笑吧？”

书记官摇摇头。“没有。”

“可是她女儿……”戴安娜登时住嘴，思绪一片紊乱。“提审前我们得先和法官开个会。”

书记官走后，戴安娜转身面对乔丹。“柯米尔到底在想什么？”

乔丹很少见戴安娜·莱文焦虑不安，老实说挺有趣的。其实乔丹看到柯米尔的名字出现在日程表板上，也和检察官一样震惊，但他并不打算告诉戴安娜。不秀出手上的牌是他目前唯一的优势，因为老实说他的诉讼主张一文不值。

戴安娜皱起眉头。“你应该没有想到她……”

书记官回来了。乔丹与伊莲娜相处十分愉快。她会在高等法院里给他放水，听到他特别为她准备的笨金发女郎笑话还会捧场大笑，反观其他书记官多半都是极端自负。“法官现在可以见你们了。”伊莲娜说。

乔丹跟着书记官走进法官办公室时，微微欠身小声地将刚才因为莱文贸然出现而中断的笑话结尾说完。“结果她丈夫看着盒子说：‘亲爱的，这不是拼图……是早餐吃的玉米脆片！’”

伊莲娜窃笑着，戴安娜则蹙眉问道：“那是某种暗号吗？”

“是啊，戴安娜。这是辩护律师的密语，意思是：不管你做什么，都别告诉检察官我说了什么。”

“这我可不惊讶。”戴安娜喃喃自语，随后他们便进入法官办公室。

柯米尔法官已穿上法袍，准备进行提审。她双臂交抱，靠在办公桌旁。“好啦，检察官、大律师，法庭上有很多人在等着。有什么问题吗？”

戴安娜瞄瞄乔丹，他却只是扬起眉头。如果她想捅马蜂窝，他没意见，不过他会站得远远的。让柯米尔去怀恨检方，而不是辩方。

“法官，”戴安娜迟疑地说，“据我了解，枪击案发生时，你女儿也在学校里。事实上我们也约谈过她。”

乔丹不得不钦佩柯米尔——她直视着戴安娜，说着令人不安的事实，但听上去却像不可思议的玩笑。“这点我很清楚。”法官说，“枪击案发生时，学校里有上千名孩子。”

“当然了，法官。我只是……想在我们出去面对所有人之前，问问看你只是打算处理提审，或是打算承审整个案子？”

乔丹看着戴安娜，很好奇她为什么如此肯定柯米尔不该承审此案。关于乔丝·柯米尔，她是不是知道什么他不知道的事？

“我说过了，当时有上千名学生在学校里，其中有些家长是警察，有些在这个高等法院工作，甚至还有一人是你们办公室的人，莱文检察官。”

“是的，法官……但那位检察官并未受理本案。”

法官瞪着她，态度冷静。“你打算传唤我女儿做证吗，莱文检察官？”

戴安娜略一犹豫。“没有，法官。”

“检察官，我已经看过我女儿的陈述，我不觉得有任何理由不能进行这次提审。”

乔丹将自己目前所知的信息想了一遍：

彼得询问乔丝的状况。

枪击案发时，乔丝在现场。

调查发现，纪念册中只有乔丝的照片注明了“不杀”。

但据她母亲的说法，无论她对警方说了什么都不足以影响案情。据戴安娜的说法，乔丝所知的一切还没有重要到能让她成为检方的证人。

他垂下眼睛，心中像回转的录像带似的，一遍又一遍回想这些事实。

怎么想都不合理。

斯特灵高中借用来上课的小学没有餐厅，因为小学生都坐在教室的课桌前用餐。但不知为何，校方认为这对青少年而言不健康，因此将图书馆改为临时餐厅。馆内早已没有书架与书本，不过地毯仍散布着ABC字母图案，双门旁边也还张贴着《魔法灵猫》的海报。

乔丝上餐厅时已不再和朋友坐在一块。感觉就是不对——好像少了某种重要物质，他们就会像受到压力的原子一样分裂。她独自躲在图书馆角落里，那里有一些铺了地毯的活动平台，她总爱想象幼儿园老师对着一群学生大声说故事的景象。

今天他们到达学校时，已有电视台摄影机等候着。你得通过这些摄影机才能走到正门。前一个星期摄影机本已逐渐减少——可能又有哪个地方发生惨剧，吸引了这些记者前去采访——但提审日一到，又立刻全部回笼。乔丝不知他们如何能从学校迅速往北撤退，及时赶到法院。她心想在她高中毕业前，他们还会回来几次。学期最后一天吗？枪击案发生满周年吗？毕业当天吗？她想象十年后，《人物》会撰文报道斯特灵高中大屠杀的生还者——“他们现在在哪里？”约翰·埃柏哈还能再打冰上曲棍球吗，甚至能再走路吗？寇特妮的双亲会不会搬离斯特灵？乔丝又会在哪里？

彼得呢？

她母亲是他的主审法官。即使她不和乔丝谈论此事——法律规定她不能这么做——乔丝并非不知道。知道母亲将主审此案，乔丝既感到无比轻松，却也极度恐惧。一方面，她知道母亲会慢慢拼凑出当天的经过，这表示乔丝无须亲自开口。另一方面，母亲一旦慢慢拼凑出当天的经过，她还会发现什么呢？

杜鲁走进图书馆，一面反复地单手抛接一颗柳橙。他往馆内扫视一周，只见学生三五成群坐在地毯上，将放着午餐热食的托盘摆在弓起的膝盖上，最后他发现了乔丝。“怎样？”他往她身旁坐下，问道。

“没怎样。”

“有没有被那些豺狼咬到？”

他指的是电视记者。“我几乎是从他们前面跑过。”

“真希望他们全都去死了算了。”杜鲁说。

乔丝把头靠在墙上。“我只希望一切恢复正常。”

“也许等审判过后吧。”杜鲁转向她，“你妈妈这样会不会很奇怪？”

“我们不会讨论。其实我们根本也不说话。”她拿起罐装水啜了一口，以免杜鲁发现她的手在发抖。

“他没疯。”

“谁？”

“彼得·霍顿。那天我看到他的眼神了。他很清楚自己在做什么。”

“杜鲁，别说了。”乔丝叹气道。

“这本来就是事实。不管有哪个了不起的王八蛋律师设法要让他脱身，事实就是这样。”

“做决定的应该是陪审团，不是你。”

“拜托，乔丝。”他说，“我没想到你会替他说话。”

“我不是替他说话，我只是在告诉你司法系统的运作方式。”

“谢啦，伟大的检察官。不过当你的肩膀被子弹射穿，或是你最好的朋友——或是男朋友——失血过多而死的时候，你可管不了那么多，更何况他就死在你……”他忽然打住，因为乔丝一个失手打翻水瓶，把自己和杜鲁都弄湿了。

“对不起。”她边说边用纸巾擦拭收拾善后。

杜鲁叹了口气。“我也跟你道歉。我大概有点被那些摄影机什么的吓坏了。”他撕下一小块湿纸巾揉成一团塞进嘴里，朝一个在学校鼓号乐队里吹低音喇叭的胖男生背后吐去。

不会吧，乔丝暗想，根本什么也没变。杜鲁又撕下一块纸巾，在手心搓揉。“不要这样。”乔丝说。

“怎样？”杜鲁耸肩道，“是你说要恢复正常的。”

法庭上有四家电视台的摄影机：ABC、NBC、CBS和CNN。还有《时代周刊》《新闻周刊》《纽约时报》《波士顿环球报》与美联社的记者。上星期艾莉克斯已经在办公室见过媒体记者，以决定谁出席法庭谁在法院外的阶梯上等候。她注意到摄影机上的小红灯，表示正在录像，也注意到记者们振笔疾书，逐字写下她说的话。彼得·霍顿变得恶名昭彰，因此艾莉克斯现在能获得十五分钟的名望。或者六十分钟，艾莉克斯心想。因为光是宣读所有罪状就需要这么长的时间。

“霍顿先生，”艾莉克斯说，“你被控于二〇〇七年三月六日，蓄意致他人，即寇特妮·伊纳修于死，触犯刑法第六百三十一条第一项之一之一级谋杀罪。你被控于二〇〇七年三月六日，蓄意致他人，即……”她往下瞄了瞄姓名，“……马修·罗斯顿于死，触犯刑法第六百三十一条第一项之一之一级谋杀罪。”

这些话千篇一律，艾莉克斯即便在睡梦中也能照说。但她很专注，希望保持声音的慎重与平稳，希望赋予每个死去孩子的姓名一点分量。旁听席上挤满了人，艾莉克斯认出了这些学生的家长与某些学生本人。有一个艾莉克斯没见过也不知姓名的母亲，坐在被告席后方的前排位置，手里抓着一张8×10的照片，上头的女孩面带笑容。

乔丹·麦卡菲坐在当事人旁边，后者穿戴着橘色囚衣与手铐脚镣，并尽可能地不去看宣读起诉书的艾莉克斯。

“你被控于二〇〇七年三月六日，蓄意致他人，即贾斯汀·费德曼于死，触犯刑法第六百三十一条第一项之一之一级谋杀罪……”

“你被控于二〇〇七年三月六日，蓄意致他人，即克里斯托佛·麦菲于死，触犯刑法第六百三十一条第一项之一之一级谋杀罪……”

“你被控于二〇〇七年三月六日，蓄意致他人，即格雷丝·莫陶于死，触犯刑法第六百三十一条第一项之一之一级谋杀罪……”

艾莉克斯列举罪状之际，拿照片那个女人站了起来。她将身体探出栏杆到彼得·霍顿与律师中间，然后使尽全力将照片往下一砸，玻璃裂了。“你记得她吗？”那女人声音凄厉地大喊，“你记得格雷丝吗？”

麦卡菲猛地转身。彼得则低下头，眼睛直盯前面的桌子。

以前在法庭上，艾莉克斯也遇到过干扰程序的人，但她不记得曾被他们所震撼。这位母亲的痛似乎填满了旁听席的所有空位，也使得其他旁听者情绪沸腾。

她的手开始颤抖，她悄悄将手伸到席位下方以免被人看见。“这位女士，”艾莉克斯说，“我必须请你回座……”

“你开枪的时候有没有正视着她，你这个混蛋？”

你有吗？艾莉克斯暗想。

“法官大人。”麦卡菲喊道。

艾莉克斯有无能力公正审理此案，检方已提出过质疑。虽然她无须向任何人解释她的决定，但她仍告诉检辩双方说她能轻易区隔自己在本案中的私人与专业角色。她本以为只须将乔丝视为枪击案发时在场的数百名学生之一，而不是自己的女儿即可。她却没想到真正的问题其实在于她没把自己当成法官，而是当成另一个母亲。

你可以办到的，她告诉自己，只要记得你为什么在这里就行了。“法警。”艾莉克斯低喊一声，只见两名粗壮的庭丁抓住女人的胳臂将她带出法庭。

“你会下地狱被火烧的。”女人一面走下信道一面嘶喊，电视台摄影机的镜头也一路尾随。

但艾莉克斯的目光没有。当辩方律师分神之际，她始终盯着彼得·霍顿。“麦卡菲律师。”她说。

“是的，法官大人。”

“请你的当事人伸出手来。”

“很抱歉，庭上，但我认为已经有够多不利于……”

“请照做，大律师。”

麦卡菲向彼得点点头，彼得于是举起戴着手铐的手腕，张开双手。有一片玻璃相框的碎玻璃在他手心闪闪发亮。律师脸色发白，连忙拿起玻璃。“谢谢你，法官大人。”他喃喃地说。

“不客气。”艾莉克斯望向旁听席，清清喉咙，“我相信不会再有类似的意外发生，否则我便不得不停止公开审理程序。”

她继续念着罪状，庭内安静得可以听到心碎声，可以听到希望振翅飞向天花板上的椽木。“你被控于二〇〇七年三月六日，蓄意致他人，即梅德琳·萧于死，触犯刑法第六百三十一条第一项之一之一级谋杀罪。你被控于二〇〇七年三月六日，蓄意致他人，即爱德华·麦凯博于死，触犯刑法第六百三十一条第一项之一之一级谋杀罪。

“你被控确实有助于犯下一级谋杀罪之行为，即朝爱玛·埃勒西斯开枪，触犯刑法第六百三十条第一项之一与第六百二十九条第一项之一级谋杀未遂罪。

“你被控于校园内持有枪械。

“持有爆炸物。

“非法使用爆炸物。

“收受赃物，即枪械。”

艾莉克斯念完之后，声音都哑了。“麦卡菲先生，”她说，“你的当事人作何主张？”

“所有指控都申诉无罪，法官大人。”

窃窃私语声像病毒般传遍整个法庭，每回被告提出无罪主张后总会发生这种效应，艾莉克斯也总觉得荒谬——不然被告该怎么说？说他有罪吗？

“由于罪行重大，被告依法不得交保，还押郡监狱。”

艾莉克斯宣布休庭后走进办公室。她关起门，在里头像个刚参加过激烈竞赛的运动选手来回踱步。要说她最有把握的事，就是有公平审判的能力。但如果提审都已经这么难，当检方开始确实描述当天的事件，她又会如何？

“伊莲娜，”艾莉克斯按下对讲键对书记官说，“把我接下来两个小时的安排取消。”

“可是你……”

“取消。”她断然地说。她依然能看见旁听席上那些家长的脸。他们所失去的都写在脸上，那是一道共同的伤疤。

艾莉克斯脱掉法官袍，从后侧楼梯下楼到停车场。但她没有停下来抽烟，而是上了车，直接开往小学，然后将车停进防火巷。教师停车场上还有一辆新闻采访车，艾莉克斯感到一阵惊慌，后来才发现是纽约的车牌，因此不太可能有人认得出未穿法官袍的她。

唯一有权利要求艾莉克斯回避的是乔丝，但艾莉克斯知道女儿终究会了解。这是艾莉克斯进高等法院后的第一个大案子。这是为乔丝展示常态的，让她的生活变得正常。但艾莉克斯试着不去想自己拼命留住这个案子的最后一个原因，这个原因无论从哪个角度看，都像一根刺、一片碎片刺得她发疼：她会更有机会从检方与辩方得知女儿经历的一切，因为乔丝绝不会亲口告诉她。

她走进行政办公室。“我来接我女儿。”艾莉克斯说，学校秘书便将表格夹板推到她面前，请她填写数据。学生，艾莉克斯看到上面写着。外出时间。理由。返校时间。

乔丝·柯米尔，她写道。上午10:45。牙齿矫正。

她可以感觉到秘书在盯着她——这个女人显然想知道柯米尔法官为什么站在她面前，而不是在法院主导他们都等着听结果的提审程序。“麻烦你请乔丝到外面车上来。”艾莉克斯说完走出办公室。

不到五分钟，乔丝便打开乘客座侧的门滑坐进来。“我没有戴牙套。”

“我得很快想个借口。”艾莉克斯回答，“第一个想到的就是这个。”

“你来干吗？”

艾莉克斯看着乔丝将空调声音调大。“找女儿吃中饭还需要原因吗？”

“现在才……十点半。”

“那我们就逃学。”

“随便啦。”乔丝说。

艾莉克斯将车驶离路边。乔丝离她仅两英尺远，却有如置身于另一块大陆。她女儿直瞪着窗外，看着世界不断飞掠。

“结束了吗？”乔丝问。

“提审吗？结束了。”

看到旁听席上那许多不知名的父母亲，中间少了个孩子，这种感觉艾莉克斯该如何形容？假如失去孩子，还能自称为父母吗？

万一是你自己太愚蠢而让他溜走了，又该怎么办？

艾莉克斯开到路的尽头，在此可以俯瞰河流。河水湍急，春天里总是这样。倘若不知情，又或是看到平面照片，你可能会想下去泡泡水，但一眼那水就足以令你屏息。你可能就这么被冲走了。

“我想看看你。”艾莉克斯坦承，“今天我的庭上有些人……很可能现在每天早上醒来都希望自己曾经这么做——中午离开办公室去和女儿吃吃饭，而不是告诉自己改天还有时间。”她转向乔丝，“那些人，他们已经没有改天了。”

乔丝挑弄着一条松脱的白线，沉默许久，艾莉克斯不禁开始暗踢自己。她初次主动尝试尽一个母亲的基本责任，却就此宣告失败。提审过程中产生的情绪搅乱艾莉克斯的心思，因此她不但没有告诉自己这样的反应很可笑，反而还凭着这股冲动行事。但当你开始细细筛检变幻莫测的感情之沙，而不只是毫不费力地灌输事实的时候，就会发生这种情形，不是吗？说什么推心置腹全是鬼话，你的心可能会被撕烂。

“逃学。”乔丝口气平淡地说，“不要吃午餐。”

艾莉克斯这才松了口气，往后靠。“随便啦。”她开玩笑说。等到乔丝抬头看她，才又说道，“我想跟你谈谈这个案子。”

“我以为你不能谈。”

“我想谈的大概就是这个。尽管这是我职业生涯最大的一个机会，但是要是让你更难过，我就会放弃。你还是可以随时来找我，问我任何事情。”

片刻间，她们俩都假装乔丝有此习惯，但事实上她向艾莉克斯倾吐所有心事早已是陈年往事。

乔丝斜眼眯视着她。“即使提审的事也行？”

“即使提审的事也行。”

“彼得在法庭上说了什么？”乔丝问。

“什么也没说。律师负责发言。”

“他看起来怎么样？”

艾莉克斯想了一会。第一眼看到穿着囚衣的彼得时，她很惊讶他已经长那么大。虽然这几年来陆续见过他几次——学校活动时在教室后方，在他和乔丝短暂共事过的影印店，甚至开车经过中央路时——但她印象中他好像还是那个和乔丝在幼儿园玩耍的小男孩。艾莉克斯想到他的橘色制服、他的橡胶夹脚拖鞋、他的手铐脚镣。“他看起来就像被告。”艾莉克斯说。

“如果他被判刑，”乔丝问，“就永远不能出狱了，对吗？”

艾莉克斯顿时感觉心揪了一下。乔丝努力装作若无其事，但她怎么可能不害怕这种事再次发生？但话说回来，艾莉克斯身为法官怎能在彼得尚未接受审判前，就答应将他判刑？艾莉克斯自觉正走在个人责任与职业道德间的高索上，使尽吃奶的力气不让自己摔落。“这个你不用担心……”

“这不是答案。”乔丝说。

“他很可能后半辈子都会在牢里度过，没错。”

“如果他坐牢，别人可以去和他说话吗？”

艾莉克斯顿时猜不透乔丝的逻辑。“怎么了？你想和他说话？”

“我不知道。”

“我无法想象你怎么会想和他说话，他……”

“我和他曾经是朋友。”乔丝说。

“你已经很多年没和彼得来往了。”艾莉克斯才回答，便顿时想通了。女儿明明很担心彼得可能出狱，却又为什么想在他被判刑后与他交谈，她明白了：因为良心的谴责。也许乔丝以为自己做了什么——或没做什么——才导致彼得走到这一步，在斯特灵高中大开杀戒。

如果连艾莉克斯都不能理解内疚的心理，还有谁能?

“亲爱的，有人会去关注彼得，这是他们的工作。不必由你来做。”艾莉克斯微微一笑，“你只要关注自己就好了，好吗？”

乔丝别过头去。“我下一节课要考试。”她说，“我们可以回学校了吗？”

艾莉克斯静静地开车，因为想要修正已经太迟——她本该告诉女儿还有一个人也会关注她，她不会孤单面对这一切。

凌晨两点，乔丹已经把哭号不止的幼儿抱在怀里哄了整整五个小时，他转身问塞琳娜：“告诉我，我们当初为什么要生孩子？”

塞琳娜坐在厨房餐桌旁——不，应该说她整个人趴在上头，两只手臂枕着头。“因为你想让我血统中的优良基因流传下去。”

“老实说，我觉得我们遗传的只是某种病毒感染的怪病。”

塞琳娜突然坐起身来。“喂，”她小声地说，“他睡着了。”

“谢天谢地，赶快把他抱走。”

“我才不干……这是他一整天最舒服的时候。”

乔丹皱眉怒视着她，然后坐到她对面的椅子上，双手仍托着熟睡的儿子。“不只是他而已。”

“现在又要谈你的案子了吗？说真的乔丹，我实在累死了，所以如果要转换话题请给我一点暗示……”

“我就是想不通她为什么不主动回避。当检察官提起她女儿，柯米尔就这么打发过去……更重要的是，莱文也就算了。”

塞琳娜打着呵欠起身。“你这是吹毛求疵。让柯米尔主审肯定比华格纳好。”

“可是我就是觉得不舒服。”

塞琳娜慈爱地笑了笑。“怎么，起尿布疹了吗？”

“就算她女儿现在什么都不记得，并不表示她以后也想不起来。柯米尔已经知道女儿的男友被我的当事人打死的时候，她女儿就站在旁边看，她怎么还能保持公正？”

“那么你可以采取行动换掉她，”塞琳娜说，“也可以等着让戴安娜动手。”

乔丹抬起头瞄她一眼。

“如果我是你，我会把嘴巴闭紧。”

他伸出手往她腰间一拉，长袍的带子随即解开。“我什么时候闭紧嘴巴过了？”

塞琳娜笑着说：“凡事总有第一次。”

高度安全管理监狱的每一层有四间八英尺长、六英尺宽的囚室，室内有一张上下铺双层床和一个便器。彼得花了三天才有办法在狱警经过时继续上大号，现在的他恐怕都能听令拉屎了——他也因此知道自己已经习惯这里。

在高度安全管理监狱狭窄通道的一头有台小电视。由于电视机前只能摆一张椅子，当然就由待得时间最长的人来坐。其他每个人都站在他后面看，好像一群排队喝汤的游民。犯人能看的节目不多，多半都是音乐录像带，不过他们总会转到一些低俗脱口秀。彼得猜想那是因为不管你的人生有多失败，知道还有人比你更蠢总是件好事。

如果哪层楼有人做错事——不一定是彼得，比方说撒旦琼斯这个混蛋在他囚室墙上画了两名狱警交媾的漫画——所有人一个礼拜都不能看电视。如此一来便只能缓缓朝通道另一端闲逛而去，那里有一个装设了塑料浴帘的淋浴间，还有电话，可以打一分钟一美元的对方付费电话，而且每几秒钟就会听见本通电话来自格拉夫顿郡监狱的语音，以免犯人太幸运忘了自己身在何处。

彼得会做仰卧起坐，这本来是他最讨厌的。其实，什么运动他都讨厌。但其他几乎别无选择，要不是一直呆坐然后变得软趴趴，让每个人都以为你好欺负，就是在放风时间到外面去。他出去过几次——不是去投篮或慢跑，也不是到围墙边进行走私进监狱的毒品或香烟的秘密交易，只是想到外头去呼吸一点还没有被其他犯人呼吸过的空气。只可惜从运动场上可以看到河。你可能会觉得这是额外好处，但其实却是最可怕的困扰。有时候风一吹来，彼得甚至能闻到河的气味——河岸的泥土、冰冷的水——一想到自己不能走到河边、脱下鞋袜、涉水、游泳，甚至一高兴就把自己溺死，他的心几乎都要碎了。后来，他就不再到户外去了。

彼得做完一百下仰卧起坐——讽刺的是经过一个月，他已经强壮得即使麦特·罗斯顿和杜鲁·纪哈德联手也恐怕不是他的对手——然后拿了采购单坐到床上。每个礼拜你都得采买漱口水、卫生纸，价格被哄抬得惊人。彼得记得有一年和家人到圣约翰去，杂货店里的玉米脆片大约卖十美元，因为太稀有了。洗发水虽称不上稀有商品，但在监狱里你只能任由管理部门宰割，也就是说一瓶可以卖三块两毛五，一台箱型风扇也能卖十六块钱。否则你只能期望即将转送州监狱的狱友将他的所有物留赠给你，但彼得觉得这样有点过于贪婪而残酷。

“霍顿，”一名狱警的厚重靴子踩过金属通道，喊道，“有你的信。”

两个信封被塞进牢房后，滑到彼得的床底下。他伸手摸抓，指甲刮过水泥地板。第一封是母亲写的，几乎不出他所料。彼得每周至少会收到三四封母亲寄来的信，内容多半很无聊，例如地方报纸的社论或是她的蜘蛛草长得如何等等。有一阵子他以为她信中可能有暗号——有某件他应该知道的事，某件不寻常而能鼓舞人心的事——后来才慢慢发现她写信只是为了填满空隙。于是他便不再拆母亲的信。对此他其实不感到内疚，因为彼得知道母亲之所以写信给他不是为了让他读信，而是为了向自己交代说自己已经写过信了。

对于父母如此毫无头绪，他并不特别怪他们。第一，这种情况他早已习以为常；第二，能真正了解他的人也只有当天在学校里的那些人，而他们未必会寄信来塞爆他的信箱。

彼得将母亲的信丢回地上，眼睛盯着第二封信的寄件人地址。一个陌生地址，而且不是来自斯特灵或甚至新罕布什尔州。寄件人是艾莲娜·巴提斯塔，寄自新泽西州里治坞。

他拆开信封，很快将信看了一遍。

彼得：

我觉得我已经认识你，因为我一直留意着高中事件的发展。我现在是大学生，但我想我了解你的感觉……因为我以前也是这样。事实上，我现在正在写论文，内容是关于在学校受欺负对人的影响。我知道这么做很冒昧，也许你并不想跟我这种人交谈……但我想如果我高中时就认识你这样的人，我的人生或许便会不同，也或许现在开始还不算迟？？？

艾莲娜·巴提斯塔上

彼得拿着皱皱的信封轻轻拍打自己的大腿。乔丹很明确地告诉过他不要和任何人交谈——除了父母和乔丹本人之外。但父母亲没有用，而且老实说，乔丹也没有遵守约定经常来探监，让彼得能找个人说话。

更何况这是个大学女生。大学女生竟然想跟他谈，这还挺酷的。又不是说他能告诉她什么她还不知道的东西。

彼得重新拿起采购单，在万用贺卡的框里打钩。

审判程序可以分为两半：案发当日的事情经过，这是检方的差事，以及导致案件发生的一切，则由辩方负责。为此，塞琳娜忙着访谈每一个在过去十七年间曾与他们的当事人有过接触的人。彼得被高等法院提审两天后，塞琳娜便来到临时改造的校长办公室，与斯特灵高中校长坐下来面谈。阿瑟·麦卡里斯特有淡茶色胡子和圆滚滚的肚子，微笑时看不到牙齿。他让塞琳娜想到自己小时候市场上刚出现的那种很恐怖的、会说话的玩具熊，所以当他开始回答她有关学校的反欺凌政策时，感觉更奇怪。“我们是不容许的。”麦卡里斯特说，不过塞琳娜事先已料到这种官方说法。“一切都在我们的掌控之下。”

“所以说如果有学生因为被找麻烦来找校方申诉，你们会如何处置欺负人的学生？”

“塞琳娜——我能这么称呼你吧？——我们发现一件事，那就是如果校方介入，弱小的学生会被欺负得更厉害。”他有些迟疑，“我知道外界对这次枪击案的说法，还拿它和科伦拜、帕杜卡等先前发生的枪击事件作比较。但我真的认为不是欺凌行为本身导致彼得做出这件事。”

“据称做出这件事。”塞琳娜立刻纠正道，“请问校方是否记录了欺凌的事件？”

“如果事态逐渐扩大，学生被带来见我，就会有记录。”

“有没有人因为欺负彼得·霍顿而被带来见你呢？”

麦卡里斯特起身从柜子抽出一份文件，开始迅速翻阅，最后停在某一页。“事实上，彼得今年被带来见了我两次。他因为在走廊打架，放学后被留校惩罚。”

“打架？”塞琳娜说，“还是还击？”

凯蒂·里柯波诺趁丈夫熟睡拿刀刺进他胸口——四十六下——那回，乔丹找上了专攻受虐妇女症候群的刑事精神病学家华金医师。这是创伤后应激障碍的一种特殊形式，显示一个反复受到精神与肉体虐待的妇女可能经常担心生命安全，以至于模糊了现实与幻想的界限，甚至当施暴者入睡时，或是像乔·里柯波诺因为醉酒而昏睡的时候，她仍感到威胁。

华金替他们打赢了官司。过去几年来，他已成为受虐妇女症候群的主要专家之一，并经常到全国各地担任辩方证人。如今他的收费已经三级跳，时间更是宝贵。

乔丹未先预约便前往华金的波士顿办公室，心想不管这位名医雇用什么样的秘书守门，以他的魅力应该能顺利闯关，可遇上的是已快要退休、性格严厉的鲁丝。“医生这六个月的预约时间都满了。”她头也不抬便说道。

“但我找他是私事，不是公事。”

“我在乎吗？”鲁丝说，口气明显不在乎。

乔丹暗忖若是对鲁丝说她今天好美，或是说个笑话来逗她，或甚至搬出自己担任辩护律师的辉煌历史，恐怕都毫无作用。“我有紧急的家务事。”他说。

“你们家有紧急的精神病问题。”鲁丝用平板的声音重复说道。

“是我们家。”乔丹捏造道，“我是华医师的弟弟。”见鲁丝面无表情地瞪着他，乔丹又说：“我们是养兄弟。”

她扬起一边尖尖的眉毛，按下电话键。片刻后，电话响了。“医生，”她说，“有个人自称是你弟弟，说要见你。”她挂上话筒，“他说你可以进去了。”

乔丹推开重重的桃花心木门，看见华金两脚翘在办公桌上，正在吃三明治。“乔丹·麦卡菲。”他微笑着说，“我早该料到。好啦……妈还好吧？”

“我哪知道，她一向比较疼你。”乔丹打趣着说，随后上前与华金握手。“谢谢你愿意见我。”

“我总得瞧瞧谁这么厚脸皮说他是我弟弟。”

“厚脸皮，”乔丹重复说道，“你新学的中文？”

“是啊，珠算入门之后的意第绪语课。”他打个手势请乔丹坐。“现在还好吗？”

“不错。”乔丹说，“当然可能没你这么好。只要一打开法庭电视台就一定会看到你。”

“我确实很忙。老实说，我现在只有十分钟空当。”

“我知道。所以我才来碰碰运气，我希望你替我的当事人做评估。”

“乔丹老兄，你知道我很愿意，可是我的法庭工作都已经预约到六个月后了。”

“这个不一样，华金，他犯了多起谋杀罪。”

“谋杀？”华金说，“她杀了几个丈夫？”

“一个也没有，而且不是女的。是个男孩，一个小孩。他被欺负多年，后来为了反击拿枪在斯特灵高中大开杀戒。”

华金将半个鲔鱼三明治递给乔丹。“好吧，弟弟。”他说，“我们边吃边谈。”

乔丝从坚固的灰砖地板瞄到煤渣砖墙，从派遣室与座位区间的铁栏杆瞄到有自动锁的厚重大门。感觉有点像监狱，不知里头的警察有没有想到过这件讽刺的事。但脑海一浮现监狱的形象，乔丝便想到彼得，不禁又开始惊慌起来。“我不想来这里。”她转头对母亲说。

“我知道。”

“他为什么又要找我谈？我都已经告诉他我什么都不记得了。”

她们收到邮寄信件，杜沙姆警官“还有几个问题”想问她。乔丝认为这就表示他现在一定知道了某件第一次讯问她时不知道的事。但母亲解释说第二次面谈只是为了确保检方没有遗漏任何细节，其实根本没有特别的意义，只不过她还是得上警所一趟。但愿乔丝不会把调查给搞砸了。

“你只要再跟他说一次，你什么都不记得……这样就可以了。”母亲说完，轻轻将手放在乔丝已经开始颤抖的膝盖上。

乔丝想做的却是站起来，冲出警所的双门，然后迈开大步奔跑。她想以最快速度冲过停车场和街道，穿越中学运动场，冲进围绕着池塘的树林，跑上山去——树叶掉落后，她偶尔能从卧室窗户看到这些山——一直往上跑到不能再跑为止。然后……

然后或许她会张开双臂，纵身跃下世界的边缘。

这一切会不会只是个陷阱?

杜沙姆警官会不会已经知道……一切?

“乔丝，”有个声音喊道，“很谢谢你到这里来。”

她抬头看见警官就站在她们面前。母亲站了起来，乔丝也试着起身，她真的试了，却没有勇气办到。

“法官，很感谢你带女儿来。”

“乔丝非常心烦。”母亲说，“她还是想不起当天的事。”

“我得听乔丝亲口说。”警官跪下来以便直视着她。乔丝发现他有双漂亮的眼睛，但有点哀伤，好像巴吉度猎犬。她不由得好奇，从伤者与受惊者口中听到这一切故事会是什么感觉？会不会在渗透作用下，不由自主地全部吸收？“我保证，”他柔声地说，“时间不会太长。”

乔丝开始想象会议室的门关起的感觉，质问可能像香槟瓶内的压力不断累积。她不知道哪种感觉比较痛：是无论你怎么努力回想都想不起事情经过，还是清楚记得每个恐怖的最后时刻?

乔丝从眼角瞄见母亲又坐了下来。“你不跟我进去吗？”

上一次警官跟她谈话时，母亲用了同样的借口：她是法官，不能旁听警方的讯问。但后来提审之后她们曾经谈过，母亲还特地跑来告诉乔丝，她在这个案子里的法官身份与母亲身份不会互斥。或者换句话说：是乔丝太笨，竟以为她们之间的情形已开始有所转变。

母亲的嘴巴张开又合起，像条离水的鱼。我让你觉得不自在吗？乔丝心想，这些字眼有如鞭痕般不断在心里浮现。你现在知道我的感受了吗。

“想喝杯咖啡吗？”警官问完随即摇着头说，“或是可乐？我不知道你们这个年纪的孩子开始喝咖啡了，或者是我太笨，当着你的面就把这个恶习展露无遗？”

“我喜欢咖啡。”乔丝说。她避开母亲的目光，随着杜沙姆警官走进警所的内在圣殿。

他们走进会议室，警官替她倒了一杯咖啡。“牛奶？糖？”

“糖。”乔丝说。她从钵里拿了两包加入咖啡。接着她扫视四周——佛麦卡塑料桌、荧光灯、室内的正常状态。

“怎么了？”

“什么怎么了？”乔丝反问。

“你怎么了？”

“我只是觉得这里不太像逼供的地方。”

“这得看你有没有什么供可逼。”警官说。见乔丝脸色发白，他又笑着说：“我只是开开玩笑。老实说，我唯一一次打人逼供是在电视上演警察的时候。”

“你在电视上演警察？”

他叹了口气。“别提了。”他取过桌子中央的录音机，“我得录音，跟以前一样……主要是因为我太笨没法全都记得清清楚楚。”警官按下按键后，坐到乔丝对面。“经常有人跟你说你很像妈妈吧？”

“从来没有。”她偏着头说，“你叫我来就是想问这个？”

他微笑道：“不是。”

“反正我不像她。”

“你当然像她。眼睛很像。”

乔丝低头看着桌子。“我们眼睛的颜色根本不一样。”

“我说的不是颜色。”警官说，“乔丝，再跟我说说斯特灵高中发生枪击案那天你看到了什么。”

乔丝双手放在桌子下方，紧握在一起，一手的指甲深深掐入另一手的掌心，这种痛才能压过他要她说的那些话的痛。“那天科学课要小考。前一晚我熬夜准备，早上醒来还想着考试的事。我只知道这些。我已经跟你说过，我甚至不记得自己怎么上学的。”

“你记得你为什么会在更衣室昏倒吗？”

乔丝闭上眼睛。她脑海中出现更衣室——铺砖地板，灰色置物柜，孤零零一只袜子塞在淋浴间角落。接着一切都变成红色，怒火般红，鲜血般红。

“不记得。”乔丝回答的声音已经被泪水分割得断断续续，“我甚至不知道为什么想到更衣室就会哭。”她不喜欢别人看到她这样，她也不喜欢这样，而她最不喜欢的是不知道何时会发作：风转向时？潮汐变化时？乔丝拿了警官递过来的面纸。“求求你，”她低声说，“可以让我走了吗？”

警官迟疑片刻，乔丝可以感觉到他的怜悯像一张网朝她笼罩下来，里头只网住她的话语，至于其他——羞耻、愤怒、恐惧——全都直接从网眼筛过。“当然了，乔丝。”他说，“你可以走了。”

艾莉克斯正假装看着斯特灵镇年报，乔丝忽然从密闭的门冲进警所等候室。她哭得很厉害，而帕特里克·杜沙姆却不见人影。我非杀了他不可，艾莉克斯理智、镇定地想，等我先安抚了女儿再说。

“乔丝。”她叫了一声，但女儿从她身边直奔出警所，往停车场跑去。艾莉克斯连忙追出去，最后在车子前面追上了。她两手抱在乔丝腰间，摸着她的腰带扣环。“你别管我。”乔丝啜泣道。

“乔丝，亲爱的，他跟你说了什么？你告诉我。”

“我没办法跟你说！你不会了解，你们谁都不会了解。”乔丝往后退开，“了解的人全都死了。”

艾莉克斯犹豫着，不知该如何是好。她可以将乔丝抱得更紧，让她哭个痛快。也可以让她明白不管她多么惊慌失措，都一定有办法可以处理。艾莉克斯发现这有点像“艾伦谕示”——就是当陪审团意见分歧时，法官给予的指示，提醒他们身为美国公民的职责，并且保证他们能够也将会达成共识。

在法庭上每次都能见效。

“乔丝，我知道你很难过，但你其实比你自己想的还要坚强，而且……”

乔丝猛力将她推开。“不要再用那种口气跟我说话了！”

“什么口气？”

“好像我是证人或者是律师，你要演得这么卖力！”

“法官，对不起。”

艾莉克斯猛一转身，发现杜沙姆就站在她们后面不到两英尺处，一字不漏全听到了。她双颊绯红。这正是身为法官最不想公开展示的行为。他很可能回到警所后，便发送电子邮件给所有警察同仁：猜猜看我刚才无意中听到了什么。

“你女儿，”他说，“忘了拿她的运动衫。”

连着兜帽的粉红色运动衫整齐地挂在他的手臂上，他拿下交给乔丝。接着他并未转身离去，反而按住她的肩膀。“乔丝，别担心。”他双眼凝视着她，仿佛世上只有他二人。“我们一定会让事情圆满解决的。”

艾莉克斯以为乔丝也会反呛回去，不料被他按住肩膀后，乔丝反倒平静下来。她点了点头，就好像自从枪击案发后她第一次相信这句话。

艾莉克斯发觉内心涌上一股感觉——是放松，因为女儿终于愿意接受一丝丝希望。也是遗憾与苦涩，因为让女儿脸上重现平和的人不是她。

乔丝用运动衫的袖子擦去泪水。“你没事了吧？”杜沙姆问。

“应该没事了。”

“那就好！”警官朝艾莉克斯微一点头，“法官。”

“谢谢你。”她喃喃地说，他则转身走回警所。

艾莉克斯听见车门“砰”的一声，乔丝已经钻进座位，但她一直看着帕特里克·杜沙姆直到他走出视线之外。真希望是我，艾莉克斯心想，但却刻意不将后半句想完。

戴瑞克·马可维兹和彼得一样，是个电脑高手。他和彼得一样，没有健壮肌肉和高大身材，总之没有任何青春期的特征。他的头发一簇簇往上竖，像植发似的。衬衫随时都扎进裤子里，而且从不受欢迎。

和彼得不同的是，他没有忽然走进学校杀死十个人。

塞琳娜坐在马可维兹家的厨房餐桌旁，一旁的蒂蒂·马可维兹则有如猫头鹰般盯着她看。她来找戴瑞克谈，本是希望他能成为辩方证人——但说句实话，戴瑞克到目前提供的信息似乎对检方有利得多。

“这会不会全是我的错？”戴瑞克说，“我是唯一接收到暗示的人。如果我用心一点听，也许就能阻止他。我就能告诉其他人。可是我以为他只是开玩笑。”

“我想换成任何人也都会和你一样。”塞琳娜轻声并真心地说，“那天走进学校的彼得并不是你认识的彼得。”

“对。”戴瑞克径自点着头。

“你问完了没有？”蒂蒂走上前来问道，“戴瑞克还要上小提琴课。”

“就快好了，马可维兹太太。我只想问问戴瑞克关于他认识的彼得。你们俩怎么认识的？”

“我们六年级的时候都是足球队的。”戴瑞克说，“而且两个都很烂。”

“戴瑞克！”

“对不起，妈，但这是真的。”他瞥向塞琳娜，“不过，那些选手没有一个会写代码。”

塞琳娜笑了笑。“是啊，不过我也是技术白痴。这么说你们两个在队上一定是好朋友啰？”

“我们会在板凳上聊天，因为我们从来不会被派上场。”戴瑞克说，“不过我们俩真正变成朋友是在他不再和乔丝来往以后。”

塞琳娜差点没把铅笔拿稳。“乔丝？”

“对，乔丝·柯米尔。她也上我们学校。”

“她是彼得的朋友？”

“以前是，而且是唯一曾经和他来往的人。”戴瑞克解释道，“不过后来她变得受欢迎，就把彼得甩了。”他看着塞琳娜，“彼得其实不太在乎。他说她已经变成一个贱货。”

“戴瑞克！”

“对不起，妈，”他说，“可这也是真的。”

“我失陪一下。”塞琳娜说。

她从厨房走进浴厕间，从口袋掏出手机拨回家。“是我。”她听乔丹接起电话便说，但随即迟疑了一下。“怎么那么安静？”

“山姆睡了。”

“你该不是为了读你的调查报告，又塞了一张录像带吧？”

“你专程打电话回来骂我不用心照顾小孩吗？”

“不，”塞琳娜说，“我是要告诉你，彼得和乔丝曾经是最好的朋友。”

在高度安全管理监狱里，彼得每星期只能见一个访客，但有些人不算在内。例如，律师随时都能来看你。还有——很不可思议的——记者也可以。彼得只须签写一小张声明，表示愿意接受媒体访谈，艾莲娜·巴提斯塔便能够进来见他。

她非常火辣。彼得第一眼就察觉了。她穿的不是过度宽松的毛线衫，而是紧身的排扣衬衫。他若倾身向前，还能看到乳沟。

她有一头长而浓密的卷发，咖啡色眼睛，彼得实在不敢相信她高中时曾被人捉弄。但她就坐在他面前，这却假不了，而且她几乎不敢正视他。“我真不敢相信，”她说，脚尖刚好抵在两人中间的红线，“我竟然见到你本人了。”

彼得装作常常听到这类的话。“是啊，”他说，“你开这么远的路，真酷。”

“天哪，我也只能做这么多。”艾莲娜说。彼得想到以前听说的故事，说一些热情支持者写信给犯人，最后还在监狱里举行婚礼。他想到刚才带艾莲娜进来的狱警，不知他是否正在告诉其他人彼得·霍顿有个火辣的女访客。

“你不介意我做笔记吧？”艾莲娜问，“论文要用的。”

“很酷啊。”

他看着她拿出铅笔，用嘴咬着笔盖，打开笔记本到空白页。“我之前跟你说过了，我正在写关于欺凌行为的影响。”

“为什么？”

“我上高中时，有时候宁可自杀都不想隔天再去上学，因为死了比较简单。我猜想如果我这么想，一定也有其他人这么想……所以才想到这个题目。”她上半身往前倾——乳沟警报——望着彼得的眼睛，“我希望能在心理杂志之类的刊物上发表。”

“那很酷。”他有点畏缩。拜托，他要说几次酷啊？听起来可能像个智障。

“那么你先告诉我发生的频率有多高。我是说被欺负的情形。”

“每天都有吧。”

“他们都做些什么？”

“很普通。”彼得说，“把我塞进置物柜，把我的书丢出巴士窗外。”他像诵经似的叨念着他已经跟乔丹说过上千次的话：上楼时被人用手肘推挤，眼镜被扯下来踩碎，难听的话像快速直球连续朝他掷来。

艾莲娜眼神变得柔和。“你一定很不好过吧。”

彼得不知道该怎么说。他希望她继续对自己的故事感兴趣，却又不希望她觉得他是个软脚虾。他耸耸肩，但愿这样的响应够好。

她停下笔来。“彼得，我能不能问你一件事？”

“好啊。”

“有点离题没关系吧？”

彼得点点头。

“你是有意杀他们的吗？”

她再次往前倾，双唇微开，就好像彼得即将说出的话是一片圣饼，是她已经等待一辈子的圣体。彼得听见警卫的脚步声从背后的门外走过，透过话筒几乎能尝到艾莲娜的气息。他想给她一个好的答案——听起来够危险，让她心生好奇愿意再回来。

于是彼得露出自以为略带魅力的微笑，回答道：“应该说被欺负这件事也该停止了。”

乔丹的牙医诊所里的杂志寿命之长堪与半衰期两万四千年的钸相媲美。有些封面上的名人新娘现在已经生了两个以圣经人物或水果命名的宝宝。名列年度风云人物的总统也已经卸任。因此当乔丹等着补牙时，翻到最新一期的《时代周刊》，简直有如挖到主矿脉。

“高中校园：最新战事前线？”封面上写着，还有一张从直升机上拍摄斯特灵高中的照片，学生仍不断从建筑物各个出口涌出。他心不在焉地往前翻过主要文章与各篇附文，心想这应该全是他已经知道或已在报上看过的，但其中一篇吸引了他的目光。“一名杀人犯的内心世界。”他读着标题，并看到被使用过许多次的彼得八年级纪念册照片。

他于是往下读。

“该死。”他骂了一声，站起来便往门口走。

“麦卡菲先生，”秘书说，“医师已经准备好了。”

“我再约时间……”

“哎，你不能把杂志带走……”

“算到我的账单里吧。”乔丹丢下一句便匆匆下楼去开车。他刚发动引擎手机就响了，他认定是戴安娜·莱文打来向他炫耀自己的好运，结果却是塞琳娜。

“喂，看完牙齿了吗？你回来的时候帮我绕到药房买尿片，用完了。”

“我还不回家。我有更重要的事情要处理。”

“亲爱的，”塞琳娜说，“没有比这个更重要的事了。”

“我回去再跟你解释。”乔丹说完直接关机，那么就算戴安娜打来也找不到他。

他在二十六分钟后抵达监狱——破了个人纪录——冲到入口。他把杂志贴在负责登记访客资料的狱警与他之间的塑料板上。“我需要带这个进去见当事人。”乔丹说。

“很抱歉。”该人员说，“有订书针的东西都不能带进去。”

乔丹气恼地把杂志摊开在腿上，一把扯下装订针。“好了，我现在可以去见当事人了吧？”

他被带进每次来所使用的监狱会议室，等候彼得之际不停踱步。彼得一到，乔丹“啪”一声把杂志往桌上丢，翻开那篇文章。“你脑子到底在想些什么？”

彼得惊讶得目瞪口呆。“她……她从没提起过她在替《时代周刊》撰稿！”他很快地翻阅完后，喃喃自语，“我不相信。”

乔丹感觉到全身的血液都涌向脑门。当然了，一般人就是这样中风的。“你到底知不知道你的罪有多重？你这官司有多难打？有多少证据对你不利？”他张开手重重打在文章页上，“你真的觉得这个可以为你博取到丝毫同情吗？”

彼得皱起眉头。“谢谢你的教训。如果你早几个礼拜来教训我，我们今天就不用讨论这个了。”

“太可笑了吧，”乔丹说，“我来的次数不够多，所以你决定诉诸媒体来报复我？”

“她不是媒体，她是我的朋友。”

“你知道吗？”乔丹说，“你不会有任何朋友。”

“这也不算什么新鲜事。”彼得反呛回去。

乔丹张开口想再吼彼得，却发不出声音。这句话的真实性触动了他，让他想起塞琳娜几天前和戴瑞克·马可维兹的面谈。彼得的好友或是抛弃他，或是背叛他，或是将他的秘密散布给千千万万人知道。

如果他真想做好这份工作，就不能只是彼得的律师，还得是他的知己，然而到今天为止，他所做的只是以谎言应付这个孩子，就和他生命中的每个人一样。

乔丹坐到彼得身边。“你听我说，”他平静地说，“以后不能再做这种事。以后不管有任何人以任何理由和你接触，你都得告诉我。相对的，我也会更常来看你。好吗？”

彼得耸耸肩表示同意。接着好长一段时间，他们俩沉默地并肩坐着，不知道接下来该怎么办。

“那现在要干嘛？”彼得问，“还要我再谈乔伊吗？或是准备那个精神科医生的面谈？”

乔丹犹豫不决。他来见彼得的唯一原因是因为他和记者交谈，要臭骂他一顿，否则他根本不会来。他心想可以让彼得说说他的童年或是学校经历或是被欺负的感受，但不知怎地好像也不太对。“其实我需要一点建议。”他说，“去年圣诞节我老婆送我一个电脑游戏，好像叫《秘密间谍》吧。问题是我老是在第一关就出局了。”

彼得斜睨着他。“你是用机器人还是国王登入？”

鬼才知道！游戏根本还原封不动。“机器人。”

“那是你第一个错误。喏，你不能主动加入火力军团——你必须被指派进入。要做到这点就要先从教育界而不是矿场开始。懂了吗？”

乔丹瞄了瞄还摊开在桌上的文章。这个案子已经变得难以想象地困难，不过他与当事人的关系渐趋缓和也许稍有补偿作用。“嗯，”乔丹说，“开始懂了。”

“你可能会不高兴。”伊莲娜将一份文件递给艾莉克斯说道。

“为什么？”

“是请你回避霍顿案的申请书。检方强烈要求举行听证会。”

听证会就表示媒体会到场，受害者会到场，家属们会到场。就表示艾莉克斯必须接受众人仔细检视后才能继续本案。“不会有听证会。”艾莉克斯驳回道。

书记官迟疑地说：“我想你最好再想想。”

艾莉克斯回看着她。“你可以出去了。”

等到伊莲娜关上门后，她才闭上眼睛。她不知该怎么做。提审时她确实比自己预期的更慌乱，她扮演法官的种种限制也确实牵动着她与乔丝之间的距离。但因为艾莉克斯先前坚信自己的判断绝对正确——因为她非常笃定自己能对这个案子出公正审判——以致陷入两难之境。在程序开始前自行回避是一回事，但若现在退却，将会让她显得（好的话是）善变或（坏的话是）没有能力。这都是她不希望与自己司法生涯扯上关系的形容词。

如果艾莉克斯不批准戴安娜·莱文举行听证会的要求，那就像在隐藏什么。最好还是让他们表明立场，当个成熟的大人。艾莉克斯按下电话的按键。“伊莲娜，”她说，“安排时间吧。”

她用手指把头发往后梳，随后又往前拨顺。她现在需要一根香烟。她翻遍抽屉，只找到一个空的烟盒。“该死。”她低咒一声，忽然想起车后行李厢藏有一包紧急备用的。艾莉克斯抓起钥匙，起身走出办公室，匆匆由后侧楼梯前往停车场。

她用力晃开防火门，却听到门撞到肉体的砰然声响。“我的天哪。”她大喊，并连忙伸手扶起痛弯了腰的男子。“你没事吧？”

帕特里克·杜沙姆直起身子，吓了一跳。“法官，”他说，“我真的不能再‘碰’到你了。”

她皱眉说：“你就不该站在防火门旁边。”

“你也不该那么用力推门。今天又是在哪里？”帕特里克问。

“什么在哪里？”

“火呀！”他一面朝另一个走向停车场巡逻车的警员点头招呼。

艾莉克斯后退一步，双臂交抱。“我以为我们已经谈论过……嗯……那次谈话。”

“第一，我们现在不是在谈论案情，除非这里头有什么我不知道的暗喻。其次，你在本案中的立场似乎受到质疑，如果你相信今天《斯特灵日报》的社论的话。”

“今天的社论在讨论我？”艾莉克斯愕然地说，“说了什么？”

“我可以告诉你，但那就得谈到案情，不是吗？”他笑笑便起步离去。

“等一下。”艾莉克斯叫住了警官。当他转身，她很快瞄了一下四周确认停车场上只有他们俩。“我能不能问你一件事？私下问问？”

他缓缓点头。

“乔丝……怎么说呢……你那天跟她谈话的时候，你觉得她还好吗？”

警官斜靠在法院的砖墙上。“你肯定比我了解她。”

“是啊……当然。”艾莉克斯说，“我只是觉得有些事她不肯跟我说，也许会向你这个陌生人透露。”她看着两人之间的地面，“有时候这样比较简单。”

她可以感觉到帕特里克正盯着她看，却不太鼓得起勇气正面迎视。

“我能不能跟你说一件事？私下说说？”

艾莉克斯点点头。

“我调来这之前，原本在缅因州。那时碰到一个不单纯是案子的案子，你明白我的意思吗？”

艾莉克斯明白。她发现自己倾听着他的声音，因为里头有一种她从未听过的声调——低低的，回响着苦闷，仿佛震动不停的音叉。“那里有个女人是我的一切，她有个小儿子是她的一切。当他受到任何小孩都不应该受到的伤害时，我尽了全力去办案，因为我认为谁都不可能做得比我更好，谁都不可能比我更在乎结果。”他直视着艾莉克斯，“我是那么坚信我能分清楚我内心的感受和我该做的工作。”

艾莉克斯干咽了一口，干得有如尘土。“你做到了吗？”

“没有。因为当你爱一个人，不管你怎么告诉自己，那都不再只是工作。”

“那会变成什么？”

帕特里克想了一下。“复仇。”

有天上午，刘易斯跟莱西说他要去监狱看彼得，莱西便开车跟着他。自从彼得告诉她提审期间与提审后父亲从未去看他之后，莱西一直保守这个秘密。她也愈来愈少和刘易斯交谈，因为她怕自己一开口就会有如飓风狂扫。

莱西很小心，故意在两人的车中间隔着一辆车。这让她想起老早以前他们还在交往的时候，或是她跟随刘易斯回家或是刘易斯跟着她。他们还会玩游戏，启动后面的雨刷让它像狗摇尾巴一样，或是用摩斯密码闪动前灯。

他往北走，是监狱的方向，有一度莱西顿生怀疑：会不会是彼得说谎？她想应该不会，但话说回来，她原来也没想到刘易斯会说谎。

他们来到莱姆中心的绿地时开始下起雨来。刘易斯打了方向灯，转进一个有银行、艺术工作室和花店的停车场。她不能停在他后面——他马上会认出她的车——于是她驶进隔壁五金行的用地，停到建筑物后方。

也许他想找提款机，莱西暗想，但她还是下车躲在油箱后面，看着刘易斯走进花店，五分钟后捧着一束粉红玫瑰走出来。

瞬时间，她体内的气息一丝不剩。难道他有外遇？她从没想到事情还可能更糟，他们这个小家庭还可能更破碎。

莱西跌跌撞撞坐进车里，勉强继续跟踪刘易斯。没错，她整颗心都放在彼得的审判上。也许她有错，刘易斯需要说话时她未能倾听，因为他想说的关于经济学座谈会、论文发表或时事等等，与儿子坐牢相比真的似乎都不再重要。但刘易斯呢？他们两人的结合，她总是将自己想象成自由的一方，而将他视为安定的倚靠。安全感只是幻想，当绳索另一端已然松脱，被绑住又有什么意义？

她用袖子擦去泪水。当然了，刘易斯会告诉她这只是性，不是爱，这根本不代表什么。他会说人有各种方式处理哀伤，但心里却有个洞。

刘易斯又打方向灯右转——这回进到一个墓园。

莱西胸中开始有一把火慢慢燃烧。这也太变态了吧。他和她约在这里见面？

刘易斯下了车，手上拿着玫瑰但没撑伞。此时雨势变大了，但莱西已决心看到最后。她保持着一定的距离，跟随他来到较新的一区，全是刚葬不久的新坟，甚至连墓碑都还没竖起。整片园区像补丁似的：一块黄土邻接一块修剪过的绿草皮。

到了第一座坟，刘易斯跪下来将玫瑰摆在泥土上。然后到下一座坟，又是同样动作。然后下一座，再下一座，直到湿淋淋的头发往脸上滴水，直到衬衫全部湿透，直到他放完那十朵玫瑰。

在他放最后一朵时，莱西走到他身后。“我知道你来了。”他说，但没转身。

她几乎说不出话来：发觉刘易斯原来并未背叛她的喜悦，却因得知这些日子来他都在做些什么而冲淡了。她已分不清是自己在掉泪，或是天空在为她掉泪。“你竟然到这里来，不去看自己的儿子！”她指责道。

他抬起头看她。“你知道什么叫混沌理论吗？”

“混沌理论干我屁事，刘易斯。我在乎的是彼得。我有说不出的……”

“有人认为，”他打断妻子的话，“你只能解释线性时间的最后一刻……可是导致这一刻的所有因素却可能来自任何一连串的事件。所以呢，当一个孩子在沙滩上打水漂，地球的另一个角落却有海啸发生。”刘易斯站起来，双手插在口袋里。“莱西，我带他去打猎。尽管他不喜欢，我也叫他要继续。我说了好多好多话。假如是那其中一句使彼得做出这件事，该怎么办？”

他痛哭着弯下腰。莱西伸手安抚他时，雨水打在她的肩膀与背上。

“我们已经尽力了。”莱西说。

“不够。”刘易斯将头扭向坟墓，“看看这个。你看看这个。”

莱西看了。在倾盆大雨中，头发和衣服都紧贴在身上，她仍定定地注视墓园，看到那些孩子的脸。如果她没有生下这个儿子，他们都还活得好好的。

莱西用手按着自己的腹部。疼痛将她切成两半，就像变魔术一样，只是她知道自己将再也无法恢复原状。

她一个儿子吸毒，另一个是杀人犯。难道是她和刘易斯生错了孩子？或者他们根本就不该生孩子？

孩子不会自己犯错。他们是在父母牵引下跳入坑中。她和刘易斯真的认为自己走的是正确的路，但或许应该停下来问问路。那么他们或许永远无须看着乔伊——接着是彼得——踏上那悲惨的一步而自由坠落。

莱西记得她拿彼得的成绩和乔伊比较，还要彼得试着去踢足球，因为乔伊很喜欢。接受从家人开始，但包容也一样。莱西发现当彼得被同学们排斥时，他已经习惯被自己家人遗弃的感觉。

莱西紧紧闭上双眼。她的下半辈子，别人都会以彼得·霍顿的母亲看待她。从某方面来说，她会为此感到兴奋——但是你得小心自己许了什么愿。对孩子的杰出表现感到光荣，就表示也要对他们的错误行为负起责任。而莱西认为负责并不是赔偿这些受害者，而是她和刘易斯必须从离家更近的地方——从彼得——开始。

“他需要我们。”莱西说，“比以前更需要。”

刘易斯摇摇头。“我没法去见彼得。”

她迅速将手抽回。“为什么？”

“因为我每天都还会想到那个撞死乔伊的人。我多么希望死的人是彼得，他不是乔伊。这里每个孩子的父母亲对彼得也有同样想法。”刘易斯说，“可是莱西……我并不怪他们任何一个人。”

莱西全身颤抖地往后退。刘易斯将装花的锥形纸筒揉成一团塞进口袋。雨水落在他们之间，形成一道帘幕，让他们看不清彼此的脸。

乔丹在监狱旁一家比萨店等候华金结束他与彼得的精神病诊断面谈。他已经迟到十分钟，乔丹却不敢肯定这是好是坏。

华金像一阵风从门口吹进来，风衣在身后鼓胀着。他滑进乔丹坐的雅座后，从乔丹盘子上拿起一片比萨。“可以做。”他咬一口说道。“就心理层面，治疗长期受欺压的学生和治疗患有受虐妇女症候群的成年女性差异不大。说到底两者都是创伤后应激障碍。”他把比萨放回乔丹的盘子。“你知道彼得跟我说什么吗？”

乔丹想着他的当事人，片刻后说道：“在监狱里面很烂？”

“他们都这么说。他跟我说他一想到在学校可能发生的事，就宁可死也不想再多上一天学。这口气听起来像谁？”

“凯蒂·里柯波诺。”乔丹说，“在她决定拿牛排刀替丈夫多开几道支气管之后说的。”

“凯蒂·里柯波诺。”华金纠正道，“受虐妇女症候群的完美典范。”

“所以说彼得成了受欺凌被害人症候群的第一例。”乔丹说，“华金，你老实告诉我，你觉得陪审团会认同一个根本还不存在的症候群吗？”

“陪审团不是由受虐妇女组成，但他们也曾宣判她们无罪。何况，陪审团里的每个人都上过高中。”他拿起乔丹的可乐啜了一口，“你知道吗？童年时期被欺负一次，经年累月下来对一个人造成的创伤可能和被性侵一次是一样的。”

“你开玩笑吧。”

“你想想看。两者的共同要素都是受到羞辱。你对高中最深刻的记忆是什么？”

乔丹想了好一会，高中的记忆才慢慢浮现，更别说有什么难忘的了。接着他咧嘴笑了起来。“上体育课做体能测验。其中一项是爬上由天花板垂挂下来的绳索。高中的时候，我还不像现在这么壮……”

华金嘲弄地说：“那是当然。”

“……所以我很担心爬不上去，结果那不是问题。问题在于接下来，因为把绳索夹在两腿间往上爬的时候，我竟然勃起了。”

“你看吧。”华金说，“问十个人，会有一半根本记不得什么具体的事——他们封锁了记忆。另一半则是记得特别痛苦或尴尬的时刻。就像用强力胶黏住一样甩不掉。”

“那真的很令人沮丧。”乔丹指出。

“不过大部分的人长大后便会明白，这些意外事件都只是整个人生拼图中的一小部分。”

“那么没明白的人呢？”

华金瞄了乔丹一眼。“就变成像彼得这样。”

艾莉克斯之所以出现在乔丝的衣柜前是因为乔丝向她借了一件黑裙

一直没还，而艾莉克斯今晚需要那条裙子。她约了人一起吃晚饭——惠特·赫巴特——她的前任老板，已经从公设辩护人办公室退休。由于检方申请法官自行回避而在今天举行听证会，听证会后她需要一点建言。

她找到了裙子，但也找到一堆宝物。艾莉克斯往地板一坐，将盒子摊开在腿上。乔丝六七岁时上过爵士舞蹈课，那套旧舞衣的流苏静悄悄地滑落她的掌心。丝的材质摸起来凉凉的。流苏胡乱塞在一件人造毛皮的老虎装上面，这套服装乔丝在某年万圣夜穿过，并留下来等着某个盛大场合再穿——这是艾莉克斯第一次也是最后一次尝试针线活。缝制到一半她便放弃了，改用热熔胶枪将布料黏合。那一年，艾莉克斯本打算带乔丝挨家挨户去讨糖果，但她当时是公设辩护人，又刚好有个当事人再次被捕。乔丝便跟着一个邻居和邻居家的小孩一块去。当天晚上艾莉克斯好不容易回到家，乔丝将枕头套装的糖果撒在床上。你可以拿一半，乔丝对她说，因为你都没有玩到。

她迅速翻着乔丝一年级做的地图集，每块大陆都上了颜色，每一页还做了塑封。她看着她的成绩卡。她发现一条绑头发的橡皮筋，便绕到手腕上。盒底有一张字条，上头有小女孩的笔迹，写着：亲爱的妈咪我好爱你，亲亲抱抱。

艾莉克斯顺着字母抚摸过去。她好奇乔丝为何还保有这个，为何始终没有送给她要送的人。是乔丝等着等着就忘了吗？还是她为了某件事生艾莉克斯的气，而决定不送了？

艾莉克斯站起来，小心地将盒子放回原位。她将黑裙挂在手臂上，走回自己房间。她知道大多数家长翻孩子的东西都是想找保险套和大麻，想来个人赃俱获。艾莉克斯却不一样。对她而言，翻找乔丝的东西是为了抓住她错失的一切。

单身的悲哀是帕特里克找不到充分理由让自己不嫌麻烦地下厨。他的三餐多半都站在洗碗槽旁边解决，所以何苦用一堆锅碗瓢盆和新鲜食材搞得一团乱？他总不可能对自己说，帕特里克，这道菜真棒，哪儿发现的食谱？

他甚至已经发展出一套定律。星期一比萨夜；星期二潜艇堡；星期三中国菜；星期四喝汤；星期五到酒吧吃个汉堡，平常回家前他都会在这里喝杯啤酒；周末吃剩菜，而且总有很多。有时候纯粹就是孤单单地点餐（还有什么比“一人份宝宝盘”更悲伤的句子？），不过大多时候他的例行公事倒是为他网罗了一票朋友。比萨店的萨尔会免费送他蒜头小餐包，因为他是常客。潜艇堡的店员，帕特里克不知道他的名字，会指着他咧开嘴笑。“意大利面包、火鸡肉、起司、美乃滋、橄榄、双份腌黄瓜、胡椒盐。”他总会大声地喊，这就像他们口头的握手暗号一样。

今天星期三，他在金龙餐馆等着外带餐点。他看着梅把他的晚餐端进厨房（那么大一个锅到底在哪儿买的，他一直很好奇），然后将注意力转到吧台上方的电视，红袜的比赛刚开始。有一名独坐的女子一面等着酒保送酒来，一面将一张小纸巾的边缘撕成流苏状。

她背对着他，但帕特里克是个侦查员，有些事情从背面便能看出来。例如她的臀部很美，还有她应该解下那个像图书馆员似的发髻，让波浪卷发披散在肩上。他看见酒保开了一瓶黑皮诺，便暗暗将以下的信息归档留存：她很有格调，不来小阳伞这一套，不适合她。

他悄悄走到女子后面，递给史帕克一张二十元钞票。“我请客。”帕特里克说。

女子转过身来，一刹那间帕特里克钉在原地，不明白这名神秘女子怎么会有柯米尔法官的脸。

这让帕特里克想起高中时期，在停车场远远地看见朋友的妈妈，立刻把她当成辣妹，上前攀谈后才发现她是谁。法官抽起史帕克手里的二十元钞，还给帕特里克。“你不能请我喝酒。”她说着从手提包里拿出一些现金递给酒保。

帕特里克往她身旁的凳子一坐。“那么，”他说，“你请我喝一杯。”

“不行吧。”她环顾餐厅，“我想真的不能让人看见我们在交谈。”

“唯一的目击证人是收款机旁池塘里的鲤鱼。我想你很安全。”帕特里克说，“何况我们只是闲聊，又没有谈论案情。你总该没忘记在法院外怎么与人交谈吧？”

她端起酒杯。“算了，你怎么会在这里？”

帕特里克压低声音。“我正在临检这里的中国帮派。他们用糖包走私生鸦片。”

她瞪大眼睛。“真的？”

“假的。真的我会告诉你吗？”他微笑着说，“我只是在等我的外带餐。你呢？”

“我在等人。”

她说出这句话，他才发现和她在一起挺愉快的。把她弄得心慌意乱让他觉得很过瘾，而且老实说也不是太难。柯米尔法官让他想到那个“伟大又有神力的奥兹”，但拉开布幕一看，也不过就是个平凡女人。

而且刚好有个翘臀。

他顿时觉得双颊发热。“合家欢。”帕特里克说。

“你说什么？”

“我点的餐。我只是想再用那种闲谈方式帮助你。”

“你只点一道菜？没有人上中国餐馆只点一道菜的。”

“又不是每个人家里都有正在发育的小孩。”

她用一根手指划着杯缘。“你没有小孩？”

“没结婚。”

“为什么？”

帕特里克摇摇头，无力地笑了笑。“没兴趣。”

“哇，”艾莉克斯说，“你一定被她整得很惨。”

他张口结舌。他真的这么容易捉摸?

“别以为只有你会探案。”她笑着说，“那对我们女人来说是直觉。”

“是啊，靠这直觉你很快就能得到你的金盾牌了。”他瞥见她手上没有戒指。“你又为什么没结婚?”

法官也学着他说:“没兴趣。”

她静静地啜饮着酒，帕特里克则用手指敲着吧台的木板，过了好一会才出声坦承。“她已经结婚了。”

艾莉克斯放下空了的酒杯。“他也是。”她直言不讳，当帕特里克转头看她时，她也正视着他。

她有双浅灰色的眼睛，让人想起黄昏暮色和银弹和水畔。就像天空被雷电劈成两半时的颜色。

帕特里克从未注意到这点，他忽然明白为什么了。“你没戴眼镜。”

“有你这么敏锐的人保护并服务斯特灵民众，真令人高兴。”

“你通常都会戴眼镜。”

“工作的时候才戴，阅读需要。”

“通常我遇见你的时候，你都在工作。”

所以他才从未注意到艾莉克斯·柯米尔很迷人：在此之前，他们每次相遇她总是全副法官装扮。她从未像温室花朵一般蜷缩在吧台边。她从未如此……人性化。

“艾莉克斯！”叫声从他们身后传来。那个男人衣冠楚楚，一身高级套装加上尖头鞋，两鬓少许花白发丝恰好衬托出他的高雅。他全身散发着律师的气息。此人无疑是个富有的离婚男人，是那种会熬夜谈论刑法之后才做爱的人，是那种会自己睡一边的人，而不会双手紧紧抱住她，即使两人睡着后仍交缠在一起。

我的老天，帕特里克看着地上暗想。我这是在想什么呀?

艾莉克斯·柯米尔跟谁约会与他何干？就算这个人老得几乎可以当她父亲又与他何干？

“惠特，”她说，“真高兴你能来。”她亲吻他的脸颊，然后依旧握着他的手，转身面向帕特里克。“惠特，这位是帕特里克·杜沙姆警官。帕特里克，这位是惠特·赫巴特。”

此人握手技巧很好，但却只是让帕特里克更生气。帕特里克等着看法官介绍时还会不会多说些什么。但再一想，她又有什么选择？帕特里克不是老友，不是她在酒吧认识的人，她甚至不能说他们都在处理霍顿的案子，因为如此一来他们便不应该交谈。

而这个，帕特里克发现，正是她一直想告诉他的。

梅从厨房走出来，拿着一个折起并用订书机订得整洁利落的纸袋。“好了，帕特。”她说，“下礼拜见啰？”

他能感觉到法官正盯着他看。“合家欢。”她说着送上一个安慰奖，一个浅浅淡淡的微笑。

“很高兴能遇见你，法官。”帕特里克礼貌地说。餐厅的门被他使劲一推，靠铰链转动的门板还撞到外墙。走向停车处才走了一半，他忽然发觉自己根本已经不饿了。

夜间十一点地方新闻的头条是在高等法院举行的撤换主审法官柯米尔的听证会。乔丹和塞琳娜没有开灯坐在床上，肚子上各摆了一碗麦片，看着一个下半身瘫痪的女孩的母亲泪涔涔地对着电视镜头哭诉。“没有人替我们的孩子说话。”她说，“如果因为司法体制的混乱把这案子搞砸了……我想他们没有那么坚强，无法再承受第二次。”

“彼得也没办法。”乔丹说。

塞琳娜放下汤匙。“就算得爬着上法官席，柯米尔也会审这个案子。”

“这个嘛，我总不能叫人送护膝给她吧？”

“我们可以乐观一点。”塞琳娜说，“乔丝完全没有不利于彼得的说辞。”

“啊呀，你说得对。”乔丹猛然坐起身，牛奶泼出溅到被子上。他将碗放回床头柜。“太好了。”

“什么？”

“戴安娜不传唤乔丝当检方证人，因为她对他们没有帮助。可是没有理由可以阻止我申请传唤她当辩方证人。”

“你在开什么玩笑？你要把法官的女儿列入证人名单？”

“有何不可？她曾经是彼得的朋友。他的朋友太少太珍贵了。我是一片好意。”

“你不会真的……”

“不会啦，我很确定我绝不会用她。不过检察官不需要知道。”一提到戴安娜他微微一笑，“还有呢……法官也不需要。”

塞琳娜也将碗放到一旁。“如果你将乔丝列为证人……柯米尔就非退出不可。”

“完全正确。”

塞琳娜伸出手捧起他的脸，往他唇上亲一下。“你真是太厉害了。”

“你说什么？”

“你已经听到了。”

“我知道，”乔丹笑着说，“但再听一次无妨。”

他两手将她抱住，被子因而滑落。“你真是个贪心的小家伙。”塞琳娜呢喃地说。

“你不就是因此爱上我的吗？”

塞琳娜大笑。“所以说不是你的魅力和风度啰，亲爱的。”

乔丹翻身压在塞琳娜身上亲吻她，直到——他希望——她忘了自己正试图嘲笑他。“我们再生个孩子吧。”他小声地说。

“我还在给第一个喂奶呢！”

“那就练习一下生第二个。”

乔丹觉得这个妻子可说是全世界独一无二——轮廓优美，风采迷人，比他聪明（他当然不会当着她的面承认），而且与他如此心灵相通，他几乎不得不推翻自己的怀疑，相信世间确实有灵媒存在。他将脸埋在塞琳娜身上他最爱的部位：后颈连接着肩膀之处，那里的肌肤有枫糖浆的颜色，尝起来更甜。

“乔丹？”她说，“你有没有担心过我们的孩子？我是说……你知道的。做你现在做的事……看到我们看到的现实。”

他翻转回去仰躺着。“唉，”他说，“你还真是煞风景。”

“我是说真的。”

乔丹又叹口气。“我当然想过。我担心托马斯，担心山姆，也担心接下来要出生的孩子。”他用手肘撑起头，好在黑暗中寻找她的眼睛。“但我后来又想这正是我们生下他们的原因。”

“怎么说？”

他越过塞琳娜的肩膀看着绿光闪烁的婴儿监视器。“也许，”乔丹说，“他们正是要改造这个世界的人。”

惠特并没有真正为艾莉克斯作决定，她和他碰面吃饭时便已下定决心。但他是她需要用来涂抹伤口的软膏，要为她提供她自己不敢承认的正当理由。你终究还会有另一个大案子，他说，和乔丝一起度过的这一刻却不会再有。

她脚步轻盈走进办公室，主要是因为她知道这部分还算简单。主动退出这个案子，写自行回避的申请书——这和明天即将发生的事相比似乎并不那么可怕。明天她便不再是霍顿案的承审法官。

而是一个母亲。

伊莲娜不见人影，但已将一些文书留在艾莉克斯桌上。她坐下来浏览了一下。

乔丹·麦卡菲昨天在听证会上连口都没开，今天竟然正式将乔丝列入证人名单。

她顿时感到腹中冒火。这种感觉艾莉克斯甚至无法形容——这是当你发现你所爱的人被当成人质时油然而生的一种动物本能。

麦卡菲不该将乔丝拖下水，艾莉克斯的心思狂乱地盘旋而上，不知道自己该怎么做才能让他被解雇，或甚至被取消律师资格。想到这个，她甚至不在乎他受的惩罚是否局限于法律范围内。但突然间，艾莉克斯冷静下来。她要追到天涯海角的人不是乔丹·麦卡菲，而是乔丝。她要尽一切力量保护女儿不再受伤。

或许她得感谢乔丹·麦卡菲让她领悟到，她其实已经拥有当一个好母亲的素质。

艾莉克斯坐在手提电脑前开始打字。当她走到书记官桌前，将纸交给伊莲娜时，心怦怦跳得好急——但当你准备跳下悬崖，这应该是正常现象不是吗？

“你得去找华格纳法官。”艾莉克斯说。

需要搜查令的人不是帕特里克。但是当他听到另一名警员提起要绕路到法院时，他插嘴道：“我正要去那边，我替你去办吧。”

事实上，他并不是要上法院，至少在他自告奋勇前不是。而他也不是会出于好意而开四十公里车程的善心人士。帕特里克想去法院只有一个原因：找借口去见艾莉克斯·柯米尔。

他将车停在一处空位，一下车便看到她那辆喜美。这是好事，因为据他所知，她今天很可能根本没进法院。但他紧接着一怔之后才惊觉车内有人……而且那个人就是法官。

她没有动，只是愣愣地看着挡风玻璃。雨刷左右摆动，但此时没有下雨。看来她似乎没有意识到自己在哭。

他心窝里又有那种不安晃动的感觉，通常当他赶到犯罪现场见到被害人的眼泪时便有这种感觉。我来迟了，他心想，又迟了。

帕特里克朝着车子走去，但法官想必没看见他。听见他敲车窗，她吓了一大跳，并连忙擦眼睛。他打手势示意她摇下车窗。“没事吧？”他问。

“我很好。”

“你看起来不太好。”

“那就别看。”她厉声顶回去。

他手指勾在车门把上。“这样吧，你想不想找个地方谈谈？我请你喝咖啡。”

法官叹道：“你不能请我喝咖啡。”

“喝一点总行吧。”他直起身子，绕到乘客座侧，打开门，滑坐到她身旁。

“你在执勤。”她指出。

“现在是我午休时间。”

“早上十点？”

他手伸过中央置物箱与排挡杆，握住已经插进钥匙孔的钥匙，将车启动。“开出停车场以后左转，好吗？”

“要不然呢？”

“拜托，你该不会笨到和一个带着手枪的人争执吧？”

她注视着他好一会。“你不可能夺车抢劫。”法官嘴里这么说，却仍照他的话将车开走。

“待会提醒我逮捕我自己。”帕特里克说。

艾莉克斯在父亲的教育下一切都是尽力而为，而这显然也包括冲动行事在内。在自行回避她职业生涯中最大案子的同时申请停职，并和负责查案的警官去喝咖啡，有何不可？

但她告诉自己，若不是和帕特里克·杜沙姆出来，她永远不会知道金龙中国餐馆早上十点就开始营业。

若不是和他出来，她就得开车回家，重新过日子。

餐厅的人似乎都认识这位警官，也不在意他到厨房去帮艾莉克斯倒咖啡。“你刚才看到的，”艾莉克斯支吾着说，“你不要……”

“告诉任何人说你在车子里有点失控？”

她垂下眼睛看着眼前的咖啡杯，一时不知如何回答。依据她的经验，当你在某人面前表现出脆弱，他们便会以此来对付你。“有时候当法官很难。即使感冒了只想缩起来死了算了，或是想对着故意少找你钱的收银员破口大骂，别人还是期望你举止像个法官。我们没有太多犯错的空间。”

“你的秘密不会外泄的。”帕特里克说，“我不会向法界的任何人透露你其实也有情绪。”

艾莉克斯啜了一口咖啡，然后抬头看他。“蜜糖？”

帕特里克双手交叠在吧台上，身子倾向前去。“甜心？”看到她的表情，他不禁笑起来，然后才将糖罐递给她。“老实说这没什么大不了，我们都有工作不顺遂的时候。”

“你会坐在车子里掉泪吗？”

“最近没有，但我曾经因为深感挫折把证物柜全推倒。”他将牛奶倒入小奶油瓶中，放到她前面。“其实并不冲突。”

“什么不冲突？”

“当法官和当母亲。”

艾莉克斯往杯中倒入牛奶。“这句话该去跟那些希望我回避的人说。”

“你好像说过我们不能谈论案情，对吧？”

“对。”艾莉克斯说，“只不过案子已经与我无关。到了中午，就会成为公开消息。”

他想了一下。“所以你才心烦？”

“不是。我本来就决定退出这个案子。可是我听说辩方把乔丝列为证人。”

“为什么？”帕特里克说，“她什么都不记得，还能说什么呢？”

“我不知道。”艾莉克斯眼睛往上一翻。“可是万一是因为我怎么办？会不会是因为我太固执，一开始不肯自行回避，律师才以此逼我退出？”说到这里她发现自己又哭了，不禁羞愧得低头瞪着吧台，希望帕特里克没有察觉。“如果她必须出庭，当着众人的面重新经历那一整天怎么办？”帕特里克拿了一张小餐巾纸给她，她擦了擦眼睛。“对不起，我通常不会这样。”

“女儿曾经死里逃生，母亲都有情绪失控的权利。”帕特里克说，“你听我说，我和乔丝谈过两次，她的陈述我都能倒背如流。就算麦卡菲让她坐上证人席也无所谓……她所说的一切都不会对她造成伤害。值得欣慰的是你现在不用担心利益冲突的问题。乔丝现在比较需要的是一个好母亲而不是一个好法官。”

艾莉克斯露出略带悲伤的微笑。“只可惜她只有我。”

“别这样。”

“是真的。我这辈子和乔丝的关系总是不停地断线。”

“那……”帕特里克说，“就表示你们也曾连在一起。”

“我们俩都不记得那么久远前的事了。最近你比我还能够和乔丝沟通。”艾莉克斯凝视着咖啡杯，“我对乔丝说的每句话都不对，她看我的眼神好像我是外星人似的。好像我现在没有权利做一个关心的家长，因为事发前的我没有关心过。”

“为什么？”

“我都在工作。很努力。”艾莉克斯说。

“很多家长都很努力工作……”

“可是我擅长当法官，却不擅长当母亲。”艾莉克斯话一出口立刻用手捂住嘴，但要收回已经太迟，事实有如毒蛇盘绕在她面前的吧台上。她到底在想什么，竟向他人透露她连自己都不敢承认的事？她干脆一刀刺进自己的要害算了。

“那么你或许应该试着用你在法庭上说话的方式，和乔丝说话。”帕特里克建议。

“她很讨厌我像个律师。何况我在法庭上很少说话，多半都是倾听。”

“法官大人，”帕特里克说，“这或许也行得通。”

乔丝还很小的时候，有一次艾莉克斯让她离开自己的视线太久，她竟爬上一张凳子。艾莉克斯在房间另一头惊恐地看着乔丝的小小身躯让凳子失去平衡。她来不及赶过去防止乔丝跌落；她也不想大叫，唯恐乔丝被吓着了也会跌下来。于是艾莉克斯只能呆站着，等着意外发生。

但最后乔丝还是成功地坐上凳子，成功地站在那小圆盘座位上，成功地摸到她最终的目标电灯开关。艾莉克斯看着她将灯开开关关，看着她每次发现自己的举动能改变世界时，脸上便绽放笑靥。

“既然我们不在法院，”她迟疑地说，“你可以叫我艾莉克斯。”

帕特里克微笑着说：“那么你可以叫我卡米哈米哈国王陛下。”

艾莉克斯忍俊不禁，笑了。

“但要是觉得太难记，叫我帕特里克也行。”他拿起咖啡壶又替她倒了些咖啡。“免费续杯。”他说。

她看着他替自己加糖和牛奶，量和她刚才第一杯加的一样。他是个探员，工作就是观察细节。但艾莉克斯认为那恐怕不是他成为好警察的原因。而是他和其他警员一样有能力使用武力——可是他却用体贴来困住你。

艾莉克斯知道，这一向是更致命的武器。

虽然不足以列入履历表，不过乔丹的确特别善于随着Wiggles的歌跳舞。他个人最喜欢的是《烫手山芋》，但真正让山姆手舞足蹈的却是《水果色拉》。趁塞琳娜在楼上泡澡，乔丹又打开DVD——她向来反对让山姆接触太多传播媒体，更不希望他还不会写自己的名字就会拼Wiggles里恐龙桃乐丝的名字。塞琳娜一直希望乔丹和孩子做点别的事情，例如背诵莎士比亚或是解微分方程式——但乔丹却是电视最忠诚的信徒，全力支持让电视把人脑变成糨糊……或至少让人好好跳一支可笑的探戈。

婴儿的重量总是刚刚好，所以当你终于放下他们，便会觉得少了什么。“水果色拉……好吃好吃！”乔丹一面哼唱一面转圈，直到山姆张开嘴发出一连串咯咯笑声。

门铃响了，乔丹带着小舞伴一路滑行前去应门。在Wiggles成员杰夫、莫瑞、格雷和安东尼的——算是——和声中，乔丹开了门。“今天就做点水果色拉吧。”他唱着，接着便看见站在门口的人，“柯米尔法官！”

“抱歉打扰了。”

他已经知道她申请回避的事——好消息是在今天下午传来的。“没关系。请……进来。”乔丹回头瞄他和山姆一路遗留下来的玩具轨迹（这也得在塞琳娜下楼前收拾干净）。他赶紧将能踢的都踢到沙发背后，同时带法官走进客厅，关掉DVD。

“这是你儿子吧。”

“是啊。”乔丹低头看看婴儿，因为音乐停了，他正犹豫着不知要不要放声大哭，“他叫山姆。”

艾莉克斯伸出手，让山姆抓住她的食指。很可能连希特勒都会被山姆迷倒，但看见他却只是让柯米尔法官更激动。“你为什么将我女儿列为证人？”

啊。

“因为，”乔丹说，“乔丝和彼得曾经是朋友，我可能需要她做品格证人。”

“那是十年前的事了。老实说吧。你这么做是要我退出本案。”

乔丹抱着山姆屁股，将他托高一些。“法官，请恕我冒犯了，我不容许任何人替我打这场官司，尤其是一个已经与本案无关的法官。”

他看出她眼睛里有什么闪烁着。“当然了。”她绷着脸说完，转身走了出去。

现在随便问一个小孩想不想受欢迎，他会说不想，但事实上如果他在沙漠中即将渴死，让他选择一杯水或立刻受欢迎，他很可能会选择后者。

一听到敲门声，乔丝赶紧将笔记本塞进上下床垫中间，这里肯定是全世界最差劲的藏匿处。

母亲走进卧室，有一瞬间乔丝有种说不出的奇怪感觉。后来她才想到：天还没黑。通常母亲从法院回到家都已经是晚餐时间，但现在才三点四十五分，乔丝也才刚放学。

“我得跟你谈谈。”母亲说着坐到她旁边的被子上，“我今天申请回避了这个案子。”

乔丝不可置信地瞪着她。她长这么大从没听过母亲在哪次司法挑战中退却，何况她们不是才谈论过她不自行回避的事吗?

她有种不舒服的陷落感，就像在分心的时候被老师点名那样，母亲是不是发现了什么她几天前还不知道的事?

“发生什么事了？”乔丝问，并暗自希望母亲没有注意到她的声音抖得好厉害。

“其实我需要跟你谈的是另一件事。”母亲说，“辩方律师把你列为证人，可能会要求你出庭。”

“什么？”乔丝大喊，而就在那一刻一切都停止了：她的呼吸、她的心跳、她的勇气。“我不能出庭，妈。”她说，“不要逼我去，求求你……”

母亲伸手抱住她，这样也好，因为乔丝很肯定自己随时都可能忽然消失。升华，她心想，直接从固体变成气体。接着她又想到这个名词正是那次科学测验的范围，但因为发生那一切事情而始终没有考。

“我和侦查的警官谈过，我知道你什么都不记得。你之所以被列入名单只是因为很久很久以前，你和彼得曾经是朋友。”

乔丝将身子抽离。“我要你发誓说我不必出庭。”

母亲迟疑地说：“宝贝，我不能……”

“你一定要！”

“我们去找辩方律师好不好？”母亲说。

“这样有什么用？”

“如果他看到你这么惊慌，也许会再考虑要不要把你列为证人。”

乔丝躺倒在床上。有好一会儿，母亲轻轻抚摸着她的头发。乔丝好像听到她喃喃地说对不起，然后起身离去并顺手将门关上。

“麦特。”乔丝轻轻呼唤，仿佛他能听得到，仿佛他能回答。

麦特。她将这个名字当成氧气般吸入，并想象它分解成上千碎片进入她的红血球细胞，再由她的心脏打出。

彼得“啪”一声将铅笔折成两截，然后将有橡皮擦那端插在玉米面包上。“祝我生日快乐。”他低低唱着，但没唱完。既然已知结局，唱了又有什么意义？

“喂，霍顿。”一名狱警喊道，“我们有礼物送你。”

他身后站着一个男孩，年纪比彼得大不了多少，只见他踮着脚尖前后摇晃，还挂着两行鼻涕。狱警领他进牢房后，对彼得说：“蛋糕记得分他吃。”

彼得坐在下铺床上，好让这孩子知道这里谁做主。男孩紧抱他分配到的毛毯站着，眼睛直盯地面。他伸手推了一下眼镜，这时彼得才看出他有点……唔，不对劲。他和特殊教育学生一样神情呆滞、嘴唇紧闭。

彼得明白他们为什么把他塞到自己这里来：他们以为彼得最不可能搞他。

他感觉到自己手握成拳。“喂，你。”彼得说。

男孩旋过头来看彼得。“我有只狗，”他说，“你有狗吗？”

彼得想象一群狱警正透过小小的监视器画面看着这出喜剧，期望彼得会忍气吞声。

总之，就是对他有所期望。

他伸出手摘下男孩的眼镜。黑色塑料镜框，配上跟可乐瓶底一样厚的镜片。男孩开始尖叫，不停抓自己的脸。他的叫声有如汽笛喇叭。

彼得把眼镜放在地上，用脚重重地踩，但橡胶拖鞋杀伤力不大。于是他捡起眼镜往牢房的栏杆砸，直到镜片破碎为止。

这时狱警已经赶到，把彼得和男孩拉开，但其实他也没碰他。他们给他戴上手铐，其他犯人则为他欢呼。他被拖进典狱长办公室。

他驼着背坐在椅子上，一名警卫在旁边看着他呼吸，直到典狱长进来。“怎么回事，彼得？”

“今天是我生日，”彼得说，“我只是想一个人过。”

他忽然发现一件怪事，枪击案之前他以为天底下最棒的事就是没人骚扰，那也就没人会说他不合群。但如今看来，他其实也不太喜欢自己——不过他并不打算告诉典狱长。

典狱长开始谈起纪律处分。说这将会影响他的判决结果，所剩的权利也寥寥可数。彼得故意听而不闻。

他想到的反而是其他狱友的愤怒，因为这次意外事件将使他们一星期不能看电视。

他想到乔丹的受欺凌被害人症候群，也好奇他是否相信。真有人相信吗？

他想到来探监的人——他的母亲和律师——都不曾说出他们该说的话：说彼得将会终身监禁，说他会老死在和现在这个一模一样的牢房里。

他想到他真想用一颗子弹结束自己的生命。

他想到夜里会听到蝙蝠在监狱水泥墙角落鼓翅的声音，于是尖叫起来。没有人会笨到哭泣。

星期六早上九点，乔丹开门时还穿着睡裤。“你真是爱开玩笑。”他说。

柯米尔法官特意带着微笑。“我很抱歉一开始没有做对。”她说：“但你也知道当你的孩子遇上麻烦……你就是想不清楚。”她身旁牵着小一号的她。乔丝·柯米尔，乔丹暗想，一面端详这个有如白杨树叶抖个不停的女孩。她留着一头及肩的栗子色长发，还有一双不敢看他的蓝色眼睛。

“乔丝真的很害怕。”法官说，“不知道我们能不能坐下谈谈……也许你能让她对当证人一事感到安心，也听听看她所知道的对你是否有帮助。”

“乔丹，是谁？”

他转过头看见塞琳娜抱着山姆站在玄关，身上穿着法兰绒睡衣，也不知道算不算稍微正式一点。

“柯米尔法官想知道我们能不能跟乔丝谈谈她做证的事。”他挑明了说，绝望中试图暗示塞琳娜他麻烦可大了——因为他们全都知道，也许乔丝例外，他正式将她列为证人的唯一原因就是逼柯米尔退出。

乔丹再次转身面向法官。“其实我还没有真正到达那个计划阶段。”

“既然你传她做证，一定有什么目的与想法……否则你不会将她列入名单。”艾莉克斯指出。

“我想你还是打电话给我的秘书，约个时间……”

“我想现在解决。”柯米尔法官说，“求求你，我不是以法官而是以母亲的身份来的。”

塞琳娜走上前来。“你们快请进来吧。”她说着空出一只手搂住乔丝的肩膀。“你就是乔丝，对吧？喏，他是山姆。”

乔丝害羞地对婴儿笑了笑。“嗨，山姆。”

“亲爱的，去给法官倒点咖啡或果汁。”

乔丹瞪着妻子，不知道她要干什么。“好的，请进吧。”

幸好屋里和柯米尔第一次不请自来时已然不同：碗槽里没有碗盘、桌上没有杂乱的文件，玩具也离奇失踪。妻子有洁癖，乔丹能说什么呢？他从厨房餐桌旁拉出一张椅子请乔丝坐，接着也替法官拉了一张。“咖啡要加什么？”他问。

“我们都可以。”她说着伸手到桌子底下握住女儿的手。

“我和山姆要到客厅去玩了。”塞琳娜说。

“你也留下来。”他向她使了个眼色，求她别留下他一人被摘除五脏六腑。

“我们会让你分心的。”塞琳娜说完便带着婴儿离开。

乔丹沉重地坐到柯米尔母女对面。他一向善于迅速思考反应，当然也可能因此吃苦头。“其实，”他说，“真的没什么好害怕的。我只是想问一些关于你和彼得之间的交情之类的基本问题。”

“我们不是朋友。”乔丝说。

“我知道，可是以前是。我想知道你们是什么时候认识的。”

乔丝瞄向艾莉克斯。“大概是托儿所，也或许更早。”

“好。你们会到你家或他家玩吗？”

“都会。”

“还有其他朋友常和你们一起玩吗？”

“没有。”乔丝说。

艾莉克斯倾听着，但无法不以律师的角度分析麦卡菲的问题。他什么都没有，她心想，根本没有重点。

“你们俩什么时候开始不来往？”

“六年级。”乔丝回答，“因为我们开始喜欢不一样的东西。”

“后来你跟彼得还有接触吗？”

乔丝在椅子上动动身子。“只有在走廊上之类的。”

“你也跟他一起工作过，对吧？”

乔丝又看看母亲。“没有很久。”

母女两人有所预期地注视着他——这实在有趣极了，因为乔丹根本没有准备，完全是即兴发问。“那么麦特和彼得间的关系呢？”

“他们没有关系。”乔丝这么回答，脸颊却微微泛红。

“麦特有没有做过什么可能让彼得不舒服的事？”

“也许有。”

“你能说得明确一点吗？”

她摇摇头，双唇紧闭。

“你最后一次看到麦特和彼得在一起是什么时候？”

“我不记得了。”乔丝小声地说。

“他们有没有争吵？”

她顿时泪眼迷蒙。“我不知道。”她转向母亲，然后缓缓地将头趴到桌上，脸埋在臂弯当中。

“亲爱的，你先到客厅等我好了。”法官语气平静地说。

他们俩看着乔丝坐到客厅的椅子上，一面拭泪，一面弯下身子看宝宝在地上玩。

“好了，”柯米尔法官说，“我已经不审这个案子了。我知道这是你把她列入证人名单的原因，其实你根本无意传唤她。但我现在不想质疑这件事，我想和你以家长的身份对谈。如果我让乔丝签一份切结书，保证她什么都不记得，你可以再考虑一下传唤她出庭的事吗？”

乔丹往客厅里瞄。塞琳娜已将乔丝哄到地板上和她一起坐，而乔丝正将一架玩具飞机推向山姆脚边。当他发出只有婴儿才能发出的开怀笑声，乔丝也露出最浅最淡的一抹微笑。塞琳娜正好与他四目相交，便扬起眉毛表示询问。

柯米尔已回避此案，他的目的已达到，大可慷慨地送她这个人情。

“好吧。”他对法官说，“把切结书给我。”

“他们说将牛奶煮沸，”乔丝边说边用第二个钢丝球刷着焦黑锅底，“应该不是这个意思。”

她母亲拿起擦碗盘的布。“我怎么会知道？”

“也许我们应该先从比布丁简单的东西做起。”乔丝建议。

“比如说？”

她微笑道：“吐司如何？”

母亲现在白天都在家，十分焦躁不安。因此她开始学烹饪——这其实不是好主意，除非你刚好是个需要工作保障的消防队员。即使母亲照着食谱做，结果还是不太对，乔丝逼问她细节之后，最后便会发现她用的是发酵粉而不是小苏打，或者全麦面粉而不是玉米粉（家里没有啊，她抱怨道）。

起初，乔丝为求自保曾建议母亲每晚去上烹饪课——因为当母亲以可能对着圣杯才会有的毕恭毕敬的态度，放下一块焦炭般的烤肉卷时，她实在无话可说。不过后来却觉得挺有趣的。当母亲不再像个万事通（一说到烹饪，她的确一窍不通），跟她在一起其实很好玩。而且也很酷，因为乔丝觉得自己好像掌控了局面——任何局面，也许刚好是做巧克力布丁，或是刷洗锅底的残留物。

今晚她们要做比萨。乔丝本来认为十分成功，结果当母亲试着让比萨从烤箱滑出，它却从中对折卡在里头的线圈上，也就是说她们只好做奶酪三明治随便打发晚餐。她们有现成的色拉，乔丝心想就算母亲很努力想搞砸应该也不容易。但如今托布丁惨剧之福，甜点也泡汤了。

“奇怪了，你是怎么变成茱莉亚·柴尔德的？”母亲问。

乔丝耸耸肩，将水关掉，脱下黄色橡胶手套。“汤我有点吃腻了。”她说。

“我不是说我不在家的时候不能开火炉吗？”

“是啊，但我没听你的。”

乔丝五年级时，有一次必须用棒冰棍搭一座桥，重点是要做出能承受最大重力的设计。她还记得曾搭车横越康涅狄格河，研究真正的桥拱、支柱与桥基，并尽可能地模仿。课程结束时，有两名来自军队的工程师带来一台专门测量桥梁负重力与扭力的机器，看看哪个小学生的桥最坚固。

所有家长都受邀参观测试过程。当天乔丝的母亲要出庭，也是唯一没有到场的母亲。或者这是她至今的记忆，乔丝后来才发现母亲确实去了，在最后十分钟时。她或许错过了乔丝的桥梁测试——测试期间棒冰棍断裂发出呻吟，接着便倒塌崩毁——却及时赶到帮乔丝收拾善后。

此时锅子银光闪闪。牛奶罐还半满。“我们可以重新做。”乔丝提议。

由于没听见响应，乔丝转过头去。“好啊。”母亲平静地回答，但此时她们俩指的都不是烹饪。

忽然有人敲门，她们之间的联系——有如停在手上稍纵即逝的蝴蝶——断了。“你约人了吗？”母亲问。

她没有，但她还是去应门。乔丝开门一看，门口站的竟是讯问过她的警官。

警员出现在家门口就表示你惹了大麻烦，不是吗？

镇定，乔丝，她告诉自己。正当她发现他手里拿着一瓶酒，母亲也刚好出来探个究竟。

“喔，”母亲说，“是帕特里克。”

帕特里克？

乔丝转身，看见母亲竟然脸红了。

他将酒伸出去。“既然这好像是我们之间争执的源头……”

“对了。”乔丝不自在地说，“我正好要……去念书。”就让母亲去猜猜她要做什么功课吧，因为作业在晚餐前就做完了。

她飞奔上楼，脚踩得特别用力，以免听到母亲说的话。进房间后，她将CD的声音开到最大，整个人摔到床上，盯着天花板。

乔丝有午夜十二点的门禁规定，只不过现在已经用不着。但以前的约定是这样：麦特要在午夜前送乔丝回来，那么母亲也会在他们进门那一刻像烟雾般消失，回到楼上房间，好让她和麦特在客厅鬼混。她不知道母亲这么做有何理论根据——无非是认为让乔丝在自家客厅做这件事，总比在车里或球场外野席底下安全。她还记得他们如何在黑暗中肢体交缠、保持安静。知道母亲随时可能下楼喝水或吃阿司匹林，只会让他们更觉得刺激。

到了凌晨三四点，当乔丝睡眼惺忪、下颚被胡茬儿给磨破皮时，才到前门与麦特吻别。她会看着他的车尾灯像逐渐熄灭的香烟消失不见，然后蹑手蹑脚上楼，经过母亲房门时心想：你根本不了解我。

“我都不让你请我喝酒了，”艾莉克斯说，“我还会接受你这瓶酒吗？”

帕特里克笑着说：“我不是要把酒给你，我是要打开它，而你可以考虑借喝一点。”

他边说边进屋，仿佛已经熟门熟路。他走进厨房，嗅了两下——还有比萨饼皮烧焦和牛奶化成灰的味道——然后开始随手开开关关各个抽屉，直到找到开瓶器。

艾莉克斯抱着手，不是因为冷，而是她已记不得内心如此明亮的感觉，就好像体内有另一个太阳系。她看着帕特里克从橱柜拿出两只酒瓶，倒了酒。

“恭喜你成为平民。”他举杯祝道。

这酒又浓又醇，像天鹅绒，像秋天。艾莉克斯闭上眼睛。她很想停留在这一刻，将它拖得更宽广、更充实，直到它将先前那无数时刻完全覆盖。

“失业了，”帕特里克问，“感觉如何？”

她想了想。“我今天做了烤起司三明治，没把锅子烧焦。”

“那应该表彰。”

“才不，就交给检察官吧。”她说完这个行内的小笑话微微一笑，但接着想到戴安娜・莱文的脸，笑意也随着思绪慢慢化解。“你有没有感到内疚过？”艾莉克斯问。

“怎么了？”

“因为有那么一瞬间，我几乎忘了曾经发生过的一切。”

帕特里克放下酒杯。“有时候当我在检视证据，看到死去学生的一枚指纹或一张照片或一只鞋子，都会多看几眼。很疯狂吧，但好像应该有人这么做，他们才能多被记住一两分钟。”他抬头看着她。“当某人死去，生命在那一刻停止的人其实不是他，你知道吗？”

艾莉克斯举起杯子一饮而尽。“跟我说说你是怎么找到她的。”

“谁？”

“乔丝。那一天。”

帕特里克迎向她的目光。艾莉克斯知道他正在权衡着：应该保障她的权利，让她知道女儿经历的事，或是应该照他的心愿，不让事实真相深深刺伤她？“她在更衣室里，”他语气平静地说，“我以为……我以为她也死了，因为她全身是血，脸朝下躺在麦特・罗斯顿旁边。可是后来她动了，那是……”他声音有点破了，“那是我所见过最美好的事物。”

“你应该知道你是英雄吧。”

帕特里克摇摇头。“我是个懦夫。我之所以跑进学校只是因为我若不这么做，将会做一辈子噩梦。”

艾莉克斯打了个寒噤。“我也做噩梦，我当时甚至不在场。”

他将她的酒杯拿开，开始研究她的手纹，像是要替她解读生命线似的。“也许你应该试着不要睡觉。”帕特里克说。

在这么近的距离，他的皮肤有万年青和绿薄荷的味道。艾莉克斯可以感觉到指尖有重重的脉搏跳动。她想他应该也感觉到了。

她不知道接下来会发生什么事——应该发生什么事——总之会是随机的、无法预料的、令人不舒服的。她正打算推开他，帕特里克的手已经将她定在原处。“不要那么像法官，艾莉克斯。”他轻声说完便吻了她。

当感觉乘着色彩、力量与知觉的风暴返回，你能做的顶多就是抓牢身边的人，希望能撑过去。艾莉克斯闭上眼，等着最糟的情况发生——但感觉并不糟，只是不一样。比较混乱，比较复杂。她有点迟疑，随后回吻了帕特里克，她愿意承认在找回自己失去的东西之前，或许得先失去控制。

一个月前

当你爱某个人时，你们的互动会有一种模式。你或许不会意识到，但你们的肢体动作却像经过设计：臀部的碰触、头发的轻抚。一个断续的吻，分开，再一个更深长的吻，他的手也同时伸进你衬衫底下。这是例行公事，但并不像表面字义那般无趣，而只是你学会适应的方式，也正因为如此，当你和一个男生在一起很久之后，你们接吻时牙齿不会擦碰，鼻子或手肘也不会相撞。

麦特和乔丝便有个模式。当他们开始爱抚，他会靠过来用一种仿佛看不到世上其他任何事物的眼神望着她。乔丝知道那是催眠状态，因为不一会儿她似乎也会有同样感觉。接着他会亲吻她，很慢很慢地，让她的嘴几乎感受不到压力，最后则是她主动凑上去希望他给得更多。他一路往下吻，从嘴巴到颈子，从颈子到胸部，然后手指开始在她牛仔裤腰带下方进行搜救任务。整个过程持续约十分钟，然后麦特会从她身上翻下，从皮夹拿出保险套以便做爱。

乔丝倒不是对这一切有什么意见。老实说她喜欢这样的模式，感觉好像搭云霄飞车——往那高坡爬升，知道接下来的轨道上会有什么，也知道自己无力阻止。

他们在她家客厅，没开灯，电视开着当背景音。麦特已经扒去她的衣服，此时正如浪潮般将她覆没，一面扯下自己的短裤。束缚顿时解除后，他立刻进入乔丝两腿之间。

“喂，”他正试图插入时，乔丝喊道，“你是不是忘了什么？”

“噢，乔丝。一次就好，我希望我们之间没有任何东西。”

他的话就像他的吻或他的抚摸一样足以将她融化，这点她早已知道。她很讨厌他撕开“特洛伊”包装时弥漫在空中的橡胶味，那味道还会在他手上停留直到他们完事。更何况还有什么感觉比麦特进入她体内更好？乔丝动了一下，感觉到自己的身体正在调整配合他，而两腿却在发抖。

乔丝十三岁有了月经，母亲并未与她进行母女间典型的交心谈话，而是给乔丝一本关于几率与数据的书。“你每次做爱，可能怀孕也可能不会。”母亲说，“几率是一半一半。所以不要骗自己说只有一次没有做防护，应该不会那么倒霉。”

乔丝推开麦特。“我觉得我们不应该这样。”她低声说。

“不应该做爱？”

“不应该没有……你知道的。什么都没有。”

他很失望，乔丝从他僵住片刻的脸上看得出来。但他仍然抽了出来，摸索着皮夹，找到一个保险套。乔丝从他手上取过之后，撕开包装，替他戴上。“总有一天……”她没说完他便吻住她，于是乔丝也忘了自己原本想说什么。

早在十一月，莱西就开始在草地上撒玉米帮助鹿群过冬。有许多当地人对于这种以人工方式帮助鹿过冬的做法颇不以为然——尤其是庭园在夏季被鹿破坏的人——但对莱西而言这是做善事。只要刘易斯坚持打猎一天，她就会尽可能地化解他作的恶。

她穿上厚重的靴子，因为地上还有不少积雪，不过天气已经暖和得让人觉得四肢都舒展了，也就是说理论上春天到了。莱西一走到屋外，便闻到邻近制糖厂提炼枫糖浆的味道，空气中像有水晶糖果似的。她提着一桶玉米饲料来到后院的秋千架——这是儿子们小时候玩的一个木架，刘易斯一直没有拆掉。

“妈。”

莱西转身看见彼得站在一旁，两手深深插在牛仔裤袋里。他穿了T恤和羽绒外套，她心想他一定是冻坏了。“亲爱的，”她说，“怎么啦？”

最近彼得走出房门的次数恐怕一只手都数得出来，更不用说是屋外了。她知道青春期的青少年总喜欢窝在洞里，做那些他们关起门来做的事。像彼得，就是玩电脑。他随时都在上网——但多半是设计程序而不是在网络上漫游，她又怎能指责他这项嗜好呢？

“没事。你在做什么？”

“我整个冬天都在做的事。”

“真的？”

她抬起头看他。站在这生气盎然又美丽的户外，彼得显得格格不入。他的五官太秀气，与背后嶙峋的山形轮廓不搭，而他的肤色又几乎白得像雪。他无法融入，莱西也发觉无论在何处看到彼得，她多半都有这种感觉。

“来，”莱西将桶子交给他，“帮帮忙。”

彼得接过木桶，开始将一把把玉米撒在地上。“我能不能问你一件事？”

“当然可以。”

“真的是你主动约爸爸的吗？”

莱西笑了笑。“我如果不主动，很可能得等一辈子。你父亲有很多优点，只可惜有点迟钝。”

她和刘易斯是在一场支持妇女选择权的示威活动上认识的。虽然莱西会第一个告诉你生孩子是上天最大的恩赐，但她也很实际——她曾为无数太过年轻、太过贫穷或负担太重的母亲接生，因此知道这孩子拥有幸福人生的机会微乎其微。她和一位友人到康科德的州议会前参加游行，并与一群妇女站在阶梯上，妇女们高举着“支持选择权，不反对堕胎”的标语。当天她环顾四周群众，发现只有一名男士——穿西装打领带，就站在抗议群众正中心。莱西深深被他吸引——他完全是个特立独行的抗议者。哇，莱西挤过人群走向他，说道，好热闹。

可不是嘛。

你来过吗？莱西问。

第一次。刘易斯说。

我也是。

新一波示威人潮涌上石阶，将他们打散。有张纸从刘易斯抱着的一沓文件中飞落，但当莱西捡到纸时，他已经淹没在人群中。那是一张标题页，但从上端的装订孔可以看出内文不薄，题目则让人看了昏昏欲睡：“评论分析新罕布什尔州公众教育资源分配”。不过上头也有作者姓名：斯特灵学院经济系刘易斯·霍顿。

她打电话给刘易斯说她捡到他的论文，他却说没关系，可以再打印一份。对，莱西说，但我得把这份还给你。

为什么？

那你就可以一边吃饭一边解释给我听了。

直到他们相约去吃寿司，莱西才知道刘易斯出现在州议会根本不是为了参加支持妇女选择权的示威，只是因为他已经与州长约好见面。

“可是你怎么告诉他的？”彼得问，“怎么说你喜欢他？直接就说了？”

“我记得我们第三次约会后，我就把他抓过来吻他。但也有可能是为了让他闭嘴，因为他一直不停地在说自由贸易。”她回头一看，瞬间全明白了。“彼得，”她绽放出微笑说，“你是不是有喜欢的人？”

彼得根本不必回答——他已经面红耳赤。

“我认识她吗？”

“不认识。”彼得一口否定。

“那也无所谓。”她勾住彼得的手臂，“天哪，我真羡慕你。刚开始几个月当你们心中只想着彼此的时候，是世上最美好的事了。我是说任何形式的爱情都很美妙……可是坠入情网……你懂吧。”

“不是你想的那样。”彼得说，“其实我只是单相思。”

“我猜她一定也和你一样紧张。”

他苦笑道：“妈，她几乎不注意我的存在。我不是……我不和她身边那种朋友来往。”

莱西注视着儿子。“那么，”她说，“你现在要做的第一件事就是改变这点。”

“怎么改变？”

“想办法和她接触。也许找一些她朋友不会出现的地方。试着让她看到你的另一面，她通常看不到的那面。”

“例如说……？”

“内心啊。”莱西拍拍彼得的胸膛，“如果把你的感觉告诉她，说不定她会有让你吃惊的反应呢。”

彼得低下头，踢着一堆雪。然后害羞地瞄着母亲。“真的吗？”

莱西点点头。“对我就很有效。”

“好。”彼得说，“谢啦。”

她看着儿子拖着脚步爬上山坡回家之后，又将注意力移回鹿身上。莱西得喂食它们直到雪融为止。一旦开始照料就得有始有终，否则它们就会活不下去。

他们躺在客厅地板上，近乎全裸。乔丝闻到麦特气息中有啤酒味，她自己想必也有。他们俩在杜鲁家都喝了一点，还不至于喝醉，只是有点头晕，恰足以让麦特的一双手立刻在她全身游走，让他肌肤的火热传染给她。

她愉快地飘浮在朦胧的熟悉感当中。是的，麦特吻了她——先是轻轻一啄，然后是深长、饥渴的一吻，同时一手解开她的胸罩。她慵懒地躺着，有如一头被他压在底下的野兽舒展四肢，他开始动手扯下她的牛仔裤。但接下来麦特却未依惯例，反而再次从她身上坐起。他使劲地吻，吻到她发疼。“嗯。”她试图推开他。

“放轻松。”麦特呢哝道，随后咬住她的肩膀。他将她的双手拉举过头固定住，双唇用力压在她的唇上。她能感觉到他已勃起，火烫地抵在她的小腹。

这与平时不同，但乔丝不得不承认很刺激。她不记得曾有如此沉重的感觉，仿佛心在两腿间跳动着。她张手攫住麦特的背，想把他拉得更近。

“对啦。”他呻吟着，并将她两腿推张开来。忽然间麦特已经插入，并因撞击得太用力使得乔丝在地毯上快速倒退，双脚后侧像火烧一般。

“等一下。”乔丝试图从他身子底下翻滚出来，但他用手捂住她的嘴巴，并抽送得一次比一次更猛，直到乔丝感觉到他射出来了。

她躺着的地毯下方，一摊又热又黏的精液。麦特捧起她的脸。“老天哪，乔丝。”他喃喃地说，乔丝也才发现他哭了。“我实在太爱你了。”

乔丝别过脸去。“我也爱你。”

她在他怀里躺了十分钟之后，说她累了想睡觉。她将麦特送到前门吻别后，走进厨房，从洗碗槽下方拿出地毯清洁剂。她在地毯湿湿的地方喷了清洁剂用力刷洗，只希望别留下痕迹。

```
# include <stdio.h>
Main（ ）
{
int time;
for（time=0; time<infinity（1）; time ++）
{ printf（ “I love you | n” ）; }
}
```

彼得在电脑屏幕上选取这段程序代码后删除。虽然他觉得一打开电脑，屏幕上便自动不断地出现“我爱你”的信息，很酷，但他也明白其他人——那些根本不在乎什么是C++语言的人——只会觉得很奇怪。

他决定写邮件，这样若是被甩还可以私下承受尴尬。问题是母亲说要展现自己的内心，而他却不善于文字表达。

他想到有时候只是看到她的一部分：手臂靠在右边乘客座的车窗，头发飞出窗外。他想到自己曾多少次幻想开车的人是他。

我的旅程毫无意义，他写道，直到遇见了你。

彼得不满地哀叹一声又删除。这口气好像在写纪念卡，说不定连纪念卡都不会采用。

他想着自己若胆子够大，会想对她说什么，然后又将手放回键盘上。

我知道你心里没有我。

你也绝对不会把我们俩联想在一起。

但花生酱很可能只是花生酱，直到很久以后才有人想到可以搭配果酱。还有盐，也是因为有了胡椒之后滋味变得更好。而奶油若少了面包又有什么意思？

（怎么全都是吃的？！）

总之，单独的我毫无特殊之处。但和你在一起，也许我能变得特殊。

该怎么结尾令他苦恼。

你的朋友，彼得·霍顿

严格说来这不是事实。

真诚的彼得·霍顿

这倒是事实，但还是有点逊。对了，有明摆着的呀：

爱你的彼得·霍顿

他打完字又看了一遍，然后趁自己没来得及反悔便按下键，将自己的心意透过网络传给乔丝·柯米尔。

寇特妮·伊纳修闲得发慌。

乔丝和她是朋友没错，但好像无事可做。她们已经看了三部保罗·沃克主演的电影，上网站查过了饰演索耶那个猛男的基本数据，也把所有还没回收的《柯梦波丹》全看完了，可是没有HBO、冰箱里没有巧克力，也没有斯特灵学院办的派对可以溜去参加。这是寇特妮在乔丝家过的第二夜，都得感谢她那个超级聪明的坏蛋哥哥拖着父母亲去参加东岸常春藤盟校的旋风之旅。寇特妮将一只绒毛河马重重放到自己的小腹上，皱起眉头盯着它的钮扣眼睛。她昨晚已经试着向乔丝打探关于麦特的事——很重要的事，例如他的老二有多大，技巧好不好等等——可是乔丝却一直取笑她好像从没听过“性”的处女。

乔丝正在浴室冲澡，寇特妮还能听到水声。她侧转身子，端详相框里乔丝和麦特的合照。要恨乔丝应该很容易，因为麦特可是一级男友——在派对上老是东张西望，唯恐和乔丝离得太远。晚上即使半小时前才和她分手，也会打电话来道晚安（没错，寇特妮昨晚才亲身参与了这一幕）。和大多数冰上曲棍球队员——寇特妮便和其中几人约会过——不同的是，麦特似乎真的愿意和乔丝在一起。不过乔丝有一点却让寇特妮不感到忌妒：偶尔她会不小心失神，就像彩色隐形眼镜忽然移位，让人看见底下的真实情况。乔丝或许是斯特灵高中这对最忠诚的情侣的一方，但她紧抓住这个标签的最大原因却似乎是因为唯有如此，她才知道自己是谁。

你有新邮件。

乔丝电脑的自动功能提示道。这时寇特妮才发现电脑一直没关，甚至一直联机着。她坐到书桌前，移动鼠标恢复屏幕画面。说不定是麦特写了什么色情信息。假装乔丝来骗骗他应该很好玩。

可是回复的邮件地址寇特妮却没见过——她和乔丝的好友名单应该是一模一样。没有主题。寇特妮按下链接，以为是什么垃圾邮件：三十日增大睾丸术、二胎房贷、打印机色带墨粉盒特惠等等。

信件打开后，寇特妮读了起来。

“我的天哪。”她喃喃自语，“这个真是太棒了。”

她将信件内容偷偷转寄。

杜鲁，她开始打字。把这个传给全世界的人。

浴室的门开了，乔丝穿着浴袍回到房里，头上包着一条毛巾。寇特妮关上窗口。“再见。”电脑自动装置说。

“怎么了？”乔丝问。

寇特妮坐在椅子上转过身来，微笑道：“我在收信。”

乔丝睡不着，她的心思有如春天的湍流。这种问题她真希望能找人谈谈——但找谁呢？母亲吗？是呀，好主意。麦特也不可能。至于寇特妮——或是其他女友——若是将她最担心的事说出来，只怕就会成真了。

乔丝等到听见寇特妮匀称的呼吸声，才偷偷下床进到浴室。她关上门，脱下睡裤。

还是没有。

月经已经迟了三天。

星期二下午，乔丝坐在麦特家地下室的沙发上，替他写一篇关于美国历史上权力滥用的社会学报告，而他和杜鲁则在一旁做举重训练。

“你可以说的题目太多了。”乔丝说，“水门事件、阿布格莱布性虐待事件、肯特州立大学枪击事件。”

麦特被杠铃的重量压得全身紧绷，杜鲁则在一旁观看。“最简单的就好，乔。”他说。

“拜托，你这娘娘腔。”杜鲁说，“你这个程度会被降预备队员的。”

麦特龇牙咧嘴，将手臂完全伸直。“让我看看你有多厉害。”他嘟囔道。乔丝看着他肌肉的活动，想象这些肌肉竟能如此强壮又能温柔地抱她。他坐起来，擦拭自己的额头和举重椅的背部，以便换杜鲁来做。

“我可以做爱国法案之类的。”乔丝咬着铅笔尾端说。

“我只是为你着想。”杜鲁说，“你就算不为教练健身，也要为乔丝努力啊。”

她瞪他一眼。“杜鲁，你是天生白痴还是后来变笨的？”

“我是经过智能设计的。”他开玩笑地说，“我只是想叫麦特小心点，他现在有竞争对手了。”

“你在胡说八道什么？”乔丝的神情好像把他当成疯子，却暗地心惊。乔丝心里有没有第三者这还在其次，重要的是麦特是否这么认为。

“这是个笑话，乔丝。”杜鲁说着躺到举重椅上，两手握住金属杆。

麦特笑着说：“是啊，用它来形容彼得·霍顿还真贴切。”

“你会找他算账吗？”

“应该会。”麦特说，“不过还没决定。”

“也许你需要一点诗的灵感才能想到适当的计划。”杜鲁说，“喂，乔丝，把我的讲义夹拿来。那封邮件就在前面的袋子里。”

乔丝伸手到沙发另一头拿起杜鲁的背包，在书本当中胡乱摸索一阵，掏出一张折起的纸张，打开后发现最上面是自己的电邮地址，收件者则是斯特灵高中所有学生。

这是哪来的？她怎么从没看过？

“念吧。”杜鲁说，同时举起杠铃。

乔丝有些迟疑。“我知道你心里没有我。也绝对不会把我们俩联想在一起。”

这些字句像石头一样卡在她的喉头，她不再出声，但无所谓，因为杜鲁和麦特一字不差地背了出来。

“单独的我毫无特殊之处。”麦特说。

“但和你在一起……也许……”杜鲁大笑起来，杠铃重重落回放置架。“他妈的，我一笑就没力气。”

麦特跌坐到沙发上靠在乔丝身边，一手环绕过去，拇指轻掠过她的胸部。她动了一下，不想让杜鲁看到，但麦特就是想让他看，便也跟着她移动。“你能激发人作诗的灵感。”他微笑地说，“蹩脚诗，不过就算是《木马记》很可能也是从打油诗开始的，对吧？”

乔丝开始脸红。她真不敢相信彼得竟会写这种信给她，他居然以为她可能接受。她也不敢相信竟然全校都知道彼得·霍顿喜欢她。她受不了别人以为她可能对他有任何感觉。

即使是歉疚感。

更惨的是有人决定愚弄她。有人能进去看她的信件并不令她惊讶，他们都知道彼此的密码。这人可能是任何一个女同学，也可能是麦特。但她的朋友为什么要做这种事，这种让人羞愧到无地自容的事情？

乔丝已经知道答案。这群学生——他们不是她的朋友。高人气的学生其实没有朋友，只有盟友。你只有隐藏自己的信任才会安全，因为随时随地都可能有人拿你当笑柄，这样他们才能确保没有人在笑他们。

乔丝愤慨至极，但她也知道这场恶作剧有一部分是为了测试她的反应。如果她反过来指责友人侵入她的信箱、侵犯她的隐私，她就完了。最重要的是她不能流露任何情绪。她的人缘比彼得·霍顿好太多了，对这样一封信不该感到羞辱，而是应该大笑。

换句话说：要笑，不能哭。

“真是废物。”乔丝说得好像丝毫不觉困扰，好像也和杜鲁和麦特一样觉得可笑。她将信揉成一团丢到沙发背后。她的手在发抖。

麦特将头枕在她膝上，头上的汗还没干。“我的报告要写什么？”

“美国原住民。”乔丝心不在焉地回答，“关于政府如何毁约，夺走他们的土地。”

她发现自己对此有共鸣：那种无根的感觉，知道自己将永远没有归属感。

杜鲁坐起身来，跨坐在举重椅上。“喂，我要怎样才能找到一个可以帮我提高成绩的女朋友？”

“去问彼得·霍顿。”麦特咧着笑说，“他是爱情大师。”

杜鲁窃笑之际，麦特伸手拉起乔丝握着铅笔的手，亲吻她的指节。“你对我实在太好了。”他说。

斯特灵高中的置物柜是上下交错排列，也就是说你的柜子若刚好在下排，拿书、外套和东西的时候几乎就像被另一人踩在脚下。彼得的置物柜不仅在下排，还位于角落，所以他缩得再小也很难拿到他要的东西。

彼得有五分钟下课时间，但铃响时他会第一个冲出走廊。这是他精心盘算过的：如果尽早离开教室，走廊上的人正是多，他不太可能被盯上。他低着头，眼睛盯着地板，直到来到置物柜前。

他跪在柜子前，放回数学课本改拿社会学课本，忽然看见一双黑色船型鞋在他身旁站定。他从花纹长袜往上瞄到粗呢迷你裙再到不对称剪裁的毛线衫，最后是瀑布般的金色长发。寇特妮·伊纳修叉手站着，仿佛彼得已占用她太多时间，事实上根本不是他拦下她的。

“起来。”她说，“我不想上课迟到。”

彼得起身关上置物柜。他不想让寇特妮看见里面贴了一张他和乔丝小时候的合照。由于两年前母亲已经把照片都数字化，如今他们只有光盘，因此他还特地跑到阁楼上去翻母亲的旧相簿，才找到这张。照片里，他和乔丝坐在托儿所的沙坑旁边，乔丝把手搭在他肩上，这是他最喜爱的部分。

“你听着，我实在很不愿意被人看到我在跟你说话，不过乔丝是我的朋友，所以我才自告奋勇来的。”寇特妮朝走廊看去，确定没有人来。“她喜欢你。”

彼得只是愣愣地看着她。

“我说她喜欢你，你这白痴。她跟麦特已经结束了，她只是想先确定你对她是认真的再把麦特甩了。”寇特妮瞄瞄彼得，“我跟她说这是人际关系的自杀行为，但我想这就是爱的表现吧。”

彼得感觉到血液一股脑往上冲，耳中海浪澎湃。“我为什么要相信你？”

寇特妮将头发往后一甩。“我管你相不相信。我只是来替她传话，你要怎么做随便你。”

她走过走廊，消失在某个转角时，刚好铃声响起。彼得看来是要迟到了，他不喜欢迟到，因为走进教室时可以感觉每个人都盯着你看，好像有上千只乌鸦在啄你的皮肤。

但那似乎已不重要，至少就大局而言。

学校餐厅供应最好的菜是油滋滋的炸薯球。你几乎能感觉到牛仔裤的腰围愈来愈紧，脸上开始冒痘子，但是当餐厅女侍递出大大一匙，乔丝总是受不了诱惑。她有时会好奇：如果薯球和花椰菜一样营养，她还会这么喜欢吃吗？如果薯球不是对身体不好，会这么好吃吗？

乔丝的朋友午餐多半只喝低糖汽水，若是吃任何扎实的碳水化合物就会被冠上鲸鱼或饿死鬼的封号。通常，乔丝会控制自己只吃三个薯球，其余就推给男生们。但今天的前两堂课，她几乎一想到炸薯球便垂涎三尺，因此忍不住又多吃一个。如果不是腌渍食物或冰激凌，也能算是孕妇的怪癖吗？

寇特妮趴在桌上，用手指扫过薯球盘边缘的油脂。“真恶心。”她说，“油为什么那么贵？光用这些玩意儿的油就能加满杜鲁的小货车了。”

“那是不一样的油，爱因斯坦。”杜鲁说，“你真以为食用油是从加油站来的吗？”

乔丝弯身拉开背包拉链。她带了一个苹果，怎么会找不到？她在松散的纸页和化妆品当中摸索，由于找得太专心，竟没发现原本揶揄嬉闹的杜鲁和寇特妮——或其他任何人——忽然安静下来。

彼得·霍顿站在他们的桌旁，一手拿着牛皮纸袋一手拿着一罐已经打开的牛奶。“乔丝。”他喊了一声，好像她有兴趣听他要说什么，好像她没有在那一秒钟内死了一千次似的。“我想你也许想和我一起吃饭。”

窘迫这字眼听起来好像你已经变成花岗岩，无法移动自救。乔丝想象着多年以后，学生们会指着已经石化、还黏在餐厅塑料椅上的她说，对呀，我听说过她发生了什么事。

乔丝听见身后有窸窣声，但在这牵系着性命的一刻她不可能动。她抬起头看彼得，真希望有种秘密语言能让人言不由衷，但对方却一听就明白。“嗯……”乔丝开口道，“我……”

“她想啊！”寇特妮说，“当地狱结冰的时候。”

全桌人都笑翻了，这是他们自己人的笑话彼得不懂。“你袋子里装什么？”杜鲁问道：“花生酱和果酱吗？”

“还是盐和胡椒？”寇特妮随声附和。

“面包和奶油？”

彼得脸上的笑容消失了，他这才明白自己掉进多深的陷阱，又是多少人一起挖的陷阱。他扫视了杜鲁、寇特妮、爱玛，最后回到乔丝身上，这时她却别过头去，以免被人——包括彼得——看出伤害他她有多心痛。她也因此领悟到——尽管彼得相信她——她其实与其他人并无不同。

“我觉得乔丝至少应该看看样品。”听到麦特说话的声音，乔丝才察觉他已经不在自己身边。他现在正站在彼得身后，轻轻用拇指勾住彼得裤子的腰带环，然后猛力往下拉到脚踝处。

彼得的皮肤在餐厅强烈的荧光灯下白如月光，像小海螺似的阴茎周围长了稀稀疏疏的阴毛。他立刻用午餐袋掩住生殖器，牛奶也因而掉落，洒在他两脚之间的地板上。

“你们看看，”杜鲁说，“早泄。”

整个餐厅开始像旋转木马一样转圈，五颜六色，灯光耀眼。乔丝可以听到笑声，并努力让自己配合着笑。彼得正在拉裤子时，一个没有脖子的西班牙语老师艾尔斯赶了过来，一手抓住麦特，一手抓住彼得。“你们两个有完没完？”他大吼，“还是要跟我去见校长？”

彼得飞快地逃开，只不过此时餐厅里每个人都在讨论他裤子被脱掉的光辉时刻。杜鲁和麦特得意地互相击掌。“兄弟，我从来没看过这么精彩的午餐秀。”

乔丝手还在背包里佯装找苹果，但其实她已不饿。只是她现在不想看见他们所有人，也不想让他们看见她。

彼得·霍顿的午餐袋就在她脚边，是他跑走时掉下的。她往里头看了一眼。有一个三明治，可能是火鸡肉。一包咸脆饼。还有某个爱他的人为他削皮切成均匀长条状的红萝卜。

乔丝悄悄将牛皮纸袋放进背包，暗许自己会去找彼得还给他，或是留在他的置物柜附近，但她知道自己两样都不会做。她只会一直带着直到它发臭，直到她不得不拿出来丢掉，并假装这不过是件轻而易举的事。

彼得冲出餐厅后，像弹珠台的弹珠跌跌撞撞地冲过狭窄走廊，最后来到自己的置物柜。他双脚一跪，头靠在冰冷的金属上。他怎会如此愚蠢？竟相信寇特妮的话，以为乔丝会把他这个小人物看在眼里，以为她会为他这种人倾心。

他不停地撞到头疼，然后盲目地转动柜子的号码。柜门砰地开了，他拿出他和乔丝的合照捏在手心，又沿着走廊往回走。

半路上有个老师叫住他，是麦凯博。他皱着眉看他，一手按着他的肩膀，而他肯定看得出来此时的彼得受不了别人碰触，因为那有如上百根针刺进皮肤。“彼得，”麦凯博说，“你没事吧？”

“上厕所。”彼得咬牙切齿地说完，便挤身而过匆匆离去。

他反锁在厕间里，将自己与乔丝的合照丢进马桶，然后拉下裤裆拉链往上撒尿。“去死吧。”他小声地说，接着用足以撼动厕间四壁的声量喊道，“你们全都去死吧！”

母亲一离开房间，乔丝便抽出嘴里的温度计，举高压在床头灯的灯泡上。她眯起眼睛看着上头小小的数字，等听到母亲的脚步声，又赶紧把它塞回嘴里。“哦，”母亲朝窗口举起温度计以便看清楚些。“看来你的确病了。”

乔丝发出她希望是具有说服力的呻吟，翻过身去。

“你一个人真的没问题吗？”

“嗯。”

“需要我的话就打电话来，我可以休庭赶回家。”

“好。”

她坐到床上亲亲女儿的额头。“要不要喝果汁或者热汤？”

乔丝摇摇头。“我想只要再睡个觉就好了。”她闭上眼睛，好让母亲明白她的意思。

她听见车子驶离后，又多躺了十分钟，以确定真的只剩自己一人。接着她下床，启动电脑，开始搜寻终结怀孕的东西。

乔丝一直在想这件事。不是她不想要孩子，更不是她不想要麦特的孩子。目前她唯一确定的是她还不想做这个决定。

如果告诉母亲，母亲会咒骂、尖叫，然后想办法带她到计划生育诊所或去找医生。老实说，乔丝担心的还不是母亲的咒骂或尖叫，而是想到如果十七年前母亲做了这样的事，她现在根本不会活在世上烦恼这个问题。

乔丝也曾闪过再去找父亲的念头，但这得抱着非常谦卑的态度。他原本就不想生下乔丝，所以理论上，他很可能会特意帮助她堕胎。

可是……

无论是找医生、上诊所，还是求助家长，她都有点无法忍受。好像是……蓄意的。

因此在走到那一步之前，乔丝决定先稍作研究。她不能冒险利用学校的电脑找这类数据，于是她决定逃学。她重重坐到椅子上，一只脚盘在屁股底下，发现查询结果将近九万九千项不禁大感惊奇。

有些是她已经知道的：例如拿缝衣针往阴道里头刺，或是吃泻药、喝蓖麻油等等无稽之谈。有些是她根本难以想象：用钾灌洗；吞姜、吃未熟的菠萝。另外还有草药：菖蒲、艾草、鼠尾草和鹿蹄草的浸泡油。黑升麻与薄荷类制成的鸡尾酒。乔丝甚至不知道该上哪买这些东西——又不是在药房里阿司匹林区的下一区就有了。

网站上说，草药方成功率约四成到四成五。她想这至少是个开始。

她靠向屏幕，仔细读起来。

怀孕六个月后不要采用草药方。

要记住这些并非终结怀孕的可靠方法。

药草茶要日以继夜地喝，如此白天的成效才不会中断。

要将血接起来，以水稀释，观察血块与组织以确定胎盘已掉落。

乔丝做了个鬼脸。

每半汤匙到一汤匙的干药草兑一杯水，每天服用三至四次。不要混淆了艾菊叶与狗舌草，后者会导致牛只毙命。

接着她看到一样比较不……怎么说呢……那么古老的东西：维生素C。

这对她肯定无害吧？乔丝按下链接。抗坏血酸，八公克，服用五天。第六或第七天应该就会开始排经血。

乔丝从电脑桌前起身，到母亲的药柜去。里头有一大瓶白色瓶装的维他命C，和几个小瓶装的乳酸菌、维生素B12和钙片。

她打开瓶子后踌躇着。所有网站都有另一个警告：必须确定有充分理由才能开始服用这些草药。

乔丝轻轻走回房里，打开背包。昨天放学回家前买来的验孕棒还放在药房的塑料袋里。

她把使用说明看了两次。怎么可能朝一根棒子尿那么久？她皱着眉头坐下来开始小便，将小棒子放在两腿中间。然后重新盖上小盖子，将手洗净。

乔丝坐在浴缸边缘，看着对照线变成蓝色。接着她看到第二条垂直线慢慢出现：一个加号，阳性反应，一个要背负的十字架。

扫雪机没油了就停在车道中央。彼得到车库拿备用油，发现油桶也空了。他把桶子倒过来，只见一滴油滴在两只球鞋之间的地面。

通常都得三催四请的，他才肯出去清前门与后门的通道，但今天不用父母啰唆他便自动做起这项杂务。他希望——不对，订正——他需要到外面来，好让脚能配合心跳的速度移动。但当他眯眼望着逐渐下沉的太阳，眼帘背后却仍上演着一幕幕影像：麦特·罗斯顿扯下他的裤子时冷风打在他的屁股上，牛奶洒在他的球鞋上，乔丝的目光悄悄转开。

彼得拖着脚步走过车道，朝对街的邻居家走去。魏瑟霍先生是退休警察，房子看起来也像。前院中央竖了一根大旗杆。夏季时草坪修剪得像理了小平头，秋天里草坪上从未见过落叶。彼得总怀疑魏瑟霍是不是会在半夜出来耙叶子。

据彼得所知，魏瑟霍先生现在要不是看游戏综艺台，就是穿着黑袜子搭配凉鞋做军事园艺来打发时间。由于他从不让草长过半英寸，家里总会有多余的备用汽油，彼得曾经替爸爸向他借油给割草机或扫雪机加油。

彼得按了门铃——响起了“向领袖致敬”的乐声——魏瑟霍先生来开门。“小子，”虽然知道彼得的名字多年，他还是这么叫，“你好吗？”

“很好，魏瑟霍先生。不过扫雪机没油了，不知道你能不能借我一点。嗯，我是说给我一点，因为用了也没法还。”

“进来吧，进来。”他替彼得开门让他入屋。屋里有雪茄和猫食的味道。他那张皮制休闲椅旁摆着一碗玉米脆片。电视上，薇娜·怀特翻出一个元音。“《孤星血泪》，”魏瑟霍先生经过时对着参赛者大喊，“你们是白痴啊？”

他将彼得带进厨房。“你在这里等。地下室不方便让人下去。”彼得心想他的意思很可能是说架子上有一粒灰尘。

他斜靠在流理台边，两手摊放在佛麦卡塑料板面上。彼得很喜欢魏瑟霍先生，因为即使他态度粗鲁，也看得出他只是很怀念当警察的日子又缺乏练习对象。彼得更小的时候，乔伊和朋友总是想尽办法找魏瑟霍的麻烦，一下把雪堆在他已铲过雪的车道末端，一下又让狗在他修剪过的草地上大便。他还记得乔伊十一岁左右，在万圣夜用鸡蛋砸魏瑟霍的房子。他和朋友被逮个正着。魏瑟霍将他们拉进屋里进行威吓式训话。那家伙是个疯子，乔伊告诉他，他把枪藏在面粉罐里。

彼得竖起耳朵倾听通往地下室楼梯的动静，还能听见魏瑟霍先生在底下忙着找油桶。

他悄悄移向洗碗槽，那里摆了四个不锈钢罐。苏打，最小的罐上写道，接着一个比一个大：红糖、糖、面粉。彼得非常小心地打开面粉罐。

一阵白粉飞到他脸上。

他被呛得咳嗽，并猛甩头。想也知道：乔伊骗他。

彼得心不在焉地打开旁边的糖罐，赫然发现一把九厘米半自动手枪。

这是一把格洛克17——很可能就是魏瑟霍先生当警察时使用的那

把。彼得知道，因为他了解枪支，他是和枪一块长大的。不过打猎用的来复枪或霰弹枪和这把精致轻巧的武器不同。父亲说非执法人员拥有手枪是愚蠢的行为，它伤害你比保护你的几率大。手枪的问题在于枪口太短，使用者容易忘记将枪口转开以策安全。瞄准的动作就和伸出手指一样简单而毫无戒心。

彼得摸了一下。冰冷、平滑。吸引人。他的手轻掠过扳机，握住枪身，那轻盈、优雅的重量。

有脚步声。

彼得赶紧将罐子盖紧，转过身来，两手交叉胸前。魏瑟霍先生出现在楼梯口，抱着一个红色油罐。“好了。”他说，“加满再拿回来还我。”

“好的。”彼得回答。他走出厨房，没有朝糖罐的方向偷瞄，虽然这是他最想做的事。

放学后，麦特到附近一家餐厅买鸡汤又带着几本漫画书来了。“你怎么下床了？”他问。

“你按了门铃。”乔丝说，“我总得下来开门吧？”

当天上午他从学校打手机给她时，她说自己被病毒传染了，他却紧张得像她得了重病或绝症。他让她躺回床上，然后将鸡汤摆在她大腿上。“这应该有疗效，就像其他东西一样，对吧？”

“那漫画书呢？”

麦特耸耸肩。“我小时候生病请假在家，妈妈总会拿漫画给我看。不知道。我看了漫画书好像就会觉得舒服一点。”

他上床坐在她身旁时，乔丝拿起其中一本。为什么神力女超人胸前总是那么雄伟？如果穿38DD罩杯，从大楼往下跳、打击犯罪时，真的不需要一件好的运动胸罩吗？

想到这个乔丝也想起最近乳房变得太敏感，原来的胸罩几乎都不能穿了。她还想到自己用餐巾纸包起来丢到外面垃圾桶以免被母亲发现的验孕棒。

“这个星期五晚上，杜鲁要办一个大派对。”麦特说，“他爸妈要去福克斯伍兹过周末。”麦特说着皱起眉头，“希望你到时候已经好一点，可以去参加。不过到时要穿的衣服，你有吗？”

她转向他深吸一口气。“我想到的是我没有的。我的月经。已经晚了两个星期。我今天做了怀孕检验。”

“他已经跟斯特灵学院的学生谈好，要向某个兄弟会买几桶酒。告诉你，这场派对一定很疯狂。”

“你有没有听到我说的？”

麦特微笑看着她，像是在纵容一个说天塌下来的小孩。“我觉得是你反应过度。”

“是阳性反应。”

“压力太大也会这样。”

乔丝愕然。“万一不是压力呢？万一，我是说，万一是真的呢？”

“那我们就一起面对。”麦特靠上来亲她的额头，说道，“宝贝，你绝对甩不掉我。”

几天后又开始下雪，彼得故意抽光扫雪机的油，然后走向对街魏瑟霍先生家。

“别跟我说又没油了。”他开门后说道。

“我爸爸大概还没时间把备用油箱加满。”彼得回答。

“那就挤时间。”魏瑟霍先生虽这么说，却没关门便往屋内走，好让彼得跟进来。“要按照时间表做事，这样才行。”

经过电视旁边，彼得瞄了瞄《配对游戏》的来宾。“大柏莎实在太庞大了，”主持人金·雷朋说道，“所以表演花式跳伞的时候她不用降落伞，而是用什么？”

魏瑟霍先生步下楼梯后，彼得打开厨房流理台上的糖罐。枪还在里面。彼得伸手拿枪，并提醒自己要镇定。

他盖上罐盖，丝毫不差地放回原位，然后把枪口塞进牛仔裤腰带。他的羽绒外套前面本来就鼓鼓的，所以凸起的部分并不明显。

他小心翼翼拉开银器柜抽屉，并偷窥各个橱柜。当他摸过布满灰尘的冰箱上方时，碰到了第二把枪的光滑枪身。

“你要知道，最好还是多准备一桶油……”魏瑟霍先生的声音从地下室楼梯底端飘上来，伴随着重重的脚步声。彼得放开枪，迅速将双手放回身侧。

魏瑟霍先生走进厨房时，他已吓出一身冷汗。“你没事吧？”他觑了彼得一眼，问道。“你脸色好像有点苍白。”

“我昨天熬夜做功课。谢谢你的油。”

“告诉你爸爸下次我可不帮他了。”魏瑟霍先生说，并在阳台上向彼得挥手道别。

等魏瑟霍关上了门，彼得拔腿就跑，不断往身后踢起雪花。他将油罐放在扫雪机旁边，然后冲进家里，回房锁上房门，抽出腰间的枪，坐了下来。

黑色沉重的枪是由合金钢制成。真正令人惊讶的是这把格洛克看起来很假——像小孩的玩具枪——不过彼得心想，其实应该赞叹玩具枪如何逼真。他猛力拉滑套然后松开。他退出弹匣。

他闭上眼，把枪举到头部。“砰。”他小声说。

接着他把枪放到床上，拆下一个枕头套，将格洛克放进去，像缠绷带似的包起来。他将枪塞到上下床垫间，然后躺下来。

这好像那个童话故事，说是有个公主能感觉到豆子什么的。只不过彼得不是王子，突起的这块东西也不会让他夜里睡不着。

事实上，他反而可能睡得更好。

睡梦中的乔丝站在一个非常美丽的帐篷小屋内，壁面是如奶油般的鹿皮，以金线密密缝制而成。她四周用红色、赭色、紫色与蓝色，画满各种关于狩猎、爱情与损失的故事。贵重的水牛皮叠得高高的做垫子。火炉里木炭红得像红宝石。当她抬头时，可以看到星星从烟孔坠落。

忽然间乔丝发现自己的脚在打滑，更糟的是她停不下来。她往下探，只看见天空，心想自己该不会笨到自以为能腾云驾雾，又或者脚下的土地趁她不注意时消失了？

她开始下坠。她可以感觉到自己头下脚上，身上的裙子蓬起来，风从她两腿间呼啸而过。她不想睁开眼睛，却忍不住偷看：地面正以惊人的速度往上冲，邮票大小的绿色、棕色和蓝色方块不断变大，愈来愈清晰，愈来愈真实。

其中有她的学校。她的家。她卧室的屋顶。乔丝觉得自己正朝屋顶飞射而来，她硬下心等着坠毁。但在梦里你永远不会撞到地面，永远不会看到自己死亡。乔丝反而觉得自己扑通一声落水了，在温水中前进时，衣服还像水母一样鼓胀起来。

她气喘吁吁地醒来，发现还是觉得湿湿的，便坐起身，掀开被子，看见底下一摊血。

在验孕三次都是阳性反应之后，在她月经晚了三星期之后，她流产了。

谢谢老天谢谢老天谢谢老天。乔丝把脸埋在床单里头，哭了起来。

周六早晨，刘易斯坐在厨房餐桌旁看着最新一期的《经济学人》，同时慢条斯理、井然有序地吃着全麦松饼时，电话响了。他瞄向莱西，她就在洗碗槽边，照理说离电话比较近，但她举起滴着肥皂水的双手。“……可以吗？”

他于是起身接电话。“喂。”

“霍顿先生吗？”

“我是。”刘易斯说。

“我是伯尔尼赛的汤尼。你订的空尖弹来了。”

伯尔尼赛是一家枪店，秋天时刘易斯会去那里买溶剂和弹药，还有一两次十分幸运猎到了鹿，还搬进店里称重。但现在是二月，猎鹿季节已经结束。“那不是我订的。”刘易斯说，“你一定是弄错了。”

他挂断电话又坐回松饼前面。莱西从碗槽举起一支大平底锅，放到沥水槽上沥干。“是谁呀？”

刘易斯翻到杂志下一页。“打错了。”他说。

麦特在艾克斯特有场球赛。他在主场打的时候乔丝会去看，若是到外地，她便很少跟着去。但今天她向母亲借了车开到海岸区，而且特地早点出发以便赛前在更衣室找到他。她刚把头探进客队更衣室，就闻到所有装备的臭味。麦特背向着她站立，已穿着护胸、垫厚的球裤和球鞋，但还没穿上球衣。

其他一些球员先看见她。“喂，罗斯顿。”一名高四生说，“你的球迷后援会会长好像来了。”

麦特不喜欢她在赛前出现。赛后嘛，是必要的——他需要有人庆祝他的胜利。但他说得非常明白，准备比赛时他没时间应付乔丝。她跟着来，只会害他被其他人取笑，教练希望球员专心准备出赛。可是，她认为这次应该是例外。

当队友们发出嘘声，他的脸上立刻笼罩阴影。

麦特，需要人家帮你穿球衣吗？

喂，快点，帮他换大根一点的……

“对，”麦特越过橡胶垫走向乔丝时，反呛道，“而你需要的是一个能把引擎盖标志的铬合金吸起来的强力吸嘴。”

乔丝顿时双颊火烫，整个更衣室的人因为她而哄堂大笑，粗鲁言辞的焦点也从麦特转移到她身上。麦特抓起她的手臂，将她拉了出去。

“我不是叫你赛前不要来扰乱我吗？”他说。

“我知道，可是这很重要……”

“这个才重要。”麦特指着球场纠正道。

“我没事。”乔丝冲口而出。

“那好。”

她直视着他。“不是的，麦特，我是说……我没事了。你说得对。”

当他明白乔丝真正的意思后，双手抱住她的腰，将她高高举起。他亲吻她时，球衣装备卡在中间像盔甲似的，这让乔丝想到即将赴战场的武士，想到被他们留下的女孩。“这点你绝不能忘记。”麦特说，嘴咧得大大的。

第二部

冤冤相报何时了？

——中国俗谚

斯特灵不是大城市中心的贫民窟。你不会在中央路上看见毒贩，也看不到贫穷的住户。犯罪率几乎是不存在的。

所以镇民仍处于枪击案的后遗症中。

他们问，这里怎么会发生这种事?

这个嘛，这里怎么不会发生这种事?

只要有个不安的孩子又能取得枪就行了。

符合这些条件的人，无须到贫民窟去找。只要睁开眼便能看到。下一个可能的人选或许就在楼上，也或许此时正趴在你家电视机前。你可以继续假装不会在这里发生。告诉自己因为你的住处或是你的身份，所以你可以免疫。

这样比较简单，不是吗?

五个月后

从习惯可以看出一个人许多特质。例如，乔丹便曾经遇过一些陪审团候选人一定会端着咖啡坐到电脑前面，看完整篇在线《纽约时报》。还有一些人的网页首页甚至没有实时新闻，因为他们认为太令人沮丧。有些乡下人虽然有电视，却只有画面模糊的公共电视台，因为付不起在泥土路上牵缆线的费用。但也有人买了精密的卫星系统，以便在凌晨三点收看日本肥皂剧或《玛丽·玛格丽特修女祈祷时间》。有人看CNN，也有人看FOX新闻。

预先审查程序已进入第六个小时，这是为了选出审判彼得的陪审团成员。过程当中，每天得和戴安娜·莱文和华格纳法官在法庭待上很长时间，陪审团候选人则一个个走上证人席，回答辩方与检方所提出各式各样的问题。最后要选出十二人，外加一名候补。他们不仅不能与枪击案有牵连，还要在必要时能够投入长时间的审判，而不必担心家里的生意或幼儿由谁照顾。也就是说要选出一群过去五个月来，没有生活在本案阴影下、呼吸着相关信息的人——不过乔丹开始诚挚地认为这些人是极少数活在山洞里的幸运儿。

此时正值八月，过去一周白天的温度还爬升到将近三十八摄氏度。更惨的是，法庭的空调故障，而华格纳法官一流汗就散发出樟脑丸和脚臭味。

乔丹已经脱下夹克，解开领带底下的第一颗钮扣。就连戴安娜——他私下认为她有点像《超完美娇妻》里头的机器人——也把头发挽起来，插了根铅笔固定住。“现在到哪了？”

“第六百七十三万号陪审员。”乔丹喃喃自语。

“第八十八号陪审员。”书记官宣布。

这回是个穿着卡其裤和短袖衬衫的男人。他顶上已渐稀疏，脚穿帆船鞋，还戴着结婚戒指。乔丹将这一切记下。

戴安娜起身自我介绍后，开始一连串的问题。他们将由答案决定是否有理由取消陪审团候选人的资格——例如他们是否有孩子在斯特灵高中丧生，因而无法公正持平。否则，戴安娜也可以选择行使强制否决权。她和乔丹都有十五次机会可以出于直觉反对陪审团人选。直到目前，戴安娜已经用了一次，否决一个身材短小、秃头、个性安静的软件开发业者。乔丹也否决了一个海豹特战部队的退役军人。

“请问你从事什么工作，埃斯卓先生？”戴安娜问。

“我是建筑师。”

“你结婚了吗？”

“到十月就满二十年了。”

“你有小孩吗？”

“有两个，男的十四岁，女的十九岁。”

“他们上公立高中吗？”

“儿子是，女儿已经上大学，普林斯顿。”他自豪地说。

“你对本案有所了解吗？”

乔丹知道如果他说有，也不一定会被排除。重要的是不管媒体怎么说，他相信什么、不相信什么。

“你每天会固定看报纸吗？”

“我以前都看《工会领袖报》，”他说，“可是那些社论让我受不了。现在至少会试着看《纽约时报》主要报道。”

乔丹仔细考虑着。《工会领袖报》是出了名的保守报系，《纽约时报》却是自由派的报系。

“那么电视呢？”戴安娜问道，“你有特别喜欢的节目吗？”

你恐怕不会想要一个每天看十小时法庭电视台节目的陪审员，也不会想要一个只看无聊电视节目的的人。

“《六十分钟》，”埃斯卓回答，“和《辛普森家庭》。”

好啦，乔丹心想，这是个正常的人。戴安娜将提问权交给他时，他站起来问道：“你记得在报上看过什么关于本案的消息？”

埃斯卓耸耸肩。“高中发生枪击案，有一个学生被起诉。”

“学生里头有你认识的人吗？”

“没有。”

“斯特灵高中的教职员当中有你认识的人吗？”

埃斯卓摇摇头。“没有。”

“你曾经和任何涉及本案的人交谈过吗？”

“没有。”

乔丹走向证人席。“本州岛有一条法规说如果遇到红灯，先停一下便可以右转。你知道吗？”

“当然。”埃斯卓说。

“但如果法官告诉你红灯不能右转，即使你面前的指示牌上清楚写着‘红灯可右转’，他却说你必须等到绿灯之后才能右转，你会怎么做？”

埃斯卓望向华格纳法官。“我应该会照他说的做。”

乔丹暗自窃笑。他才不管埃斯卓的驾驶习性——这个假设问题是为了淘汰那些不能看破惯例的人。本案中有些信息不一定是靠直觉获取，因此他需要的陪审员必须心胸开阔，能够了解规定不一定如我们原先所想，必须能倾听新的规则并遵循不悖。

他结束提问后，与戴安娜走向法官席。“有理由否定这名陪审员的资格吗？”华格纳法官问道。

“没有，法官大人。”戴安娜说，乔丹也摇摇头。

“所以呢？”

戴安娜点了头。乔丹朝仍坐在证人席上的男人瞥一眼。“这个人我可以接受。”他说。

艾莉克斯醒了，却还装睡。她把眼睛眯成一条缝，好端详此时躺卧在床另一边的男人。这段关系——至今已四个月——对她仍像个谜，就像帕特里克肩上密密麻麻的褐斑，就像他脊椎的凹陷处，就像他满头黑发与一撮白发的惊人反差。他仿佛一点一滴地渗透入她的生活：她会在换洗衣物中发现他的衬衫，会在枕头套上闻到他洗发水的味道，会拿起电话正想打给他他却已经在线。艾莉克斯已经单身太久了，她很实际，很坚定，有自己的作风（唉，她骗谁呢……这些都只不过是委婉地表达她的真正性格：顽固），她本以为隐私突然遭人侵犯应该会让她感到狼狈。但却不然，每当帕特里克不在身边，她反而不知所措，就像出海数月返回陆地的水手，尽管已经离开海洋却仍觉得脚底下有海浪波动。

“我其实可以感觉到你在盯着我看。”帕特里克喃喃地说。他脸上浮现一丝慵懒的笑容，但眼睛仍未张开。

艾莉克斯靠过去，一只手悄悄伸入被子底下。“你感觉到什么了？”

“有什么感觉不到？”他快如闪电地抓住她的手腕，身子便压了上去。他的眼睛——仍带着惺忪睡意——是一种清澈的蓝，让艾莉克斯想到冰河与北方海洋。他吻了她，她缠绕着他。

瞬间她忽然睁大双眼。“该死。”她说。

“这好像不是我心里想的……”

“你知道现在几点了吗？”

因为昨晚满月，他们便将卧室的百叶窗拉上。但此时阳光已穿透最小的缝隙射在窗台底部。艾莉克斯听到乔丝在楼下厨房搬动锅碗的砰砰声。

帕特里克伸手越过艾莉克斯拿起他放在她那侧床头柜的手表。“该死。”他也咒了一声，随即掀开被子，“我已经迟到一个小时了。”

他抓过四角裤时，艾莉克斯也跳下床拿浴袍。“乔丝怎么办？”

他们倒不是瞒着乔丝交往——帕特里克下班后经常会来探一下，或是来吃个晚饭，或是留下过夜。有几次艾莉克斯曾试着探探乔丝的口风，看她对于母亲再次约会这样的奇迹有何看法，但乔丝却尽可能地避免这个话题。艾莉克斯自己也不知道将来会如何发展，但她知道长久以来她和乔丝都是一体，如今加入帕特里克就表示乔丝落单了——而此时此刻，艾莉克斯决心不让此事发生。她正在弥补失去的时光，一切以乔丝为优先。因此假如帕特里克在家里过夜，她一定会在乔丝醒来之前让他离开。

今天却破例了，在这闲散夏日里的星期四，都已将近十点。

“也许这是告诉她的好时机。”帕特里克建议。

“告诉她什么？”

“说我们……”他看着她。

艾莉克斯也盯着他，却无法接续他的话，因为她自己也不太清楚答案。她从未想到她和帕特里克会以此方式展开这段谈话。她和帕特里克在一起是否因为他很善于拯救需要援手的失败者？当这场审判结束，他会继续往前走吗？她会吗？

“说我们在一起。”帕特里克坚决地说。

艾莉克斯背转向他，一把拉紧浴袍的腰带。套帕特里克刚才的话，这不是她心里想的。但话说回来，他怎么知道呢？若是问她想从这段关系中获得什么……嗯，她知道：她想得到爱。她希望回家时家里有人。她希望梦想着他们六十岁时一起去度假，当她踏上飞机的那天他就陪在身边。但这些话她绝不会向他透露。万一她说了，而他却只是茫然地看着她，那该怎么办？现在想这些事会不会太快了点？

他若现在问她，她也不会回答，因为回答之后，你的心肯定会被退回。

艾莉克斯往床底下摸索找拖鞋，却摸到帕特里克的腰带，便扔给了他。她之所以没有向乔丝公开她与帕特里克上床的事，或许根本不是为了保护乔丝，而是为了保护自己。

帕特里克将腰带穿过牛仔裤。“这又不是什么国家机密。”他说，“你是可以……你知道的。”

艾莉克斯瞄向他。“可以做爱？”

“我本来想找个比较不那么露骨的说法。”帕特里克坦承。

“我也可以保有隐私。”艾莉克斯指出。

“看来我可以把那个宣传广告牌的订金拿回来啰。”

“这也许是个好主意。”

“那么我应该只需要给你买首饰就行了。”

艾莉克斯低头看着地毯，以免帕特里克看出她试图将这句话撕扯开来，找出串连在字句当中的承诺。

天哪，当事情不是由你主导的时候，感觉总是这么令人沮丧吗？

“妈，”乔丝往楼上喊，“煎饼做好了，你要不要吃一点。”

“好吧。”帕特里克叹气道，“我们还是可以不让乔丝发现。只要你去转移她的注意力，我就趁机溜出去。”

她点点头。“我尽量把她留在厨房。你……”她觑着他说，“动作快点。”艾莉克斯正要走出房间，帕特里克忽然抓住她的手猛拉过来。

“喂，”他说，“再见。”他俯身靠上来亲她。

“妈，煎饼都冷掉了！”

“回头见。”艾莉克斯推开他说道。

她匆忙下楼，发现乔丝正在吃一盘蓝莓煎饼。“好香啊……我竟然睡这么晚。”艾莉克斯说着却发现厨房餐桌上摆了三个盘子。

乔丝交抱起手臂。“他的咖啡要加什么？”

艾莉克斯往她对面的椅子重重坐下。“你不应该发现的。”

“第一，我已经长大了。第二，我们聪明的警官就不该把车停在我们的车道上。”

艾莉克斯挑弄着餐垫的一条线。“不要牛奶，两颗糖。”

“好吧。”乔丝说，“下次我就知道了。”

“你觉得怎么样？”艾莉克斯平静地问。

“你是说帮他准备咖啡？”

“不是，是关于下一次这个部分。”

乔丝戳着她煎饼上面一颗肥大的蓝莓。“我其实没什么选择，不是吗？”

“你有。”艾莉克斯说，“因为乔丝，如果你不同意的话，我就不再见他。”

“你喜欢他吗？”乔丝垂下眼睛看着自己的盘子，问道。

“喜欢。”

“他喜欢你吗？”

“应该吧。”

乔丝抬起头来。“那你就不该在乎别人的看法。”

“我在乎的是你的看法。”艾莉克斯说，“我不希望你觉得因为他，你对我就不再那么重要。”

“记得要负责任就好。”乔丝微微一笑，回应道，“你每次做爱，可能会怀孕也可能不会。几率是一半一半。”

艾莉克斯惊讶得高耸起眉毛。“哇。你把我这些话都听进去了。”

乔丝用手指压压滴在桌上的枫糖浆，目光停留在木桌面上。“那么你……是不是……爱他？”

这几个字似乎磕碰伤了，十分脆弱。“不是。”艾莉克斯很快地说，因为若能说服乔丝，一定也能说服自己她对帕特里克的感觉完全只是一时激情，而不是……就是……那个。“也才几个月而已。”

“我觉得这种事没有宽限期。”乔丝说。

艾莉克斯一心以为通过这个地雷区最好的方法就是让乔丝和她都不

受伤：也就是假装这没什么，只是一时的恣情、一时的心血来潮。“就算爱情跟我迎面撞上，我也不会知道。”她轻轻地说。

“这跟电视上演的不一样，不是所有事情忽然间都变得完美。”乔丝的声音不断缩小直到几乎变成内心的思绪。“比较像是，一旦有了爱情，你会用尽所有时间去了解有多少错误可能发生。”

艾莉克斯抬头看着她，全身僵硬。“乔丝。”

“就是这样。”

“我不是故意让你……”

“不要再说了，好吗？”乔丝勉强笑了笑，“其实像他这么老的人，他还不算难看。”

“他还比我小一岁。”艾莉克斯说。

“我母亲是吃嫩草的老牛。”乔丝拿起装煎饼的盘子递过来，“这些都要冷了。”

艾莉克斯接过盘子。“谢谢。”她说，但她凝视着女儿许久，乔丝也明白母亲感谢她什么。

就在此时帕特里克蹑手蹑脚地下楼。到楼梯口时，他转身朝艾莉克斯竖起大拇指。“帕特里克，”她喊道，“乔丝给我们做了煎饼。”

塞琳娜知道应该遵循的路线——你得说男女没有差别——但她也知道不管问哪个妈妈或托儿所老师，他们私下都会有不同说法。今天上午，她坐在公园板凳上看着山姆和一群年纪差不多的幼儿在沙坑里玩耍。两个小女孩用沙和石头假装在做比萨，山姆旁边的男孩则拿起玩具卡车不断往沙坑周围的木框砸，想把它砸坏。没有差别，塞琳娜暗想，说得好。

她颇有兴味地看着山姆背转向旁边的男孩，开始学着女孩们把沙筛进水桶里面做蛋糕。

塞琳娜咧嘴笑起来，暗自希望这表示她儿子将来长大能不顾世俗眼光，做自己想做的事。但成长过程果真如此吗？你能从小孩身上看出他将来会变成什么样的人吗？有时候当她端详山姆，能够隐约看见他成人后的模样——从他的眼神，可以看到他长大后那个男人要寄宿的躯壳。但有时候你能分析出的还不只外表特质。这些小女孩将来会是贤妻良母型的家庭主妇，还是烹饪界的女强人呢？这个小男孩的破坏行为会演变成吸毒或酗酒吗？彼得·霍顿小时候曾经推挤玩伴、踩死蟋蟀，或做出其他可能已经预示他将成为杀人犯的事情吗？

沙坑里的男孩放下卡车开始挖洞，好像要一路挖到地球另一头似的。山姆也放弃烘焙，伸手要去拿塑料车，但他忽然失去平衡跌倒了，膝盖撞到木框。

塞琳娜立刻离座，准备在儿子号啕大哭之前将他抱起。但山姆瞄了一下其他孩子，似乎明白现场有观众。虽然小脸蛋皱起来而且涨红，像颗痛苦的葡萄，他却没有哭。

女孩比较简单。她们可以说好痛，或是我不喜欢这种感觉，社会可以接受她们的抱怨。然而男孩却不说这种话，小时候没有学会，长大了也没有努力去学。塞琳娜记得去年夏天，乔丹和一位老友去钓鱼，当时这位朋友的老婆刚刚提出离婚要求。你们都说了些什么？乔丹回家后她问道。

没有啊，乔丹说，我们就是钓鱼。

这点塞琳娜想不通；他们钓了六个小时的鱼。你怎么可能和一个人在小船上待那么久，而没有和他交心闲聊？没有问问他遇上这婚姻危机是否还撑得下去、是否担心以后的生活。

她看着山姆，他手里已经抓着卡车，碾过他刚才做的比萨。改变的确可能如此快速，塞琳娜明白。她想到山姆会用两只小手臂抱住她亲她，当她张开双手，他会飞奔过来。但他迟早会发现朋友们过马路时不牵母亲的手，他们不在沙坑里烤比萨和蛋糕，而是建立城市、挖洞穴。有一天——上了中学，或更早——山姆会开始窝在自己房里。他会躲避她的碰触。他会嘟哝着回答问题，表现得强悍，像个男人。

男人会变成这样也许都该怪我们自己，塞琳娜心想。也许共鸣感就像肌肉，久未使用终究会萎缩。

乔丝告诉母亲她暑假在学校当志愿者，教中小学生数学。她提到安洁的父母在学期中离异，间接导致她代数不及格。她还描述约瑟夫，说他是血癌患者，因为接受治疗不能上课，对于分数完全不了解。每天晚餐时，母亲都会问她工作的情况，乔丝也总能说出个故事。问题是那也就是个故事。约瑟夫和安洁都不存在，想当然乔丝的教学工作也不存在。

今天早上，乔丝一如往常地出门。她搭上“先进运输”巴士，和莉妲——整个夏天都跑这条线的司机——打了招呼。当其他乘客在离学校最近的车站下车时，乔丝仍留在座位上。事实上，她一直坐到最后一站才起身，这站往北一公里路便是松吟墓园。

她很喜欢这里。在墓园里，不会碰见她不想交谈的人。如果心情不好，甚至根本不必开口。乔丝朝蜿蜒的小径往上走，这条路她现在已经熟悉到闭着眼睛也知道哪里有凹洞、哪里该向左转。她知道那从蓝到极点的绣球花刚好就在通往麦特坟墓的半路，而当你闻到忍冬的气味就表示只差几步路了。

此时，已经竖起墓碑，一块质朴的白色大理石上面工整地刻着麦特的名字。草也开始长出来。乔丝坐在隆起的土堆上，温温的，好像阳光渗入土里替她保暖。她从背包拿出一瓶水、一个花生酱三明治和一包苏打饼。

“你相信吗？再过一个星期就开学了。”她对麦特说。她有时候会这么做，倒不是期待他能回答，只是已经这么多个月没有说话，最好还是跟他说说话。“不过，还不是真的到学校去上课。他们说可能要到感恩节才会全部盖好。”

他们到底把学校怎么了一直是个谜——乔丝开车经过好几次，知道体育馆和图书馆还有餐厅都拆了。她怀疑学校管理者难道会这么天真，以为只要让命案现场消失，就能骗学生这一切都未曾发生。

她在书上看过，鬼魂不只是逗留在具体的地点，有时候人也可能被缠住。乔丝觉得自己并不太热衷灵异的东西，但这个她相信。她知道有些记忆会永远留存，怎么也摆脱不掉。

乔丝躺下来，头发披散在嫩草上。“你喜欢我在这里吗？”她小声地问。“或者你会叫我滚蛋？如果你能开口的话。”

她不想听到答案，甚至不太愿意去想它。于是她尽可能地张大眼睛瞪向天空，直到那片灿烂夺目的蓝灼伤她眼睛深处。

莱西站在男装部，手不停触摸着粗呢的、圣洁蓝的、发皱泡泡布的运动外套。她开了两小时的车来到波士顿，想挑一套最好的衣服让彼得在审判日当天穿。Brooks Brothers、Hugo Boss、Calvin Klein、Ermenegildo Zegna。这些全是在意大利、法国、英国、加州制造。她偷看一下价钱，倒吸一口气，却发现自己其实不在乎。这很可能是她最后一次为儿子买衣服。

莱西逛过部门里的每一区。她拿了高级埃及棉制的四角内裤、一包Ralph Lauren的白色T恤、克什米尔羊毛袜。她找到卡其裤——30×30。她从架上取下一件可将领子扣住的牛津衬衫，因为彼得最讨厌衬衫衣领从毛衣的圆领口跑出来。她选了一件蓝色布雷泽外套，是乔丹指点的。要像是准备送他去念高级私立高中飞利浦斯艾克斯特一样，他说。

她还记得彼得十一岁左右，开始对扣子很反感。你会以为这种事应该很容易解决，却没想到大多数裤子都因此淘汰。莱西还记得开了大老远的车，去找白天也能穿的松紧带法兰绒格纹睡裤。她去年好像还看到学生穿着睡裤上学，不知是不是彼得带动的风潮，或者只是纯粹有点特立独行。

尽管莱西需要的东西都拿齐了，她仍继续逛。她摸过七彩缤纷的丝质手帕，让手帕在手指间轻轻滑落，然后选了一条和彼得眼睛同样颜色。她搜寻着皮带——黑色、褐色、点状、鳄鱼皮——和印有圆点、百合花、条纹的领带。她拿起一件浴袍，柔软得让她几乎掉泪，还有绒毛拖鞋和一件樱桃红泳衣。她不停地买，直到手臂上像抱了个孩子一样重。

“我来帮你拿吧。”一名女店员从她手中接过几样商品，拿到柜台放着，然后开始一件一件折好。“我知道这种感觉。”她带着同情的微笑说，“我儿子走的时候，我还以为自己会死掉呢。”

莱西直瞪着她。难道她不是唯一有过这种可怕经历的女人？如果你像这名店员一样是过来人，你能从人群中认出其他人来吗？就好像这些被孩子伤透了心的母亲是个秘密团体的成员吗？

“你会以为永远过不去，”女店员说，“不过相信我，当他们圣诞节或暑假回家，又要开始把你吃得破产的时候，你就会希望大学全年无休。”

莱西的脸忽然僵住。“喔，是呀。”她说，“大学。”

“我有个女儿读新罕布什尔大学，我儿子在洛契斯特。”女店员说。

“哈佛，我儿子要念的学校。”

他们曾经讨论过一次——彼得比较喜欢斯坦福的电脑系，莱西却开玩笑说凡是密西西比以西的大学宣传手册她全都要丢掉，因为实在太远了。

州监狱只要往南走六公里，在康科德。

“哈佛呀，”女店员说，“那他一定很聪明。”

“是啊。”莱西说，并继续向女店员捏造彼得上大学的事，直到谎言在口中不再有甘草的味道，直到她自己几乎都相信了。

三点刚过，乔丝转身趴着，两手伸展开来，脸贴在草地上。看起来好像试图抱住土地，而她自己觉得，这与事实倒是相去不远。她深呼吸——通常只会闻到杂草与土壤的气味，但偶尔在刚下过雨的时候，也会有很淡很淡的冰与飞柔洗发水的味道，仿佛麦特本人仍在这地表底下。

她收拾起三明治包装纸和空水瓶放进背包，然后沿着弯曲小径走向墓园大门。门口停了一辆车——今年夏天乔丝只遇过两次送葬队伍，都让她有点恶心。她于是加快脚步，希望仪式开始前她早已离开并坐上了巴士。但她忽然发觉挡在门口的并不是灵柩车，甚至不是黑色的车，而是今天早上停在她们家车道上那辆，帕特里克正交叉双臂靠在车旁。

“你在这里干吗？”乔丝问道。

“我也想问你同样的问题。”

她耸耸肩。“这是个自由国家。”

乔丝对帕特里克·杜沙姆本人其实并无成见。只是在许多方面，他会让她紧张。只要看到他，她总会想起“那天”。但现在却不得不碰面，因为他也是她母亲的情人（这样说多奇怪？），有时候这甚至更令她烦乱不安。她母亲正在九重天上享受恋爱的幸福，而乔丝却得偷溜到墓园会她的男友。

帕特里克一挺身，朝她走了一步。“你母亲以为你正在教直式除法。”

“是她叫你跟踪我的？”乔丝说。

“应该说监督比较恰当。”帕特里克纠正道。

乔丝不屑地哼一声。她并不想当个这么惹人厌的人，但就是控制不了自己。讽刺有如一个力场，一旦关闭了，他或许便会看出她只差这么一点就要粉身碎骨。

“你母亲不知道我来这里。”帕特里克说，“我想跟你谈谈。”

“我会赶不上公交车。”

“看你想去哪里，我都载你去。”帕特里克气恼地说，“你知道吗？当我工作的时候，经常希望自己能让时间倒转——能在被害人被强暴前赶到，能在小偷光顾前埋伏在屋外。无论你说什么或做什么都无法让情况改善，那种感觉我懂。半夜里醒来，脑海里不断清晰地上演着同一个时刻，就好像不断重新经历的感觉，我也懂。其实我敢打赌，我们脑子里上演的是同一个时刻。”

乔丝咽了一下口水。这许多月来，和医生、心理治疗师，甚至其他学生做过无数善意的沟通，从未有人如此简洁地道出她内心的感受。但她不能让帕特里克知道，不能承认自己的弱点，尽管她觉得他应该还是看得出来。“别自以为我们有什么共通点。”乔丝说。

“我们有啊，”帕特里克回答，“你母亲。”他直视乔丝的双眼：“我喜欢她。非常喜欢。我想知道你不反对。”

乔丝感觉喉咙紧束。她试着回想麦特说喜欢她的情景。她怀疑将来还会有人再对她说同样的话。“我母亲是大人了，她可以自己决定她……”

“不要。”帕特里克打断她。

“不要什么？”

“不要说你可能会后悔的话。”

乔丝往后退，眼中闪着泪光。“如果你以为讨好我就能赢得她的心，你就错了。你还不如买花和巧克力。她根本不在乎我。”

“这不是事实。”

“你认识我们的时间还不够长，对吧？”

“乔丝，”帕特里克说，“她太爱你了。”

乔丝感觉到事实梗在喉头，说出来比咽下去更难。“可是还不及她爱你。她很快乐。她很快乐，而我……我知道我应该为她高兴……”

“但你却在这里。”帕特里克比了比墓园，“而且只有你一人。”

乔丝点点头，随即飙出泪来。她尴尬地掉转头，接着便感觉到帕特里克伸手抱住自己。他什么都没说，在那短短一刻，她甚至是喜欢他的——因为任何一个字，即使出于善意，也会占据她的伤痛所需要的空间。他就让她哭到她终于停止，乔丝在他肩上靠了一会儿，不知道这只是暴风眼或已是终点。

“我是个烂人。”她低声说，“我忌妒她。”

“她应该会了解。”

乔丝脱离他怀抱后擦擦眼睛。“你会告诉她我来这里的事吗？”

“不会。”

她惊讶地瞄他一眼。她原以为他会站在母亲那边。

“你错了，你知道吗？”帕特里克说。

“什么错了？”

“认为你孤单一人。”

乔丝望向山丘。从大门看不见麦特的坟墓，但它还在，就像“那天”的其他一切。“鬼魂不算。”

帕特里克微笑着说：“母亲算。”

刘易斯最讨厌的莫过于金属门的哐当声。虽然三十分钟过后他就能离开监狱，但这几乎无所谓，重要的是囚犯不能离开。而那些囚犯当中有一个男孩，是他教会他骑没有辅助轮的脚踏车，他桌上还安置着他的托儿所镇纸，也是他看着他出生后呼吸第一口气。

他知道彼得看到他定会大吃一惊——已经有多少个月他告诉自己，这星期也该鼓起勇气去探望儿子了，结果却只是又去买了其他杂物或是又看了一篇报告。但当一名狱警开门带彼得进入接见室，刘易斯才发觉他低估了自己看到彼得的震惊程度。

他长得更大了。也许没有更高，却更壮——肩膀撑起了衬衫，手臂上也长了肌肉。他的皮肤呈半透明，在这不自然的灯光下几乎变成蓝色。他的手一直动个不停——原本在身子两侧抽动，后来坐下后又在椅侧抽动。

“哇，”彼得说，“看看谁来了。”

刘易斯预先准备了六七份说辞，以解释自己为什么没来看儿子，但当他看到彼得坐在眼前，嘴边却只冒出三个字。“对不起。”

彼得的嘴巴紧绷。“为什么？因为甩掉我半年吗？”

“我觉得，”刘易斯坦承，“比较像是十八年。”

彼得往后一坐，瞪着刘易斯。他强迫自己也看着儿子。彼得能赦免他吗？刘易斯心里这么想，却不太肯定自己能有所回报。

彼得抹脸、摇头，然后开始露出微笑。刘易斯觉得自己骨头宽解了，肌肉放松了。直到此刻，他仍不确定对彼得有何期待。他可以有条理地列出自己想要的一切，并坚持道歉定能被接受。他可以提醒自己他是家长，是掌控的人——但是当你坐在监狱的接见室，左边有个女人试图把脚伸过红线与情人碰腿调情，右边有个男人满口粗话骂不停，你实在很难想起这一切。

彼得脸上的笑容忽然凝住，接着扭曲变成冷笑。“去死吧。”他破口大骂。“你去死吧，干嘛要来？你根本不管我死活。你不是想跟我说对不起，你只是想听到自己这么说。你来是为了你自己，不是为我。”

刘易斯的头像装满石头，由于脖子再也承受不了这重量，他往前弯直到用手撑住额头。“彼得，我什么也不能做。”他低声道，“我不能工作，不能吃，不能睡。”这时他抬起头来，“新生已经开始来到学校。我从窗口看着他们，他们总是对着建筑物或中央路指指点点，或是随解说员穿越中庭并仔细倾听，我就想到我有多希望和你一起做这些事。”

多年前乔伊出生后，他写过一篇关于幸福指数成长的报告——也就是在意外事件触发后商数迅速变化的时刻。他的结论是：结果会根据事发时你所处的状态而非事件本身而有所不同。例如，当你快乐地结婚并计划组织家庭时生孩子是一回事，你若只有十六岁却弄大了少女的肚子，那又是另一回事。度假滑雪时天气寒冷是最好的，但那个礼拜若刚好在海边，就会感到失望。曾经富有过的人一旦陷入困境，一块钱也能令他欣喜若狂。美食名厨若被困荒岛，连虫也会吃。而曾经希望儿子受教育、出人头地、独立自主的父亲，在不同情形下，也许只要看到孩子平安无恙，并能亲口对他说自己始终爱他便满足了。

“可是你知道他们怎么说大学吗？”刘易斯略微挺起上身，“说它被高估了。”

他的话让彼得吃了一惊。“那还有那么多家长每年要付四万美元。”彼得无力地笑笑，“所以我在这里，你的纳税钱一点也没白花。”

“身为经济学者，我还能奢求什么？”刘易斯开玩笑地说，虽然这并不好笑，永远也不会好笑。他顿时发觉这也是一种幸福：尽管你每说一个字都像吞下一块玻璃，但毕竟能说点什么——做点什么——让儿子露出这样的笑容，好像真的还有值得笑的事情似的。

帕特里克把脚跷在检察官办公桌上，戴安娜·莱文则翻阅着案发数天后送来的弹道比对报告，以准备他出庭的证词。“有两把始终没有动用的猎枪。”帕特里克解释道，“和两把同款手枪——格洛克17——登记在对街一名邻居名下。是个退休警察。”

戴安娜抬起埋在文件中的头。“好极了。”

“你也了解警察的。若要很快拿到枪，何必锁进柜子里？总之，他在学校到处扫射用的几乎都是A枪——与现场找到的子弹上的刻痕吻合。弹道测试人员告诉我们，B枪发射过，但找到的子弹中没有与它膛线相符的。那把枪被发现的时候已经卡住，掉在更衣室地板上。霍顿被捕时手上仍握着A枪。”

戴安娜往椅背上靠，十指在胸前相接成尖塔状。“麦卡菲会问你，如果A枪使用没问题，霍顿为什么会在更衣室掏出B枪？”

帕特里克耸耸肩。“他可能用它射罗斯顿的腹部，后来因为卡住才又换回A枪。又或者情况更简单。既然没有找到B枪子弹，那可能正是他开的第一枪。据我们所知，子弹也许卡在餐厅的玻璃纤维绝缘板上。枪卡住了，霍顿便换上A枪，把卡住的枪塞进口袋……疯狂杀人到最后，他也许把枪丢了或者不小心掉落。”

“或者。我讨厌这个字眼。虽然只有两个字，却充满合理的怀疑……”

她话说到一半被敲门声打断，只见秘书探头进来。“两点钟的到了。”

戴安娜转向他说：“我要让杜鲁·纪哈德准备做证。你留下来听听吧。”

帕特里克移坐到墙边的椅子，将检察官对面的座位让给杜鲁。男孩轻轻敲门后进入。“莱文检察官吗？”

戴安娜绕过办公桌。“杜鲁。谢谢你来。”她指指帕特里克，“你还记得杜沙姆警官吧？”

杜鲁向他点头示意。帕特里克打量这孩子一身烫得平整的裤子、有领衬衫，以及展现在外的礼貌态度。这和帕特里克进行讯问时从学生口中听到的那个趾高气扬、校园巨人般的冰上曲棍球健将截然不同，但话说回来，杜鲁眼见自己最好的朋友被杀，他自己的肩膀也中枪，不管他曾经多么威风，都已经结束了。

“杜鲁，”戴安娜说，“我们请你过来是因为你接到传票，也就是说下星期你得出庭做证。等日期接近，我们会告诉你确切时间……但现在我想先确定你不会因为出庭而紧张。今天我会先告诉你当天要问你什么问题，以及整个流程。如果你有什么问题，也可以一起解决，好吗？”

“好的，检察官。”

帕特里克倾向前。“你肩膀怎么样了？”

杜鲁转过去面向他，不自觉地动了动那个部位。“我还要继续复健，可是已经好多了。只不过……”他声音愈来愈小最后终于听不见。

“只不过什么？”戴安娜问。

“我错过了今年整年的冰上曲棍球季。”

戴安娜与帕特里克互望一眼，这是对证人的同情。“你想你以后还能打球吗？”

杜鲁红着脸说："医生说不行，但我觉得他们错了。"他犹豫了一下。"我今年高四，我还希望能拿到大学的体育奖学金。"

他们既未赞赏杜鲁的勇气也没有道出事实，因而陷入一股尴尬的沉默。"好了，杜鲁。"戴安娜说，"上法庭之后，我会先问你的名字、住址，以及你当天是否在学校。"

"好。"

"我们来试试看，好吗？那天早上你到学校以后，第一堂课是什么？"

杜鲁略微挺直上身。"美国历史。"

"第二堂呢？"

"英语。"

"英语课下课后你去了哪里？"

"我第三堂没课，没课的学生大多会到餐厅去。"

"你就是去那里吗？"

"是的。"

"有人和你一起吗？"戴安娜继续问道。

"我一个人去，可是到了那里就有很多人。"他看了看帕特里克，"朋友。"

"你在餐厅待了多久？"

"不知道，大概半小时吧。"

戴安娜点点头。"接下来发生了什么事？"

杜鲁低头看着裤子，拇指沿着折痕画线。帕特里克发现他的手在抖。"我们都在……闲聊，然后我听到轰然巨响。"

"你当时能分辨声音从哪儿来吗？"

"没办法，我不知道那是什么声音。"

"你有没有看到什么？"

"没有。"

“那么，”戴安娜问，“你听到以后做了什么？”

“我开了个玩笑。”杜鲁回答，“我说搞不好是学校的午餐爆炸了。那个辐射起司通心粉终于爆炸了。”

“听到响声后你还继续留在餐厅吗？”

“对。”

“然后呢？”

杜鲁又低头看自己的手。“好像有鞭炮声。大家都还不知道怎么回事，彼得就走进餐厅。他背了个背包，手里拿着枪，一进来就开枪。”

戴安娜举起手来。“杜鲁，这里我要请你暂停一下……当你在席上说到这里，我会请你看着被告，正式指认他。懂吗？”

“懂。”

帕特里克明白自己看待这次枪击不同于以前其他任何罪行。此时浮现在他脑海的甚至不是他先前看过那令人毛骨悚然的餐厅录像带的前篇画面。他想到的是乔丝——杜鲁的朋友之一——坐在长桌前，听到那些鞭炮声，却丝毫想象不到接下来即将发生的事。

“你和彼得认识多久了？”戴安娜问。

“我们都在斯特灵长大。好像一辈子都在同一间学校。”

“你们是朋友吗？”杜鲁摇摇头，“敌人？”

“不是，”他说，“不能算是敌人。”

“跟他有过什么问题吗？”

杜鲁往上一瞄。“没有。”

“你曾经欺负他吗？”

“没有。”他说。

帕特里克双手不觉握起拳头。面谈过数百名学生之后，他知道杜鲁·纪哈德曾把彼得塞入置物柜、曾在他下楼时绊倒他、曾用小纸团丢他的头。这些都无法为彼得脱罪……但无论如何，如今有个孩子在牢中等死，有十个人在坟里腐烂，有数十人在接受复健与整容，有数百人——包括乔丝——一想到那天就忍不住哭泣，还有无数家长——包括艾莉克斯——相信戴安娜能为他们伸张正义。而这个小混蛋还在睁眼说瞎话。

原本低头摘记的戴安娜抬起头来盯着杜鲁。“所以如果你宣誓之后被问到有没有找过彼得麻烦，你会怎么回答？”

杜鲁抬头看她，原本虚张的声势已消退大半，帕特里克一眼便看出他心里吓得半死，因为他们知道的比坦白说出来的要多。戴安娜瞥帕特里克一眼，将笔丢下。光是这个动作就够了——他立刻起身，一手扼住杜鲁·纪哈德的脖子。“你这王八蛋仔细听着，”帕特里克说，“不许把事情搞砸了。我们知道你对彼得做了什么。我们知道你是关键人物。这次有十个人死亡，另外十八个人再也无法过他们预想的生活，还有数不清的家庭永远无法停止哀伤。我不知道你想玩什么把戏，不管你是打算装乖来保护你的声誉，或只是不敢说真话，我跟你保证，如果你上了证人席却对以往的行为说谎，我一定以妨碍司法的名义把你关进牢里。”

他说完放开杜鲁转过身去，朝戴安娜办公室的窗口向外望。他根本无权逮捕杜鲁——即便他做了伪证——更无权监禁他，但杜鲁绝不会知道。吓吓他让他乖一点，也许就够了。帕特里克深深吸了口气后，俯身捡起戴安娜丢落的笔交还给她。

“杜鲁，我再问一遍。”她口气平稳地说，“你有没有欺负过彼得·霍顿？”

杜鲁斜瞄向帕特里克，咽下口水。然后开口说了起来。

“这是烤千层面。”帕特里克和乔丝各吃一口之后，艾莉克斯宣称，“你们觉得如何？”

“我怎么不知道你还会烤千层面？”乔丝缓缓地说，然后开始将面与芝士剥离，像在割头皮一样。

“到底是怎么做的？”帕特里克边问边拿水壶重新将水杯斟满。

“其实是普通的千层面，可是有些内馅跑出来掉在烤箱里，还冒一堆烟……我本来想重做，又忽然想到这其实只是多加了一层木炭口味罢了。”她开心地笑着，“很有创意吧？乔丝啊，我翻遍了所有食谱，以前好像都没有人做过。”

“这也难怪。”帕特里克用餐巾纸捂着嘴咳了几声。

“我真的喜欢做菜。”艾莉克斯说，“我喜欢看着食谱，然后改变一下看看会有什么结果。”

“食谱有点像法规。”帕特里克回答，“最好还是乖乖遵守免得犯下重罪……”

“我不饿。”乔丝忽然说。她推开盘子，起身便奔上楼去。

“明天就要审判了。”艾莉克斯解释道。她也没再多说，就追着乔丝上楼，她知道帕特里克会理解。乔丝“砰”地关上门，扭开音乐，敲门也没用。艾莉克斯便转开门把进到房内，先将音响的声音关小。

乔丝趴在床上，用枕头压着头。当艾莉克斯坐到她身边时，她没有动。“你想不想谈一谈？”艾莉克斯问。

“不想。”乔丝声音闷着。

艾莉克斯伸手将枕头扯开。“试试看。”

“就是——天哪，妈——我是怎么回事？好像每个人的世界都已经重新开始运转，我却甚至回不到我的旋转木马。就连你们两个——你们一定也不停想着审判的事——但你们却能说说笑笑，好像可以把以前和将来的事都抛到脑后，而我却只要醒着便无时无刻不想到它。”乔丝抬起充满泪水的双眼看着艾莉克斯，“每个人都往前走了，只有我除外。”

艾莉克斯将手放在乔丝手臂上轻轻抚摸。她还记得生下乔丝后，光是那张出生证明就让她喜出望外——好像自己无中生有地，创造出这个迷你、温热、扭动、无瑕的小人儿。她和乔丝并躺在床上好几个小时，她轻摸着婴儿的皮肤、小珍珠般的脚趾、囟门的脉动。“有一次，”艾莉克斯说道，“我当时还是公设辩护人，办公室有个同事为所有律师和家人举办国庆派对。虽然你只有三岁左右，我还是带你去了。当天有烟火，我转头看了一下，再转回来你已经不见了。我开始尖叫，接着有人发现了你——躺在游泳池底。”

乔丝被这个从未听过的故事所吸引，坐了起来。

“我跳进水池，把你拉上岸，做口对口人工呼吸，你才吐水出来。我太害怕了，连话都说不出来。但你醒来以后却对我发脾气。你说你在找美人鱼，却被我打断。”

乔丝弯起膝盖靠在下巴，微微一笑。“真的吗？”

艾莉克斯点点头。“我说那下次你要带我一起去。”

“结果有下次吗？”

“你说呢？”艾莉克斯说，接着稍有迟疑地又说，“难道一定要有水才会觉得要溺死吗？”

乔丝摇头时，泪水已经涌出。她移动一下身子，投入母亲怀里。

这是他的致命伤，帕特里克知道。这辈子第二次和一个女人与她的孩子靠得太近，以至于忘记自己并不真正属于这个家庭。他环顾餐桌，看着艾莉克斯这顿可怕的晚餐如瓦砾般的残留，于是着手收拾没有动过的餐盘。

烤千层面已经凝结在盘子上，仿佛一块黑砖。他将盘子堆入碗槽，开始放热水，然后拿起海绵刷洗起来。

“我的天哪，”艾莉克斯在他身后说，“你可真是个完美的男人。”

帕特里克转过头，手上仍沾满泡沫。“差得远了。”他拿过擦碗布，“乔丝……”

“她没事了。她不会有事的，或者至少我们得不断地这么说直到真正没事为止。”

“艾莉克斯，我很难过。”

“谁不是呢？”她跨坐在一张餐椅上，下巴抵着椅背凸起处。“明天我要去旁听。”

“我早就料到了。”

“你想麦卡菲真的能让他无罪开释吗？”

帕特里克将擦碗布折好放在水槽旁，走向艾莉克斯。他蹲跪在艾莉克斯椅子前面。“艾莉克斯，”他说，“那孩子走进学校好像在执行作战任务。他从停车场开始，先引爆炸弹转移注意力。他绕到学校正门，在阶梯上射杀一名学生。他走进学校餐厅，朝一群学生开枪，杀死了其中几个，然后他还坐下来吃了一碗麦片才又继续疯狂屠杀。有了这样的证据，我不认为有哪个陪审团会决定不起诉。”

艾莉克斯注视着他。“你告诉我……为什么乔丝是幸运的？”

“因为她还活着。”

“不，我是说她为什么活着？她先在餐厅后来在更衣室。她看到周围的人死去。彼得为什么没有杀她？”

“我不知道。常常都有令人费解的事情发生。有些事——就像这次的枪击。有些呢……”他用手覆盖住艾莉克斯抓着椅子横杠的手，“有些则不像。”

艾莉克斯抬起双眼看着他，这让帕特里克再次觉得发现她——和她在一起——就好像在雪地中看到第一朵报春花。正当你以为冬天再也不会结束，这意想不到的美便可能让你大吃一惊，而且如果你不转移视线，如果你专心地看着它，其余的积雪就会在不知不觉中融化。

“我问你一件事，你会老实回答吗？”艾莉克斯问。

帕特里克点点头。

“我的千层面不太好吃，对吧？”

他隔着椅背的细木条对着她笑。“当成事业恐怕是不行了。”他说。

半夜里，乔丝仍睡不着，便偷偷溜到外面躺在前院的草地上。她凝视着天空，到了这个时间天幕垂得好低，她都可以感觉到星星扎在自己脸上。在外面，没有房间困住，几乎就能相信与浩瀚的宇宙相比，无论什么问题都是微乎其微。

明天，彼得·霍顿将要因为谋杀十个人接受审判。光是想到这个——想到最后一件谋杀——乔丝便觉得反胃。她很想去旁听，偏偏又不能，因为那张可笑的证人名单上有她。她必须被隔离，也就是让你一无所知的时髦说法。

乔丝深吸一口气，想到中学上的社会学课提到有一种人——好像是爱斯基摩人吧？——认为星星是天上的洞，死去的人就从这些洞窥探你。这应该是安慰人的说辞，但乔丝总觉得有点阴森恐怖，好像自己被监视似的。

她还想到一个很蠢的笑话，说有个人经过精神病院的高耸围墙时，听到病患唱着十个！十个！十个！他便凑到围墙上的洞想一探究竟……结果被人用竿子戳到眼睛，又听到病患唱道十一个！十一个！十一个！

笑话是麦特说给她听的。

她甚至可能笑了。

但因纽特人却没告诉你：另一个世界的人得特地来看你，而你却可以随时看到他们。只要闭上眼睛就行了。

儿子接受谋杀审判的早晨，莱西从衣橱挑出一件黑裙，以及一件黑衬衫和黑丝袜。她打扮得像是要去参加葬礼，但或许也相差不远。她扯破了三双丝袜，因为手抖个不停，最后还是决定不穿。一天下来，她的脚会磨出水泡来，莱西心想这或许也好，或许她反而能专注于某种完全合理的痛。

她不知道刘易斯在哪里，不知道他今天是否要去旁听。自从她尾随他到墓园那天起，他们便不太交谈，他也搬到乔伊的房间睡。他们俩谁也没进彼得房间。

但今天早上，她强迫自己在梯顶处左转而不是右转，打开了彼得的房门。警察来过后，她已经略加收拾，同时告诉自己不能让彼得回家时看到如此凌乱的房间。里面仍有几个缺口——少了电脑的桌子像赤裸着身体，书架也空了一半。她走上前去，抽出一本平装书。是王尔德的《道连·格雷的画像》。彼得被捕时，英语课正在读这本书。她不知道他是否已经把书看完。

格雷有一幅画像愈来愈年迈而邪恶，而他本人却始终保持年轻及纯真的外表。也许要去为儿子做证的这个平静、拘谨的母亲，在某处也有一幅遭愧疚蹂躏、受痛苦折磨的画像。也许那幅画中的女人可以哭泣尖叫，可以崩溃，可以抓住儿子的肩膀说你做了什么好事?

她听到有人开门惊跳起来。刘易斯站在门口，身上穿着只有参加会议与学院毕业典礼才会穿的西装。他手里拿了一条蓝色丝质领带，没有出声。

莱西从刘易斯手中取过领带，跟在他后面。她把领带套到他脖子上，轻轻将活结推到定位，翻下衣领。做这个动作时，刘易斯拉住她的手没有松开。

像这样的时刻——当你发觉已经失去一个孩子，另一个也即将离去——其实无话可说。刘易斯仍握着莱西的手，牵着她走出彼得的房间，并顺手带上身后的门。

清晨六点，乔丹下楼复习笔记准备出庭，发现桌上摆了一人份的早餐：一个碗、一根汤匙和一盒可可亚米香脆片——这是他开战前的例行餐点。他咧开嘴笑——塞琳娜一定是半夜起来准备的，因为昨晚他们同时上床——坐下来倒了一大碗，再去冰箱拿牛奶。

脆片纸盒外面贴了一张便利贴。祝你好运。

乔丹坐下正要开始吃，电话铃响了。他赶紧抓起电话——塞琳娜和孩子都还在睡觉。“喂？”

“爸。”

“托马斯，”他说，“你怎么这么早起床？”

“这个嘛，我其实是还没睡。”

乔丹不禁微笑。“啊，重温年轻的大学生活。”

“反正我是打电话来祝你好运。今天开始，对不对？”

他低头看着麦片，忽然想起斯特灵高中餐厅的录像带片段：彼得坐下来，就像这样，吃了一碗麦片，一旁躺着学生尸体。乔丹将碗推开。“对，”他说，“是今天。”

狱警打开彼得囚室的门，交给他一摞折好的衣服。“舞会时间到了，灰姑娘。”他说。

彼得一直等到他离开。他知道这些是母亲替他买的，她甚至还留着标签好让他知道这不是从乔伊的衣柜拿出来的。这些是私立高中生穿的衣服样式，在他想象中是看马球赛穿的服装——其实他从来也没去看过。

彼得脱下囚衣，穿上四角裤、袜子。他坐到床上穿上长裤，腰围有点紧。套上衬衫后第一次扣错扣子，只得重来一次。他不知道怎么打领带，便卷起来塞进口袋，待会儿让乔丹帮他。

牢房里没有镜子，但彼得想象自己现在看起来应该像普通人。如果把他从这座监狱移到拥挤的纽约街道或美式足球赛看台，民众很可能不会多看他两眼，也想不到在这身水洗羊毛和埃及棉底下藏着一个他们意想不到的人。或者换句话说，经过这一切之后，什么都没变。

临出牢房前，他才意识到他们没像提审时发给他防弹背心。这恐怕不是因为他现在比较不遭人恨，而多半是狱方的疏忽。他正要开口问狱警，却突然闭嘴。

也许，这是彼得生平第一次走运了。

艾莉克斯打扮得像要去上班，她也的确是，只不过不是当法官。她很好奇以平民身份坐在法庭上是什么感觉。她也好奇提审当天那个悲伤的母亲会不会来。

她知道旁听这次审判，再一次明白自己只差那么一点便失去乔丝，会有多难。艾莉克斯已不再假装只是为了工作而聆听，她其实不得不听。总有一天乔丝会恢复记忆，会需要有人支撑着她，既然艾莉克斯未能在第一时间保护她，现在就要为她见证。

她匆忙下楼后，看见乔丝坐在厨房餐桌旁，穿了裙子和衬衫。“我要去。”她说。

这番情景似曾相识——就发生在彼得提审那天，只不过似乎已经很久远，她和乔丝都有了很大的转变。今天，她被列为辩方证人，但并未接获传票，也就是说审判期间她根本不必到法院去。

“我知道我不能进去，可是帕特里克也被隔离，不是吗？”

上一次乔丝要求进法庭，艾莉克斯断然拒绝。但这次她坐到乔丝对面。“你知道那会是什么样的情形吗？现场会有摄影机，而且很多。会有坐轮椅的学生。会有愤怒的家长。还有彼得。”

乔丝的目光像石头坠落在自己膝盖上。“你又不让我去了。”

“不，我是不想让你受伤。”

“我没有受伤，”乔丝说，“所以我才要去。”

五个月前，艾莉克斯为女儿做了决定，如今她知道乔丝有权利为自己说话。“你到车上等我。”她平静地说。她一直戴着这副面具，直到乔丝关上门，她才冲到楼上的浴室开始作呕。

她害怕重新经历枪击案——即使保持着距离——会让乔丝惊慌过度再无法复原。但她更担心这一次自己仍无力保护女儿不受到伤害。

艾莉克斯将额头抵在浴缸边缘的冰冷瓷砖上。然后站起来，刷牙，往脸上泼水。她急急忙忙坐上车子，女儿已经在等着了。

由于保姆迟到，乔丹和塞琳娜只得拼命挤过法院阶梯前的人潮。塞琳娜虽已预料到，但看见这么多记者、新闻采访车，以及高举照相手机捕捉这混乱画面的群众，仍有点不知所措。

乔丹今天扮演坏人——绝大多数的旁观者都来自斯特灵，由于彼得会经由地下通道被送进法院，乔丹便成了替罪羊。“你晚上怎么睡得着觉？”乔丹匆匆步上阶梯时，旁边一个女人大喊。另一人则高举一块牌子写着：新罕布什尔还有死刑。

“哇，”乔丹低声说，“这会很有趣。”

“你可以的。”塞琳娜回应。

但他却不再往前走。阶梯上有个男人举着一块广告板，上面贴了两张巨幅照片，一张是个女孩，另一张是个美丽的女人。凯特琳·哈维，塞琳娜认得她的脸。和她母亲。照片上方写着四个大字：十九分钟。

乔丹与那人四目交接。塞琳娜知道他在想什么——他在想这个人可能是他，他也可能失去这么多。“我很遗憾。”乔丹喃喃地说，塞琳娜则挽起他的手臂拉着他继续往上走。

不过上面又有另一群人。他们身穿醒目的黄衬衫，胸前印着BVA的字样，口中高喊：“彼得，你不孤单。彼得，你不孤单。”

乔丹靠向妻子。“这是什么玩意儿？”

“美国受欺凌被害人团体。”

“不会吧？”乔丹说，“真有这个团体？”

“信不信由你。”塞琳娜说。

打从开车上路到法院，乔丹首度露出微笑。“你替我们找到的？”

塞琳娜捏捏他的手臂。“你可以稍后再谢我。”她说。

他的当事人好像快晕过去了。乔丹向让他进法院拘留室见彼得的警员点头致意后，坐了下来。“呼吸。”他以命令的口吻说。

彼得点点头，给肺部充气。他在发抖。乔丹早已料想到，他所参与的每次审判一开始都会见到同样情形。即使是再强悍的罪犯，一旦明了这一天是他的生死关键，也会顿时陷入惊慌。“我有东西给你。”乔丹说着从口袋掏出一副眼镜。

厚厚的玳瑁框可乐瓶底眼镜，和彼得平时戴的细框眼镜迥然不同。“我不……”彼得开口，声音却分岔，“不需要新眼镜。”

“还是戴上吧。”

“为什么？”

“因为戴在你脸上每个人都会注意到。”乔丹说，“我要你看起来怎么都不像个视力好到可以杀死十个人的人。”

彼得双手勾住板凳的金属边。“乔丹，我会有什么下场？”

对某些当事人你必须说谎，好让他们能度过审判期。但此时此刻，乔丹认为有必要让彼得知道实情。“我不知道，彼得。你的胜算不大，因为有太多证据对你不利。你获得无罪开释的可能性很小，但我还是会尽力而为，好吗？”彼得点点头。“现在我只要你出庭后尽量保持安静。要露出可怜样。”

彼得低下头，脸部扭曲。对了，就是这样，乔丹心想，接着才发现彼得哭了。

乔丹走到拘留室前方。这也是他身为被告辩护律师所熟悉的一刻，他通常会让当事人在走进法庭前，最后再私下崩溃一次。这不关他的事，而老实说，乔丹一心只有公事。但他可以听到彼得在他身后啜泣，这首悲歌之中的某个音符深深敲入他的心坎里。他还来不及三思，便已转身又坐回板凳上。他单手搂住彼得，并感觉到男孩放松下来靠着他。“不会有事的。”他说，同时希望自己没有说谎。

戴安娜·莱文环视爆满的旁听席，然后请一名庭务员关灯。她按下笔记本电脑的按键，开始她的幻灯片报告。

斯特灵高中的影像填满了华格纳法官旁边的屏幕。背景是一片蓝天，和几朵棉花糖般的云。一面旗子在风中飘扬。三辆校车像商队似的一辆接一辆停在前面环道。戴安娜让这个画面静静地，停了十五秒钟。

庭内变得鸦雀无声，因而能听到速记员手提电脑的嗡鸣声。

天哪，乔丹暗想，接下来三个星期我都得忍受这个。

“这是二〇〇七年三月六日的斯特灵高中。时间是上午七点五十分，学校刚刚开始上课。寇特妮·伊纳修在上化学课，正在小考。怀特·欧伯梅尔在行政办公室领迟到单，因为那天早上他车子故障。格雷丝·莫陶去医护室拿头痛药，正要离开。麦特·罗斯顿和他最好的朋友杜鲁·纪哈德在上历史课。艾德·麦凯博正在黑板上给学生出数学作业。在三月六日上午七点五十分，没有任何征兆足以让以上这些人或斯特灵高中内的任何人觉得今天会是不寻常的一天。”

戴安娜按了一个按键，出现另一张照片：艾德·麦凯博躺在地板上，肠子从腹部流出，有个学生边哭边用双手按压裂开的伤口。“这是二〇〇七年三月六日上午十点十九分的斯特灵高中。艾德·麦凯博终究没能给学生出完作业，因为十九分钟前，斯特灵高中一名十七岁的高三学生彼得·霍顿冲进校门，背包里放了四把枪——两把锯短的猎枪和两把装满子弹的九厘米半自动手枪。”

乔丹感觉有人拉他的手臂。“乔丹。”彼得小声叫道。

“现在别说话。”

“可是我快吐了……”

“咽下去。”乔丹命令道。

戴安娜又跳回原来的投影片，斯特灵高中的完美影像。“各位女士先生，我刚才说，在斯特灵高中谁也没有想到这天会是个不一样的上学日。但有一个人的的确确知道这天将会不同。”她走向被告席，直指眼睛死盯着自己膝盖的彼得。“二〇〇七年三月六日早上，彼得·霍顿一早就在蓝色背包里放了四把枪，和他制作的一颗炸弹，还有足以杀死一百九十八人的弹药。证据显示当他抵达学校，便在麦特·罗斯顿的车上装设炸弹，以转移他人对他的注意力。炸弹爆炸后，他走上学校的前门台阶，射杀柔伊·帕特森。接着进入走廊，他射杀雅莉莎·卡尔。他朝学校餐厅走去，射杀安吉拉·弗勒和梅蒂·萧——这是第一名死者——和寇特妮·伊纳修。当学生开始奔逃，他射杀海莉·卫佛和布瑞迪·普莱斯、娜妲莉·兹兰柯、爱玛·埃勒西斯、嘉妲·奈特和理查德·希克斯。然后当受伤者在他身旁哭泣并奄奄一息，各位知道彼得·霍顿做了什么吗？他在餐厅里坐下来，吃了一碗米香脆片。”

戴安娜让这个信息渗入众人心中。“他吃完后，拿起枪离开餐厅，又在走廊上射杀贾瑞·韦纳、怀特·欧伯梅尔和格雷丝·莫陶，以及正试图护送学生到安全地方的法语老师露西亚·雷托利。他中途在男厕停下来，射杀史提夫·巴布里亚、遥明和托佛·麦菲；接着走进女厕，射杀凯特琳·哈维。他继续往楼上走，射杀数学老师艾德·麦凯博、约翰·埃柏哈和托瑞·麦肯锡，接着来到体育馆朝奥斯汀·普洛乔、达斯提·史毕思教练、诺亚·詹姆斯、贾斯汀·费德曼和杜鲁·纪哈德开枪。最后，在更衣室里被告对马修·罗斯顿开了两枪——一枪中腹部，一枪中头部。各位可能记得这个名字，他正是彼得·霍顿展开疯狂行动之初在车上放置炸弹的那名车主。”

戴安娜面向陪审团。“这整场大屠杀只占了彼得·霍顿一生的十九分钟，但从证据可以看出它的影响将持续一辈子。我们有太多的证据了，各位女士先生。我们有许多证人，接下来也会有许多人出庭做证……但在审判结束时，你们一定会相信彼得·霍顿的的确确是有预谋地、明知且有意地在斯特灵高中致十人于死，并试图杀害另外十九人未遂。”

她朝彼得走来。“十九分钟，你可以割前院的草、染头发、看三分之一场冰上曲棍球赛。你可以烤司康饼或是让牙医填一颗牙。你可以叠好一家五口的衣服。或者，诚如彼得·霍顿所知……十九分钟，你可以让全世界戛然而止。”

乔丹手插在口袋里走向陪审团。“莱文检察官告诉各位说二〇〇七年三月六日早上，彼得·霍顿背着装满武器的背包走进斯特灵高中，并射杀许多人。是的，她说的没错。证据可以证明这些，我们没有异议。我们知道不管对死去的人或活在余波中的人，这都是一场悲剧。但有一点莱文检察官却没有告诉各位：当天早上彼得走进斯特灵高中时，他并无意变成一个杀人魔。他进校门时只想保护自己不再遭受他已连续忍受十二年的欺凌。”

“彼得第一天上学，”乔丹继续说道，“他母亲送他坐上幼儿园校车，还给他准备一个全新的超人午餐盒。到达学校前，午餐盒已经被丢出窗外。其实我们所有人都有过儿时被其他小孩嘲弄或无情对待的记忆，大多数人也都能把这些记忆抛诸脑后，但在彼得·霍顿的生活中，这些并非偶发事件。从上幼儿园的第一天起，彼得便天天遭受连续不断的嘲笑、折磨、威胁与欺凌。这个孩子曾经被塞进置物柜，头被压进马桶，被绊倒，被拳打脚踢。他有一封私人邮件被人转寄给全校学生。他在餐厅里被人当众脱下裤子。在彼得的现实世界里，无论他怎么做——无论他把自己缩得多小、多不起眼——他依然总是受害者。因此他开始投入另一个世界，一个他自己利用电脑代码创造出来的安全世界。彼得设立他自己的网站，设计电玩游戏，游戏中充满他希望围绕在自己身边的人。”

乔丹的手顺着摸过陪审团席前栏杆。“在即将出庭做证的证人中有一位刑事精神病学家华金医师。他为彼得做了测试，也和他谈过。他会向各位解释彼得罹患一种名叫创伤后应激障碍的病。这是个复杂的医学诊断，却是真实的——患有此病的孩子无法分辨立即与长远的威胁。你我或许都可以走过学校走廊，看出某个坏学生并未注意到我们，但当彼得看到同一个人，他会心跳加速……他的身体会稍微靠向墙边……因为彼得确信自己会被注意到、被威胁、被打、被伤害。华医师不仅会详述针对彼得这样的孩子所做的研究，他还会告诉各位在斯特灵高中学区年复一年地遭受折磨，对彼得造成什么样的直接影响。”

乔丹再次面向陪审团。“各位是否还记得本周稍早，我们谈到如何才能在本案中当个称职的陪审员？在审核过程中，我问了你们每个人一件事：就是你们是否了解必须倾听法庭上的证词，并根据法官指示应用法条。我们从八年级的公民课以及每周三晚上的法律节目中确实学到不少……但在你来到这里聆听证词，听到法院的指示之前，你并不知道真正的规则。”

他一一注视每名陪审员。“举例来说，当大多数人听到自卫一词，都会假定一个人拿起枪，或用刀抵在脖子，也就是有立即的肢体威胁。但在本案中，自卫的定义也许与你所想的不同。各位女士先生，从接下来的证据你们将会发现走进斯特灵高中、开了那许多枪的人，并不像检方所描述是一个有预谋的冷血杀手。”乔丹走到被告席后面，双手按在彼得肩上，“他是个非常害怕的男孩，曾经要求保护……却始终没有得到。”

柔伊·帕特森不停地咬指甲，尽管母亲已告诉过她不要这么做，尽管当她坐上证人席时数不清的眼睛和电视摄影机的焦点都集中在她身上。“你的法语课之后是什么课？”检察官问。她已经问过她的名字、住址和那可怕的一天的起头。

“麦凯博老师的数学课。”

“你去上课了吗？”

“是的。”

“那堂课几点开始？”

“九点四十。”柔伊说。

“上数学课以前你看到彼得·霍顿吗？”

她实在忍不住，偷偷瞄向坐在被告席上的彼得。奇怪的是，她去年刚升高一，根本不认识他。即便是现在，他开枪射伤了她，即使在街上与他擦肩而过，她恐怕也认不出他来。

“没有。”柔伊说。

“数学课有什么不寻常的事吗？”

“没有。”

“你有没有上完整堂课？”

“没有。”柔伊说，“我预约十点十五分去矫正牙齿，所以还不到十点就先离开教室到办公室签名外出，等我妈妈来接我。”

“她和你约在哪里见面？”

“校门口的台阶。她要直接开车过来。”

“你去签名了吗？”

“是的。”

“你去了校门口的台阶了吗？”

“是的。”

“那里有其他人吗？”

“没有。那时候还在上课。”

她看见检察官拉出一张学校和停车场的大幅鸟瞰照片，景象就和昔日一样。柔伊曾开车经过工地，现在整个校区都被高大的围墙围起。“你可以告诉我你当时站在哪里吗？”柔伊指出来。“请记录证人指出斯特灵高中的正门台阶。”莱文检察官说，“那么，当你站在那里等母亲的时候，发生了什么事？”

“有爆炸声。”

“你知道从哪来的吗？”

“好像是学校后面。”柔伊说完，又瞄了一眼那张大照片，好像现在也可能忽然爆炸。

“接下来发生什么事？”

柔伊一只手搓着大腿。“他……他从学校旁边走过来，开始走上阶梯……”

“你说的‘他’是指被告彼得·霍顿吗？”

柔伊点点头，咽了一下口水。“他走上台阶，我看着他，然后他……他用枪指着我就开枪了。”此时她眼睛眨得飞快，试图忍住泪水。

“柔伊，他射中你什么地方？”检察官轻声地问。

“我的腿。”

“彼得开枪前有没有跟你说什么？”

“没有。”

“当时你知道他是谁吗？”

柔伊摇摇头。“不知道。”

“你认得他的长相吗？”

“认得，在学校看过……”

莱文背转向陪审团，向柔伊轻轻眨了个眼，让她觉得舒服了些。“他用的是什么样的枪，柔伊？是可以握在手里的小枪，还是要用两手握住的大枪？”

“是小枪。”

“他开了几枪？”

“一枪。”

“他开枪以后有没有跟你说什么？”

“我不记得了。”柔伊说。

“然后你做了什么？”

“我想躲开，可是我的脚好像着火一样。我想跑却跑不动，我有点撑不住就跌下阶梯，然后连手也不能动。”

“被告做了什么？”

“他就进学校去了。”

“你有没有看到他往哪个方向去？”

“没有。”

“你的腿现在怎么样了？”检察官问。

“我还得撑拐杖。”柔伊说，“因为子弹把牛仔裤的布喷进我的腿里面，所以伤口发炎。肌腱和疤痕组织黏在一起，还非常敏感。医生不知道该不该再动一次手术，因为伤害可能会更大。”

“柔伊，你去年有加入运动团队吗？”

“足球队。”她说着低头看看自己的腿，“今天他们开始为这一季练球了。”

莱文转向陪审团。“没有其他问题了。”她说，“柔伊，麦卡菲律师可能有几个问题要问你。”

另一个律师起身。这个部分让柔伊很紧张，因为虽然和检察官排练过，却不知道彼得的律师会问她什么。就好像考试一样，她希望都能答对。“当彼得握着枪，大概跟你距离三英尺对吗？”律师问。

“对。”

“他不像是直接冲着你来，对吗？”

“应该不是。”

“他看起来只是跑上台阶，对吗？”

“对。”

“而你刚好就站在台阶上，对吗？”

“对。”

“所以我们能不能说你是在不巧的时间站在不巧的位置？”

“抗议。”莱文说。

法官——柔伊有点怕这个身材高大、一头浓密白发的男人——摇摇头。“驳回。”

“没有其他问题了。”律师说，莱文随即起身问道，“彼得进去之后，你做了什么？”

“我开始喊救命。”柔伊朝旁听席望去，想找母亲。如果看着母亲，她就能说出接下来该说的话，因为事情已经结束了，不管看起来有多不像，你都得记住它结束了。“起先没有人来，”柔伊低低地说，“后来……后来所有人都来了。”

麦可·毕屈在证人隔离室中看到柔伊·帕特森离开。聚集在此的学生组合很奇怪，从像他这种一无是处的人到像布瑞迪·普莱斯那种受欢迎的学生，什么人都有。更奇怪的是似乎没有人想再像平常一样分组——怪咖在一个角落，运动健将在另一个，等等。大家只是一个接一个坐在长会议桌前面。爱玛·埃勒西斯原本是那种漂亮、受欢迎的女生，现在却下半身瘫痪，她直接把轮椅推到麦可旁边。她问他能不能分一半糖霜甜甜圈给她。

“彼得一进体育馆，”检察官问道，“他做了什么？”

“不断挥着一把枪。”麦可说。

“你看得到是什么样的枪吗？”

“好像是把小枪。”

“手枪吗？”

“对。”

“他有没有说什么？”

麦可瞄向被告席。“他说‘你们这些运动健将，全都到前面来’。”

“结果呢？”

“有个学生开始向他跑过去，好像要制服他的样子。”

“那是谁？”

“诺亚·詹姆斯。他是……他当时是……高四生。彼得对他开枪，他就倒下去了。”

“后来发生什么事？”检察官问。

麦可深吸一口气。“彼得说‘下一个是谁？’，我的朋友贾斯汀抓住我，开始把我往门边拉。”

“你和贾斯汀是多久的朋友？”

“从三年级开始。”麦可说。

“然后呢？”

“彼得一定是看到有东西在动，所以他转过身就开始射击。”

“他有打到你吗？”

麦可摇摇头，双唇紧闭。

“麦可，”检察官轻声说，“他打到了谁？”

“他开始射击的时候，贾斯汀在我前面。然后他……他就倒下了。流了满地的血，我想帮他止血，就像电视上演的，用手按住他的肚子。除了贾斯汀我什么也没去注意，忽然间我感觉到有支枪抵在我头上。”

“结果呢？”

“我闭上眼睛。”麦可说，“我以为他要杀我。”

“然后呢？”

“我听到奇怪的声音，睁开眼睛一看，他正把那个装子弹的东西拉出来，又塞进另一个。”

检察官走到桌旁拿起一个弹夹。光是看她拿在手上，麦可便不由得打战。“塞进枪里的就是这个吗？”她问道。

“是的。”

“接下来发生什么事？”

“他没有射我。”麦可说，“有三个人跑过体育馆，他追着他们进了更衣室。”

“贾斯汀呢？”

“我看着，”麦可低声说，“他死的时候，我看着他的脸。”

他早晨醒来第一个看到的，还有他上床前最后看到的，都是贾斯汀眼中光芒忽然暗淡的那一刻。当生命离开一个人，并不是循序渐进，而是立即的，就像有人拉下窗子的窗帘。

检察官走上前来。“麦可，”她说，“你没事吧？”

他点点头。

“你和贾斯汀是运动健将吗？”

“差得远了。”他坦承。

“你们是受欢迎的人吗？”

“不是。”

“你和贾斯汀在学校曾经被人欺负吗？”

麦可首次瞄向彼得·霍顿。“谁没有呢？”他说。

等着为彼得发言时，莱西回想第一次发现她也能恨自己儿子的情景。

刘易斯邀请一位来自伦敦的经济学要人到家里用餐，为了做准备，莱西特地请假在家打扫。虽然对自己的接生技术毫不怀疑，但由工作性质便能知道家里的厕所并未定期清洁，家具底下的灰尘绒球也欣欣向荣。平时她并不在乎——她认为有居住迹象的房子比一尘不染来得好——但若有客人要来，自尊心便会作祟。就在那天早上她都已经起床做了早餐，还把客厅打扫完毕了的时候，彼得——当时念高二——才不高兴地摔坐在厨房餐椅上。“我没有干净的内衣裤了。”他气愤地说，可是依他们家的规矩，洗衣篮满了之后得自己洗——莱西对他几乎没有什么要求，所以她并不觉得只做这份工作有何不合理之处。莱西建议他先借父亲的来穿，彼得却觉得嫌恶，因此她决定让他自己想办法。她已经有太多事情要做。

通常她总是任由彼得的房间像猪圈一样脏乱，但当天早上她经过时，看到了他的洗衣篮。好吧，她都已经在家打扫了，而他又去上学，干脆就帮他这个忙。那天彼得回家前，莱西不仅吸过地板也擦过地板，煮了四道菜，清过了厨房，她还分三次洗了彼得的脏衣服，并且全都烘干折好。干净的衣服堆栈在床上，依照裤子、衬衫、内裤分类摆满了六英尺长的床垫。他只须把它们收进衣橱、抽屉就行了。

彼得到家了，心情不好沉着脸，一进门就冲向楼上的电脑——这是他花最多时间的地方。莱西——这时正努力地刷着马桶——等着他发现母亲为他做了什么。不料却听到他不满地吼叫。“拜托！这一堆都要我收啊？”接着他“轰”一声地甩门，震动了整栋屋子。

霎时间，莱西忽然看不清了。她主动地帮儿子——被她宠得爬上天的儿子——做点事情，他竟如此回报她？她将橡胶手套冲干净，脱下放在洗手台内。然后砰砰地上楼来到彼得房间，猛然将门推开。“你是什么毛病？”

彼得瞪着她。“你才什么毛病？你看看这堆乱七八糟的。”

莱西心里仿佛有什么东西像灯丝一样“啪”一声点着了。“乱七八糟？”她重复他的话，“是我把乱七八糟的东西收拾起来了。你想看看什么叫乱七八糟吗？”她伸手越过彼得翻落一沓折叠整齐的T恤，抓起他的四角裤往地板丢，把裤子推落床下，使劲往电脑丢去，以至于他堆得高高的CD倒了下来，银色盘片散落一地。“我恨你！”彼得大喊。而莱西也紧接着吼了回去：“我也恨你！”直到此刻她才发现彼得已经和她一般高，她正在和一个能平视着她的孩子争执。

她走出彼得房间，彼得随即“砰”地将门关上。几乎就在同一时间，莱西哭了出来。她不是有意的——她当然不是。她爱彼得。她只是在那一瞬间，恨他所说的话、所做的事。她去敲门时，彼得不肯开门。“彼得，”她说，“彼得，对不起，我不该那么说。”

她将耳朵贴在门上，但里头没有声响。莱西便回到楼下，继续清理浴室。整顿晚餐下来，她有如失了魂一般，与经济学家的对话也大多不知所云。彼得没有和他们一起用餐。事实上，一直到隔天早上莱西才又看到他。她去叫他起床，却发现房间已经没人——而且干干净净。衣服已经重新折好放进抽屉。床铺好了。CD也已重新堆高整理好。

莱西下楼时，彼得正坐在厨房餐桌前吃麦片。他没有看她，她也没有看他——他们之间的关系还太脆弱。不过她替他倒了一杯果汁放到桌上。他向她说谢谢。

他们从未再提起他们对彼此说过的话，而莱西也暗自发誓她身为一个青少年的家长，以后无论多生气，无论彼得变得多自私自利，也绝不容许自己再次真正地、发自内心地恨儿子。

但是当斯特灵高中的受害者在与莱西仅一廊之隔的法庭上讲述他们的故事，她只希望自己尚未太迟。

最初彼得没有认出她是谁。这个被护士带领上斜坡道的女孩，这个头发削得短短的缠在绷带底下、脸因为疤痕组织以及断裂与挖除的骨头而扭曲变形的女孩坐上证人席时，让他想到刚被倒进新鱼缸的鱼。它们会先谨慎地绕着边缘游，好像知道得先评估新环境的种种危险之后才能开始活动。

“请你说出姓名以供记录。”检察官说。

“海莉，”女孩轻轻地说，“海莉·卫佛。”

“去年你是斯特灵高中四年级学生吗？”

她像要开口，却又泄了气。她太阳穴上那道有如棒球缝线般的粉红疤痕变得更深，一种愤怒的红。“是的。”她说着闭上眼睛，一滴泪水滑下她凹陷的脸颊。“我是返校节皇后。”她俯身向前，一边哭一边微微摇晃。

彼得的胸口好疼，像快炸开了。他心想也许自己会当场暴毙，也省去每个人的麻烦。他不敢抬头，因为一抬头就得再看见海莉·卫佛。

他小时候有一回在父母房里玩塑料美式足球，打翻了外曾祖母留下的一只古董香水瓶，因为是玻璃做的，所以破成碎片。母亲说她知道他不是故意的，还把瓶子粘回原状，放在梳妆台上，每回他经过就会看见上头的黏合线。多年来，他一直认为如果当下遭受处罚也许会好一点。

“我们休息一下。”华格纳法官说。彼得也把头垂放在被告席桌上，太重了他支撑不起。

证人们分边隔离，检方在一间，辩方在另一间。警察也有自己的隔离室。按规定证人不能见面，但若是去餐厅买咖啡或甜甜圈，谁也不会注意，而乔丝总是一去就几个小时。她在那里看见海莉正用吸管喝着柳橙汁，布瑞迪则在一旁帮她端杯子。

他们看到乔丝很高兴，但乔丝却欣然见他们离开。当你不得不微笑面对海莉，不得不假装看不见她脸上的疤痕与凹洞，心好痛。她告诉乔丝说她已经动过三次手术，有一次是纽约市捐助的整容手术。

布瑞迪始终没有松开过她的手，有时还轻轻抚弄她的头发。乔丝看了好想哭，因为她知道当他注视着海莉，仍能看见其他人都看不见的她。

那里还有另外几个人，自从枪击案后乔丝便未再见到过。雷托利和史毕思等老师都过来打招呼。负责学校广播电台的DJ、满脸青春痘的模范生。她捧着一杯咖啡坐下来，看着这些人循环进出餐厅。

当杜鲁冲过来坐在她对面，她抬头瞄他一眼。“你怎么没跟我们在同一间？”

“我是辩方的证人。”或者应该说是叛徒那方，她知道另一间的人一定都这么想。

“喔。”杜鲁好像明白似的，但乔丝确定他不明白。“你准备好了吗？”

“我不必准备。他们其实不会传我。”

“那你来干嘛？”

她还没回答却见杜鲁招了招手，原来约翰·埃柏哈来了。“兄弟。”杜鲁叫道，约翰朝他们走来。她发现他有点跛，但可以走路。他弯下身与杜鲁击掌，这时乔丝看到他头皮上被子弹射穿造成的皱褶。

“你去哪里了？”杜鲁问，同时挪出空位让约翰坐到旁边。“我就知道这个夏天一定能见到你。”

他对他们点点头。“我是……约翰。”

杜鲁的微笑像剥落的油漆从脸上消失。

“这……这个……”

“这真是他妈的不可思议。”杜鲁喃喃地说。

“他会听到的。”乔丝悍然地说，然后在约翰面前蹲下。“嗨，约翰。我是乔丝。”

“乔……丝。”

“对，乔丝。”

“我是……约翰。”他说。

约翰·埃柏哈从高一便在全州冰上曲棍球明星队中担任守门员。每当球队赢球，教练总会归功于约翰的反应敏捷。

“鞋……”他动着一只脚说。

乔丝低头看见约翰球鞋的魔术贴松开了。“好啦。”她替他粘好。

忽然间她再也无法待在这里，看到这些。“我得回去了。”乔丝起身说道。她走出餐厅，盲目地转过转角时撞到了人。“对不起。”她低声说，接着却听到帕特里克的声音。

“乔丝？你没事吧？”

她耸耸肩，然后又摇头。

“我跟你一样。”

帕特里克拿着一杯咖啡和一个甜甜圈。“我知道，”他说，“这是陈腔滥调。要不要？”他递上甜点，她接了过来，但其实不饿。“你要来还是要走？”

“来。”她还来不及意识到便说了谎。

“那就陪我几分钟吧。”他带她到一张与杜鲁、约翰远远相隔的桌子，她可以感觉到他们在看她，心里怀疑她怎么会和警察在一起。“我最讨厌等了。”帕特里克说。

“至少你不会因为做证而紧张。”

“我当然会。”

“你不是常常要出庭吗？”

帕特里克点点头。“可是要面对满满整个法庭的人还是不容易。我就不知道你母亲是怎么办到的。”

“那你怎么克服怯场？想象法官穿内衣的样子吗？”

“就算是也不是这个法官。”帕特里克才说完，便发现这话中的暗示，不禁涨红了脸。

“这样或许也好。”乔丝说。

帕特里克拿过甜甜圈咬一口，又还给她。“我只是尽量告诉自己，一旦站出去，说实话就没错了。其他的事我都交给戴安娜。”他啜了一口咖啡，“你想要什么吗？喝的？其他吃的？”

“这样可以了。”

“那我陪你回去。走吧。”

辩方证人的房间很小，因为人太少。有一个乔丝从未见过的亚洲男子正背对着她在打电脑。另外还有个女人，乔丝刚才离开时她还没来，但此时看不到她的脸。

帕特里克在门口停下。“你觉得法庭上进展得如何？”她问道。

他迟疑片刻。“就那样。”

她从照顾他们的庭务员身边溜过，朝她原先窝着看书的窗户座位走去，但最后一刻却改坐到房间中央的桌子前。已坐在那里的女人双手交叉在前面，眼神空洞地瞪着前方。

“霍顿太太。”乔丝小声地叫。

彼得的母亲转过头。“乔丝？”她眯起眼睛，好像这样才能把乔丝看得更清楚。

“我很抱歉。”乔丝低低地说。

霍顿太太点点头。“是啊。”她只说两个字便忽然打住，好像接下来的句子有如要跳落的悬崖。

“你还好吗？”乔丝一开口就后悔了——天哪，彼得的母亲现在会好吗？她现在很可能用尽自制力不让自己化为泡沫，飞进大气层。也就是说，乔丝发现，她们俩有共通之处。

“我没想到会在这里见到你。”霍顿太太轻声说道。

她所谓这里指的不是法院，而是这个房间。被选中和其他少得可怜的证人出面为彼得说话。

乔丝清清喉咙，以便说出她已多年未说的字句，而如今她几乎仍不敢在任何人面前说出，因为害怕有回音。“他是我的朋友。”她说。

“我们就开始跑。”杜鲁说，“好像大逃亡一样。我只想离餐厅愈远愈好，所以就往体育馆跑。我有两个朋友也听到枪声，但他们不知道是从哪里来的，所以我拉住他们叫他们跟我来。”

“他们是谁？”莱文问道。

“麦特·罗斯顿，”杜鲁说，“和乔丝·柯米尔。”

听到女儿的名字被大声说出，艾莉克斯打了个寒噤。听起来是那么……真实。那么直接。杜鲁已经看到旁听席上的艾莉克斯，当他说到乔丝的名字便紧盯着她看。

“你们去了哪里？”

“我们以为如果能到更衣室，就可以从窗口爬到枫树上，那么就安全了。”

“你们到更衣室了吗？”

“乔丝和麦特去了，”杜鲁说，“但我被射中。”

艾莉克斯倾听检察官询问过他的伤势以及他的冰上曲棍球前程是否到此结束，接着见她正对着他问道：“枪击案发前你认识彼得吗？”

“认识。”

“怎么认识的？”

“我们同年级。每个人都互相认识。”

“你们是朋友吗？”莱文问。

艾莉克斯瞥向走道另一侧的刘易斯・霍顿。他坐在儿子正后方，眼睛直盯着长凳。几年前，艾莉克斯短暂地见过他一面，那天她去接乔丝回家是他开的门。法官大人驾到，他边说边自以为风趣地笑。

你们是朋友吗？

“不是。”杜鲁说。

“你跟他有过什么问题吗？”

杜鲁略为迟疑。“没有。”

“你曾经和他吵架吗？”莱文问。

“应该吵过一两句。”杜鲁说。

“你曾经嘲笑他吗？”

“有时候。我们只是在开玩笑。”

“你曾经对他有过肢体攻击吗？”

“我们比较小的时候，我可能稍微推过他。”

艾莉克斯看着刘易斯・霍顿。他双眼紧闭。

“上高中以后还做过吗？”

“有。”杜鲁坦白。

“你曾经拿武器威胁彼得吗？”

“没有。”

“你曾经恐吓说要杀他吗？”

“没有……我们，你也知道。只是小孩玩闹罢了。”

“谢谢。”她坐下后，艾莉克斯看见乔丹・麦卡菲起身。

他是个好律师——比她原先所想的更好。他表演得很成功——与彼得低声交谈，见年轻当事人焦躁便将手放在他的手臂上，在主诘问时作大量笔记并与当事人交换心得。尽管检察官将彼得形容得十恶不赦，尽管辩方尚未上场，他已经将彼得人性化。

“你跟彼得没有问题。”麦卡菲重复道。

“没有。”

“但他跟你有问题，对吗？”

杜鲁没有回答。

“纪哈德先生，你必须说话。”华格纳法官说。

“有时候。”杜鲁承认。

“你曾经用手肘撞彼得的胸部吗？”

杜鲁的目光往旁边游移。“也许吧。不小心的。”

“喔，对呀。你总是很容易在你最不注意的时候伸出手肘……”

“抗议。”

麦卡菲微笑道：“事实上，那不是意外对不对，纪哈德先生？”

坐在检察官席上的戴安娜·莱文拿起笔往地板上丢，声响引杜鲁瞄过来，他下巴的肌肉也松动了。“我们只是在开玩笑。”他说。

“曾经把彼得塞进置物柜吗？”

“也许。”

“只是开玩笑？”麦卡菲说。

“对。”

“好，”他又继续，“曾经绊倒他吗？”

“好像。”

“等一下……我猜猜看……开玩笑，对吧？”

杜鲁皱眉怒视。“对。”

“事实上，你从小就开始跟彼得开这种玩笑了，对吧？”

“我们只是从来没当过朋友。”杜鲁说，“他跟我们不一样。”

“我们指的是谁？”麦卡菲问。

杜鲁耸肩道：“麦特·罗斯顿、乔丝·柯米尔、约翰·埃柏哈、寇特妮·伊纳修。这样的学生。我们已经在一起好几年了。”

“这群人当中有彼得认识的人吗？”

“这是个小学校，当然有。”

“彼得认识乔丝·柯米尔吗？”

在旁听席上的艾莉克斯倒抽了口气。

“认识。”

“你看过彼得和乔丝说话吗？”

“不知道。”

“大约在枪击案发生前一个月，你们全都在餐厅的时候，彼得上前和乔丝说话。你能跟我们说说当时的情形吗？”

艾莉克斯上半身往前倾。她可以感觉到投射在她身上的目光，炽热得有如沙漠太阳。她从方向判断，此时刘易斯・霍顿也在看着她。

“我不知道他们说了什么。”

“可是你在场，对吗？”

“对。”

“而乔丝是你的朋友？不是和彼得混在一起的人？”

“对。”杜鲁说，“她是我们这伙的。”

“你记得在餐厅里那段谈话是怎么结束的吗？”麦卡菲问。

杜鲁看着地上。

“我来帮你吧，纪哈德先生。最后麦特・罗斯顿走到彼得背后，趁他试图和乔丝・柯米尔说话的时候拉下了他的裤子。这样应该没错吧？”

“对。”

“当天餐厅里都是学生，对吗？”

“对。”

“而且麦特不只拉下彼得的裤子……还拉下他的内裤，对吗？”

杜鲁的嘴巴扭曲起来。“对。”

“这一切你都看到了。”

“是的。”

麦卡菲转向陪审团。“让我再猜猜。”他说，“开玩笑，对吧？”

法庭上一片静悄悄。杜鲁瞪着戴安娜・莱文，艾莉克斯猜想他下意识里应该哀求着被拖离证人席吧。除了彼得之外，他是第一个被供出的牺牲品。

乔丹·麦卡菲走回彼得座位的桌前，拿起一张纸。“你记得彼得是在哪天被脱裤子的吗，纪哈德先生？”

“不记得。”

“那么你看看。辩方一号物证。你认得这个吗？”

他将那张纸交给杜鲁，杜鲁接过后耸耸肩。

“这是你在二月三日收到的电子邮件，也就是彼得在斯特灵高中餐厅被脱裤子的两天前。你能告诉我们是谁传给你的吗？”

“寇特妮·伊纳修。”

“这封信是写给她的吗？”

“不是。”杜鲁说，“是写给乔丝的。”

“谁写的？”麦卡菲逼问道。

“彼得。”

“他说了什么？”

“有关乔丝，说他有多喜欢她。”

“是指男女那种吸引？”

“大概吧。”杜鲁说。

“你怎么处理这封邮件？”

杜鲁抬起头。“我把它转寄给全校学生。”

“我们把事情说清楚。”麦卡菲说，“你拿了一封不属于你而且非常私密的信，一张写满彼得最深处、最秘密的情感的纸，然后把它传给学校每个学生，是吗？”

杜鲁没有出声。

乔丹·麦卡菲“啪”一声将邮件打在他面前的栏杆。“杜鲁，”他说，“这是个有趣的玩笑吗？”

杜鲁·纪哈德汗如雨下，以至于不相信这所有的人不是针对他而来。他感觉到汗水从肩胛骨中间流下，在手臂下方绕成圈。怎么不会呢？那个贱人检察官把他留在这张电椅上，让他被这个王八蛋律师千刀万剐，这下好了，以后每个人都会当他是个浑球，而其实他只是和斯特灵高中所有学生一样稍微开开玩笑而已。

他站起来，正打算冲出法庭，说不定还一路跑到斯特灵镇的镇界，不料戴安娜·莱文却向他走来。“纪哈德先生，”她说，“我还没问完。”

他泄气地跌坐在座位上。

“除了彼得·霍顿，你还骂过其他人吗？”

“是的。”他有气无力地说。

“男孩子都会这样，对吗？”

“有时候。”

“你骂的人当中有人对你开过枪吗？”

“没有。”

“除了彼得·霍顿之外，看过其他人被脱裤子吗？”

“当然。”杜鲁说。

“那些被脱裤子的学生当中有人对你开过枪吗？”

“没有。”

“曾经开玩笑地将某人的邮件传给很多人吗？”

“一两次。”

戴安娜交叉起手臂。“那些人当中有人对你开过枪吗？”

“没有，检察官。”他说。

她走回自己的位子。“没有其他问题了。”

达斯提·史毕思了解杜鲁·纪哈德这类的学生，因为他自己曾经也是。依他看，欺负弱小的人要不是非常杰出能拿到前十大名校的美式足球奖学金，并在大学建立人脉关系，然后打一辈子的高尔夫球，就是膝盖受了伤，最后落得中学体育教师一职。

他穿着一件有领衬衫并打了领带，这让他很讨厌，因为他的脖子还跟八八年在斯特灵打边锋时一样，但腹部肌肉却走样了。“彼得并不喜欢运动。”他对检察官说，“下课后我从未见过他。”

“你曾经看到其他学生找彼得麻烦吗？”

达斯提耸耸肩。“在更衣室常有的事吧，我想。”

“你介入过吗？”

“我大概就是叫他们住手。不过这是成长的一部分，不是吗？”

“你听过彼得威胁任何人吗？”

“抗议。”乔丹·麦卡菲说，“那是假设性的问题。”

“成立。”法官回答。

“如果你听到，会介入吗？”

“抗议！”

“再次成立。”

检察官未曾稍有停顿。“但彼得没有求助过，对吗？”

“没有。”

她坐下后，轮到霍顿的律师起身。他是那种最令达斯提反感的甜言蜜语型的人——学生时代可能连接球都不会，但当你试着教他，他又会露出那种得意的笑，好像早已知道将来赚的钱会比达斯提多上一倍。“斯特灵高中有处罚欺凌行为的规定吗？”

“校方并不允许。”

“啊。”麦卡菲冷冷地说，“那倒新鲜。我们应该可以说你在更衣室里几乎天天看到欺凌行为……根据校规，你应该怎么做？”

达斯提瞪着他。“校规里有。可是现在不在我手边。”

“幸好我有。”麦卡菲说，“我让你看看辩方二号物证。这是斯特灵高中惩罚欺凌行为的规定吗？”

达斯提伸手接过影印纸看了一眼。“是的。”

“你们每年八月拿到的教师手册里都会有这个，对吗？”

“对。”

“这是二〇〇六至二〇〇七学年度的最新版本吗？”

“应该是。”达斯提说。

“史毕思先生，请你非常仔细地阅读这份规定——共有两页——然后告诉我，哪里有指示老师目击欺凌行为时该怎么做。”

达斯提叹了口气开始翻阅。通常他一拿到教师手册，就连同外卖菜单一起塞进抽屉。重点他都知道：执勤日不要缺席，课表的变更要向各科系主任提报，避免与女学生独处一室。“在这里，”他念道，“斯特灵高中委员会致力于为师生提供一个保障人身安全的学习与工作环境，不容许任何肢体或口头的威胁、骚扰、捉弄、欺凌、言语暴力或胁迫。”达斯提眼睛往上一瞥，说道，“这是你要的答案吗？”

“老实说，不是。如果某个学生欺负另一个学生，你身为老师该怎么做？”

达斯提继续往下念。内容是关于骚扰、欺凌与言语暴力的定义，此外还提到若有第三名学生目击这类行为，要向老师或学校管理人员报告，但却并未提及老师与管理人员本身所应遵守的规则或应采取的连串动作。

“这里找不到。”他说。

“谢谢你，史毕思先生。”麦卡菲回答，“这样就可以了。”

乔丹·麦卡菲当然很轻易就会想到传唤戴瑞克·马可维兹出庭做证，因为他身为彼得·霍顿的朋友，是极少数的品格证人之一。但从他的所见所闻——而不是他的忠诚——戴安娜知道他对检方的价值。从事这行这么多年来，她见过太多朋友将彼此给供出来。

“这么说，戴瑞克，”戴安娜试图让他放轻松，“你是彼得的朋友啰？”

她看见他与彼得四目交接，勉强露出微笑。“是的。”

“你们两个放学后经常在一起吗？”

“是的。”

“你们都做些什么？”

“我们俩都很喜欢电脑。有时候会打电玩，后来开始学程序设计，就可以自己设计一些游戏。”

“彼得曾经自己写过任何电玩游戏吗？”戴安娜问。

“当然有。”

“他写完以后怎么做？”

“我们会实际操作。但也有些网站可以让你上传游戏，让别人替你评分。”

就在此时戴瑞克抬起头来，发觉法庭后方有电视摄影机，不禁目瞪口呆、无法动弹。

“戴瑞克，”戴安娜说，“戴瑞克？”她等着他将注意力转回她身上。“我要让你看一片光盘，这是检方第三〇二号物证……你能不能告诉我这是什么？”

“是彼得最新的游戏。”

“叫什么名字？”

“惊声尖叫捉迷藏。”

“是什么样的内容？”

“就是那种射杀坏蛋的游戏。”

“这个游戏里的坏蛋是谁？”戴安娜问。

戴瑞克又迅速瞄了彼得一眼。“是运动健将。”

“游戏发生的地点在哪里？”

“在学校。”戴瑞克回答。

戴安娜从眼角余光瞥见乔丹在座位上动了一下。“戴瑞克，二〇〇七年三月六日早上你在学校吗？”

“在。”

“你当天上午第一节上什么课？”

“进阶三角学。”

“第二节呢？”戴安娜问。

“英语。”

“接着你去了哪里？”

“我第三节是体育，但因为我气喘得很严重，所以请医生开了请假证明。因为我提早写完英语作业，就跟艾克勒丝老师说我想去车上拿证明。”

戴安娜点点头。“你的车停在哪里？”

“在学校后面的学生停车场。”

“你能不能在这张图上指出，上完第二节课你是从哪个门出去的？”戴瑞克将身子倾向板架，指着学校的一扇后门，“你出去以后看到什么？”

“嗯，很多车子。”

“有人吗？”

“有，”戴瑞克说，“彼得。他好像从车子后座拿出什么。”

“然后你怎么做？”

“我走过去跟他打招呼，问他为什么迟到，他挺起身子用很奇怪的眼神看我。”

“奇怪？这是什么意思？”

戴瑞克摇摇头。“不知道，就好像他一时不知道我是谁。”

“他跟你说了什么吗？”

“他说：‘回家，要出事了。’”

“你当时有不寻常的感觉吗？”

“觉得有点像《阴阳魔界》……”

“彼得以前对你说过类似的话吗？”

“说过。”戴瑞克平静地说。

“什么时候？”

乔丹如戴安娜所预期地提出抗议，华格纳法官也如她期望予以驳回。“几个星期前，”戴瑞克说，“我们第一次玩惊声尖叫捉迷藏的时候。”

“他说了什么？”戴瑞克低下头含糊其词地回答。“戴瑞克，”戴安娜走上前来，说道，“我要请你说大声点。”

“他说：‘这要是真的，就太棒了。’”

旁听席随即响起嗡嗡声，像一群蜜蜂。“你当时知道他是什么意思吗？”

“我以为……我以为他在开玩笑。”戴瑞克说。

“枪击案当天你在停车场遇见彼得时，有没有看见他在车里做什么？”

“没有……”戴瑞克声音忽然哑了，他轻咳一声，“我没在意，然后跟他说我要去上课了。”

“接着发生什么事？”

“我从同一扇门回学校，走到办公室请秘书怀特小姐帮我签假单。她正在和一个要签假外出矫正牙齿的女学生说话。”

“然后呢？”戴安娜问。

“女学生走后，怀特小姐和我听到一声爆炸。”

“你知道声音从哪来吗？”

“不知道。”

“接下来发生什么事？”

“我看到怀特小姐桌上的电脑屏幕，”戴瑞克说，“上面滚动着一个信息。”

“什么信息？”

“小心点……我来了。”戴瑞克干咽一口，“我们听到好几次哔剥声，好像开香槟似的，怀特小姐马上抓住我把我拉进校长办公室。”

“那里也有电脑吗？”

“有。”

“屏幕上显示了什么？”

“小心点……我来了。”

“你们在办公室里待了多久？”

“我不知道，十几二十分钟吧。怀特小姐想打电话报警，但没办法。电话出了问题。”

戴安娜面向法官席。“庭上，现在检方请求将检方第三〇三号物证完整搬出，并向陪审团展示。”她看着法警推出一台连着电脑的电视屏幕，以便插入光盘。

惊声尖叫捉迷藏，屏幕上显示：“请选择第一件武器！”

有一个戴着玳瑁框眼镜、穿着高尔夫球衫的3D立体动画男孩穿过屏幕，看着眼下各式各样的武器，如十字弓、乌兹冲锋枪、AK-47突击步枪和生物武器。他挑了其中一样，然后用另一手装填弹药。这时出现他脸部的特写镜头：雀斑、牙套、狂热眼神。

接着屏幕变成蓝色，开始卷动。

小心点，出现的字幕写道：我来了。

戴瑞克挺喜欢麦卡菲先生的。他本人不怎么好看，妻子却是个漂亮辣妹。而且，斯特灵高中除了戴瑞克之外，和彼得没有亲戚关系却仍为他感到难过的可能只有他了。

“戴瑞克，”律师说，“你和彼得从六年级就是朋友了，对吗？”

“对。”

“无论在学校或校外，你都常常和他在一起。”

“对。”

“你曾经看到彼得被其他学生欺负吗？”

“常常。”戴瑞克说，“他们都叫我们娘娘腔或同性恋。他们会把我们的内裤猛力往上拉。我们走在走廊上，他们会绊倒我们或是推我们去撞置物柜之类的事情。”

“你们去找老师说过吗？”

“我本来都会去，可是结果只是更糟。我曾经因为告密被痛打。”

“你和彼得谈论过被欺负的事吗？”

戴瑞克摇摇头。“没有。你知道吗？身边有一个可以了解的人感觉蛮不错的。”

“这种事多常发生……一星期一次？”

他哼了一声。“应该说是一天一次吧。”

“只有你和彼得吗？”

“不，还有其他人。”

“欺负人的多半是谁？”

“那些运动健将。”戴瑞克说，“麦特·罗斯顿、杜鲁·纪哈德、约翰·埃柏哈……”

“也有女孩欺负人吗？”

“有啊，她们看我们就像挡风玻璃上的虫子。”戴瑞克说，“寇特妮·伊纳修、爱玛·埃勒西斯、乔丝·柯米尔、梅蒂·萧。”

“如果有人推你去撞置物柜，你都怎么做？”麦卡菲问道。

“你不能反击，因为你不像他们那么强壮，你也阻止不了……所以大概就只能等着一切结束。”

“我们能不能说你刚才说的那群人——麦特和杜鲁和寇特妮和爱玛等人——特别喜欢找某人麻烦？”

“可以，”戴瑞克说，“就是彼得。”

戴瑞克看着彼得的律师坐回他身边，接着女检察官再次起身开口。“戴瑞克，你说你也被欺负了。”

“是的。”

“但你从未帮助彼得组装土制炸弹去炸别人的车，对吧？”

“对。”

“你从未帮助彼得侵入斯特灵高中的电话线与电脑系统，好让枪击案发生时谁也无法求救，对吧？”

“对。”戴瑞克说。

“你从未偷过枪，藏在卧室里，对吧？”

“对。”

检察官上前一步。“你从未像彼得一样计划走进学校，有组织地杀害曾经深深伤害过你的人，对吧，戴瑞克？”

戴瑞克转向彼得，直视着他的双眼，回答道：“对，但有时候我真希望我能。”

在担任助产士的生涯中，莱西偶尔会在杂货店或银行或自行车道上遇见昔日的产妇。她们会介绍自己的孩子——此时已经三岁、七岁、十五岁。你瞧你做得多好，她们有时会这么说，好像为孩子接生就能决定他们的将来似的。

面对乔丝·柯米尔，她却有点五味杂陈。她们玩了一整天的吊死鬼拼字游戏——儿子变成这样，她不禁对此感到讽刺。莱西认识的乔丝不仅是新生儿，也是小女孩兼彼得的玩伴。因此，她曾一度直觉地恨乔丝太过残忍丢下她儿子，这种恨意似乎连彼得都不曾有过。彼得在中学与高中时期遭受嘲弄，乔丝或许不是罪魁祸首，但却也未曾介入阻止，依莱西之见，这样的她也同样有责任。

可乔丝·柯米尔现在看上去是一个体贴文静的年轻女人，全然不像成天逛商场的拜金女孩或是在学校力争上位的空虚女孩——莱西总是将这些女孩比喻成不时寻找着毁灭对象的黑寡妇。更令莱西惊讶的是乔丝礼貌地向她询问关于彼得的消息：他接受审判会不会紧张？在监狱里难不难过？在里头有没有被欺负？你应该写封信给他，莱西建议道，我相信他会很高兴。

但乔丝却偷偷转移目光，这时莱西才明白乔丝不是真的在乎彼得，她只是想对莱西展现善意。

当天休庭后，法院人员告知证人只要不看新闻、报纸或谈论案情，就可以回家。莱西道歉后便去上洗手间，一面等候刘易斯突破声势庞大的记者群，他们肯定已经挤满法庭外的大厅。她刚走出厕间开始洗手，便见到艾莉克斯·柯米尔走进来。

走廊上的喧闹声跟在她脚步后面传进来，门一关上又骤然安静。她们的视线在洗手台上方的镜子里交接。“莱西。”艾莉克斯喃喃叫了一声。

莱西挺起腰杆，抽了一张纸巾擦手。她不知道该和艾莉克斯·柯米尔说什么。有一刻她甚至无法想象她们之间竟还有话可说。

莱西的办公室里有一株蜘蛛草本已渐渐枯萎，后来秘书将一沓挡住窗户的书搬走，但她却忘记将植物移开，于是有一半新芽开始朝光线奋力蹿升，生长方向仿佛反重力般歪斜得不可思议。莱西和艾莉克斯就像那棵植物：艾莉克斯已转往不同道路，而莱西却没有。她凋零、枯萎，纠结在自己最大的善意中。

“我很遗憾。”艾莉克斯说，“我很遗憾你经历这一切。”

“我也很遗憾。”莱西回答。

艾莉克斯似乎欲言又止，莱西则已无话可说。她正打算走出洗手间去找刘易斯，艾莉克斯却叫住她。“莱西，”她说，“我记得。”

莱西转身面向她。

“他总是喜欢在面包上半部涂花生酱，在下半部涂棉花糖酱。”艾莉克斯微微一笑。“而且我从没见过哪个小男孩的眼睫毛像他那么长。不管我掉了什么东西，他都能及时找到——像耳环啦，隐形眼镜啦，大头针啦。”

她朝莱西靠近一步。“只要还有人记得就还会留下些什么，对不对？”

莱西透过泪光注视着艾莉克斯。“谢谢你。”她低声说完便即离去。她不想在这个几乎算是陌生人的女子面前崩溃，只因为她做到莱西做不到的事：她将过去当成值得珍藏的事物般牢记，而不是细细筛检其中失败的线索。

“乔丝，”开车回家途中母亲对她说，“今天在庭上他们读了一封电子邮件。是彼得写给你的。”

乔丝面转向她，一脸愕然。她早该想到这件事在审判时会泄露出来，她怎么会这么笨？“我不知道寇特妮把它转寄出去。我甚至是最后一个看到信的。”

“一定很尴尬。”艾莉克斯说。

“是啊。全校都知道他喜欢我。”

母亲瞥了她一眼。“我是说彼得。”

乔丝想到莱西·霍顿。已经过了十年，但乔丝看见彼得的母亲变得这么瘦，头发几乎已经花白，仍感到讶异。她心想悲伤是否会催促时间前进，像出了故障的时钟一样。这着实令人感到沮丧，因为在乔丝印象中，彼得的母亲从不戴手表，而且只要结果值得便不在乎过程一团乱。乔丝小时候到彼得家玩，莱西会看橱柜里还有什么就用什么做饼干——例如燕麦加小麦胚芽加小熊软糖加棉花糖，或是角豆粉加玉米粉加爆米粒。有一年冬天，她还在地下室倒了一堆沙，好让他们盖城堡。她会让他们用食用色素和牛奶在三明治的面包上画画，所以连午餐都是幅杰作。乔丝曾经很喜欢去彼得家，她想象中的家就是那个样子。

这时她望向窗外。“你觉得都是我不好，对不对？”

“没有……”

“今天律师和检察官都这么说吗？说枪击案之所以发生是因为我没有像彼得喜欢我那样喜欢他？”

“没有。他们根本没有这样说。辩方律师说的大概都是彼得被捉弄的情形，说他朋友不多。”母亲在红灯前停下然后转弯，手腕轻轻放在方向盘上，“不过，你后来为什么不再和彼得来往？”

不受欢迎是种传染病。乔丝记得彼得上小学时，用包午餐三明治的锡箔纸做成一顶天线帽，然后戴着在游戏场上到处跑，想接收外星人的无线电信号。他不知道别人都在笑他。他从来不知道。

她脑中忽然闪过他站在餐厅的影像，一具双手遮住裆部、裤子掉落盘绕在脚踝的雕像。她也记得麦特后来的评语：镜子里的东西其实比它们看起来要小得多了。

也许彼得终于明白别人对他的看法。

“我不想像他那样被欺负。”乔丝回答母亲，但她其实想说：我不够勇敢。

返回监狱有如退化过程。你必须放弃人类的种种装饰——鞋子、外套和领带——弯身接受脱衣检查，让一名戴着橡胶手套的警卫仔细验身。他们会给你另一套囚衣，和太大不合脚的夹脚拖鞋，让你再次和其他人一模一样，无法伪装成自己高他们一等。

彼得躺在床上，一只手臂盖在眼睛上。他隔壁的犯人，一个因为强暴六十六岁妇人而等着受审的家伙，问他出庭结果如何，但他没有搭腔。这差不多是他目前仅剩的自由，而他也想将事实真相留给自己：被带进这间牢房时，他其实松了口气，好像回家（能这么说吗？）一样。

在这里，没有人会把他当成培养皿上的细菌盯着他看。或者应该说根本没有人在看他。

在这里，没有人会把他当成动物一样议论。

在这里，没有人责怪他，因为他们都是同一条船上的人。

其实，监狱和公立学校差别不大。狱警就像老师——他们的工作是让每个人规规矩矩，喂饱他们，并确保没有人严重受伤。超越这个范围，你只能自求多福。监狱和学校一样是个人工社会，有专属的阶级与规则。无论你做什么工作都没有意义——每天早上洗厕所或推着图书车在低度安全管理监狱到处跑，其实和申论“罗马公民权”的定义或背诵质数并无太大不同——反正在实际日常生活中用不着。和高中一样的是，度过监狱岁月唯一的方法就是挺住直到服满刑期。

不用说，彼得在监狱也同样不受欢迎。

他想着今天被戴安娜·莱文或拖或拉或推着轮椅出庭的证人。乔丹解释说这一切只是为了博取同情，说检方想先呈现这些被毁的人生，再让他们成为确凿证据，说他很快便会有机会证明彼得的人生也同样被毁。但彼得几乎根本不在乎。他比较惊讶的是，再次看到那些学生却发现改变是那么的小。

彼得盯着上铺交织的弹簧，眼睛飞快地眨着。然后他转身面向墙壁，将枕头套一角塞进嘴里，不让人听到他的哭声。

尽管约翰·埃柏哈再也不能喊他娘娘腔，更别提说话……

尽管杜鲁·纪哈德永远不再是以前的运动健将……

尽管海莉·卫佛不再是个美女……

他们仍旧属于一个彼得不可能也永远无法融入的圈子。

当天上午六点三十分

“彼得，彼得！”

他翻身看见父亲站在卧房门口。

“你起床了没？”

他看起来像起床了吗？彼得嘟哝一声，转身仰躺着。又闭了一会儿眼睛，想想今天的课程。英语法语数学历史化学。一长串毫无间隙的句子，一堂课渗透入另一堂紧密相连。

他坐起身来，用手梳过头发让它竖直起来。楼下可以听见父亲正在将洗碗机里的锅碗放进橱柜，好像某种电子交响乐。他会拿出自己的旅行用咖啡杯，倒入一点咖啡，至于彼得就自理了。

彼得脚边拖着睡裤从床边小步走到书桌前坐下。他登入网络，想知道他的“惊声尖叫捉迷藏”有没有得到更多回馈。如果像他想得那么好，他打算去参加某种业余竞赛。全国——全世界——都有像他这样的小孩，会轻易付出39.99美元玩一个由一无是处者重写历史的电玩游戏。彼得想象着自己光靠授权费就能赚多少钱。说不定他能像比尔·盖茨一样放弃大学学业。说不定有一天会有人打电话找他，假装他们曾经是朋友。

他眯着眼睛，然后拿起放在键盘旁边的眼镜。但要命的是现在才早上六点半，大概每个人的协调性都还不太好，他一失手眼镜盒刚好敲中功能键。

屏幕上的网络网页被缩到最小，反倒是打开了垃圾桶里的内容。

我知道你心里没有我。

你也绝对不会把我们俩联想在一起。

彼得开始觉得头晕。他用一根手指按下Delete键，却毫无动静。

总之，单独的我毫无特殊之处。但和你在一起，也许我能变得特殊。

他试着重新启动电脑，但死机了。他无法呼吸，动弹不得。他什么事也做不了，只能瞪着自己的愚蠢行径，就在眼前黑白分明。

他胸口发疼，他心想自己可能心脏病发作，也可能只是肌肉石化的感觉。彼得动作滞涩地弯身想找电源线，却反而一头撞上桌缘，他痛得流下泪来，也或许是他这么告诉自己。

他一把扯掉插头，让电脑屏幕变成一片黑。

接着他又坐下来，才发觉没有用。他仍能看见那些字，清清楚楚地写在屏幕上。他可以感觉到手指底下按键的弹性：

爱你的彼得。

他可以听见他们都在笑。

彼得又瞥了电脑一眼。母亲常说如果有不好的事发生，你可以把它当成失败，也可以把它当成转换方向的机会。

也许这是个预兆。

彼得呼吸浅促地清空背包里的课本、三孔讲义夹、计算器、铅笔和发回来的皱巴巴的试卷，然后伸手到床垫底下，摸出他一直收藏着，以防万一的两把手枪。

我小时候常常往蛞蝓身上撒盐。我喜欢看它们在我眼前溶解。在你发觉有东西受伤之前，残酷总是有点好玩。

如果没人注意你，当个一无是处的人是另一回事，但在学校里，你自然而然会凸显出来。你就是那条蛞蝓，盐巴全在他们手上。而他们尚未培养出良知。

我们在社会学课学过一个词：幸灾乐祸。也就是说看到别人痛苦而感到快乐。但真正的问题是：为什么？我想有一部分原因只是为了自卫。还有一部分是因为当一个团体群起对抗敌人时，总会更像个团体。即使那个敌人从未伤害过你也无所谓——你就是得假装恨某人更甚于恨自己。

你知道为什么盐会对蛞蝓起作用吗？因为蛞蝓表皮有水分，盐又会溶于水，于是它体内的水分开始往外流，蛞蝓便会脱水。蜗牛也一样。水蛭也一样。还有像我这种人也一样。

其实只要是皮太薄无法为自己挺身而起的动物都一样。

五个月后

在证人席上这四个小时，帕特里克重新经历了他这一生最可怕的日子。开车时从无线电听到的信号，学生人潮涌出校门像出血似的，跑过走廊时踩到一摊油油的血渍而打滑。四周的天花板塌陷。尖叫求救声。已经印在心里却到后来才意识到的记忆：体育馆篮球筐底下有个男孩在朋友怀里奄奄一息；凶手被逮捕三小时后，发现十六名学生挤在工友的储藏室里，因为他们不知道威胁已结束。用来在伤者额头写数字以便稍后确认身份的马克笔散发出的甘草味。

第一个晚上，当学校只剩下刑事鉴识人员，帕特里克走过各个教室与廊道。有时他觉得自己像个记忆守护者，必须让昔日与未来之间的无形转变畅通无阻。他踏着血迹进入曾有学生与老师抱在一起等待救援的教室，他们的外套仍披在椅子上，好像随时都会回来。置物柜布满子弹洞孔。但图书馆内，不知哪个学生竟还有时间与心思将卡通人物摆成不太雅观的姿势。消防洒水器让一条走廊变成一片汪洋，但墙上仍贴着春季舞会的鲜艳海报。

戴安娜·莱文拿起一卷录像带，检方第五二二号物证。“能请你确认这是什么吗，警官？”

“好的，那是我从斯特灵高中行政办公室取得的，是二〇〇七年三月六日架设在餐厅里的录像机录下的一段影像。”

“影带上的画面正确吗？”

“是的。”

“你最后一次看带子是什么时候？”

“这次审判开始的前一天。”

“有没有被人变造过？”

“没有。”

戴安娜走向陪审团。“我请求向陪审团展示这卷带子。”她说，于是一名法警再度推出审判庭稍早用过的电视机组。

录像画面颗粒粗大，但仍看得清楚。右上角有几位餐厅女侍正粗鲁地将食物舀进学生的塑料餐盘，而学生则有如点滴的注射液一个接着一个通过。有些桌旁坐满学生——帕特里克的双眼很自然地被中间那桌所吸引，乔丝和男友就坐在那里。

他正在吃她的薯条。

有个男孩从左侧的门进入。他背着一个蓝色背包，虽然看不见他的脸，但凡是认识彼得·霍顿的人都能从那纤瘦的体型和驼背认出是他。他走到录像机下方。只听到一记枪响，一名女孩“砰”一声从餐厅椅子上往后倒，白衬衫渗染出一片血迹。

有个人尖叫一声，接着所有人都高声大喊，这时又传出几声枪响。彼得重新出现在画面上，手里拿着枪。受惊吓的学生开始纷纷逃窜，躲到桌子底下。汽水贩卖机被子弹打得斑斑点点，汽水嗞嗞地喷洒整地。有些学生被射中后倒地不起，有些伤者试图爬离。有个女生跌倒后被其他学生不断踩踏，最后终于不再动弹。当餐厅里只剩死伤者，彼得转了一圈。他沿着一条通道走来，偶尔停顿一下。他走到乔丝那张桌子的旁边一桌，将枪放下，打开一盒放在托盘上仍未开封的麦片，倒入塑料碗中，再加入一罐牛奶。他吃了五口之后停下来，从背包取出新弹匣装上，然后离开餐厅。

戴安娜从检察官席下方拉出一个小塑料袋，交给帕特里克。“杜沙姆警官，你认得这个吗？”

那个“米香脆片”的盒子。“认得。”

“你在哪里找到的？”

“在餐厅里，”他说，“就放在你刚才看到的那张桌上。”

帕特里克让自己的目光落在旁听席的艾莉克斯身上。在此之前，他不能——他觉得如果他担心这些信息与细节对她产生的影响，便无法做好自己的工作。如今瞄向她才发觉她脸色多苍白，坐在椅子上的肢体多僵硬。他极力地克制自己不要抛下戴安娜、跳过栏杆、跪到她身边。没事了，他想说，差不多都结束了。

“警官，”戴安娜说，“当你将被告困在更衣室的时候，他手上拿着什么？”

“一把手枪。”

“他旁边还有其他武器吗？”

“有，大约十英尺外还有另一把手枪。”

戴安娜举起一张放大照片。“你认得这个吗？”

“那是彼得・霍顿被捕的更衣室。”他指着置物柜附近地板上的一把枪，接着是不远处的另一把。“这是他放下的武器，A枪。”帕特里克说，“而这把B枪则是掉在地板上。”

在同一直线，约摸在十英尺远处躺着麦特・罗斯顿的尸体。他的臀部下方有一大摊血，而他头的上半部不见了。

有几名陪审员惊愕地倒抽一口气，但帕特里克并未多加留意。他直直地瞪着艾莉克斯，只见她注视的不是麦特的尸体，而是他身旁的点——乔丝被发现时额头上流下的一条血痕。

人生其实是一连串的如果——如果你昨晚玩了彩票，如果你选了不同的大学，如果你投资股票而不是债券，如果九一一当天早上你没有带第一天上幼儿园的孩子去上学，所有结果都会截然不同。如果有老师——哪怕只是一个——曾一次在走廊上阻止某个学生折磨彼得。如果彼得把枪放进自己嘴里，而不是指向其他人。如果乔丝站在麦特身前，下葬的可能就是她。如果帕特里克晚到一秒，她仍可能被射。如果他不是负责此案的侦查员，也不会认识艾莉克斯。

“警官，这些武器是你搜集到的吗？”

“是的。”

“做过指纹比对了吗？”

“由州立刑事鉴识实验室做过了。”

“实验室是否在A枪上找到有效指纹？”

“有一枚，在枪把上。”

“他们从何取得彼得·霍顿的指纹？”

“在警所，我们登记他的数据时。”

他向陪审团仔细解释指纹鉴定的技巧——十指纹路的比较、纹脊与螺旋纹的相似处、证实指纹相符的电脑程序。

“实验室有没有将A枪上的指纹与其他人的指纹进行比对？”戴安娜问。

“有，麦特·罗斯顿。指纹是从他身上取得的。”

“当实验室采集枪把上的指纹与麦特·罗斯顿的指纹做比对时，他们能不能确认是否吻合？”

“并不吻合。”

“当实验室比对彼得·霍顿的指纹时，能不能确认是否吻合？”

“是的，”帕特里克说，“确认吻合。”

戴安娜点点头。“那么B枪呢？有任何指纹吗？”

“只有一枚不完整的，在扳机上。是无效的。”

“这是什么意思？”

帕特里克转向陪审团。“指纹辨识中的有效指纹指的是可以用来与另一枚已知指纹比对，判定两者是否吻合的指纹。一般人随时都会在摸过的物品上留下指纹，但不一定每个都能用。也许会被破坏或是太不完整，而无法视为刑事鉴定上的有效指纹。”

“这么说警官，你并不确知是谁在B枪留下指纹。”

“是的。”

“但可能是彼得·霍顿吗？”

“可能。”

“你有无任何证据证明当天在斯特灵高中还有其他人携带武器？”

“没有。”

“在更衣室究竟找到多少武器？”

“四把。”帕特里克说，“一把手枪在被告手中，一把在地上，还有两把锯短的猎枪在背包里。”

“实验室除了对更衣室里找到的武器进行指纹比对之外，是否还做了其他的刑事鉴定？”

“还做了弹道测试。”

“你能解释一下吗？”

“好的，”帕特里克说，“基本上就是往水里开枪。每颗子弹发射后都会留下刻痕，那是因为子弹是旋转通过枪管的。也就是说你可以验出每颗子弹是由哪把枪发射，只要试射一把枪看看射出的子弹是什么样子，然后再比对搜查到的子弹就行了。另外检测枪管内的火药残留，也可以知道这把枪有没有发射过。”

“四把枪都测试过了吗？”

“是的。”

“测试的结果如何？”

“四把枪当中只有两把确实发射过。”帕特里克说，“就是A枪和B枪。我们所找到的子弹，也确定都来自A枪。我们搜查到B枪时，该枪因为重复上膛而卡弹，也就是说有两颗子弹同时进入弹膛，使得枪支无法正常运作，扣下扳机时卡住了。”

“可是你说B枪发射过。”

“至少开了一枪。”帕特里克抬头看着戴安娜，“但至今仍未找到子弹。”

戴安娜·莱文利用问答让帕特里克巨细靡遗地讲述他发现十名死亡学生与十九名受伤学生的经过。他从他抱着乔丝·柯米尔走出斯特灵高中并将她放上救护车开始，一直说到最后一具尸体被搬进医事检查官的停尸间为止，接着法官便宣布休庭改日再审。

下了证人席，帕特里克和戴安娜谈论了一下明天的情形。法庭的双门敞开着，因此帕特里克可以看到记者正在找任何愿意接受访问的愤怒家长榨取新闻素材。他认出了嘉妲·奈特的母亲，那个女学生在逃离餐厅途中被射中背部。“今年我女儿总要到十一点才上学，因为第三堂课一开始她就受不了。”她的母亲说，“任何事情都让她害怕。她的一辈子都被毁了，为什么还要减轻彼得·霍顿的惩罚？”

帕特里克不想受到媒体夹击，但他偏偏是今天唯一的证人，势必会被群起而攻。因此，他坐到法庭专业人士与旁听席之间的分隔木栏上。

“嗨。”

他听到艾莉克斯的声音转过头去。“你还在这里做什么？”他本以为她已经像昨天一样，上楼保护乔丝离开证人隔离室。

“我也正想问你同样问题。”

帕特里克朝门口点了点头。“我没心情去打仗。”

艾莉克斯靠上前来，直到站在他两腿之间，然后环抱住他。她把脸贴在他的脖子上，当她吸入又深又响的一口气时，帕特里克感觉到自己胸中也充满了气。“我差点就上你的当了。”她说。

今天乔丹·麦卡菲不太顺。临出门前，宝宝吐在他身上。到法院时已迟到十分钟，因为该死的媒体记者繁殖之快不逊于美洲野兔，又找不到停车位，华格纳法官还因为他迟到谴责他。除此之外，彼得也不知为什么不再与他沟通，而只是满嘴嘟嘟哝哝，还有今天早上的第一项任务：对当初穿着雪亮盔甲冲进学校对抗邪恶枪手的武士进行反诘问——

唉，身为被告辩护律师还能有什么更好的遭遇呢？

“警官，”他走向证人席上的帕特里克·杜沙姆，说道，“你在医事检查官那儿处理完毕后，就回到警所了吗？”

“是的。”

“你把彼得拘留在那里，是不是？”

“是的。”

“在一个牢房里……有栏杆还上锁？”

“那是一间拘留室。”杜沙姆纠正道。

“当时彼得被以任何罪名起诉了吗？”

“还没。”

“他直到第二天早上才真正被起诉，对吗？”

“是的。”

“那天晚上他待在哪里？”

“在格拉夫顿郡监狱。”

“警官，你有没有和我的当事人谈话？”乔丹问。

“有。”

“你问了他什么？”

帕特里克交叉起双臂。“问他想不想喝咖啡。”

“他接受了吗？”

“接受了。”

“你有没有问他关于学校的事故？”

“我问他发生了什么事。”帕特里克说。

“彼得怎么回答？”

警官皱起眉头。“他说他要找他母亲。”

“他是不是哭起来了？”

“是。”

“你还问了他其他问题吗，警官？”

“没有。”

乔丹上前一步。“你不必多此一举，因为以我当事人当时的状况根本无法接受讯问。”

“我没有再问他其他问题。”杜沙姆口气平稳地说，“我不知道他当时是什么状况。”

“于是你带着一个孩子——一个十七岁、哭着要找母亲的孩子——回到你的拘留室？”

“是的，但我告诉他我想帮他。”

乔丹瞄了陪审团一眼，让这句话沉淀片刻。“彼得怎么回答？”

“他看着我，”警官答复道，“他说‘是他们先开始的。’”

寇帝斯·埃布尔盖特担任刑事精神病学专家已经二十五年。他拥有三间长春藤盟校医学院的学位，履历表更厚得足以当门挡。他的皮肤雪白，及肩的灰白长发却学黑人编成玉米条状，而且穿着一袭宽松的达希奇非洲装。戴安娜问他问题时，总觉得他好像随时会像黑人一样称呼她“姐妹”。

“医师，请问你的专长是什么？”

“我的对象都是有暴力倾向的青少年。我会为法院对他们做评估，以确定他们有没有精神疾病，有的话又是属于何种性质，然后想出适当的治疗方案。我也会告知法院有关他们犯案时的心理状态。我曾与联邦调查局合作建立校园枪击犯的侧写，检视并比较瑟斯顿、帕杜卡、洛克利和科伦拜等几所高中的案例。”

“你是什么时候开始接触本案？”

“四月的时候。”

“你看过彼得·霍顿的记录了吗？”

“是的。”埃布尔盖特说，“你送来的所有记录我都看过了，莱文检察官——很大量的学校与就医记录、警方的报告、杜沙姆警官的讯问笔录。”

“你有特别想找出什么吗？”

“精神疾病的证据。”他说，“行为的生理解释。一种可能与其他校园暴力犯罪者类似的社会心理学架构。”

戴安娜瞄向陪审团，只见他们眼神呆滞。“根据你研究的结果，关于彼得·霍顿在二〇〇七年三月六日的精神状态，你是否得到了医学上之合理确定？”

“是的，”埃布尔盖特说着面向陪审团，缓慢而清楚地说道，“彼得·霍顿在斯特灵高中开始枪击时，并没有任何精神疾病。”

“能不能请你告诉我们如何获得这个结论？”

“所谓神智清醒就表示你在做某件事时，心智与现实是相通的。有证据显示这次的攻击行为，彼得已经计划了一阵子——从囤积弹药与枪支，到列出攻击目标的名单，再到透过自己设计的电玩游戏来排演他的末日大决战。对彼得来说，枪击并非意外的发展，而是他深思熟虑下的预谋事件。”

“关于彼得的预谋，还有其他例证吗？”

“当他刚抵达学校，在停车场遇见朋友，他为了朋友的安全试图警告对方离开。他进学校前，还点燃了一个土制炸弹声东击西，以便毫无阻碍地带着枪进入。他隐藏了事先已上膛的枪支。他选择攻击的校区正是让他吃过苦头的地区。这些都不像是不自觉的行为，而是一个有理性的、愤怒的、也许很痛苦但绝非妄想的年轻人的正字标记。”

戴安娜在证人席前踱步。“医师，你能不能拿从前的校园枪击案和这次的案件做比较，来证实你说被告精神健全、须为自己的行为负责的结论？”

埃布尔盖特将辫子往后甩。“无论是科伦拜、帕杜卡、瑟斯顿或洛克利的枪击犯都没有地位。他们并非独行侠，但他们心中认为自己在团体中的地位不如其他人。例如，彼得参加了足球队，队上只有两人从未出赛，他便是其中之一。他很聪明，却未反映在成绩上面。他有浪漫的情感，却没有获得回报。唯一能让他觉得舒服的场所就是他自创的世界——在电玩游戏中，彼得不只舒服……他还是上帝。”

“这是否意味着他在三月六日当天活在幻想世界中？”

“绝对不是。否则他不会如此理性而有系统地计划他的攻击。”

戴安娜转过身。“医师，有一些证据显示彼得在学校受到欺凌。请问你也看过那些资料了吗？”

“是的，我看过了。”

“你是否从中得知欺凌行为对彼得这样的学生有什么样的影响？”

“在每件校园枪击案中，”埃布尔盖特说，“被告都会打欺凌牌。他们说校园枪击犯因为受到欺凌，而终于有一天爆发并强力反击。然而，在其他所有案件中——依我之见，此案也一样——枪击犯似乎都夸张了欺凌行为。枪击犯受到的嘲弄并不比学校其他人更严重得多。”

“那么为什么开枪？”

“这样他们便能公开控制他们平时感到无能为力的情况。”寇帝斯·埃布尔盖特说，“这也再次证明这是他们计划了好一阵子的行动。”

“该你诘问了。”戴安娜说。

乔丹起身走向埃布尔盖特医师。“你第一次见到彼得是什么时候？”

“嗯，我们尚未正式碰面。”

“但你是精神科医师？”

“据我所知是的。”埃布尔盖特说。

“我以为精神科领域的重点在于和病患建立关系，以得知他对世界的看法与他的处理模式。”

“那是一部分。”

“那是非常重要的一部分，对吧？”乔丹问。

“是的。”

“你今天能为彼得开处方吗？”

“不能。”

“因为你必须亲自见过他，才能决定他是否适用那种药物，对不对？”

“对。”

“医师，你是否和瑟斯顿高中的枪击犯交谈过？”

“有的。”埃布尔盖特回答。

“那么帕杜卡那个学生呢？”

“有。”

“洛克利呢？”

“有。”

“科伦拜没有……”

“麦卡菲先生，我是精神科医师，”埃布尔盖特说，“不是灵媒。不过，我后来确实和那两个孩子的家人谈过。我也看了他们的日记，检视了他们的录像带。”

“医师，”乔丹问，“你曾经和彼得·霍顿面对面谈话吗？”

寇帝斯·埃布尔盖特略一迟疑。“没有。”他说，“我没有。”

乔丹坐了下来，戴安娜则面向法官说道：“法官大人，检方证据已全部提出。”

“拿去。”乔丹进入拘留室后，丢了半个三明治给彼得。“或者你也在绝食抗议？”

彼得瞪着他，打开三明治包装纸咬了一口。“我不喜欢火鸡肉。”

“我才懒得管。”他靠在拘留室的水泥墙上，“要不要告诉我，是谁惹你了？”

“你知不知道坐在那里，听着所有人把我当空气一样地谈论我是什么感觉？好像我根本听不到他们在说我什么。”

“游戏规则就是这样。”乔丹说，“不过，再来就轮到我们了。”

彼得站起来，走到拘留室前方。“这就是你对这次审判的想法？一场游戏？”

乔丹闭上眼睛，默默数到十静下心来。“当然不是。”

“你拿多少律师费？”彼得问。

“这和你没有……”

“多少？”

“去问你父母亲。”乔丹平淡地说。

“不论我赢还是输，你都能拿到钱，对不对？”

乔丹犹豫了一下，然后点头。

“所以结果如何，你其实并不在乎，对吧？”

乔丹感到有些惊奇，彼得其实是绝佳辩护律师的人才。这种循环辩证——让接受拷问者哑口无言的这种——正是法庭上所需要的。

“怎么了？”彼得不高兴地说，“现在连你都要笑我了？”

“不是，我只是在想你会是个好律师。”

彼得再次颓坐下来。“好极了。说不定州监狱会颁个学位证书。”

乔丹拿过彼得手上的三明治咬一口。“我们就等着看后续发展吧。”他说。

华金的资历总能让陪审团印象深刻，这点乔丹知道。他面谈过的对象超过五百人，他曾在两百四十八次的审判中——不包含这次——担任专家证人，他写过的报告比任何刑事精神病学家都多，专长则是创伤后应激障碍。还有一个最棒的部分：检方证人寇帝斯·埃布尔盖特参加过的研习会当中，有三场由他主讲。

“华医师，”乔丹开始问道，“你什么时候开始研究此案？”

“麦卡菲先生，就在你六月和我联络之后。当时我同意去见彼得。”

“你去了吗？”

“是的，我跟他面谈超过十个小时。我也坐下来研读警方的报告，以及彼得和他哥哥的就医与学校记录。我见过他的父母。我还安排他接受我的同事罗伦斯·葛兹医师检验，他是小儿神经心理学专家。”

“小儿神经心理学专家都做些什么？”

“研究孩童精神疾病与其症状的器质性病因。”

“葛兹医师做了什么？”

“他为彼得做了几次脑部的核磁共振扫描。”华金说，“葛兹医师利用脑部扫描证明：青少年脑部构造变化不仅说明了一些重大精神疾病如精神分裂症和躁郁症的发病时间，也为某些被家长归咎于荷尔蒙大量分泌的粗暴行为提出生物学的解释。这并不表示青少年没有大量分泌的荷尔蒙，而是他们还无法控制意识，无法表现成熟行为。”

乔丹转向陪审团。“你们听懂了吗？因为我有点茫然……”

华金笑了笑。“太专业了？也就是说，从一个孩子的脑部可以看出许多东西。当你叫十七岁的孩子把牛奶放回冰箱，他点点头然后完全加以忽视，这其中也许就有生理上的原因，而且可以从脑部看出。”

“你安排彼得去见葛兹医师是因为你认为他有躁郁症或精神分裂症吗？”

“不是。但我的职责之一是先排除这些因素，然后再开始检视他行为的其他原因。”

“葛兹医师是否将他详细的检验报告送给你了？”

“是的。”

“你能向我们解释吗？”乔丹举起一张已列为证物的脑图，交给华金。

“葛兹医师说彼得的大脑看起来和一般青少年非常类似，他们的前额叶皮质区不像成人大脑发育得那么完整。”

“哇，”乔丹说，“你又把我搞糊涂了。”

“前额叶皮质区在这里，额头后侧。它有点像大脑的主席，负责计划性、理性的思维。这也是大脑最晚成熟的部位，所以青少年才会经常惹麻烦。”随后他指着图上中央位置的一个小点，“这个叫作扁桃体。因为青少年的决策中枢尚未完全启动，他们便转而仰赖这一小块脑。这是脑部冲动的震央，管理恐惧、愤怒和直觉等感觉。换句话说，也就是脑内对应‘因为我朋友也觉得这是好主意’的部位。”

陪审团多数成员都咯咯窃笑，而乔丹也吸引了彼得的注意。他不再萎靡地坐在椅子上，而是挺直上身聚精会神地听着。“这的确很不可思议，”华金说，“因为一个二十岁的人在生理构造上也许能根据详细资料做决定……但十七岁的人却办不到。”

“葛兹医师有没有做其他的心理测试？”

“有。他让彼得做一项简单的工作，并同时进行第二次扫描。他让彼得看一些脸部的照片，要他判断脸上表情所反映的情绪。另外接受测试的一组成人答案几乎都对，但彼得却会犯错。尤其是他会将恐惧的表情解读为愤怒、困惑或悲伤。扫描图显示当他专注于这项工作时，是由扁桃体在支配……而不是前额叶皮质。”

“从这里可以推断出什么呢？”

“彼得事先预谋计划的理性思考能力还在发展阶段。就生理而言，他确实还无法做到。”

乔丹看了看陪审团对这句话的反应。“华医师，你说你也见过彼得？”

“是的，在矫正中心，面谈十次，每次一小时。”

“你和他在哪里谈话？”

“在一间会议室。我向他解释我是谁，说我在和他的律师合作。”华金说。

“彼得有没有显得不愿意和你交谈？”

“没有。”医师顿了一下，“他好像还挺喜欢和我在一起。”

“你最初见到他有什么特别的印象吗？”

“他似乎没有情绪反应。不哭、不微笑、不大笑，也不显示敌意。在心理学上我们称之为情感平板。”

“你们两人都谈些什么？”

华金看着彼得露出微笑。“红袜队。”他说，“和他的家人。”

“他跟你说了什么？”

“说波士顿应该再拿一次冠军。对身为洋基迷的我来说，这已经足以让人质疑他理性思考的能力。”

乔丹咧嘴一笑。“关于家人，他说了什么？”

“他说他和父母同住，哥哥乔伊大约在一年前被一名醉酒司机撞死了。乔伊比彼得大一岁。我们还谈到他喜欢做的事——多半都集中在程序设计和电脑上——以及他的童年。”

“关于童年，他说了什么？”乔丹问。

“彼得的童年记忆大多都是被其他孩童欺负，或是被他认为能够帮助他的大人辜负的情况。他描述，包括肢体威胁——滚开不然就让你好看，实际行动——他只是走在走廊上，却可能因为和擦肩而过的人靠得太近就被推去撞墙，还有情感上的嘲弄——例如被叫同性恋或娘娘腔。”

“他有没有说这种欺凌行为从何时开始？”

“上幼儿园的第一天。他上了校车，通过走道时就被绊倒，超人午餐盒也被丢到马路上。情况一直持续到枪击案发生前不久，他喜欢一位同学的事被披露并遭到公开羞辱。”

“医师，”乔丹说，“彼得没有求助吗？”

“有，但尽管获得帮助，结果却适得其反。例如有一次，在学校被一个男孩推撞后，彼得反击。有个老师看见了，便将两人带到校长室留校处罚。彼得认为他是自卫，却也同样受罚。”华金在证人席上稍微松懈下来。“至于影响较近记忆的则是哥哥的去世，以及他无法达到哥哥在学校与家庭所树立的标准。”

“彼得有没有提到他父母？”

“有。彼得很爱父母亲，但却觉得他们保护不了他。”

“哪方面的保护？”

“在学校遇到的麻烦、他心里的感觉、自杀的念头。”

乔丹面向陪审团。“根据你和彼得的谈话，以及葛兹医师的研究结果，你是否能以医学上之合理确定诊断出彼得在二〇〇七年三月六日当天的心理状态？”

“可以。彼得呈现了创伤后应激障碍的症状。”

“你能稍做解释吗？”

华金点点头。“这是一种精神疾病，可能在一个人受虐待或迫害后发生。例如，我们都听说过战后返乡的士兵因这种症状而无法适应。患者经常会在噩梦中重新经历那个事件，难以入睡，有疏离感。在极端的案例中，受到重创的人可能会产生幻觉或解离。”

“你是说彼得在三月六日早上出现幻觉？”

“不，我想他是在解离状态。”

“那是什么？”

“就是你的身体在，心却不在。”华金解释道，“你可以将对一件事的感觉与意识分隔开来。”

乔丹眉头深锁。“等等，医师。你是说在解离状态中的人可以开车？”

“当然。”

“设置炸弹？”

“可以。”

“装填子弹？”

“可以。”

“开枪？”

“没错。”

“而这段时间里，这个人并不知道自己在做什么？”

“是的，麦卡菲先生。”华金说，“正是如此。”

“依你看，彼得是在何时进入这种解离状态？”

“我们面谈时，彼得说三月六日早上他很早起床，并上网看看有没有人对他的电玩游戏表达看法。但他无意中打开一个旧文件，也就是他寄给乔丝·柯米尔表白的那封邮件。几个星期前，这封邮件曾被转寄给全校学生，后来甚至让他遭受更大羞辱，在餐厅里当众被脱下裤子。他说他看到那封邮件后，就不太记得接下来发生了什么事。”

“我经常无意中打开电脑的旧文件，”乔丹说，“我却不会进入解离状态。”

“电脑一直是彼得的避风港，是他用来创造一个让他感到舒服的世界的工具，里面的人物欣赏他、受他控制，这是他在现实生活中所没有的。这个安全区忽然间也变成令他受辱的地方，才会让他爆发。”

乔丹抱着手，故意唱反调。“这个嘛……我们现在说的是一封电子邮件。真的能把欺凌行为和伊拉克退役军人或九一一生还者的创伤相提并论吗？”

“关于创伤后应激障碍有一点很重要，那就是创伤事件对不同人有不同影响。举例来说，有些人会因为遭强暴而引发，有些人则可能被短暂抚摸便会引发。无论创伤事件是战争或恐怖攻击或性侵或欺凌——重要的是受伤者的情感何时开始受影响。”

华金转向陪审团。“例如你们可能听说过受虐妇女症候群。表面上看来，一个女人即使已经受害多年，杀死熟睡中的丈夫并不合理。”

“抗议。”戴安娜说，“现在庭上有任何受虐妇女吗？”

“我准许他继续。”华格纳法官回答。

“就算受虐妇女没有受到立即的肢体威胁，她心理上也会感觉受威胁，这都是因为长期与日俱增的暴力行为致使她患上创伤后应激障碍。因为生活在持续的恐惧中，担心有什么事会发生，担心它会一再发生，而使得她在那个时间点拿起了枪。尽管丈夫正在酣睡，对她而言，他依然是一个立即的威胁。”华金说，“像彼得这种患有创伤后应激障碍的孩子，深怕欺负人的学生迟早会杀死自己。虽然当天早上，那些欺负人的学生没有推他去撞置物柜或殴打他，却随时可能发生。因此，就像受虐妇女一样，尽管对你我而言这番攻击似乎没有正当理由，她还是采取了行动。”

“难道没有人会注意到这种不理性的恐惧吗？”乔丹问。

“恐怕没有。患有创伤后应激障碍的孩子都是曾经求助却失败的，当他持续受害之后，他便不再求助了。他会避免与人接触，因为无法确定与人的互动何时会导致另一次的欺凌事故。他很可能也想到自杀。他逃避到一个由他指挥的幻想世界。然而，由于退避的次数太频繁而使他愈来愈分不清虚幻与现实的界线。在真正受欺负时，患有创伤后应激障碍的孩子可能会躲进已经改变的意识状态——也就是解离现实的状态，好让自己在事件发生时不觉得痛苦或羞耻。我想三月六日当天的彼得正是如此。”

“即使电子邮件出现时，那些欺负他的学生都不在他房里，也一样吗？”

“没错。彼得已经被殴打、嘲笑、威胁了一辈子，以至于认为若不采取行动，就会被同样这些人给杀害。电子邮件引发了解离状态，当他去到斯特灵高中开枪时，他完全不知道自己在做什么。”

“解离状态可能持续多久？”

“不一定。彼得可能解离了数小时。”

“数小时？”乔丹重复他的答案。

“完全正确。枪击过程中我没有看到任何一点能证明他对自己的行动有意识。”

乔丹朝检察官瞄了一眼。“我们都从录像带看到彼得在餐厅开枪后，坐下来吃了一碗麦片。这对你的诊断有意义吗？”

“有的。事实上，这正是彼得当时仍处于解离状态的最佳证明。这个孩子完全不知道自己身旁的同学不是被他杀死、伤害便是因他而逃命。他坐下来慢条斯理地倒了一碗“米香脆片”，对周遭的大屠杀无动于衷。”

“还有一点，彼得射杀的学生当中有许多并非一般所谓‘受欢迎的学生’，那又怎么解释？有特殊教育生、成绩优异者，甚至还有一名老师都成了牺牲者。”

“我要再次声明，”医师说，“我们谈论的不是理性行为。彼得的行动并未经过计划，当他开枪时，他本身已经脱离真实的情况。彼得在那十九分钟内遇到的任何人都可能是个威胁。”

“依你之见，彼得的解离状态何时结束？”乔丹问道。

“当他被收押，和杜沙姆警官谈话时。那时面对这恐怖的情况，他才开始有了正常反应。他开始哭泣，想找母亲，这不仅意味着他了解自己的处境，也是合乎他年纪、幼稚的反应。”

乔丹斜靠在陪审团席的栏杆上。“医师，本案中有些证据显示彼得不是学校中唯一受欺负的人。那么为什么他会有这样的反应？”

“我刚才也说过，不同人对压力的反应不同。我发现彼得的情感非常脆弱，而这也正是他被嘲笑的原因。彼得不遵行男生的游戏规则。他不是运动健将，不够强壮，而且敏感。其他人不一定会尊重你的差异——尤其是青少年。青少年时期重要的是融入，而不是突出。”

“一个情感脆弱的孩子到最后怎么会带着四把枪到学校，射击二十九个人呢？”

“有一部分原因是创伤后应激障碍，是彼得长期受害后的反应。但还有很重要的一部分就是创造出彼得和那些欺凌者的社会。彼得所居住的环境强化了他的反应。他看到商店架子上贩卖暴力电玩游戏，他听到颂扬谋杀与强暴的音乐。他眼看着欺凌者撞他、打他、推他、贬低他。还有，麦卡菲先生，他住在一个车牌上写着‘不自由毋宁死’的州。”华金摇摇头说，“彼得在某天早上所做的一切，只是变成别人一直期望他变成的人。”

这件事谁也不知道，不过乔丝曾经和麦特·罗斯顿分手过一次。

他们交往了将近一年后，有个周六晚上麦特来接她。美式足球队有个高年级生——布瑞迪认识的人——在自家办派对。想不想去？麦特问她，但其实已经开车前往了。

他们到的时候，屋子已经热闹得像嘉年华，路边、人行道上、草坪上全停满了车。透过楼上的窗户，乔丝可以看到有人在跳舞，走上车道时，有个女孩正往灌木丛里呕吐。

麦特紧抓着她的手。往放置酒桶的厨房走的途中，两旁都是全身贴在一起的人，他们躲躲闪闪通过后，拿了酒又回到餐厅，餐桌已经侧翻在一旁以便腾出更大的舞池。他们碰见的不只有斯特灵高中的学生，还有人来自其他城镇。有些人抽大麻抽得眼眶发红、下巴松弛。男女彼此嗅嗅闻闻，盘桓着寻找性伴侣。

她一个人也不认识，但无所谓，因为她和麦特在一起。在其他上百副身躯的热度中，他们互相贴得更近。麦特一条腿滑进她两腿之间，此时音乐如热血澎湃，她也高举双手黏到他身上。

当她去上洗手间时一切都不对劲了。一开始麦特想陪她去，他说她一个人不安全。最后她好不容易说服他只有短短三十秒不会有事，但当她离开后，有个穿着合唱团纪念衫、戴着一个大耳环的高大男孩转身太快，啤酒泼到她身上。该死，他说。

没关系。乔丝口袋里有张面纸，便拿出来想吸干衬衫。

我来吧，男孩说着从她手上取过面纸。他们两人却同时发现，用这么一小张面纸要吸干这么多水分实在很可笑。他开始笑起来，接着她也笑了，麦特上前往他脸上挥拳时，他的手还轻轻搭在乔丝肩上。

你在干什么！乔丝惊叫道。那个男孩已经躺在地上不省人事，其他人则尽量闪到一旁，但为了看热闹又不肯退得太远。麦特用力抓住她的手腕，痛得她以为手要断了。他拖着她走出屋子上车，她静静坐着不动。

他只是好心帮忙，乔丝说。

麦特一个倒挡，歪歪斜斜地将车倒出去。你想留下吗？你想当个荡妇吗？

他开始发疯似的开车——闯红灯，急转弯时外侧轮胎还翘起来，车速是限速的两倍快。她叫他慢一点，说了三次，然后干脆闭上眼睛，希望快点结束。

当麦特在她家门前“嘎”一声紧急刹车，她转头看着他，异常平静。我再也不想和你出去了，她说完便下车。他的声音追着她到前门：好啊，我干吗还要跟一个妓女出去？

她假装头痛躲过母亲的追问。进了浴室，她瞪着镜中的自己，想看清这个忽然变得这么有骨气的女孩是谁，也想知道自己为什么还是想哭。她在床上躺了一个小时，泪水不停从眼角流出，她不明白既然是她要求结束，为什么还觉得如此悲惨。

凌晨三点过后电话响了，乔丝抓起话筒又马上挂掉，好让接电话的母亲以为是打错了。她屏息几秒钟，然后拿起话筒按了来电显示。在看到那串熟悉的号码之前，她就知道是麦特。

“乔丝，”接到她回电时他说，“你是不是骗我？”

“骗你什么？”

“说你爱我？”

她把脸压进枕头里。“没有。”她低声说。

“没有你我活不下去。”麦特说，接着她好像听到药罐摇动的声音。

乔丝全身僵住。“你在做什么？”

“你又不在乎！”

她的心开始狂跳。她已经拿到驾照，但不能独自开车，天黑后不行。她家离麦特家太远，不能用跑的。“别动，”她说，“你……什么也别做。”

她在楼下车库找到一辆从中学以后就没骑过的脚踏车，踩了四公里路到麦特家去。她到的时候已经下了一会儿雨，头发和衣服都黏在身上。麦特的卧室在一楼，灯还亮着。乔丝敲敲窗户，他开窗让她爬进去。

他桌上有一瓶泰诺止痛药，和一瓶已经打开的占边威士忌。乔丝面对着他。你有……

麦特却两手将她环抱，口气中有酒味。“你叫我不要，我愿意为你做任何事。”这时他将身子往后拉开。“你愿意为我做任何事吗？”

“任何事。”她发誓。

麦特再次将她拥入怀中。“告诉我你不是故意的。”

她感觉到有个笼子往自己身上罩下来，她发现麦特已经掳获她的心，却已太迟。而乔丝也和所有不小心被牢牢捕获的动物一样，唯一逃命的方法就是留下自己的一块肉。

“对不起。”当晚乔丝至少说了上千次，因为一切都是她的错。

“华医师，”戴安娜说，“你接这个案子的费用怎么计算？”

“我的收费是每天两千美元。”

“我们可不可以说你为被告诊断最重要的依据之一就是你和他的面谈？”

“当然。”

“在那十个小时的过程中，你相信他对事件的回忆是诚实的，对吗？”

“对。”

“但如果他不诚实，你也无法知道对吗？”

“莱文检察官，我做这行已经有一段时间。”医师说，“我已经面谈过够多人，若有人想欺骗我，我会知道。”

“你用来决定一名青少年是否欺骗你的方法，有一部分得看他们的处境，对吗？”

“的确。”

“而你所考虑的彼得的处境也包括他因为数起一级谋杀罪入狱吗？”

“没错。”

“那么基本上来说，”戴安娜说，“彼得有非常强烈的动机想找出路。”

“或者，莱文检察官，”华医师接续道，“你也可以说，他说实话也没什么损失。”

戴安娜双唇紧闭，只要回答是或不是就行了。“你说你所做的创伤后应激障碍诊断有一部分是依据被告试图求助却得不到帮助的事实。这个信息是你和他面谈时，他告诉你的吗？”

“是的，并且经过他双亲以及为你做证的几位老师证实。”

“你还说你所做的创伤后应激障碍诊断有一部分是从彼得躲入幻想世界得到证实，是吗？”

“是的。”

“这是根据彼得在面谈时告诉你的电脑游戏吗？”

“没错。”

“你送彼得到葛兹医师那儿去的时候，有没有告诉他要做一些脑部扫描？”

“有。”

“那么彼得可不可能故意对葛兹医师说笑脸看起来像生气的脸，因为他觉得这或许有助于你的诊断？”

“应该有可能……”

“医师，你也说三月六日早上看到电子邮件让彼得进入解离状态，而且强烈到在彼得整个大屠杀过程……”

“抗议。”

“成立。”法官说。

“你的结论根据有没有哪一件不是彼得——那个坐在牢里，被以十项谋杀罪与十九项谋杀未遂罪起诉的彼得——告诉你的事？”

华金摇摇头。“没有，但任何精神科医师都会这么做。”

戴安娜扬起一边的眉毛。“任何每天赚两千美元的精神科医师。”她说，但立刻赶在乔丹抗议之前将话收回。“你说彼得有自杀的念头。”

“是的。”

“这么说他想自杀？”

“是的，这对创伤后应激障碍患者而言十分普遍。”

“杜沙姆警官做证时说那天早上，在学校里找到一百六十发子弹弹壳，在彼得身上找到三十发未射的子弹，又在他的背包找到五十二发未射的子弹，以及没有使用的两把枪。所以医师，请你帮我算算，总共有几发子弹？”

“一百九十八发。”

戴安娜面对着他。“在十九分钟的时间内，彼得有两百次自杀的机会，而不是射杀他在斯特灵高中所遇到的其他每个学生。对不对，医师？”

“对。但自杀与杀人仅细细的一线之隔。有许多沮丧到决定自杀的人，却在最后一刻选择射杀他人。”

戴安娜皱起眉头。“我以为彼得处于解离状态。”她说，“我以为他无法选择。”

“他是。他扣扳机的时候全然没想到后果，也不知道自己在做什么。”

“或许是这样，也或许他想跨越那条薄得像面纸一样的线，对吧？”

乔丹站起来。“抗议。她在欺负我的证人。”

“拜托，乔丹。”戴安娜断然反驳，“别把你辩护那套用在我身上。”

“两位。”法官警告道。

“医师，你也可以证明彼得是在杜沙姆警官在警所开始问他问题时，脱离了解离状态，对吗？”

“对。”

“我们可不可以说你做此假设是因为以彼得当时所处的情况，他开始有了适当的反应。”

“可以。”

“那么你如何解释几个小时前，当三名警员持枪对准彼得，叫他放下武器时，他也能照做？”

华医师有点迟疑。“这个嘛……”

“当三名警员持枪对准你的时候，这难道不是适当的反应？”

“他之所以把枪放下，”医师说，“是因为即使在下意识，他也明白不这么做就可能被射。”

“但医师，”戴安娜说，“你不是告诉我们说彼得想死吗？”

她满意地坐回位子，心想乔丹的覆主诘问已无法逆转她所进行的破坏。“华医师，”他说，“你和彼得相处的时间很长，对吧？”

“我和同领域的一些医师不同，”他尖锐地说，“我确实认为你必须见过你要在法庭上谈论的当事人。”

“为什么这点很重要？”

“建立关系，”医师说，“培养医患关系。”

“你对于病患的话会照单全收吗？”

“当然不会，尤其是在这些情况下。”

“事实上，有很多方法可以证实当事人的说法，对吗？”

“当然。像彼得的案例，我就和他的父母亲谈过。学校的记录中提到了一些欺凌事件，却没有校方的处置方式。我所收到的警方报告也证实彼得的电子邮件被转寄给学校里的数百人。”

“你是否找到了任何佐证，帮助你做出彼得在三月六日进入解离状态的诊断？”乔丹问。

“是的。虽然警方的调查报告声称彼得列出攻击对象名单，但被射的人远比名单上的人多……事实上有些人他甚至不知道名字。”

“这有何重要？”

“因为这显示他开枪时，并未瞄准个别的学生，而只是完成动作。”

“谢谢你，医师。”乔丹说完，朝戴安娜点了点头。

她看着医师。“彼得告诉你说他在餐厅被羞辱。”她说，“他还提到其他特定地点吗？”

“游戏场。校车。男生厕所。更衣室。”

“当彼得在斯特灵高中开始开枪时，他有没有进入校长室？”

“据我所知没有。”

“图书馆呢？”

“没有。”

“教师休息室呢？”

华医师摇摇头。“没有。”

“美术教室？”

“应该没有。”

“事实上，彼得的路线是从餐厅到厕所到体育馆到更衣室。他是有系统地从一个他被欺负过的地点走到下一个，对不对？”

“好像是。”

“医师，你说他只是完成动作。”戴安娜说，“这个难道不叫计划吗？”

当天晚上彼得回到监狱时，带他回牢房的狱警交给他一封信。“分发邮件时你不在。”他说，彼得却说不出话，如此浓缩的一份善意让他好不习惯。

他背靠着墙坐在下铺，先看了一下信封。现在他看到信件会有点紧张——自从因为与记者交谈被乔丹痛骂之后便如此。但信封和上次不同，不是打印的，是手写的信，每个“i”上头都有一个圆圆的小圈，像云朵飘浮其上。

他撕开信封，打开里面的信纸。有柳橙的味道。

亲爱的彼得：

你不知道我的名字，但我是九号。我离开学校的时候，额头上用奇异笔大大地写了这个数字。你想杀死我。

我没有出席你的审判，所以不用在人群中找我。我再也无法留在那个镇上，所以我父母亲一个月前搬了家。我现在在明尼苏达，还有一个星期开学，但人们已经听说过我。他们只知道我是斯特灵高中的受害者。我没有令人感兴趣的事，我没有人格，我甚至没有历史，除了你给我的这一段。

我的平均成绩是最高的4.0，但我已不再那么在乎成绩。有什么用？我以前有好多梦想，但现在我不知道自己还会不会上大学，因为我仍无法一夜安睡。我无法忍受有人从背后偷偷接近，或是大声关门，或是烟火。我接受治疗已经够久了，所以可以告诉你一件事：我绝不会再踏进斯特灵一步。

你射中我的背部。医生说我很幸运——如果我当时打喷嚏或转身看你，现在可能就得坐轮椅。可是，当我一时忘记而穿上背心，我还是得忍受别人的注视——任何人都能看到子弹留下的疤痕和胸管和缝线。我不在乎——以前别人也老是盯着我脸上的青春痘，现在只是多了一个吸引他们注意力的地方而已。

我一直想到你。我想你应该坐牢。那对你是公平的，而这对我并不公平，这其中有种平衡关系。

我和你法文课同班，你知道吗？我坐在靠窗那排倒数第二个位置。你老是一副很神秘的样子，我喜欢看你微笑。

我本来是想当你的朋友的。

安吉拉·弗勒上

彼得将信折好，塞进枕头套内。十分钟后，又拿出来。他整晚都在看信，一遍又一遍，直到日出，直到他不用再看信也能背得出来。

莱西的一身打扮都是为了儿子。虽然外头将近三十度高温，她却穿了一件从阁楼上某个箱子里挖出来的粉红色安哥拉羊毛衫，彼得小时候很喜欢把它当猫咪一样抚摸。手腕上的手环是彼得念小学四年级时，用小小张杂志纸卷成夸张的彩色珠子做好送给她的。底下穿一件曾经被彼得笑说像电脑主板的灰色花裙，但已不是那么合身。她还将头发编得整整齐齐，因为她记得最后一次亲吻彼得跟他说晚安时，辫子尾轻扫过彼得的脸。

她向自己保证。不管过程有多难，不管她在回答问题时得哭得多惨，目光绝不会离开彼得身上。她认为他就像有些孕妇带来作为注意力焦点的白沙滩照片，他的脸会强迫她集中精神，哪怕她的脉搏快慢不定、心跳乱了节拍，她也要让彼得知道还有人坚定地守护着他。

当乔丹·麦卡菲传她出庭时，怪事发生了。她跟着庭务员走进来，但她的身体并未往证人坐的那个小木台走去，而是自动转往另一个方向。莱西都还不知道自己要往哪儿去，戴安娜·莱文便知道了——她起身想抗议，但临时决定作罢。莱西的脚步很快，双手平贴在身侧，最后来到被告席前。她跪在彼得身边，让自己的视线范围内只有他的脸。接着她伸出左手，摸摸他的脸。

他的皮肤仍光滑得像孩子的肌肤，触手温热。她捧起他的双颊时，他的睫毛扫过她的拇指。她虽每星期去探儿子的监，他们之间却始终有条线。这一刻——手底下感觉到活生生而真实的他的这刻——就像一份珍贵礼物，你得偶尔从包装盒里拿出来，举向高处，为之惊叹，那么你才不会忘记自己还拥有它。莱西还记得彼得最初躺在她怀中的情景，他全身仍覆着滑滑的胎儿皮脂和血，嘟起生嫩鲜红的嘴巴发出新生儿的哭喊，手脚也在这突然无拘无束的空间中伸展开来。这时她身子往前倾，做出她第一次见到儿子时做的事：闭上眼睛，飞快地做了祷告，然后亲吻他的额头。

一名法警碰碰她的肩膀。“太太！”他叫道。

莱西没有理会他，便起身走向证人席，拉开门闩，自己踏了进去。

乔丹·麦卡菲上前递给她一盒面纸。他背向陪审团，不让他们看见他开口。“你还好吗？”他小声地问。莱西点点头，面对着彼得露出牺牲似的微笑。

“请你说出姓名以供记录。”乔丹说。

“莱西·霍顿。”

“你住在哪里？”

“新罕布什尔州斯特灵镇戈登洛巷一六一六号。”

“你和谁住在一起？”

“我先生刘易斯，”莱西说，“和我儿子彼得。”

“你还有其他小孩吗，霍顿太太？”

“本来还有个儿子乔伊，但去年被一个醉酒司机撞死了。”

“你能不能告诉我们，”乔丹说，“你什么时候发现三月六日在斯特灵高中出事了？”

“我前一天晚上在医院值班。我是助产士。当天早上为一个婴儿接生后，我走到外面的护理站，看见护士全都围在收音机旁。听说高中发生爆炸。”

“你听到以后做了什么？”

“我请人代班之后，就开车到学校。我要确定彼得没事。”

“彼得通常都怎么上学？”

“他开车。”莱西说，“他有车。”

“霍顿太太，告诉我你和彼得的关系如何。”

莱西微笑道：“他是我的宝贝。我有两个儿子，但彼得总是比较文静、比较敏感。他总是需要多一点鼓励。”

“他成长过程中，你们两人的关系亲密吗？”

“当然亲密。”

“彼得和哥哥的关系如何？”

“还好……”

“父亲呢？”

莱西稍有踌躇。她可以感觉到刘易斯就在同一室内，仿佛他就在她身边，她还想到他冒雨走过墓园。“我想刘易斯和乔伊比较亲近，彼得则和我有比较多共通点。”

“彼得有没有跟你说过他和其他学生的问题？”

“有。”

“抗议。”检察官说，“只是听说。”

“我暂时先驳回，”法官回答，“但是麦卡菲律师，请注意你的询问方向。”

乔丹再次转向莱西。“你觉得彼得为什么和那些学生有问题？”

“他们找他麻烦是因为他和他们不一样。他运动神经不发达，也不喜欢玩官兵抓强盗。他比较有艺术气息、有创造力、比较体贴，所以才会被嘲笑。”

“你做了什么事？”

“我试着，”她坦承道，“要让他强硬一点。”这句话她是对彼得说的，希望他能理解其中的歉意。”任何一个母亲看到自己的孩子被人嘲弄，会怎么做呢？我告诉彼得说我爱他，说那些孩子什么都不懂。我说他很厉害、很有同情心、很善良、很聪明，总之是我们希望大人拥有的一切。我知道他在五岁时被嘲笑的所有特质，到他三十五岁就会变成优点……但我无法让他一天长大。无论你的希望多强烈，都无法让孩子的生命快进。”

“彼得什么时候开始上高中，霍顿太太？”

“二〇〇四年秋天。”

“上高中以后还是有人找彼得麻烦吗？”

“情况更糟。”莱西说，“我甚至还要他哥哥帮忙照顾他。”

乔丹朝她走去。“跟我说说乔伊。”

“每个人都喜欢乔伊。他很聪明，又是运动健将。他不仅和同年龄的孩子处得来，和大人的关系也很好。他……怎么说呢，他魅力席卷全校。”

“你一定很自豪吧。”

“是的。但我想也因为乔伊，彼得还没进学校，师生们便对霍顿家的孩子有了特定想法。当他去了之后，大家发现他不像乔伊，也让他日子更难过。”她看到彼得听她说话时脸色变了，像换季似的。她以前还有时间的时候，为什么不告诉彼得说她明白？说她知道乔伊带给他多大的阴影，让他很难找到阳光？

“乔伊死的时候，彼得几岁？”

“他刚念完高二。”

“那对你们一家想必是很大的打击。”乔丹说。

“是的。”

“你如何帮助彼得面对他的哀伤？”

莱西低头望着自己的膝盖。“我根本无力帮助彼得，我甚至几乎帮不了自己。”

“那么你先生呢？他为彼得提供协助了吗？”

“我想我们两个都只是努力地过一天算一天……要真说起来，还是彼得出力撑住这个家的。”

“霍顿太太，彼得有没有说过他想伤害学校的人？”

莱西喉头顿时紧缩。“没有。”

“在彼得的人格特质中，有没有哪一点让你觉得他可能做出这种事？”

“当你凝视自己孩子的眼睛，”莱西轻声说道，“你会看到你希望他们变成的样子……而不是你不希望他们变成的样子。”

“你有没有发现过任何计划书或纸条，显示彼得正在策划这件事？”

这时一滴泪滑落她的脸颊。“没有。”

乔丹的声音变得柔和。“你有没有翻过他的东西，霍顿太太？”

她回想起她清理乔伊书桌的时刻，回想起她站在马桶前面，将抽屉里找到的药冲掉。“没有。”莱西坦白地说，“我没有去看。我以为这是在帮他。自从乔伊死后，我唯一想做的事就是不让彼得疏远。我不想侵犯他的隐私，不想和他争执，不想其他任何人再伤害他。我只希望他永远当个孩子。”她说到这里抬起头来，哭得更伤心。“但你身为家长，不能这样做。因为让他们长大是你职责的一部分。”

旁听席忽然响起“咔嗒”一声，后面有个男人站起来差点撞翻一台电视摄影机。此人莱西从未见过。他留着已渐稀疏的黑发和一撇小胡子，眼中冒着火。“你知不知道，”他粗暴地说，“我女儿梅蒂永远不会长大了。”他指着身旁一个女人，随后又往前指远一点，“还有她女儿，和他儿子也都不会了。你这该死的贱人。你要是能尽责一点，我现在也还能尽我的责任。”

法官开始敲起法槌。“先生，”他说，“先生，我必须请你……”

“你儿子是个禽兽，他妈的禽兽！”那人大喊，接着来了两名法警抓住他的上臂，将他拖出法庭。

有一次，莱西看到一个少了半个脑的婴儿出世。家人事先就知道孩子活不了，但仍选择生下来，希望能在她永别之前和她短暂相聚。女婴被抱在父母怀中时，莱西站在病房角落。她没有端详他们的表情，她就是办不到。她只专注于新生儿所需的医疗照护。她看着全身霜蓝色又僵硬的婴儿慢慢地移动一只小拳头，好像航天员在太空漫步。接下来，她的指头一根一根展开，她松了手。

莱西想到那些迷你指头，想到悄悄溜走。她转向彼得，用嘴型无声地说："对不起。"然后双手掩面哭泣起来。

法官宣布休息，陪审团鱼贯离去后，乔丹走向法官席。"法官大人，辩方有话要说。"他说，"我们要提出无效审判。"

尽管背对着戴安娜，他仍感觉得到她在翻白眼。"真是便宜你了。"

"麦卡菲律师，"法官说，"理由是什么？"

理由是我已经完全没有更好的方法抢救这个案子，乔丹暗想。"法官大人，一名死者的父亲当着陪审团的面完全情绪失控。那种发言是不可能被忽视的，而你即使做出指示也不可能让他们忘记。"

"如此而已吗，大律师？"

"不只。"乔丹说，"在此之前，陪审团可能不知道死者家属坐在旁听席上。现在他们知道了，而且也知道这些人始终注意着他们的一举一动，再加上本案极端牵动人心又被高度宣传，这对陪审团而言是莫大的压力。他们怎能公平公正地执行任务，而不顾及这些家属的期望呢？"

"你在开玩笑吧？"戴安娜说，"不然陪审团以为旁听席上都是些什么人？游民吗？当然都是与枪击案有关的人才会来。"

华格纳法官翻了一下眼珠。"麦卡菲律师，我不会宣布审判无效。

我明白你的顾虑，但我想我可以指示陪审员忽视旁听席上任何情绪性的发言。本案中的每个人都知道民众情绪高涨，有时候可能控制不了自己。不过，我也会向旁听席的民众提出警告，要他们自制，否则我将禁止旁听。”

乔丹倒吸一口气。“请务必提出我的抗议，法官大人。”

“当然了，麦卡菲律师。”他说，“十五分钟后见。”

法官回办公室后，乔丹走回被告席，想找些能救彼得的神奇魔法。事实上，无论华金说了什么，无论将创伤后应激障碍解释得多么清楚，无论陪审团是否能完全对彼得的遭遇起共鸣——乔丹都忘了最重要的一点：他们总会更同情受害者。

戴安娜临出法庭前微笑着对他说：“这招不错。”

法院里头，塞琳娜最喜欢那间塞在管理员储藏室附近、堆满旧地图的房间。她不知道这些地图为什么不在图书馆而在法院，但有时候看厌了乔丹在法官席前昂首踱步，她就喜欢躲到这里来。还有几次因为找不到保姆，她也会在审判进行时来这里给山姆喂奶。

此时，她带着莱西来到这个避风港，让她坐在一张以南半球为中心的世界地图前面。澳洲是紫色，新西兰是绿色。这是塞琳娜最喜爱的一张。她喜欢海里面画的红龙，和角落里那些狂烈的暴风云。她喜欢那个很艺术的罗盘，指方向用的。她喜欢想象这个世界从另一个角度看也许全然不同。

莱西·霍顿还在哭着，塞琳娜知道她必须哭——否则反诘问将会惨不忍睹。她坐到莱西身旁。“你想不想喝点什么？热汤？咖啡？”

莱西摇摇头，并用面纸擤鼻子。“我无论做什么都救不了他。”

“那是乔丹的工作。”塞琳娜说，但老实说她也想不出彼得有什么可能逃过牢狱重刑。她绞尽脑汁试图想说点什么或做点什么来安抚莱西，这时山姆忽然伸出手，扯住她一根辫子。

有了。

“莱西，”塞琳娜说，“你能不能帮我抱一下孩子？我要拿袋子里的东西。”

莱西抬起头瞪着她看。“你……你不介意？”

塞琳娜摇摇头，同时将孩子放到她腿上。山姆直盯着莱西，一面努力地将拳头往嘴里塞。“嘎。”他说。

一抹微笑从莱西脸上悄悄掠过。“小家伙。”她小声地叫，然后换个姿势好将他抱牢。

“打扰了。”

塞琳娜转身看见门“呀”的一声打开，艾莉克斯·柯米尔的脸探了进来。她随即起身。“法官，你不能进来……”

“让她进来吧。”莱西说。

塞琳娜于是后退让法官走进来坐到莱西旁边。她将保利龙杯放在桌上后伸出手，见山姆抓住她的小指猛拉，不禁微微一笑。“这里的咖啡很难喝，不过我还是给你带了一点。”

“谢谢。”

塞琳娜小心翼翼地从堆得高高的地图后面绕过，最后来到两个女人身后站定，她看着她们又惊讶又好奇，就好像看到一头母狮不但没吃掉飞羚反而还讨好它。

“你刚才表现得很好。”法官说。

莱西摇了摇头。“还不够好。”

“至少反诘问的时候，检察官不会问你太多问题。”

莱西将婴儿举到胸前，抚摩着他的背。“我想我没办法再回那儿去了。”她的声音断断续续。

“你可以的，你也要进去。”法官说，“因为彼得需要你。”

“他们恨他，他们恨我。”

柯米尔法官一手按在莱西肩上。“不是每个人。”她说，“回去之后我会坐在第一排。你不必看检察官，你只要看着我。”

塞琳娜听得瞠目结舌。通常碰上脆弱的证人或小孩，他们都会安排一个人当焦点，让他们做证时比较不害怕，让他们觉得在那一大群人当中，至少有个朋友。

山姆找到自己的大拇指吸吮起来，随后便靠在莱西胸前睡着了。塞琳娜看见艾莉克斯伸出手，轻抚儿子头上几撮稀疏的深色头发。“大家都以为我们年轻时会犯错，”法官对莱西说，“我却觉得长大以后犯的错也不少。”

乔丹一走进彼得待的拘留室，便开始进行损害控制。“这不会对我们造成不利影响。”他宣称，“法官会指示陪审团忽视那整个突发事件。”

彼得坐在金属板凳上，头埋在手里。

“彼得，”乔丹说，“你听到了吗？我知道情形看起来不妙，我也知道这让人很心烦，可是法律上不会影响你的……”

“我得告诉她我为什么这么做。”彼得打断他的话。

“你母亲吗？”乔丹说，“没办法。她还被隔离着。”他犹豫了一下，“你听我说，只要我能让她跟你说话，我……”

“不，我是说告诉每个人。”

乔丹看着自己的当事人。彼得眼中没有泪，双手握拳放在板凳上。当他抬起头来，乔丹看到的已不是审判第一天他安抚着坐在自己身旁那个受惊吓的小孩，而是一个一夕之间长大了的人。

“就快要轮到我们提出你的故事版本了。”乔丹说，“你一定要再忍耐一下。我知道这很难相信，但最后就会有个合理的解释。我们已经尽力了。”

“不是我们，是你。”彼得说着站起来，走向乔丹。“你答应过的。你说现在轮到我们了。但其实你的意思是轮到你了，对不对？你根本不打算让我站上去，告诉所有人真正的事情经过。”

“你有没有看到他们怎么对待你母亲？”乔丹反驳，“你知不知道如果你出面坐在那个证人席，会发生什么事？”

在这一瞬间，彼得眼里似乎有什么消失了：不是愤怒，不是隐藏的恐惧，而是那最后一丝丝的希望。乔丹想起麦可·毕屈做证时，提到生命离开一个人脸上的模样。但这副景象不一定要从濒死的人身上才看得到。

“乔丹，”彼得说，“如果我下半辈子都要关在牢里，我想让他们听听我的说法。”

乔丹张开嘴打算告诉当事人绝对不行，告诉他不能上证人席，把乔丹为了让他无罪开释而辛苦谋划的一手牌给毁了。但他骗得了谁呢？肯定不是彼得。

他深吸一口气，说道：“好吧。告诉我你想说什么。”

戴安娜·莱文没有任何问题要问莱西·霍顿，这——乔丹知道——真是天大的运气。梅蒂·萧的父亲基本上问了检察官的问题，而且他也不知道莱西还能承受多少压力，而不致在证人席上胡言乱语。她被带出法庭后，原本看着案卷的法官抬起头来。“麦卡菲律师，你的下一位证人是……？”

乔丹深深地吸了口气。“辩方传彼得·霍顿做证。”

他身后一阵嘈杂。有窸窣声，是记者从口袋掏出新笔并将笔记翻到新的一页。有窃窃私语声，是受害者家属目光追随彼得踏上证人席时的交头接耳。他可以看到塞琳娜走到一旁，为此意外的发展瞪大双眼。

彼得坐下之后只看着乔丹，这是他事先吩咐的。好孩子，他心想。“你是彼得·霍顿吗？”

“是的。”彼得说，但离麦克风太远声音传不出去。于是他向前倾，又说了一次。“是的。”他说，而这次法庭上所有扩音喇叭都传出可怕刺耳的尖嘎声。

“彼得，你念几年级？”

“我被捕的时候念高三。”

“你现在几岁？”

“十八。”

乔丹走向陪审团席。“彼得，二〇〇七年三月六日早上进入斯特灵高中，射死十个人的人是你吗？”

“是的。”

“并射伤了十九人？”

“是。”

“还导致其他无数人受伤，大量财物受损？”

“我知道。”彼得说。

“今天你并不否认这点，对吧？”

“对。”

“你能不能告诉陪审团，”乔丹问，“你为什么这么做？”

彼得直视着他的眼睛。“是他们先开始的。”

“谁？”

“那些欺负人的人。那些运动健将。那些一辈子都骂我怪胎的人。”

“你记得他们的名字吗？”

“太多了。”彼得说。

“你能不能告诉我们为什么要诉诸暴力？”

乔丹事先跟彼得说过无论如何都不能发脾气，说话时必须保持沉着冷静，否则他的证词反而会对自己不利——甚至可能比乔丹预期得更糟。“我曾经试着照我妈妈的话去做，”彼得解释，“我试着和他们一样，但没有效。”

“你这么说是什么意思？”

“我试过足球，但从来没上场过。有一次，我帮几个学生恶作剧，把一个老师的车从停车场移进体育馆……我放学后被留校处罚，其他人却没事，因为他们是校篮球队，星期六要比赛。”

“可是彼得，”乔丹说，“为什么这么做？”

彼得舔舔嘴唇。“本来不应该是这样的。”

“你真的有计划要杀死这些人吗？”

这段问答他们已经在拘留室里排练过。彼得只要照着乔丹先前教他的说就行了。没有，我没有。

彼得低头看自己的手。“玩游戏的时候，”他平静地说，“我都赢。”

乔丹顿时僵住了。彼得已经脱稿演出，此时的乔丹找不到自己的台词，他只知道在他结束之前便会落幕。他心里乱糟糟的，不断重复彼得的答案：倒也不全然太糟。这让他听起来很沮丧，像个独行客。

你还有救，乔丹暗想。

他朝彼得走去，拼命想让他明白现在他需要引人注意，他需要彼得配合，他需要向陪审团证明这个孩子选择站出来面对他们是为了表达悔意。“那么你现在明白那天并没有赢家了吗，彼得？”

乔丹看见彼得眼中闪耀着什么。一点小小的火光，重新燃烧起来——乐观的火光。乔丹表现得太好了：五个月来他不停告诉彼得他能让他无罪开释，说他有策略，说他知道自己在做什么……该死的是，彼得偏偏挑在这最后一刻相信了他。

“游戏还没有结束，不是吗？”彼得说，并对乔丹露出充满希望的微笑。

见两名陪审员将头转开，乔丹极力保持镇定。他一面走回被告席一面低声咒骂。这始终是彼得毁灭的原因，不是吗？他完全不知道一般旁观者对他的言行有何看法，而这些人并不知道彼得不是故意用杀人犯的口吻说话，而是想和他少数的朋友之一开个私密的玩笑。

“麦卡菲律师，”法官说，“你还有其他问题吗？”

他的问题可多了：你怎能这样对我？你怎能这样对你自己？我怎么才能让陪审团了解你说的话并没有那个意思？他摇着头，边走边伤脑筋，法官以为那是他的回答。

“莱文检察官？”他说。

乔丹猛然抬起头。等等，他想说，等等，我还在想。他屏住呼吸。只要戴安娜提出任何问题——即便是彼得的中间名——他便有机会进行覆主诘问，那么他肯定能扭转彼得刚刚在陪审团心中留下的印象。

戴安娜迅速翻了一下她的摘记，然后盖起来。“检方没有问题了，庭上。”她说。

华格纳法官召来一名庭务员。“带霍顿先生回座。周末休庭，星期一再开庭。”

陪审团解散后，法庭爆发出如雷的提问声。记者在旁观人潮中奋力往旁听席的分隔栏杆移动，希望能从乔丹口中捕捉到只字片语。他抓起公文包，匆忙走出庭务员带着彼得离开的后门。

“等一下。”他高喊道，随即跑上前去，彼得被两个人夹在中间，手上戴着手铐。“我得跟我的当事人谈谈星期一的事。”

法警互望一眼，然后看着乔丹。“两分钟。”他们说，但并未退开。乔丹若想和彼得说话，这将是唯一的机会。

彼得满面红光。“我做得不错吧？”

乔丹迟疑地搜索字符串。“你想说的都说了吗？”

“说了。”

“那么你就做得很好。”乔丹说。

他站在走廊上看着法警将彼得带走。就在转弯前，彼得举起束缚在一起的双手，摆了摆。乔丹微一点头，手仍插在口袋里。

他从一道后门溜出拘留室，走过三辆新闻车，挂在车顶上的卫星天线好像白色巨鸟。乔丹从每辆采访车的后车窗可以看到制作人正在剪接晚间新闻的带子。每个电视屏幕上都有他的脸。

他经过最后一辆采访车时，从打开的窗口听到彼得的声音。游戏还没有结束。

乔丹将公文包往肩上一甩，略为加快脚步。“不，已经结束了。”他说。

塞琳娜替丈夫准备了他所谓行刑前的一餐，每回结辩前一晚都是一样的菜色——鹅肉，表示“你完蛋了”。等山姆睡着，她将一盘食物送到乔丹前面，然后面对他坐下。“我实在不知道该说什么。”她坦白地说。

乔丹将食物推开。“我还没准备吃这个。”

“你在说什么？”

“我不能让案子就这样结束。”

“亲爱的，”塞琳娜指出，“过了今天，你就算找来整个消防队也救不了火了。”

“我就是不能放弃。我跟彼得说过他有机会。”他抬起焦虑的脸望着塞琳娜。“我明知不妥，却还是让他走上证人席。我一定还能做点什么……说点什么，好让陪审团最后听到的不是彼得的证词。”

塞琳娜叹了口气取过那盘晚餐。她拿起乔丹的刀叉，给自己切了块肉，沾上樱桃酱。“乔丹，这鹅肉好吃得不得了。”她说，“你都不知道自己损失多大。”

“证人名单，”乔丹说着起身往餐桌另一头的一沓纸张里搜寻，“我们没传唤的人当中，一定还有谁能帮我们。”他扫视着人名。“露易丝·赫曼是谁？”

“彼得三年级的老师。”塞琳娜满嘴食物地回答。

“干嘛把她列在名单上啊？”

“是她找我们的。”塞琳娜说，“她说如果我们需要她，她很乐意做证说彼得三年级的时候是个好孩子。”

“唉，那没有用。我需要近一点的人。”他叹气道。“没有别人了……”翻到第二页，只看到最后一个名字。“除了乔丝·柯米尔。”乔丹缓缓地说。

塞琳娜放下叉子。“你要传唤艾莉克斯的女儿？”

“你什么时候开始叫柯米尔法官艾莉克斯了？”

“那女孩什么都不记得。”

“那我就真的完了。也许她现在记起了些什么。我们把她叫来，看她愿不愿意说。”

塞琳娜仔细翻寻堆在餐桌上、壁炉架上、山姆的学步车上的纸张。“这是她的声明。”她将纸递给乔丹。

第一页是柯米尔法官拿来给他的切结书——上面说因为乔丝什么都不知道，所以乔丹不会申请传她出庭做证。第二页是帕特里克·杜沙姆对乔丝所做的最新讯问。“他们从幼儿园就是朋友。”

“曾经是朋友。”

“我不管。戴安娜已经替我打好基础——彼得喜欢乔丝，他杀了她的男友。如果能让乔丝说点他的好话，或甚至表示她原谅他，对陪审团将会有一定的影响。”他站起来，说道，“我要再回法院去。我需要一张传票。”

星期六早上门铃响的时候，乔丝还穿着睡衣。她昨晚睡死了，这倒也不令人讶异，因为她已经一整个星期无法安眠，梦里老是见到公路上全是轮椅，号码锁上没有号码，选美皇后没有脸。

证人隔离室内只剩下她一人，也就是说事情就快结束了，她很快便能再次呼吸。

乔丝开门之后，看见嫁给乔丹那个美丽高挑的非裔美国人对着她微笑，并递上一张纸。“乔丝，我得把这个交给你。”她说，“你妈妈在家吗？”

乔丝接过对折的蓝色信笺。也许是类似庆功宴之类的，庆祝审判结束，那倒蛮酷的。她转头叫母亲。艾莉克斯出现时，帕特里克也跟在后面。

“啊。”塞琳娜大吃一惊。

母亲不慌不忙地抱着双臂。“怎么了？”

“法官，很抱歉星期六来打扰你们，只是我先生想问问乔丝今天有没有空，能不能去跟他谈谈？”

“谈什么？”

“因为他申请传唤乔丝星期一出庭做证。”

屋子忽然开始旋转起来。“做证？”乔丝重复她的话。

她母亲踏上前一步，从她脸上的表情看得出若非帕特里克一手揽住她的腰拉住她，她可能会做出后果严重的事。帕特里克抽出乔丝手中的蓝纸，看了一下。

“我不能出庭。”乔丝喃喃地说。

她母亲摇着头说：“乔丝已经签了切结书说她什么都不记得……”

“我知道你们很不舒服。但事实是乔丹会在星期一传乔丝出庭，我们希望事先和她谈一谈，以免她毫无准备地出庭。这样对我们比较好，对乔丝也比较好。”她顿了一下，“法官，你可以选择困难的方式，也可以选择这种方式。”

艾莉克斯咬牙切齿地说：“两点。”然后“砰”的一声让塞琳娜吃闭门羹。

“你答应过的。”乔丝大喊，“你答应过我不必站出去做证。你说我不必做这件事的！”

母亲抓住她的双肩。“亲爱的，我知道你很害怕，我知道你不想去。但你所说的一切都帮不了他，所以时间不会太长也不会痛苦。”她瞄向帕特里克，“他到底为什么要这么做？”

“因为他快完蛋了。”帕特里克说，“他希望乔丝帮帮他。”

一听到这句话，乔丝立刻哭出来。

乔丹像抱美式足球一样抱着山姆，打开办公室的门。这时刚好两点整，乔丝·柯米尔和母亲来了。柯米尔法官冰冷有如悬崖峭壁，而她女儿则像树叶般微微颤抖。“谢谢你们来。”他脸上露出灿烂亲切的笑容。最主要的，他希望让乔丝感到自在。

她们俩都没有出声。

“这个我很抱歉。”乔丹比了比山姆，“我妻子现在应该要来带走孩子，我们就能好好谈谈了，但有一辆运木材的卡车在十号公路上翻了。”他把嘴角拉得更开，“再等一两分钟应该就会到了。”

他朝办公室的沙发和椅子比了一下，请她们坐。桌上摆着饼干和一壶水。“请随便吃点或喝点什么。”

“不用了。”法官说。

乔丹坐下来，把婴儿摆在膝盖上。“好吧。”

他瞪着时钟不由得感到诧异，当你希望时间过得快点，六十秒钟竟能如此漫长。忽然门“轰”地开了，塞琳娜跑进来。“对不起，对不起。”她慌乱地伸手去抱宝宝，尿布袋却从她肩上掉落，飞快地滑过地板停在乔丝面前。

乔丝站起身来，盯着塞琳娜掉落的背包，然后慢慢后退，撞到母亲的脚和沙发边缘。“不，”她呜咽着说，然后全身缩在角落里，用手护着头开始哭起来。山姆听到哭声也开始尖叫，塞琳娜连忙将他贴靠在自己肩膀上，而乔丹看着却是无言以对。

柯米尔法官蹲到女儿身旁。“乔丝，怎么回事，乔丝？你怎么了？”

乔丝前后摇晃，依旧哭泣不止。她抬起眼睛看着母亲，小声地说：“我记得的，比我说的要多。”

法官简直惊呆了，乔丹赶紧抓住她尚未回神的时机，蹲到乔丝旁边问道：“你记得什么？”

柯米尔法官一把将他推开，扶着乔丝起身，让她坐到沙发后，从桌上的水壶替她倒了杯水。“没关系的。”法官喃喃说道。

乔丝抽抽搭搭吸了口气。“背包，”她的下巴朝地板上的背包抬了一下，“它从彼得肩上掉下来，就跟那个一样。拉链开了，然后……然后掉出一把枪。麦特抓起了枪。”她的脸已经扭曲变形，“他朝彼得开枪，可是没射中。彼得……他……”她闭上双眼，“彼得就是这个时候射死他的。”

乔丹让塞琳娜注意到了，彼得的辩护始终取决于创伤后应激障碍——一个事件可能如何引发另一个事件。一个受创伤的人可能如何根本记不起任何事。一个像乔丝这样的人可能如何因为看到尿布袋掉落，而想起数月前在更衣室发生的事：彼得，被一把枪指着——一个真实而立即的威胁，一名欺负他学生正打算杀他。

换句话说，也就是乔丹一直以来的说法。

“真是一团乱。”柯米尔母女走后，乔丹对塞琳娜说，“但对我有利。”

塞琳娜刚才没有带孩子离开，此时山姆正安睡在一个空的档案柜中。她和乔丹坐在桌旁，不到一小时前，乔丝正是在这张桌前坦承自己最近开始一点一滴地想起枪击案情，但没有告诉任何人，因为她担心因此必须出庭陈述。她也说当尿布袋落下时，所有事一下子全都再次涌现。

“如果在审判开始前发现这件事，我会去告诉戴安娜，并运用一点策略。”乔丹说，“但既然已经由陪审团审判，也许我能做得更好。”

“这不像最后一刻的制胜关键。”

“假设我们让乔丝出庭说出这一切。突然间，那十人的死亡看起来就不同了。这起死亡背后的真相没有人知道，因此检方告诉陪审团有关枪击的其他一切细节也会连带受到质疑。换句话说，如果检方不知道这件事，他们不知道的还有哪些呢？”

“而且，”塞琳娜指出，“这也再次印证了华金的说法。有一个曾经折磨过彼得的学生拿着枪瞄准他，就像他一直想象会发生的情节。”她停顿一下又说：“即便如此，把枪带进来的却是彼得……”

“那无关紧要。”乔丹说，“我不必知道所有答案。”他往塞琳娜的嘴吻了下去：“我只要确定检方也不知道就行了。”

艾莉克斯坐在长凳上看一群大学生玩飞盘争夺赛玩得精疲力竭，好像根本不知道世界已经崩解。坐在她身旁的乔丝把膝盖弯到胸前抱着。

“你为什么不告诉我？”艾莉克斯问。

乔丝抬起头。“我不能说。你是审案的法官。”

艾莉克斯觉得好像有把匕首插入肋骨下方。“可是乔丝，在我申请回避以后……当我们去见乔丹，你说你什么都不记得的时候……我是因为这样才要你签切结书。”

“我以为你希望我这么做。”乔丝说，“你跟我说如果我签了，就不必当证人……就不必出庭。我不想再去见彼得。”

有一名大学生跳起来但失手，飞盘朝艾莉克斯飞来，掉在她脚边时扬起一阵尘土。“对不起。”大男孩挥手喊道。

艾莉克斯捡起来抛掷出去。飞盘被风托起，飞得更高，成了湛蓝天空中的一个污点。

“妈咪，”乔丝说，其实她已经多年没这么喊艾莉克斯了，“我会怎么样呢？”

她不知道，不管身为法官或律师或母亲。她现在唯一能做的就是提供好的建议，并希望能禁得起未来事态发展的考验。“从现在起，”艾莉克斯告诉乔丝，“你只能说实话了。”

帕特里克为了处理一起家暴事件人质谈判去了一趟科尼旭，回到斯特灵已近午夜。他没有回自己家，而是去找艾莉克斯——反正她那儿也比较像家。今天他有几次想打电话问问和乔丹·麦卡菲谈得如何，但他所在之处收不到信号。

他发现她坐在客厅沙发，没有开灯，便一屁股坐到她身边。有一阵子，他也学艾莉克斯盯着墙壁。“我们这是在做什么？”他小声地问。

她转头看他，他也才发现她在哭。他不禁自责——你应该试着多打几通，你应该早点回家。“怎么了？”

“我把事情搞砸了，帕特里克。”艾莉克斯说，“我以为我在帮她，我以为我知道自己在做什么。结果我根本什么也不知道。”

“乔丝？”他问道，同时试着拼凑全貌，“她在哪里？”

“睡了。我给她吃了颗安眠药。”

“你要不要谈谈？”

“我们今天去找乔丹·麦卡菲，乔丝告诉他……她告诉他说枪击的事她记得一点。事实上，她全都记得。”

帕特里克轻轻吹了声口哨。“这么说她一直在说谎？”

“我不知道。我想她是害怕。”艾莉克斯瞄向帕特里克，“还不只如此。据乔丝说，是麦特先向彼得开枪的。”

“什么？”

“彼得的背包掉在麦特面前，他就捡起其中一把枪。他开枪但没射中。”

帕特里克抹了把脸。戴安娜·莱文肯定高兴不起来。

“乔丝会怎么样呢？”艾莉克斯说，“最佳情况是她坐上证人席，让全镇的人因为她替彼得做证而恨她。最坏情况是她犯了伪证罪而遭起诉。”

帕特里克的心狂跳不止。“你不能担心这个。这已经超出你能掌控的范围。而且乔丝不会有事的，她是幸存者。”

他俯身亲吻她，轻轻地，以嘴来完成他还不能告诉她的话语以及他不敢承诺的誓言。他一直吻到可以感觉到她的脊背放松下来。“你也应该去吃颗安眠药。”他低声说。

艾莉克斯偏着头问：“你不留下？”

“不行，我还有工作要做。”

“你这么老远来只是为了告诉我你不留下？”

帕特里克望着她，真希望能解释他必须做什么。“再见了，艾莉克斯。”他说。

艾莉克斯向帕特里克吐露了秘密，但身为法官，她知道他不能为她保密。星期一早上一见到检察官，帕特里克就得将自己已经得知麦特·罗斯顿在更衣室先开枪的事告诉戴安娜。在法律上，他不得不披露这项新发现。然而技术上，他却有星期天一整天可以对这项信息做任何事。

如果帕特里克找到证据证明乔丝的说辞，便能减缓她出庭做证的冲击——也能让他成为艾莉克斯心目中的英雄。但他想再搜一遍更衣室却还有另一个原因。帕特里克知道自己在那个小空间里亲自彻底搜证过，但没找到任何子弹。如果麦特真的先向彼得开枪，应该会留下子弹才对。

清晨六点，斯特灵高中像个沉睡的巨人。帕特里克打开上了锁的前门，在黑暗中通过走廊。廊道已有专人清理过，但他从手电筒的光仍可看到子弹打破玻璃和血染地板的痕迹。他快速移动，一面推开建筑用蓝色防水布，避开一堆堆木板，一面听着自己的靴子后跟发出回音。

帕特里克打开体育馆的双门，踩过写满摩斯密码记号的地板时脚下吱嘎作响。他“啪”一声打开一排开关，体育馆顿时亮晃晃。他上次来的时候，地上有不少紧急救生毯，其编号与写在诺亚·詹姆斯、麦可·毕屈、贾斯汀·费德曼、达斯提·史毕思和奥斯汀·普洛乔等人额头上的号码相符。还有刑事鉴识人员趴跪在地，拍摄水泥块缺口的照片，挖出篮板内的子弹。

他离开艾莉克斯家后先回到警所待了几个小时，仔细检视B枪上的指纹放大图。指纹很模糊，他没有多花心思便认定是彼得的。但若是麦特的呢？有没有办法证明诚如乔丝所说，麦特曾拿过枪？帕特里克研究过从麦特遗体采集到的指纹，从各个方位与不完整的指纹做比对，到最后纹线与纹脊都已经模糊得看不清。

要想找证据，就得回到学校来。

更衣室看起来和他本周稍早做证时使用的照片一模一样，不过尸体当然已经移除。更衣室和学校的教室走廊不同，并未加以清理或修补。这小小一区的损害太大——不是实体而是心理——校方一致同意在这个月底，将这里连同体育馆其他设施和餐厅一起拆除。

更衣室是方形空间。通往体育馆的门位于一面长墙中央，正对面摆了一张木凳和一排金属置物柜。在更衣室左后方角落有个小门，里面是公用的淋浴间。麦特的尸体就倒在这个角落，乔丝躺在他身旁；彼得则蹲在三十英尺外的更衣室右后方。蓝色背包就掉在小门左侧。

如果帕特里克相信乔丝的话，那么就是彼得跑进了乔丝与麦特躲藏的更衣室，手里也许握着A枪。他的背包掉落，而站在更衣室中间的麦特距离背包够近，抓起了B枪。麦特朝彼得开枪却没射中，而这颗能证明B枪被发射过的子弹也始终未被寻获。他想再开一枪，枪却卡住了。就在此时，彼得射了他，两枪。

问题是麦特陈尸处距离他拿枪的背包至少有十五英尺。

为什么麦特还要退后，然后再开枪射彼得？这不合理。有可能是彼得射击的力道让麦特的身体往回弹，但从基本物理学便能分析彼得在他所站位置开的枪，不可能让麦特倒在他陈尸的地点。何况没有任何血迹喷溅的型态显示麦特中枪时站在背包附近。他应该是中枪之后便倒在原地。

帕特里克走向他逮捕彼得的那面墙。他从上方角落开始，仔细地摸过每个坑坑洞洞，摸过置物柜边缘与内侧，然后转弯顺着垂直墙面摸下来。他爬到木凳底下检视下方。他又举起手电筒照向天花板。在如此近的距离，麦特发射的子弹一定会造成明显损伤，但却完全没有迹象显示有任何一枪是朝着彼得的方向——成功——发射。

帕特里克再走向更衣室另一个角落，地板上还留有一处深暗的血迹和干了的靴印。他跨过血迹进入淋浴间，重复刚才的动作细细查看那面理应是位于麦特背后的瓷砖墙壁。

若在麦特陈尸这里找到失踪的子弹，那么发射B枪的人显然不是麦特，而是彼得一直掌握着这把枪和A枪。换句话说：乔丝对乔丹·麦卡菲说了谎。

这项工作不难，因为墙面是素白瓷砖。没有裂缝，没有碎片，根本看不出有子弹穿过麦特腹部后击中浴室墙面。

帕特里克转过身，看着几个不太合理的地方：莲蓬头顶端、天花板、排水口。他脱掉鞋袜涉过浴室地板。

当他的小脚趾贴着排水孔边线前进时，他感觉到了。

帕特里克跪趴下来，摸着金属的边缘。连接排水孔盖的瓷砖上有一道又长又粗的磨痕，由于位置的关系很容易被忽略——鉴识人员看到很可能以为是水泥浆。他用手指摸了摸，然后以手电筒照明往排水口里凝神细看。如果子弹滑进排水道，早就不见了——但是排水孔很小，应该不可能穿得过去。

帕特里克打开一个置物柜，徒手拆下一面小方镜后，镜面向上放在磨痕所在的浴室地板上。接着他关掉所有的灯，拿出激光笔，站在彼得被捕之处将激光指向镜子，见它反射到淋浴间最里面的墙壁，那里没有弹痕。

他转了一圈，并持续以激光对准镜面，最后光线往上弹跳，直接由一扇通风用的小窗中心穿过。他掏出口袋的铅笔，跪下来在他站立的位置上做记号，然后拿出手机。“戴安娜，”检察官接电话后，他说，“明天不能开庭。”

“我知道这很不寻常，”第二天早上戴安娜在法庭上说：“而且陪审团都坐在这里了，但我必须要求暂时休庭，直到我的侦查员到来。他正在调查一条新线索……也许是无罪证明的证据。”

“你打电话给他了吗？”华格纳法官问。

“打过几次了。”帕特里克没接电话。他要是接了，她就能直接告诉他她有多想杀了他。

“庭上，我必须反对。”乔丹说，“我们已经准备好继续进行。我相信若真能提出无罪证明，到时莱文检察官会将相关信息告诉我，但此时我愿意碰碰运气。既然我们都已经就位，我想再补充一点，现在我有一名证人已准备做证。”

“什么证人？”戴安娜说，“你已经没有人可传了。”

他微笑看着她。“柯米尔法官的女儿。”

艾莉克斯坐在法庭外，紧紧握着乔丝的手。“一下子就会结束了。”

艾莉克斯知道这其中最讽刺的是，几个月前她极力争取承审此案，正是因为她宁可为女儿提供法律上而非情绪上的安慰。而如今眼看乔丝就要在一个艾莉克斯比任何人都了解的舞台上做证，她却仍提不出什么了不起的司法建议来帮助女儿。

那会很可怕。那会很痛苦。而艾莉克斯能做的也只是看着她痛苦。

一名法警出来叫她们。“法官，”他说，“你女儿准备好了吗？”

艾莉克斯捏捏乔丝的手。“只要跟他们说你知道的事就好了。”她说完，起身便要走进法庭。

“妈？”艾莉克斯听见乔丝在身后喊，转过身去。“如果你知道的不是别人想听的呢？”

艾莉克斯努力挤出笑容。“说实话就没错了。”她说。

乔丝走上证人席时，乔丹依规定将她的证词概要交给戴安娜。“你什么时候弄到这个的？”检察官小声地问。

“这个周末。抱歉了。”他其实口是心非。他朝乔丝走去，她看起来娇小而苍白，头上绑了一根整齐的马尾，手交叠放在膝盖上。她刻意避开所有人的目光，直盯着证人席栏杆上的木纹。

“请你说出你的姓名。”

“乔丝·柯米尔。”

“乔丝，你住在哪里？”

“斯特灵镇普雷斯考特东街四十五号。”

“你今年几岁？”

“十七岁。”她回答。

乔丹上前一步，以耳语的声音对她说：“你瞧，轻而易举。”他向她眨眨眼，她似乎也报以极浅的一抹微笑。

“二〇〇七年三月六日早上，你在哪里？”

“我在学校。”

“你第一堂上什么课？”

“英语。”乔丝轻声地说。

“第二堂呢？”

“数学。”

“第三堂呢？”

“我有一堂自修课。”

“你在哪里自修？”

“和我男朋友在一起，”她说，“麦特·罗斯顿。”她看向一旁，眼睛眨得飞快。

“第三堂课，你和麦特在哪里？”

“我们走出餐厅，要去他的置物柜，准备下一堂课。”

“后来发生什么事？”

乔丝瞪着自己的膝盖。“外面好吵，大家都开始奔跑。有人尖叫着说有枪，说有人拿枪。我们的一个朋友杜鲁·纪哈德跟我们说是彼得。”

这时她抬起头，定定望着彼得。她看了他好长一段时间，然后才闭上眼睛转过头去。

“你知道发生什么事吗？”

“不知道。”

“你有看见谁在开枪吗？”

“没有。”

“你去了哪里？”

“体育馆。我们穿过体育馆，跑进更衣室。我知道他离我们愈来愈近，因为我不断听到枪声。”

“你进入更衣室的时候，谁和你在一起？”

“我以为是杜鲁和麦特，可是当我转身才发现杜鲁不在了。他已经中枪。”

“你看见杜鲁中枪吗？”

乔丝摇摇头。“没有。”

“你进入更衣室前有看见彼得吗？”

“没有。”她的脸皱了起来，接着她擦擦眼睛。

“乔丝，”乔丹说，“接下来发生什么事？”

当天上午十点十六分

“趴下。”麦特大声斥道，并一手将乔丝推倒到木凳背后。

这里不是藏身的好地方，不过更衣室里也找不到藏身的好地方。麦特原本打算爬出淋浴间的窗户，甚至已将窗户打开，但却听见体育馆多次响起枪声，发现已来不及拉过板凳爬出窗口。他们简直就是自己把自己困住了。

乔丝整个人缩成一团，麦特蹲在她前面。她的心跳怦怦地打在麦特背上，还老是忘记呼吸。

他伸手往后面摸索，直到抓住她的手。“乔丝，万一发生什么事……”他小声地说，“我爱你。”

乔丝开始哭起来。她就要死了，他们都要死了。她想到许多自己好想做却还没做的事：去澳洲，和海豚游泳；背下《波希米亚狂想曲》的全部歌词；毕业；结婚。

她把脸贴在麦特背上，用他的衣服擦去泪水，忽然听到更衣室的门轰地打开。彼得踉踉跄跄闯进来，眼神狂乱，手中握着枪。乔丝注意到他左脚的球鞋鞋带松了，她简直不敢相信自己还会注意到这种事。他举枪瞄准麦特，乔丝忍不住，大声尖叫。

也许因为声音很大，也许因为是她的声音，彼得吓了一跳，背包随之掉落。背包从他肩膀滑下后，另一把枪从打开的口袋里掉出来。

枪轻轻弹跳过地板，正好停在乔丝左脚后方。

你知道吗？有些时候世界忽然运转得很慢，慢得让你能感觉到自己骨头的移动、心思的崩塌。有些时候你会以为不管后半辈子发生什么事，你都会永远记得那一刻的所有细节。乔丝看到自己的手往回伸，看到自己的手指弯起握住那黑色冰冷的枪托。她笨拙地拿着枪，摇摇晃晃站起身，将枪口对准彼得。

麦特在乔丝的掩护下，向淋浴间退去。彼得稳稳地握枪，依旧瞄准麦特，尽管乔丝愈靠愈近。“乔丝，”他说，“让我把这个结束掉吧。”

“射他，乔丝。”麦特说，“你他妈的开枪啊。”

彼得将滑套往后拉，让弹匣中的子弹循环入定位。密切注意着他的乔丝，也模仿他的动作。

她想起和彼得上托儿所的情形——其他男孩会捡起树枝或石头，一面跑一面喊着把手举起来。她和彼得拿树枝来做什么了？她记不起来。

“拜托，乔丝！”麦特睁大眼睛，开始冒汗，“你他妈的傻了啊？”

“不要这样跟她说话。”彼得大喊。

“闭嘴，混蛋。”麦特说，“你以为她会救你？”他又转向乔丝，“你在等什么？开枪呀。”

于是她照做了。

开枪之后，她的虎口刮出两条伤痕。她的手猛然往上一拉，麻木了，耳边嗡嗡作响。血从麦特的灰色T恤渗出，是黑色的。他呆站片刻，一只手按住腹部的伤口。她看到他最后的嘴型在喊她的名字，但她听不到，耳鸣太严重了。乔丝？随后，他便倒地。

乔丝的手开始剧烈颤抖，枪忽然从手中掉落她也不觉讶异，它忽然极度排斥被她握在手里，就像片刻前忽然黏住她的手甩不掉一样。“麦特！”她哭喊着朝他跑过去。她用手压住流出的血，因为现在就应该这么做不是吗？不料他却痛得打滚尖叫。血开始从他嘴里涌出，沿着脖子流下。“想想办法啊。”她转向彼得啜泣道，“帮帮我。”

彼得走上前去，举起手里的枪，射向麦特的头。

乔丝惊吓得往后爬，远离他们两人。她不是这个意思，她不可能是这个意思。

她瞪着彼得，发现在她脑子一片空白的那一刻，她其实非常清楚彼得带着背包与枪一路闯过学校的感觉。这个学校里的每个学生都扮演了一个角色：运动健将、成绩资优生、美女、怪胎。彼得只不过是实现了他们所有人心中的梦想：即使只有十九分钟，也要当一个谁也无法裁判的人。

“别说出去。”彼得小声地说，乔丝明白他要给她一条活路——一个以血封缄的交易，一段沉默的合伙关系：只要你不说出我的秘密，我也不会说出你的。

乔丝缓缓点头之后，世界随即翻黑。

我想人的一生应该像一部DVD。你可以看其他所有人看的版本，也可以选择导演的版本——也就是在受到其他任何事物影响前，他希望你看到的东西。

里头很可能有选单，好让你可以从好的段落开始，不必重新经历坏的段落。你可以用你经历过的场景数目或是你被困住的分钟数来衡量自己的人生。

但是人生却很可能比较像那些愚蠢的监视录像带。无论你盯得多么用力，依旧模糊。而且不断循环：同样事物一而再再而三地上演。

五个月后

艾莉克斯努力挤出旁听席上听了乔丝的供词后顿时陷入惊慌困惑的人潮。这群人当中也包括罗斯顿夫妻，他们刚刚听到她女儿射杀了他们的儿子，但她现在还无法思考这些。当艾莉克斯挣扎着想穿过栏杆时，眼中只看到困坐在证人席上的乔丝。她是法官啊，该死，她应该可以进去的，却被两名庭务员牢牢拉住。

华格纳重重敲着法槌，但无人理会。“休息十五分钟。”他宣布道，当另一名庭务员将彼得拖出后门，法官转向乔丝。“小姐，”他说，“你的宣誓依然有效。”

艾莉克斯看着乔丝被带出另一道门，一面喊着她的名字。片刻后，伊莲娜来到她身边，书记官则抓住艾莉克斯的手臂。“法官，跟我来。你现在这样不安全。”

艾莉克斯清楚记得这是她第一次让人带着走。

帕特里克刚好在事情爆发时赶到法庭。他看见乔丝在证人席上哭得无法呼吸，他看见华格纳法官极力试图控制场面，但最重要的是他看见艾莉克斯一心只想冲到女儿身边。

他真想立刻拔枪帮助她。

等他奋力挤进法庭中央走道时，艾莉克斯已经不见了。他瞄到她钻进法官席后面的一个房间，于是跨过栏杆想去追她，却有人抓住他的袖子。他气恼地往下一瞥，看见的是戴安娜·莱文。

“这到底是怎么回事？”他问道。

“你先说。”

他叹了口气。“我昨晚去了斯特灵高中，想证实乔丝的说辞。可是不合理——如果麦特真的向彼得开枪，他背后的墙壁应该会有损毁的实证。我猜想她又说谎——彼得其实没有遭受挑衅就向麦特开枪。我找到第一颗子弹打中的地方以后，利用激光笔看看它可能从哪里弹跳过来，结果就发现为什么第一次找不到子弹。”他伸手从外套掏出一个证物袋，里头装了一颗子弹，“消防队帮我从淋浴间外面的枫树干上挖出来的。我马上送到实验室检验——我可是花了一整晚说服他们。这颗子弹不仅是从B枪发射，上面的血与组织也和麦特·罗斯顿的相符。问题是，当你反转子弹的角度，当你站在树上让激光从子弹射中的瓷砖弹跳回去，看看子弹从何处发射，发现的地点完全不是彼得所在的位置。而是……”

检察官无力地叹气道：“乔丝刚刚坦白向麦特·罗斯顿开枪。”

“那么，”帕特里克将证物袋交给戴安娜，说道，“她终于说了实话。”

乔丹斜靠在拘留室的铁栏上。“你是不是忘了告诉我这个？”

“没有。”彼得说。

他转过身。“你知道吗？如果一开始就说出来，你的案子可能有截然不同的结果。”

彼得躺在拘留室的长凳上，用手枕着头。令乔丹惊讶的是他在微笑。“她又变成我的朋友了。”他解释道，“对朋友就要守信。”

艾莉克斯坐在漆黑的会议室中，通常开庭的休息时间被告都会被带进这里，她发现女儿现在也符合这个身份了。法院将会有另一次审判，这次的主角就是乔丝。

“为什么？”她问。

她可以看到乔丝轮廓的银白色边缘。“因为你叫我说实话。”

“实话是什么？”

“我爱麦特。我也恨他。我恨我自己爱他，但如果不跟他在一起，我就什么也不是。”

“我不懂……”

“你怎么会懂？你那么完美。”乔丝摇着头说，“我们其他的人全都和彼得一样，只是有些人隐藏得比较好。一辈子努力让自己隐形，和一辈子假装是那个你以为每个人都希望你变成的人，两者有什么不同？其实都是在作假。”

艾莉克斯想到自己参加过的那些聚会，大家第一个问的总是你从事什么职业，好像光凭这点就能定义你这个人。从来没有人问过你真正的身份，因为这是会变的。你可能是法官或母亲或梦想家。你可能是独行侠或爱幻想的人或悲观的人。你可能是受害人，也可能是欺凌者。你可能是家长，同时也是孩子。你可能有一天受伤，隔天又痊愈了。

我并不完美，艾莉克斯心想，而这也许正是迈向这种结果的第一步。

“我会变成什么样呢？”乔丝问。一天前她也问过同样问题，当时艾莉克斯以为自己有资格回答。

“我们会变成什么样？”艾莉克斯纠正道。

乔丝脸上掠过一丝笑意，但也几乎转眼便消失无踪。“是我先问你的。”

会议室的门开了，走廊上的灯光洒进来，映射出即将到来的一切。艾莉克斯伸手拉住女儿的手，深吸一口气。“我们走着看吧。”她说。

彼得被判犯下八起一级谋杀与两起二级谋杀。陪审团认为他杀死麦特·罗斯顿与寇特妮·伊纳修并非出于深思熟虑的预谋，而是遭到挑衅。

陪审团做出评决后，乔丹到拘留室去见彼得。他要等到量刑听证之后才会被带回监狱，然后再移送康科德的州监狱。连续服完八个刑期，他是无法活着离开了。

“你还好吗？”乔丹手按彼得的肩膀问道。

“还好。”他耸耸肩，“我大概也猜到会是这种结果。”

“可是他们听到你说的话了。所以才会将其中两项改为过失杀人。”

“我想我应该谢谢你的努力。”他对乔丹露出苦笑，“希望你能过得好。”

“我如果来康科德就会来看你。”乔丹说。

他看着彼得。自从这个案子落到他手中以来这六个月，他的当事人长大了。现在彼得和乔丹一般高，很可能也稍微重一点，声音变低沉了，下巴也有胡子的影子。乔丹很惊讶自己竟然到此时才发现。

“其实，”乔丹说，“我很遗憾没能得到我预期的结果。”

“我也是。”

彼得伸出手，乔丹却拥抱他。“保重了。”

乔丹正要走出拘留室，却被彼得叫住。只见他拿出乔丹为他的审判所准备的眼镜。“这是你的。”彼得说。

“留着吧，对你比较有用。”

彼得把眼镜塞进乔丹外套的前口袋。“我想让你保管。”他说，“而且我真正想看的东西也不太多。”

乔丹点点头。他走出拘留室，向法警们告别，然后前往大厅，塞琳娜正在那里等他。

他来到她身边时，戴上了彼得的眼镜。“这眼镜是怎么回事？”她问道。

“我挺喜欢的。”

“你视力那么好。”塞琳娜说。

乔丹思考着因为镜片会让事物末端往内弯，所以他戴眼镜走路必须非常小心。“有时候没那么好。”他说。

审判后的几个星期间，刘易斯开始玩数字游戏。他已经事先做过一些研究，只需将数据输入数据模型看看会出现什么样的形式。而且——有趣的是——与幸福全然无关。他转而开始留意曾发生过校园枪击事件的地区，看看单一的暴力事件对经济的稳定有何影响。或者换句话说——一旦脚下的世界被抽离，你是否还可能站在扎实的土地上？

他再次回到斯特灵学院任教，教的是个体经济学入门。九月底才刚开学，刘易斯却发现自己在不知不觉中便重拾了巡回讲课的模式。当他谈到凯恩斯模型和一些产品和竞争，全都是例行公事——正因为毫不费力，他几乎就要相信这和他过去在彼得被定罪之前所教的大一新生概论课没什么两样。

刘易斯上课时会在教室走道间走来走去——这个坏习惯是必要的，因为校园已经安装无线网络设备，学生可以在老师讲课时上网玩扑克牌或是和同学实时通信——也因此他才会看见后面的学生。有两名美式足球员轮流挤压一个吸嘴式瓶盖的水瓶，让水柱成弧形向上喷出，洒到另一名学生的颈背。那个坐在前两排的男学生不停转头看是谁在向他喷水，但他一转头，两个运动员便抬头看着教室前面屏幕上的图表，表情平和得有如唱诗班男孩。

“现在，”刘易斯未曾中断，接着说道，“谁能告诉我如果定价高于表上的A点，会有什么结果？”他同时从运动员之一的手中揪起水瓶。“谢谢你，葛雷夫同学，我正好觉得口渴。”

前两排那个男孩迅速地举起手来，刘易斯朝他点点头。“没有人会花那么多钱买那个产品，”他说，“所以需求会减少，也就是说价格必须降低，否则最后整船货物都会囤积在仓库里。”

“好极了。”刘易斯说着瞄了时钟一眼。“好了，同学们，星期一我们会讨论曼昆的下一章。如果有临时抽考不要太意外了。”

“你如果事先告诉我们，就不是临时的了。”有个女学生指出。

刘易斯面露微笑，“哇”了一声。

他站在刚才答对问题的男生旁边。他正在将笔记本塞进背包，因为里头本来就塞满纸张，所以拉链拉不起来。他的头发太长，T恤上印着爱因斯坦的脸。“今天表现不错。”

“谢谢。”男孩把重心从一只脚移到另一只脚，再移回原来的脚。刘易斯看得出他不太知道接下来该说什么。他忽然伸出手来。“嗯，很高兴能见到你。我是说你虽然已经见过全班的人，不过还没有私下见过。”

“对。你说你叫什么名字？”

“彼得。彼得·葛兰弗。”

刘易斯张嘴想说什么，结果却只是摇了摇头。

“怎么了？”男孩连忙低下头，“你刚才……好像想说什么很重要的事情。”

刘易斯看着这个同名的人，见他驼背站立，好像不配在世上占据这么多空间。他顿时感觉胸口遭重重一击，每当想到彼得，想到一个将在狱中结束的生命，他便会有此熟悉的疼痛感。他真希望当彼得还在他眼前时，他曾多花一点时间好好看他，因为如今他只能以不完整的记忆来弥补，或——更糟的是——在陌生人脸上寻找儿子的踪影。

刘易斯深入自己内心，挖掘出他为这种毫不值得快乐的时刻所储存的笑容。“是很重要，”他说，“你让我想起一个认识的人。”

莱西花了三星期才鼓起勇气进入彼得的房间。既然陪审团已做出评决，既然知道彼得再也不会回家，也就不必再像过去这五个月，把它保存得有如圣殿，一个乐观的避风港。

她坐在彼得床上，拿起他的枕头贴在脸上。上面还有他的味道，她不知道这味道要过多久才会消散。她扫视散置在书架上、警察没有拿走的书。她打开床头柜的抽屉，触摸着书签的丝滑流苏、闭合的订书机的金属齿。电视遥控器的肚子空空，电池不见了。一个放大镜。一副旧的神奇宝贝扑克牌、一个魔术道具、一个可携式硬盘钥匙圈。

莱西拿出她从地下室搬上来的盒子，将每样东西放进去。这里就像犯罪现场：看着留下来的东西，试图重建这个孩子。

她折起他的被子，接着是他的床单，接着摘掉枕头套。她忽然想起有一次吃晚餐时，刘易斯告诉她只要花一万美元就能用大铁球拆除一栋房子。想想看，要毁灭一样东西可比一开始打造容易得多：不到一个小时，这个房间看起来就好像彼得从未住过一样。

一切都收拾干净之后，莱西又坐到床上，环顾空空的四壁，原本贴有海报的地方漆色稍微亮一点。她摸着彼得床垫的滚边缝线，心想不知自己还能继续把它当成彼得的床垫多久呢。

爱应该能够移动山，应该能够让世界运转，应该是你所需的一切，但却又在细微处溃散。它连一个孩子都拯救不了——它救不了当天抱着平常心去斯特灵高中上学的人，救不了乔丝·柯米尔，更救不了彼得。那么秘诀是什么呢？除了爱还要另外混合些什么吗？运气？希望？原谅？

她蓦然想起艾莉克斯·柯米尔在审判期间对她说的话：只要有人记得就会留下些什么。

每个人都会记得彼得这一生中的那十九分钟，但其他的九百万分钟呢？莱西必须负责守护，因为唯有如此那个部分的彼得才能继续活下去。关于他的记忆，除了每个子弹、每声尖叫之外，她还有其他许许多多："扑通"掉入水池，或第一次骑单车，或站在方格攀登架上挥手的小男孩。亲吻道晚安，或用蜡笔画母亲节贺卡，或在浴室里五音不全地唱歌的时刻。她要把这些，要把她的孩子与别人的孩子一模一样的时刻串连起来。这串宝贵的珍珠，她这辈子每一天都会戴在身上，因为如果弄丢了，那么她曾经爱过、养育过、了解过的男孩就真的走了。

莱西重新铺上床单，把被子整好，被角塞进床垫底下，把枕头拍得蓬松。她把书重新摆回书架上，玩具、工具和小东西也放回床头柜。最后，她摊开长长的海报，并小心地将图钉钉在原来的洞里。这样一来，就不会增加破坏。

判决整整一个月后，当灯光调暗，狱警在狭窄通道上做完最后巡视，彼得伸手脱下右脚的袜子。他侧躺在下铺，面向墙壁，然后将袜子塞进嘴里，能塞多深就塞多深。

在感到呼吸困难时，他做了个梦。梦中的他仍是十八岁，但却是第一天上幼儿园。他背着他的背包，带着他的超人午餐盒。橘色的校车停下来，吐了口气后张开大大的嘴巴。彼得爬上阶梯，面向校车后座，但这回只有他一个学生。他沿着通道走到最后面的紧急逃生门旁边。他把午餐盒放在身旁，从后窗望出去，外头好亮，他心想一定是太阳在公路上追着他们跑。

“就快到了。”有个声音说，彼得转身去看司机。但车上不仅没有乘客，也没有人开车。

最神奇的是，在梦里彼得并不害怕。不知为何，他就是知道他正朝着自己想去的地方前进。

二〇〇八年三月六日

你恐怕已认不出斯特灵高中。建筑上方加了新的绿色金属皮屋顶，前面长出了嫩草，还有一栋两层楼的玻璃屋耸立在学校后侧。前门旁砖墙上有一块牌子写着：一个安全的港湾。

今天稍晚将为一年前去世的人举行一场追思纪念会，但因为帕特里克参与了学校的新安全协议工作，所以能偷偷让艾莉克斯先进去瞧瞧。

学校里面没有置物柜，只有开放式的格架，好让所有东西一览无遗。学生们在上课，只有几个老师走过入口大厅。他们脖子上戴着识别证，学生们也都一样。这点艾莉克斯并不十分明白——威胁一向来自内部，而非外部——但帕特里克说这样能让人觉得安心，也就等于成功了一半。

她的手机响了。帕特里克叹口气说："我以为你跟他们说了……"

"我说了啊。"艾莉克斯说。她"啪"地打开手机之后，格拉夫顿郡公设辩护人办公室秘书立刻滔滔不绝地念出一大串紧急事故。"停。"艾莉克斯打断她，"记得吗？我今天没来上班。"

她已辞去法官职务。乔丝被控二级谋杀从犯之罪，并且协商接受以过失杀人罪判处五年有期徒刑。在此之后，庭上一旦出现被控重罪的孩子，艾莉克斯便无法不偏不倚。身为法官，必须优先衡量证据；但身为母亲，重要的不是事实，而是感觉。回到公设辩护人的老本行似乎不只是理所当然而且舒坦。第一，她了解当事人的感受。去女子监狱探望乔丝时，她也会顺道去探望她们。被告喜欢她不是因为她亲切和善，而是因为她会老实告诉他们胜算有多大：你所看到的艾莉克斯·柯米尔就是你所有的一切。

帕特里克带她到斯特灵高中昔日后侧楼梯的位置，不过原来的体育馆与更衣室现在已变成一栋巨大的玻璃屋。外头可以看到运动场，有一群上体育课的学生趁着早春积雪已融，正激烈地踢着足球。里头则放了木桌和凳子，学生可以在这里聊天、吃点心或看书。此时便有几个学生正在准备几何学考试，他们的轻声细语像一阵烟飘向天花板：余角……补角……交点……端点。

有一边的玻璃墙前面摆了十张椅子，和其他椅子不同的是这些有靠背而且漆成白色，你要近看才会发现它们是固定在地上，而不是被学生拉过来的。这十张椅子没有排成一排，间隔也不相同。上面没有名字或告示牌，但大家都知道为什么有这些椅子。

她感觉到帕特里克走到她身后，一手环抱住她的腰说道："时间快到了。"她点点头。

她拿起一张空凳子正要往玻璃墙边拖，帕特里克立刻便接了过去。"拜托，帕特里克。"她嘟哝着，"我是怀孕，不是癌症晚期。"

这也是个意外。预产期五月底。艾莉克斯尽量不把这个孩子当成还要在牢里待四年的女儿的替代品，反而把他想象成他们所有人的救星。

帕特里克重重坐到她身旁的凳子上时，艾莉克斯看了一下手表：上午十点零二分。

她深呼吸。"看起来已经不一样了。"

"我知道。"帕特里克说。

"你觉得这样好吗？"

他想了想。"我想这是必要的。"他说。

她注意到原本二楼更衣室窗外的那棵枫树，并未在建造玻璃屋的过程中被砍除。从她坐的位子看不到子弹挖出后留下的洞孔。这棵树非常高大，粗壮的树干长满树瘤，树枝纠结扭曲。它很可能早在高中建校前，或甚至斯特灵创镇前便已存在。

十点零九分。

她看着足球赛，忽然感觉帕特里克的手伸过来放在她的膝盖上。两支队伍似乎差异太大，已经进入青春期的学生对抗那些仍矮小瘦弱的学生。艾莉克斯眼看一名已准备射门的球员冲撞另一队的防守球员，当球高高射入球门的同时，那个较瘦小的男孩也被踩在脚下。

这一切，艾莉克斯心想，完全没变。她又瞄手表一眼：十点十三分。

过去那几分钟当然是最难捱的。艾莉克斯发现自己站了起来，双手平贴在玻璃上。她感觉到肚子里的胎儿在踢她，回应她内心更凶险的一记勾拳。十点十六分、十点十七分。

射门的球员回到防守员跌倒的地方，伸手将瘦小的男孩拉起。他们一起走回球场中央，不知在说些什么。

十点十九分。

她无意中又瞄向枫树。树液还在流着。再过几个礼拜，枝头将会略显红意，然后萌芽，生出新叶。

艾莉克斯拉起帕特里克的手。他们一同默默地走出玻璃屋，步下走廊，经过一排排的格架。他们穿越入口大厅，跨过前门门槛，回溯着来时的脚步。

图书在版编目（CIP）数据

19分钟的眼泪 / (美) 朱迪·皮考特著；颜湘如译
. -- 北京：北京联合出版公司，2017.3
（读客全球顶级畅销小说文库）
ISBN 978-7-5502-9833-0
Ⅰ.①1… Ⅱ.①朱… ②颜… Ⅲ.①长篇小说–美国
–现代 Ⅳ.①I712.45
中国版本图书馆CIP数据核字(2017)第031443号

19分钟的眼泪
作者：[美]朱迪·皮考特
译者：颜湘如
责任编辑：徐秀琴
选题策划：读客图书 021-33608311
特约编辑：夏文彦 赵思婷
封面设计：刘倩
版式设计：陈宇婕
责任校对：绳刚 曹振民

北京联合出版公司出版
（北京市西城区德外大街83号楼9层 100088）
三河市吉祥印务有限公司印刷 新华书店经销
字数 437千字 890毫米×1270毫米 1/32 16.5印张
2017年3月第1版 2017年3月第1次印刷
ISBN 978-7-5502-9833-0
定价：59.90元

如有印刷、装订质量问题，
请致电010-85866447（免费更换，邮寄到付）